Tschaikowskistraße 40

Pieter Waterdrinker

Tschaikowskistraße 40

Eine autobiografische Erzählung aus Russland

Roman

Aus dem Niederländischen
von Ulrich Faure

Matthes & Seitz Berlin

Heute nur glückliche Stunden

– Hildegard Knef

Für Julia

Erstes Kapitel

An einem späten Oktobermorgen des Jahres 1988 fragte mich ein Typ aus Leiden, ob ich mich in der Lage sähe, knapp siebentausend Bibeln in die Sowjetunion zu liefern. Ich weiß bis heute nicht, wie er auf mich gekommen ist. Damals sprach in den Niederlanden kaum jemand Russisch, außer den wenigen, die die UdSSR tatsächlich besucht hatten. Ich war zum damaligen Zeitpunkt einmal dort gewesen, und das war jetzt mehr als sieben Jahre her. Vielleicht war es auch nur alles reiner Zufall, denn das ist es, was mich das Leben gelehrt hat: Diese Welt wird von Willkür regiert.

Ich war sechsundzwanzig Jahre alt und vor Kurzem, nachdem ich mehr als anderthalb Jahre auf den Kanarischen Inseln und in einem Bergdorf auf dem spanischen Festland gelebt hatte, wieder bei meinen Eltern eingezogen. Ich war wieder in meinem grässlichen Jungszimmer gelandet, zweimal dreieinhalb Meter groß.

»Darf ich auf einen Sprung hereinkommen?«

Der Mann hatte nasse, schwarze Haare, die sorgfältig in eine Richtung gekämmt waren. Der Scheitel wirkte wie mit einer Brennschere gezogen. Er trug einen braunen Regenmantel mit braunen Knöpfen.

»Meine Eltern sind nicht zu Hause«, antwortete ich. »Sie sind nach Haarlem ins Krankenhaus.«

Er sei nicht ihretwegen gekommen, sondern wegen mir.

»Siderius«, sagte diese Vorkriegsgestalt dann.

Ein paar Sekunden später saß er auf der Couch, machte sich in seinem Regenmantel breit wie ein Raubvogel im Horst; er zündete sich eine Zigarette an und blies den Rauch durch seine Adlernase.

»Meine Zeit ist begrenzt«, begann Siderius. »Und die Frage, weshalb ich gekommen bin, ist eigentlich ganz einfach zu beantworten. Können Sie sich in – sagen wir – ungefähr drei Wochen um die Lieferung einer Ladung russischer Bibeln in den Hafen von Leningrad kümmern?«

Die Frage war absurd, totaler Blödsinn.

Ich nickte einigermaßen entgeistert; der Zigarettenrauch hing wie eine blaue Gardine zwischen mir und dem Mann.

»Gott unser Vater, der Schöpfer, der seinen einzigen Sohn auf die Erde entsandt hat, um uns zu erretten, ist in großer Not. Der Osten ist in Bewegung gekommen. Ich nehme an, dass Sie das alles verfolgen. Doch es ist wie im Krieg: Der Sieg ist erst dann perfekt, wenn man triumphieren kann. Alles, was ich Ihnen jetzt sagen werde, ist geheim, oder um es in der Terminologie unserer Feinde von KGB und Stasi auszudrücken: *qualifizierte Information!* Hätten Sie vielleicht ein Glas Wasser? Ich muss meine Tabletten einnehmen ... Gicht, höllische Gelenkschmerzen, bei so einem Anfall würde ich manchmal am liebsten sterben ...«

Als ich aus der Küche zurück war, leerte der Mann das Glas mit schmerzverzerrtem Gesicht und sprach dann über ein Phänomen, von dem ich noch nie etwas gehört hatte: den groß angelegten illegalen Transport hauptsächlich russischer Bibeln in den Ostblock. An der Grenze von Finnland zur Sowjetunion ließ man manchmal Ballons mit Bibeln aufsteigen in der Hoffnung, dass sie irgendwo im Imperium des Antichristen, im von Lenin begründeten Roten Reich, niedergehen würden. Doch der eigentliche religiöse Schmuggel war zentral auf der Straße organisiert, in speziell umgebauten Limousinen, Kleinbussen, einem Motorrad mit Beiwagen, in dem Gläubige überwiegend protestantischer Richtung mit Feuereifer Länder wie die DDR, Ungarn und Rumänien aufsuchten.

Es war ziemlich riskant – Verhaftung und Gefängnisstrafe drohten. Am gefürchtetsten waren die DDR-Grenzsoldaten mit ihren Schäferhunden. Sie standen bereit, um mit Spiegeln unter die Autos zu spähen, mit Hämmerchen die Karosserie und den Rest der Fahrzeuge abzuklopfen, um doppelte Böden aufzuspüren, in denen aufrührerische antisozialistische Lektüre, Pornografie und Bibeln versteckt sein könnten. Die perfekte Tarnung bildete die Familie; die glückliche, kinderreiche Familie, die während des Urlaubs im gelobten Land unterwegs zu Feldern, Wäldern und Stränden war. Auch Siderius war häufig in den Osten gereist, hatte aber aufgrund der Erkrankung seiner Frau die Missionsarbeit aufgegeben. Der Annäherung an die Grenze sei immer ein Gebet in Gottes freier Natur vorausgegangen. Nie sei auch nur eine einzige der versteckten Bibeln hinter der Küchenwand und unter den Klappbetten seines VW-Busses entdeckt worden.

»Sie machen es also?« Siderius, dessen rechte Hand mit pfingstrosenfarbenen Knötchen übersät war, drehte jetzt so kräftig an seinem Ehering, als wollte er ihn abziehen.

»Was genau?«

»Sich um die Lieferung von siebentausend Bibeln nach Leningrad kümmern. Sie sprechen doch Russisch? Sie sind doch schon in der Sowjetunion gewesen?« Mit einem himmlischen Leuchten in seinen hellblauen Augen sah Siderius mich beinahe flehentlich an.

Am nächsten Tag wartete Siderius vor dem Rotterdamer Hauptbahnhof auf mich. Mit einem kleinen Auto waren wir durch den Sturzregen nach Pernis gefahren, damit ich die Organisation kennenlernte. Er dozierte: »Die Politik im Osten ist ins Rutschen gekommen wie Getreide an Bord eines Schiffs. Aber wissen Sie, in welcher Gefahr sich ein Schiff auf hoher See befindet, wenn sich die Ladung im Frachtraum verschiebt? Dann kann es nur noch abwärts gehen!«

Laut Siderius hatte sich beim Bibelschmuggel im Laufe der Jahre eine Art Konkurrenz zwischen den Kirchen entwickelt. Er selbst war niederländisch-reformiert, doch auch andere Strömungen der Reformierten und sogar die Mormonen und Mennoniten hatten sich inzwischen auf den Schmuggel verlegt.

Es war fast ein Wettbewerb daraus entstanden.

»Der Kirchenrat sieht die aktuelle Situation als Krieg: jetzt oder nie. Der Kampf, die Bewaffnung an der Front, muss verstärkt werden. Die Zahl der Bibeln in Kleinbussen wächst nicht schnell genug. Wir müssen unsere von Marx geknechteten Brüder und Schwestern großzügig mit geistiger Nahrung, Hoffnung und Licht versorgen. Was Sie gleich sehen werden, ist eine Probesendung: siebentausend russische Bibeln, hübsch versteckt zwischen ein paar Tonnen zeeländischer Kartoffeln. Wenn diese Mission gelingt, liegen weitere achtzigtausend für uns in einem Lagerhaus in Gouda bereit. Um über Leningrad ihren Weg nach Moskau, in den Ural und bis in die Dörfer im tiefsten Sibirien zu finden. Die Reformierten planen auch etwas mit einem Schiff, doch sie schweigen sich darüber aus, diese ewigen Geheimniskrämer!«

In einem Schuppen, in dem Kartoffeln wie Berge von Steinkohle aufgeschüttet lagen, wurde ich drei Männern mittleren Alters in langen Herrenmänteln vorgestellt. Schweigend und mit misstrauisch-scheuen Blicken drückten sie mir die Hand und begannen dann in einer Ecke miteinander wie die Tauben zu gurren, bis der Mittlere der drei schließlich sagte: »Gut, Siderius, wenn du sagst, dass dieser Bruder in Ordnung ist, dann vertrauen wir darauf.«

Danach versank er ins Gebet. Für den Erfolg meiner Mission.

Ich hatte seit meiner Kindheit nicht mehr gebetet; ich hielt die Augen für ein paar Sekunden geschlossen. Mit gefalteten Händen musterte ich die Gläubigen: gute, kräftige, gediegene holländische Köpfe, wie in Stein gemeißelt.

Flugreise, Aufenthaltsvisum sowie Hotelkosten sollten erstattet werden. Ich machte es des Abenteuers wegen; was den Rest anging, musste ich auf Gottes Lohn vertrauen.

Anderthalb Wochen später schnüffelte ich in den Gängen eines Altersheims in einem Außenbezirk von Leningrad menschlichen Dunst, den Geruch von Krankheit, Not, Verwesung. Ich hatte sechs Pakete mit kyrillischen Bibeln zu zwölf Stück, die mit Angelsehne in tabakbraunes Papier verschnürt waren, an einem Pförtner vorbei in den Flur des zweiten Stocks geschleppt, in dieses Universum von Zimmeraralien und unerträglichem Gestank.

Die Direktorin, eine Russin mittleren Alters mit violetter, glockenförmiger Frisur, stand neben einem Servierwagen mit Gummirädern.

»Lina, mach das Ding hier mal sauber! Überall noch Brei- und Suppenflecke! Was sind denn das für Zustände? Schnell, ein feuchtes Tuch! Was soll unser Gast von uns denken?« Mit einem Holzlineal schlug die Direktorin auf den Schiebegriff des Servierwagens. »Ich zähle jetzt langsam bis drei! Lass mich nicht wütend werden ... Eins! Zwei! Und das ist ...«

Ein schmächtiges Mädchen um die fünfundzwanzig, das den letzten Knopf ihrer seegrünen Schürze zumachte, kam zappelig wie ein Wiesel durch eine Tür geflitzt. Es sagte: »Ich habe Sie schon gehört! Aber ich habe eine saubere Windel in der Waschküche gesucht. Wir haben überhaupt keine Windeln mehr ... In Zimmer 7 liegen drei Frauen ...«

»Was plapperst du da? Komm, *dawai*, einen feuchten Lappen!«, befahl die Direktorin, die Frau Lentowa hieß. »Dieser ausländische Herr hier hat uns Bibeln gebracht.«

»Bibeln?«

»Ja, sitzt du auf den Ohren?« Zärtlich ließ die Direktorin das Lineal auf ihren Brüsten ruhen. »Bibeln, Spitzenbücher ...«

Die Krankenschwester murmelte, dass ich lieber Windeln hätte mitbringen sollen; und auch Spritzen, Mull, Verband, Pflaster. Heute Morgen hätte sie wieder einmal Laken in Streifen schneiden müssen, um die Beine der alten Leute zu bandagieren, als wären es verwundete Soldaten an der Front.

Die schmächtige Russin verschwand und kam mit einem Lappen zurück, den sie eine Weile unter den brühheißen Strahl aus dem Wasserhahn gehalten hatte. Während sie den Servierwagen putzte, qualmte der Lappen.

»So, das wäre fertig!«

Und sie verschwand wieder.

Frau Lentowa in ihrem schwarzen Bleistiftrock kratzte sich mit dem Lineal an den nackten Waden. Sie nickte mir aufmunternd zu. Ich stapelte die Bibeln wie Handelsware auf den Servierwagen. Bereit, mich damit auf den Weg zu machen.

Wegen der Zimmeraralien, die dschungelartig bis an die Decke wucherten, erschien alles wie in grünes Licht getaucht. An den Scheuerleisten eilten Kakerlaken entlang, nicht ängstlich, dafür geordnet, wie in einer militärischen Schlachtreihe, als wären sie die wahren Herrscher über das Gebäude, die den Rest der Anwesenden allenfalls tolerierten. Alte Leute liefen in wattierten Bademänteln an mir vorüber. Mit toten Fischaugen, zitternd, wie betäubt.

Sie gingen an mir vorbei, als existierte ich nicht, als würde ihnen ein animalischer Instinkt sagen, dass ich nicht gekommen war, um etwas Wichtiges zu bringen.

Gerade mal einen einzigen Abnehmer fand ich. Die meisten reagierten abweisend, wollten nichts von mir wissen. Eine alte Russin mit äffischem Kahlkopf kam vom Klo her zu meinem Servierwagen. Sie beschnüffelte den Stapel, fragte, was so ein Buch kosten solle.

»Gratis«, sagte ich. »Diese Bibeln sind ein Geschenk der niederländischen Gläubigen an das russische Volk.«

Personal war fast nirgends zu erblicken; hin und wieder eilte eine Frau vorbei, alle trugen die gleichen seegrünen Schürzen und Papiermützen wie das Mädchen, das den Wagen für mich abgewischt hatte. Eins schleppte Bettwäsche, das nächste eine Bettpfanne, wieder ein anderes einen Plastikbehälter, in dem allerhand dunkelrote Fläschchen klimperten, sicherlich Medikamente. Die Blicke dieser Frauen verhießen nichts Gutes. Sie glichen eher Gefängniswärterinnen als Krankenschwestern.

»Wer sind Sie?«, blaffte mich eine von ihnen an, die mit einer Zinkschüssel um die Ecke kam und die ich fast gestreift hätte.

Ich gab Auskunft.

»Weiß die Lentowa davon?«

Ich nickte.

»Warum stellen Sie sich nicht vor eine Kirche? Was sollen die Leute hier noch mit einer Bibel? Die sind doch eh schon alle so gut wie tot.« Schwer durch ihre Nase atmend nahm die Schwester eine Bibel vom Stapel. »Aber es sind schon ordentliche Bücher. Was werden die im Herd brennen! Prächtige Briketts! Gratis, haben Sie gesagt?« Sie griff sich noch sechs, legte sie in die Zinkschüssel, die zwischen ihren Füßen stand, hob sie an und ging davon, auf Slippern mit Holzsohlen, die wie Kastagnetten klapperten.

Sie hatte einen Arsch wie eine böhmische Kredenz.

Seit meiner Abreise vor drei Tagen war nichts so gelaufen, wie Siderius es mir in Pernis vorhergesagt hatte. Der Flug nach Leningrad wurde in letzter Sekunde umgebucht; kein Direktflug mehr, sondern mit Übernachtung in einem Hotelkasten am Ost-Berliner Flughafen. Das einzige Handtuch im Bad war stocksteif vom angetrockneten Samen eines früheren Gastes.

Die Kontaktperson, die mich in Leningrad abholen sollte, ließ sich nirgendwo blicken. Am Flughafen nahm ich ein Taxi. Die Stadt, durch die ich in einer düsteren Novembernacht zu meinem Hotel fuhr, sah aus wie zu Kriegszeiten. Der Kasten, vor dem man mich absetzte, war fast identisch mit dem in Ost-Berlin. Es hing ein Geruch in der Luft, als hätten sich gerade hundert schwitzende Bergbauarbeiter abgeduscht. Handtücher gab es gar nicht erst.

Auch am nächsten Morgen keine Spur von der Kontaktperson namens Posorski. Von meinem Hotelzimmer aus hatte ich die Nummer des Mannes, die mir Siderius gegeben hatte, etwa siebenmal angerufen. Die Leitung auf der anderen Seite war mausetot. Schließlich entschied ich mich, auf gut Glück alleine zum Hafen zu fahren, in einem der Wolgas, die vor dem Hotel mit laufendem Motor wie geduldige Pferde warteten.

Die bis auf die Grundfesten zerfallene Stadtlandschaft von Leningrad, das einst Sankt Petersburg hieß, hatte ich vor sieben Jahren wie in einem Rausch an mir vorbeiziehen sehen. Ich hatte alles so abschreckend gefunden, dass ich gleich nach meiner Rückkehr von meinem Russisch-Studium auf Jura umsattelte. Ich hatte mir nicht vorstellen können, die Sowjetunion noch einmal zu besuchen. Die Verbindungsnaht der Zeiten funktionierte jedoch einwandfrei: Jetzt war es, als wäre ich nie weg gewesen.

Der Chauffeur fuhr mich seelenruhig die Straße entlang. Es war zehn Uhr morgens, doch es schien fast schon wieder Abend zu sein. Wir wichen den Schlaglöchern aus und kamen am Zaun eines kleinen Parks mit lauter Tannen vorbei, über dessen gesamte Länge in kupfernen Druckbuchstaben stand:

Wissenschaft, Sport und Armee –
Lang lebe die Basis der Sowjetmacht!

An einer Straßenecke hatten sich wie Schreckgespenster wirkende Arbeiter versammelt. Sie tranken Bier aus Marmeladengläsern, das von einer Frau, die im weißen Kittel wie eine Melkerin auf einem Hocker saß, aus einem gelben Tankwagen gezapft wurde.

»Wo genau müssen Sie im Hafen hin?«

Ich hatte keine Ahnung; das Schiff mit den zwischen den Kartoffeln versteckten Bibeln war vor drei Tagen eingelaufen. Kurz vor meiner Abreise hatte mir Siderius vermeldet, dass soweit alles wie geschmiert laufe. Vielleicht war etwas schiefgegangen, Posorski wartete jetzt möglicherweise irgendwo an den Gestaden auf mich, den niederländischen Glaubensbruder.

Wir fuhren an Stalinbauten, zaristischen Stadtpalästen und sowjetischen Mietskasernen vorbei; in den Fensterrahmen brannten die gleichen Einheitslampen wie in meinem Hotel. Fußgänger flitzten wie gehetzt dicht an den Fassaden entlang, die durch ihre dunkelbraunen und grauen Tarnfarben chamäleonartig mit dem Hintergrund der Stadtlandschaft verschmolzen.

»Wissen Sie, dass Casanova mal hier war?«, fing der Taxifahrer ein Gespräch an.

»Wirklich?«

»Ja, Casanova, der Frauenheld! Aber damals war hier noch alles im Bau. Diese Stadt war einst *das* Neubaugebiet von ganz Europa. Können Sie sich das vorstellen? Und jetzt leben wir hier in einem Sarg. Gestern hat meine Frau drei Stunden für sechs Eier in der Schlange gestanden. Das sind zwei Eier pro Stunde! Casanova fand es grauenhaft hier ...«

Über der ganzen Stadt hing ein Schleier aus Staub und Verfall. Die Wege und Straßen waren fast menschenleer. Eine einzige rappelvolle Straßenbahn glitt mit einem schleifenden Gequietsche langsam vorbei. Pkws sah man kaum. Monströse Lastwagen mit scheppernden leeren Pritschen waren die Herrscher der Fahrbahn. Ihre Fahrer verdienten sich schwarz als Chauffeure etwas dazu, da die Fabriken rund um die Stadt auf dem letzten Loch pfiffen und es deshalb so gut wie nichts mehr zu transportieren gab.

»In Geschäften hier?« Der Fahrer hatte seinen Wolga am von Betonplatten ummauerten Hafentor auf einer unbefestigten Straße aus regennassem Sand und Split angehalten.

»Nein, wegen Bibeln ...«

Ich tat so, als hätte ich einen Termin beim Direktor, wedelte mit meinem ausländischen Pass und teilte links und rechts Marlboros an die Wachhabenden aus. So arbeitete ich mich auf dem Hafengelände voran.

Statt in einem Hafen schien ich eher auf einem Sammelplatz für Altmetall gelandet zu sein. Die nach Heizöl stinkenden Kais waren mit rostigen Eisenspulen, Kisten mit Aluminiumabfall, Bergen von zerkleinertem Kupfer, Schrauben, Nägeln und Rohren übersät. Ein silbrigweißer Lichtschein waberte von den Betonlampenmasten herab. Er verwandelte die Umgebung in etwas, das einem Straflager glich. Hin und wieder bewegte sich irgendwo träge ein Hebekran; aus einem der Trockendocks ertönte das dumpfe Schlagen von Hämmern. Hafenarbeiter saßen auf Mauern oder auf hölzernen Kabeltrommeln beieinander und spielten Karten; in den Geruch von Heizöl und Eisenschrott mischte sich der von Alkohol.

Plötzlich ging irgendwo eine Sirene los. Anscheinend passierte das öfter, niemand schaute auch nur hoch oder drehte den Kopf.

»Sie wollen also den Direktor sprechen?«

Ein Mann in einem braunen Wollanzug stand vor mir. Er hatte einen weißen Bürstenschnurrbart. Sein kahler Mäuseschädel war mit einer hauchdünnen, gelblichen Haut wie der eines Toten überspannt. Neben ihm stand ein Klon von ihm, dreißig Jahre jünger.

Beide hatten den gleichen stechenden Blick.

»Da ist er, Ihr Direktor«, sagte der Ältere. »Zumindest von diesem Bereich. Wir haben hier vor Kurzem den ganzen Laden in Abschnitte unterteilt. Das Vaterland ist in Bewegung, alles fließt. Wir erleben prächtige Zeiten! Nikolai Borodin, angenehm. Und das ist mein Sohn Andrej ... Was machen Sie hier?«

Ich gab ihm Auskunft; und der Hafendirektor sah mich mit einem das Zahnfleisch freigebenden Grinsen fast leidenschaftlich an. Gleich ins Schwarze getroffen. Mit ihm hatte ich den Richtigen gefunden! Er liebte Ausländer. Dieser Hafen war das Tor zum Westen. Mit dieser Bestimmung war er seinerzeit auch gebaut worden.

»Woher kennen Sie Posorski?«, fragte er dann.

Ich wollte es erklären, doch der Sohn, der mich bislang still belauert hatte, erwachte plötzlich zum Leben und fragte mit einer unangenehmen Falsettstimme: »Haben Sie die Frachtbriefe?«

Ich tippe an die Innentasche meiner Jacke.

»Lassen Sie sehen ...«

Der Direktor grapschte mir den Eigentumsbeweis an den siebentausend Bibeln flugs aus den Händen. »Prima. Wir rufen Posorski mal an, die Schlafmütze! Er ist ein alter Kamerad von mir ... Ein Prachtkerl ... Als Unteroffiziere waren wir beide in Leipzig stationiert ...
Eines Tages ... Also, ich könnte Ihnen Geschichten erzählen ...«

Unter dem Geschrei verdreckter Möwen liefen wir an Bergen von Kupfergrus entlang zu einem Backsteingebäude, wo ein gebrauchter Mercedes zwischen Lada-Wracks parkte.

Der Direktor beschimpfte die Arbeiter, an denen er vorüberging, in einer Tour. Sie seien Trunkenbolde, Mauerasseln, Schnorrer; und wenn er hier bald überall das Sagen habe, würden sie alle rausfliegen.

Im Hafengebäude war es glutheiß. Ein Faxgerät prunkte auf einem Mitteltisch des ansonsten kahlen Büroraums; gerade kam etwas herein.

»Hier geht alles per Fax!« Mit Gewalt zerrte der Direktor das glänzende Papier aus dem Apparat. »Was für eine Erfindung! Ich kann nicht mehr ohne!« Ein paar Augenblicke lang studierte er den Text, starrte mit kurzsichtigen Augen auf die Buchstaben. »Nikolai, das kommt aus Hamburg ... Die Fritzen sind mit dem Preis für das Aluminium einverstanden ... Lass Nadja sofort einen Vertrag aufsetzen ...«

Eine halbe Stunde später kam mein Kontaktmann am Steuer eines klapprigen Mercedes auf dem Gelände an. Neben ihm saß ein russisch-orthodoxer Geistlicher von etwa fünfzig Jahren mit einem Bart wie ein alter Ziegenbock, der strähnig über seiner schwarzen Kutte hing.

»Posorski«, stellte sich Posorski mir vor.

Sein hübscher Kopf glich dem eines Schauspielers; er trug eine knallviolette Lederjacke mit einem entenkükengelben Fellkragen.

Das Schiff aus Rotterdam hatte die Ladung zeeländischer Kartoffeln in Dänemark gelöscht, dort tiefgefrorenen Fisch geladen und dann Kurs auf den Hafen von Leningrad genommen. Das Schiff fuhr unter polnischer Flagge, auch die Besatzungsmitglieder waren Polen. Ich folgte dem Hafendirektor und Posorski zum Pier, wo das Monstrum zwischen den Kränen festgemacht hatte. Der Laderaum war so groß wie eine Fabrikhalle, die sechshundert Kartons mit Schmuggelbibeln in einer Ecke fielen da nicht weiter ins Gewicht. Russen in Lumpen waren in den halbdunklen Katakomben des Schiffes als menschliche Lasttiere zugange und schleppten Metallrohre auf ihren Schultern herein.

»Und jetzt werden wir die Einfuhr regeln.« Borodin sah triumphierend in die Runde, nahm einen der Schauerleute in den Blick und rief: »Hey, du da! Ruf mal Smirnow her!«

Eine Minute später hatte sich ein Russe mit Eulengesicht, schwitzend in einer grauen Uniform, die wie ein Sack um seinen Körper schlotterte, zu uns gesellt. Borodin wies mit einem Nicken in Richtung der Kartonstapel voller Bibeln.

»Haben Sie die Frachtbriefe?«, fragte der Zöllner.

»Hier«, sagte Borodin und übergab dem Russen das Papier, das er mir vorhin abgenommen hatte.

»Und die Empfangsbestätigung?«

»Natürlich.«

Der Zöllner fischte einen kleinen, runden Stempel aus seiner Hosentasche, der an einer dünnen Kette hing, in die Metallkappe war ein Stempelkissen eingelassen. Wie im Fluge versah er die Frachtbriefe und die Empfangsbestätigung mit einem blassrosafarbenen Hammer und Sichel sowie den kyrillischen Lettern CCCP.

»So ...« Der Hafendirektor stopfte die Papiere in die Tasche seiner tabakbraunen Jacke. »Sehen Sie, wie effizient es hier inzwischen zugeht? Und dann handelt es sich auch noch um offiziell von der Sowjetregierung verbotene Ware!«

Der Zöllner trollte sich unmittelbar wieder.

Posorski sagte: »Heute Abend gehen wir einen trinken. Auf den ersten guten Fang. Kennen Sie das Restaurant *Nord*?«

Noch ehe ich den Hafen verlassen hatte, ließen Posorski und der Pope, der Vater Alexej hieß, hundertfünfzig Kartons mit Bibeln per Bahn nach Moskau transportieren, wo die Bücher auf dem gerade entstandenen freien Markt verkauft werden sollten.

»Verkauft?«, fragte ich.

»Machen Sie sich keine Sorgen«, versicherte Posorski mit salbungsvoller Stimme. »Natürlich teilen wir den Gewinn mit Ihnen. Eine neue Zeit ist angebrochen. Wir sind gut zu den Menschen. Gütigkeit ist unser Prinzip! Diese siebentausend Bücher sind natürlich ein Kinderspiel. Aber ich habe gehört, dass noch achtzigtausend Bibeln aus Rotterdam unterwegs sind. Schau, damit lässt sich ein schöner, fetter Reibach machen. Umgerechnet ist trotz des Rubelkurses und des ganzen Elends hierzulande sicher ein Dollar Gewinn pro Buch drin. Nicht wahr, Vater Alexej?«

Der Geistliche nickte. Auf seiner linken Wange prangte ein Kranz aus braunen Pickeln und wildem Fleisch. Ich dachte an mein Versprechen, das ich Siderius gegeben hatte, und an die betenden Kirchenvorstandsmitglieder im Schuppen in Pernis.

»Aber das Maul halten ...« Posorski sah mich prüfend und mit einem Stirnrunzeln an. »Du bist doch in dieses verdammte Land gekommen, um deinen Schnitt zu machen, oder?«

Am Nachmittag spazierte ich stundenlang durch das Zentrum von Leningrad. Die Fassade des weithin bekannten Hotels *Astoria* war eingerüstet. Ein neuer Geist wehte durch das Land, die Hotels wurden im Eiltempo hergerichtet. Doch die Straßen drum herum kamen mir tatsächlich vor wie ein Sarg, wie der Taxifahrer gesagt hatte. Ein Steinsarg. Eisregen fiel; auf dem Newski-Prospekt flüchtete ich ins Warenhaus *Gostiny Dwor*. Auch hier, im größten Einkaufstempel der Stadt, war kaum noch etwas zu bekommen. Die Besucher huschten wie hungrige Tiere über die Parkettböden an mir vorbei.

Frauen mittleren Alters schlichen um ein Gestell mit auberginefarbenen Regenmänteln herum, die offenbar gerade erst eingetroffen waren, und stießen hinterrücks gegenseitige Verwünschungen aus, um näher heranzukommen.

»Wir sind ein Volk von Zauberern!«, hatte mich Posorski an diesem Abend mit einem Grinsen wissen lassen. »Im Laden gibt es keine einzige Tomate zu kaufen, aber die Kühltruhen sind noch immer rappelvoll. Der größte Trick kommt allerdings erst noch!« Wir saßen auf dem Balkon des Restaurants *Nord*, eines Etablissements mit erotischem Kabarett, Live-Musik und einer zeitungsgroßen Menükarte.

»Und Schuhe?«, fragte ich.

»Die sind tatsächlich nirgendwo zu kriegen.«

»Und Regenschirme?«

»Auch nicht! Es gibt überhaupt nichts mehr. *Nitschewo,* nix! Doch da werden wir mit deiner Hilfe ganz schnell was dran tun. Mit Importen aus dem Westen! Ich spüre sie schon, die Schwingungen der neuen Zeit! Nur ein bisschen Geduld, wir sind noch zu früh ...«

Während die Schüsseln mit Salat, Räucherlachs, Stör von der Wolga und flaschenweise Sowjetchampagner herangetragen wurden, erzählte Posorski, womit er und seine Partner sich seit einem Jahr beschäftigten: dem Export von Altmetall, Schrott also, den es in diesem Land quasi gratis gab und mit dem man im Westen ein Vermögen machen konnte.

Noch mehr jedoch erhofften sie sich vom Import.

Betrunkene Männer erhoben sich von den Tischen, die Hände voller Dollarscheine, um klapperdürre Schönheiten, die an der Bar herumsaßen, für die Nacht abzuschleppen. Das Restaurant war zugleich ein verkapptes Bordell.

Am nächsten Morgen rief ich Siderius an, um ihn auf Stand zu bringen; auf die Verbindung nach Leiden musste ich auf meinem Hotelbett über eine Stunde warten. Ich verschwieg, dass die sechshundert Kartons mit Bibeln aus dem Bauch des Schiffes verschwunden waren, um über das religiöse Netzwerk Eingang in die dunklen Geldkanäle von Vater Alexej zu finden.

»Also läuft alles prima?«

»Prima«, hatte ich dem Leiter der protestantischen Gemeinschaft in Leiden vorgelogen.

Daraufhin fasste ich den Plan, die fünfzig Kartons mit Bibeln, die ich im Hafen für mich selbst zurückbehalten hatte, in Altenheime zu schaffen – um wenigstens etwas vom ursprünglichen Zweck der Mission zu retten: die Bücher unters einfache Volk zu bringen. Der Verwalter meines Hotels erwies sich als hilfreich, er hatte ein paar Adressen aufgeschrieben; auf gut Glück war ich mit sechs Kartons Bibeln in ein Taxi gesprungen und im Heim von Frau Lentowa gelandet. Am nächsten Tag kam ich zurück, um mein Werk zu vollenden. Ich landete auf der Station mit den ausgewiesenen Irren. Sie wurde von einem Leuchtschild aus rotem Glas gekennzeichnet. Gestank von zerkochtem Kohl, Urin, Fäkalien und der metallische Geruch von Blut. Ich atmete die ganze Zeit durch den Mund. Manchmal war es nicht länger auszuhalten, und ich sog wieder die Ausdünstungen von Menschen ein, denen es aus allen Körperöffnungen troff, deren Münder nur noch faulige Gase ausstießen, bevor sie schließlich im Sarg oder im Feuer landen würden.

Die Dunkelheit war offenbar heilsam für diese von der mentalen Hölle heimgesuchten alten Menschen; auf Betten und auf Stühlen mit hoher Rückenlehne lagen und saßen sie in türkisfarbener Finsternis beieinander und scharrten mit den Füßen.

Ich schob meinen Wagen in den dritten Saal; mechanisch drückte ich Bibeln in die Hände von Menschen, deren Gesichter ich kaum ausmachen konnte. Aus einem Bett am Fenster drang gottserbärmliches Stöhnen. Ich trat näher. Dort lag ein alter Mann, abgemagert, fast nackt, mit einem schneeweißen Neptunbart. Seine Augen rollten wie Murmeln in einem leeren Schnapsglas durch die Augenhöhlen, aber er schien mich nicht zu sehen. Seine Arme und Beine waren mit Gummiriemen am Gitterbett festgeschnürt.

Ich drehte meinen Servierwagen um, entschlossen, die Fahrt fortzusetzen, um so schnell wie möglich aus dieser schaurigen Menschenaufbewahrungsanstalt herauszukommen, als im Abglanz einer Nachttischlampe der Schemen einer Frau auftauchte. Sie war uralt, hatte ein schmales Gesicht und langes Mädchenhaar, so zutiefst weiß, dass es fast blond wirkte. Sie richtete ihre Mandelaugen, die wie Edelsteine leuchteten, im Halbdunkel auf mich.

»Wie heißen Sie?«, fragte sie ruhig.

Ich nannte meinen Namen.

»*Poschaluista*, bitte, nimm mich mit …«, bat sie dann.

»Wohin?«

»Raus.«

Flehend fixierte mich diese sibyllinische Erscheinung mit ihren Iriden. Meine Ohren glühten, Unwohlsein stieg in mir hoch, wie damals, als ich mich zum ersten Mal verliebt hatte.

»Was sehen Sie mich so komisch an?« Ihr Russisch klang auf eine altmodische Weise ganz klar.

Ich nickte wie ein verlegener Schuljunge.

»Pokrowskaja …« Die alte Frau streckte mir langsam eine knochige Hand entgegen. »Nadjeschda Petrowna, aber sag einfach Nadja …«

Es kostete mich ungefähr eine halbe Stunde, die Direktorin zu überreden. Sie fragte mich, warum meine Wahl gerade auf diese halbverwirrte alte Frau gefallen sei. Doch das wusste ich selbst nicht so genau. Ich hatte nur das Gefühl, eine Untat zu begehen, wenn ich ihr diesen bescheidenen Wunsch abschlüge. Frau Lentowa musterte mich voller Argwohn, als wäre meine Bitte ein abgekartetes Spiel, als hätte ich meine gesamte Bibeloperation nur deshalb in Szene gesetzt: um die Erlaubnis zu bekommen, diese hochbetagte Dame mit nach draußen zu nehmen, auf einen Spaziergang durch die Stadt. Ob mir klar sei, was ich ihr versprochen habe? Sie war 81 Jahre alt und hatte keine Familie mehr. Das Einzige, worauf sie bauen konnte, war die sowjetische Regierung – realiter also auf sie, die Direktorin dieses Hauses.

Neun Jahre zuvor war Frau Pokrowskaja hier aufgenommen worden, nachdem sie Monate auf einer Parkbank zugebracht hatte, trotz der Sommerhitze eine Persianermütze auf dem Kopf; sie soff inmitten anderer hauptsächlich männlicher Schnorrer, Streuner und Berufsalkoholiker wie eine Schlunze aus der Pulle. Eines Tages wurde sie von der Ambulanz aufgelesen, in eine Zelle gesperrt, um auszunüchtern, desinfiziert und danach hierher gebracht, wogegen sie kreischend protestierte, bis sie ruhiggestellt wurde.

»Sie ist völlig verrückt«, setzte Frau Lentowa warnend ihre Geschichte fort. »Sie lebt nur noch in der Vergangenheit. Manchmal glaubt sie, dass der letzte Zar noch am Leben ist! Diese alte Mamsell kann keine drei Schritte mehr gehen. Wie soll ich so schnell an einen Rollstuhl für draußen kommen? Das geht nicht gratis, das kostet alles Geld …«

Sie forderte hundertfünfzig Dollar; ich nahm mein Portemonnaie und legte die Zehnerscheine auf ihren Schreibtisch.

»Gut, in Ordnung …« Die Geldscheine verschwanden wieselflink in ihrem Dekolleté. »Kommen Sie morgen gegen zwölf wieder her.«

Am nächsten Morgen schob ich die mysteriöse alte Frau im Rollstuhl nach draußen. Die Räder knirschten auf dem überfrorenen Trottoir. Frau Lentowa hatte mir ein Etui mit einer Spritze mitgegeben; sollte ihre Patientin einen Aggressionsschub erleiden, müsste ich ihr eine Injektion geben.

Die ganze Nacht hatte ich kaum ein Auge zugetan wegen der Hotelhuren, die mich andauernd mit ihren honigsüßen Stimmen wachgeklingelt hatten. Inzwischen plagten mich Gewissensbisse. Ich wusste fast nichts von Siderius, aber er hatte mir vertraut. Vertrauen, das ich missbraucht hatte, indem ich am Nachmittag Posorski angerufen hatte, um ihm zu sagen, dass er auch meine restlichen Bibeln haben könne, um sie zu verscheuern.

Ich wollte so schnell wie möglich raus aus dem Land.

»Oooh!« Frau Pokrowskaja richtete ihre Perlmuttaugenhöhlen verzückt zum grauen Himmel. »Was für eine herrlich frische Luft! Meine liebe Stadt … Wo gehen wir hin?«

Die Räder des Rollstuhls drehten sich in alle Richtungen; um geradeaus zu fahren, musste ich dauernd gegen Widerstände ankämpfen.

»Na, wo gehen wir hin, mein Schwälbchen?«

Wir waren umstellt von einer Wüstenei an Mietskasernen, Rauchfahnen in der Ferne. Das Zentrum lag fünfzehn Kilometer entfernt.

»Sagen Sie es mir«, antwortete ich dann.

»Ecke Rubinsteinstraße/Newski-Prospekt ...«, sagte Frau Pokrowskaja dann, sie freute sich diebisch an ihrem Mantel aus verschlissenem Marderpelz mit der dazugehörigen Mütze; die Sachen hatte sie vom Heim ausgeliehen bekommen. »Wie alt bist du eigentlich, mein lieber Junge?«

Ich sagte es ihr.

»Mein erster Liebhaber war vierzig, ich selbst war da ein Mädchen von siebzehn. Er war Amerikaner ... Ja, plötzlich tauchten unter all den Revolutionären in ihren schwarzen Lederjacken mir nichts, dir nichts ein paar hübsche Amerikaner auf. Um uns zu essen zu geben! Meine Familie war plötzlich *bourgeois* ... Papa, Mama, Natascha ... Wir haben in der Rubinsteinstraße gewohnt ... Und dann wurden sie eines Abends alle abgeholt ... Mich haben sie einfach vergessen! Ich war ja auch keine echte Bourgeois, sondern ein adoptiertes Waisenkind ... Sie haben geglaubt, dass ich das Kind eines Dienstmädchens wäre! Alle Jungs haben mich damals ›mein Honigtöpfchen‹ genannt ... Hey, was machst du da?«

Ich hatte den erstbesten Lkw angehalten. Für dreißig Rubel wollte uns der Fahrer ins Zentrum bringen. Der Rollstuhl verschwand zwischen den Hacken, Schaufeln und Schubkarren auf der Ladefläche. Frau Pokrowskaja musste in die Kabine gehievt werden, was mühsam vonstatten ging, doch sie amüsierte sich königlich. Der Chauffeur, ein gedrungener Tatar mit einem Pfannkuchengesicht, hatte einen Heidenspaß daran.

Als sich der Laster wieder in Bewegung setzte, rieb sich Frau Pokrowskaja vergnügt ihre fast durchsichtigen Hände. »Zu meinem Siebzehnten war ich auch zum ersten Mal in Moskau, mit dem Zug, auf einer Feier mit Sowjetkommissaren und Amerikanern ... Was da gesoffen wurde! Die Sektkorken flogen wie Kugeln umher! Eine schreckliche Stadt, Moskau ... Schau, wir fahren wie die Fürsten!«

Der Tatar schaltete mit viel Bravour. Immer wenn er eine Kurve nahm, packte ich die hochbetagte Russin fest an ihrem Marderpelzärmel und fragte mich, warum ich mich zu dieser absurden Tat hatte hinreißen lassen. Der Zauber des Vortags in seinem türkisfarbenen Dunkel, der mich auf die Idee gebracht hatte, mit der alten

Frau bekannt und auf rätselhafte Weise durch die Abfolge der Zeiten miteinander verbunden zu sein, hatte sich längst verflüchtigt. Ich schrieb meine Nachgiebigkeit dem Alkohol und meinem von dieser biblischen Mission überreizten Gemüt zu.

Frau Pokrowskaja haute den Tataren um eine Kippe an; übermütig blies sie den Rauch an die Windschutzscheibe, die wie verrückt vibrierte. Sie fing an, dem Chauffeur Anweisungen zu geben und tat dann kund, dass sie Sahneeis essen wollte. Und wo in Petersburg wurde heutzutage ein guter Likör ausgeschenkt?

»Zum *Astoria*!«, befahl sie dem Tataren, während sie auf der Papirossa herumkaute, die zwischen ihren Lippen baumelte.

Ich sagte ihr, dass das Hotel wegen Renovierung geschlossen sei.

Wir kamen an einem klassizistischen Regierungsgebäude mit abgeblättertem gelbem Putz und weißen Kolonnaden vorbei. Von den Dachsparren aus Zink flatterte ein blutrotes Transparent mit der Losung: EHRE DER ARBEIT! Als wir die Brücke über die Newa zum Englischen Ufer passierten, setzte Frau Pokrowskaja ihre Pelzmütze ab. Ihr Haarknoten öffnete sich. Durch das Engelshaar bekam ihr Gesicht etwas geradezu Mädchenhaftes.

Laut begann Frau Pokrowskaja vor sich hin zu brabbeln. Ihr Russisch war noch immer ungewöhnlich klar, aber ich wurde aus ihren Worten nicht klug. Sie erzählte von den Eishackern auf der Newa, von ihrem Vater ... Wo war ihr lieber Papa? Im Winter wurde Eis aus dem Fluss gehackt; ganze Brocken von einem Meter mal einen Meter, die mit einem Pferdeschlitten in die Keller abtransportiert wurden ... Um im heißen Sommer kalte Getränke und Eis daraus zu machen, Sahneeis! Die Petersburger waren versessen auf Eis! Eines Tages war ihr Papa ertrunken, entnahm ich ihren Worten, war in das Loch in der Newa gestürzt, das er selbst gehackt hatte ... Mit seinem blöden Suffkopf! Ihre Mutter kam in die Wohnung gestürmt und hatte gesagt: »Papa ist nicht mehr, er ist tot!« Und nicht lange danach war auch ihre Mutter gestorben, an der Cholera; da wurde an den Straßenecken kostenlos heißes Wasser gegen die Verunreinigung ausgeteilt, doch es hatte nichts genützt. Und wieder ein Jahr später lebte sie bei den Pokrowskis in der Rubinsteinstraße, wahren Christen. Sie war aus Liebe adoptiert worden, aber einige Jahre später waren auch sie alle tot, nur sie war am Leben geblieben.

»Hey Kutscher! Du fährst falsch, hier links«, fuhr sie den Chauffeur in feudalem Ton an.

»Was? *Schto?!*« Der Tatar sah mich stumpfsinnig an. »Fahren wir jetzt ins *Astoria* oder zur Rubinsteinstraße?«

»Zur Karawannaja!«, kommandierte Frau Pokrowskaja wieder. »Ich will zu Mascha! Wir wollen Klavier spielen und tanzen ... Und dann kommen Mama und Papa mich abholen. Hü, Kutscher, mach schon! Zur Karawannajastraße!

»Was? Oh, Sie meinen sicher die Tolmatschowastraße? Das weiß ich zufällig. Die hieß früher Karawannaja.«

Etwas später, als der Tatar ein Loch in der Fahrbahn nicht rechtzeitig bemerkt hatte und wir wie in einem Wäschetrockner durchgeschüttelt wurden, tat ihm die alte Russin kund, er sei ein Rindvieh. Der Fahrer trat mitten auf dem Newski-Prospekt auf die Bremse und ersuchte uns in ganz ruhigem Ton, auszusteigen. Nein, er wolle kein Geld mehr von uns haben. Er sei ein ehrenwerter sowjetischer Arbeiter! Er lasse sich nicht einfach so beleidigen!

Ich musste jetzt selbst zusehen, wie ich sowohl den Rollstuhl als auch die steinalte Passagierin aus seinem Lkw kriegte.

Frau Pokrowskaja setzte sich dann ohne Murren wieder in den Rollstuhl. Sie zog ihre Fellmütze bis zu den pergamentenen Wangen herunter, murmelte, dass Schnee fallen würde, und teilte mit, dass wir unbedingt zu Friedländer in die Passage, Newski-Prospekt 48, müssten. Sie brauche dringend einen neuen warmen Schal und Unterwäsche. Dass die Manufaktur Friedländer, von der ich einst sepiafarbene Fotografien gesehen hatte, bereits vor siebzig Jahren auf Veranlassung der Bolschewiken geschlossen worden war, schien ihr völlig entgangen zu sein.

Alles, was sie sagte, vergaß sie sofort wieder. Ihre kleinen grünen Augen schossen immer noch wie Leuchtfischchen gehetzt hin und her. Als ich sie an den Häusern vorbeischob, wo pastellfarbene italienische Patina durch den Sowjetstaub blinzelte, erblickte sie offensichtlich Dinge, die nicht da waren. Wir müssten uns vor der Straßenbahn hüten, meinte sie: Die Mistdinger kämen immer in vollem Karacho um die Ecke! Mit einem verblüfften, fast herausfordernd-frechen Blick musterte sie die Passanten, die fröstelnd vorbeieilten, Desillusion und Mangel spiegelte sich in ihren Blicken.

Ich schob die alte Russin im Rollstuhl weiter in Richtung Moskauer Bahnhof; ständig wurde ich von dem blockierenden rechten Rad Richtung Fahrbahn gezogen. Vor den staatlichen Läden hatten sich die üblichen Schlangen gebildet. Jemand verscherbelte auf der Straße Kugelschreiber und Zwiebeln aus einer Kartoffelkiste. Beim primitiven Straßenhandel drückte man ein Auge zu. Nirgends gab es einen Platz, um sich mal eben hinzusetzen.

In diesem Moment fiel mein Blick auf die andere Seite des Newski-Prospekts, wo die Fassade des Hotels *Europa* zwar ebenfalls eingerüstet war, sich aber hinter den dunkelgelben Fenstern des Restaurantbereiches zur Straßenseite Menschensilhouetten tummelten.

»Wo gehen wir hin?«

»Ins *Europa* ...« Ich schob den Rollstuhl vom Trottoir auf den Fahrweg.

»Ob sie da Sahneeis haben?«

»Natürlich!« Mit voller Kraft, damit der Rollstuhl wegen des einen sich querstellenden Rads nicht umkippte, eilte ich mit der Hochbetagten über den spiegelglatten Asphalt.

»Oh, herrlich!« Frau Pokrowskaja johlte. »Aber ruf dann bitte Mama und Papa eben an ... Ich habe genug Zweikopekenstücke fürs Telefon! Dass sie wissen, wo ich bin ... Dass ich nicht in der Karawannaja bei Mascha bin, sondern dass wir Eis essen gehen ... Luder!« Kurz bevor wir die andere Straßenseite erreicht hatten, hätte uns fast ein scheißefarbener Lada erwischt. »Luder! Otterngezücht! Dreckiger Kommunist!«

Als er uns ankommen sah, knallte der Portier vom Hotel *Europa* die Tür zu. Ich klopfte gegen die Glasscheibe, auf der der Name des Hotels in goldenen Lettern geschrieben stand.

»Wir haben geschlossen!«, tönte es durch die Tür.

»Ich glaube, Sie haben auf.«

»Nein, zu!«

»Aber wer sitzt dann da drinnen?«

»Ausländer ... Wir nehmen hier nur Valuta ...«

Ich zog einen Packen D-Mark-Scheine aus der Hosentasche, winkte damit und hielt ihn gegen das Glas.

Wie von selbst tat sich die Tür auf.

»Bibeln, harte Valuta ...« Frau Pokrowskaja war hin und weg vor Bewunderung. »Junge, du bist mir ja ein Künstler!«

Der Portier in seiner flaschengrünen Dienstjacke half mir, den Rollstuhl über die Granitschwelle zu hieven. Im Speisesaal mit seinen Säulen war es rauchig und eng. Viele Gäste saßen zwischen den mit hellrotem Samt verkleideten Wänden; tatsächlich überwiegend Ausländer.

Sobald wir uns an einem Tisch in einer Ecke niedergelassen hatten, war Frau Pokrowskajas Begehr nach Sahneeis verflogen. Rieche sie da nicht Huhn? Sie wolle ein Brathühnchen mit Bratkartoffeln haben. Und welchen Wein gebe es hier?

»Welchen Wein möchten Sie?« Eine Kellnerin war zu uns getreten. Sie rümpfte ihre Ferkelnase, als hätte eine uralte Frau im Rollstuhl hier grundsätzlich nichts zu suchen.

»Roten«, sagte Frau Pokrowskaja energisch.

»Sauren oder süßen?«

»Sauren? Kind, du hast wohl überhaupt keine Ausbildung? Du meinst doch sicher ›trocken‹? Natürlich trockenen ...«

Ich bestellte ein Bier; wenig später saß mir eine schwelgende Frau Pokrowskaja gegenüber und genoss ihren Wein. Mit beiden Händen, wie eine Mundharmonika, hielt sie sich ein Hühnerbein vor den Mund.

»Woher kennst du meinen Mann?«

Ich sah sie fragend an.

»Wie steht's eigentlich um diesen verfluchten Krieg? Ist immer noch Krieg? Gott sei Dank habe ich aus Leningrad fliehen können ... Ja, zusammen mit meinem Mann Dima konnte ich da rechtzeitig weg ... In den Ural, dann nach Sibirien ... Die Stadt Tomsk ... Glutheiße Sommer gibt's da! Doch wir hatten immer ordentlich zu essen ... Mein Dima ist ein Prachtkerl ... Auf seinem Rücken hat er ein Tattoo von Stalin ... Ein Taugenichts, ein Schwindler, immer hinter fremden Röcken her ... Glaubst du, ich weiß das nicht? Aber er ist kein Mörder! Und mich hat er immer für die Schönste gehalten! Sag mal, woher kennt ihr euch eigentlich? Aus Berlin? Sie kommen doch aus Berlin? Ich wusste es sofort, als ich Sie sah: ein hübscher junger Deutscher! Dima hat mir Koffer voller Sachen aus Berlin mitgebracht. Schöne Handtücher, glänzenden Stoff für Kleider, Schuhe, genau die richtige Größe! Und deutsches Porzellan ... Ich glaube, die Lentowa hat das alles eingesackt. Meinen Sie nicht auch? Dieses Luder! Ich habe mit Natascha gespielt ... Und dann kamen Sie mit einem Karren voller Bibeln in mein Zimmer. Aber ich brauche keine Bibel ... Gott hatte ich immer schon gefressen. Und Gott mich! Ganz sicher, als ich in diesem Haus anschaffen ging, in Tomsk ... Mein Mann hat mir geschworen, dass es nötig wäre, wegen des Geldes ... Außerdem habe ich den Männern damit geholfen ... Eine Kleinigkeit; ein Pläsierchen, bevor die armen Schlucker wieder an die Front mussten! Aber was für ein Dreck! *Hitler kaputt!* Wissen Sie, ob dieser Schuft jetzt tatsächlich geschlagen ist? Jedes Frühjahr sah ich die Kutschen bei uns in der Straße vorbeifahren. Ein ganzer Zug! Dann wurden die Möbel des Zaren vom Winterpalast nach Zarskoje Selo transportiert ... Die Pferde hinterließen harte gelbe Äpfel ... Die Jungs haben sich damit beworfen ... Das war immer im April ... Mit Papa, Mama und Natascha sind wir dann auch zum ersten Mal zur Datscha gefahren. Wir hatten ein Auto, ein französisches! Zwei Jahre habe ich in einer Zelle gesessen, dann vier Jahre in einer Strafkolonie, unschuldig ... Und ich habe nur gebetet, dass dieser Drecksack meiner kleinen Tochter nichts antut ... Ich weiß, wie die Kerle sind! Doch was willst du mit all diesen Bibeln? Nimm dir lieber ein nettes Mädchen, hier laufen genug davon rum. Aber mit den Krankheiten aufpassen! Oh, oh ... Dima hatte mir Mila genommen, ich glaube, das war, als Breschnew schon da war ... Hey, gnädige Frau, haben Sie hier eigentlich auch einen guten Likör?«

Frau Lentowa hatte recht gehabt. Die Zeiten gingen bei der armen alten Frau völlig durcheinander; außerdem drehten ihre eigenen Worte sie immer weiter auf. Trotz ihrer zarten Erscheinung hatte sie eine laute Altstimme. Die Gäste drehten sich ständig missbilligend nach uns um. Nach einer halben Stunde verkündete ich, dass es höchste Zeit sei, dass ich sie in ihr Pflegeheim zurückbrächte, blickte ostentativ auf meine Uhr, winkte der Kellnerin wegen der Rechnung.

»Der Schuft!« Frau Pokrowskaja schien meine Worte völlig zu ignorieren. »Hat er dich mir vielleicht auf den Hals gehetzt, um mich auszuspionieren? Du bist durchschaut! Mit deinen Bibeln! Ja, mein Mann hat dich zu mir geschickt. Um mich auszuhorchen. Aber warum hat er mir Mila weggenommen? Meine Tochter, mein liebes Kind, mein Sönnchen ...«

Ich wollte den Restaurantleiter gerade bitten, ein Taxi zu organisieren, als ein Russe mit einem dunklen Schauspielerkopf in einer violetten Lederjacke samt entenkükengelbem Fellkragen den Speisesaal betrat. Posorski wurde von einem klapperdürren Mädchen begleitet, das geradewegs von der Schulbank zu kommen schien.

Ich machte mich so klein wie möglich. Am nächsten Morgen würde mein Flug zurück nach Amsterdam gehen. Von meinem Bibelkontaktmann mit seiner korrupten Vorgehensweise und seinen Importplänen wollte ich unter keinen Umständen mehr etwas wissen.

»Ja, ja ... Du hast Geschmack, Mann. Das ist derzeit die mit Abstand beste Wirtschaft der Stadt!« Mit einem Nicken dirigierte Posorski den Backfisch an einen Tisch, an dem sich das Kind sittsam niederließ. »Und wen haben wir denn da?« Charmant, mit geheucheltem Interesse, sah er Frau Pokrowskaja aus seinen braunen Hundeaugen an.

Die vor der Revolution geborene Russin strahlte wie Bernstein. Sie reichte ihm dünkelhaft die Hand, nannte ihren Namen und fragte, ob er vielleicht auf Befehl des Generals hierher gekommen sei, um sie zu retten.

»Natürlich, gnädige Frau ...« Posorski hatte mit seiner intuitiven Gerissenheit den Zustand der Alten sofort kapiert; er spielte die Komödie trefflich mit. »Der General bat mich, Sie zu grüßen.«

Ich sagte ihr, dass es mir Leid tue, aber es sei leider höchste Zeit, dass ich sie jetzt in ihr Pflegeheim zurückbrächte.

Der Schrei, der sich der Kehle von Frau Pokrowskaja entrang, grenzte ans Surreale; eine menschliche Sirene. Während sich nun alle Augen im Speisesaal auf uns richteten, schien sich die Alte aus ihrem Rollstuhl herauswinden zu wollen. Sie flehte Posorski an, sie mitzunehmen, während sie mich wieder als Betrüger beschimpfte, ein Freund ihres Mannes ... Der Schuft, der ihr Mila genommen hatte! Er sei doch im Auftrag des Generals gekommen?

»Nimm mich mit!« Frau Pokrowskaja zerrte an Posorskis Arm. »Der General ist der Einzige, der mir Mila zurückbringen kann!«

In diesem Augenblick geschah etwas Seltsames. Ihre Augen verschwanden hinter dem gleichmäßigen Weiß in ihren Höhlen; Schaum trat auf ihre Lippen. Die arme Frau bekam den Anfall, vor dem mich Frau Lentowa gewarnt hatte.

»Was für ein verrücktes Weib!« Mit einer Gebärde des Ekels hatte sich Posorski von seiner hysterisch gewordenen Landsmännin losgemacht. »Sag mal, sehen wir uns heute Abend noch im *Nord*? Wir müssen unbedingt reden!«

Den Lippen der Alten entrang sich eine Art Todesröcheln. Panisch zeigte ich Posorski das Lederetui in der Seitentasche des Rollstuhls. Er setzte die aufgezogene Injektionsspritze wie einen Dolch auf ihren Oberschenkel, stach einfach durch den Stoff ihres Kleides hindurch, und rief, dass dieses Wesen in den nächsten hundert Jahren nicht mehr aufwachen würde.

Zwanzig Minuten später kam die alte Frau im Taxi wieder zu sich. Ein Schneesturm war aufgekommen; der Fahrer kämpfte sich durch die weißen Wirbel über die Straßen. Sie lag mit ihrem Kopf auf meinem Schoß auf der schaukelnden Rückbank. Sie öffnete erst das eine, dann das andere Auge. Ich wollte mich zurechtsetzen, da erschien ein Lächeln auf ihren Lippen, wie bei einem gerade erwachten Kind.

»Fahren wir zu Papa?«, fragte sie.

Ich nickte.

In meinem Hotel fand ich zwei Nachrichten vor: ein Telegramm von Siderius, in dem stand, dass Holland inzwischen grünes Licht für die Sendung von weiteren achtzigtausend Bibeln gegeben hatte. Und eine Nachricht, die Posorski bei der Empfangsdame telefonisch hinterlassen hatte, die besagte, dass er mich an diesem Abend definitiv im *Nord* erwartete.

Ich zerriss die Zettel. Mein Entschluss stand fest. Ich würde am nächsten Tag zurückfliegen, um nie wieder in die UdSSR zurückzukehren.

Dass meine russischen Jahre gerade erst begonnen hatten, ahnte ich nicht.

Zweites Kapitel

Meine Frau und ich ließen uns im Strom hinaustreiben auf die vor Menschen wimmelnde Straße unter dem Nachthimmel, olivgrünschwarz, wie immer zu dieser Jahreszeit. Herbst in Sankt Petersburg – die Theatersaison hatte gerade begonnen.

Das Theaterpublikum wurde auf dem Weg zu einem Souper irgendwo in der Stadt in Rekordtempo von Taxis und Limousinen mit abgeblendeten Scheinwerfern abgeräumt, junge Frauen, dünner als Papier, falteten sich zügig auf der Rückbank zusammen, Männerbäuche schoben sich hinterher.

Wir waren in *Giselle* gewesen. Als wir vom Mariinski-Theater nach Hause gingen, umarmt von Stadtpalästen und den immer leerer werdenden Straßenschluchten, bekam ich es mit der Angst zu tun.

Ich musste an Flaubert denken, der seinerzeit eng mit Théophile Gautier befreundet war, einem der Autoren des Librettos für *Giselle*, das im Juni 1841 an der Pariser Oper Premiere gefeiert hatte und jetzt, 175 Jahre später, an diesem dunklen, bewölkten Septemberabend wieder aufgeführt wurde. Die Primaballerina war unter Blumen begraben worden. Standing Ovations von mindestens einer Viertelstunde. Wir hatten zusammen gute hundert Euro bezahlt. Für die Galerie.

Aber der Blick war wirklich phänomenal; wir saßen fast in der himmelblauen Deckenkuppel mit den freskenartigen, schwebenden Cherubinen; links unten war die Zarenloge mit ihrem Flittergold und dem blauen Samt. Der Kronleuchter, das absolute Prunkstück, hatte so ziemlich alle Häupter beschienen, die eine Rolle in der russischen Geschichte spielten, und auch all die der Namenlosen, die unzählbar vielen Millionen.

Wir schlenderten die Dekabristenstraße entlang. Julia wollte wissen, warum ich immer noch so still und schwermütig war. Sie sprach über den Star des Abends, eine Ballerina Petersburger

Herkunft, die aber fast nur noch im Ausland auftrat. Meine Frau verspürte ihr gegenüber einen schwärmerischen Stolz, als wäre es ihre eigene Tochter.

Mit meinen Gedanken war ich inzwischen bei Gautier und Flaubert. Was hatte der Schöpfer von *Madame Bovary* für eine Wahl gehabt! Als er zwanzig war, wurde er plötzlich von der Epilepsie heimgesucht. Kurz nachdem sein Vater in der Blüte seines Daseins als Arzt gestorben war, erlag Flauberts Schwester Caroline, die gerade eine Tochter zur Welt gebracht hatte, dem Kindbettfieber. Der spätere Schriftsteller, sein Bruder, seine Mutter und der schreiende Säugling blieben zurück. Die Schwester wurde in ihrem Brautkleid in den Sarg gelegt und begraben. »Meine Mutter ist ein weinendes Denkmal«, hatte Flaubert einem Freund geschrieben. »Was für ein Haushalt, was für eine Hölle! Und ich? Ich habe trockene Augen wie eine Marmorstatue ...«

So also sollte man leben, nicht jammern. Sondern mutig sein. Weitermachen.

Über den Platz nahe der Isaakskathedrale hallte ein lauter Donnerschlag. Für meinen Lebensunterhalt war ich einige Male im Krieg gewesen; ich hatte gelernt, den Ursprung solcher Schläge fehlerlos zu lokalisieren.

Doch dieses Mal irrte ich mich.

Es begann zu prasseln, wie aus Eimern zu schütten. Wie flüssiger kalter Stahl fiel das Regenwasser senkrecht vom Himmel. Wir rannten zur Drehtür des *Astoria*; aus der Glasspiegelung trat gerade ein Mann nach draußen. Er spurtete mit schmatzenden Sohlen los zu einem weißen Taxi, das mitten auf der Straße mit blinkendem Warnlicht stand.

»Wo müssen Sie hin?«, keuchte er.

»Tschaikowskistraße 40«, sagte ich.

»Okay, steigen Sie ein.«

Wir fuhren am Moskauer Bahnhof vorbei, nur wenig später standen wir still vor unserer Wohnkaserne. In der Straße hing der süße Duft der Brotfabrik auf der anderen Seite, die bereits auf Hochtouren lief. Hinter uns lagen Stadtkasernen. Soldaten und Brot – alles war in Reichweite.

Der Aufzug in unserem Treppenhaus funktionierte wieder einmal nicht, also stiegen wir die glatt gewetzten Granitstufen unserer Paradetreppe hinauf.

Drinnen hüllte sich meine Frau sofort in ihren Morgenrock und sprach beruhigend auf unsere drei Katzen ein, die ihre Beine umstrichen; die Schwänze senkrecht aufgestellt, sechs Saphiraugen waren voller Anbetung auf sie gerichtet. Sie ging in die Küche, um Teewasser aufzusetzen, und rubbelte in der Zwischenzeit ihre langen dunklen Haare mit einem flauschigen, weißen Handtuch trocken. Sie fragte, ob ich Tee wolle, als wüsste sie nicht, dass ich nie welchen trank, außer wenn ich krank war.

»Willst du wirklich keinen Tee?«

»Wirklich nicht ...«

Die Weißweingläser im Theater waren wie üblich eher bescheidenen Ausmaßes gewesen, mein Alkoholpegel war niedrig. Ich ging schnell zum Kühlschrank, schenkte mir ein Glas ein und begab mich zum Kamin. Wenig später sprühten in seinem Marmorgehäuse die Funken, flammte das Eschenholz auf, das ich früher am Tag eingekauft hatte; es duftete, und die heiße Glut schlug mir ins Gesicht.

Meine Frau hatte sich in ihrem Schalensessel niedergelassen, links und rechts von ihr und auch auf der Rückenlehne als lebende Wärmflaschen die Katzen.

Ich kroch hinter meinen Schreibtisch, der mit Blick auf den dunklen Innenhof am Fenster stand. Durch die Orgel der Fallrohre in Abmessungen, dass ein Zwerg locker darin verschwinden könnte, stürzte das Wasser gurgelnd und an den Mauern widerhallend in die Tiefe. Es setzte wieder ein paar Donnerschläge von der Newa her. Ich knipste meine Leselampe mit dem grünen Schirm an. Mein Schreibtisch, ein antikes Schlachtschiff mit ornamentierten Füßen, lag voll mit teils aufgeschlagenen Büchern, Papieren, alten Theaterkarten, Zugtickets, Fotos, Bernsteinstücken, an glücklichen Tagen an der Ostseeküste gefunden. Es herrschte ein heilloses Durcheinander, aber ich hatte ein paar Bücher daran geschrieben.

Julia ließ inzwischen die *Giselle*-Ouvertüre, die wir kurz zuvor im Mariinski gehört hatten, durch unser Wohnzimmer mit den hohen Wänden schallen.

Heimlich musterte ich meine Frau in ihrer kätzischen Umrahmung: dunkel, schön, klassisch, bestrahlt vom warmen, gelben Licht einer Messinglampe. Meine Eltern lagen mehr als zweitausend Kilometer entfernt in den holländischen Dünen begraben. Auch Julias Vater und Mutter waren tot; Kinder hatten wir nicht. Alles in allem eine überschaubare Existenz. Dennoch wurde ich wieder einmal übermannt von meiner Angst, einer Düsterkeit, die lebenslang mein Bundesgenosse gewesen ist, und obwohl ich immer wieder gegen sie angekämpft habe, ist sie wie eine hartnäckige Hautkrankheit immer wieder zum Vorschein gekommen.

»Genial, diese Aufführung, oder?« Julia sah von ihrer französischen Kochzeitschrift, die sie langsam durchblätterte, hoch zu mir.

Ich stand auf, holte die Weinflasche aus dem Kühlschrank, setzte mich wieder an meinen Schreibtisch, schenkte ein, öffnete meinen Laptop und checkte zum ersten Mal an diesem Tag meine E-Mails.

Ich las:

Hallo Pjotr,

letzte Woche hatten wir hier im Verlag eine tolle Idee. In einem Jahr ist die Russische Revolution hundert Jahre her. Wir waren so ein bisschen am Überlegen, und da haben wir uns gedacht: Wäre es nicht schön, wenn du darüber ein Buch machen würdest? Aber nicht zu dick. Und halte es vor allem persönlich. Um diese Zeit herum wird man natürlich von Gedenkbüchern erschlagen. Wenn wir aus diesem Berg an Publikationen hervorstechen wollen – durch Medienaufmerksamkeit – dann klappt das nur, wenn du es persönlich hältst. Persönlich, persönlich, persönlich. Wir müssen allerdings schnell Bescheid wissen, denn obwohl das Frühjahrsprogramm noch nicht ganz steht, arbeiten wir schon am Herbstprogramm.

Ich habe schon ewig nichts mehr von dir gehört, aber ich hoffe, dass es dir gut geht.

Xe

Ein halb verbranntes Scheit vom Vortag war wie die Hülse einer frisch abgefeuerten Granate rotglühend auf die Schutzplatte gefallen. Ich stand auf, um die Sache mit dem Feuerhaken zu richten. Unser Marmorkamin ist ein wahres Meisterwerk; auf seinem Mantel ist ein Schwalbenpärchen zu sehen, das seine drei Jungen im Nest füttert. Wir waren uns fast sicher, dass er das Werk eines unbekannten italienischen Künstlers sein musste. Hin und wieder strich ich mit der Hand darüber, um die Handwerkskunst und Glätte des Marmors zu fühlen.

Ich warf die Holzgranate in die Glut, wich vor den mandarinenfarbenen Funken zurück, legte ein frisches Stück Eschenholz nach und rüttelte alles mit dem schmiedeeisernen Schürhaken durch, der vor langer Zeit das Feuer in einem Haus in Enkhuizen anzufachen geholfen hatte. Es war ein Erbstück einer Großtante. Fast jeder Mensch wird an einem bestimmten Punkt seines Lebens zum Sammler von kostbaren Brosamen aus den Leben anderer. Einige Teller in unserer Küche stammten noch von meinen Eltern, die Messer und Gabeln auch. Unser deutsches Büffet war aus Kaliningrad, wo Julias Großeltern den Großteil ihres Lebens verbracht hatten. Und so stand unser Zweizimmerappartement rappelvoll: mit Büchern, Büchern, Büchern, vielen Gemälden, einem Jugendstilspiegel, liebgewonnenen Fotos, Julias Teekannensammlung, dem dunkelblauen Aschenbecher aus Glas von ihrer Großmutter, einer antiken französischen Messinguhr auf dem Kaminsims, Gips-Skulpturen von Komponisten (zwei von Wagner) und anderem Zeug, bei dem man sich fragte, wo das alles eines Tages landen würde. Manchmal, in meinen allerschwärzesten Momenten, sah ich schon die Lumpensammler in ihren Kitteln und schmutzigen Schuhen hereinkommen. Das kinderlose Ehepaar war gestorben. Mit ihren Füßen würden die Trödler das Parkett, das wir immer liebevoll gepflegt hatten, dreckig machen; Dollarzeichen in den Augen. Was würde mit unserem zusammengesammelten Leben passieren? Mit dem Zeug hier auf meinem Schreibtisch?

Das Blut pulste in meinen Schläfen. Ich klickte die Mail meiner Verlegerin weg, würgte einen trockenen Kloß in meiner Kehle herunter und starrte einen Moment auf einen kleinen Schrank mit den Büchern, die ich in den letzten zwanzig Jahren selbst geschrieben hatte: zehn. Doch es war alles umsonst gewesen; ich hatte mich jahrelang einer Illusion hingegeben.

»Wie ist der Wein?«, fragte Julia.

»Hervorragend …« Ich blickte wieder auf den Bildschirm und beschloss, die Mail nicht erst kurz vor dem Zubettgehen, sondern sofort zu beantworten.

Liebe E,*

Es fällt mir schwer, dir zu antworten, aber ich hatte dir doch schon früher mitgeteilt, dass ich nicht mehr schreibe? Nach fast einem Vierteljahrhundert gebe ich es auf. Und das hat nichts mit der zutiefst korrupten niederländischen Literaturwelt zu tun, in der noch immer eine Handvoll von todängstlichen, einander in den Arsch fickenden Torwächtern Bücher und damit Schicksale machen und zerstören können. Es ist vielmehr so, dass …

In diesem Moment setzte es wieder ein paar Donnerschläge; diesmal kamen sie aber nicht von draußen, von der Newa her, sondern von irgendwo unten im Haus. Es klang so bedrohlich, dass die Katzen im Nu jede in eine andere Ecke des Zimmers wegspritzten, meine Frau in ihrem Morgenrock fassungslos zurücklassend. Schnell bedeutete ich ihr, sie möge sitzen bleiben; zuerst wollte ich selbst nachsehen, was da los war. Ich schlüpfte in meine Schuhe, stieg die Paradetreppe hinab und blieb auf halbem Wege stehen. Auf dem Treppenabsatz war einer unserer Nachbarn aus der kommunalen Wohnung unter uns in einem blauweiß gestreiften Matrosenhemd dabei, mit einem Beil ein antikes Schränkchen kurz und klein zu hacken.

»Nein, nicht Mamas Kommode!«, kreischte die Stimme seiner Frau durch den Türspalt hinter ihm.

»Du dreckige Straßennutte, dir werd ich …!« Das Beil schwang hinauf über sein feuerrotes, schnurrbärtiges Haupt, wütend grinste er das Möbelstück aus poliertem Kirschholz an. »Nein, nicht Mamas Kommode …«, imitierte der Mann mit falschem Ton die

Stimme seiner Frau. »Aber warum denn nicht? Hure!« Er ließ das Beil wieder niedersausen, Splitter und Kupferbeschläge flogen durch die Gegend. »Das war es, das Schränkchen von Mama!«

Das versoffene Clownsgesicht seiner Frau erschien nun komplett im offenen Spalt der beiden abgeblätterten Salontüren. Schweigend sah sie zu, wie ihr Mann sein Zerstörungswerk fortsetzte; die Oberseite des rubinrot geflammten Möbelstücks war bereits völlig zertrümmert.

»Also, du Hure! Merk dir das! Und wenn du von jetzt an nicht machst, was ich dir sage, kommt alles dran, kapiert? Alles! Wir werden den ganzen Rotz hier verkaufen ... Ich werde verrückt in diesem verschimmelten Stall ... Lieber einen Schuppen im Wald, als noch länger hier ... Verkaufen ... Alles wird anders, alles!«

Ich hatte den Aufzug, der anscheinend wieder ging; oben anschlagen hören, die Metalltüren öffneten sich. Mit einem Fuchspelz um den Hals, eine schwere Parfümwolke verbreitend, trat Sinaida Petrowna, die Mutter der berühmten Opernsängerin, in den Hausflur.

»Gennadi Nikolajewitsch!« Die kecke Russin rief meinen Nachbarn strafend an, woraufhin er sein sinnloses Vernichtungswerk sofort stoppte. »Was machen Sie da?«

Ihre kaukasischen Augen mit den getuschten Wimpern sprühten Feuer.

»Feuerholz für den Herd.«

»Feuerholz?«

»Ja, Feuerholz! Dieses Schränkchen war noch von meiner Schwiegermutter, der Hexe! Sie war eine Hexe, und meine Frau ist auch eine Hexe. Oh, hätte ich das mal früher gewusst ... Töchter kommen nach ihren Müttern ... Jetzt hat sie denselben dicken Arsch und Schweinekopp wie sie. Aber bestes Feuerholz!«

»Warum hier?«

»Wo sonst?« Schwer keuchend, wobei es schien, als täte er jeden Moment seinen letzten Schnaufer, ließ Gennadi Nikolajewitsch das Beil wie der Neandertaler seine Keule lasch an seinem Hosenbein herabbaumeln.

»Das hier ist ein Gemeinschaftsraum ... Soll ich vielleicht den

Hausmeister rufen? Oder die Polizei? Warum ...«, wandte sich Sinaida Petrowna sich plötzlich an mich. »Warum haben Sie das nicht verhindert?«

Ich sagte, dass ich gerade erst herbeigeeilt sei, dass ich ...

»Er will hier alles plattmachen ...«, erwachte der Clownskopf im Türspalt mit einem Gähnen wieder zum Leben. »Endlich ist jemand gekommen, um unsere vierundzwanzig Quadratmeter zu kaufen ... Aber was kriegen wir dafür? Nicht mal eine Hundehütte im letzten Außenbezirk ...«

Mein Nachbar ließ seinen Säuferblick für einen Moment über die Verwüstung schweifen, die er angerichtet hatte; als ob er sich ihres Ausmaßes erst jetzt bewusst würde. Es sagte, als er seiner Frau im Türspalt seinen Robbenkopf halb zuwandte: »Lieber eine Hütte mit eigenem WC als ewig im Scheißemief von zwölf anderen ... Ich will hier weg!«

»Oh, unser schönes Schränkchen!« Mit ihrem dicken Kinn auf der Türkette schaukelnd, sah die Nachbarin ihren Mann entgeistert an. »Warum denn das Schränkchen meines verstorbenen lieben Mütterchens ... Brennholz? Wir haben doch gar keinen Herd, lieber Gennadi. Junge, was hast du da bloß angerichtet? Jetzt ist alles kaputt! Diese Herrschaften da!« Mit erhobener Stimme richtete sie sich plötzlich an Sinaida Petrowna und mich. »Ja, ihr da, in euren schönen Appartements, ihr habt schicke Kamine! Bei uns wurde alles vor einem Jahrhundert kaputtgemacht ... Wir können hier, mit uns Zwölfen hinter einer Tür, am Ofen krepieren ...«

»Deshalb ja, Mascha ...« Mein Nachbar richtete seine feuchten Augen reumütig auf seine Frau. »Deshalb wollte ich den Krempel auch verkaufen ... Lieber eine Hütte in einem Außenbezirk als ...«

»Gut, Gennadi, gut! Ich werde noch einmal darüber nachdenken«, sagte Mascha der Clown dann. »Aber leg zuerst das Beil weg ... Und hol mir am Kiosk was zu trinken. Ich komme um vor Durst! Schau, ob sie noch diesen Pflaumenlikör haben ... Und was zum Teufel steht ihr da noch rum und glotzt?« Wieder wandte sie sich zornig an mich und die Mutter der Opernsängerin, die nervös am Fuchs um ihren Hals zupfte: »Verzieht euch! Das Treppenhaus ist ein Gemeinschaftsraum. Kapiert? Ge-mein-schaft-lich! Wenn mein Mann hier mit einem Beil einen Schrank kleinmachen will, dann ist das sein gutes Recht!«

Sinaida Petrowna verschwand im Aufzug, nachdem sie mir hilflos einen vielsagenden Blick zugeworfen hatte. Langsam stieg ich die Treppe hinauf, vorbei an einem zerbrochenen Fenster, hinter dem das Regenwasser noch immer in die Dachrinnen prasselte und gurgelnd durch die Zinkrohre rauschte.

Julia stand unter der Dusche. Als sie in einem Lichtkegel aus Dampfschwaden in ihrem Bademantel und Frotteelatschen herauskam, erzählte ich ihr, was passiert war. »Arme Schlucker«, murmelte sie, verschwand im Schlafzimmer und fragte, ob ich auch gleich kommen würde.

Zuerst schrieb ich die E-Mail an meine Verlegerin fertig, wobei ich noch schnell zwei Gläser von dem Roten trank. Der Mensch schläft am besten nach Rotwein.

Vor Kurzem hatte man mir signalisiert, dass mein Vertrag bei der Zeitung – der in anderthalb Jahren auslief – wahrscheinlich nicht verlängert werden würde. Durch ständig zurückgehende Auflagen war die gedruckte Zeitung ein sinkendes Schiff. Freelancer, Freeloser. Was sollte ich machen? Ich würde so gut wie keine Rente bekommen. Zwanzig Jahre lang hatte ich gegen alle wechselnden Moden, trotz politischer Krisen, Pressekonferenzen und vieler Reisen, die mich als Reporter in Kriegsgebiete führten, fast jeden Tag an meinen Romanen weitergeschrieben. Mit meiner Literatur hatte ich durchschnittlich keine dreihundert Euro im Monat verdient. Das Alter starrte mich an wie eine vor mir klaffende Schlucht. Ich würde meine Frau, wie es so schön heißt, »unversorgt« zurücklassen. Es war vorbei, ich musste schnell etwas anderes anpacken.

Nachdem ich meine Verlegerin eine Woche zuvor über meine Entscheidung informiert hatte, sagte ich schließlich auch Julia, dass ich mit dem Schreiben aufhören würde. Ich gehörte zum absoluten Bodensatz der Literaturszene.

»Jetzt hör mir mal ganz genau zu«, sagte meine Frau.

Danach kriegte ich eine volle Breitseite.

Am nächsten Morgen besuchte mich mein Schwager Alexej. Julia saß mit unserer mittleren Katze Ljolja bei der Tierärztin direkt hinter dem Witebsker Bahnhof. Das Tier hatte tagelang kaum Stuhlgang gehabt. Aus dem Wartezimmer schrieb mir meine Frau, dass es rammelvoll sei, dass eine Notoperation durchgeführt werden müsse (gerade sei ein jaulender Schäferhund eingeliefert worden) und dass noch Apfelkuchen für ihren Bruder im Kühlschrank stünde. Ich setzte Kaffee auf und bot meinem Schwager ein Riesenstück Apfelkuchen an, mit vielen Rosinen.

Er griff zu, als wäre er halb verhungert. Seit der Beerdigung meines Schwiegervaters im letzten Sommer hatte ich ihn nur ein paar Mal gesehen. Für einen Russen wirkte mein Schwager bemerkenswert jung. Er besaß noch alle seine Haare, die fest und von guter Struktur waren, obwohl er die fünfzig bereits überschritten hatte, gleichmäßig dunkel, ohne den leisesten Anflug von Grau. Aber in seinen hellgrau-grünen Augen lag ein tiefer Schmerz.

Jahrelang hatte er für einen Betrieb Qualitätskontrollen von Obst und Gemüse, das per Schiff in den Hafen von Petersburg gebracht wurde, durchgeführt; die Berichte waren sowohl in Russisch als auch in Englisch abgefasst. Ich hatte mal einen solchen Bericht von ihm gesehen und war schwer beeindruckt von den Tabellen, den Koeffizienten über Temperatur, Säuregehalt, Pilze, Bakterien und andere Dinge. Nachdem sich die Haltbarkeit einiger Produkte, die geliefert worden waren, erheblich verschlechtert hatte, war er einige Male ins Ausland geschickt worden, um die ersten Untersuchungen gleich an Ort und Stelle vorzunehmen. So arbeitete er einmal drei Wochen in Nordmarokko wegen der Orangenernte, in Chile wegen der Kiwis, und er hatte auch drei Monate in einem kleinen Hotel im Vlissingen verbracht, von wo aus er jeden Tag die zeeländischen Felder inspizierte, um die Zwiebeln und Möhren zu kontrollieren, die bald geerntet werden sollten. Trotz seiner hochspezialisierten Arbeit hatte mein Schwager immer wenig verdient. Mit seiner Frau Tanja lebte er in einer armseligen Zweizimmerwohnung auf der Wassiljewski-Insel, sechster Stock ohne Aufzug. Eines Tages, als der Rubel wieder einmal gefallen war, wurde er gefeuert. Was tun? Er hatte noch ein Kapital von einigen tausend

Euro und begann mit seiner Frau und seinem Sohn Dima von zu Hause aus einen Handel mit Glycerin, das für alles Mögliche verwendet wird, von der Herstellung von Shampoo und Seife bis zum illegalen Aufpimpen von minderwertigen Weinen. Seine Ware bezog er von einer flämischen Fabrik irgendwo in der Nähe von Gent. Große Bestände konnte sein Familienunternehmen mangels Kapital nicht anlegen. Kredite gab es nicht. Mochte der von den Banken geforderte Zinssatz auch um gute zwanzig Prozent steigen, sie hatten das Geschäft irgendwie über Wasser gehalten. Nach einem Jahr kaufte mein Schwager einen neuen Gebrauchtwagen. Er fuhr sogar mit seiner Frau nach Spanien in Urlaub. Doch dann schlug die Krise wieder zu: Der Wechselkurs des Euro zum Rubel war um die Hälfte gesunken. Sein Handel lief in harter Valuta, während die Verträge mit seinen Abnehmern Rubelgeschäfte waren. Er wurde immer weiter zurückgedrängt; als kleiner Lieferant kam er nicht gegen die großen Fische an.

Und so war der Laden letzten Endes in die Binsen gegangen.

»Es ist mir unangenehm, es zuzugeben, aber ... Im Grunde bin ich völlig am Ende ...« Mein Schwager schob die Krümel des Apfelkuchens bedächtig mit den Fingerspitzen zusammen, führte die Untertasse blitzschnell an den Mund und leckte alles wie ein Hund auf.

Er hatte alle seine Schulden beglichen, der Gebrauchtwagen war verkauft. Jetzt besaß er nichts mehr. Doch Alexej ließ den Kopf nicht hängen. Er habe einen Plan; einen großartigen Plan, mit dem er sowohl seinen Lebensunterhalt verdienen als auch zugleich einen alten Traum verwirklichen könne. Mit einem Freund aus Schulzeiten wolle er eine gebrauchte Segeljacht kaufen; ein Prachtschiff, eine einmalige Gelegenheit, jetzt oder nie.

Mein Schwager verfügte über alle Papiere, die für das Segeln auf offener See überhaupt zu bekommen waren. In den letzten Jahren der Sowjetunion hatte er an Regatten teilgenommen. Trotz aller finanziellen Probleme war er seinem Sport immer treu geblieben.

Wirtschaftlich mochte es generell schlecht laufen, doch in der Stadt gab es immer noch genügend Menschen mit Geld in Hülle und Fülle. Viele würden ein Segelboot kaufen wollen, aber ihnen fehlten die nötigen Papiere. Mit seinem alten Schulfreund wolle er hier am Finnischen Meerbusen eine Segelschule gründen. Vielleicht könnte man die Aktivitäten später nach Italien, Spanien, auf wärmere Gewässer ausweiten ... Es sei wirklich eine einmalige Gelegenheit, fuhr mein Schwager lebhaft fort. Das Schiff war elf Jahre alt, doch noch ausgezeichnet in Schuss. Eine Schönheit! Dreißigtausend Euro. Sein Freund würde zehn Mille zahlen, weitere zehn Mille könnten sie sich von der Bank leihen, aber dann müsse er selbst noch zehn Mille auftreiben ... Ja, und nun dachte er ...

Ich ging in die Küche, kam mit der Kaffeekanne und dem restlichen Apfelkuchen zurück. Wieder fiel mein Schwager gierig über den von seiner Schwester gebackenen Leckerbissen her und sagte: »Du kriegst das Geld natürlich so schnell wie möglich zurück. Nach unseren Berechnungen sollten wir Ende des Sommers, wenn die Saison gut ist, schon die Hälfte zurückzahlen können. Es ist wirklich eine Schönheit ... Die *Nautilus*, ein fantastischer Name!«

Eine Viertelstunde, nachdem ihr Bruder gegangen war, kam Julia mit der Katzentasche nach Hause. Ihr Gesicht war gerötet, nicht wegen der plötzlichen Kälte, sondern wegen der Tränen. Ihr Gesicht war rot, weil sie weinte.

»Ljolja.« Meine Frau ließ die karierte Tasche mit dem Schnurrbartschnäuzchen unserer Mittleren hinter der Gaze langsam am Henkel zu Boden sinken. »Es ist was Schlimmes mit Ljolja ... Oh, was soll ich bloß machen?«

Natürlich hatte ich meinem Schwager versprochen zu helfen, aber es gab ein kleines Problem: Ich hatte das Geld nicht. Während Julia mit ihren Freundinnen auf der ganzen Welt – der jüdisch-russischen Diaspora – telefonisch über die beste Methode zur Behandlung von Ljoljas Darmerkrankung konferierte, fühlte ich mich noch Tage nach Alexejs Bitte wie erschlagen; das ganze existenzielle Elend hatte mich mit einem Mal wieder im Griff. Ich war über fünfzig, hatte ein Leben lang gearbeitet, doch ich war nicht einmal in der Lage, einem notleidenden Familienangehörigen mit läppischen zehntausend Euro aus der Patsche zu helfen. Was für ein Versager war ich denn? Und das, obwohl ich einige Male in meinem Leben vor den Toren des Reichtums gestanden habe; ich hatte daran geschnuppert. Wie viele meiner Freunde hätte ich Millionär werden können. Hätte ich die Dinge besser angepackt. Wäre ich ein bisschen egoistischer gewesen. Härter, abgefeimter. Aber ich hatte im Laufe der Jahre nur Schulden aufgehäuft.

Ich war unwillig, grimmig, konnte den stillen Kummer meiner Frau über unsere kranke Katze kaum ertragen und ging deshalb gegen elf Uhr morgens mit einem Weinkater auf die Straße und überlegte, wie ich an Geld kommen könnte. Musste ich das Angebot meines Verlags doch annehmen? Wieder ein Buch! Wo sollte ich die Kraft dafür hernehmen? Notgedrungen änderte ich also meine Meinung. Ich schrieb meiner Verlegerin eine E-Mail, in der ich einem Buch mit dem Arbeitstitel: *Revolution* zustimmte, das bis spätestens 1. September 2017 für einen Vorschuss von zehntausend Euro, nicht rückzahlbar, abzuliefern war.

Eine Viertelstunde später kam Folgendes zurück:

Hey, alter Knabe!

Oh, wie schön, dass du es machst! Aber wieso zehntausend? Du weißt, wie schlimm es in der Buchbranche zugeht? Zehntausend: das bedeutet, dass wir mindestens fünftausend davon unters Volk bringen müssen, wenn wir wenigstens die Kosten decken wollen. In Anbetracht deiner früheren Verkaufszahlen ist das nicht so realistisch. Sagen wir fünftausend?

Xe

Am Ende waren sie in Amsterdam doch einverstanden. Mit dem Zusatz jedoch, dass, wenn das Manuskript nicht rechtzeitig abgegeben würde, ich den Vorschuss in voller Höhe zurückzahlen müsste. Der Vertrag wurde eingescannt, ich unterschrieb, schickte ihn zurück, und der Vorschuss wurde per Eilauftrag auf mein Konto überwiesen. Jeden Tag ging ich zum Bankomat in der Majakowskistraße, bis ich meinem Schwager eines Nachmittags einen Umschlag mit einhundert Hundert-Euro-Scheinen überreichen konnte, lindenblattgrün, so wie sie in der Marmornische, in der immer das Wärmegebläse lief, wie frisch gedruckt aus der Wand gekommen waren.

Selten hatte ich jemanden so glücklich wie Alexej strahlen sehen. Von der Tierärztin hatten wir gehört, dass Ljoljas Darmerkrankung vielleicht doch nicht so schlimm sei, wie es anfangs schien. Julia sprang vor Glück buchstäblich in die Luft. Mein Schwager wollte den bevorstehenden Kauf des Schiffes sofort feiern; er schleppte uns in ein Restaurant mit singenden Zigeunern, bezahlte großzügig und lachend die Rechnung, nachdem er an diesem Nachmittag einen Umschlag mit einem Betrag erhalten hatte, für den er vorher sicher ein halbes Jahr hätte arbeiten müssen.

Erst am nächsten Morgen, benommen vom Wodka, den ich sonst nicht trank, kam mir zu Bewusstsein, was ich getan hatte. Ich würde am nächsten Tag mit dem Zug nach Moskau zurückkehren, wo mich wieder viele Monate Arbeit erwarteten. Angst umkrallte mein Herz. Woher sollte ich die Zeit für das Buch nehmen? Den Luxus des bloßen Nur-Schreibens hatte ich nie gekannt, und ich spürte auch, dass ich älter wurde; es fiel mir zusehends schwerer, mehrere Bälle in der Luft zu halten.

Mit dem Vorschuss hatte ich mir den Teufel an den Hals geholt.

Als ich am Nachmittag auf die Straße trat, hing ein goldener Herbstnebel über der Stadt. Direkt vor unserer Tür verkaufte eine Frau auf einer Kiste geräucherten Stockfisch aus Murmansk. Der Dunst, der da aufstieg, erinnerte mich an Volendamer Aal. Gewöhnlich bog ich rechts ab, ging an der alten Feuerwehrkaserne vorbei, an den Stadtpalästen und der ehemaligen Botschaft von Österreich-Ungarn, die Straße entlang zur Fontanka und zum Sommergarten, dann über die Lindenallee mit dem gegenüberliegenden Michailowski-Schloss Richtung Moika, wo ich im *Singer* auf dem Newski-Prospekt Kaffee mit ein bisschen was drin trinken würde – mein täglicher Ausflug, wenn ich in Petersburg bin.

»Wollen Sie keinen Fisch?«, fragte die Frau auf dem Hocker neben der Kiste mit Fischen aus der Barentssee. »Besseren kriegen Sie nicht.«

Die Fische sahen wie Knüppel aus, mit denen man jemandem

den Schädel einschlagen konnte, auch wenn sie goldgelb waren. Die ganze Schöpfung schien auf einmal goldgelb zu sein. Ich bedankte mich, wandte mich aus irgendeinem Grunde nicht nach rechts, sondern nach links, in Richtung des Taurischen Gartens. Wie viele Monate blieben mir eigentlich? Gute zehn. Für einen Schriftsteller war das ziemlich lang, doch ich war kein richtiger Schriftsteller. Richtige Schriftsteller konnten von ihrer Arbeit leben, wurden zu Lesungen eingeladen, verdienten mit Plaudereien über ihre Bücher noch mehr als mit den Büchern selbst. Mich erwartete bald wieder das quirlige Moskau mit all seinen Pressekonferenzen, Versammlungen, Vernissagen, der tägliche Wahnsinn; und bevor man sich's versah, brach irgendwo eine Revolte oder ein Krieg aus, obwohl ich beschlossen hatte, nie wieder an letzterem teilzunehmen. Krieg und Sex waren letztendlich etwas für junge Leute.

Wir wohnten in der Tschaikowskistraße Hausnummer 40; im Erdgeschoss der Nummer 58, einem ebenso stattlichen neoklassizistischen Gebäude wie unserem, nur stärker verfallen – der abblätternde Stuck wurde mit Netzen an der Fassade aufgefangen wie Felsblöcke in Südeuropa – gab es seit einigen Jahren einen Blumenladen. Im Schaufenster waren deprimierende Blumenbouquets drapiert, die aussahen, als hätten sie irgendwo auf einem Grab gelegen und wären dann auftragsmäßig geklaut und mit Sprühwasser und Dünger aufgepäppelt worden, um wieder einen verkaufsfertigen Eindruck zu machen. Das schmiedeeiserne Gitter des Gebäudes führte auf den Innenhof zu einem Notariat, wo Julia und ich einst im Wartezimmer zwischen röchelnden Alten gesessen hatten, in der drückenden Gluthitze eines Augusttages, um dann vom Notar zu hören zu bekommen, dass es schier unmöglich sei, eine Sterbeurkunde für jemanden auszustellen, dessen Leiche nie gefunden worden war – die Leiche des ersten Mannes meiner Frau.

Am Giebel des Gebäudes hing auch eine Gedenktafel aus schwarzem Granit, dessen goldene Gravur wie folgt lautete:

Vom 31. August bis Anfang Oktober 1893 lebte Wladimir Iljitsch LENIN in diesem Haus. In dieser Periode begann er in St. Petersburg mit dem Aufbau der Revolutionären Marxistischen Partei Russlands.

Mit Lenin hatte die Oktoberrevolution 1917 begonnen. Der Simbirsker Schurke, der befohlen hatte, unschuldige Menschen wie Kakerlaken zu erledigen, die Schädel des bürgerlichen Packs einzuschlagen, Menschen zu demütigen und dabei nicht an Kugeln zu sparen, hatte mal ein paar Häuser weiter oben bei uns in der Straße gewohnt. Ich bin da so oft vorbeigekommen. Ich wusste ziemlich viel über Lenin. Vor ein paar Jahren hatte ich einen Roman über das Balsamierungsgeheimnis seiner mumifizierten Leiche geschrieben, die noch immer in einem Glassarkophag im Mausoleum auf dem Roten Platz in Moskau aufgebahrt lag. Würde ich mich wieder mit diesem ganzen Elend befassen müssen?

In diesem Roman hatte ich bereits vieles in Angriff genommen, den Schmutz der Revolution mit Anspielungen auf die russische Literatur und Geschichte, die leider nur wenige in den Niederlanden verstanden hatten. Könnte der Roman mit Blick auf das bevorstehende hundertjährige Jubiläum des größten Verbrechens der Menschheitsgeschichte – den Holocaust ausgenommen –, das unter Lenins Führung begann, nicht einfach neu aufgelegt werden? Vielleicht könnte ich noch fünftausend davon verkaufen: zehntausend an Tantiemen. Dann wäre ich von der Last befreit, die ich mir gerade auf die Schultern geladen hatte.

Doch etwas Betrübliches haftete diesem Buch an; es war wie ein Verbrecher in den Kerker gesperrt. Es hing an den Ketten einer absurd hohen Abfindungssumme. Der Roman war in einem Amsterdamer Verlag erschienen, zu dem ich einige Jahre zuvor gewechselt war. Der Verleger war mir, als er mit einem seiner Starautoren einige Tage lang in Moskau zu Besuch war, schlichtweg unverschämt gekommen. Natürlich wusste ich, dass ich für den Mann völlig unerheblich war. Für ihn zählte nur eines: Geld, Prestige, Erfolg. Jeder, der das zu bieten hatte, durfte in seinem Hofstaat mittanzen, der Rest war nicht der Rede wert. Damals ging es meinem Schwiegervater ziemlich schlecht; wegen all der Spannungen und der Betreuung waren Julia und ich selbst die ganze Zeit ganz schön angeschlagen. Trotzdem war ich mit dem Zug extra nach Moskau gereist, um meinen Verleger zu treffen. Ihn so willkommen zu heißen, wie ich in den vergangenen Jahren Dutzende Leute willkommen geheißen hatte: großzügig, mit Zuneigung und Liebe. Der Affront, der mir zuteil wurde, war zu bizarr, um ihn in Worte fassen zu können. Mein Verleger, ein aus der Gosse gekrochener balbierter Affe, der seinen plötzlichen Reichtum in absoluter Geschmacklosigkeit zur Schau stellte und gern Champagner fließen ließ, teilte mir mit, was ich seiner Meinung nach sei: eine literarische Kakerlake. Ich sollte froh sein, dass ich als Insekt vor seinen glänzenden italienischen Schuhen herumkriechen dürfe. Er gab mir eine volle Breitseite an Demütigungen. Am Ende gab ich ihm eine volle Breitseite zurück – vor dem Eingang eines Bordells an der Twerskaja, wo sich der ihn begleitende Starautor zu seinem persönlichen Leibwächter aufblies. Als ich einige Wochen nach dem Vorfall die Rechte der beiden Bücher, die ich bei ihm veröffentlicht hatte, zurückrufen wollte, folgte die süße Rache. Durch seinen Stellvertreter, leider einer der nettesten Menschen, die ich kenne, ließ er mich wissen, dass er die Rechte meines jüngsten Erzählungsbandes keinesfalls abtreten wolle, während er für den Lenin-Roman eine Summe von zehntausend Euro fordere. Ein Buch, das ich in zwei Jahren beharrlicher Arbeit nebenbei geschrieben hatte, in dem ich ein Vierteljahrhundert meines Lebens in der UdSSR und Russland verarbeitet und mit dem ich nicht annähernd diesen Betrag verdient hatte.

Zehn Mille – sonst bliebe der Roman für immer im Knast.

Mir war immer bewusst, oder besser gesagt: ich war mir nie *nicht* bewusst gewesen, was sich hier in Sankt Petersburg abgespielt hatte, in dieser Stadt, die im Laufe der Jahre zu meiner Heimat geworden war, mehr noch als Moskau. Von den ersten Jahrzehnten an, von der Gründung 1703 bis heute. Schon als Jugendlicher hatte ich begonnen, von Aufständen, Revolten und Rasereien zu lesen. Inzwischen hatte ich sie auch selbst erlebt; keine Aufstände wie die der damals in Paris mit Brecheisen drohenden, Steine schmeißenden Studenten oder die sogenannten »linken Aufstände« in Amsterdam, bei denen mehr Kondome draufgegangen waren als Gummigeschosse, wohl aber solche, bei denen tatsächlich geschossen wurde, bei denen es Tote gab, Machthaber gestürzt wurden.

Aus dem Blumenladen kam ein Mann in einem bleigrauen Herrenmantel mit dem Gesicht eines Mopses, der an Stockschnupfen litt. Er trug in seinen Armen kein Bouquet, das von großer, von einem Friedhof gestohlener Floristenkunst zeugte, sondern einen Trauerkranz, der größer war als ein Fahrradreifen. An die Fassaden gedrückt ging ich schnell weiter in Richtung des Taurischen Gartens. Die schon tiefstehende goldene Sonne bohrte sich, ohne Wärme zu spenden, in meinen Rücken; durch die Spiegelung in den Fenstern war es an verschiedenen Stellen so, als würde sie mir trotzdem direkt ins Gesicht scheinen; hin und wieder kniff ich die Augen zu.

Die Tschaikowskistraße war nicht etwa nach dem berühmten Komponisten benannt, dessen Musik ich sehr liebte und der jahrelang irgendwo in der Stadt gelebt hatte, sondern nach irgendeinem Kommunisten. Vor der Revolution hieß unsere Straße Sergijewskaja, hier wohnten namhafte, ausgezeichnete Leute. Unter ihnen war die Dichterin und Schriftstellerin Sinaida Hippius, Freundin von Alexander Blok, von Andrej Bely und Dutzenden anderen Schriftstellern, Denkern, Philosophen, Politikern und Künstlern, die schließlich 1945 vereinsamt und völlig desillusioniert über das Dasein in Paris starb, wie so viele russische Emigranten. Jeden Tag dachte ich einen Moment lang an sie. Kaum jemand hatte die Revolution von 1917 so hautnah miterlebt und in ihren Tagebüchern so minutiös beschrieben wie Hippius. Sie hat ihre Zeitgenossen dabei manchmal gnadenlos gezeichnet und entlarvt, wie den radikalen Geistlichen Georgi Gapon, alias Vater Gapon, der im Januar 1905 – bärtig, in einer langen weißen Kutte, mit einem Kreuz, das er hochhielt – an der Spitze einer Prozession Tausender verarmter Arbeiter durch den frisch gefallenen Petersburger Schnee über den Newski-Prospekt zum Winterpalast gezogen war, um vom Zaren bessere Lebensbedingungen zu fordern.

Für die Unterdrückten hatte er eine Bittschrift entworfen, die man bis heute kaum trockenen Auges lesen kann:

Majestät,

Wir Arbeiter und Bewohner von St. Petersburg verschiedener Stände, unsere Frauen, unsere Kinder und unsere betagten hilflosen Eltern sind zu dir, Gossudar, gekommen, um Gerechtigkeit und Schutz zu suchen. Wir sind verelendet, wir werden unterdrückt, über unsere Kraft mit Arbeit überlastet, verächtlich behandelt (…) Wir ersticken unter der Despotie und Rechtlosigkeit. Gossudar, wir haben keine Kraft mehr, und unsere Geduld ist am Ende. Wir sind bei dem furchtbaren Augenblick angelangt, da der Tod willkommener ist als das Andauern der unerträglichen Qual …

Kurz zuvor war Russland von Japan auf demütigende Weise in die Pfanne gehauen worden; dabei hatten viele Menschen die Hungersnot von vor vierzehn Jahren noch gut in Erinnerung; wie die Fliegen waren die Menschen im ganzen Land infolge von Missernten krepiert. Diejenigen, die sich auflehnten, wurden mit Bajonetten, Kugeln und Galgenstricken niedergemacht, während die Regierung weiterhin Getreide exportierte und der Adel frisch-fröhlich seinem privilegierten Leben mit Bällen, Jagdpartien, Banketten und Konzerten frönte. Nur ein paar wenige adlige Kinder – längst nicht alle, genau wie die Nachkommen der heutigen privilegierten Klasse auf diesem Erdball – hatten radikale Reformen von der zynisch-patriarchalischen russischen Gesellschaft gefordert, angeführt wurden sie von einer Reihe berühmter Künstler. Doch der Zar in seiner göttlichen Auserwähltheit war davon überzeugt, dass Appelle für radikale Veränderungen nur von Studenten, Intellektuellen, Ausländern und Juden stammen konnten, während er keinen Zweifel daran hegte, dass das russische Bauernvolk in ihm noch immer den Stellvertreter des Erdenschöpfers sah, und lehnte jegliche Reform beharrlich ab. Das Glockengeläut war an jenem Sonntag im Januar 1905 in der ganzen Stadt zu hören gewesen, die goldenen Kuppeln hatten geglänzt. Der Zar und Familienvater Nikolaus II. hielt sich mit seiner Frau, dem neugeborenen Zarewitsch und den vier Töchtern in seinem Palast in Zarskoje Selo auf – er spazierte durch die prächtig weißen Wälder, spielte Domino, rauchte, schrieb

Tagebuch. Männer, Frauen und Kinder aus den Arbeitervierteln stapften in ihrem Sonntagsstaat über das dicke Eis der Newa in Richtung Zentrum, um an der Demonstration teilzunehmen, die seit Wochen im Untergrund der Stadt vor sich hin brütete.

Vater Gapon rief der versammelten Menge zu: »Werden Polizei und Soldaten es wagen, uns aufzuhalten, Kameraden?«

»Das wagen sie nicht!«, skandierten Hunderte Stimmen zugleich.

Gapon: »Kameraden, wollen wir lieber sterben für unsere Forderungen, als weiterzuleben, wie wir bisher gelebt haben?«

»Wir werden sterben! Wir werden sterben!«

»Das schwören wir!«, echote der Stimmenchor wieder.

»Lasst jeden, der das schwört«, forderte Gapon dann, »lasst jeden, der das schwört, jetzt seine Hand erheben ...«

Der Zar, in der wohltuenden Geborgenheit seiner geliebten Familie dreißig Kilometer entfernt in seinem Landhaus, gab den Befehl zum Töten.

Die kaiserliche Garde hatte vierzig arme Schlucker, von denen einige Ikonen in die Luft hielten, sofort niedergemäht; Hunderte Menschen, darunter viele Kinder, wurden verwundet. Auch anderswo in der Stadt kam es zu schrecklichen Blutbädern. Demonstranten – einige von ihnen waren aus reiner Neugier und Schaulust gekommen – wurden von Kugeln tödlich getroffen oder Opfer der Kosaken und ihrer Kavallerie, die ihre Säbel schwangen und durch lebendiges, zuckendes und schreiendes Fleisch hieben. Auf das eigene Volk, wie in den Jahrhunderten davor und in den Jahrhunderten danach, wurde gnadenlos eingedroschen. »Es gibt keinen Gott, es gibt keinen Zaren«, hatte Vater Gapon, der sich nach dem Massaker ohnmächtig umblickte, gemurmelt. Er selbst kam schließlich mit dem Leben davon. Ihm gelang es zu entkommen. Ein Theaterfriseur hatte ihm Bart und Haare abgeschnitten, ihn geschminkt und versteckt. Ich hatte den radikalen Geistlichen, der zuvor in der Stadt Klubs und Teehäuser mit Tanzabenden, Vorträgen und anderen erbaulichen Vergnügungen für »anständige Arbeiter« gegründet hatte, ehrlich gesagt immer recht sympathisch gefunden. Doch

Sinaida Hippius zufolge war er einfach nur der soundsovielte von der zaristischen Polizei Ochrana bezahlte Geheimagent. Die ganze Geschichte um diesen Tag herum nannte sie schmierig und beängstigend. Schließlich wurde er von einem Mitglied der sozialistisch-revolutionären Partei in einer finnischen Datscha ermordet.

Sollte ich mich für das verdammte Buch noch einmal in all diese Geschichten vertiefen?

Die Revolution von 1905 war das Vorspiel für die von 1917: Schon kurz nach dem »Blutigen Sonntag« griff der Aufstand auf das flache Land über, wo die oft nicht besser als ihr klapperdürres Vieh lebenden Bauern die Schwäche der kaiserlichen Obrigkeit rochen und die Gelegenheit beim Schopfe packten. Die Landgüter des Adels gingen in Flammen auf; mit Lumpen an den Füßen, bewaffnet mit Heugabeln, Messern und Dreschflegeln, stürmte der Mob die von Parfüm und dem Duft ägyptischer Zigaretten getränkten, mit Empiremöbeln eingerichteten Salons ihrer Herrschaften, die – obwohl die Leibeigenschaft 1861 abgeschafft worden war – in Wahrheit immer ihre Herren geblieben waren. Flügel, Gemälde, Bücher, Steingut wurden mit jahrhundertelang aufgestauter Wut und aus sozialem Hass zerstört oder gestohlen. Der Aufstand breitete sich aus, nach Warschau, Riga und Odessa – Städte, die damals noch Teil des russischen Reiches waren. In Odessa begannen die Matrosen auf dem Panzerkreuzer Potemkin zu meutern, auch in den Reihen der Armee war der Aufstand ausgebrochen. Zahlreiche der Gutsbesitzer, die mit dem Leben davongekommen waren, erlebten ihre persönlichen *boulevards of broken dreams*: In ihrer Jugend, den letzten Jahrzehnten des 19. Jahrhunderts, waren viele von ihnen fortschrittlich eingestellt gewesen. Sie hatten sich der »Gehe zum Volk«-Bewegung angeschlossen, waren als Studenten über die Dörfer gezogen, um die Armen zu alphabetisieren, wurden aber meist von den Bauern nicht für voll genommen. Sie hatten heimlich mit dem Aufstand geflirtet; hatten Terroristen verstohlen Geld in die Hand gedrückt. Aus einem Schuldgefühl heraus. Es war das ewige Schuldgefühl ob des eigenen privilegierten Lebens und des Elends, in dem die Masse lebte, wie auch das Bedürfnis nach Buße, das nicht nur einen großen Teil der Literatur des 19. Jahrhunderts durchdrang, sondern sich auch in konkreten Taten manifestierte. Es hatte Terroranschläge gegeben, wie jenen auf Zar Alexander II. im Jahre 1881. Jetzt, als die Meute mit Heugabeln und Fackeln angestürmt kam, um alles in Schutt und Asche zu legen, wurde ihnen plötzlich klar, was für ein Abscheu erregendes Gesicht das Volk hatte. Die Intelligenzija kam zur Einkehr, zog sich zurück und wurde nachträglich stockkonservativ. Der Zar machte ein kleines Zugeständnis: Ab 1906 gab es die Duma für die Privilegierten und die Reichen. Ein Scheinparlament. Untergebracht im Taurischen Palais, einst ein Geschenk von Kaiserin Katharina der Großen an ihren Geliebten, Prinz Grigori Potemkin. Es änderte sich herzlich wenig. Das ausschweifende Leben der zaristischen Elite ging weiter: Bälle des Adels, Unterhaltung in Klubs, Bordellbesuche in rot-plüschigen Männerhimmeln mit gedämpftem Licht und goldumrahmten Spiegeln, lukullische Festessen, der Bau von Häusern und Landhäusern, Ferien an der französischen und italienischen Riviera.

Angefeuert von Zar Nikolaus II. hatten die Juden in Russland inzwischen einen schweren Stand. Er unterstützte die Judenhasser der Schwarzhunderter leidenschaftlich. Pogrome brachen im ganzen Land aus. Vergewaltigung, Plünderung, Mord. Siebenjährige jüdische Mädchen wurden von den zitternden Schwänzen der Kosaken aufgespießt. Alte Männer und Frauen in Freudenfeuer geworfen. Die Juden seien darauf aus, alle christlichen Staaten der Welt zu untergraben, auch den russischen. Man müsse nur die Schrift *Die Protokolle der Weisen von Zion* lesen, die Lieblingslektüre am Hof. In den besseren Moskauer und Sankt Petersburger Kreisen, aber auch in den Provinzstädten, gehörte es zum guten Ton, antisemitisch zu sein. In der Zwischenzeit begann man sowohl in der Boulevardpresse (der Pestbazille sämtlicher Epochen) als auch in der taufrischen Duma auf die nationalistische Pauke zu hauen. Das Osmanische und das Österreichisch-ungarische Reich standen kurz vor dem Zusammenbruch. Russland hatte schon seit Langem ein Auge auf diese glänzenden Trümmer geworfen, vor allem auf Konstantinopel und den Zugang zum Mittelmeer, vom Schwarzen Meer aus über die Dardanellen. Der Ruf nach einem slawischen Völkerbund, der die slawischen Blutsbrüder auf dem Balkan in ihrem Streben nach Unabhängigkeit stärker unterstützen sollte, wurde immer lauter. Nachdem der Neffe des österreichischen Kaisers, Erzherzog Franz Ferdinand, im Juni 1914 von einem serbischen Nationalisten ermordet worden war, versammelte sich das Volk bei uns in der Tschaikowskistraße vor der österreichischen Botschaft, hundert Meter von meinem Haus entfernt, um mit geballten Fäusten Unterstützung für Serbien zu fordern.

Dann brach der Erste Weltkrieg aus.

Am 1. August des Jahres 1914 ordnete der Zar die totale Mobilmachung an.

Wie auch in Österreich-Ungarn und im Deutschen Reich war die Euphorie in Russland groß. Tags darauf jubelten die Leute dem Zaren zu, als er sich auf dem Balkon des Winterpalastes zeigte. Wie überall in Europa schien es, als lechzten alle förmlich nach dem Krieg. »Was ist das Vaterland? Das Volk oder der Staat?«, fragte sich Hippius in ihrem Tagebuch. »Alles zusammen. Wenn ich aber den russischen *Staat* hasse? Wenn er gegen mein Volk auf meinem Boden ist?« Sie glaubte, dass alle um sie herum wahnsinnig geworden waren, einschließlich der Intellektuellen und Schriftsteller, die den Krieg unterstützten und sich freiwillig zum Dienst meldeten.

Das zaristische Heer war in Wahrheit ein Bauernwagenheer mit vielen Federbüscheln, goldenen Epauletten, Fahnen und Flaggen, eine Operetten-Kavallerie aus dem 19. Jahrhundert; 1914 besaß es nicht mehr als sechshundertneunundsiebzig motorisierte Armeefahrzeuge und zwei Krankenwagen. Die russischen Bauernsoldaten, die aus ihren Dörfern wie schlachtreife Kaninchen aus dem Stall geholt wurden, kämpften in den folgenden Jahren ohne ausreichend Munition in den Schützengräben, waren unterernährt, verzweifelt, oft barfuß. Sie starben zuhauf. Die soziale Ungleichheit und die Wut darüber setzten sich auf dem Schlachtfeld fort. Während sie in den Kugelhagel, ins Geschützfeuer und auf die Minenfelder geschickt wurden, blieben ihre Offiziere, Mitglieder der adligen und privilegierten Klassen, weit weg von der Front in Sicherheit, soffen Bordeaux und pafften Zigaretten. Der Untergang hatte begonnen. Die Wand der deutschen Armee und die Wand des inneren Aufstandes, so formulierte es die Hippius später, rückten jeden Tag weiter aufeinander zu. Der Zar, der nicht die Bohne von militärischen Angelegenheiten verstand, hatte sich schon bald als Oberbefehlshaber an die Spitze der Streitkräfte gestellt, er gehorchte den Einflüsterungen seiner Frau, die wiederum der Ohrenbläserei Grigori Rasputins folgte, dem sie zu Füßen lag, weil sie überzeugt war, dass Gott ihr diesen sibirischen Narren und Erotomanen gesandt hatte, um die Hämophilie ihres Sohnes zu heilen.

Im Februar 1917 brach in der inzwischen in Petrograd umgetauften Stadt erneut ein Aufstand aus, bei dem Arbeiter, Soldaten und gewitzte Politiker sowie eine Heerschar von Opportunisten gemeinsame Sache machten; der Zar, dessen Position durch die Skandale um Rasputin und die dramatischen Verluste an der Front unmöglich geworden war, dankte wenige Tage später in seinem luxuriösen Privatzug endlich ab. Das Epizentrum war mein Viertel rund um den Taurischen Garten, wo auch Sinaida Hippius gewohnt hat. Mit Blick auf das Eingangstor des Parks hatte sie in ihrer Beletage ihre Erfahrungen und Einsichten über die Menschen und die Politik jener Tage aufgeschrieben – Wasserfälle an Klarheit. Ihrer Ansicht nach hatte Russland offenbar schwer gesündigt, denn der Inhalt des Bechers, den es bis zur Neige leeren musste, war äußerst bitter. Rasputin war einen Monat zuvor während eines Trinkgelages im Jussupow-Palast vergiftet und schließlich erschossen worden. Für Hippius war Rasputin ein völlig ungebildeter, versoffener, bäurischer, abartiger Narr, ein Schürzenjäger, den hemmungslose Wollust, Eitelkeit und Angst antrieben, der sich aber mit einem genialen Sensorium für Zeit und Ort einem ganzen Volk in den Nacken gesetzt und ihm fürstlich die Sporen gegeben hatte; ihrer Meinung nach war er ein ungehobelter, bedeutungsloser Bauer, nützlich wie ein fünftes Rad am Wagen, ein Schwerenöter, ein Lustmolch, der von seinen Verehrerinnen – die Zarin vorneweg – mit Seiden- und Samthemden, Pralinen und Blumen und ihren Vulven verwöhnt wurde, ein listiger Höfling, der mit seinen Schikanen, Intrigen, Ernennungen von Ministern und Ratschlägen an den Zaren das Land mit in den Abgrund geführt hatte, dessen Ausmaß sich erst jetzt abzuzeichnen begann.

Ende Februar 1917 hatte Brotmangel in der Stadt einen Aufstand ausgelöst; der Ruf nach Frieden und einem schnellen Ende der Monarchie, den eine Vorhut an Intellektuellen, das Stadtproletariat und Bauern, die als Soldaten frisch von der Front zurückgekehrt waren, erhob, wurde immer lauter. »Es wird – sowieso! – einen Zusammenbruch geben! Jawohl! Eine Revolution oder einen wahnwitzigen Aufstand«, hatte Hippius bereits Anfang des Monats geschrieben. Einige Wochen später brachen tatsächlich die ersten Unruhen los. »Die offizielle Version lautet, es habe auf der Wyborger Seite begonnen, wegen Brotmangels. Irgendwo wurden die Straßenbahnen angehalten (und demoliert). Der Polizeihauptmann sei getötet worden ... ›Alte‹ Kosaken sind aufgetaucht und galoppieren nun mit ihren Nagaikas die Trottoirs entlang und peitschen auf Frauen und Studenten ein. (Das habe ich auch hier, auf der Sergijewskaja, mit eigenen Augen gesehen.)«

Wieder einmal gab es Lynchjustiz, erste Morde. Nach der Generalprobe von 1905 folgte endgültig die Abrechnung. Die Theater und Restaurants waren unterdessen bis auf den letzten Platz ausverkauft. Bis zuletzt hatten sich die Wohlhabenden, der städtische Adel, von den Wellen der Vergnügungen, von Orgien dahintreiben lassen; ganze Vermögen waren in den Kasinos verpulvert worden. Während Hippius in ihrer Beletage saß und schrieb, drehte keine fünfhundert Meter weiter auf der anderen Straßenseite, auf der Brücke beim Sommergarten, der Komponist Sergej Prokofjew seine Runden. Auch er führte Tagebuch und hielt fest, was er in den letzten Tagen des Februars 1917 – ehe der Zar abtrat – erlebte. Mit jeder Stunde wurde die Revolte heftiger. Das Zentrum der Stadt war in ein einziges Heerlager verwandelt. Heckenschützen hatten auf Dächern Position bezogen, Kreuzungen waren abgeriegelt. Auf dem Newski-Prospekt und in der Nähe des Winterpalastes wurden Maschinengewehre aufgestellt; überall patrouillierten Kosaken zu Pferde. Die zaristischen Truppen hatten die Front gegen die Deutschen ins Herz der Stadt verlagert. Um gegen die eigene Bevölkerung zu kämpfen. Sonntag, der 26., würde als zweiter Blutsonntag in die Geschichte eingehen, nachdem eine Ausbildungsabteilung eines Regiments begonnen hatte, auf eine Menge von Arbeitern zu schießen, die ins Zentrum gezogen war. Mindestens fünfzig Menschen – Männer, Frauen und Kinder – starben bei einem Blutbad auf dem Snamenskajaplatz, dem heutigen Platz des Aufstandes, wo Julia und ich jedes Mal, wenn ich in Sankt Petersburg bin, langgehen, um im finnischen Supermarkt *Stockmann* einzukaufen. Prokofjew saß zur Zeit des Massakers zu Hause und arbeitete an einem Violinkonzert; erst am Nachmittag verließ er für einen kurzen Spaziergang das Haus. »Alles war ganz friedlich, und ich dachte sogar, dass die Gerüchte über die Schießereien Verleumdung wären (...) Am Abend ging ich zu Sacharow zum Bridge und Kartenspielen. Auf der Straße war es unbeschreiblich lebendig: Da war ein Volk wie vor der Osternacht auf den Beinen.« Doch einen Tag später wurde der Komponist, als Spross seiner Klasse mit einem angeborenen, ganz bestimmten *sang froid* ausgestattet, nachträglich mit der Gewalt konfrontiert. »In der Bibliothek sagte ein Aufseher, dass auf der Liteiny-Brücke in der Nähe des Arsenals eine richtige Schlacht tobte, wobei heftig geschossen wurde, weil es Soldaten gab, die zu den Arbeitern übergelaufen waren.« Er hatte am Konservatorium eine Generalprobe der Oper *Eugen Onegin* mit Studenten besucht. Als er etwas später am Sommergarten vorbei zur Fontanka ging, blieb er auf der Brücke stehen, denn von der Liteiny-Brücke hörte er einen energischen Schusswechsel aus Gewehren. »Neben mir stand ein Arbeiter. Ich fragte ihn, ob ich über die Fontanka könnte. Er antwortete freundlich: ›Ja sicher, gehen Sie mal. Die Linie ist von den Unseren eingenommen worden.‹ ›Welchen Unseren?‹ ›Die Arbeiter, die Gewehre haben, und die Soldaten, die zu uns übergelaufen sind.‹ (...) Ich dachte: ein Haufen Irrer! Ich wusste nicht, dass die Revolution so sicher auf ihr Ziel zusteuerte.«

Durch die früh untergehende Sonne war meine Straße nun fast zur Gänze in eine orange-rote Glut getaucht; das Leuchten des Herbstes, in dem sich der nahende Winter bereits ankündigte. Ich blieb für einen Moment vor dem schokoladenbraunen Gebäude stehen, in dem Sinaida Hippius gelebt hatte. An der Ecke war jetzt ein Café mit einem danebenliegenden Wellness-Salon – man musste dafür eine kleine Treppe hinuntersteigen –, wo Tag und Nacht teure Autos anhielten, Männer ausstiegen, an einer silbernen Tür klingelten und dahinter verschwanden. Oh, selbst Hippius, von der einige behaupteten, sie wäre ein Hermaphrodit gewesen, hat sich bei all ihrem historischen Wissen, ihrer Menschenkenntnis und ihrer prophetischen Gabe nicht ausmalen können, was ihr, dieser Stadt und diesem Land bevorstand. Zuerst blieb alles noch ziemlich ruhig. Es »ziehen bewaffnete Arbeiter, Soldaten, Leute aus dem Volk an unseren Fenstern vorbei«, schrieb sie am Morgen nach dem oben erwähnten Spaziergang Prokofjews. »Alle Autos sind angehalten worden, Soldaten lassen die Fahrer aussteigen, schießen in die Luft, steigen ein, fahren fort. Viele Autos mit roten Transparenten biegen zur Duma ein.« Und am späteren Mittag: »Eine Delegation der 25.000 Mann starken aufständischen Truppen ist zur Duma vorgerückt, hat die Wache abgesetzt und deren Platz eingenommen. (...) An den Fenstern zieht eine schreckliche Menschenmenge vorüber: Soldaten ohne Gewehre, Arbeiter mit Säbeln, junge Leute und sogar Kinder von sieben bis acht Jahren mit Bajonetten und Dolchen. Verdächtig sind nur die Artilleristen und ein Teil der Semjonow-Leute. Doch die ganze Straße, jedes strahlende Weibsbild ist überzeugt, dass sie ›für das Volk‹ marschieren.« Später an diesem Tag wird die Peter-und-Paul-Festung eingenommen; die revolutionären Truppen richten dort ihre Basis ein. Doch das Zentrum des Aufstands bleibt das Gebäude der Duma, das Taurische Palais. In den Tagen danach ergießt sich eine Welle der Gewalt über die ganze Stadt, in der alle vogelfrei sind; Häuser, Geschäfte und öffentliche Gebäude werden von betrunkenen Aufständischen geplündert, auf den Straßen werden Menschen von bourgeoisem Äußeren (reich, intellektuell, zivilisiert) misshandelt, Soldaten und Offiziere, die dem Zaren treu geblieben sind, sterben einen schrecklichen Martertod, adlige Mädchen werden von Lumpenpack vergewaltigt, während Arbeiterinnen mit Gelegenheitsräubern schon mal in aller Öffentlichkeit Liebe machen und der alten Welt den Stinkefinger zeigen (wie auch einige Einbrecher ihren Opfern auf den Tisch scheißen, ehe sie das Gebäude verlassen).

Die Anarchie greift auf Moskau und den Rest des Landes über, aber vor allem Petrograd war der Schauplatz von Szenen, die ich mir immer wieder vorgestellt habe, die im Laufe der Jahre Teil von mir geworden sind. Wie das Massaker im Hotel *Astoria*, in dem sich Offiziere mit ihren Familien verschanzt hatten, wo man schließlich auf der Straße Maschinengewehre auffuhr und das Gebäude stürmte. Der Mob drängte herein, schlug den Luxus an Palmen, Spiegeln und Möbeln kurz und klein, plünderte den Weinkeller und lief zu den Zimmern hinauf, um die Vertreter des Ancien Régime abzuknallen oder auf die Bajonette zu spießen. All diese Bilder, wie auch die des Grauens der neunhunderttägigen Belagerung im Zweiten Weltkrieg durch die Deutschen (bei der über eine Million Menschen starben), gingen mir nicht aus dem Kopf, als ich wieder einmal ein Holzscheit in unseren Kamin mit dem in Marmor gemeißelten Schwalbenpaar, das seine Brut füttert, warf und mich dabei fragte, wer in diesen furchtbaren Tagen wohl in dieser Wohnung gelebt haben mochte.

Die Bolschewiken »erwarten nun mit großer Leidenschaft Lenin«, schrieb Hippius im März, kurz nachdem der Zar abgetreten war. »Das Zarentum, der Absolutismus, die Monarchie – werden sie zu uns zurückkehren?« Und er kam, er kam, der neue Cäsar, der Autokrat, der Monarch der Rache und des Menschenhasses, eines Tages im April: »Und Lenin ... Ja, nun ist doch dieser ›Trischka‹ endlich eingetroffen! Die Begrüßung war pompös, mit Scheinwerfern. Aber ... er ist über Deutschland gekommen. Die Deutschen haben einen ganzen Haufen solcher ›schädlicher‹ Trischkas versammelt, haben einen ganzen Zug hergegeben, haben ihn verplombt (damit der Geist nicht auf die deutsche Erde übergehe) und zu uns geschickt: Da habt ihr ihn!«

Ein weißer Mercedes mit einem jungen Mann am Steuer und einem älteren auf der Rückbank hatte vor dem Wellness-Salon gehalten. Der ältere Mann stieg aus, ging die Treppe hinunter, die silberne Tür öffnete sich wie auf Bestellung – als ob jemand von drinnen die Straße überwachte – und schloss sich sofort wieder. Bevor die Dämmerung anbrach, wollte ich mir auf jeden Fall noch etwas die Beine vertreten. Morgen würde ich für meinen Job über Moskau weit ins Landesinnere reisen müssen, bis zum Ural, Julia und die Katzen allein lassen. So war unser Leben in den letzten zwölf Jahren verlaufen. Meine Frau hasste die Hauptstadt, den Lärm und den Dreck, die abgasverseuchte Absteige, die ich dort als Arbeitswohnung gemietet hatte.

Der Teich im Park war spiegelglatt. Drei ernst wirkende Schulmädchen mit Büchern unter den Armen umrundeten ihn schweigend. Auf dem Rasen lag ein Penner zusammengerollt in seiner Trunkenheit. Die grüne Kuppel des Taurischen Palais' schimmerte durch die Bäume. Bis 1990 hatte dort die Parteischule der Kommunistischen Partei residiert; jetzt war es der Sitz der unabhängigen interparlamentarischen Versammlung der ehemaligen Sowjetrepubliken, die seit 1991 unabhängige Staaten sind, eine Tatsache, mit der sich die derzeitigen Machthaber im Kreml noch immer nicht so ganz angefreundet haben. Seit einigen Jahren ist Russland Schauplatz einer Gegenbewegung, wie sich auf dem gesamten alten Kontinent Gegenbewegungen gebildet haben. Die Geschichte wiederholt sich nicht, hat jemand mal gesagt, nein: aber sie reimt sich.

Eilig verließ ich den Park, die Blätter raschelten unter meinen Schuhsohlen. In der hohen und breiten Sacharewskajastraße gab es noch immer Kasernen, genau wie zu Hippius' Zeit. Eine Gruppe von Rekruten schlurfte lustlos an mir vorbei, die schlechte Ernährung und eine armselige Jugend in der Provinz hatten ihre blassen Gesichter gezeichnet. Inzwischen erhob sich auf einem Innenhof, den ich nicht sehen konnte, eine brüllende Kommandostimme, gefolgt von Stiefelstampfen und einem mächtigen Schrei, der aus Hunderten von Kehlen kam – unisono und alles als Echo. Diese Straße war weniger schön als unsere Tschaikowskistraße, die gleich dahinter lag. Obwohl sie damals von den besten Bühnenbildnern des Kirow-Theaters getarnt worden war, wurden im Zweiten Weltkrieg einige der Kasernen von deutschen Bomben getroffen. Hier und da reckten sich Neubauten empor. Es war ein Wunder, dass unser Haus vollkommen verschont geblieben war, bis hin zu den Bleiglasfenstern in unserem Wohnzimmer, die auf den Innenhof blickten.

»Petersburg ist als allgemeines Zentrum der Ereignisse außerordentlich wichtig«, schreibt Sinaida Hippius über die Revolutionstage von 1917. »Petersburg hatte aber auch noch sein eigenes

Zentrum: die Revolution konzentrierte sich gleich zu Anfang um die Duma, d.h. um das Taurische Palais. Die zu diesem führenden geraden Straßen waren in den Februar- und Märztagen des Jahres 1917 gleichsam Arterien, durch die lebendiges Blut zum Herzen, zum mächtigen Schloß aus den Tagen Katharinas, strömte ... Ich beobachtete, wie das alte Schloß, das für kurze Zeit zu einem neuen Leben erwacht war, starb, ich sah das Sterben Petersburgs ...«

Und ausgerechnet in diesen Schlagadern lebte ich und bewegte ich mich fast hundert Jahre später: ein wunderbarer Ausgangspunkt für ein *persönliches* Buch über die russische Revolution von 1917. Man musste lediglich das eigene Leben mit etwas Patina aufhübschen, sich mit großzügigen Quellenangaben an der Fülle dessen, was andere bereits aufgeschrieben hatten, bedienen und, wenn nötig, noch was hinzufinden, alles einmal durchquirlen, bis die Zutaten eine kräftige gebundene Suppe ergaben, und *voilà*: das Buch hatte sich sozusagen von ganz alleine geschrieben. Fertig ist der Trick der heutzutage gepriesenen Autofiktion, ebenso präzise angerührt wie hinterlistig.

Eilig ging ich weiter, meine Schritte hallten von der Granitfassade der Kaserne wider. In einem Lebensmittelladen kaufte ich eine Flasche chilenischen Weißwein in der Hoffnung, dass es kein Reinfall werden würde. In der Schlange vor mir standen drei Wehrpflichtige im grünen Kampfanzug, gerade mal achtzehn. Sie waren barhäuptig. Über ihren Schädeln lag ein dunkler Schleier, es sah aus wie Sandpapier. Der eine hielt einen gebratenen Fisch in einer Plastiktüte in der Hand, der andere eine Rolle lettische Kekse, der dritte zwei Rollen rosafarbenes Toilettenpapier. Als sie sich um die Kasse gruppierten, klimperte reichlich Kleingeld. Sie hatten ihre Sachen auf die Ladentheke gelegt, pickten sich gegenseitig die Münzen aus den Händen und zählten laut. Die Kassiererin, ein Mädchen ihres Alters, wartete geduldig und musterte die Gestalten der Jungs mit ihren schrägen Tatarenaugen ein bisschen. Sie hatten neununddreißig Rubel zu wenig. Ich legte eine 500-Rubel-Note hin und bot an, die Rechnung für sie zu begleichen. Die armen Schlucker, die, wenn es darauf ankam, fürs Vaterland kämpfen mussten, trollten sich beinahe jauchzend.

Als ich nach Hause kam, saß Julia im Sessel. Es dämmerte bereits, doch alle Lampen im Wohnzimmer waren noch aus.

»Vermisst du nichts?«, fragte sie.

Ich schaute mich um.

»Ljolja«, schluchzte meine Frau dann. »Es ist doch was Schlimmes. Ich bin grade vom Tierarzt zurück. Sie bekommt da jetzt eine Infusion. Um acht kann ich sie abholen. Ich habe meinen Schal dagelassen, damit sie von mir was zum Schnuppern hat. Wo warst du?«

Ich sagte es ihr.

Der chilenische Wein war ein elendes Gesöff. Ich kippte ihn in den Ausguss, ging nochmal los und kaufte in der Spirituosenhandlung gegenüber dem deutschen Konsulat in der Furschtatskaja eine Flasche Chablis.

Unerschwinglich, aber göttlich.

Drittes Kapitel

Zurück in den Niederlanden erwartete mich im Herbst 1988 nach meiner gescheiterten Leningrader Bibelmission eine niederschmetternde Nachricht: Der Darmkrebs, wegen dem mein Vater vor rund fünf Jahren operiert worden war, hatte sich wieder eingestellt. Meine Mutter erwähnte es beiläufig, zögernd, als schäme sie sich ein bisschen dafür. Mein Vater bemühte sich, mir gegenüber alles wegzulächeln. Wieder einmal lastete auf allem ein Druck, ein Fluch, Angst. Ich wusste nicht mehr ein noch aus; jeden Nachmittag rannte ich wie ein Verrückter mindestens zwei Stunden am Strand entlang und durch die Dünen.

»Was willst du jetzt machen, Junge?«, fragte mein Vater.

Ich wusste es nicht.

Eine Woche später stand Siderius morgens wieder vor der Tür. Diesmal waren meine Eltern zu Hause, es gab kein Entkommen. Wieder ließ sich der Chef der Leidener Kirche, nachdem er sich meinem Vater und meiner Mutter vorgestellt und ihnen freundschaftlich die Hände geschüttelt hatte, als wären sie alte Bekannte, auf der Couch wie ein Raubvogel nieder; er trug den gleichen braunen Regenmantel. »Nein, vielen Dank, keinen Kaffee ... Ein Glas Wasser genügt ... Der Arzt hat gesagt, ich soll viel Wasser trinken ... Gicht ... Die Krankheit der Trunkenbolde ... Und ich habe mein ganzes Leben lang keinen Tropfen angerührt ...«

Stolz, als wäre er selbst dabei gewesen, berichtete Siderius meinen Eltern von meinen jüngsten Erfolgen in der Sowjetunion. Seine kirchlichen Kontaktleute dort sängen geradezu Hymnen über meine Operation. Er sei nun gekommen, um mich zu einem Schuppen in Gouda mitzunehmen, wo jetzt achtzigtausend Bibeln lagerten, verpackt und für eine zügige Verschiffung nach Leningrad bereit.

»Sie haben einen Prachtsohn, einen Soldaten Gottes, das kann ich Ihnen versichern«, sagte Siderius, während meine Eltern dasaßen und strahlten.

Plötzlich verfiel er in Schweigen, sah sich suchend um, als hätte er etwas gehört, und fragte in unbekümmertem Ton, wer denn hier im Raum krank sei.

Meine Mutter sah meinen Vater erbleichend an.

»Brüder und Schwestern …«, setzte Siderius dann an. »Schweigen Sie nur, Gott weiß und sieht alles … Gott ist die Liebe, ER verfolgt mit jedem von uns einen Plan. Schweigt nur, liebe Leute, und lasset uns beten …«

Er faltete die Hände und schloss die Augen. Während er sich mit feierlicher Stimme – seine Lippen bebten, die Knöchel waren weiß vom festen Aufeinanderdrücken der Finger – in einer Art Singsang an Gott wandte, blickten sich meine Eltern entgeistert an, als würden sie unfreiwillig Opfer einer Hypnose. Mein Vater hatte mich seinerzeit auf ein christliches Lyzeum in Haarlem geschickt, doch nur des besseren Unterrichts wegen. Sein ganzes Leben lang jedoch hatte er einen Rochus auf alles, was mit der Kirche zu tun hatte, nachdem er im Alter von sechs Jahren während eines Weihnachtsgottesdienstes hatte zusehen müssen, wie reiche Klassenkameraden Kräne, Rennautos und ganze Feuerwehrgaragen mit lautem Jubelgeschrei unter dem gleißenden Weihnachtsbaum hervorzerrten, während er (der Sohn eines Maurers) und der Rest der Welt mit einer in grünes Krepppapier eingeschlagenen Apfelsine vorlieb nehmen mussten – verziert mit einer Schleife, die er am Tag zuvor beim Basteln in der Schule selbst gebunden hatte.

Das Gebet, in dem Siderius der Allmächtige dazu aufrief, die Bürde auf sich zu nehmen und, wenn nötig, Ergebenheit zu üben, ging minutenlang weiter. Für einen Moment befürchtete ich, mein Vater würde aufstehen, auf den Boden stampfen, den Kerl am Kragen seines Regenmantels packen und ihn zur Tür hinauswerfen. Die ohnmächtige Wut, die ich auf das Schicksal hatte, projizierte ich auf ihn.

»Amen …«, beendete Siderius seinen Monolog zu Gott.

Zwei Wochen später saß ich wieder im Flugzeug nach Leningrad, meinem Gelübde, nie wieder einen Fuß in die UdSSR zu setzen, zum Trotz. Meine Existenz nahm mit mir Reißaus. Ich war monatelang ohne Arbeit gewesen, hatte alles versucht, um einem Dasein im Büro zu entkommen, konnte den stillen, zermürbenden Kummer meiner Eltern nicht mehr mit ansehen und wurde obendrein für diese Mission bezahlt: tausend Gulden.

Der Flug ging diesmal ohne planmäßigen Zwischenstopp in Ost-Berlin. Ich landete in einer arktischen weißen Hölle. Auf der angeschobenen Gangway schnitt der Frost wie ein Beilhieb durch mich hindurch. Aus den Mündern der Grenzsoldaten qualmte es, als ob sie innerlich in Flammen stünden.

In einem türkischen Lammfellmantel, begleitet von einem leptosomen blonden Teenager, erwartete mich Posorski in der glutheißen Ankunftshalle.

»Wann kommen die Bibeln?«, fragte er gleich.

Eigentlich müssten die schon da sein, gab ich zur Antwort: Siderius hatte mir vor der Abreise versichert, dass das Kontingent an Bibeln vor neun Tagen von Rotterdam aus mit einer Ladung Steinkohle verschifft worden war.

»Natascha ...«, Posorski schob die Blondine nach vorn wie ein Sklavenhändler ein Mädchen auf dem Markt. »Sie möchte gerne die Bekanntschaft eines Ausländers machen. Wegen der Sprachen.«

»*Hello* ...«, sagte sie und sah mich an wie eine Auster.

Die Bibeln kamen schließlich nicht in Leningrad, sondern in Archangelsk an, wo sein Partner Borodin, wie Posorski behauptete, inzwischen eine einflussreiche Stellung einnehme und Lastwagen bereitstünden, um die achtzigtausend heiligen Schriften im ganzen Land zu verteilen.

Das Mädchen mit den Austernaugen, mit dem ich mich zwei Nächte und einen ganzen Nachmittag in meinem Zimmer amüsiert hatte (während die Schneestürme von draußen an die Fenster droschen), war plötzlich verschwunden.

Eine Stunde später stand Posorski in der Lobby und wedelte mit einem Umschlag, ein Lächeln auf seinem Gesicht, das sich von einem Ohr zum anderen zog.

»Ich hab es dir doch gesagt«, begann er. »Wir bescheißen keinen, Gütigkeit ist unser Prinzip!«

Er drückte mir den Umschlag in die Hand und kündigte an, dass er für ein halbes Jahr von der Bildfläche verschwinden werde. Er hatte gerade nach monatelangem Warten ein Ausreisevisum erhalten, und er wollte in Prag, Berlin und Budapest ein Netzwerk für seinen zukünftigen Importhandel aufziehen. Sobald er wieder in Leningrad wäre, wollte er sich bei mir melden. Er prophezeite mir goldene Zeiten. Ich erinnere mich nicht mehr, wie hoch der Betrag in Rubel im Umschlag gewesen ist; auf jeden Fall genügte er, um es lange Zeit in diesem Land auszuhalten. Mein Visum galt für einen Monat. Ich beschloss, nach Moskau zu gehen, wo ich im Frühjahr 1981 zwei Tage als Erstsemester verbracht hatte und das mir viel lebendiger als Leningrad vorgekommen war.

Der Nachtzug kam morgens Viertel nach sieben in der Hauptstadt an. Schatten in Pelzen huschten über den Bahnsteig, eingehüllt in Frostnebel. Eiszapfen wuchsen von der Überdachung herab, groß und funkelnd wie Kronleuchter in einem Ballsaal. Aber hier in meinem Abteil war es noch warm, der Samowar dampfte und pfiff leise vor sich hin. Daneben stand die Zugbegleiterin, die mich halb sieben geweckt und mir Tee in einem Glas mit einer Metallhalterung gebracht hatte, eine ältere Russin, drahtig, gelenkig, eine unglaublich kultivierte Erscheinung trotz ihrer Arbeitsschürze. Sie erinnerte mich an Frau Pokrowskaja. Gewissensbisse beschlichen mich. Warum hatte ich sie in Leningrad nicht noch einmal besucht, ehe ich abgefahren war? In ihrer Abteilung für ausgewiesene Irre? Um Pralinen zu bringen, ein Fläschchen Parfüm; die Nylonstrümpfe, von denen sie wohl auch gesprochen hatte. Alles Sachen, die es nur noch im Valutashop am Ende des Newski-Prospekts gab. Nach der kurzen Fahrt durch die Stadt vor mehr als einem Monat hatte ich sie einfach so abgeladen. Als ich ihr aus dem Taxi geholfen und die Halle des Heims betreten hatte, war Frau Pokrowskaja ein weiteres Mal völlig außer sich geraten; im grünen Zwielicht der Zimmeraralien hatte sie wieder angefangen, wie am Spieß zu brüllen, sie schrie nach ihrem Kind, schlug voller Aggression um sich, woraufhin sie von einer herbeigeeilten Schwester zum zweiten Mal an diesem Tag ruhiggestellt und wie eine Stoffpuppe abtransportiert wurde. Ich bin nie wieder in diesem Heim gewesen, ich habe nie wieder mit ihr gesprochen.

Doch gibt es noch mehr Dinge in meinem Leben, die ich bereue.

Ich hatte mit meinem Koffer den zinnoberroten Zug noch nicht verlassen, als ich mitten in einer wimmelnden Menschenmenge ganz in der Nähe niederländische Laute vernahm. Der Braunkohlequalm eines Bummelzugs schlug mir ins Gesicht; ein Gepäckträger mit einem Handkarren voller schneebedeckter Koffer rollte mir fast über die Füße. Ich ging weiter und blieb dann stehen. Ein junger Mann mit einer Pelzmütze über einem schwammigen, rosigen Gesicht, so um die dreißig, sicher etwas älter als ich, verabschiedete sich gerade von einer Gruppe Niederländer.

»Danke, noch mal vielen Dank!« Eine dralle Blondine fiel dem jungen Mann in die Arme, gab ihm drei schmatzende Küsschen; dann wurde ihr von einem Herrn mit grauem Haar, der einen Wintermantel trug, in den Zug geholfen.

»Also, wir werden da erwartet?«, fragte jemand anderes.

»Machen Sie sich keine Sorgen! In Leningrad wird man sich um Sie kümmern! Gute Reise!«

»Danke, Ragnar!«, sagte eine Frau mit einer Kunstpelzkonstruktion auf dem Kopf. »Das waren tolle Tage! Ich werde diese besoffenen Musiker im Restaurant nie vergessen!«

Und so ging es eine Weile weiter.

Damals habe ich noch geraucht; ich zündete mir eine Zigarette an und beobachtete die Szene hinter einer Säule; nach einer Nacht im stickigen, beengten Schlafabteil genoss ich die eisige Kälte und das Nikotin. Die Türen schlossen sich mit einem pneumatischen Zischen; Wasserdampf stieg auf, der sogleich zu glänzenden Kristallen gefror, und der Zug setzte sich in Bewegung. Als der Waggon, in dem die Niederländer saßen, außer Sicht war, nahm der junge Mann die Pelzmütze vom Kopf, brachte das rote Seidenfutter in Ordnung, setzte sie wieder auf und tat so, als wolle er zum Ausgang gehen, drehte sich aber plötzlich um und kam mit großen Schritten auf mich zu.

»Was spionieren Sie mir nach?«, fragte er mich auf Russisch.
»Guten Morgen«, antwortete ich auf Niederländisch.
»Verdammt«, hörte ich dann.

Um die Glaubwürdigkeit dieser Darstellung zu erhöhen, sollte ich ihn natürlich lieber Jansen nennen. Doch dem Fiktionalen bin ich inzwischen entwachsen. Er hieß Foppmans – Ragnar Foppmans. Nachdem er eine Zigarette von mir geschnorrt hatte, durchquerten wir die mächtige Bahnhofshalle mit Lenin auf seinem Granitsockel in der Mitte und traten auf die Straße.

»Wo wohnst du?« Foppmans hob seine behandschuhte Hand, ein Wolga blieb im Nu dienstbeflissen bei uns stehen.

Ich war ins Blaue hinein abgereist.

»Okay, steig mal ein ...«

Während dieser ersten Fahrt meines Lebens durch das winterliche Moskau, wo überall noch kommunistische Losungen hingen und fast keine Autos fuhren, als wäre die mächtige Kulisse der Stadt allein uns vorbehalten, fühlte ich mich außerordentlich glücklich. Wie vor zwei Jahren, als ich nach Teneriffa gegangen war und es als Animateur in einem Ferienhotel insgesamt anderthalb Jahre ausgehalten hatte, fiel mir eine bleischwere Last von den Schultern. Als wäre mein Vater nicht mehr krank; als würden die Niederlande, wo ich mir ein Leben im Büro immer als das schlimmste Grauen ausgemalt hatte, nicht mehr existieren.

»Also, das wäre Moskau ...«, sagte Foppmans dann.

Er begann mich auszuforschen, fragte, wo ich mein Russisch gelernt hätte, zog bewundernd-neidisch seine Augenbrauen hoch, als ich ihm von meiner Zeit in Spanien erzählte, lachte herzlich über meine Geschichte mit den Bibeln. Dann fing er selbst an zu erzählen. Er war ein noch viel größerer Schwätzer als ich. Ehe wir das Hotel *Intourist* auf der Gorkistraße erreicht hatten, sagte er mir, dass er einen Job für mich hätte; er sei schon seit Monaten auf der Suche nach so einem wie mir. Ich käme wie gerufen.

Es ging um einen Vertreterjob für ein Reiseunternehmen in Moskau. Durch das plötzlich gewachsene Interesse an der Sowjetunion konnte sich Foppmans vor Arbeit nicht mehr retten. Die Reisegruppen strömten nur so ins Land, weil man das Wunder von Perestroika und Glasnost im Verbund mit goldenen Zwiebeltürmen und Museen mit eigenen Augen sehen wollte. Neben der Begleitung solcher Reisen bestand meine Aufgabe darin, mit ihm neue Destinationen zu entwickeln und auch die Reservierung von Hotelkontingenten sicherzustellen, die mit jedem Tag knapper wurden. Das Monopol des Staatstourismusmolochs Intourist zerbröckelte in diesem Jahr 1988 zusehends. Früher war man einfach ins Zentralbüro direkt gegenüber dem Kreml gegangen, hatte dem Beamten eine Wunschliste mit Flugzeug, Bus, Bahn, Schiff und anderen Verkehrsmitteln sowie einem Reiseführer in einer bestimmten Sprache in die Hand gedrückt – und die Sache war geritzt. Doch nun war alles ins Wanken geraten; im Land kam allmählich eine Revolution in Gang. Die Alternativen zu Intourist waren spärlich, doch allmählich kam Wettbewerb auf. Das kommunistische Verbot, Gewinne zu machen, etwas selbst in die Hand zu nehmen, erodierte. Und wer profitierte davon? Die, die den besten Platz am Feuer hatten: die Berufskommunisten. Organisationen wie die Akademie der Wissenschaften, die Eisenbahn, der Staatszirkus, selbst die Armee besaßen im ganzen Land Hotels, Sanatorien und andere Unterkünfte, die ursprünglich für die eigenen Mitarbeiter gedacht waren. Leitende Beamte und Militärs hatten vor einem halben Jahr begonnen, sie gewinnbringend auszubeuten. Für ein Trinkgeld vermieteten sie im Namen des Staates Hotelzimmer an Subunternehmen, die sie selbst mit ihren Freunden gegründet hatten, um sie dann zum zehnfachen Preis weiterzuvermieten. Aber das zeigte sich erst andeutungsweise; war noch immer halb illegal. Man konnte nicht einfach so mitmischen; man brauchte die richtigen Kontakte.

»Verstehst du?« Am Abend nach meiner Ankunft in Moskau hatte Foppmans mich in ein Badehaus mitgenommen, um mich schon mal über einige Finessen aufzuklären. Nackt, mit einem Kopf wie eine Boje neben mir in der Banja, wedelte er kräftig mit einem nassen Handtuch über dem Kopf – die heiße Luft wurde noch heißer und verbrühte meine Haut. »Du hast mich noch nicht mal gefragt, was dabei für dich herausspringt. Ich werde es dir gleich sagen: neunhundert Gulden im Monat, ein Hungerlohn. Es sind Raffzähne da in Holland! Doch es gibt noch etwas Anderes, das werde ich dir später erklären. Übrigens ...« Schnaufend begann er, den Schweiß von seinem molligen Körper zu wischen, alles triefte auf das weiße Birkenholz der Saunabänke. Dann legte er mit seinen Plänen los, die er für den Import hatte, malte mir die Vermögen aus, die hier langfristig zu verdienen waren.

Es war, als hörte ich Posorski in Leningrad reden.

Damit begann eine Periode meines Lebens, die praktisch aus unentwegtem Reisen bestand. Zuerst einmal aber war ich in die Niederlande zurückgekehrt, um mein Visum zu verlängern, meine Eltern zu informieren und mich bei dem Reiseveranstalter im Osten des Landes zu bewerben – sie schienen überglücklich, dass sich noch ein Idiot bereit fand, seine Tage in der UdSSR zu fristen.

Zwei Wochen später teilte ich mir mit Foppmans im Hotel *Intourist* ein Zimmer. Schnell zeigte sich, dass ich ihn kaum zu Gesicht bekam. Wenn er mit einer Gruppe Touristen in diesem riesigen Land unterwegs war, musste ich in Moskau die Stellung halten und umgekehrt. Wir wechselten uns ab; unsere Dienstabsprachen liefen über Telefon und Fax. Diese Verbindungen im Sowjetimperium waren ein permanentes Elend mit ihrem ständigen Rauschen in der Leitung und den unvermittelten Abbrüchen, nachdem es eine halbe Stunde gedauert hatte, sie überhaupt zuwege zu bringen. Ich nahm Touristengruppen am Flughafen in Empfang, begleitete sie ins Hotel, unterhielt Kontakte mit den Reiseorganisationen und den örtlichen Führern. Immer öfter ging ich selbst mit auf Tour. Eine professionelle niederländische Reiseleitung sollte die Befürchtungen abbauen helfen, die die Mehrheit der Kundschaft in der Sowjetunion noch immer hegte. Foppmans war schon seit zwei Jahren hier. Bei ihm war eine gewisse Erschöpfung eingetreten; er blieb lieber beim Moskauer Schema F. Am Anfang habe ich mehrmals den Sechstage-Trip mit dem Zug von Moskau nach Leningrad gemacht. Nach ein paar Monaten reiste ich mit derselben Gleichgültigkeit wie Foppmans zwischen Moskau und den baltischen Staaten, Sibirien, Georgien, der Ukraine oder Usbekistan hin und her. Überall im Land der elf Zeitzonen, in der Metro, in den Häusern, auf den Fluren der Hotels, in Flugzeugen, Zügen, Schulen und Krankenhäusern hing der gleiche üble Mief – eine Mischung aus Knoblauch, altem Schweiß und verfaultem Obst, eine muffige menschliche Ausdünstung, denn auch Seife und andere Hygieneartikel waren hauptsächlich auf Zuteilung oder eben gar nicht zu haben. Frauen waren gezwungen, Watte als Damenbinden zu benutzen; und als es keine Watte mehr gab, gewöhnliches Zeitungspapier. Mein Höllengang durch das Altersheim in Leningrad, als ich den Servierwagen mit den geschmuggelten Bibeln durch die Gänge mit diesen ausrangierten Leuten geschoben hatte, entpuppte sich als pars pro toto für das ganze Land.

Teils arbeiteten wir mit Intourist, teils mit neu aufkommenden »genossenschaftlichen Betrieben«, angeführt von zwielichtigen Gestalten, mit denen ich – kein Vertrag ohne zuvor aufgebautes Vertrauen – nächtelang in Restaurants herumsitzen musste, in verqualmten Wirtschaften und Spelunken hinter verdunkelten Fassaden mit Flutlicht, Live-Orchestermusik, einer Überfülle an Speisen und Getränken, alles bewacht von Jungs mit Gorillaschädeln in schwarzen Lederjacken, wo junge Frauen und Mädchen sich als Wegweiser für die Nacht beim Lachen fast die Unterkiefer ausrenkten, während draußen die Welt aus lauter grauer Düsternis bestand, ein Reich, das jede Minute – man wusste es, man spürte es, wie Hunde das Herannahen eines Erdbebens erahnen, lange, bevor es losgeht – auseinanderbrach. Der Rubel war inzwischen fast überhaupt nichts mehr wert, die Zeichen standen auf Hyperinflation. Westartikel waren bares Gold. Für sechs importierte Dosen Carlsberg-Bier (die ich zum Preis von zehn Dollar im Devisenladen neben dem Hotel, in dem ich wohnte, kaufen konnte) habe ich unterwegs manchmal dreihundert Liter Diesel für den Fahrer meines Touristenbusses getankt. Niemand hielt sich mehr an Regeln. Mit dem Mangel begann das große Abstauben, das massenhafte Stehlen, das Marodieren wie in den Jahren kurz nach der Revolution von 1917, als Arbeiter und Soldaten begannen, die Bourgeoisie auszuplündern. Mit dem Segen der taufrischen Revolution waren sie mit Karabinern in die Häuser gestürmt, hatten Männer, Frauen, Alte und Kinder auf die Straße geschleppt, sich die antiken Möbel, das Geschirr, Tafelsilber, Gemälde, nette Fotos (mit Palmen im Hintergrund), kristallene Briefbeschwerer und andere Luxusartikel unter den Nagel gerissen oder aus Rache und blindem Hass aus den Fenstern geworfen. Endlich, nach so vielen Jahrhunderten der Ausbeutung und Erniedrigung, waren nun sie an der Reihe. Um selbst zu herrschen, um selbst zu demütigen. Der Adel und die Bourgeoisie wurden zum Schneeschippen in die eisige Kälte geschickt, sie wurden wie verkleidete Affen in Arbeitsklamotten gesteckt, oder man ließ sie mit ihren vor Angst blutig gebissenen Lippen frisch vollgeschissene WC-Brillen ablecken, angefeuert von jungen Fabrikmädels, die sich derweil von ihren Freunden grinsend die heißen Schöße befingern ließen. Manche wurden sofort abgestochen, exekutiert oder in eine Zelle gesperrt und ins Straflager verschleppt. In Petrograd, in Moskau, dann auch im Rest des Landes. Doch gleich nach Lenins Putsch im Herbst 1917 erfolgte eine Spaltung des Volkes in nützliche Idioten, die die Drecksarbeit erledigt hatten, und jene, die die wahre Macht in die Hand bekamen, die professionellen Bolschewiken in ihren langen schwarzen Ledermänteln, ihren derben Stiefeln, den geladenen Pistolen am Koppel, die Kommissare. Nur wenige Niederländer sind Augenzeuge dessen geworden, doch es gab welche. Jeder hätte damals wissen können, was passiert war und weiter passieren würde. Einer von ihnen war George Nypels, ein Reporter, der miterlebte, dass die jungen Revolutionäre wie Barone und Baronessen in einem »widerlichen« Exzess über das Land fegten. »Sie bilden eine neue Herrenkaste in Sowjetrussland, die Kaste, die alles kann und alles darf, die erster Klasse fährt und erstklassig lebt, die isst, trinkt und raucht: Dinge, von denen ein Proletarier in seiner Fabrik ebenso wenig träumen kann wie ein Bourgeois. Russland ist zur Diktatur einer neuen Kaste geworden.« Der gestohlene Hausrat tauchte alsbald auf Basaren unter freiem Himmel auf. Der Flohmarkt als Metapher für die Revolution! Auch die, die noch nicht geflohen oder massakriert waren, die ihre Herkunft verheimlichten oder einfach nicht wahrhaben wollten, dass auch sie eines Tages an die Reihe kommen würden, verhökerten ihre letzten Sachen auf der Straße. Um zu überleben. Im Jahre 1919 besuchte Nypels den Sucharewski-

Markt in Moskau, wo der Straßenhandel trotz Kommunismus noch nicht ganz verschwunden war. Er lief die Stände mit Verkäufern von gestickten russischen Wandteppichen, blauen Nerzen, Opossumpelzen aus Astrachan und Sibirien, Balalaikas und Grammofonen ab, ehe er in der Bourgeoisieabteilung landete, wo die – in seinen Worten – nach Marx' Rezept absterbende Kapitalistenklasse ihre letzten persönlichen Habseligkeiten feilbot. »Turbanhüte, goldene Ringe, Fläschchen mit Parfüm- und Haarwasser, Maniküre- und Frisiergeräte, goldene Zigarettenetuis, silberne Samoware und Gamaschen. So verschwindet der Krimskrams der Bourgeoisie in den Taschen der Bauern und Arbeiter, so kommen die Ex-Bürgerlichen zu Brot und Fleisch.«

In Moskau, in Leningrad, aber auch in Kiew, in Minsk, in dem nach Oleander und Meer duftenden Jalta sowie an all den anderen Orten, die ich in der Endphase der UdSSR besucht habe, stand der Straßenhandel wieder in voller Blüte. Diesmal wurden nicht das Leben des Adels und der Bourgeoisie verhökert, sondern die Paraphernalien der Sowjetunion, die einer rammelvollen Kirche glich, auf deren Altar die Priester noch täglich aufs Neue einem Gott opferten, an den man eigentlich schon lange nicht mehr glaubte. Der Gott des Kommunismus. Komplette Gesammelte Werke von Lenin und Marx, die Abgüsse ihrer Köpfe in Bronze, Gips oder Messing, sowjetisches Porzellan, Bilder von Stahlarbeitern, Bauern, Sporthelden und Ballerinas, Sauerstoffmasken von MiG-Düsenjägerpiloten, Auszeichnungen der Kommunistischen Partei, Leninorden und andere Medaillen, Nachtsichtbrillen, deutsche Wehrmachtshelme, Koppelriemen und andere Kriegsbeute der Russen von den Nazis, aber vor allem Uhren, die die Befehlshaber der Roten Armee getragen hatten, wurden verkauft, am liebsten und sehr bald ausschließlich für harte Währung.

Ich erlebte historische Zeiten, und mir war bewusst, dass ich historische Zeiten erlebte – in den Zug rein, aus dem Zug raus, ins Flugzeug rein, aus dem Flugzeug raus, manchmal tagelang im Dieselgestank und Motorgeratter von längst ausgemusterten Schiffen. Die Arbeit fraß mich völlig auf und laugte mich auch körperlich allmählich aus. Waren die Touristen zuerst hauptsächlich Intellektuelle mit linkem Anstrich, wurden es später Durchschnittsintellektuelle und sehr bald eine Mischung aus Ärzten, Buchhaltern, Lehrern, Bäckern, Stauern, eben von allen, die das Wunder der Veränderungen im Osten persönlich in Augenschein nehmen wollten. Aus den Fenstern des von den Niederlanden herübergekommenen BOVAG-Busses mit chemischer Toilette und einem Automaten für frischen Kaffee, der zwischen lauter Ladas und Wolgas über die breiten, im Winter von grauem Schneebrei wie aus Papiermaché verdreckten Straßen mit den unvermeidlichen roten Fahnen unter dem grauverhangenen Himmel Moskaus entlangtrieb, sahen meine Touristen, wie ihre Mitmenschen unter den letzten Zuckungen des Kommunismus litten, in Schlangen vor den Geschäften standen und Klamotten – Mäntel, Schuhe und Kopfbedeckungen – trugen, die in Amsterdam, London und Paris schon vor dreißig Jahren aus dem Sortiment verschwunden waren. Sie schauten neugierig nach draußen wie nach Fischen in einem verdreckten Tiefseeaquarium. Wie hielten die Leute das bloß aus? Warum rebellierten sie nicht? Doch sie hatten sich längst aufgelehnt, das heißt, das System hatte sich für sie aufgelehnt, von oben herab, auch wenn sich die Jauchegrube lediglich einen Spalt geöffnet hatte und die Reaktion nach den ersten Reformen unausgesetzt auf der Lauer lag.

Mit den von ihm in Gang gesetzten Reformen handelte Michail Gorbatschow genauso halbherzig wie seinerzeit Nikolaus II. Wie der letzte Zar, dessen Macht auf einem alles erstickenden Terrorsystem mit Privilegien und märchenhaftem Reichtum für den Adel beruhte, weigerte sich auch Gorbatschow zunächst hartnäckig, tatsächlich die Axt an das System zu legen, das siebzig Jahre lang der Parteispitze, dem kommunistischen Adel, ein auserwähltes Leben gesichert hatte, sie konnte ebenso bequem Flugzeuge für den eigenen Gebrauch chartern, Untergebene zum Sex zwingen und in staatlichen Residenzen mit Personal Hof halten wie zuvor die Großfürsten in ihren Palästen.

»Liebe Genossen! Liebe ausländische Gäste!«, hatte Gorbatschow 1987 mit einer ausführlichen Rede im Kongresspalast des Kreml seine Perestroika gestartet. *»Sieben Jahrzehnte trennen uns*

von den unvergesslichen Tagen im Oktober 1917, von jenen legendären Tagen, die den Ausgangspunkt einer neuen Ära des menschlichen Fortschritts und der wahren Geschichte der Menschheit bilden. Der Oktober ist für die Menschheit wirklich die Stunde ihres Genies und ihre strahlende Morgenröte.« Unter seinen Zuhörern waren Henker und Diktatoren wie Honecker, Castro, Ortega und Ceauşescu. Zu ihrem Erstaunen und Schrecken hatte der Sowjetführer plötzlich von Stalins Verbrechen gesprochen. *»Viele Tausende Parteimitglieder, aber auch Menschen, die nicht Mitglied der Partei waren, wurden in großem Maßstab Unterdrückungen ausgesetzt. Das, Genossen, ist die bittere Wahrheit. Die Schuld Stalins und seiner engsten Mitarbeiter an der Massenunterdrückung und Gesetzlosigkeit in Bezug auf die Partei und das Volk ist gigantisch und unverzeihlich …«*

Doch Lenin, den Schurken, mit dem alles begonnen hatte, den Massenmörder, der in Telegrammen dazu aufrief, mehr Professoren zu erschießen, einen von Menschenhass und Ressentiments zerfressenen Psychopathen, dessen Mumie im dem Moment, da ich das hier niederschreibe, noch immer für die Ewigkeit einbalsamiert in seinem gläsernen Sarkophag im Mausoleum auf dem Roten Platz liegt, ließ Gorbatschow unangetastet, er nannte ihn sogar weiterhin die größte heilige Quelle der Inspiration. *»Weder die größten Fehler noch die Abweichungen von den sozialistischen Prinzipien, die sich ereignet haben, können unser Volk und unser Land von dem Weg abbringen, der 1917 eingeschlagen wurde (…) Wir sind auf dem Weg in eine neue Welt, der Welt des Kommunismus. Von diesem Kurs werden wir niemals abweichen …«*

Inzwischen konnte man auf der Straße schon für sechs Päckchen Kaugummi eine in Bronze gegossene Skulptur Lenins einhandeln. Das Land, offiziell immer noch auf dem Weg zum Kommunismus, war ein Bordell, selbst im wörtlichen Sinne. Mädchen und junge Frauen machten massenhaft für ein paar Strumpfhosen die Beine breit. Zwielichtige Subjekte wandten sich an mich. Manchmal kam ich mir selbst anrüchig vor, wie bei meinem Handel mit Theaterkarten. Alle wollten ins Bolschoi-Theater in Moskau, ins Kirow in Leningrad, um eine Aufführung von *Schwanensee, Nussknacker* oder *Giselle* zu sehen. Das zaristische Prunkgold war unter den Kommunisten nicht verschwunden; das, was die Nazis im Zweiten Weltkrieg zerstört hatten, wurde flugs wieder in alter Pracht restauriert. In Moskau und Leningrad herrschte ein ständiger Kampf um Theaterkarten. In Rubel waren sie spottbillig, nur waren sie halt nirgends zu bekommen. Ein winziger Teil wurde zurückgehalten für das gemeine Volk. Inzwischen machten korrupte Theaterkassierer gemeinsame Sache mit den Schwarzhändlern. Das größte Kontingent ging an die staatliche Organisation Intourist, die die Billetts für harte Valuta an Ausländer verkaufte. Eine Eintrittskarte, die offiziell an der Kasse (umgerechnet) weniger als zwanzig Dollarcent kostete, ging unter der Hand für achtzig Dollar weg.

Foppmans hatte mich in die Kunst des Ausnehmens von Touristen eingeweiht. Er begründete dieses Vorgehen mit unserer absurd niedrigen Vergütung in den Niederlanden. Genau wie er knüpfte ich schnell Kontakte zu den Theaterkassiererinnen. Manchmal nahm ich sie mit in ein Restaurant, bauchpinselte sie auf jede nur erdenkliche Art und Weise, danach rückten sie meist mit Listen von Dingen heraus, die sie dringendst benötigten: Nagellack, Lidschatten, Lippenstift, französisches Parfüm, Hygieneartikel, Dessous, Unterhosen für ihre Männer oder Freunde, Socken, ein Stück essbaren Käse, Medikamente, die ewigen Nylonstrümpfe, Digitaluhren, manchmal ein paar modische Schuhe und andere Dinge. Ich schämte mich fortwährend für diese Banalitäten. Im Gegenzug verkauften sie mir Eintrittskarten gegen Rubel, die ich in meinem Hotelzimmer mit PAID IN FOREIGN CURRENCY stempelte, wobei ich den Dollarpreis schwanken lassen konnte. Den Reisegesellschaften teilte ich gleich am Anreisetag mit, dass angesichts der chaotischen Situation im Land ein Theaterbesuch leider fast unmöglich sei; eine Tombola, doch ich würde es selbstverständlich versuchen. Aber das dürfe doch nicht wahr sein, oder? Jetzt, da sie schon einmal hier seien, wollten sie unbedingt ins Theater! Ich verstand es ja, ich verstand es wirklich, und wiederholte, dass ich mein Möglichstes tun würde. Wenn sie mich einen Tag später fragten, wie es inzwischen um die Tickets bestellt sei, zuckte ich bedauernd mit den Schultern und murmelte, dass es äußerst trübe aussähe. So trieb ich die Spannung auf ihren Höhepunkt, bis die befreiende Nachricht kam (»Liebe Leute, ich glaube es ja selbst nicht, aber ich habe vierzig Karten für den *Schwanensee* heute Abend im Bolschoi-Theater!«) und im Bus oder im Frühstücksraum Jubel aufbrandete, Applaus, und ich tatsächlich in die Luft geworfen wurde. Manchmal verdiente ich, nach Abzug der Kosten, tausend Dollar an einem einzigen Abend.

Überall im Land wurde inzwischen diskutiert, mitten auf der eiskalten Straße, in der Metro, in Fabrikhallen, unter den trübseligen Leuchtstoffröhren der Regierungsbehörden, in Kinos und Theatern. Jeden Tag gab es neue Enthüllungen, neue Fakten, neue Gerüchte. Manche Zeitschriften riss man sich gierig aus den Händen, sobald der andere mit dem Lesen fertig war. Von *Ogonjok* (»Feuerchen«) verpasste ich keine Ausgabe. Nach meinem Wechsel an die juristische Fakultät hatte ich in Amsterdam während meiner gesamten Studienzeit Russisch weiter betrieben, indem ich zweimal wöchentlich eine Stunde mit Herrn Pantelejew, einem Russen, der nach dem Ungarnaufstand 1956 in die Niederlande geflohen war, Konversation machte. Jetzt kam ich in großen Sprüngen voran. Ich war mir sehr wohl bewusst, wie tief ich gesunken war, doch trotz des ständigen Herumreisens, Organisierens, Geschachers, der Konzentration aufs Geldverdienen blieb ich so etwas wie ein Intellektueller.

Die Kloake der Geschichte, die von der Presse freigelegt wurde, förderte nicht nur täglich frischen Schmutz über die Unterdrückung unter Stalin, die Massaker, die Straflager zutage, wodurch die Luft im Land immer dicker und drückender wurde, während alle nach mehr Sauerstoff japsten, es wurde auch viel über die Gegenwart gesprochen, man diskutierte die Zukunft mit erhobener Stimme, geballten Fäusten und in die Höhe gerecktem Kinn. Als ich wieder einmal für ein paar Wochen in Moskau war, während Foppmans sich irgendwo in der unermesslichen UdSSR herumtrieb, besuchte ich regelmäßig den von Zigarettenqualm vergifteten Saal des Dom-Kinos. Das Gewerkschaftshaus der sowjetischen Filmschaffenden, unweit des Platzes mit der Statue von Majakowski, war eines der Nester, in denen sich die Revolution im Land vollzog.

Es war ein Strudel aus künftigen Politikern, Studenten, Intellektuellen, Künstlern, einfachen Hausfrauen mit Handtaschen auf dem Schoß, Arbeitern, die mit ihren groben Händen, den speckigen Jacken und ihren matten, starblinden Augen wirklich wie Arbeiter aussahen, aus Straflagern entlassenen Häftlingen, Provokateuren und Agenten des KGB. An einem Samstagmorgen sah ich zum ersten Mal Andrej Sacharow, den Nobelpreisträger und Vater der Wasserstoffbombe, einen alten weißgrauen Vogel mit großer Brille und in einem unordentlichen grauen Anzug, er war zwei Jahre zuvor aus seinem Exil in Gorki, dem heutigen Nischni Nowgorod an der Wolga, entlassen worden. Wie ein somnambuler Zar des Gewissens saß er meist an der Seite des Auditoriums, wo er während der Reden, die gehalten wurden, gelegentlich wegdämmerte. Es ging dabei immer um die Notwendigkeit weiterer Reformen, sowohl in der Landwirtschaft als auch in der Industrie, um mehr Mitsprache in der noch immer allmächtigen Kommunistischen Partei. Die Hälfte davon kapierte ich nicht. Man debattierte über konkrete Gesetzesvorschläge, Verfahren, Personen, von denen ich noch nie etwas gehört hatte. Auch in den Jahren vor und nach der Revolution von 1917 war zunächst in kleinen Räumen bei geheimen Treffs, schließlich in Fabrikhallen, Kinosälen und Theatern der gleiche chaotische Weg eingeschlagen worden.

Die Revolution übte eine merkwürdige Anziehungskraft auf junge Mädchen aus. Russinnen meines Alters und jünger als ich, oft in sich ähnelnden Klamotten, Trägerkleidern und Pullovern, wie sie meine Mutter auf den Bildern ihrer Jugend getragen hatte, richteten unter ihren baldachinartigen Wimpern ihre bewundernden Blicke erwartungsvoll auf den Trupp an Männern und Frauen, die das Podium hinaufstiegen oder herabkamen. Die Gräueltaten der Stalinzeit feierten Auferstehung in Gedichten, Erzählungen, Zeugnissen der Opfer, beim Verlesen von Dokumenten und Opferlisten, die erst kürzlich aus den teilweise geöffneten Archiven aufgetaucht waren. Mit offenem Mund, eine Zigarette zur Hand, lauschte man, die Klappsitze staubig und quietschend unter den Popos, in den Gesichtern wechselnde Ausdrücke von Abscheu, schweigend den Geschichten, wie Menschen – Männer, Frauen, Militärs, Beamte, Lehrer, Arbeiter und andere – von der Sowjet-Gestapo aus ihren Häusern geholt worden waren, während die Familien schreiend oder stumm vor Entsetzen und Angst zurückblieben, wie die Gefangenen oft nur eine Stunde später (nach dem Aufschreiben des Namens, des Geburtsdatums, manchmal wurden sie für die Verwaltung auch gewogen) mit Genickschuss getötet und mit ihren Leidensgenossen, denen kurz zuvor oder kurz danach dasselbe Schicksal zuteil geworden war, wie Baumstämme auf einen Lastwagen gestapelt wurden, woraufhin man sie durch die nächtlichen Straßen mit Häusern auf jeder Seite kutschierte, wo die Menschen bereits schliefen, noch Tee in der Küche tranken, ein Buch lasen, vorm Radio dösten oder Liebe machten, und sie in dröhnendem Dieselgestank an einen Ort außerhalb der Stadt brachte, wo sie in einem vorsorglich ausgehobenen Graben verschwanden, über den die Erde vom Frühjahr, Sommer, Herbst oder Winter kam; oft verbrannte man sie auch in unterirdischen Öfen, lange vor Auschwitz, dann wurde die Asche in Gruben geschüttet, festgestampft und mit einer Asphaltschicht bedeckt. Eine siebzigjährige Frau – eine Gulag-Überlebende – zeichnete Hieronymus-Bosch-artige Bilder von einem sibirischen Frauenlager, wo Mädchen zur Erheiterung der Wachen nackt durch Schnee oder Schlamm kriechen mussten. Ein anderer – ein Mann mit einem Professorengesicht – erzählte, wie er eines Tages als junger Mann im Fernen Osten auf ein Schiff mit Hunderten anderer Männer kam, ein Schiff voller weißer Sklaven auf dem Weg zu den Kohlegruben im Hohen Norden, wie ein Viertel – fast ohne Nahrung und in Lumpen – in der Kälte und an der Diphtherie krepiert war, wie sich die Mehrheit schnell in ein Gewirr aus lebendigem Fleisch verwandelt hatte, schwitzend, stinkend, blutend, einander nach dem Leben trachtend, um selbst zu überleben, knurrend, kratzend und bissig wie Tiere, wie manche aber bei allem die Ruhe zu bewahren wussten, ihren Frieden, ihre Menschlichkeit. Er erzählte auch, was ich später öfter in verschiedenen Versionen zu hören und zu lesen bekam, wie Wachen, dick in Pelz gepackt, Gefangene bei vierzig Grad unter Null aus Spaß oder zur Strafe für das Übertreten eines Verbots nackt an einen Pfahl banden und sie mit Wasser überschütteten, woraufhin sie sich schnell in riesige Eiszapfen verwandelten, weiße durchsichtige Bernsteinbrocken, nicht mit einer Fliege oder einem Käfer darin, die vor Millionen von Jahren im Harz erstarrt waren, sondern mit einem Menschen, der gerade eben noch geatmet und geschrien hatte.

Das alles kam zur Sprache, dort im Haus der Filmschaffenden.

Eines Morgens saß ich ganz hinten im Saal, in dem mindestens achthundert Leute zusammengedrängt waren, die einer Frau zuhörten, die mit taumelndem Schritt das Podium betreten hatte. Sie sah aus wie eine olympische Kugelstoßerin, trug ein formloses, moosgrünes Kleid, hatte kurzes Haar, das über einem auffallend blassen Vollmondgesicht eher gelblich als blond war, und zog das Publikum mit ihrer männlichen Motorik und ihrer kräftigen Stimme in ihren Bann, sobald sie das Wort ergriffen hatte. Sie sprach von der Notwendigkeit weiterer tiefgreifender Reformen in Politik, Wirtschaft und gesellschaftlichen Strukturen, betonte jedoch, dass die Sowjetunion ein Reich verschiedener Völker sei; in Bergkarabach zwischen Aserbaidschan und Armenien sei bereits Gewalt ausgebrochen, es habe sogar Tote gegeben. Die Gefahren von Rassenhass, das Aufkommen der Pest des Nationalismus und gar der Ausbruch eines großen Krieges würden schon lauern.

Plötzlich fing es im Saal an zu rumoren.

»Halt's Maul, du falsche Jüdin«, brüllte ein Kerl.

Eine Gruppe von Männern auf den Klappstühlen rechts vom Podium war mit lautem Geschrei aufgesprungen. Sie entfalteten ein Banner und stürmten damit die Bühne; der hinterste verhedderte sich darin und stolperte auf der Treppe. Das Banner zeigte die Präsidenten Israels und der Vereinigten Staaten mit riesigen Nasen, Zinken wie krumme Gurken, in einem Meer aus Dollarzeichen.

Ein Russe in einer schwarzen Lederjacke mit einem schwarzen T-Shirt darunter, dessen ebenso schwarze Schuhe wie schwarze Siegelringe glänzten, begann zu schreien, dass diese ganze Versammlung ein einziger Judenhaufen sei. Dass die Freimaurer und Jidden das Land in den Abgrund reißen wollten, die Zerstörung der UdSSR im Sinn hätten, dass eine zionistische Clique die Russen an die Amerikaner, an die Kapitalisten, ausliefern wolle, um das Land in eine Rohstoffkolonie zu verwandeln ... Worauf sie ...

»Bürger! Bürger!« Die Frau auf der Bühne schien von dem Pandämonium, das da losgebrochen war, kaum beeindruckt. »Bürger! Lasst uns doch hier auf zivilisierte Weise miteinander reden ...«

Doch der Kerl in Schwarz brüllte zurück: »Zivilisiert? Ihr wollt hier alles zu Grabe tragen. Zivilisiert? Macht nur weiter mit eurer Zivilisation! Eines Tages sehe ich euch vor dem Erschießungskommando!«

Der Raum blieb regungslos; schließlich wurden die Randalierer von drei dunklen Anzügen abgeführt. Das sei Demokratie, setzte die Frau auf der Bühne ihre Rede fort. Solange die Ordnung im Saal nicht gestört würde, dürfe hier jeder sagen, was er denke und fühle.

»Sprechen Sie weiter, Galina!« Eine Frau mit einem knallroten Kopf in einer der ersten Reihen war aufgestanden. »Wir sind ganz Ohr.«

»Danke, Bürger ... Wo war ich stehengeblieben? Nun, wenn wir über die nationalistischen Gefahren sprechen, die uns jetzt bedrohen ...«

Ich verbreitete in diesen Tagen immer einen Geruch nach Eau de Toilette und Seife: eine meiner kleinen Vergeltungen für meine Existenz hier. Obwohl nicht unerfahren, war ich doch unglaublich schüchtern. Aber im Feuer dieser Versammlungen, in der knisternden Atmosphäre der herannahenden Revolte, umschwirrten mich die Mädchen wie Libellen, woraufhin sie mich in ihre Studentenbuden auf den Leninhügeln mitschleiften, Zimmerchen in Außenbezirken, an die ich mich kaum erinnern kann.

Bei Unruhen im Land floriert der Sex.

Nach meiner Begegnung mit Foppmans war ich abgesehen von den gelegentlichen Aufenthalten in Moskau anderthalb Jahre lang ständig unterwegs.

Sieben Mal machte ich die große Sowjetunionreise, ein Unternehmen von drei Wochen, das in Leningrad begann und mit dem Flugzeug nach Kiew, Simferopol auf der Krim, Tiflis, Taschkent, Samarkand, Buchara und Irkutsk führte, von wo aus mich der Zug über Nowosibirsk wieder westwärts nach Moskau brachte. Die Anzahl der Teilnehmer betrug nie mehr als zwölf, immer war eine

Frau als Reiseführerin von Intourist mit dabei. Eigentlich hatte ich fast nichts zu tun, außer die Dinge ein wenig zu arrangieren und vor allem Konversation mit den Touristen zu betreiben, für gewöhnlich interessante, interessierte, freundliche Leute. Einige hatten spezielle Wünsche, wie ein Ehepaar aus Overijssel mit polnischem Nachnamen, das unbedingt die Synagoge in Buchara besuchen wollte, einer Stadt, die sich mit ihren Minaretten, azurblauen Mosaiken und deprimierenden Breschnew-Bauten wie eine eklektische Fata Morgana gegen die von der strahlenden Sonne in blendendes Weiß getauchten Wüste abhob, ein Unterfangen, das 1989 von den Behörden mit Argusaugen beobachtet wurde. Ich sprach mit drei zehnjährigen jüdischen Jungs mit dunklen Hirschaugen in ihren zutiefst blassen Gesichtern, die davon träumten, nach Israel auszuwandern, weil sie da ungestraft auf Araber schießen dürften. Feixend und mit grimmigen Gebärden in der Luft betätigten die Schüler den Abzug ihrer imaginären Maschinengewehre und zielten auf ein vorbeifahrendes Auto. An jenem Abend lag ich, geplagt von einem Schwarm Schmeißfliegen, während draußen ein Muezzin leierte, in meinem bullenheißen Hotelzimmer, um mich von einem fürchterlichen Durchfall zu erholen, als es an der Tür klopfte. Kaum hatte ich geöffnet, als drei Usbeken, gekleidet in schmuddelige grüne Leinenanzüge, mich buchstäblich umrannten. Das antisemitische Virus, das in der Hauptstadt wütete und von Zeitungen, Politikern und Volksbewegungen, die aus dem Nichts zu entstehen schienen, in Wirklichkeit jedoch von der jahrhundertealten zaristischen Tradition gespeist wurde, war auch hierher geweht worden.

»Was hatten Sie heute Nachmittag bei den Juden zu suchen?« Der Älteste der Gruppe, ein Vierzigjähriger mit der Visage eines Bösewichts aus einem Sowjetfilm, sein Russisch war von einem schweren mittelasiatischen Akzent geprägt, sah mich mit einem Mund voller Goldzähne drohend an.

»Nichts, gar nichts, ich war nur als Tourist da.«

»Papiere!« Der Usbeke blätterte hastig in meinem Pass und rief: »Was ist das? Sie sind ein israelischer Spion!«

»Sie irren sich.«

»Denkst du, ich bin blöd? Ich komme gerade von einer Dienstreise aus Moskau. Israel hat da kein Konsulat. Aber wer besorgt den Juden ihre Ausreisevisa? Die Niederländer! Ihr seid alle Spione!«

In diesem elenden Zimmer voller brummender Fliegen, während mein Magen verrückt spielte, packten mich zwei Kerle an den Armen. Mein das Geschehen verfolgender Verstand klebte inzwischen irgendwo an der Decke, und von da starrte ich hinunter wie auf eine schlechte Varietévorstellung. Der Älteste zerrte mir Hose und Unterhose herunter, dann zeigte er mit zitterndem Finger auf mein Geschlecht.

»Hab ich es nicht gesagt? Ein dreckiger Itzig!«

Ich war als Baby beschnitten worden, um der Hygiene willen.

»Fick deine Mutter! Lass dich nie wieder bei der Synagoge sehen! Sonst setzen wir dich gleich auf den Transport!«

Und sie verschwanden wieder, die drei Daltons, mich mit Hose und Unterhose auf den Knöcheln zurücklassend.

Reiseerzählungen sind in aller Regel stinklangweilig, deshalb will ich Sie damit auch nicht zu sehr behelligen. Doch niemals werde ich den Tag im April 1989 vergessen, an dem ich um 16 Uhr auf dem Flughafen von Tiflis landete. Ich hatte neun Stunden mit meiner Gruppe in Simferopol ausharren müssen; immer wieder wurde unser Aeroflot-Flug verschoben, ohne dass wir den Grund erfuhren. In dem beengten Wartebereich waren der Gestank, der Lärm und der Schweißgeruch kaum noch zu ertragen. Die Passagiere für den nächsten Flug nach Moskau tigerten auf und ab, lagen auf Bänken oder einfach auf dem Boden mit ihrem lebenden Federvieh im Gepäck, Eimern voll eingelegter Gurken, Körben mit Äpfeln, Birnen, mit Zwiebel- und Knoblauchzöpfen, Kartoffeln und anderen Lebensmitteln, die sie als Handgepäck mit ins Flugzeug nahmen, um sie in der Hauptstadt zu verscherbeln. Das Ticket kostete den Gegenwert von drei Brathühnern. Meine Touristen begannen allmählich, mir ihren Unmut kundzutun, obwohl sie wussten, dass ich nichts ausrichten konnte. Einige fingen schon an, das Wort Entschädigung zu murmeln. Es zeigte sich, dass nette Menschen in relativ kurzer Zeit zu unausstehlichen Arschlöchern mutieren konnten.

Einmal war die Rede davon, dass wir nach Kiew oder Moskau zurückgeschickt werden sollten. Am Ende wurden wir zur sichtlich großen Erleichterung des Bodenpersonals wie menschliches Vieh in eine Antonow-Propellermaschine verfrachtet. Als wir über die mächtigen schneebedeckten Gipfel des Kaukasus flogen – der unablässige Lärm der alten Klapperkiste war ohrenbetäubend – ließ die Sonne sie in Silber und Flüssiggold funkeln.

Es war mein vierter Besuch in Georgien. Ich hatte dort inzwischen einige Bekanntschaften geschlossen, sogar einen kurzen Flirt mit einer Kellnerin zwischen den berauschenden Pfirsichdüften des Botanischen Gartens auf dem Gipfel des Berges, der auf das alte Tiflis mit seinen orthodoxen Kirchenkuppeln, Minaretten und der Synagoge mit dem funkelnden Dach herabsah, hatte es schon gegeben. Ich freute mich auf die Außenterrasse des Hotels *Iveria* am Ende des zentralen Rustaweli-Boulevards, nahe dem Opernhaus, wo die erfolgreichen Lokalmatadore, modisch und meist in Schwarz gekleidet, ganze Abende lang mit Straßenmusikanten tafelten, die Sektkorken so laut wie möglich knallen ließen und sangen, während die Kellner immer neue Gerichte heranschleppten wie Bühnenarbeiter Requisiten, und auch Steinkrüge mit weißem und rotem Wein, die sie zum Befüllen einfach in die Eichenholzfässer, die malerisch an einer Wand aus Weinreben aufgestellt waren, warfen und eintauchen ließen. In Moskau war selbst die jämmerlichste Wurst, ein winzigkleines Küken oder eine Apfelsine zur Rarität geworden. Selbst wenn man Geld hatte, war ohne die richtigen Connections einfach nicht ranzukommen. Hier hingegen schien es alles in Hülle und Fülle zu geben – Schalen voller Zitrusfrüchte schmückten die Tische, dazu gab es frisch aus dem Ofen geholtes Käsebrot, *Chatschapuri*, Spinat mit Knoblauch und Granatapfelkernen, gekochtes Hühnchen in Nusssauce, Schaschlik, frische Auberginen: das Wasser lief einem im Mund zusammen.

Aber gleich als wir gelandet waren, mit einem Motorgebrüll, einem Aufkreischen der Bremsen und einem Beben, als säßen wir in einem altersschwachen Kirmeskarussell, zeigte sich, dass etwas nicht in Ordnung war. Wir mussten sitzen bleiben, auch das Kabinenpersonal durfte nicht aussteigen. Nach einer halben Stunde erhob sich das Genörgel und Gejammer, das ich mir schon auf dem Flughafen Simferopol hatte anhören dürfen, aufs Neue. Was das hier für eine elendige Organisation sei? Zum Frühstück bekamen wir Mineralwasser in einem giftgrünen Plastikbecher, das einen metallischen Geschmack hatte. Die Luft in der Antonow war bald zum Schneiden dick; wenn jemand leise einen fahren ließ, blieb der Gestank lange in der Luft hängen. Die Raucher fingen an zu qualmen, die Stewardessen und Piloten, die in die Kabine gekommen waren, inklusive. Mit den Fingern wischte ich mir ein Guckloch ins beschlagene Fenster; als ich meinen Blick über die Tragfläche mit den Propellern schweifen ließ, bemerkte ich eine beispiellose Hektik in der Betonlandschaft da draußen. Drei Hubschrauber kamen angeflogen. Während sich die Rotorblätter noch drehten, sprangen Soldaten mit urslawischen Gesichtszügen in flatternden grünen Klamotten ab und verschwanden sofort aus meinem Gesichtsfeld. Armeefahrzeuge fuhren hin und her; ein monströses Frachtflugzeug landete. Aus einer Heckklappe, die wie bei einem Fährschiff herabgelassen wurde, stürzten weitere Soldaten, ihnen folgten gepanzerte Fahrzeuge. Erst nach anderthalb Stunden durften wir aussteigen. Doch anders, als es das Programm vorsah, wurden wir nicht mit einem Ikarus-Bus zum Hotel *Iveria* mitten in der Altstadt gebracht, vorbei an den steinernen Kamelbuckeln der Bäder aus dem 17. Jahrhundert mit schwefelhaltigem Quellwasser, sondern in dreiviertelstündiger Fahrt zu einem Sanatorium aus den Siebzigerjahren hoch oben in den Bergen, von wo aus der Blick in die Ferne auf eine mittelalterliche Kirche fiel. Porträts von Lenin, Marx und Engels mit der Losung: *Unter dem Banner des Marxismus-Leninismus vorwärts in eine leuchtende Zukunft!* hingen an den Wänden im Eingangsbereich. Für uns waren Zimmer vorbereitet. Im spartanischen Flur gab es jedoch nur einen Gemeinschaftswaschraum mit sieben Duschköpfen; das Papier in den Toiletten bestand aus einer in Streifen gerissenen *Prawda*. Die weißen Stahlrohrbetten in den puppenstubengroßen Zimmern sahen aus wie Krankenhausbetten. An den mit grober grüner Farbe gestrichenen Wänden hingen Bilder von lächelndem medizinischen

Personal, Männern und Frauen mit Papiermützen auf dem Kopf, die meisten von ihnen mit einer dicken Brille, darunter eine Liste der »Anwendungen«, die man in dieser Einrichtung gratis durchführen lassen konnte: Blutdruck messen, Hornhaut an Händen und Füßen entfernen lassen, Rückenwirbelkorrekturen, die Einnahme von Sauerstoffcocktails, Massagen und heiße Heilbäder, uneingeschränkte Reinigung des Organismus mit georgischem grünem Tee, Spaziergänge im Park (»Nirgendwo ist die Luft so sauber wie im Kaukasus – die Luft hier ist gut genug, um sie sich aufs Brot zu schmieren!«), und es gab auch eine Art Wunderschlamm, der hier aus dem Boden quoll und sich mit speziellen ostdeutschen Tampons sowohl rektal als auch vaginal einführen ließ, um der Bildung innerer Tumoren (*prophylaktisch*) vorzubeugen oder bereits entstandene Missbildungen zu behandeln. Ich hatte den Eindruck, dass das Gebäude vor unserer Ankunft in aller Eile evakuiert worden war, was sich als zutreffend herausstellte: Es war ein Sanatorium für Arbeiter und ihre Familien aus der Bergarbeiterstadt Norilsk jenseits des Polarkreises.

In einem kantinenähnlichen Speisesaal, an der Wand ein Steinchenmosaik, auf dem sich ein Stahlarbeiter und ein Fabrikmädel küssten, bekamen wir eine leichte Mahlzeit aus Püree und blassen Würsten, die nichts von der sonst so raffinierten wie köstlichen georgischen Küche ahnen ließ. Alles war ziemlich ungenießbar, und wieder erhob sich murmelnde Klage in meine Richtung. Ein Professor der Soziologie um die fünfzig und prominenter Einwohner unserer niederländischen Hauptstadt nahm mich zur Seite, als ich auf die Toilette wollte. Er spreche im Namen fast der gesamten Gruppe. »Nach einem halben Tag Rumsitzen auf der Krim haben wir es nun langsam satt. Das hier ist kein Hotel, sondern irgendeine Art Krankenhaus! Laut Programm sollte es heute Abend eine Rundfahrt durch das Stadtzentrum von Tiflis geben. Und dann Abendessen draußen auf der Dachterrasse unseres Hotels. Was ist das für eine Organisation?«

Ich sagte dem Professor, der Anfang der Achtzigerjahre eine wichtige Rolle in der sogenannten Friedensbewegung gespielt hatte, dass es mir leidtäte und ich mich um Aufklärung bemühen würde und hoffte, dass sich alles so schnell wie möglich regeln würde. Drei Frauen aus der Gruppe, Schwestern und Bauerntöchter aus Ost-Brabant, die im Lotto gewonnen und beschlossen hatten, das Geld gemeinsam für exotische Fernreisen auf den Kopf zu hauen, waren regelrecht begeistert. Nach dem Essen hatten sie sich völlig dem medizinischen Programm hingegeben. Sie ließen männliche Masseure mit Schnurrbärten wie Varietékünstler antraben, gingen in die Sauna, liefen mit absurd weiten Bademänteln in backfischartiger Bravour auf der Außenterrasse herum, wo es schon frostig und zappenduster war, während sich der Rest der Gruppe in einem Aufenthaltsraum versammelte, las, eine Partie Schach spielte oder die asketischen Zimmer aufsuchte, um sich früh schlafen zu legen. Die örtliche Führerin, ein Mädchen von ergreifender, fast biblischer Schönheit, das uns im Bus vom Flugfeld bis zum Sanatorium begleitet hatte, schwieg wie ein Grab. War das Hotel im Stadtzentrum vielleicht ausgebucht? Was, übrigens, stünde denn für morgen auf dem Programm? Ihre Lippen bebten, als ob sie etwas sagen wollte, es sich aber schnell anders überlegt hätte. Morgen um neun Uhr, brachte sie dann mit verlegenem Stottern hervor, würde sie in der Eingangshalle mit weiteren Informationen auf mich warten.

Da der Soziologieprofessor angedeutet hatte, dass er im Namen der Gruppe Ansprüche auf entgangenes Reisevergnügen erwäge, versuchte ich fieberhaft, Foppmans in Moskau zu erreichen. Direkt anrufen wollte nicht klappen. Ich meldete ein Gespräch über den Operator an; nach einer Dreiviertelstunde war die Verbindung hergestellt.

»Wie läuft es da?«, begann Foppmans munter.

Ich erzählte ihm, was los war.

»Bleib ruhig ... Ich habe deinen Anruf schon erwartet. Es scheint im Moment da im Zentrum von Tiflis ein Tohuwabohu zu herrschen, ein schreckliches Durcheinander ... Was genau los ist, weiß ich nicht. Aber die Innenstadt soll besetzt sein. Wo bist du jetzt?«

Ich sagte es ihm.

»Entschädigung? Lass den Kerl mal schwafeln. Sag ihnen nichts. Intourist hat das Recht, das Reiseprogramm jederzeit zu ändern ...

Das steht auch in den Reisekonditionen, mach dir mal keine Sorgen ... Doch was da im Gange ist, gefällt mir nicht. Hast du übrigens Timur schon angerufen?«

Verdammt, völlig vergessen. Timur war ein georgischer Geschichtsstudent, ein Freund von Foppmans, der für uns zusätzliche Ausflüge arrangierte, und die Erlöse teilten wir dann fifty-fifty. Ich hatte ihm sechs leere Videokassetten mitgebracht. Betamax, hier Gold wert.

»Ruf so schnell wie möglich Timur an! Hier läuft alles wie geschmiert, aber wir müssen demnächst mal über die Zukunft reden. Oder willst du dein Leben lang Lohnsklave bleiben? Übrigens, ich habe mich verliebt, mein Freund ... Dunkel, zart, achtzehn; *frisch vom Gymnasium*, wie wir in Groningen früher auf Deutsch sagten. Aber im Bett eine Raubkatze! Noch viel Erfolg, es wird alles glimpflich abgehen ... Alles geht immer glimpflich ab ...«

Zehn Minuten später hatte ich Timur an der Strippe. Ich sagte ihm, dass ich angekommen sei und die Videokassetten dabei hätte. Doch so merkantil er sonst auch eingestellt war – die Videobänder verkaufte er mit einer Traumrendite weiter –, diesmal schien er kaum interessiert. Ob ich vielleicht eine Ahnung hätte, was gerade im Land vor sich ginge? Der gesamte Rustaweli-Prospekt wäre voller Menschen, die schrecklichsten Gerüchte machten die Runde. »Wo bist du? Was machst du da? Ja, ja, das Sanatorium kenne ich natürlich ... Das ist eine Dreiviertelstunde Fahrt, aber ich komme ...«

Mit seinem Freund Bagrat, einem Bären in Lederjacke mit Millimeterschnitt auf dem Kopf, stand Timur eine Stunde später in der Halle mit den Bildern von Lenin, Marx und Engels und der Losung von der leuchtenden Zukunft.

»Ich habe sie extra für dich mitgebracht«, sagte ich, als ich Timur eine Plastiktüte mit den sechs Videokassetten aushändigte.

Er nahm sie schweigend entgegen, drückte sie seinem Kumpel in die Hand wie ein Fürst, der ein Geschenk erhalten hat und es unbesehen an einen Lakaien weiterreicht. Timur war nervös. Er lief gleich wieder zum Ausgang und murmelte, dass er schnell in die Stadt zurückmüsse. Er komme mich nur abholen, um mir als

Westmenschen zu zeigen, was tatsächlich im Land los sei. Selbst in Moskau wusste man nicht so genau, was sich hier abspielte.

Ein Pförtner in einer grauen Jacke und mit runder Brille auf der Nase sprang von seinem Faulenzerstuhl hinter dem Tresen auf, wo er wie eine alte Eule auf einem Ast gesessen und gepennt hatte, als er bemerkte, dass ich mich mit den beiden Jungs dünnemachen wollte. Er rannte mir keuchend hinterher, rief mich äußerst höflich zurück, legte mir eine Hand auf die Schulter und hielt mich fest. Was das denn solle? Ohne Erlaubnis hätte ich als Gast kein Recht, das Sanatoriumsgelände zu verlassen. Die Sicherheit der Klientel stehe immer an erster Stelle! Anweisungen von ganz oben. Der Mann sprach erbärmlich Russisch, schnarrte, verhakelte sich so sehr mit der Grammatik, dass es sogar mir auffiel und fast schon komisch war. Timur drehte sich um, feuerte ein paar Worte auf Georgisch ab, und der Pförtner trollte sich augenblicklich wie von einem Kettenhund gebissen.

»Wenn wir angehalten werden, tu so, als ob du taubstumm wärst, ein taubstummer Lette.« Mit Timur setzte ich mich auf den Rücksitz des klapprigen, in eine Benzinwolke gehüllten Lada. »Auf dem Hinweg standen hier überall Soldaten. Das sieht verteufelt nach Krieg aus …«

In rasender Geschwindigkeit donnerten wir jetzt den Berg hinab; die gleiche Straße an der Schlucht entlang, die ich mit meinen Touristen am Nachmittag im Ikarus-Bus heraufgekrochen war, während alle von Zeit zu Zeit den Atem anhielten.

Bagrat war ein Studienfreund von Timur aus Batumi; im mintgrünen Schein des Mondes schimmerte die Nachtlandschaft unter uns, aber die schwindelerregenden Tiefen schienen ihn nicht zu stören. Er gab Vollgas, bremste und gab wieder Vollgas. Timur redete unentwegt. Bei unseren bisherigen Gesprächen, wenn wir mit meinen Touristen einen Ausflug zu einer Teeplantage oder einer Folkloreshow unter freiem Himmel unternahmen, bei der schnurrbärtige Männer in kaftanartigen schwarzen Jacken ihre martialischen Tanzkünste mit Dolchen und klappernden Säbeln vorführten, war es vor allem um Geld gegangen, um seinen Wunsch, eines Tages den Westen zu besuchen. Jetzt sprach er voller

Feuer nur noch von Politik, über die Zukunft seines Vaterlandes. Die Sache sei definitiv am Kippen, es gebe kein Halten mehr. Er habe mit einer Reihe von Freunden an der Fakultät die Initiative ergriffen. Seit einigen Tagen sei der Rustaweli voller Demonstranten, die im Nachtrab der baltischen Staaten ebenfalls völlige Unabhängigkeit von Moskau forderten. Die Jahrzehnte der Knechtschaft, des Terrors, der Unterdrückung der georgischen Sprache und Kultur hätten lange genug gedauert. Ob ich überhaupt wisse, dass man hier schon Trauben angebaut und Wein produziert habe, als die Menschen in Europa noch in Tierfellen herumgelaufen seien?

Den Lada stellten wir in einer steil ansteigenden Seitenstraße ab, in der sich hübsche Häuser mit Veranden aneinanderreihten. Die Gegend wurde von den wenigen Laternen kaum erhellt, nur ab und zu gab es ein gelb leuchtendes Geschäft, nicht breiter als zwei Türen, wo trotz der späten Stunde runde, flache Brote verkauft wurden. Die letzten fünfhundert Meter gingen wir zu Fuß. In Vilnius, in Riga und auch in Moskau hatte ich im letzten halben Jahr Demonstrationen gesehen, meist kleine Volksaufläufe, bei denen Fahnen und Transparente mit allen möglichen Forderungen hochgehalten wurden – *Weg mit der Diktatur der Kommunisten! Die Wahrheit über die Lager! Lang lebe die Freiheit!* – in aller Regel war dem schnell und effizient von Polizisten oder Sicherheitspersonal in Zivil ein Ende gemacht worden. Als wir uns jedoch dem Zentrum näherten, bekam ich den Eindruck, dass wir in einen menschlichen Bienenstock geraten waren, einen Strudel aus Geräuschen, Bewegung, Musik und Geschrei. Ein Meer von Menschen hatte den Rustaweli überflutet. Auf den Stufen des Regierungsgebäudes mit seiner strengen Architektur lagen Männer, Frauen, Jugendliche und Kinder halb in Decken gewickelt und bereiteten sich auf die Nacht vor. Timur hatte mich gewarnt, besser nicht Russisch zu sprechen; ich lief also wie ein Taubstummer durch die Menge. Hier und da stiegen Essensdüfte auf; Suppe wurde aufs Feuer gesetzt. Die runden Brote mit Tomatenstücken und gebratenem Fleisch, die ich eben schon gesehen hatte, gingen von Hand zu Hand. Niemand trank etwas Anderes als Tee und Wasser. Acht Jahre zuvor hatte ich eine euphorische Masse am Museumplein in Amsterdam miterlebt, nachdem sie in einer Prozession gegen die Stationierung von Marschflugkörpern durch die Stadt gezogen war. Anders als bei der unverbindlichen Protestbekundung damals schwebte über der Kakophonie hier unverkennbar ein Odium nahender Gefahr und des Unheils. Die Demonstration dauerte erkennbar schon länger, Erschöpfung stand vielen Leuten ins Gesicht geschrieben. Hier gärte ein Aufstand. Bagrat hatte sich sofort ins Getümmel gestürzt. Ich folgte der kleinen Gestalt von Timur, der auf eine Gruppe von Kommilitonen zusteuerte, die Fahnen schwenkten. Er wurde von ihnen wie ein Held begrüßt. Etwas weiter unten standen drei Mädchen, die voller Inbrunst Geige spielten. Ein Geistlicher in schwarzem Gewand schritt gemächlich durch die Menge, die ihm ehrfürchtig Platz machte. Mit seinen abgestuften dichten Strähnen im bronzefarbenen Haar glich sein Bart dem des griechischen Gottes Zeus. Er hielt den Leuten ein silbernes Kreuz mit eingelegten Edelsteinen entgegen, das jeder küssen durfte. Nach einer Weile hatte ich auch Timur aus den Augen verloren. Auf dem Hinweg hatte ich Panzerwagen bemerkt. Erst nach einer Weile wurde mir klar, dass eine ganze Armee an Ordnungstruppen die Demonstranten kaltblütig von einer Anhöhe her belauerte. Ich zwängte mich ein paar hundert Meter durch, konnte Timur nicht mehr finden und kämpfte mich zurück. Plötzlich war ich kein taubstummes, beobachtendes Auge mehr. Ich wurde mir meiner körperlichen Anwesenheit bewusst und von nackter Panik erfasst.

Als ich am nächsten Morgen um sechs Uhr von Timur wachgeklingelt wurde, musste ich erst einen Moment in mich gehen, ehe ich mich erinnern konnte, wie ich am Abend zuvor ins Sanatorium zurückgekommen war. Das Bakelittelefon auf meinem Nachttisch hatte mich brutal aus einem Traum gerissen.

Ein glatzköpfiger Abchase, dem ich in einer zur Latrine umfunktionierten stinkenden Gasse in die Arme gelaufen war, nachdem ich mich von der Menge auf dem Rustaweli hatte zur Seite drängen lassen, hatte mich für fünfzig Dollar ins Sanatorium zurückgebracht und darauf bestanden, dass ich mit ihm in der Lobby noch eine halbe Flasche Kognak niedermachte, was ich ihm nicht abzuschlagen wagte. Der Pförtner in seiner grauen Jacke hing noch immer dösig auf seinem Stuhl hinter dem Tresen, war aber zwischendurch hin und wieder aufgestanden, um seinen Kaffeebecher mit Schnaps füllen zu lassen, während er und mein Fahrer die Unruhen in der Stadt als Missetaten eines Haufens von Idioten charakterisierten.

»Wo steckst du?«, fragte Timur mit Panik in der Stimme.

»Wieder in meinem Sanatorium«, murmelte ich.

»Ich habe dich überall gesucht ... Oh, es ist schrecklich ... schrecklich ... Die Schufte! Diese elenden Dreckschweine! Ab jetzt herrscht Krieg!«

Wenige Stunden, nachdem ich verschwunden sei, so entnahm ich seinen Worten, wobei er sich von Zeit zu Zeit unterbrach, um mit jemand anderem auf Georgisch zu reden – im Hintergrund hörte man Lärm und auch Geschrei –, um genau zu sein, Viertel vor vier Uhr morgens, habe die Rote Armee angefangen, den Rustaweli zu räumen. Als die Panzerwagen schon röhrend und Dieseldämpfe ausstoßend über den Asphalt gerollt waren, um jeden, der nicht zur Seite sprang, plattzuwalzen, hatte der Patriarch der Georgischen Mutterkirche die Menge in einem allerletzten Versuch, ein Blutbad zu verhindern, mit einem Megafon aufgefordert, den Boulevard zu verlassen. Doch die Demonstranten waren hartnäckig geblieben. Mit Knüppeln, Totschlägern und rasiermesserscharf geschliffenen Spaten hatte die Armee begonnen, auf die wehrlosen Männer, Frauen und auch Kinder einzuschlagen; andere waren dem Tränengas zum Opfer gefallen, und wieder andere wurden von der Menge, die in Panik geriet, totgetreten.

Es gab Dutzende Tote, Hunderte Verwundete.

Obwohl der wie Feuer brennende Kognak noch in meinem Schädel rumorte, war ich auf einen Schlag völlig nüchtern. Damals gab es kein Internet, keine Handys, während die Sowjetzensur – trotz aller vom Kreml in Gang gesetzten Reformen – noch völlig intakt war, wenn es um Katastrophen ging.

Beim Frühstück im Speisesaal mit Brei, öltriefenden Omeletts und dünnem Ersatzkaffee, schaute mich der Soziologieprofessor mit einem verächtlichen Zug um den Mund an, nachdem ich von den Gräueltaten berichtet hatte, die sich letzte Nacht in der Hauptstadt zugetragen hatten. Eine Revolte? Das könne ich meiner Oma erzählen. Aber eine halbe Stunde später wurden wir offiziell informiert: Wegen »unerwarteter Ereignisse« im Land wurde das Ausflugsprogramm von Intourist abgesagt. Außerdem war ein Tag Staatstrauer ausgerufen worden. Alle hatten, bis wir am nächsten Morgen nach Taschkent weiterfliegen würden, im Haus zu bleiben.

»Also kriegen wir Tiflis überhaupt nicht zu sehen?«, fragte jemand, ein Französischlehrer aus Sneek, auch so ein ehemaliger Friedensaktivist.

»Es tut mir fürchterlich leid, liebe Leute, aber ich glaube nicht. Es gab Tote und Verwundete«, hatte ich geantwortet.

»Entschädigung!«, rief trotzdem jemand.

Timur ist heute ein erfolgreicher, wohlhabender, um nicht zu sagen unglaublich reicher Unternehmer. Ich treffe ihn hin und wieder in Moskau, und dann schleppt er mich sofort auf die Dachterrasse des Ritz Carlton an der Twerskaja. Ein Ausbund an Wärme, Stil und Charme. Den Ministerposten, der ihm eines Tages vom Präsidenten Georgiens, das heute ein unabhängiges Land ist, angetragen worden war, hat er abgelehnt. Er entschied sich fürs Geschäft. Die Hunderte Hektar Weinberg in Kachetien, der georgischen Toskana östlich von Tiflis, bringen den wertvollsten kaukasischen Grand Cru aus Saperawitrauben hervor, die Landschaft ist ein Paradies, wo das Leben mit Wein und der Verehrung der Frauen gefeiert wird – in der Ferne liegen die Berge, hinter denen die islamistische Hölle von Tschetschenien liegt, wo der Totenkult regiert und Frauen erniedrigt und unterdrückt werden. In Moskau besitzt er Villenviertel, Bürogebäude, Wohnhäuser; auch kann er sich eines Immobilienportfolios in der Schweiz rühmen, wo seine beiden Kinder zur Schule gegangen sind, bevor sie ihre Abschlüsse in Oxford und Yale gemacht haben. Mit seiner inzwischen gesetzten Statur und dem grauen Schopf eines Filmschauspielers ist er als eiserner Familienmensch bekannt, trotz der Gerüchte über seine unverwüstliche Libido, mit der er hellblonde Schönheiten in Hülle und Fülle sammelt (die er aus aller Welt mit seinem Privatjet einfliegen lassen soll).

Doch damals, an jenem Aprilabend des Jahres 1989, als er gegen halb acht mit seinem Freund in einem wie eine Kaffeemühle brummenden Lada den knirschenden, zum Sanatorium führenden Bergweg hinaufgebraust kam, war er noch ein bettelarmer Student mit Hühnerbrust und Bartstoppeln: Rasiermesser waren fast teurer als Juwelen. Erst viel später begriff ich, dass ich durch ihn Zeuge der ersten großen Revolte gegen das Sowjetregime geworden bin; der erste wirkliche Riss im craquelierten Bild der UdSSR, die daraufhin schnell auseinanderbrechen sollte.

Zufall ist nun einmal das vorherrschende Gesetz unseres Daseins.

Viertes Kapitel

Moskau, den 19. Dezember 2016

Lieber J,*

hoffentlich läuft alles deinem Wunsch gemäß. Auf Facebook habe ich gesehen, dass du dich dieses Jahr in meiner geliebten Westukraine herumgetrieben hast – also, das kann ja nur ein prima Jahr gewesen sein. Ich möchte dir etwas zu Folgendem schreiben: in rund zehn Monaten wird man, wie du sicher weißt, in Russland des Umstands gedenken, dass ein gewisser Wladimir Uljanow, alias Lenin, in der russischen Stadt Petrograd die Macht an sich riss und dieses Land für die nächsten siebzig Jahre in die menschliche Müllverbrennungsanlage warf. Nun habe ich vor ein paar Jahren über diesen Lumpen, diesen paranoiden Tyrannen, Sadisten, Mörder, dessen glatzköpfige Drecksfresse in den Tagen, als ich noch in Amsterdam studierte, als Posterboy die Wände der besetzten Häuser zierte, oft auch ganze Ballsäle, die sie von der besitzenden Klasse (manchmal ihre eigenen Eltern) erobert hatten, einen Roman, oder besser gesagt eine Art Schelmenroman, eine Satire mit deutlich ernstem Unterton betreffend Lenins Einbalsamierungsgeheimnis bei euch veröffentlicht. Oh, wie weit war ich mit diesem Werk meiner Zeit leider voraus! Dieses Buch hätte natürlich nicht vor drei Jahren erscheinen dürfen, sondern erst im kommenden Herbst. In Russland, doch auch allmählich anderswo auf der Erde, ist Lenin seit einigen Monaten plötzlich wieder im Gespräch. Nun, da dieser Oktober 2017 näher rückt, liegt der autokratisch-kleptokratischen Clique hier, was Gedenkveranstaltungen anbetrifft, Lenin schwer im Magen. Was sollen sie mit dem Kerl anfangen?

Im Laufe der Woche bin ich nach einem Faulenzertag auf der Straße gewesen. Schade, dass du nur im Sommer mit mir durch Moskau gegangen bist – jetzt im Winter ist die Stadt mit all diesem

Schnee, den Rauchfahnen aus den Fabrikschloten, den von Kopf bis Fuß in Pelz eingemummelten Menschen fast nicht wiederzuerkennen. Und außerhalb der Stadt erst! Mit den weißgepuderten Tannen, den Eisfischern, die in der weißen Winterlandschaft wie ruhende Krähen aussehen … Ich bin kein Kunstmaler, und nach Meinung einiger Leute im Feuilleton schreibe ich einen jämmerlichen Schundromanstil … Aber bitteschön … Ich ging zum Gorkipark (mein täglicher Spaziergang) und lief da an den Denkmälern von Maxim Gorki (dem Schriftsteller) und Feliks Dzierżyński (dem Mörder) vorbei, wobei mir auffiel, wie schön der frische Schnee dort aussah, wie Puderzucker auf einem Kuchen, wie mit einem Sieb von Hand eines Pâtissiermeisters aufgetragen, er hatte sich in den Falten der Bronzehände, auf den Gesichtern, der Kleidung niedergelassen. Du erinnerst dich sicherlich an die Fernsehbilder von 1991, als Dzierżyński auf dem Lubljankaplatz vor dem KGB-Hauptquartier von seinem Sockel geholt wurde? Vor den Augen der Welt. Dein und mein geliebter Isaak Babel sowie andere Schriftsteller sind dort, in den Kerkern, die zuerst unter Dzierżyński eingerichtet wurden, bei seinem späteren Nachfolger Beria »zum Tee« gewesen, wie Stalin es mit einem Lachen unter seinem Kakerlakenschnurrbart (das ist von Mandelstam) euphemistisch ausdrückte: wo Nieren zertreten wurden, Brillen aus den Gesichtern geschlagen, Knochen gebrochen, Messer mit voller Kraft ins Fleisch gerammt, wo Knüppel und Peitschen zum Einsatz kamen, Schüsseln mit kochendem Wasser; die Kugel war noch das Beste … Tja, ich erzähle dir nichts Neues.

Er steht seit einigen Jahren stolz und aufrecht da, Dzierżyński; in einem Park nahe meinem Haus. Letzten Sommer haben sie ihn aufgemöbelt; ich kam täglich daran vorbei, habe mit den Arbeitern gesprochen, man erfährt hier Geschichte am lebendigen Leibe.

»Was war denn das für einer?«, fragte ich eines Morgens ein Bürschchen, das da etwas mit einem eingefetteten Lappen herumpolierte.

»Ein prima Kerl, ein echter Russe, ein Patriot.«

So geht es dann im Journalismus, man schreibt einfach auf, was die Leute sagen, selbst wenn es Unsinn ist, denn Dzierżyński war Pole und, wie du weißt, ein Henker.

Was mich zu meinem Roman über Lenin zurückbringt: ein höchst aktuelles Buch! Eigentlich sollte es … Gestern war ich im Gorkipark; es gab Eislauf zu klassischem Walzer unter Lichtschleifen, die schon um drei Uhr nachmittags angeschaltet werden, denn Viertel nach vier setzt tatsächlich die Dunkelheit ein. Von einer gewissen Unruhe umgetrieben, ging ich am zugefrorenen Fluss entlang Richtung Kreml, zum Alexandergarten, wo vor Kurzem ein Standbild von Wladimir dem Heiligen errichtet wurde, dem Fürsten, der 988 in Kiew zum Christentum übertrat, eine Skulptur, die mir vorher noch nie aufgefallen war. Es war bitterkalt; so kalt, dass man wirklich nicht mehr aus noch ein wusste; die roten Zinnen des Kremls waren durch den Frostnebel hindurch kaum mehr zu erkennen. Wladimir der Heilige wird jetzt als der Patriarch von Russland angesehen; sie haben auch Iwan den Schrecklichen wieder aus der Mottenkiste geholt, Stalin und wen sonst noch. Es ist alles politisch, J, sicher, nach der Annexion der Krim und dem Krieg in der Ostukraine … Doch darüber wirst du selbst alles gehört haben, als du im Sommer durch die Ukraine gegeistert bist … Ich habe das vor vielen Jahren schon vorausgesagt, ich habe das alles kommen sehen, denn ich bin hier ja kein Durchreisender … Weißt du, was das bedeutet? Auch in Russland geht alles durcheinander, die Machthaber reißen sich Brocken aus der Geschichte unter den Nagel, wie es ihnen gerade in den Kram passt. Genau wie bei euch im Westen, wo die populistischen und neopopulistischen Bewegungen aufgeblüht sind, die sogenannte Pest des Nationalismus, ist man in Russland immer noch auf der Suche nach dem, was man heute »ein Narrativ« nennt. Und was meinst du? Nach Ansicht vieler passt Lenin als Unruhestifter, als atheistischer Eroberer der Macht nicht länger in das patriotische, neoimperialistische, russisch-orthodoxe Narrativ; seine Tage als einbalsamierter Leichnam im Mausoleum sind gezählt; vielleicht wird er – schneller als wir denken – seinem letzten Willen gemäß doch noch bei seiner Mutter und Schwester auf dem Friedhof in Petersburg begraben, wo auch ein Teil meiner Schwiegerfamilie liegt, unweit der Gräber von Turgenjew, Block und Garschin … Aber wer hat denn einen Roman über Lenins Einbalsamierungsumstände geschrieben? Nicht umsonst, J*, denn selbst international stehe ich damit allein auf weiter Flur. Vor einem Jahr, glaube ich, habe ich dich* *gebeten, mir die Rechte zurückzugeben. Mein Abschied von euch folgte nicht nach irgendeinem Streit oder einem traurigen Missverständnis, sondern erst, nachdem euer Brotherr versucht hat, mir auf schreckliche Weise als Mensch, als Schriftsteller Gewalt anzutun, mich zu erniedrigen, mich kleinzumachen. Mit Betonung auf Versuch. Du hast damals für die Rechte einen Betrag gefordert, den ich mit dem ganzen Buch noch nicht eingespielt habe, obwohl zwei Jahre harte Arbeit und volle Hingabe darin stecken. Es kann doch nicht sein, J* – selbst wenn man weiß, zu welcher Schweinerei der Mensch fähig ist, sowohl hier in der ehemaligen UdSSR wie auch überall sonst auf der Welt – dass ein renommierter niederländischer Verlag das Werk eines Autors in den Kerker sperrt und ein absurd hohes Lösegeld die einzige Möglichkeit für seine Befreiung ist!*

Die schöne Zeit des Jahres naht, die Tage, an denen man zur Besinnung kommt, die vergangenen Monate mit Wehmut überblickt, Rückschau hält, vorausblickt, Reue zeigt, Genugtuung fühlt, Stolz, Scham, Verdruss, Freude empfindet, vielleicht trauert. Mir persönlich können diese Tage gestohlen bleiben, aber dir wünsche ich einstweilen alles Gute.

Und ich bitte dich, mein Lenin-Buch im nächsten Herbst, wenn das Jahrhundertfest des Petrograder Putsches gefeiert wird, neu herauszugeben. Oder mir anderenfalls die Rechte zu einem menschlichen Preis zurückzugeben.

Für einen menschlichen Betrag.

Nicht für einen, der nach Rache aussieht.

Mit bestem Gruß,

Pieter

Die Antwort, die ich heute Morgen auf den obenstehenden Brief erhielt, den ich letzte Woche an meinen früheren Verleger oder besser an seinen charmanten Stellvertreter geschrieben hatte, enttäuschte mich nicht. Wegen der bevorstehenden Feiertage sei er in Amsterdam ziemlich beschäftigt. Doch zu Beginn des neuen Jahres könne er die Möglichkeit einer Nachauflage sicher in Erwägung ziehen.

Vor Freude begann ich, eine Opernmelodie zu pfeifen.

Inzwischen hat mein Schwager sein Segelschiff schon ein oder zwei Monate, wirklich ein prächtiges Schiff, diese *Nautilus*. Das Problem besteht nur darin, dass die Investition, die er mit seinem Partner getätigt hat, erst in frühestens fünf Monaten Früchte tragen kann, wenn Ende April das letzte Treibeis von der Newa und dem Finnischen Meerbusen verschwunden ist. Das Ausbildungsprogramm für seine Kursisten hat er inzwischen fertig skizziert. Er fängt mit dem Sextanten an und führt sie dann in die neuesten digitalen Navigationstechniken ein. Sein Traum ist es, eines Tages irgendwo in wärmeren europäischen Gewässern auf einem Schiff, das ihm ganz alleine gehört, Segelkurse geben zu können. Ein Mensch braucht Träume. Zur Sicherung seiner Existenz hat er den Glyzerinhandel wieder aufleben lassen. Die Fässer, die er noch auf Vorrat hat, stehen irgendwo auf einem Fabrikgelände. Den Verkauf regelt er von zu Hause aus. Wie er das alles schafft, ist mir ein Rätsel. Doch das Sanktionsregime, das der Westen als Strafe für die Annexion der Krim durch Russland eingeführt hat, zeigt einen seltsamen Nebeneffekt: Die einheimische Produktion wächst, was sich leicht positiv auf die Geschäftstätigkeit meines Schwagers auswirkt. Er ist immer aufgedreht, optimistisch, voller Energie und guten Mutes, auch wenn er letztes Jahr seinen Vater verloren hat. Wie auch meine Frau ist er nun verwaist.

Einen Monat nach dem Kauf des Schiffes, als ich nach einer Reise ausgerechnet auf die Krim seit ein paar Tagen wieder in Petersburg war, wollte er mir seinen neuen Besitz unbedingt vorführen. Immerhin war ich Mitfinanzier.

Das Wetter war trocken, aber rau; ein schroffer Wind wehte unter dem grau verhangenen Himmel. Ich kam gerade von der Brotfabrik auf der anderen Straßenseite, wo eine Frau im Arztkittel die Ware aus einem Fenster in einer Seitenwand verkauft, als mein Schwager anrief. Ich hatte größte Lust, mit den warmen Rosinenbrötchen gleich wieder in die Federn zu kriechen, doch mein Schwager blieb hartnäckig und stand eine halbe Stunde später vor der Tür. Da er kein Auto mehr besaß – und ich auch nicht – fuhren wir mit der Metro ganz in den Nordosten der Wassiljewski-Insel zum Hafen, wo das Schiff in einem Bootshaus winterfest vertäut war. Obwohl es schon den ersten Nachtfrost gegeben hatte, lag die *Nautilus* immer noch an einem Steg zwischen anderen Jachten, die im bleigrauen Wasser schaukelten. Mir schoben sich die Bilder der heiligen Orte, die ich einst besucht hatte, auf die Netzhaut – die Jachthäfen von Menton und Nizza, von Spanien und den Kanarischen Inseln, wo ich einige Zeit gelebt hatte, die strahlend weißen Segel der Schiffe, die im Azurblau um die Peloponnes schipperten. Der Unterschied zur Umgebung hier war fast grotesk. Ein Fabrikschlot stand ein Stück weiter den Fluss hinauf und stieß jodfarbenen Rauch aus; Möwen zogen laut schreiend ihre Kreise. Ich musste daran denken, wie ich wegen des Schmuggels der illegalen Bibeln vor einer halben Ewigkeit zum ersten Mal an diesen Gestaden gestanden hatte. Auf den Wellen trieb zwischen dem angespülten Müll eine Art Entengrütze, bei der ich mich fragte, ob das nicht eine Mutation sei: Das Grün war schleimig, fast durchsichtig, es hatte etwas Synthetisches.

»Na, wie findet du sie?« Mein Schwager deutete stolz auf die Jacht, deren Länge ich auf etwa sieben Meter schätzte.

Ich drückte meine Bewunderung aus und fragte, wie lange das Boot noch hier liegen würde, jeden Moment konnte schließlich der Winter hereinbrechen.

»Sie ist ein wahrer Teufel, ein Rassepferd aus Polyester!«, schwärmte mein Schwager. »Durch ihre superbe Takelage und das Rollfock ist sie schnell und sehr wendig. Durchlässiges Großsegel, extra Stagsegel. Vier Schlafplätze, vollständig überholter 16-PS-Motor mit Faltpropeller. Kugelkompass, UKW-Funk, Navigationssystem, alles komplett! Baujahr 1988. Mir wären ein paar Jahre jünger lieber gewesen, doch das war bei dem Budget leider nicht drin. Tja, noch eine Woche, dann wird sie untergestellt ...« Alexej zeigte auf einen baufälligen Schuppen mit Wellblechdach. »Deshalb habe ich dich angerufen. Wir werden jetzt nämlich einen kleinen Ausflug unternehmen. Wie wollen wir die Aufgaben an Bord verteilen?«

Als mein Schwager hörte, dass ich nicht nur nicht segeln konnte, sondern auch in meinem ganzen Leben noch nie an Bord eines Segelschiffes gewesen war – Segeln, Skifahren, Hockey: für mich waren das Verirrungen der Reichen – grinste er. Es war das etwas stumpfsinnige Grinsen von jemandem, der sich zwar nicht hundertprozentig sicher ist, jedoch davon ausgeht, dass man ihn gerade so richtig auf den Arm nimmt, und deshalb so guckt, als erwarte er die erlösende Pointe im nächsten Augenblick. Als er kapierte, dass ich schlicht und ergreifend die Wahrheit gesagt hatte, war er völlig geplättet. Ich käme doch aus einem Land am Meer? Gott hatte die Erde erschaffen, und die Holländer Holland, war ihm früher als Kind eingebläut worden. Wie um alles in der Welt war es dann möglich, dass ich die Freuden nicht kannte, eine Boje gemächlich zu umrunden, ein Großsegel zu halsen, das Backstag im Auge zu behalten, um es mit Affenzahn von Luv schießen zu lassen. Ja, fuhr er fort, während er mich am Arm fasste und zur Laufplanke schob, dann würden wir eben ein Ründchen mit Motorkraft drehen. Er wollte mich spüren lassen, wie herrlich die *Nautilus* die Wellen durchpflügte, haarscharf auf dem Wasser lag.

Eine Viertelstunde, nachdem wir den Finnischen Meerbusen erreicht hatten, zeigte sich hinter den Wolken eine wässrige Sonne; die Wellen spritzten hoch, der schmutzige weiße Schaum erinnerte im Geschmack entfernt an Essig. Ich hatte die gleiche Art von Regenponcho übergezogen wie mein Schwager. Anfangs begleiteten uns ein paar verdammt große Seevögel. Ich hatte keine Ahnung, um welche Art es sich handelte, fragte Alexej, aber anscheinend hörte er mich im Tosen der Elemente nicht. Plötzlich war die Lufteskorte verschwunden. Das Wasser wurde ruhiger, die Sonne wärmte. Stolz, als wäre er Kapitän eines Ozeandampfers, stand Alexej am Steuer. Er nahm Kurs nach Westen, Richtung Kronstadt, und bald schon schien er meine Anwesenheit für den Moment völlig vergessen zu haben. Mit seinem vollen, pechschwarzen Haarschopf erinnerte er physisch so gar nicht an seinen Vater, meinen Schwiegervater, der glatt wie eine Billardkugel gewesen war. Doch sie hatten zwei Dinge gemein: einen freundlichen, sanften Charakter und eine Leidenschaft für Technik.

Nach Abschluss seines Ingenieurstudiums ist Alexej lange Zeit auf internationalen Handelsschiffen gefahren, was nach dem Zusammenbruch der Sowjetunion 1991 recht einfach geworden war.

Er war ein typischer »Billiglöhner«, ein Ex-Sowjetbürger, der sich für ein paar tausend Dollar im Jahr von in Zypern, Malta und den Philippinen beheimateten Reedereien anmustern ließ, bis er eines Tages von dieser Ausbeutung die Nase voll hatte. Auch sein Vater und Großvater waren zur See gefahren: Der alte Boris Nikolajewitsch, Lieblingsopa meiner Frau, war während der Kriegsjahre Kapitän der Weißmeerflotte gewesen, mit der er die sogenannten »Nordmeergeleitzüge« mit amerikanischen Hilfsgütern für die Sowjets im Kampf gegen Hitler begleitete. Und auch mein Vater war zur See gefahren. Nicht als Untertan der kommunistischen Sowjetunion, sondern eines Königreichs am Meer, in dem der Kapitalismus herrschte und er sich mit siebzehn (verwundet nach dem Krieg heimgekehrt) gezwungen sah, als Kombüsenjunge in See zu stechen, um seine finanziell vollkommen ruinierte Familie zu unterstützen. Das tat man zu jeder Zeit, man unterstützte seine Familie, wenn man die Eltern liebte und kein Geld im Haus war. Ein kluger, unendlich schüchterner, lieber Mann, der sich nach Bücherwissen verzehrte, aber nie die Gelegenheit hatte, diesem Wunsch ausführlich nachzugehen. Nur ich, dachte ich, während eine Welle so heftig an die Vorderseite des Bootes schlug, dass mein Schwager vor Entzücken einen Triumphschrei ausstieß, hatte keinerlei Erfahrung mit den Versuchungen und Gefahren des Meeres. Ich setzte mich aufs Achterdeck, wo das Wasser am wenigsten spritzte. Alexejs Konturen zeichneten sich scharf gegen den Novemberhimmel ab. Was für einen lieben, guten Schwager ich in ihm doch hatte! Er war fast das Einzige, was mir an Familie noch geblieben war. Der Rest hatte in Rekordzeit den Geist ausgehaucht. Die ganze Kulisse meiner Jugend war innerhalb von ein paar Jahren völlig hinweggefegt worden. Wenn ich in die Niederlande flog, musste ich meist geradewegs ins Krematorium in Driehuis-Westerveld, um mich von einem Bekannten, einem geliebten Menschen oder einem Familienangehörigen zu verabschieden, bis schließlich auch meine Eltern tot waren und ich eigentlich am liebsten selbst auch gestorben wäre. Der Tod ist wie eine Flohplage, die ein Haus in Besitz nimmt und derer man kaum Herr wird. Meist meidet er in genau dieser Zeit andere Familien für sehr lange.

Julias Mutter war vor sechs Jahren in einem Petersburger Krankenhaus faktisch ermordet worden. An einem Herbstnachmittag war meine Frau mit großer Bestürzung nach Hause gekommen. Bei Mama habe man Blasenkrebs diagnostiziert. Unheilbar. Sofort gingen wir mit einem Umschlag voller Geldscheine ins Krankenhaus, denn uns war klar, dass ohne Bestechung das Todesurteil unwiderruflich gefällt wäre. Beim medizinischen Personal und den Ärzten war allerdings wenig Lust zu verspüren. Worüber wir uns denn so aufregten? Die Patientin sei fast vierundsiebzig, eine steinalte Frau! Die Kohle haben sie natürlich genommen. Jeden Tag war Julia ins Krankenhaus gegangen, um ihrer Mutter Selbstgekochtes zu bringen, trotzdem verschlechterte sich ihr Zustand rapide. An einem eisigen Februarmorgen war es dann geschehen. Am selben Nachmittag standen wir in der Dostojewskistraße, wo sich eine der Petersburger Filialen des Bestattungsunternehmens befand. Schnee türmte sich in den Straßen. Menschengroße Eiszapfen funkelten an den verzinkten Dachrinnen. »Was wollen Sie?« Ein Pförtner mit einem aufgedunsenen Wodkagesicht sah uns fragend an. »Die Beerdigung unserer Mutter regeln«, gab mein Schwager als Antwort. »Einen Sarg aussuchen. Sie ist heute Morgen gestorben.« »Luxus oder einfach?« »Das wissen wir noch nicht. Zuerst wollen wir ...« »Anstellen bei Schalter 3.« Der Türwächter machte missmutig einen Schwenk nach links. »Aber zuerst die Füße abtreten! Zum Teufel, das ist hier kein Bahnhofsrestaurant!« Wir nahmen einen Mahagonisarg. Gleichermaßen von Trauer verzehrt wie von Zweifeln geplagt, ordneten meine Frau und ihr Bruder eine Autopsie an. Hätten sie das mal besser gelassen! Das Ergebnis war niederschmetternd: Von Krebs konnte überhaupt keine Rede sein. Obwohl wir uns an die besten Ärzte gewandt und sie mit Rubeln und Dollars geschmiert hatten, war meine Schwiegermutter an einer banalen unbehandelt gebliebenen Blasenentzündung gestorben. »Sie haben sie umgebracht!«, schrie Julia. »Sie haben Mama in diesem Krankenhaus einfach *ermordet*!« In anderen Teilen der Welt hätte es vielleicht die Möglichkeit gegeben, sich an eine medizinische Disziplinarbehörde, an einen Richter zu wenden. Doch hier gab es rundheraus nur zwei

Möglichkeiten – sich entweder seinem Schicksal zu fügen oder ins Ausland abzuhauen.

Oh, wie lange war das schon wieder her, nicht nur die Beerdigung von Julias Mutter auf dem jüdischen Friedhof außerhalb der Stadt, sondern auch die Einäscherung ihres Vaters in einem düsteren Fabrikviertel im Norden Sankt Petersburgs an einem herrlichen Sommertag vor einem Jahr. Ich wurde melancholisch, überwältigt von Erinnerungen an jenen Tag, über den ich die folgende kleine Notiz geschrieben hatte:

Nach der gestrigen Einäscherung meines Schwiegervaters setzten sich die Familie, Freunde und Bekannte des Verstorbenen unter freiem Himmel an einen Tisch zu den pominki *– dem traditionellen Begräbnismahl. Der Himmel über Sankt Petersburg, der zu dieser Jahreszeit nachts kaum dunkel wird, war hellblau. Es gab Salat, Hühnchen, Fisch, der Wodka floss. Wie in so vielen in der russischen Literatur festgehaltenen Szenen begannen einige männliche Anwesende, die Anspannung nach der Feierlichkeit sehr enthusiastisch wegzutrinken. So wie eine Hochzeit in Russland oft in einer Prügelei der Betrunkenen endet, gibt es auch zahlreiche Geschichten über Streitigkeiten während der* pominki. *Man lese die Geschichten von Tschechow, Tolstoi und anderen russischen Schriftstellern.*

Bei uns blieb alles ruhig.

»Zu Tschechow«, sagte Onkel Viktor zu meiner Frau. »Du weißt, dass die Familie deiner Mutter ursprünglich aus seiner Geburtsstadt Taganrog stammt. Vor der Revolution besaßen wir dort Weinfelder. Wir haben Geschäfte mit Tschechows Vater, der ein kleiner Kaufmann war, gemacht.

Zum ersten Mal erfuhr meine Frau Einzelheiten darüber, wie ihre Vorfahren unter Stalin ins Lager befördert worden waren. Die Wodkaflaschen leerten sich, die Stimmen wurden lauter. Dann fing jemand an, über die Mutter meiner Schwiegermutter zu reden, einer Jüdin und in den Dreißigerjahren eine wahre Schönheit. Eines Morgens wurde sie – fünfundzwanzig Jahre alt – in einem schwarzen Auto von der Arbeit abgeholt. Das bedeutete damals: Lager, Vergewaltigung durch einen Parteibonzen oder Genickschuss. Sie fuhr am

KGB-Hauptquartier in Leningrad vorbei und wurde schließlich im schicken Hotel Astoria *abgesetzt, wo eine alte Freundin sie in einem Zimmer begrüßte. »Guten Tag, freust du dich, mich zu sehen?« Ja, das tat sie. Ihre Freundin war mit einem der Kremlchefs verheiratet und inzwischen so weltfremd geworden, dass sie überhaupt nicht verstand, welche Todesängste die Großmutter meiner Frau ausgestanden hatte. »Eines Tages sind all diese Geschichten verschwunden, genau wie unsere Lieben«, schluchzte meine Frau. Ich sagte, dass ich, was das anginge, ausnahmsweise optimistisch sei, und dass ich das nicht glauben würde. Zumindest nicht, solange es noch Menschen gebe, die schreiben.*

Während ich auf die Gestalt meines Schwagers starrte, der noch immer beinahe reglos am Steuer der brummenden 16 PS stand und Kurs auf Kronstadt nahm, musste ich an eines der letzten Male denken, als ich meinen Schwiegervater in seinem hölzernen Landhaus aufgesucht hatte. »Weißt du, wie das ist, Junge«, hatte er mir damals erzählt, während er in der Küche der Datscha, die wie im Märchen von Schnee eingeschlossen war, den Teig für die Pelmeni – die russischen Ravioli – knetete. »Ich bin mein ganzes Leben lang von Lügen umgeben gewesen. Doch habe ich immer versucht, daraus das Beste zu machen. Ich habe was gelernt, bin Ingenieur geworden. Und später Mitglied der Partei. Man hat nicht daran geglaubt, nein, man hat es *gehasst*. Wie du weißt, ist mein Vater während des Krieges im Weißen Meer gefahren, erst als Hydrograf und später als Kapitän. Er wurde dafür ausgezeichnet. Aber jeden Tag, *jeden einzelnen Tag*, hatte meine Mutter Angst, dass er nicht nach Hause zurückkommen würde. Nicht wegen der eisigen Wellen, sondern wegen der Repressionen. Als Stalin 1953 starb, rannte meine Mutter in den Laden und kaufte eine Flasche sowjetischen Champagner: ›Endlich, der Verbrecher ist tot!‹ Schon als Kind habe ich das alles begriffen. Aber gut, ich wurde Parteimitglied. Schließlich hatte ich eine Frau, eine Familie. So sind die Jahre dahingegangen. Wenn man jung ist, ist das Leben herrlich. Zweimal wurde ich als Spezialist für längere Zeit entsandt – einmal nach Rumänien, später nach Finnland. Ich musste die Schiffe zertifizieren, die dort für die UdSSR gebaut wurden. Doch auch da, auf dem Auslandsposten, wurde man ständig überwacht. Man musste immer zu Vorträgen in der Botschaft gehen. Über Marxismus und solchen Unsinn. Man wurde ausgehorcht. Von Typen wie unserem jetzigen Präsidenten. Er hatte damals in Dresden als Spion genau diesen Auftrag: Menschen zu verfolgen und auszuhorchen. Jetzt ist er wieder ein Gläubiger, er glaubt nämlich an die Lügen, die er selbst in die Welt setzt. Die Lüge, dass er Gott ist – der Zar, der ungestraft überall stehlen darf. Und Strafen verhängen.« Nachdem er zu seiner weißrussischen Gasheizung gegangen war, einem Ungetüm, das im Korridor mit seinen verzogenen Dielen bollerte, hatte mein Schwiegervater, der mit einer Rente von umgerechnet hundertsechzig Euro im Monat klarkommen musste, die Geschichte wieder aufgenommen. »Aber gut, auf gewisse Weise waren wir trotzdem glücklich. Ich kriegte einen Teil meines Gehalts in Valuta. Ein Fliegenschiss, aber trotzdem: *harte Währung*! Mit vierzig konnte ich mir mein erstes Auto kaufen – einen Wolga. Alle haben mich natürlich beneidet. Im Sommer haben wir immer Urlaub an der Ostsee gemacht. Damals gab es nur schöne Sommer!«

Als ich Ende der Achtzigerjahre meine zukünftigen Schwiegereltern zum ersten Mal in ihrer kleinen Wohnung hinter dem Smolny-Institut besucht hatte, lebte der alte Boris Nikolajewitsch noch. Der achtzigjährige Held des Weißen Meeres mit seinem Kopf wie ein Kürbis und seinen strubbeligen, grauen Augenbrauen wohnte bei seinem einzigen Sohn und seiner Schwiegertochter, wie damals meine Großmutter mütterlicher- und der Großvater väterlicherseits lange bei uns zu Hause gelebt hatten, wofür ich am schicken Haarlemer Lyzeum immer ausgelacht worden war. Summend schlurfte der Lieblings-Opa meiner Frau auf seinen Tatarenpantoffeln mit der roten Stickerei durch die Küche. Plötzlich hob er den Kopf, sah mich mit bemerkenswert klarem Blick an, kniff mir in die Wangen und sprach zu seiner Enkelin: »Was sagt man dazu, mein Liebling? Ein Holländer? Aber ein gesunder Kerl! Wenn er es mal länger macht als Numero Eins ...«

Nachdem ich dem pensionierten Schiffskapitän erzählt hatte, dass mein Vater in den Fünfzigerjahren ebenfalls zur See gefahren war, schwoll seine betagte Seemannsbrust vor Stolz über die Wahl seiner Enkelin auf Schlachtschiffhöhe wie in dem berühmten Gedicht von Gerrit Komrij. Mein Schwiegervater hatte Ende der Achtzigerjahre im Schiffsregister der Stadt gearbeitet, in einem monumentalen Gebäude direkt neben der Eremitage. Sein monatliches Gehalt entsprach dem Gegenwert von sechs Päckchen Marlboro, anderthalb Kilo Ersatzkaffee oder einer polnischen Jeanshose. Ich bin der Familie ein bisschen beigesprungen. Mein Schwiegervater verfolgte die Politik mit fanatischem Interesse. Er war um die fünfzig, es lag noch eine nicht unerhebliche Zukunft vor ihm. Mit der Pest des Kommunismus würde es zügig zu Ende gehen. Er war voller Hoffnung. An einem nebligen Herbstnachmittag, gleich nachdem ich die Wohnung betreten hatte, zog er mich zum flackernden dunkelgrünen Auge des sowjetischen Fernsehens. Gorbatschow hat gesprochen! Nur ein einziges Mal, 1992, also drei Jahre später, als Julia und ich in einer Mietwohnung an der niederländischen Küste lebten, hat uns mein Schwiegervater besucht. Die Ehe war mittlerweile in die Brüche gegangen; zu einem Besuch meiner Schwiegermutter ist es nie gekommen.

Mein Schwiegervater sprach gebrochen Englisch, meine Eltern nur ein paar Worte. Wir gingen zu ihnen zum Essen. Als mein Vater die holländischen Steaks, die gebratenen Drillinge, Schälchen mit zweierlei Gemüse – Blumenkohl und Karotten – serviert und etwas Hochprozentiges zum Anstoßen geholt hatte, ich glaube, eine Flasche Beerenlikör, die meine Mutter noch hatte, war das Eis sofort gebrochen. Zwei Männer aus zwei Welten mit völlig unterschiedlichen Lebensläufen. Aber beide waren in ihren jungen Jahren zur See gefahren. Anekdoten, von mir oder Julia simultan übersetzt, flogen hin und her. Wie die vom Rasiermesserschmuggel meines Vaters aus Südamerika. Er war nie erwischt worden, weil er die Schmuggelware in Rinderhälften versteckt hatte, die dann eingefroren wurden. Der Zoll in Hamburg, wo das Fleisch zum Auftauen und Verarbeiten an Land gebracht wurde, ist ihm nie auf die Schliche gekommen. Schon fingen sie an, sich beim Vornamen zu nennen; wie zwei Führer einer Großmacht, die es gut miteinander meinen. Bald würde es nicht nur mit den Ideologien auf der Erde endgültig vorbei sein, sondern auch mit deren Nachwehen. Was waren die Politiker des vergangenen Dreivierteljahrhunderts doch für Rindviecher gewesen! Wir seien doch alle Menschen, würden einander gleichen, hätten dieselben Wünsche. Mein Schwiegervater lobte das Steak: Es sei genau richtig gebraten, Fleisch in solcher Qualität habe er noch nie in seinem Leben gegessen. Meine Mutter, voller Stolz und Herzlichkeit, sah die ganze Zeit dankbar und schweigend zu. Bis zur Umarmung beim Abschiednehmen hatte mein Vater schon die Worte *spasibo* für »danke« und *do swidanja* für »auf Wiedersehen« gelernt, die auch meine Mutter – beschwipst von ihrem halben Gläschen – nachbrabbelte, wobei niemand ahnte, dass es bei dieser einen einzigen Begegnung zwischen ihnen bleiben würde. Als wir am nächsten Tag am Strand von Zandvoort spazieren gingen, erzählte mein Schwiegervater dann von den sieben Jahren, die er als Junge in Kaliningrad, dem ehemaligen ostpreußischen Königsberg, zugebracht hatte. Das Meer hier erinnerte ihn an seine jungen Jahre dort. Als Kind hatte er gesehen, wie die Sowjets viele der Gebäude zerstört hatten, die bei der fast alles verschlingenden Feuerhölle der nach Berlin vorrückenden Roten Armee verschont geblieben waren. Wie das alte Schloss der Stadt. Aus reiner Zerstörungswut, aus Hass! Als wir schon halb in Noordwijk waren, blieb mein Schwiegervater einen Moment stehen, schaute mir geradewegs in die Augen und sagte feierlich: »Junge, ich muss mit dir reden. Nein, nicht wegen meiner Tochter. Das ist in Ordnung. Ich danke dir für all die Rembrandts, Frans Hals' und van Goghs, die du mir gezeigt hast, die Grachtenhäuser und die schönen Geschäfte. In fünf Tagen fahre ich zurück. Kann ich dir etwas anvertrauen? Ich habe noch ein paar Ersparnisse von meiner Zeit damals in Finnland. Zwölfhundert D-Mark. Ich würde gern einen gebrauchten Mercedes kaufen, davon habe ich mein Leben lang geträumt. Von einem Mercedes! Kannst du mir dabei helfen?«

Sein weiterer Aufenthalt stand von da an im Zeichen der Suche nach einem solchen Wagen. Wir fuhren mit dem Zug landauf, landab. Ein Russe in den Poldern war damals noch ein ziemlich exotisches Phänomen. Da die meisten Händler an den Autobahnen saßen, mieteten wir auch noch einen Wagen. Überall wurden wir ausgelacht. »Zwölfhundert Mark? Sag diesem Heini, dass selbst eine halbwegs vorzeigbare Türkenschleuder mindestens das Doppelte kostet.« Trotzdem wurden wir letztlich fündig: ein brauner Mercedes Baujahr 1980. »Das ist mein Wagen!« Als er ihn auf einem Feld im Gooiland stehen sah, strahlte mein Schwiegervater wie frisch poliertes Silberzeug. Der Preis passte genau. Es war eine einmalige Gelegenheit, ein glücklicher Zufall, es gab nur ein kleines Problem: Das Auto fuhr nicht. Die Zylinderkopfdichtung war kaputt. Mein Schwiegervater, der aufgeregt um das Auto herum trabte, murmelte, dass er Ingenieur sei. Die Dichtung würde er in Russland schon ersetzen! Ich legte dreihundert Gulden für den Transport zum Hafen nach Amsterdam drauf, wo mein Schwiegervater – er hatte im Vorhinein jedes Detail durchdacht – das Auto für den Transport nach Russland aufzugeben gedachte. Als der Mercedes am nächsten Tag an Bord des Frachters *Maxim Gorki* gehievt wurde, wollte der Vater meiner Frau mit aller Gewalt hinter dem Steuer seines Neuerwerbs sitzen bleiben. Ich sehe ihn noch immer glückselig aus dem Auto winken, das in einem gigantischen Netz aus Ketten am Kran durch die Luft segelte. Die Zylinderkopfdichtung hat er tatsächlich repariert. Neun Jahre lang fuhr er, stolz wie ein Pfau, an den Palästen der wieder in Sankt Petersburg umgetauften ehemaligen Zarenstadt vorbei; einige Bewohner sahen ihm voller Missgunst hinterher. »Sieh mal, so ein dreckiger Kapitalist!«

Die beeindruckende Kuppel der Kronstädter Kathedrale zeichnete sich grau in der Ferne ab. Mein Schwager, immer noch mit kerzengeradem Rücken am Ruder, wandte mir den Kopf zu, ließ mit einer Hand das Steuer los, zeigte nach vorn und rief: »Kronstadt!«

Ich hatte mich auf dem Achterdeck im Windschatten von einem Deckaufbau eingenistet, möglichst außer Reichweite von Wind und Spritzwasser.

Weil mir schon seit Wochen diese vermaledeite Revolution im Kopf herumspukte, trieben meine Gedanken von meinem verstorbenen Schwiegervater zum Sommer des Jahres 1917, als die Matrosen des damaligen Marinestützpunkts der Baltischen Flotte auf der Insel von Kronstadt, die als die gnadenlosesten und brutalsten Revolutionäre von allen galten, Anfang Juli ins Zentrum von Petrograd gezogen waren, um dort zu terrorisieren, zu rauben, zu morden, zu vergewaltigen. Die Revolutionstage des Februars waren vorbei. Der Zar war abgetreten und verbrachte seine Tage als einfacher Bürger – unter dem Namen Michail Romanow – gemeinsam mit seiner Familie in einem seiner ehemaligen Landhäuser, im Alexander-Palast in Zarskoje Selo, spielte, wie er es schon immer getan hatte, Domino, schrieb Tagebuch, rauchte Zigaretten und spazierte durch den Park. Noch ahnte er nichts von seinem Schicksal, dass er im August mit dem Zug nach Sibirien transportiert werden würde. Zuerst zum Gouverneurshaus im Provinznest Tobolsk, später in die Stadt Jekaterinburg im Ural, wo er und seine Familie im Keller eines Kaufmannshauses von den Soldaten der Revolution abgeschlachtet wurden. Minister, hohe Beamte und andere Machthaber des zaristischen Herrschaftsapparats wurden im Laufe des Februars durch die Straßen getrieben, öffentlich gelyncht oder hatten sich freiwillig in die Höhle des Löwen begeben, ins Taurische Palais, wo sie sich zu Tode geängstigt ergaben und unter dem lauten Geschrei, man solle doch auch sie erledigen, in die Kasematten der Peter-und-Paul-Festung verschleppt wurden, in die sie gerade eben noch ihre eigenen politischen Gegner gesperrt hatten. Mit Feierlichkeiten, wie sie die Welt noch nicht gesehen hatte, wurden die Märtyrer der Revolution in einem Meer aus roten Tüchern und Fahnen unter den Klängen der *Marseillaise* auf dem alten Paradeplatz der Stadt, dem Marsfeld, begraben, im Beisein von einer halben Million Menschen. Da der Boden gefroren war, musste man das Loch für das Massengrab freisprengen (genau wie man sieben Jahre später in beinah arktischer Kälte auf dem Roten Platz in Moskau zum Dynamit griff, nachdem Lenin den Löffel abgegeben hatte, und auf Befehl Stalins ein provisorisches hölzernes Mausoleum errichtet wurde, um die einbalsamierte Leiche des Anführers für immer und ewig zu erhalten). Sämtliche Dienstgrade der Armee waren abgeschafft worden; gewöhnliche Soldaten mussten ihren ehemaligen Offizieren nicht länger den

Gruß erweisen. In einem Bildersturm wurden die zweiköpfigen Adler und andere zaristische Symbole in Hallen, Gängen und von den Giebeln der Regierungsgebäude mit Bajonettspitzen, Spitzhacken und Armeeschaufeln abgeschlagen. Im Mariinski-Theater wurde sogar der gleißende kaiserblaue Vorhang durch einen roten ersetzt, während die goldbetressten Männer in ihren Dienstuniformen, die zuvor den gutsituierten Besuchern mit ruhiger Würde ihre Plätze angewiesen hatten, plötzlich schmuddelig-graue Jacken trugen: Vorboten von mehr als sieben Jahrzehnten egalitärer grauer Trostlosigkeit, die das Land von Murmansk bis Wladiwostok wie ein Leichentuch überspannen würde. Aber Schaljapin, der legendäre Opernbass, trat weiterhin auf. Es fuhren immer weniger Straßenbahnen, und auch die Zahl der Mietkutscher war zurückgegangen. Man befürchtete, dass die Stadt von den Deutschen gestürmt und besetzt werden könnte; es drohten immer wieder Angriffe mit Flugzeugen und Zeppelinen. Typhus, Tuberkulose, Krätze und Skorbut traten massenhaft auf. Die Warteschlangen für Brot und andere Lebensmittel waren unvermindert lang. Banditen und Straßenräuber durchstreiften die Straßen auf der Suche nach Beute, wobei sie es vor allem auf Leute bürgerlichen Aussehens abgesehen hatten. Bald trauten sich nur noch wenige in teuren Sachen auf die Straße, weil sie befürchten mussten, von den Kindern der Revolution – Bauern, dem Stadtproletariat, desertierten Soldaten, befreiten Banditen, die ihre Stunde gekommen sahen – überfallen zu werden. Doch noch immer wurde auf dem Rand des Vulkans auch *gelebt*. In den Stadtpalästen gab der Hochadel unter den Kristalllüstern, bedient von Lakaien in Livree, weiterhin Festbankette mit Lebensmitteln aus den Vorratskellern, als wäre der schwarze Sturm draußen nur eine vorübergehende Erscheinung, die bald verebben würde. Auf dem Newski-Prospekt wimmelte es von Huren wie in den turbulenten Tagen des Zusammenbruchs der Sowjetunion, wie auch noch heute. Für Prostituierte geht man zum Newski. Die zweigeteilte Macht im Lande war sowohl in die Hände der Provisorischen Regierung als auch der Sowjets gefallen, mit dem jungen ehemaligen Rechtsanwalt und Sozialisten Alexander Kerenski als Vermittler, der – hysterisch von Natur, kränklich, aber gleichzeitig von einem ständig zunehmenden Größenwahn ergriffen – eine Blitzkarriere vom Kriegs- und Marineminister bis schließlich zum Premier hingelegt hatte. Wie ein Napoleon bezog er den Winterpalast, ließ nur zu seinem eigenen Vergnügen zwischen den goldenen Spiegeln im Ballsaal seine Opernstimme dröhnen und genoss die plötzliche Allmacht wie ein großes Kind, das seinen rasanten Aufstieg eigentlich nicht wirklich fassen kann. Er schrieb seine Ukasse am Schreibtisch des Zaren, schlief im selben Himmelbett wie Alexander III., in Seidenlaken mit Doppeladler, wurde aber schon bald von der bolschewistischen Bande Lenins vertrieben (er konnte entkommen, lebte einige Zeit in Frankreich und Deutschland und würde es als Bürger der Vereinigten Staaten noch bis ins Jahr 1970 schaffen; dieser Mann, der im Bett des Zaren den Geruch von dreihundert Jahren Romanow-Dynastie eingesogen hatte, hörte also auch noch die Beatles und die Stones). Lenin war im April 1917 nach mehr als sechzehn Jahren Schweizer Exil in einem versiegelten Zug über Deutschland, Schweden und Finnland nach Petrograd zurückgekehrt, wo er am Finnischen Bahnhof von seinem bolschewistischen Anhang in Empfang genommen wurde wie ein Messias. Wieder spielte ein Orchester die *Marseillaise*; in einem frenetischen Chaos aus glänzendem Messing von Tubas und Trompeten, roten Fahnen und einer Matrosen-Ehrengarde, die von den Bolschewiken mit ihrem Gespür für Propaganda und Spektakel zusammengetrommelt worden war, wurde Lenin von der Menge, auf deren Köpfe dramatisch das Licht silberner Scheinwerfer fiel, nach draußen geschoben und auf den Turm eines gepanzerten Fahrzeugs gehievt, wo er versprach, den schamlosen Lügen des räuberischen Kapitalismus für immer den Garaus zu machen. Was nur wenige Menschen erkannten und bis heute nicht verstehen, ist, dass die russische Demokratie zu diesem Zeitpunkt noch eine Chance gehabt hätte. Aus dem zaristischen Russland hätte ein demokratisches Russland werden können, mit einer Verfassung – genau wie anderswo auf dem alten Kontinent. Doch Lenin wollte nichts von einer Zusammenarbeit mit der Provisorischen Regierung wissen. Er war ein Apostel des Todes, er war gekommen, um zu vernichten. Lenin träumte von einem Terrorregime, einer Terrorherrschaft wie nach der Französischen Revolution von 1789, er wollte einen Bürgerkrieg in Russland und anderswo in Europa entfesseln, um das Doppeljoch von Kapitalismus und Imperialismus weltweit abzuschütteln. Da sich Russland offiziell im Krieg mit Deutschland befand – die britischen und französischen Botschafter in Petrograd versuchten unermüdlich als Vertreter ihrer Verbündeten zunächst den Zaren, später die Provisorische Regierung davon zu überzeugen, den Kampf nicht aufzugeben –, wurde Lenin von vielen als regelrechter Landesverräter angesehen. Mit deutscher Hilfe hatte man ihn und seine Kumpane in einem Sonderzug mitten durch das feindliche Deutschland gelotst, ihn über eine Unzahl von Geschäften und andere Konstruktionen reichlich mit deutschen Banknoten versehen und sogar mit Gold vom *Kaiser* ausgestattet. Er sollte als Spion nach Hause zurückkehren, um das heilige Russland zu zerstören, damit die Deutschen freie Hand hätten, um weiter gegen die Franzosen an der Westfront zu kämpfen. Nach seiner Ankunft schlug Lenin seine Zelte im kurz zuvor von den Bolschewiken besetzten Stadtpalast von Matilda Kschessinskaja, der Mätresse Nikolaus II., auf, einem schönen Art-déco-Gebäude nicht weit von meiner Wohnung, direkt neben der Moschee mit ihrer beeindruckenden Kuppel aus azurblauen Steinen. Die Ballerina, die noch zwei Monate zuvor im Mariinski-Theater *Die schlafende Schöne* bei einer speziellen Galavorstellung für eine Delegation der Alliierten getanzt hatte, war von Soldaten, Matrosen und anderen bolschewistischen Individuen, die in ihren schlammigen Stiefeln hereingestürmt kamen und mit Bajonetten und Gewehren herumfuchtelten, aus ihrem prächtigen Haus vertrieben worden, das sich eines großen Saals für Privatvorstellungen, eines Wintergartens mit Zitrusfrüchten und Palmen, und eines weiteren Raumes mit Kuppeldach sowie eines Balkons rühmen durfte. Hier, in dieser märchenhaften Umgebung, in der Kunst und Feinsinn zu Hause gewesen waren, übte sich Lenin unter den Kristallkronleuchtern und Seidentapeten mit seiner schrillen Stimme, seiner neurotischen Motorik und seinem mörderischen Blick in seinen tödlichen Exerzitien. Er hetzte Soldaten zur Desertion auf, um die

Provisorische Regierung zu stürzen, um Menschen, die Geld und Macht besaßen und beides nicht teilen wollten, umzubringen. Mit seiner einschüchternden Demagogie gelang es ihm, Frauen zum Marsch auf den Newski-Prospekt zu bewegen, wo sie zur Melodie einer alten russischen Weise sangen: »Wir werden plündern! Wir werden Hälse abschneiden! Wir werden Wänste aufreißen!« Doch als es dann so weit war, als in der ersten Juliwoche 1917 die Matrosen von Kronstadt, die bereits im Februar ihre Offiziere auf ihrer Inselfestung massenweise abgeschlachtet hatten, mit ihren Schiffen an den Granitkais der Stadt festmachten, als sie, angestiftet von Lenin und seinem Stellvertreter Leo Trotzki, versuchten, in einer neuen Welle von Gewalt und Plünderung die Revolution an sich zu reißen, nahm der große Revolutionär Lenin, sobald sich das Scheitern des Aufstands abzeichnete, mit abrasiertem Bart und in Verkleidung die Beine in die Hand und floh nach Finnland.

Lenin war vor allem eines: feige.

»Zum Teufel!« Die Stimme meines Schwagers weckte mich aus meinen Revolutionsgrübeleien. »*Bljad*, verdammte Scheiße!«

Wir hatten gerade eine Boje umrundet und wollten den Rückweg zum Hafen antreten, als der Motor mit einem Geräusch wie ein ausgehender Staubsauger und penetrantem Gestank nach Angesengtem in Schweigen verfiel. Alexej lief zum Achterdeck, warf einen Blick auf das Wasser und verschwand in der Kajüte.

Ich beugte den Rücken und spähte vom Deck die weiße Metalltreppe hinunter und fragte, was los sei.

»Kolbenfresser! Das gibt's doch nicht! Der Verkäufer hat mir geschworen, dass diesen Sommer alles komplett überholt worden ist.«

Alexej unternahm ein paar vergebliche Versuche, das Ding wieder zum Laufen zu kriegen. Schließlich kletterte er nach oben und hisste das Großsegel. Der Wind ließ es gefährlich über unseren Köpfen flattern. Zum ersten Mal in meinem Leben segelte ich. Dunst war aufgezogen. Mein Schwager flog nur so übers Deck, zog an Riemen, takelte.

Ich fragte ihn, ob ich helfen könne.

Er meinte, ich sollte besser mal nach unten gehen; wenn ich hier an Deck bliebe, müsste ich auf den Ausleger achten.

»Was meinst du damit?«

»Den Ausleger! Kann zur Guillotine werden!«

Ich zog mich in die Kajüte der *Nautilus* zurück, zu einem Drittel bezahlt mit dem Zaster für mein noch ungeschriebenes Buch.

Die Temperaturen sind schon ein paar Nächte in Folge unter minus 30 Grad gefallen; der Winter ist in diesem Jahr außergewöhnlich streng. Nicht nur hier in Petersburg, auch sonst im Land.

Einen Monat nach dem Segelausflug mit meinem Schwager wurde ich bei einem Waldspaziergang bei Sergijew Possad, vierzig Kilometer vor Moskau, von einem Schneesturm überrascht. Mit einem Mal stand ich mitten in einer Windturbine voller Daunen. Es war der erste Schnee des Jahres. Ich hatte schon viel unwirtlichere Orte in Russland gesehen, trotzdem geriet ich in Panik. Als hätte ich ein Rudel Wölfe an den Hacken wie in einem horrormäßigen Fiebertraum, rannte ich durchs Schneetreiben, das schräg durch die kahlen Äste der Bäume niederging, zurück zum Städtchen. Als ich dann wieder in Moskau war, wurde ich das Gefühl nicht los, einem unbestimmten Unheil entronnen zu sein.

Ich wollte an diesem Abend einen trinken gehen und rief zwei Freunde an. Gerbrand, ein hellblonder Friese mit einer ukrainischen Mutter, der früher als Artist mit einer Panther-Nummer aufgetreten war, bis er vor anderthalb Jahren auf der Suche nach Arbeit nach Russland gekommen war, nachdem sich die Dressur von Wildtieren in niederländischen Zirkussen erledigt hatte. Und Igor, Kunsthändler und Berufsjunggeselle. Beide zwanzig Jahre jünger als ich. Prachtkerle. Wir verabredeten uns im *Jean-Jacques*, einem Restaurant auf einem der Boulevards. Der Laden war einst die Brutstätte einer ganz anderen Revolution gewesen, vor vier Jahren im Winter 2012 bis 2013, als man in Moskau massenhaft auf die Straße gegangen war, um gegen manipulierte Wahlen, Repressionen, Pressezensur, staatliche Zensur, Betrug und Korruption zu protestieren.

Schwärme von Mädchen und jungen Frauen saßen hier seit jeher mit Weinkaraffen an den runden Marmortischen zwischen den silbernen Wandspiegeln, die das Sehen und Gesehenwerden, das Taxieren, Lächeln, Flirten und Beutemachen vereinfachten. Ein Russe mit dem hohläugigen, bärtigen Gesicht eines Ikonenheiligen spielte Akkordeon und verlieh der Einrichtung das Flair eines Pariser Bistros. Aber durch die Flügelschläge der Zeit hatte sich der Charakter des *Jean-Jacques* auf bizarre Weise verändert. Die Frauen à la Pussy Riot, die hier oft mit ihrem lärmenden Anhang eingefallen waren, die künstlerischen, intellektuell-sozial angehauchten Typen, hatten das Land verlassen, waren untergetaucht oder hatten das Handtuch geworfen.

Mit eiserner Faust war das revolutionäre Feuer, ohne dass auch nur ein Fünkchen davon übriggeblieben wäre, gelöscht worden.

»Was hast du denn da im Wald gewollt?« Als ich von dem Schneesturm erzählte, der mich am Nachmittag überrascht hatte, sah Gerbrand mich schmunzelnd an. »Du wolltest dich doch nicht etwa aufhängen?«

Igor richtete einen fragenden Blick auf den Tierbändiger, der nur einen Witz gemacht hatte. Sofort setzte dieser halbe Friese, dem ich alle meine Bücher zu lesen gegeben hatte, an, von meiner Suche nach einem Landsmann zu erzählen, die Geschichte von einem Orgelbauer, dessen Leiche an einem Baum in einem Winterwald nahe der Wolga gebaumelt hatte, wo sie eines Morgens von Eisfischern gefunden worden war.

»Was schreibst du denn für komische Geschichten?«, sagte Igor.

»Ist alles wirklich passiert«, antwortete ich.

Wie spät es genau war, weiß ich nicht mehr, ebenso wenig erinnere ich mich der genauen Umstände. Nach einigen Blitzen vor meinen Augen, durchtränkt vom Anisgeschmack des Sambuca, den wir nach Bier und Wein getrunken hatten, saß ich in einem Auto. Was sage ich? Es war eine Limousine, ein Wagen, wie man ihn normalerweise für Hochzeiten mietet, der aber den beiden jungen Frauen, die sich uns irgendwann angeschlossen haben mussten, zur freien Verfügung stand. Ich saß ihnen, flankiert von meinen beiden Freunden, gegenüber, beide waren dunkelhaarig, die eine in blauem Pelz mit weißem Kragen, die andere in weißem Pelz mit blauem Fellbesatz. Die Mäntel waren offen. Ihnen war heiß. Der Schnaps hatte mich ordentlich benebelt; ich hatte einen zünftigen Blackout gehabt. Eine Reihe von Details war mir völlig entfallen: die Konversation am Tisch, der Moment, in dem die Frauen angerückt waren, worauf offenbar beschlossen worden war, gemeinsam aufzubrechen.

Durch die Eiseskälte draußen kam ich wieder zur Besinnung. Zu fünft ließen wir uns durch die Stadt treiben, an hohen, pistaziengrün illuminierten Gebäuden vorbei, an den Lichtbündeln des Bely Dom, an der desgleichen übermäßig beleuchteten Brücke zum Hotel *Ukraine*, wo die beiden Brünetten wohl logierten und wohin sie uns eingeladen hatten.

»Zwei plus zwei macht vier«, sagte ich. »Jungs, bitte lasst mich hier raus. Ich nehme ein Taxi nach Hause. Viel Spaß noch!«

Doch die beiden jungen Frauen, die wie die Irren angefangen hatten zu rauchen, verdonnerten mich zu bleiben.

»Was machst du eigentlich so?« Das war die Russin im blauen Nerz, die ich auf Ende zwanzig schätzte. Die Limousine hatte am Hotel gehalten, die Türen öffneten sich; wir betraten einen karmesinroten Läufer, der von der Drehtür an kerzengerade im Schnee ausgerollt war.

»Ich habe gefragt, was du machst ...« Die im blauen Pelzmantel nahm mich fest am Arm. Ihr raubtierartiges Profil mit der verlaufenen Wimperntusche bewegte sich nun direkt neben mir.

»Er ist Schriftsteller«, sagte Gerbrand.

»Und du?«, kam es aus dem Lippenstiftmund der Anderen, die Igor tatkräftig zum Eingang schleppte.

»Tierbändiger.«

»Ja, und mein Vater ist der König von Siam!«

»Panther«, erklärte Gerbrand todernst.

Ende der Achtzigerjahre hatte ich viele Touristengruppen im Hotel *Ukraine* untergebracht, wenn das *Intourist* oder *Kosmos*, der damals futuristische Hotelkoloss im Norden der Stadt, ausgebucht war. Ich selbst hatte auch ein paar Mal hier übernachtet. Mittlerweile hieß es *Radisson Collection Moscow*. Den imposanten Eingang mit seinen hohen Decken und Marmorsäulen hatte man natürlich erhalten, doch das schöne Interieur aus superbem Stalinbarock war teilweise abgerissen und durch großkotzigen Luxus ersetzt worden, den sowohl Russen als auch kosmopolitische Ausländer schätzten.

»Wo wollen Sie hin?« Der Portier hatte Gerbrand aufgehalten.

»Er gehört zu uns«, riefen die Damen im Chor.

Im Fahrstuhl zwängte der weiße Pelzmantel seine Zunge sofort in Igors Mund. Drückte sich an ihn, stöhnend. Mit Geigenmusik fuhren wir hinauf. Die Namen der Damen waren mir entfallen. Halb benommen, mit trockener Kehle, stand ich neben der jungen Russin in ihrem blauen Pelzmantel, die sich katzenartig an mich schmiegte ... Olga ... Natürlich: Olga hieß das süße Ding. Und die andere Anastasia. Aber hier herrschte ein Missverständnis vor. Ich warf einen flehentlichen Blick auf Gerbrand, der mit seinem hellblonden hübschen friesischen Kopf an der gepolsterten Fahrstuhlwand klebte. Ich bat ihn wortlos, mich von dem Mädchen zu erlösen, damit ich schnell wieder nach unten und ein Taxi nach Hause nehmen konnte.

»Und hier wohnen wir also für ein paar Monate«, sagte Anastasia, während wir über den Korridor trotteten, wo das verschlissene sowjetische Parkett durch einen königsblauen Teppich mit goldenen Sternen ersetzt worden war.

»Warum?«, fragte Igor.

»Unsere Männer wollen, dass wir uns ein bisschen amüsieren. Sie sind auf einer speziellen Mission in den Vereinigten Staaten. Wir durften nicht mit. Scheißpolitik! Wir kommen aus Sibirien, aus Krasnojarsk. Wart ihr schon mal in Krasnojarsk? Zum Glück haben wir dort ein Haus mit Schwimmbad. Während wir unter den Palmen im warmen Wasser schwimmen, klirrt draußen die sibirische Kälte. Aber sonst ist es todlangweilig! Wir wollen hier Yoga machen. Und vegetarisch kochen lernen.«

Wir betraten eine Suite, die aus drei ineinander übergehenden Gemächern bestand, immens groß und mit hohen Decken, jedes war unterschiedlich in Stil, Farbgestaltung und Möblierung.

»Was für Bücher schreibst du? Bestimmt Krimis, oder?« Dem Beispiel ihrer Freundin folgend, hatte Olga ihren Pelzmantel auf ein blau-rosa gestreiftes Sofa geworfen, danach waren wir in einen modern eingerichteten Raum gewechselt, in dem ein Flatscreen fast die ganze Wand einnahm.

»Manchmal kommen tatsächlich auch Leichen vor«, murmelte ich.

»Oh, hast du das gehört, Nastja? In seinen Büchern kommen auch Leichen vor ... Was sagst du dazu? Nein, bloß keinen Champagner! Whiskey, ich will irischen Whiskey!«

Unaufgefordert bekam auch ich einen großen Whiskeyschwenker in die Hand gedrückt, Eiswürfel klirrten darin. Ich nahm ein paar ordentliche Schlucke, die sich gut mit all dem Bier, dem Wein und dem Sambuca vertrugen. Eine kristallinische Beruhigung legte sich über mich, während ich darüber nachdachte, wie ich mich so schnell wie möglich von dieser Gesellschaft loseisen könnte.

»Du hast Ähnlichkeit mit meinem Vater!« Nachdem sie übermütig aus ihren Pumps gestiegen war, war Olga auf meinem Schoß gekrabbelt. »Der war auch kahl. Als ich sieben war, hat er uns verlassen – meine Mutter, meine Schwester und mich ... Der Schuft ... Komm, gib mir mal einen Kuss! Hey, hörst du nicht? Küssen!«

Gerbrand saß in einem Schalensessel aus weißem Leder. Mit einer Dose Bier in der Hand starrte er durch das Panoramafenster nach draußen, über das wie Manhattan funkelnde Wolkenkratzerdekor der Stadt.

»Na, das wird nix ...« Olga machte sich von mir los, kroch auf Händen und Füßen zu meinem friesischen Freund, sie verzog das Gesicht und maunzte neckisch: »Hey, du da! Du bist doch Tierbändiger?«

Der anfängliche Unglaube über seinen Beruf war in kreischende Bewunderung umgeschlagen, als Gerbrand ihr auf seinem Smartphone die Fotos seiner Auftritte mit seinen drei schwarzen Panthern in berühmten Zirkussen in ganz Europa gezeigt hatte. Wegen der Arschlöcher in seiner Heimat durfte seine Nummer nicht mehr aufgeführt werden. Die Raubtiere trugen Halsbänder aus funkelnden, falschen Brillanten. Zwischendurch rief sie ihre Freundin, um sie auf das Wunder hinzuweisen, doch die war längst mit Igor verschwunden.

Leise machte ich mich auf die Socken; hinter einer gepolsterten Tür im letzten Zimmer pladderte schon die Dusche, im Hintergrund gurrte es, und Igor brummte ruhig dazu.

Kurz bevor ich den Hotelgang erreicht hatte, vibrierte mein iPhone, und ich nahm das Gespräch gedankenlos an. Es war Julia, meine Frau. Aus Sankt Petersburg.

»Wo bist du?«, fragte sie.

»Ausgezeichnet! Ich gehe gerade.«

»Ich habe nicht gefragt, wie's dir geht, sondern wo du bist ...«

Ich fing an, ihr mein irrwitziges Abenteuer, früher am Tage im Wald in der Nähe von Sergijew Possad, zu schildern. Ich war gerade beim Schneesturm angelangt. Als wäre ich in einem weißen Tornado!

»Was wolltest du denn im Wald?« Die Stimme meiner Frau war weit weg. »Hey, was du im Wald wolltest?! Und wo steckst du jetzt?«

»Einfach so ...« Hinter der Badezimmertür ertönte ein spitzer Schrei; der Schrei einer Frau, die von einem Gewalttäter gekidnappt wird.

»Was war das?«

»Ein Schrei, ich weiß auch nicht ...«

»Wo bist du?«

»Ich habe wieder drei Wochen am Stück durchgeschrieben. Das macht mich völlig krank. Ich wollte aufhören. Ich mache das alles für deinen Bruder ...«

»Du bist sturzbesoffen ...«

»Ein paar Weinchen ... Ich gehe jetzt raus ...«

»Wo bist du?«

»Hotel *Ukraine* ...«

»Wo?«

»Erinnerst du dich noch? Damals mit diesem Foppmans ...«

Ich trat nach draußen, in den Hotelflur, wo Ende der Achtzigerjahre der Gestank von zerkochtem Grünkohl, der Geruch von Krise, Mangel, beginnendem Banditentum und Valutanutten gehangen hatte; alles hatte sich jetzt in märchenhaften Luxus verwandelt.

»Hörst du, Juul? Ich bin jetzt draußen …«

Meine Frau fing an zu schluchzen, zu weinen. Zögernd blieb ich stehen, auf dem königsblauen Teppich mit den goldenen Sternen. Es ging um Ljolja. Unsere mittlere Katze war noch immer krank, oder besser gesagt: wieder krank. Jeden Tag hatte Julia mich über WhatsApp auf dem Laufenden gehalten; mir von ihren Besuchen bei der Tierärztin hinter dem Witebsker Bahnhof, von den Medikamenten, den Injektionen erzählt, die sie ihr jetzt geben musste.

»Du musst nach Hause kommen … Es ist mir egal, was du machst und wo du bist … Und selbst, wenn du da in Moskau mit zwei Nutten im Hotel wärst … Aber du musst schnell nach Hause kommen … Kommst du?«

Am nächsten Nachmittag um drei Uhr nahm ich den Sapsan, den russischen Schnellzug, der genau drei Stunden und fünfzig Minuten später Petersburg erreichte. Julia wartete in einem Pelzmantel auf mich, einem abgetragenen Ding, das sie vergangenes Jahr von irgendeiner alten Dame gebraucht gekauft hatte.

»Wie geht's?«, fragte ich sie.

Sie fiel mir in die Arme, ihr Gesicht war warm und feucht, angeschwollen vom vielen Weinen. »Ich versuche, alles zu tun, was ich kann, einfach alles …«

Die ankommenden Passagiere schleppten sich mit ihren Koffern ab, Träger fuhren auf ihren flachen Karren laut schreiend durch die Gegend, eine frostige Brise jagte kiloweise Schnee über die Schienen. Junge Matrosen in langen schwarzen Mänteln und schwarzen Pelzmützen verschwanden in einem Dieselzug auf dem gegenüberliegenden Gleis. Es dunkelte bereits. Aber alles unter dem schmiedeeisernen Vordach badete in einem warmen, gelben Licht.

»Wir müssen zur Dostojewskistraße«, sagte Julia.

»Wieso?«

»Ampullen, ich habe dort Ampullen bestellt …«

Wegen der Sanktionen waren die Medikamente, die Ljolja brauchte, nicht mehr zu bekommen. Im Internet hatte Julia nach langem Suchen eine Firma gefunden, die sie noch vorrätig hatte. Wir fuhren gleich mit der Metro durch. Als wir wieder auf ebener Erde standen, hatte ich Mühe, meinen Rollkoffer durch den Schnee zu ziehen. Das Unternehmen entpuppte sich als ein Privatappartement, das sich in einer nach verfaultem Fisch riechenden Hausnische befand. Wir klingelten. Eine graue Stahltür tat sich auf, ein keinem Geschlecht zuordenbarer Vogelkopf nahm das Geld, die Tür klappte zu, wenig später öffnete sie sich wieder, und ein Päckchen wurde uns ausgehändigt, dann war alles wieder dicht.

Das Gebäude lag direkt gegenüber dem Bestattungsinstitut, in dem wir vor ein paar Jahren den Sarg für Julias Mutter gekauft hatten. Am Dachrand hatten auch damals Eiszapfen gehangen.

»Wir nehmen ein Taxi«, sagte ich, als wir draußen waren, und meine Frau Anstalten machte, zur Metro zu gehen. »Ich habe die Nase voll vom öffentlichen Nahverkehr …«

»Nicht von irgendwas Anderem?«, sagte Julia leise.

Auf dem Newski-Prospekt funkelte die Weihnachtsbeleuchtung, als wäre eine Juwelenkiste in der Größe eines Ozeandampfers über der Stadt ausgeschüttet worden. Die Schaufenster strahlten majestätisch, auf eine fast imperiale Weise, abendländischen Wohlstand aus. In einem Park stand ein haushoher Swarowski-Weihnachtsbaum, er ließ den Schnee um ihn herum hellblau schimmern. Wir fuhren am Kai entlang, der Newa folgend. Auf der Höhe des Kresty-Gefängnisses, einem Monster aus roten Ziegelsteinen auf der anderen Seite des weiß gefrorenen Flusses, bogen wir rechts in unser gelobtes Viertel ab. Durch die Autofenster roch ich den süßen Brotduft, es wurde schon wieder für den nächsten Tag gebacken.

Das Stück zwischen der Schpalernajastraße und unserer war dicht verschneit. Die Reifen des Taxis knirschten. Ich musste an den Tagebucheintrag von Louis de Robien denken, den ich nachmittags im Zug gelesen hatte. Robien war ein junger französischer Graf gewesen, von 1914 bis 1918 Militärattaché in Petersburg. Ausgerechnet in diesem Abschnitt von nicht einmal hundert Metern, in dieser Hauptschlagader der Revolution, hatte er im Juli 1917 nach den schweren Gefechten zwischen bolschewistischen Soldaten und Kosaken, die auf Seiten der Provisorischen Regierung kämpften, zwölf erschossene Pferde in Lachen liegen sehen, die hier und da rot schimmerten. Das Fell der toten Tiere war straff und glänzte im Regen.

Um meiner Frau nicht die Chance zu geben, auf das Telefonat vom Vorabend zurückzukommen, obwohl ich nichts zu befürchten hatte, erzählte ich ihr von dem Buch, das ich zu schreiben begonnen hatte. Eine Art Chronik. Normalerweise behielt ich meine literarischen Pläne für mich – aus Angst vor dem Scheitern. Doch sie wusste von dem Vorschuss; von den zehn Mille, die ich ihrem Bruder für das Segelschiff geliehen hatte. Ich konnte nicht länger schweigen.

»Über die Russische Revolution?« Als wir im Schritttempo am Getränkekiosk vorbeifuhren, wo es von Schatten betrunkener Penner und Berufsalkoholiker wimmelte, schnaubte sie: »Scheißthema!«

»Wir sind da«, verkündete der Fahrer. »Tschaikowskistraße 40!«

Wie in Westeuropa und überall auf der Welt bereitete man sich in Russland auf die Feiertage vor. Im Land war wenig los; ich schrieb meine Artikel für die Zeitung, erledigte ein paar andere Schreibaufträge und hoffte, zwischendurch mit dem Buch, an dem ich arbeitete, weiterzukommen.

Die Kälte hielt an, der Schnee auf den Straßen wurde kaum noch geräumt. Eines Morgens wurde eine ältere Frau im rosa Mantel, dem altmodischen Rosa von Puderdosen, vor einer Getränkebude von ihrem Bouvier umgerissen, der ein Stück weiter weg einen anderen Hund gesehen und aus purer Begeisterung einen Satz gemacht hatte. Sie wurde von dem wie verrückt bellenden Tier einige Meter über die eisbedeckte Straße geschleift. Ich hatte ihr wieder auf die Beine geholfen. Sie hatte höllische Schmerzen im Handgelenk; ich brachte sie im Taxi in eine Klinik am Liteiny-Prospekt. Das warm-feuchte Hecheln des Bouviers in meinem Nacken machte mich panisch. Die Ärztin war eine mütterliche Erscheinung um die fünfzig. Sie behandelte die schwere Prellung gratis. Noch war nicht alles in diesem Land verloren.

Jeden Abend zündete Julia Kerzen und Teelichter im Wohnzimmer unseres opulenten Zweizimmerappartements an. Ich hatte frisches, gut getrocknetes Holz für den Kamin von einem Holzfäller geholt, der wie ein einsames Heinzelmännchen im Wald nahe der finnischen Grenze lebte. Vor der Metrostation, hundertzwanzig Meter von unserem Haus entfernt und an der Brotfabrik vorbei, wurden die ersten Weihnachtsbäume verkauft. Ein Kriegsveteranen-Orchester, das in seinen hellblau wattierten Kampfanzügen bibberte, stand da und musizierte und sang, in den verwitterten Gesichtern hatte sich das in Afghanistan, Tschetschenien und sonstwo erlebte Leid eingegraben; daneben die üblichen Omas, die aus Kisten Kartoffeln, Äpfel und Knoblauch verkauften, um ihre magere Rente von umgerechnet hundert Euro aufzubessern – in einer Stadt, in der eine Tasse Kaffee inzwischen drei Euro kostete. Ein Jahrhundert nach der Revolution war der Unterschied zwischen Arm und Reich nicht nur in der Stadt, sondern im ganzen Land gleichermaßen groß.

Unsere Metrostation – die Tschernyschewskaja – ist nach dem utopischen sozialistischen Philosophen und Schriftsteller Nikolai Tschernyschewski benannt, der 1863 wegen der Veröffentlichung seines Romans *Was tun?* zum Tode verurteilt und nach einer Scheinhinrichtung wie bei Dostojewski nach Sibirien verbannt wurde. Die Hauptfigur seiner Geschichte, der asketische, Gewichte stemmende und fleischverzehrende Rachmetow, der seine Nächte auf einem Nagelbett verbringt, um sich für die kommende Revolution zu stählen, war zu seiner Zeit ein Held für junge Populisten, Studenten und andere vornehmlich wohlhabende junge Leute, die unters »Volk« gegangen waren, aufs Land, zu den oft schlechter als Schweine lebenden Bauern, um da ihre Wohltätigkeit zu erweisen, Kommunen zu gründen und von der idyllischen und gerechten Gesellschaft zu träumen, die der Schriftsteller seinen Lesern vorgeträumt hatte. Doch genau wie später in der Geschichte waren es nur wenige, die sich für ein besseres Leben der Armen tatsächlich zu Opfern bereitfanden. Man wurde Mitglied der richtigen Gruppen, las die richtigen Zeitungen, lief aber auf der Straße hochnäsig am Volk vorüber, für das man durchweg nur eine abstrakte Gutherzigkeit empfand. *Was tun?* war auch eine große Inspirationsquelle für Lenin gewesen, der ja, wie der Leser inzwischen weiß, eine Zeit lang in der Tschaikowskistraße gewohnt hat. In der Nachbarschaft lebte ebenfalls, ein Stück weiter oben, in der Mochowajastraße – der Schriftsteller Iwan Gontscharow, der hier seinen Roman *Oblomow* vollendete, und auch, noch einmal fünf Minuten entfernt, Joseph Brodsky, der in einer kleinen Gemeinschaftswohnung seine mythische Poesie schrieb, bevor er vom Sowjetregime verbannt wurde. Ganz zu schweigen von Sinaida Hippius in ihrer Beletage am Ende unserer Straße. Alles in allem war ich hier umgeben von Literatur, aber inzwischen wollte mir das Schreiben nicht mehr gelingen.

Doch wie schön das Kerzenlicht abends flackern, wie lecker meine Frau auch kochen und wie gemütlich-knisternd es im Kamin lodern mochte, wenn wir uns gegen neun mit einem Buch ans Feuer setzten, legte sich Ljoljas wieder ausgebrochene Krankheit wie ein Fluch über alles.

»Ach, mein Prinzesschen, mein Schatz, meine Süße«, sang Julia unserer mittleren Katze vor, während wir ihr die Infusion verpassten, die sie nun zweimal täglich bekommen musste – mittags und abends.

Ljolja war nicht nur unsere Mittlere, sondern auch die Kleinste. Wenn unser Kater Persik der Charmeur des Hauses war, der Don Juan, der mit seinem dicken, sandfarbenen Fell jede Frau sofort um den Finger wickelte, und die bunt gescheckte Muscha die träge Abgesandte Buddhas, dann verkörperte Ljolja mit ihrem graublauen Fell und Augen wie marineblaue Smaragde selbst noch in ihrem elften Lebensjahr die energische Unbefangenheit eines Kindes. Sie kam jedem neugierig entgegengelaufen. Doch wenn Julia anfing, sie laut zu loben, wenn ihr »Prinzesschen, Schatz, Süße« durch das Haus schallte, während sie in die Küche ging, um die Ampullen, die wir in der Dostojewskistraße gekauft hatten, vorzubereiten, was mit einem Plastikgeraschel der sterilen Nadelverpackung verbunden war, verschwand sie wie der Blitz – unter unserem antiken Schreibtisch, hinter den schweren Vorhängen an der Heizung; oder sie hatte sich ratzfatz im Schlafzimmerschrank verkrochen, unter den Pullovern, Socken, Kleidern und anderen Kleidungsstücken meiner Frau, deren Garderobe ein ewiges Chaos war.

»Ljolja, Ljolotschka«, rief ich dann, und während Julia alles weiter vorbereitete, musste ich sie holen.

In den Wochen zuvor hatte Julia auf Anraten der Ärztin angefangen, Pillen zu verabreichen. Als Nachbehandlung der Operation, bei der die Ursache für die Darmkolik teilweise entfernt worden war. Aber wie raffiniert man die zerstoßene Tablette auch immer unters Futter mischen mochte, Ljolja schnupperte nur daran, drehte sich beleidigt um und ließ alles stehen. Schließlich hatte Julia mittlerweile das direkte Einwerfen der Tabletten gemeistert; es war ein Trick. Während ich durchs Land reiste oder mich der Arbeit wegen in Moskau aufhielt, wurde ich mit einer Nachrichtenflut auf dem Laufenden gehalten. Ihr Appetit sei gut, die Geschwulst im Darm stabil, doch seit anderthalb Wochen, so die Tierärztin hinter dem Witebsker Bahnhof, stimme etwas mit dem Blut nicht. Es war, als hörte ich meine Mutter während der letzten Monate im Leben meines Vaters reden. »Mach dir keine Sorgen, Junge. Der Arzt ist sehr gut. Er sagt, dass alles in Ordnung ist, außer dem Blut …«

Vor anderthalb Wochen war bei Ljolja eine Kanüle an der linken Hinterpfote angebracht worden, von einer Bandage geschützt. Immer, wenn ich sie erwischt hatte, begann sie lauthals zu protestieren und setzte sich miauend mit aller Kraft zur Wehr; sie wusste verdammt gut, was gleich auf sie zukommen würde. Meine Frau stand mit einer Zwangsjacke bereit, einer Jacke aus Kunststoff, die mit einem Klettverschluss verschlossen wurde, sodass sich unsere Katze während der Infusion nicht bewegen konnte. Trotzdem musste ich sie festhalten, wenn Julia die Gaze entfernte, die Kappe des Infusionsfläschchens abschraubte und die Flüssigkeit, die wir in der dunklen Haustürnische gekauft hatten, langsam einlaufen ließ. Der erste Schuss schmerzte am meisten; die Patientin schrie auf, dann beruhigte sie sich. Während der Prozedur schauten Muscha und Persik aus sicherer Entfernung zu; waren voller Erstaunen und Unverständnis über das Leid, das da ihrem Spielkameraden zugefügt wurde. Doch sobald der Klettverschluss gelöst war, stolzierte

Ljolja wieder gebieterisch durchs Zimmer, streckte sich behaglich auf dem Parkett aus, gähnte und zeigte ihre rosa Zunge, worauf sie sich kurze Zeit später wie immer auf Julias Sessellehne niederließ, Persik auf der anderen Seite, und Muscha balancierte taumelnd oben auf der schmalen Rückenlehne. Alles schien normal.

Eines Morgens wollte ich aus dem Haus gehen, um einen Weihnachtsbaum an der Metrostation zu kaufen; Kiefernduft im Hause assoziierte ich mit ultimativem Glück. Meine Frau flehte mich an, es sein zu lassen: Stell dir vor, unsere Katze würde mit dem Katheter in den Zweigen hängen bleiben. Am Nachmittag bastelte Julia einen Weihnachtsbaum aus grünem Karton und rotem Glimmerpapier. Er stand mit einem brennenden Teelicht dahinter auf dem Kaminsims. Die Abende verbrachten wir lesend am Kamin. Bei jedem Glas Wein, das ich mir einschenkte, murmelte meine Frau, das sei nun aber wirklich das Letzte. Obwohl ich mich einfach nur betäuben wollte, brachte ich als Rechtfertigung hervor, dass ich den Wein bräuchte, dass ich ohne Alkohol keinen klaren Gedanken fassen könnte, ganz zu schweigen von originellen Einfällen und Ideen, die ich für das Buch benötigte, das ich noch fast zur Gänze schreiben müsste.

Während ich heimlich meine Frau musterte, die sich selig in der Gesellschaft ihrer drei Katzen sonnte und Tee mit Himbeerkonfitüre trank, dachte ich an den vergangenen Sommer, als wir ein paar Wochen im Haus meines Bruders in Südfrankreich verbracht hatten, eine Autostunde von Toulouse entfernt. Julia wollte »die Mädels« unbedingt dabeihaben. Als sie das eines Abends gegenüber einem befreundeten holländischen Ehepaar fallen ließ, das einige Tage in Petersburg verbrachte, um ihren Sohn zu besuchen, der hier studierte, erntete sie einen unterdrückten Lachanfall.

»Die Mädels?«, wiederholte die Frau.

»Ich lasse sie hier auf keinen Fall allein«, betonte Julia noch einmal. »Sie brauchen mich. Vielleicht bleibe ich einen ganzen Monat da. Ich nehme die beiden Mädels mit ins Flugzeug. Und den Frechdachs Persik natürlich auch, aber das kostet dann ein Vermögen …«

»Hörst du das, Bas? Sie nimmt ihre Mädchen mit.«

Meine Frau, die ausgezeichnet Niederländisch spricht, bemerkte nicht, dass sie von unseren Gästen zum Besten gehalten wurde. Ich hatte meinen Zorn hinuntergeschluckt und ertränkt, wie immer. Drei Wochen hatten wir mit unserem Kater und den Katzen in Frankreich verbracht. Neben dem Haus stand ein knorriger Walnussbaum, unter dem ich täglich gegen fünf meine erste Flasche Weißen entkorkte, während sich Ljolja und Persik im hohen, verdorrten Gras wie die Hasen jagten.

Ich war dem Thema bisher immer ausgewichen; eine Woche nachdem ich meiner Frau bei den Injektionen geholfen hatte, fragte ich sie, ob unsere Katze noch eine Chance habe. An diesem Tag war sie zum x-ten Mal bei der Tierärztin gewesen.

»Natürlich hat sie eine Chance! Sechzig Prozent, das hat die Ärztin heute Nachmittag ausdrücklich wiederholt ... Doch die Blutwerte sind noch immer nicht so gut. Und sie hat etwas Neues auf dem Röntgenbild gesehen ... Das muss überhaupt nichts Ernstes sein ... Oh, Natalja Grigoriewna ist so eine fantastische Frau ... Sie hat selbst auch drei Katzen, die weiß, was los ist. Wusstest du, dass ihre Familie vor der Revolution ein riesiges Landgut außerhalb der Stadt besessen hat? Nur ihre Großmutter hat es geschafft, mit knapper Not davonzukommen ... Der Rest wurde umgebracht ... Aber Ljolja ist in den letzten Tagen sehr dünn geworden ... Wir haben sie wieder gewogen ... Aber das scheint ja normal zu sein, bei der Medizin ... Ljolja, Liebling, wo bist du?«

Trotz der Medikamente hatte sich der Zustand unserer Katze verschlechtert. Sie war stark abgemagert. Sie kroch nicht mehr ganz so selbstverständlich bei meiner Frau auf den Schoß; immer öfter versteckte sie sich, kuschelte sich zwischen die Klamotten im Schlafzimmerschrank. Ihre Augen waren noch immer klar, doch aus ihrem graublauen Fell stachen spröde und spitz die Knochen hervor. Julia sah es anscheinend nicht; oder sie wollte es nicht sehen. Die Katzen waren ihr ein und alles. Sie war eine Katzenfrau, wenn auch verheiratet mit einem Menschenmann.

»Sieh mal an!« Als Ljolja einen Tag später flott ins Zimmer gesprungen kam, der weiße Bausch der Bandage hatte sich halb von ihrer linken Hinterpfote gelöst, strahlte meine Frau. »Sie ist fast wieder die Alte! Sie hat sich berappelt! Oh mein Prinzesschen, mein Schatz, meine Süße! Komm schnell her, mein Schätzchen!«

Am nächsten Abend jedoch ging es bergab.

Ich hatte etwas für die Zeitung geschrieben, wir waren spät essen gegangen; nach der Injektion hatte sich Ljolja in den Schrank im Schlafzimmer getrollt. Draußen schneite es. Gegen zwölf wollte ich ins Bett gehen, als Ljolja im Zimmer ihre Runde drehte, sie zitterte heftig und stolperte über ihre Beine. Es war, als hätte unsere kranke Katze einen Napf unverdünnten Alkohol ausgetrunken. Dann kippte sie um, fiel auf die linke Seite. Meine Frau stieß einen panischen Schrei aus. Sie rannte zur Katze hin, hob sie hoch, drückte das Tier gegen ihre Brust, küsste das blaue Fell und flüsterte ihr liebe Worte ins Ohr. Die Ärztin anrufen! Jetzt gleich! Natalja Grigorjewna hatte meiner Frau ihre Mobilnummer gegeben. Julia durfte sie tagsüber jederzeit behelligen, doch jetzt war es mitten in der Nacht. Wo zum Teufel hatte sie ihr Telefon? Die Nummer der Ärztin war darin eingespeichert. Ich rief meine Frau an: Ihr Smartphone klingelte in der Lücke zwischen Kissen und Rückenlehne des Sessels, von dem sie gerade aufgestanden war.

Kurz darauf stapfte ich durch den peitschenden Schnee. Ich lief zur Kirotschnaja, zweihundert Meter von unserem Haus entfernt, zur Apotheke, die Tag und Nacht geöffnet war. In meiner Hosentasche steckte das Papier, auf das meine Frau ein Rezept für irgendein Beruhigungsmittel geschrieben hatte, das die Ärztin ihr durchgegeben hatte. Am nächsten Morgen, gleich viertel nach acht, sollte sich Julia mit der Katze in der Klinik am Bahnhof einfinden. Ein vorübergehender Rückschlag sei bei Katzen mit schwerer Medikation nicht ungewöhnlich.

Trotz der späten Stunde war die Apotheke rappelvoll. So voll, dass ich mit einer Frau draußen warten musste, deren Vollmondgesicht aus einem Marderpelz schaute. Die winzig kleine Apotheke war ein Ort, wo das Nachtleben verschiedenster Menschen auf bizarre Weise aufeinanderprallte. Drogenabhängige kauften hier ihre Medikamente, halb illegale Präparate für die Cocktails, nach denen sie süchtig waren. Die ganze Nacht hielten Autos vor der Tür, direkt vor dem Schaufenster, das mit Präservativen, Intimgels und Potenzpillen dekoriert war. Doch auch an ordinärem Aspirin, Pudern und Lebenselixieren gab es nachts einen Riesenbedarf; hinter den beschlagenen Fenstern bewegten sich die Gestalten der Kunden mit roten Gesichtern, meist in einen Pelz gehüllt. Als ich sah, wie die Schneeflocken im schwachen Licht der Laternen an die dunklen, hohen Häuser gefegt wurden, erfasste mich eine innere Unruhe.

In der Apotheke gab es kaum Bewegung; die Frau mit dem Vollmondgesicht neben mir murmelte, dass sie hier am Abend immer noch arbeiten würden wie früher unter den Kommunisten. Nachdem sie ein Rezept zusammengemischt hatten, gingen sie erst einmal in aller Ruhe Tee trinken. In der Zwischenzeit liege ihr Mann mit einer akuten Bronchitis zu Hause und verrecke! Gleich neben der Apotheke befand sich ein Jugendstilhaus, ein schieferfarbener, verfallener Koloss, dessen moderne Türklingel mit einem hellgrünen Licht sofort ins Auge stach. Schon zweimal hatte ein Taxi angehalten, ein Mann war ausgestiegen, hatte die Klingel gedrückt und war hineingegangen.

»Ein Bordell, die ganze Stadt ist ein einziges Bordell!«, hatte der Taxifahrer, den ich am Vortag auf der Straße angehalten hatte, geäußert. »Sehen Sie all diese Häuser, all diese Giebel? Einige von ihnen sind wunderschön restauriert. Doch dahinter herrscht Sodom und Gomorrha. Ich habe zwei Töchter, sechzehn und siebzehn. Wenn sie später einen Job bekommen – *wenn* sie denn überhaupt einen bekommen – müssen sie drei Monate lang für ein Handy arbeiten. Ich sitze seit zwanzig Jahren am Steuer. Es gibt keine Straße in der Stadt, in der kein Bordell ist. Ich mache mir Sorgen um meine Töchter. Mit diesem Kapitalismus bin ich fix und fertig. Früher haben sie hier im Winterpalast das Sagen gehabt, jetzt im Kreml. Die Masse schweigt, keiner tut was. Und in der Zwischenzeit ist das ganze Land ein ewiges Bordell!«

Wo bleibst du denn?

Julia schickte mir eine WhatsApp.

Oh, ich weiß nicht, was ich machen soll, komm schnell! Ljolja hört nicht auf zu zittern.

Ich antwortete ihr, dass die Apotheke wahnsinnig voll sei, aber dass ich so schnell wie möglich nach Hause käme.

Ein Junge mit Jesushaar trat aus der Apotheke. Tiefe Augenhöhlen, komplett ausgezehrt. Krokodil hieß das Zeug, dessen Zutaten sie hier verkauften. Eines Tages wird den Süchtigen die Haut einfach so von den Knochen fallen wie Schmorfleisch von einem Ossobuco-Schenkel. Der Schlaks setzte eine Sturmhaube auf, zündete sich eine Zigarette an und verschwand. Die Frau mit dem Vollmondgesicht betrat die Apotheke, ich war jetzt allein.

Der fallende Schnee wurde durch den starken Wind aufgepeitscht.

Im Zug aus Moskau, wo ich in einer Chronik über die Jahre kurz vor der Revolution gelesen hatte, hatte ich herausgefunden, dass auch Rasputin lange Zeit in meiner Nachbarschaft gelebt hatte. Ausgerechnet hier in der Kirotschnaja, in der Nummer 12, hundert Meter von der Apotheke entfernt. Bei der Zarenfamilie in Zarskoje Selo hatte sich der ehemalige sibirische Kleinbauer schon damals lieb Kind gemacht. Eine schöne Familie mit vier hübschen Töchtern und einem Jungen. Vom Kaiser und der Kaiserin wurde Rasputin als »unser Freund« tituliert; er seinerseits durfte sie »Mama« und »Papa« nennen. Es stand fest, dass der heilige Narr mit seinen unverkennbaren übernatürlichen Gaben – selbst per Telegramm oder Telefon – einige Male das Leben des an Hämophilie leidenden Sohnes gerettet hatte. Oh, wie gut habe ich die Zarin in dieser Hinsicht immer verstehen können, die trotz ihres hysterischen, egoistischen und unerschütterlichen teutonischen Charakters wie eine Einsiedlerin in ihrem Palast außerhalb der Stadt in einer Sphäre von Ikonen, heiligen Reliquien, Gesundbetern und Wundertätigen gelebt hatte. Welche Mutter mit einem kranken Kind würde nicht das Äußerste versuchen? Währenddessen gab der Wundermönch mit seinen tief in den Höhlen liegenden hypnotisierenden Augen, wenn er sich nicht im Palast aufhielt oder seine Verehrer beiderlei Geschlechts zu Hause bei Tee und Keksen empfing, seinem Affen auf widerwärtigste Weise Zucker. Er nahm Mädchen, hochgestellte Damen und andere Personen weiblichen Geschlechts mit in die Badehäuser, um sich gemeinschaftlich mit ihnen bei Orgien »zu beglücken«. Er betrachte diese als notwendige Werkzeuge der Sünde; eine Sünde, die in dieser Welt im Angesicht Gottes einfach unabdingbar war, weil es ohne Sünde, wie er meinte, keine Erlösung geben konnte.

Der Taxifahrer vom Vortag hatte Recht. Die Stadt, eigentlich das ganze Land, war ein Bordell, oder vielmehr: wieder so ein großes Bordell wie vor einem Jahrhundert. Die geheime zaristische Polizei hatte Rasputins sexuellen Raubzügen nachgespürt; in den Rapporten wurden seine Eskapaden mit der Akkuratesse eines totalitären Staates festgehalten. Von hier in der Kirotschnaja hatte sich diese furchteinflößende Märchenfigur mit Fusselbart und Lackstiefeln unzählige Male per Automobil oder Droschke, im Pelzmantel oder im weißseidenen Sommerhemd mit karmesinroter Schärpe, zu den verschiedensten Orten der Stadt begeben – zum Heumarkt, zum Newski, wo die Huren nur darauf warteten, aufgelesen zu werden.

»Wo bist du jetzt?«, hörte ich die Stimme meiner Frau, die inzwischen angerufen hatte. »Warum, verdammt nochmal, dauert das so lange?«

Eine Viertelstunde später, als ich endlich mit dem Betäubungsmittel in unserem Zimmer stand, fand ich Julia in ihrem Sessel, die kranke Katze fest an die Brust gedrückt. Neben dem Marmorkamin, in dem das Feuer nicht mehr flackerte, sondern nur noch schwelte.

Am nächsten Morgen musste Ljolja in der Klinik sofort an den Tropf. Eine zweite Operation war keine Option mehr: Die Ärztin versuchte, die Reste des Geschwürs, die sie im Monat zuvor nicht hatte entfernen können, jetzt intravenös zu bekämpfen. Die Prozedur sollte sieben Stunden dauern. Nach vier Stunden kam Julia niedergeschlagen und erschöpft nach Hause. Sie wollte nichts essen, nur eine Tasse Tee. Das Umhängetuch aus lavendelblauem Kaschmir, das ich ihr an einem Frühlingstag zu Ehren des Erscheinens meines siebten Romans geschenkt hatte, hatte sie bei Ljolja gelassen. Zum Schnüffeln. Damit sich die Katze in der Klinik wenigstens ein bisschen zu Hause fühlen konnte, nicht völlig verlassen und mutterseelenallein war.

Nach einer halben Stunde ging meine Frau wieder zu ihr.

Am Tag darauf gab es eine zweite Infusion. Ich saß in dieser Zeit am Schreibtisch und machte Artikel für die Zeitung fertig; an mein Buch war überhaupt nicht zu denken. Um Prosa schreiben zu können, muss ein Mensch glücklich sein, eine lange Periode ohne allzu viele Verpflichtungen überblicken können, sich in einem Zustand vollkommener Harmonie und Ruhe befinden; es war ein Rätsel, dass ich trotzdem zehn Bücher fertigbekommen hatte.

Als Julia mich abends auf meinem Handy anrief, wusste ich, noch bevor ich abgenommen hatte, dass es vorbei war. »Komm bitte gleich in die Klinik. Ljolja ist tot. Wir haben sie doch einschläfern müssen ... Es ging nicht anders ... Es gab keine Hoffnung mehr ... Oh, was soll ich tun?«

»Ich komme ...«, sagte ich.

Eine Stunde später brachten wir unsere mittlere Katze in einem Taxi nach Hause. Das lavendelblaue Tuch mit der darin eingewickelten Ljolja ruhte auf Julias Schoß. Die Klinik hatte angeboten, sie zu entsorgen, das war Teil des Serviceangebots. Entsorgen? Wie konnten sie dieses schreckliche Wort denn überhaupt in den Mund nehmen?

Doch sobald wir zu Hause waren, kamen Julia Zweifel. Was sollten wir mit Ljolja machen? Wir hatten weder eine Datscha noch einen Garten. Dann beschloss meine Frau, sie noch an diesem Abend im Taurischen Garten zu begraben. »Wie spät ist es jetzt? Um sieben? Ich lege mich jetzt mit Ljolja ein paar Stündchen schlafen. Weck mich um zehn. Besorg eine Schaufel für das Grab ... Dann gehen wir ...«

Auf dem Treppenabsatz der Kommunalka unter uns hatte ich oft allerhand Werkzeuge stehen sehen – Kuhfüße, Beile, Eimer, auch Zementschippen. Ich stieg die Treppe runter. Nachdem ich auf gut Glück eine der sieben Klingeln gedrückt hatte, die mit Drähten, Plastikstücken und sogar Pflastern noch gerade eben zusammengehalten wurden, erschien fast im gleichen Moment der hochrote Robbenkopf von Gennadi Nikolajewitsch. Ich hatte ihn nicht mehr gesehen, seit er das Schränkchen mit einer Axt zerlegt hatte.

»Eine Schippe? Wozu?«

Ich erfand eine fadenscheinige Erklärung.

»Was gibt's dafür?«

Ich sagte, dass ich oben noch eine Flasche Whisky hätte, schottischen. Ein Geschenk, das ich mal nach einem Vortrag erhalten hatte.

Kurz nach zehn machten wir uns auf den Weg. Als meine Frau sich in ihren Pelzmantel hüllte und dann einen schwarzen Wollschal um den Kopf drapierte, bat sie mich, Ljolja für einen Moment zu nehmen. Es war das erste Mal, dass ich einen toten Körper hielt. Die Steifheit, der berüchtigte *rigor mortis*, war durch den Kaschmirstoff schrecklich genau zu spüren. »Der Mantel sieht vielleicht nach nichts aus«, sagte meine Frau und lächelte matt. »Aber er ist herrlich warm. Ich habe damals fünfzehnhundert Rubel dafür bezahlt! Gut, meine Sonne, dass du das mit der Schaufel so schnell geregelt hast ...« Ich musterte meine Frau heimlich im Spiegel, die ihre Trauer noch immer mit einem Lächeln überspielte. Dann sagte Julia: »Komm, wir gehen! Gib mir Ljolja wieder.«

Durch die hohe, breite, kerzengerade Tschaikowskistraße pfiff ein scharfer Polarwind. Die oberste Schneeschicht war gefroren, unter unseren Sohlen knirschte es, als würden wir über Zuckerglasur laufen. Die Schaufel, die ich mir von meinem alkoholisierten Nachbarn geborgt hatte, schleifte ich hinter mir her. Am Blatt dieses bleischweren Dings klebten noch angetrocknete Betonreste. Julia lief schweigend neben mir, sie presste das Tuch mit der Katze fest an sich, als wollte sie das tote Tier vor dem messerscharfen Wind schützen. Es gab kaum noch Fußgänger auf der Straße. Die meisten Fenster waren schwarz. Nur im chinesischen Restaurant, zwei Häuser vor dem Blumenladen mit den mausetoten, von Gräbern gestohlenen Gestecken, war noch Leben. Es befand sich in einem Kellergeschoss, das jahrelang leer gestanden hatte. Die Lampions an der Treppe warfen siegelrote Flecken über den Schnee.

Wir gingen an dem Gebäude vorbei, in dem Lenin gewohnt hatte. Seit ich wieder dabei war, mich in die Russische Revolution zu vertiefen, geisterten mir die Bilder aus jenen Jahren, die mir in Schriftstücken, Tagebüchern und anderem Material begegnet waren, ständig durch den Kopf. Vierundzwanzig Jahre später sollte die fast neunhundert Tage dauernde Blockade durch die Deutschen folgen, die eine Million Menschen durch Hunger, Kälte, Erschöpfung, Krankheit und Bombardements das Leben gekostet hatte. Eine Million Tote in einer einzigen Stadt! Wie viele von ihnen hatten in unserer Straße gelebt? In unserem Haus? In unserem Appartement vielleicht? Und wie viele von ihnen waren seinerzeit durch die Tschaikowskistraße gezogen, an den wegen der Luftangriffe verdunkelten Fassaden vorüber, nicht wie wir jetzt mit einer toten Katze, sondern mit einem Schlitten, auf dem die Leiche eines Familienangehörigen, ein Mann, eine Frau, ein Kind oder ein anderer geliebter Mensch, lag, um zum Sammelplatz zu fahren? Viele Leichen waren einfach so unterwegs im Schnee zurückgelassen worden, weil die Überlebenden keine Kraft mehr hatten und manchmal vor Schwäche neben dem Schlitten selbst gestorben sind. Es waren die Überlebenden des Bürgerkrieges, die in den Jahren davor wie eine alles niedermähende Sense über das Land gezogen waren, angestiftet und angetrieben von dem Satan, dessen früheres Wohnhaus wir gerade hinter uns gelassen hatten, dem Verbrecher, der hier irgendwann herumspaziert ist, genau auf diesem Bürgersteig, wo ich jetzt zusammen mit meiner Frau ging und die Betonschippe hinter mir her schleifte. Wir näherten uns dem Gebäude von Sinaida Hippius, die 1917 notierte, was ihr erzählt wurde: »Von den Offizieren, die mit ihren Frauen eingesperrt sind, werden jeden Tag zehn bis elf Mann erschossen. Man bringt sie in den Hof, der Kommandeur, mit einer Zigarette im Mund, zählt sie nach, und dann führt man sie ab.« Am selben Tag berichtete sie von einem Professor Nikolski, dessen Frau wahnsinnig geworden sei, nachdem ihr Mann von den Bolschewiki hingerichtet und seine prächtige Bibliothek konfisziert worden war. Kurz darauf habe sich der Sohn zum militärischen Training melden müssen. Lachend habe er von seinem Kommandeur, einem ausgemachten bolschewistischen Witzbold, zu hören bekommen: »Wissen Sie, wo die Leiche Ihres Herrn Papa ist? Wir haben sie an die Tiere verfüttert.« Jeder wusste, dass die Tiere im Zoologischen Garten mit Lenins Billigung die frischen Leichen der Hingerichteten aus den Kasematten der nahe gelegenen Peter-und-Paul-Festung vorgeworfen bekamen.

Das Tor zum Taurischen Garten war nachts oft geschlossen, doch diesmal stand es zum Glück offen. Wir betraten die an allen vier Seiten von schönen Häusern aus dem 19. Jahrhundert mit Beletagen und Türmchen, Palästen und anderen Gebäuden aus der Zarenzeit eingeschlossene Schneewüste; die Schatten der Bäume zeichneten sich purpurfarben im Licht der Straßenlaternen ab. Der niedrige Himmel war wie aus Schiefer. Ich legte meiner Frau den Arm um die Schulter. Sie seufzte, dass sie lieber alleine ginge. Langsam überquerten wir den Schnee, der stark knirschte, bis zu dem zugefrorenen Teich, auf dem ich Anfang der Woche Kinder beim Schlittschuhlaufen beobachtet und zugesehen hatte, wie sie mit Schlitten von den umliegenden Hängen sausten, Väter und Mütter stolz dabei; Freudengeschrei in die dünne Frostluft ausstoßend. Wir gingen am Pavillon vorüber, wo sich im Sommer die Brautpaare fotografieren ließen und einheimische Mafiosi mit ihren Schätzchen Champagner tranken; dann blieb meine Frau abrupt stehen. Sie nickte: »Siehst du diese Birkengruppe da? Hinter den Kastanien? Da kommt nie einer hin ...«

Wir verließen den Weg, kämpften uns durch den Schnee, der hier einen halben Meter hoch lag, zu der eng zusammenstehenden Siebenergruppe Birken. Dieser Teil des Parks war im Sommer eine Liegewiese, schon vor der Revolution ein Treffpunkt für Homosexuelle. Nachdem meine Frau den genauen Platz angegeben hatte, direkt in der Mitte des Hexenrings der Bäume, fing ich an, den Schnee wegzuschaufeln. Ein Windstoß von der Newa zog durch die kahlen Äste über uns weg; weißer Puder rieselte herab. Als ich die Schneeschicht entfernt hatte, erwies sich der Boden darunter als tiefgefroren. Wie viel Kraft ich auch aufwandte, die Erde war hart wie Granit. Mit der spitzen Seite der Schaufel begann ich, auf die Erde einzuhacken; die Betonreste spritzten ab. Meine Frau sah die ganze Zeit schweigend zu. Ich schwitzte, dennoch war es bitterkalt; die Tropfen an meiner Nase froren sofort fest. Nach etwa zehn Minuten hatte ich das Loch fertig. Ich nickte meiner Frau schweigend zu, ihrem in einen schwarzen Wollschal gehüllten Madonnenprofil. Sie trat mit der toten Katze in ihren Armen vor. Was genau geschah, entging mir; vielleicht war ihr plötzlich schwindlig geworden oder sie war über einen Erdklumpen gestolpert, jedenfalls rutschte meine Frau aus und fiel hintüber. Ljolja löste sich für einen Augenblick von ihr und landete dann wieder sicher auf ihrem Schoß. Ich hatte meiner Frau nicht rechtzeitig die Hand reichen können, um ihren Sturz zu verhindern – nicht einmal das.

Als wir durch die Tschaikowskistraße wieder nach Hause gingen, sagte sie: »Weißt du, dass Dostojewskis Witwe auch hier bei uns in der Straße gewohnt hat? Vielleicht macht sich das gut in deinem Buch? In welcher Hausnummer weiß ich nicht, soll ich das für dich herausfinden?«

In Gedanken sah ich andauernd das lavendelblaue Tuch unter den Klumpen gefrorener Erde verschwinden, die ich auf die Grube geworfen hatte, meine Frau stand neben mir und schluchzte leise. Schließlich hatte ich mit der Betonschippe alles so glatt wie möglich gezogen.

Eine Nacht Schnee, und man würde nichts mehr davon sehen.

Fünftes Kapitel

Doch kehren wir zurück in die späten Achtzigerjahre, nach Moskau, der Hauptstadt der Sowjetunion, wo ich nach meiner gescheiterten Leningrader Bibelmission zusammen mit Foppmans die Niederlassung eines niederländischen Reiseunternehmens leitete. Bewegte Zeiten! Die Arbeit als Koordinator, Einkäufer von Hotelkapazitäten wie auch als Gruppenleiter hatte mich nach einem Jahr nicht nur völlig ausgelaugt, sondern ging mir allmählich auch gegen den Strich. Der Schwarzmarkt, den ich selbst kräftig mit anheizte, hatte surrealistische Ausmaße angenommen. Weil die Offiziere in der Kaserne keine Angst mehr vor ihren Vorgesetzten hatten, wurde alles, was nicht niet- und nagelfest war, unter der Hand verscherbelt. Gepanzerte Fahrzeuge, Panzer und anderes Heeresmaterial, das noch in einwandfreiem Zustand war, alles wurde zerlegt und als Schrott für den Export ins Ausland verscheuert – eine gängige Praxis, bei der auch Posorski in Leningrad schon mitgemischt hatte. Das brachte Devisen. Und wer im Land des »hölzernen« Rubels, der in der Zwischenzeit tatsächlich hundertmal weniger wert war als im staatlich festgelegten Wechselkurs, harte Valuta besaß, war ein König. So ziemlich alles war »auf Bon«, doch selbst wenn man diese Gutscheine, *talony*, besaß, kriegte man meist nichts dafür. Der Tauschhandel dominierte, zusammen mit dem brandneuen Phänomen genossenschaftlicher Betriebe, einem Deckmäntelchen, unter dem die weitgehend noch geltende sowjetische kommunistische Gesetzgebung – die siebzig Jahre lang das Erzielen von Gewinnen, Privateigentum und das Funktionieren des Marktes verboten hatte – mit der Geschwindigkeit eines Heidebrands ausgehebelt wurde.

Nur ein einziges Mal war ich zwischendurch für eine Woche nach Hause geflogen. Ich hatte Stunden in Haarlemer und Amsterdamer Geschäften verbracht, um die Dinge einzukaufen, die mir meine russischen Bekannten aufgetragen hatten: die üblichen

Medikamente, Kaffee, Tee, Unterwäsche, Jeans, Videokassetten, Tampons, Zahnpasta, Blusen und Kleider, Schuhe, Winterstiefel – alles mit genauen Angaben über Farbe, Form und Größe – sowie eine Espressomaschine, einen Spielecomputer, einen Laptop und ein Faxgerät, dazu kamen Dinge, die ich selbst brauchte – Lakritz, Käse, Kondome –, weiter möglichst viele Flaschen Johnnie Walker (Black Label), in letzter Minute auf Schiphol gekauft: Sie öffneten in dem Land, in dem ich meine Zuflucht gesucht hatte, fast alle Türen, selbst die von Straflagern und Gefängniszellen.

Drei Monate nach dem Aufstand in Tiflis brach in Sibirien ein »Seifenaufruhr« aus, bald auch anderswo im Land. Das Heer der Bergleute, arme Schlucker, die mit kaputten Lungen wie menschliche Maulwürfe durch die Steinkohleflöze krochen, um die Kohle unter Lebensgefahr mit ihren Spitzhacken abzuhauen, kriegten – wenn sie wieder ausgefahren waren – nicht einmal mehr Seife, um sich den Dreck von ihren rissigen Händen, aus den Poren und den oft durch Bindehautentzündung und Star angegriffenen Augen zu waschen. Auf meiner letzten Reise nach Nowosibirsk hatte ich verzweifelte Kumpel mitten auf einem glutheißen Platz sitzen sehen, wie sie mit ihren Helmen auf den in der heißen sibirischen Sommersonne fast schmelzenden Asphalt schlugen. Sie waren mit Bummelzügen in die Stadt gefahren, um die zuständige Obrigkeit zu zwingen, für ihre Familien Seife, aber auch zusätzliche Brotrationen, Würstchen und andere Lebensmittel rauszurücken. Das sowjetische Kartenhaus stand am Rande des Zusammenbruchs – das spürte man, das war zu riechen. Menschen am Vorabend einer Katastrophe sind die ersten, bei denen die tierischen Instinkte wieder zum Leben erwachen. Jedes Mal war ich überglücklich, wenn ich von einer Reise nach Moskau zurückgekehrt war, wieder in meinem *Intourist*-Zimmer auf der Gorkistraße mit der Kellerbar und den vertrauten Huren saß. Als er seinerseits Anfang Oktober von einer Reise nach Sibirien zurückgekommen war, sagte Foppmans: »Wir müssen jetzt mal ernsthaft miteinander reden.«

Mein Partner nahm mich ein weiteres Mal in ein Badehaus mit. Diesmal nicht in einen Laden irgendwo in einem abgelegenen Außenbezirk, sondern in die Erste-Klasse-Abteilung der Sanduny-

Banja nahe des Kusnezki Most. Der superben Location mit ihrem Eingang wie ein venezianischer Palazzo, den Holzbänken im zentralen, mit Saffianleder ausgekleideten Ruheraum, den tatarischen Bediensteten, die einem die Badelatschen anreichten, dazu Badelaken, in die man sich einhüllen konnte wie ein römischer Senator, um in einem der Alkoven hinter den Vorhängen Bier, Wodka, Tee und heiße Shrimps angeboten zu bekommen, dem Schwitzen in der Höllenecke, wo die Temperatur, wenn gerade frisches Wasser über den Steinofen geschüttet wurde, bis zu neunzig Grad erreichen kann, den Männern, die einander auf den abgestuften Holzbänken gegenseitig mit nassen Reisigbündeln prügelten, den mittelalterlich anmutenden weißen Filzmützen auf ihren feuerroten Köpfen, den kalten Planschbecken zum Ende eines jeden Saunaganges, den Tischen aus glattem Granit, auf denen die Masseure mit Muskelbündeln wie Gladiatoren den gekochten Körpern zu Leibe rücken, habe ich später – in meinen Erzählungen und Romanen – einige Zeilen gewidmet. Doch damals, an jenem Herbsttag 1989, saß ich zum ersten Mal dort und schaute mir die Augen aus nach den nackten, oft tätowierten Körpern um mich herum, die meisten auffällig drahtig, nur wenige mit Bauch. Ganze Rümpfe, Oberschenkel, Arme und sogar Köpfe waren in Ikonen verwandelt worden – Mütter Gottes mit Kind, Kathedralen mit zwiebelförmigen Kuppeln, Totenköpfe, feuerspeiende Drachen, Porträts von Lenin, Stalin und sich in wollüstigen Posen räkelnde halbnackte Frauen, Dollarzeichen, Schwerter, Messer, Sterne.

Einige der Kerle nickten Foppmans von Weitem mit einem Blick des Erkennens zu, anderen schüttelte er locker die Hand, fiel ihnen in die Arme, küsste sie sogar. Er hatte mich in voller Absicht an diesem Dienstagnachmittag mitgenommen – das war eine Zeit, in der die Banja traditionell von ehemaligen Gefängnisinsassen besucht wurde, von Betrügern, kleinen und großen Kriminellen, Mitgliedern der Sowjetmafia, die sich wegen des neuen Windes, der über das Land fegte, nicht länger verstecken mussten und sich in ihren frisch angeschafften gebrauchten Mercedeskutschen mit erschütternd arroganter Selbstherrlichkeit aufspielten. Die Tataren flogen förmlich um sie herum, verbeugten sich wie Klappmesser, wurden angeschnauzt, wenn der Service nicht schnell genug kam, wurden dann wieder mit Trinkgeld überschüttet, schmuddeligen Rubelscheinen, die schnell in den tiefen Seitentaschen ihrer weit fallenden grauen Hosen verschwanden. Foppmans hatte gelernt, die Tätowierungen zu lesen; er kannte die symbolische Bedeutung der meisten Abbildungen, die in Zellen, Lagerbaracken und Gott weiß wo mit speziell umgebauten Rasierapparaten gemacht worden waren, die Pigmentmischung bestand aus Urin und verkohltem Gummi. Er wusste genau zu sagen, wie lange und wofür jemand gesessen und welche Position er in der Knasthierarchie bekleidet hatte. Der doppelköpfige Adler, den viele trugen, war Ausdruck gänzlicher Verachtung für die Sowjetunion. Eine Rose auf einer Brust gab darüber Auskunft, dass der Träger in der Zelle achtzehn geworden war; eine Fliege um den Hals mit Dollarzeichen bedeutete eine Verurteilung wegen Diebstahls von Staatseigentum; ein Messer durch den Hals, dass der Träger einen Mitgefangenen ermordet hatte und bereit war, das im Auftrag auch wieder zu tun.

Nach zwei Aufgüssen hatten wir uns die klammen Tücher um den Leib geschlungen, richteten uns in einer Nische ein und ließen uns von einem dürren Tataren zwei große Pullen Bier bringen. Foppmans sagte, ich sähe ziemlich deprimiert aus. Ich begann, seine Bemerkung ignorierend, oder besser gesagt: ihr ausweichend, zu berichten, dass ich ein paar Wochen zuvor einer neuen Kassentante vom Bolschoi dreißig Karten für *Schwanensee* aus der Tasche geleiert hatte, im Tausch für einen Atari-Spielecomputer aus Amsterdam. Die Kiste hatte mich keine zweihundert Gulden gekostet; die Tickets hatten mir mehr als zwölfhundert Dollar gebracht. Ich hatte mich gut entwickelt. Aber immer mehr kleine Schacherer begannen, uns ins Gehege zu kommen.

»Die Party ist bald vorbei ...« Nachdem Foppmans einen Schluck Bier genommen hatte, kräuselten sich seine kindlich dicken Lippen auf fast burleske Weise. »Das heißt, wir stehen am Vorabend von etwas ganz Neuem. In Nowosibirsk habe ich zwei interessante Kerle getroffen, Gelehrte, Mitglieder der Akademie der Wissenschaften ...«

Wir müssten, fuhr mein Partner fort, uns so schnell wie möglich selbst etwas aufbauen. Wer habe denn die richtigen Kontakte und das Know-how, um in diesem ganzen Wirrwarr der neuen Kooperativen, die entstanden waren, Hotelkapazitäten einzukaufen? In Moskau seien wir praktisch die Einäugigen unter den Blinden. Aber unser heutiger Job sei Peanuts, ein Kinderspiel. Er sei nun bereits über dreißig. Die Zeit beginne zu drängen. Neben der Reisebranche liege unsere Zukunft vor allem im Import; dort sei das große Geld zu verdienen, das sei das Glück, das uns lache. Vorläufig würden wir noch weitermachen wie bisher. Doch von nun an sollten wir uns auf den Aufbau einer Infrastruktur konzentrieren. Er würde uns drei Monate geben, bis zum neuen Jahr. Dann müsste alles mehr oder weniger auf sicheren Füßen stehen. »Was ist denn mit dir los? Ah, ich verstehe schon: Der Herr ist verliebt! Aufgefressen von Hormonen und Serotonin ... Also, raus mit der Sprache! Wer ist es?«

Ich wurde rot, fühlte mich ertappt, hielt aber den Mund.

Drei Wochen zuvor hatte ich tatsächlich jemanden kennengelernt. Während einer Reise, die ich mit einer Gruppe Leidener Kunsthistoriker über den Archipel jahrhundertealter Städte rund um Moskau wie Sagorsk, Wladimir, Susdal und Kostroma unternommen hatte. Eine Brünette aus Leningrad. Sie war Deutschlehrerin an einem Lyzeum nahe der Eremitage und arbeitete gelegentlich als Reiseführerin, um ihr mageres, mehr als nur mageres Einkommen von hundertzwanzig Rubeln im Monat aufzubessern – ein Betrag, für den man in der Valutabar des Hotels, in dem ich wohnte, keine drei Bier kaufen konnte. Die Organisation, bei der sie angestellt war, hatte sie unserer Gruppe zugeteilt. Sie bekam ein Zugticket zweiter Klasse von Leningrad nach Moskau, wo der Bus bereitstand, um die Gesellschaft zehn Tage lang durch den sogenannten »Goldenen Ring« zu führen – im Sommer mit arkadischen Dekors von Klöstern, ungezählten zwiebelförmigen Kirchenkuppeln und Kaufmannshäusern mit Gänsen, Kirschbäumen und Bienengesumm, im Winter alles märchenhaft von Schnee bedeckt.

Deutsch war für die Kunsthistoriker aus meinem Vaterland zum Glück kein Problem. Innerhalb von zwei Tagen hatte sie alle mit ihrer dunklen, eleganten Erscheinung und ihrem unerschöpflichen Wissen über die Geschichte und Architektur der von uns besuchten Orte bezaubert.

Jeden Morgen stand die Sonne am strahlend blauen Himmel. Tagsüber stieg die Temperatur auf über 25 Grad. Alle genossen den Altweibersommer in vollen Zügen, doch die Septembernächte waren schon kalt. In Sagorsk, dem Zentrum der russisch-orthodoxen Kirche, die allmählich aus ihrem kommunistischen Winterschlaf erwacht war und wo wir unsere erste gemeinsame Nacht verbrachten, hatte mich bereits die Verzweiflung gepackt. Die Anwesenheit der zartgliedrigen Russin mit ihren graugrünen Augen hatte mich von der ersten Minute an bezaubert. Aber der Ehering, der an ihrer linken Hand funkelte, als sie mit balletthafter Grazie gestikulierend vor einem Bild, einer Ikone oder einer Skulptur stand und erklärte, hatte bei mir sofort alle Hoffnung im Keime erstickt.

Die ganze Nation war ein Opfer der Lesewut. Überall im Land roch es nach billiger Druckerschwärze von Flugblättern und Zeitungen, die beim Lesen über die jüngsten stürmischen politischen Entwicklungen in Moskau schwarze Finger machten. Auch hier in der Provinz, wo die Landbevölkerung, die größtenteils noch in Staatsbetrieben arbeitete, jeden Tag mehr mit der menschenunwürdigen Lebensmittelknappheit, dem totalen Zusammenbruch der Infrastruktur, dem sozialen und wirtschaftlichen Abstieg zu kämpfen hatte. In der Hotellobby versammelten sich Reinigungskräfte, Servicemitarbeiter, Portiers und aus der Küche ausgebüxte Köche rund um den Schwarz-Weiß-Fernseher, um die Berichte aus der Hauptstadt zu verfolgen. In ihren Augen spiegelte sich Bestürzung, Unglaube und Hoffnung.

Doch im Gegensatz zu Millionen ihrer Landsleute schien sich unsere Führerin kaum für Politik zu interessieren. Als die Kunsthistoriker nach dem dürftigen Abendessen, das fast immer aus Schweinefleisch, Huhn und Püree bestand, in der Hotelbar voller einheimischer Mafiosi und lasziver Huren, die bei Russen auf Dienstreise reißenden Absatz fanden, noch einen Drink nehmen wollten, zog sie sich sofort mit einem Buch auf ihr Zimmer zurück. Während der gemeinsamen Mahlzeiten schloss sie sich immer jemand anderem in der Gruppe an, nie mir. Sie war zwar freundlich zu mir, gleichzeitig aber auch distanziert und förmlich.

Am vierten Tag kamen wir in Kostroma an. Nach dem Mittagessen begaben wir uns unter der sengenden Mittagssonne vom Hotel zum Ipatios-Kloster, das an genau der Stelle errichtet worden war, wo der nach der Stadt getaufte Fluss in die Wolga mündet. Lerchen führten überall ihre Luftakrobatik vor. In einigen Teilen der ehemaligen Handelsstadt war das ursprüngliche Holzpflaster auf wundersame Weise erhalten geblieben. Unterwegs machte Julia Halt bei einem Feuerwehrturm aus dem 19. Jahrhundert, ein Meisterwerk mit einem Säulengang, der jedoch so verfallen war, dass die roten Ziegel überall aus dem gelben Putz hervorschauten. Sie erklärte, auf welche Weise die Stadt, historisch gesehen, eng mit ihrem Geburtsort verbunden war. Im Frühjahr 1913, nach einer Orgie an Feierlichkeiten, bei denen der Newski-Prospekt die Kulisse für zahlreiche prunkvolle Festlichkeiten abgegeben hatte, wo das GOTT SCHÜTZE DEN ZAREN mit bunten Lichterketten über den Straßen hing, der Adel sich bei pompösen Bällen verlustierte, während die Armen mit Geschenken und kostenlosen Mahlzeiten aus der Suppenküche abgespeist wurden – das Band zwischen dem Zaren und seinem Volk schien fest wie nie und die Revolution unvorstellbarer als je zuvor – hatten sich Zar Nikolaus II. und seine Frau Alexandra auf Wallfahrt von Sankt Petersburg nach Kostroma begeben, um der Tatsache zu gedenken, dass die kaiserliche Dynastie dreihundert Jahre zuvor mit der Krönung Michail Romanows zum ersten Zaren im Kloster Ipatios begründet worden war. Die Wiege der Romanows, die vier Jahre später untergehen sollten, stand hier.

Nach ihrem üblichen Wasserfall an Details über die Fresken, die uns umgaben, hatte sie mir in einem Korridor des jahrhundertealten Klosters zum ersten Mal einen ganz speziellen Blick zugeworfen.

An diesem Abend klopfte ich um neun Uhr an die Tür ihres Zimmers. Es wurde nicht geöffnet. Ich klopfte noch ein paar Mal. Vergeblich. Dann war ich nach draußen gegangen. Ich hatte mir eine Zigarette angezündet und begann, unter dem absurden Sternenhimmel im Park um das Hotel herumzustreifen. Ich fand Julia mit einem schwarzen Tuch über den Schultern auf einer Bank.

»Warum hast du gerade bei mir geklopft?«, fragte sie.

Ich fragte mit bis zum Halse pochendem Herzen, woher sie das denn wüsste.

»Ich weiß es einfach ...« Mit waidwundem Rehblick sah Julia zu mir auf. Sie forderte mich auf, neben ihr Platz zu nehmen, griff meine Hand, drückte sie, sagte, dass sie alles wisse, sich aber die ganze Zeit nichts habe anmerken lassen, einfach, weil es nicht ginge.

»Du bist verheiratet«, sagte ich.

»Woher weißt du das?«

Ich deutete mit einer Kopfbewegung auf den Ring an ihrem Finger.

Doch das war es nicht, das heißt, das war es nicht allein. Oh, es sei alles so morsch, so verwirrend und hoffnungslos, schluchzte Julia. Sie hasste dieses Land: noch immer das größte Gefängnis der Welt. Sie hasste ihr Leben, diese totale Hoffnungslosigkeit, denn wenn die Schurken, die jetzt die Macht hätten, vertrieben wären, würden nur immer andere Schufte sie ersetzen, davon sei sie überzeugt, und nach denen wieder die nächsten. Nie würde es in diesem Land normal laufen. Plötzlich ließ sie meine Hand los, sah mich verzweifelt mit ihren weit aufgerissenen, verheulten Augen an und sagte: »Geh weg von mir, verstehst du? Ich bringe dir Unglück. Geh weg von mir!«

Sechs Tage später war sie von Moskau wieder mit dem Zug zweiter Klasse nach Leningrad gefahren. Die Gesellschaft der Kunsthistoriker hatte ihr zum Ende der Reise einen Umschlag von dreißig Gulden überreicht – anderthalb Gulden pro Nase für zehn Tage. Aber für so ein Mädchen sei das natürlich ein Vermögen, hatte die Leidener Dame, die mit ihrer affektierten Stimme die Dankesrede im Bus gehalten hatte, mir anvertraut.

Telefon hatte sie zu Hause nicht. Doch als wir uns am Bahnhof verabschiedeten, drückte sie mir einen Zettel mit ihrer Adresse in die Hand.

»Besuchst du mich bald mal?«, fragte sie.
Ich nickte feierlich.

Am nächsten Tag schon war ich ihr hinterhergefahren, nutzte die halbe Woche, die ich bis zu meiner nächsten Reise frei hatte. Mein ganzes Wesen war erfüllt von der Nacht, die ich schließlich mit ihr verbracht hatte, in einem der Holzhäuser auf dem Gelände innerhalb der weißgekalkten hohen Mauern eines mittelalterlichen Klosters in Susdal, das als Touristenherberge eingerichtet war. Um fünf Uhr morgens wurden wir von leisem Glockenläuten geweckt: Die Nonnen, die in spärlicher Anzahl in die Abtei zurückgekehrt waren, wurden zum Morgengebet gerufen.

Die Armut, in der ich Julia vorfand, traf mich wie ein Hammerschlag. Sie lebte in einer Kommunalka auf der Wassiljewski-Insel – ein Schlauch von zehn Quadratmetern, zweieinhalb mal vier, mit einem einzigen doppelt verglasten Fenster, das auf einen Innenhof in Gestalt eines Müllabwurfschachtes blickte und wo Tageslicht kaum eindringen konnte. Die Ratten, die dort in aller Gemütsruhe herumkrochen, ließen ihre fetten Körper von den Dachrinnen auf die Zinkmülltonnen fallen, sie kämpften miteinander und pfiffen laut. Julia lebte in einer bunten Mischung an Mobiliar. An einer Wand stand ein antikes Büffet mit allen möglichen Schubladen und schönen Scheiben mit Facettenschliff. Direkt daneben ein schwarz lackiertes Klavier mit Kratzern und Dellen, Marke Odessa. Mit gleichfalls schwarzem Filzstift stand auf der rotgestreiften Tapete auf Deutsch darüber geschrieben: *Ich bin frei!* Ansonsten war das Zimmer vollgestopft mit Büchern, Büchern und nochmals Büchern. Die gesammelten Werke von Flaubert, Stendhal und Maupassant in russischer Sprache standen brüderlich neben in braunes Leder gebundenen deutschen Ausgaben von Goethe, Schiller und Thomas Mann. Ein ganzes Regalbrett war mit Wörterbüchern in fast allen Sprachen des alten Europas gefüllt. Für einen Tisch oder Stühle war kein Platz. Der zentrale Platz war eine mit einer Pferdedecke überzogene Sitzbank, die ausgeklappt als Bett diente. Vom Flur her hörte man ununterbrochen Schritte, Murmeln, Fluchen, Geschrei, Husten oder Niesen, zudem zog permanent ein ekelhafter Gestank unter der lose in den Pfosten schlackernden Tür hindurch, eine Mischung aus Essensgerüchen, Toilettenmief, Knoblauch und Schweiß, stickigen, muffigen Ausdünstungen eines alten, feuchten Gebäudes, sowie Gasgeruch, der aus der Gemeinschaftsküche drang, weil die sechs klapprigen, wie Lepröse mit dicken Krusten überwucherten Herde ständig undicht waren, und dieser ganze Wahnsinn wurde ergänzt von bergeweise Töpfen und Pfannen, einer seit ewig und drei Tagen nicht geputzten Spüle voller Fett und Angebranntem, einem Suppenteller mit Zigarettenstummeln auf dem Fenstersims (es war der einzige Ort, an dem geraucht werden durfte) sowie einer Batterie an Kühl- und Vorratsschränken, die mit Drohbriefen folgender Art vollgehängt waren: »Finger weg von meiner Milch!«, »Das Mehl in dieser Dose ist abgewogen!«, und von »Ich töte dich, wenn du meinen Zucker anrührst!« komplettiert wurde.

In der ersten Nacht, die ich bei Julia verbrachte, hatte ich voller Ekel das Gemeinschaftsbad betreten, in dem die weiße Emaillewanne durch das rostige Wasser fast vollständig braun geworden war, Wäsche an unzähligen Leinen zum Trocknen hing, Kakerlaken in allen Ritzen hausten und sowohl die Wände als auch die Decke mit feuchten Flecken, Farbbläschen und orangefarbenem Schimmel eine Landschaft wie nach einem Atomunfall bildeten. Ich putzte mir die Zähne mit Quellwasser, das ich in einer Flasche mitgebracht hatte, atmete durch die Nase, versuchte, so wenig wie möglich anzufassen, als gegen die Tür gewummert wurde und ein Mann mit verrauchter Stimme brüllte, dass ich – verdammte Scheiße! – abhauen solle, er wüsste, dass ich Ausländer sei und nicht von hier käme, dass er vielleicht besser daran täte, die Miliz zu holen, denn das hier sei kein Bordell, und schrie dann, ich solle mich verpissen, weil er jetzt dringend mal schiffen müsse.

Sechzehn Bewohner teilten sich im Bad die einzige Toilette ohne Brille und mit einem Schwimmer, der chronisch kaputt war.

Als ich zurückkam, war die Sitzbank mit der Pferdedecke aufgeklappt, und Julia war dabei, das Bett frisch zu beziehen. Sie sagte mit heiserer Stimme: »Ich schäme mich so. Ich wollte das Bad gründlich saubermachen, aber da haben sie mich als Miststück beschimpft: ›Du glaubst wohl, du bist was Besseres? Du mit deinem Klavier und deinen Büchern!‹«

Seit dem Moment, an dem ich sie zum ersten Mal sah, war es, als würde ich sie schon mein ganzes Leben lang kennen, als hätten wir all die Jahre in einer Art benachbartem Paralleluniversum verbracht, und nun wäre es durch eine geheimnisvolle, zauberhafte Osmose von Zeit und Ort endlich so weit gekommen, dass wir zueinander geführt worden waren. Meine bisherigen Streifzüge über den Erdball hatten unvermeidlich in unserer Begegnung gemündet. Natürlich war ich mir der Tatsache bewusst, dass dieses Gefühl ein Hirngespinst war, doch alsbald stellte sich heraus, dass Julia es genauso empfand wie ich.

»Wo ist dein Mann?« Als ich zum ersten Mal ihre Bude betrat, wo ein Wasserkocher mit zwei blauen Tassen auf dem Klavier bereitstand, beschloss ich, die Frage lieber gleich zu stellen.

»Tot«, hatte Julia geantwortet.

Das letzte Jahr hatte sie getrennt von ihm gelebt. Sie hatten viel zu jung geheiratet, alles war viel zu schnell gegangen. Sie passten nicht zueinander, wollten sich scheiden lassen. In jenem Winter war er mit einer Gruppe Bergsteiger ins Pamirgebirge an der Grenze zu Afghanistan aufgebrochen, wo die gesamte Expedition von zwölf Mann verunglückt war. Keine der Leichen war je gefunden worden.

»Also bist du Witwe?«

»Es fühlt sich an, als wäre es nicht mir, sondern jemand anderem passiert.« Julia faltete seufzend einen Kissenbezug auseinander, er war so fest gestärkt, dass es knackte. »Komm mal her! Was riechst du immer so gut!«

Wieder in Moskau und mit den Vorbereitungen auf die nächste Reise beschäftigt, fühlte ich mich, als hätte man mir etwas amputiert. Ich kam mir völlig verloren vor. Die Vorstellung, dass meine Geliebte in Leningrad allein in dieser elenden Höhle saß und oft von früh bis spät an dieser Schule für ein Monatsgehalt arbeitete, von dem man auf dem Schwarzmarkt nicht mal eine Jeans bezahlen konnte, quälte mich. Wieder packte mich das Verlangen, die

UdSSR endgültig zu verlassen, Julia mitzunehmen, zu retten, obwohl ich keinen blassen Schimmer hatte, wie. Gleichzeitig saß mir Foppmans mit seinen Plänen im Nacken: Innerhalb von drei Monaten sollten wir selbständig sein. Und ob ich nicht einmal über den rechtlichen Rahmen nachdenken könnte? Ich hätte in Amsterdam schließlich Jura studiert, oder? Ich sei doch Jurist?

Bereits eine Woche später war alles anders.

Ich befand mich zur rechten Zeit am rechten Ort. Die tektonischen Platten unter dem Sowjetimperium bewegten sich zumindest für diejenigen, die es hören wollten, mit einem hohen Quietschton wie das gestaute Eis auf der Newa, wenn sich die Schollen im Frühjahr gegeneinander schieben und vom strömenden Wasser zum Finnischen Golf getragen werden. Ich hatte die Fährte des Reichtums aufgenommen. Oh ja, ich könnte Millionär sein, unabhängig für den Rest meines Lebens, ohne finanzielle Sorgen, um mich ausschließlich der Literatur zu widmen. Ich wäre nie wieder gezwungen, ein Buch zu schreiben, wie ich es jetzt tue, um eine Schuld abzutragen, diese jämmerlichen zehn Mille, die ich meiner Verlegerin vor einigen Monaten als Vorschuss für die Segeljacht meines Schwagers aus dem Kreuz geleiert hatte, obwohl ich doch gerade das Schreiben ganz aufgeben wollte.

Einen Tag nach meiner Rückkehr aus Leningrad traf eine Gruppe einheimischer Hoteliers aus Den Haag, Wassenaar und Noordwijk in Moskau ein. Zweimal im Jahr unternahmen sie einen gemeinsamen Ausflug. In den fünfzehn Jahren zuvor hatten sie fast das gesamte Erdenrund bereist, bis der Sekretär des Clubs aus Jux die Sowjetunion als nächstes Ziel vorgeschlagen hatte, das Land, über das in letzter Zeit so viel geredet wurde mit seiner neuen Offenheit und den Reformen. Die Mehrheit hatte zunächst protestiert – was sollten sie denn in diesem kommunistischen Gruselland? –, doch der Sekretär hatte sich durchgesetzt, sich informiert und eine Reise von sechs Tagen – drei Tage Moskau, drei Tage Leningrad – bei der Organisation, deren vorgeschobene Posten im Sowjetimperium Foppmans und ich waren, gebucht – mit der Zusatzbemerkung, dass Geld keine Rolle spiele, dass am Essen nicht gespart werden solle, und dass man nur in den allerbesten Hotels zu nächtigen gedenke. In Moskau wurde es das *Metropol.* Da Teile sowohl des *Astoria* als auch des *Europa* wegen Restaurierungsarbeiten nicht zur Verfügung standen, wurden sie in Leningrad im Hotel *Moskwa* untergebracht, einem architektonischen Ungeheuer aus den Siebzigerjahren an der Spitze des Alten Newski-Prospekts, einer Touristenfabrik, in dem sich eines der ersten illegalen Kasinos eingerichtet hatte; Lackaffen bevölkerten das Foyer, und es hatte auch schon die ersten Liquidationen in Unterweltkreisen gegeben, dennoch galt das Hotel als das drittbeste der Stadt.

Ich fuhr zum Flughafen, um die Gruppe in Empfang zu nehmen, Foppmans war unterdes nach Nowosibirsk geflogen – auf Kosten der beiden Mitglieder der Akademie der Wissenschaften, die er vor Kurzem kennengelernt hatte und die ihm nun sehr konkrete Vorschläge für die zukünftige Zusammenarbeit unterbreitet hatten. Ich erinnere mich lebhaft daran, wie die zwanzig Hoteliers, hauptsächlich Ehepaare, mit ein paar anderen Reisenden in der Halle auf mich zukamen, sie schleppten eine Unmenge an Koffern hinter sich her, als wären sie auf Weltreise. Obwohl der Altweibersommer gerade vorbei war, der erste Schnee noch mindestens anderthalb Monate auf sich warten lassen würde und die Bäume der Moskauer Boulevards in ihrem Brokat- und Rubinschmuck förmlich glühten, traten sie in warmen Pelzmänteln auf die Straße. Am nächsten Tag, inzwischen belehrt über die klimatologische Fehleinschätzung, hatten sie Kamelhaar- gegen Kaschmirmäntel getauscht. Die Damen waren mit Juwelen behängt, die Herren trugen auffällige Uhren – alles balancierte am Rande des schlechten Geschmacks.

Ich hatte das Willkommensdinner im Speisesaal des *Metropol* organisiert, unter der gläsernen Jugendstildecke, neben dem plätschernden Springbrunnen: ein Ort, der später auch in meinen Romanen und Geschichten eine Rolle spielen sollte. Nachdem Krimsekt und schwarzer Kaviar in Zweihundert-Gramm-Schalen aufgefahren wurden – Dinge, die es offiziell gar nicht gab, die aber, weil ich den Verwalter mit hundert Dollar geschmiert hatte, in unbegrenzter Menge geliefert worden waren –, verriet ich der Gesellschaft, dass ich aus einer Hotelierfamilie kam, dass ich sogar in einem Hotel aufgewachsen war, woraufhin ich sofort als einer der ihren akzeptiert wurde. Wieder in meinem Zimmer im *Intourist*, nach einem Spaziergang durch Nieselregen vorbei an Demonstranten, die sich bei der Granitbüste von Marx auf dem Platz vor dem *Metropol* versammelt hatten und sich gegen die kommunistische Junta im Kreml, die noch immer nicht bereit war, ihre Alleinherrschaft abzugeben, die Kehlen heiser schrien, verspürte ich mit einem Mal Gewissensbisse. Mein Vater lag in diesem Moment im Krankenhaus und unterzog sich zum zweiten Mal einer Chemotherapie. An jenem Morgen hatte ich meine Mutter angerufen, die mir, optimistisch wie immer, versichert hatte, dass alles gut ausgehen würde.

Die Gesellschaft bestand zwar hauptsächlich aus Hoteliers, doch im Gegensatz zu meinen Eltern, die ihr Leben lang von früh morgens bis spät in die Nacht geschuftet hatten, meinem Vater, der am Herd stand oder in seinem Büro im Lagerhaus an einem Tischchen saß und die Buchhaltung erledigte, meiner Mutter, die Essen servierte, Teller spülte, Laken wechselte und sich in der Zwischenzeit um meine beiden Brüder und mich kümmerte – bis wir selbst alt genug waren, um in dem zum Untergang verurteilten Laden mitzuhelfen, was ich bis zu meinem letzten Studienjahr getan habe –, war das hier eine Art Hoteladel. Die sorgfältig manikürten Hände und sonnengebräunten Leiber sowohl der Damen als auch der Herren zeugten davon, dass sie in den vergangenen Jahrzehnten keine schmutzige Tasse berührt, keinen hölzernen Lattenrost hinter der Bar gescheuert oder auch nur einen Kopfkissenbezug gewechselt hatten. Sie waren Investoren, Immobilienmillionäre, die außer in den Niederlanden Hotels in Frankreich, Italien und der Schweiz besaßen, wo einige ihrer Kinder auf der Hotelfachschule in Lausanne studierten, und die über ihr Personal sprachen wie dazumal der russische Landadel über seine Leibeigenen. Löhne und Sozialabgaben für die Rezeptionisten, Köche, Kellner und das Zimmerpersonal seien in den letzten Jahren allzu sehr gestiegen. An allem seien die Sozialisten schuld.

Von der ersten Minute an war es bei den Hoteliers wie bei einem Schulausflug zugegangen. Die allgemeine Albernheit wurde ständig befeuert – mit neuen Witzen, schlagfertigen Bemerkungen, manchmal mit einem einzigen Wort, das offenbar auf ein früheres gemeinsames Erlebnis anspielte und bei der Gesellschaft für regelrechte Lachanfälle sorgte. Mit Taschentüchern, den Ärmeln der Tweedjacken oder einfach mit dem Finger wischten sie am nächsten Tag Gucklöcher in die beschlagenen Busfenster und blickten neugierig durch diese Bullaugen nach draußen. Ausnahmslos alles wurde kommentiert: die Gebäude, das Grau der im Nieselregen unwirtlich glänzenden Straßen. Noch nie hätten sie eine so potthässliche Stadt gesehen. Als wir an einem baufälligen Haus vorbeifuhren, auf dessen Fassade der Schriftzug *produkti* (»Lebensmittel«) prangte und vor dem Hunderte überwiegend ältere Männer und Frauen in formlosen, auberginefarbenen und tabakbraunen Regenmänteln, wie sie in diesen späten Sowjetjahren jeder trug, geduldig warteten, setzte höhnisches Gelächter ein. Die riesigen Schlangen verzweifelter Leute vor den Geschäften, wie Arbeitslose vor den Stempelstellen, die an die Krisenjahre kurz vor dem Zweiten Weltkrieg gemahnten, dienten ebenso wie die Schwärme von Bettlern an den Treppen der Metrostationen als Quelle der Erheiterung. Ich dachte an Julia, wie selig sie mit einer Dose löslichen Kaffees und einer Packung französischer Pralinen aus dem Valutaladen gewesen war, die ich für sie mitgebracht hatte. Die Hoteliers begannen, über die Menschen ihrer Umgebung zu reden, als wären es Tiere. Anfangs konnte ich mich noch beherrschen, aber irgendwann hielt ich es nicht mehr aus, kämpfte mich im Bus nach vorn, nahm der staatlichen Führerin – einer Russin mittleren Alters, die wie auf Autopilot die üblichen Jahreszahlen, Produktionsziffern und kommunistischen Helden herunterleierte – das Mikrofon aus der Hand und erzählte, was im Land los war, berichtete von meinen vielen Reisen durch die UdSSR, die ich in den letzten anderthalb Jahren unternommen hatte, von dem Feuer, das hier zwar gerade nur noch schwelte, eines Tages aber in einen lodernden Brand umschlagen konnte, dessen sengende Hitze früher oder später – auch wenn es ein Vierteljahrhundert, ein halbes Jahrhundert dauern mochte – in Westeuropa und im Rest der Welt unwiderruflich spürbar werden würde.

Zwei Tage später, als wir den Nachtzug nach Leningrad bestiegen, waren alle vom frühen Abendessen im *Metropol* ziemlich angeheitert. Die Koffer quollen über von Souvenirs – Zobelmützen, Beluga-Kaviar in blauen Kilodosen, antike und sowjetische Uhren, zaristische Töpferwaren, sogar Goldklümpchen. Man führte mir die Trophäen vor und nannte den Betrag, der dafür bezahlt worden war, und dann folgte unweigerlich die Frage, ob das nicht zu viel gewesen sei. Ich antwortete, dass sie alles zum Schnäppchenpreis bekommen hätten, was meistens stimmte. Sehr wenig macht einen Menschen mit Alkohol im Blut so glücklich wie die Gewissheit, ein gutes Geschäft abgeschlossen zu haben. Ich teilte mein Zweipersonenabteil mit einem hübschen blonden Kerl Ende dreißig aus Den Haag. Als Ökonom, Organisationsexperte und Unternehmensberater hatte er im vergangenen Jahr einer Reihe von Hoteliers erfolgreich zu einer effizienteren Betriebsführung verholfen und war als Zeichen der Anerkennung zur Reise mit eingeladen worden. Auch den Rest der Hotelbesitzer hatte er inzwischen unter Vertrag, um die Geschäfte den neuen Gegebenheiten anzupassen. Kosteneinsparungen und billiges Personal afrikanischer Herkunft waren dabei die Zauberworte. Wir tranken armenischen Kognak auf unseren Pritschen, und während die Nacht vorbeizog, kam der Berater auf meine Erörterungen von vor zwei Tagen im Bus zurück. Er drückte sein Erstaunen darüber aus, dass ein Hochschulabsolvent wie ich seinen Lebensunterhalt mit einer so armseligen Tätigkeit verdiente.

»Du bist doch Jurist?«

Ich bestätigte das.

»Noch keine dreißig, spricht fließend Russisch, hat fertig studiert, und außerdem noch Jura. Mann, was machst du eigentlich? Du sitzt hier auf einem verdammten goldenen Ei! Und ich werde dir helfen, es auszubrüten!«

Er machte mir ein Angebot. Es war so verlockend, dass ich sofort nach meiner Ankunft Foppmans in Nowosibirsk anrief. Diesen Kerl solle ich mir warmhalten, legte er mir ans Herz. Wenn wir die Sache gründlich angehen wollten, müssten wir neben einem Büro in Moskau auch eine Filiale in den Niederlanden haben. Es war genau das, was der Organisationsspezialist, Baldwin Borger hieß er, vorgeschlagen hatte.

Drei Tage nachdem ich das Hotelierkollektiv zum Leningrader Flughafen gebracht hatte, flog ich nach Holland, um endlich meinen Vater zu besuchen, der zwei Wochen zuvor operiert worden war.

Zum ersten Mal seit einem halben Jahr lief ich durch die zugigen Straßen meiner Jugend. Wieder waren alte Häuser in dem Küstendorf abgerissen worden. Man hatte nun auch die letzten Kastanien, die im Sommer das bernsteinfarbene Sonnenlicht filterten, gefällt. Das Meer tobte grau unter einem Himmel aus tintenblauen Wolken. Während ich durch die Weltgeschichte gereist war, hatte ich immer meine Klassenkameraden aus der Grundschule vor Augen gehabt, wie sie sich auf die selbstverständlichste Art und Weise durch die dahinsiechende Kulisse bewegten. Inzwischen waren sie zu Männern und Frauen herangewachsen. Sie waren Klempner, Bäcker oder Maler – wie ihre Eltern. Mindestens drei von ihnen arbeiteten bei der Post. Die meisten waren verheiratet und hatten Kinder. Aus meiner Klasse waren gerade mal zwei aufs Lyzeum in Haarlem gegangen – einer war ich selbst, der andere war inzwischen tot. Im dritten Studienjahr hatte sich der Notarssohn mit Knobelbechern an den Füßen und einem orangefarbenen Hahnenkamm auf dem Kopf, durch Drogen völlig zerstört, auf dem Dachboden die Pulsadern aufgeschnitten.

Um drei Uhr nachmittags war ich in Schiphol gelandet. Punkt sechs saß ich bei meiner Mutter am Tisch. Sie hatte mir mein Lieblingsessen zubereitet – gekochte Endivie mit mehligen Kartoffeln, Fleischbällchen in Soße, zum Nachtisch Schokoladenpudding mit einem Tüpfelchen Schlagsahne. Meine Brüder waren für zwei Tage nach Brüssel gefahren, um der angespannten Situation eine Weile zu entfliehen, sie wollten am nächsten Abend wieder nach Hause kommen. Wegen meiner Ankunft hatte meine Mutter meinen Vater ausnahmsweise nicht am Nachmittag besucht, sondern schon am frühen Morgen, kurz nach der Arztvisite. Mein Vater wusste inzwischen, dass ich wieder im Lande war. Er hatte meine Mutter nicht nur gebeten, mir die herzlichsten Grüße auszurichten, sondern auch, meinen Besuch bei ihm noch etwas aufzuschieben.

Als ich meine Mutter bei diesen Worten fragend ansah, schien alles, was meinen Körper aufrecht hielt, in mir zu zerbrechen. Hier stimmte etwas nicht. Ich starrte in das fast sechzigjährige Gesicht der Frau mit den gütigen wasserblauen Augen, die mich geboren hatte, ihre sonst auffällig tadellosen Wangen rot geädert; sie, die nie für sich selbst gelebt, sondern sich immer für andere hintangestellt hatte, der im Leben – dafür lege ich meine Hand ins Feuer – keine Lüge von den Lippen gekommen war, versuchte jetzt, irgendetwas vor mir zu verheimlichen, etwas Schlimmes, das sie aber offensichtlich kaum für sich behalten konnte.

»Willst du noch Pudding?« Sie war schon aufgestanden und ließ die Reste aus der umgekippten braunen Packung in meine Schale plumpsen.

Die drei Tage vor meiner Abreise aus Leningrad hatte ich bei Julia verbracht. Sie war verrückt nach allem, was nach Schokolade aussah. Den dicken Pudding, den meine Mutter jetzt mit der Haltung von Vermeers *Dienstmagd mit Milchkrug* aus der Packung flutschen ließ, hätte sie herrlich gefunden. Während meine Seele sich vor dem Schmerz und der stillen Verzweiflung im Blick meiner Mutter verzehrte, brandete gleichzeitig meine Verliebtheit auf, was meine Verwirrung und das Gefühl, ich würde Verrat begehen, noch heftiger machte.

»Mama, was ist mit Papa wirklich los?«

»Ach, Junge ...« Meine Mutter leckte schnell einen letzten Klecks ab, der am Ausgießer hängengeblieben war. »Soll ich dir noch Schlagsahne aus der Küche holen?«

Ich schüttelte den Kopf. Meine Mutter setzte sich und begann zu erzählen, dass die Operation erfolgreich verlaufen sei – die Bauchwunde sei schon wieder ordentlich verheilt – doch leider habe sich etwas Neues eingestellt. In Vaters Kehle habe man einen Tumor entdeckt, der gleich mit entfernt worden sei.

»In seiner Kehle?«

»Da war etwas nicht in Ordnung ...« Meine Mutter ließ ihre rissigen Finger langsam über die Tischdecke gleiten, als wollte sie alle Falten und Luftblasen glätten. »Dein Vater kann im Moment nicht sprechen ... Wir machen das alles mit einem Zettel ... Auch, dass ich dich grüßen soll ...« Nervös fasste sie in die Tasche ihrer himmelblauen Schürze, die sie selbst bei Tisch nie ablegte. »Verdammt, wo ist denn dieser Zettel geblieben? Dann hätte ich dir zeigen können ...«

Erst jetzt erfuhr ich, dass mein Vater nicht mehr in Haarlem lag, sondern neun Tage nach der Darmoperation in die Amsterdamer Universitätsklinik verlegt worden war, weil es dort die besten Halsspezialisten gab. Der Eingriff an seinem Zäpfchen war erst vor zwei Tagen erfolgt. Mein Vater durchlebte gerade eine ziemlich schwere Zeit, deshalb seine Bitte, von einem Besuch noch ein paar Tage abzusehen.

Als ich am nächsten Morgen um zehn Uhr die Empfangshalle der Uni-Klinik betrat, hatte ich mein Sprüchlein parat: Ich sei der Sohn eines Patienten, dem hier vor Kurzem geholfen worden war, wohne jedoch im Ausland und sei nur für kurze Zeit in den Niederlanden, weshalb ich mehr oder minder darum bettelte, meinen Vater besuchen zu dürfen. Man rief an. Es sei unmöglich. Als ich darauf bestand, wurde erneut angerufen, dann sagte die junge Frau hinter dem Tresen: »Okay, aber Sie müssen bis Viertel nach elf warten. Bis der Doktor mit der Visite durch ist.«

Wie vermutlich jeder Mensch hatte ich mir im Laufe der Jahre meine ganz persönlichen Vorstellungen von der Hölle gemacht. Mit dem Altersheim in dem abgelegenen Vorort von Leningrad, wo ich im Jahr zuvor Bibeln verteilt und Frau Pokrowskaja, die in Gedanken hauptsächlich im vorrevolutionären Russland lebte, einen Nachmittag in ihrem Rollstuhl mit nach draußen genommen hatte, war ich meinem persönlichen irdischen Inferno schon recht nahegekommen. Als ich dann das Zimmer betrat, in dem mein Vater lag, begriff ich, dass ich noch längst nicht alles gesehen hatte. Geschockt und mit Entsetzen spürte ich, wie das Blut aus meinem Gesicht wich und ich leichenblass wurde.

Mein Vater lag nicht im Bett, sondern saß in einem flauschigen lila-braunen Bademantel kerzengerade auf einem Metallstuhl; unten schauten seine milchweiß-blauen Waden und Füße heraus, die in Lederpantoffeln steckten. Im Zimmer waren noch andere männliche und weibliche Patienten mit unterschiedlichen Graden der Verstümmelung. Bei einem war die gesamte Unterpartie des Gesichtes chirurgisch entfernt worden, dem nächsten fehlte die Unterlippe, während der Hals eines anderen mit blutigen Binden umwickelt war. Einige hatten den wilden Blick von Tieren. Bei den meisten drückten die durch ihre Medikation geschwollenen Augenhöhlen pure Erschöpfung und Resignation aus. Ein medizinisches Kabinett mit Opfern eines Granatenangriffs in einem schmutzigen Krieg, nur dass der schmutzige Krieg der Kampf gegen den Krebs war. Bei fast ausnahmslos jedem stak eine Plastikluftröhre auf Höhe des Adamsapfels im Hals, durch die erstickte und heisere Luftströme zu vernehmen waren.

Mein Vater hatte auch so eine Pfeife. Als ich eintrat, starrte er mit seinem neunundfünfzigjährigen Kopf unverwandt nach draußen auf die in einem fahlgrünen Nebel verschwindende Autobahn Richtung Amsterdam. Die Überreste seiner kaum grau gewordenen schwarzen Locken, die schon als Junge typisch für ihn gewesen waren, weshalb er sein ganzes Leben wie ein portugiesischer Jude ausgesehen hatte – irgendwo tief in den Genen steckte das Geheimnis – waren schweißnass.

Vorsichtig drehte er sich um und lächelte traurig mit seinen tief dunklen Augen.

»Tag, Papa«, sagte ich.

Durch das Röhrchen drang ein feuchtes Rasseln.

Die Hände meines Vaters, mit denen er vierzig Jahre lang seinen Lebensunterhalt verdient hatte, zuerst als Küchenjunge auf hoher See, später am Herd (den er immer »Ofen« nannte) in seinem eigenen Laden, sanken in die Taschen seines Bademantels, von dem ich nicht einmal wusste, dass er so einen besaß. Seine Finger hatten die tastende, zitternde Unsicherheit eines Blinden.

Er holte einen Bleistiftstumpf und einen Notizblock hervor.

»Tag Junge ...« Es waren die Krakel eines Kindes.

Ich beugte mich vorsichtig über ihn und gab ihm schweigend einen sanften Kuss auf die Stirn, die glühend und schweißfeucht war.

»Wie geht es da in Russland?«, schrieb mein Vater dann.

Ich flüsterte ihm schnell zu, dass alles gut liefe.

Wieder setzte er den Bleistiftstumpf aufs Papier.

»Schön ... Und die russischen Mädchen?«

Er warf mir einen verschwörerischen Blick zu.

»Ich werde das Geschäft vielleicht mit einem Partner machen«, sagte ich dann, ohne ins Detail zu gehen. »Guck, da kommt die Sonne durch ...«

Mein Vater war wieder am Schreiben, Gefiepe und ersticktes Stöhnen drang aus der Röhre. »Denkst du an deine Mutter? Bei mir läuft alles gut, doch deine Mutter kommt nicht damit zurecht ...«

In diesem Moment begann er krampfartig zu husten, es kam tief aus den Bronchien. Sein durch die vorangegangene Darmoperation stark abgemagerter Körper bebte und zitterte so schrecklich, dass ich in Panik geriet und schon den Arzt rufen wollte, doch mein Vater machte eine abwehrende Gebärde. Anscheinend war so etwas schon früher aufgetreten, und er schien zu wissen, wie er es selbst in den Griff bekommen konnte, und so war es dann auch. Schleim war hochgekommen; mit einem Taschentuch, das in seinem Schoß lag, wischte er alles schnell ab.

»Trocken, alles ist so trocken ...«, brachte er mit einer völlig verschlissenen Stimme mühsam heraus. Er nickte zum Nachttischchen rechts von ihm. Da stand ein Glas Wasser, daneben pistaziengrüne Minischwämmchen an weißen Stäbchen, wie Kinderlollis. Er hing am Tropf, durfte auf keinen Fall etwas trinken – das hatte mir die Schwester, die mich schließlich widerwillig hereingelassen hatte, eingeschärft –, weshalb seine Lippen über seinem übel zugerichteten Hals so runzlig geworden waren wie der Nacken eines Leguans. Nachdem ich ein Schwämmchen in das Wasserglas getaucht und den Mund meines Vaters rundum angefeuchtet hatte, versuchte er, durch festes Ineinanderpressen der Lippen mit der Zunge verbotenerweise ein bisschen Feuchtigkeit zu erhaschen, während er wie ein Kind, das etwas Ungezogenes getan hatte, gleichzeitig aber unendlich dankbar zu mir aufsah.

»Was hast du eben gesagt, mit den Geschäften?« Als sein Körper wieder einigermaßen zur Ruhe gekommen war, hatte er Bleistift und Block auf seinem Schoß wieder zur Hand genommen. »Das ist schön, Junge, aber sei vorsichtig. Die Menschen auf dieser Welt sind Schweinehunde.«

Sechstes Kapitel

Nach meiner Rückkehr hatten sich die Moskauer Bürgersteige in tiefe Laufgräben zwischen Wällen zusammengeschobenen Schnees verwandelt. Es fror abscheulich, die Autoströme trieben mit perlgrauen Frostdämpfen gespenstisch vorbei.

Gott existierte, ohne jeden Zweifel. Und ich hatte ihn für brutal gehalten, für sadistisch. Nicht nur, als ich hilflos neben meinem Vater in seinem metallenen Krankenhausstuhl gestanden hatte, auch in den darauffolgenden Wochen hatte ich ihn innerlich verflucht.

Aber es war ein Wunder geschehen: Sowohl die zweite Darmoperation als auch die am Hals waren erfolgreich verlaufen. Inzwischen hatte sich eine körperliche Ausgeglichenheit eingestellt, die Ärzte erwarteten eine vollständige Genesung. Als ich das aus dem Mund meines Vaters vernahm, nachdem ich anderthalb Stunden auf die Verbindung mit den Niederlanden gewartet hatte, verflüchtigte sich der mit Depressionen aufgeladene Kokon aus Angst, Trauer und unterdrückter Wut, in den ich mich monatelang eingesponnen hatte.

Ich konnte wieder glücklich sein und mich meinem üblichen Leichtsinn hingeben, obwohl ich inzwischen erkannt hatte, dass Glück ein zutiefst negativ besetzter Begriff war: nämlich die Abwesenheit von Unglück.

Wegen der Krankenhausbesuche und weil ich meine Mutter so gut wie möglich unterstützen wollte, war ich gleich einen Tag vor meiner Rückkehr nach Moskau bei Baldwin Borger vorbeigegangen. Der Organisationsexperte besaß ein Büro auf der Javastraat in Den Haag in einem weißen ehemaligen Patrizierhaus, nur einen Steinwurf vom Konsulat der Sowjetunion entfernt.

Nicht nur der Marmoreingang, auch die aus hohen Herrschaftszimmern in Büros verwandelten Räume wurden von zwanzigjährigen Frauen in graublauen Faltenröcken bevölkert, die das »r« ganz besonders vornehm rollen konnten; er bekam sie als Praktikantinnen von einer Sekretärinnenschule in einem schicken Institut aus der unmittelbaren Nachbarschaft geliefert. Neben zwei männlichen Mitarbeitern – einem frisch diplomierten Juristen und einem Ökonomen – konnte er mit diesem unerschöpflichen Reservoir an Damen immer über Gratis-Personal verfügen, das ans Telefon ging, Gäste empfing, Berichte abtippte, Firmen für ihn raussuchte, das Archiv auf dem neuesten Stand hielt, Kaffee kochte und ihn gelegentlich zu Gesprächen mit Kunden außerhalb begleitete, was seinen Status und Erfolg durchaus beflügelte. Er behauptete, dass zwei von dreien auch immer bereit seien, ihm einen zu blasen, während es am Freitagnachmittag nach einem gemeinsamen Drink meist nur eine einzige sei, die zurückblieb, um später mit ihm auf dem Boden oder dem Schreibtisch eine Nummer zu schieben – je vornehmer und reservierter das Äußere, desto wilder sei, was sich dann aus dieser Hülle herausschäle. Im Zugabteil auf dem Weg nach Leningrad, als wir vom Kognak auf Bier umgestiegen waren, hatte er mir das alles mit der Großmäuligkeit eines Korpsstudenten bis ins letzte Detail anvertraut.

»Mensch, wie schön, dich zu sehen!« In einem blauweiß gestreiften Hemd, sonnenbankgebräunt, begrüßte er mich hinter einem blütenweißen Kunststoffschreibtisch, zu dem mich eine sei-ner Haremsdamen geleitet hatte. »Erste Frage: Wann fährst du zurück?«

Als ich ihm erzählte, dass ich am nächsten Morgen den Flieger nach Moskau nehmen würde, wo ich dringend mit Foppmans sprechen müsse, der gerade aus Nowosibirsk zurückkäme, wiegte er sein hübsches Haupt.

»Warum bist du denn nicht früher vorbeigekommen? Musstest du vielleicht zuerst zu den Damen?« Breit grinsend ließ er einen Luftstrom zwischen seinen schönen weißen Zähnen entweichen. »Natürlich würde ich diesen Foppmans gern selbst einmal treffen, wenn er in den Niederlanden ist. Das Geld liegt in Russland auf der Straße. Das habe ich auf den ersten Blick erkannt, aber deshalb muss ich da selbst ja nicht unbedingt hin ... Siehst du das?« Er gestikulierte stolz mit einem BIC-Kuli. »Alles meins. Die Immobilie ist in zehn Jahren komplett abbezahlt ... Die beste Hypothek ist keine Hypothek. Das ist immer die erste Weisheit, die ich meinen Kunden mitgebe.«

Borger wusste, dass Foppmans und ich planten, selbst Reisen als Grundlage für mögliche andere Aktivitäten zu organisieren. Die dafür in den Niederlanden nötige Büroeinrichtung wollte er uns kostenlos zur Verfügung stellen. Das Obergeschoss stünde beinahe leer. Die Zimmer, die Telefone, die Damen, die ganze verteufelte Infrastruktur hatte er schon.

»Wie soll euer Laden heißen?«

Ich sagte, dass ich noch keinen blassen Schimmer hätte.

Er fing mit dem Projekt an, das er als erstes mit uns starten wollte: die Organisation von Branchenreisen. In den letzten Jahren hatte er einige bescheidene Erfahrungen damit gesammelt; und wenn man das alles richtig anpackte, war es sicher eine Goldgrube. Ein Sechstagetrip nach London kostete in der Regel nicht mehr als tausend Gulden, doch wenn man so etwas für bestimmte zahlungskräftige Zielgruppen – Anwälte, Ärzte, Banker, Industrielle, Investoren, usw. – organisieren würde, konnte man zweifelsohne das Drei- oder Vierfache abgreifen. Es spielte eigentlich überhaupt keine Rolle, was als Endsumme dastünde. Das meiste würde von den Unternehmen ohne mit der Wimper zu zucken akzeptiert, und Privatpersonen könnten es als Unkosten beim Finanzamt absetzen. Vermögende Geschäftsleute lechzten förmlich danach, sich einmal von ihrer Arbeit, ihren Partnern, ihren Kindern, ihren Familien abzuseilen und im Ausland endlich mit der lange schon begehrten Kollegin oder irgendeinem Flittchen in die Kiste zu steigen. Sie seien bereit, dafür ein Vermögen zu berappen, vorausgesetzt, alles würde den richtigen offiziellen Anstrich bekommen und mit einem speziell auf die Zielgruppe zugeschnittenen lokalen Programm aufgemotzt: Besuche in Krankenhäusern, Fabriken, Treffen mit Fachkollegen und Branchengenossen, einflussreichen Leuten oder Politikern. Er würde uns über sein europäisches Netzwerk mit Gruppen versorgen, und wir müssten nur die Reise und das Programm vor Ort abwickeln. Aufteilung des Nettogewinns:

fifty-fifty. Die Sowjetunion sei noch eine Terra incognita, doch die Entwicklung dort gehe rasend schnell voran; die Uhren würden auch da bald anders ticken. »Wie ich dir schon in Moskau gesagt habe: Du sitzt auf einem goldenen Ei! Angenommen, wir haben eine Gruppe von dreißig Bankern, die schon mal ihre künftigen Jagdgründe beschnüffeln wollen. Da hauen wir bei jedem drei Mille oben drauf. Dann sind wir bei hunderttausend. Zehn Gruppen, und wir reden von einer Million. Kannst du mir folgen?«

Ich nickte und sagte, dass ich natürlich kapiert hätte.

Während ich an dieser kleinen Chronik schreibe, fällt mir immer wieder auf, wie schwer es ist, auf die Person Ragnar Foppmans zurückzukommen.

Der Cursor auf meinem Bildschirm beginnt sofort zu stottern wie das zuckende Augenlid eines armen Teufels mit einem Tic. Es gibt ihn wirklich, und obwohl viele von denen, die hier vor und hinter den Kulissen ihren Auftritt hatten oder noch auf die Bühne treten werden, schon längst gestorben und damit für immer vom Erdboden verschwunden sind, ist mein ehemaliger Geschäftspartner, soweit ich weiß, noch immer am Leben. Aber das ist es nicht, was es mir schwer macht, über ihn zu sprechen. Es ist die Scham. Die Scham, dass wir in unserem Dasein, das sich letztlich vor allem als blutiges Schlachtfeld darbietet, Freunde und Angehörige aus Unverständnis, Habsucht, Geilheit, Dummheit, Feigheit, Eitelkeit, Hass, Verrat, dem Wunsch, sich hervorzutun, dem Hunger nach Prestige, Ruhm, Macht und Geld, manchmal aus Liebe, verlieren.

Anfang Dezember 1989 haben wir unsere Arbeit für die niederländische Reiseorganisation im Osten des Landes endgültig eingestellt. Eines Morgens hatte ich auch den Namen für unser Unternehmen gefunden, von dem ich noch immer eine elfenbeinfarbene Visitenkarte besitze:

INTERSOVIET CONSULTANCY
Beratung für Business & Tourismus

»Ein prima Name«, sagte Foppmans. »Hätte ich mir besser nicht ausdenken können, machen wir so.«

In den anderthalb Wochen meines Aufenthaltes in den Niederlanden, in denen ich zwischen der Uni-Klinik, meinem Elternhaus und schließlich Baldwin Borger in Den Haag hin und her pendelte, gab es keine Sekunde, in der ich nicht an Julia dachte. Sie ging mir nicht mehr aus dem Sinn. Wenn ich durch das gemütliche, von Lampen erleuchtete Zentrum Haarlems oder Amsterdams lief, im Herzen des auch damals schon auf fast genierliche Weise in Wohlstand badenden alten Europas mit seinen perversen Butterbergen und der durch Subventionen an die Leine gelegten landwirtschaftlichen Produktion, wenn ich in einem Geschäft etwas kaufte oder im obersten Stockwerk von Bijenkorf einen Apfelstrudel zu einer Tasse Kaffee verzehrte, wurde ich von einem nagenden, mein ganzes Wesen bedrückenden Schuldgefühl überwältigt.

Ich dachte an die Winzbude, in der meine Freundin in diesem Moment hockte, an den Schimmel im Gemeinschaftsbad, an das ekelerregende Plumpsen, mit dem sich die Ratten aus den Dachrinnen auf die Müllcontainer unten im Hof fallen ließen. Und auch an die leeren Regale in den Geschäften, den allgemeinen Mangel, die Schlangen, an die graue, meist in Lumpen gehüllte, muffig riechende Masse von Menschen mit vollkommen desillusioniertem Gesichtsausdruck. Den Gesichtern der Betrogenen, denen jetzt der Kehricht der Geschichte in immer weitreichenderem Umfang offenbart wurde – die Enthüllungen setzten sich fort, der Kreml selbst war mit dem Eingeständnis herausgerückt, dass der Molotow-Ribbentrop-Pakt zwischen Stalin und Hitler 1939 in Zusammenhang mit den sogenannten »Geheimprotokollen« gestanden hatte, in denen Polen und die baltischen Staaten wie ein Stück Kuchen untereinander aufgeteilt worden waren –, war anzusehen, dass sie kaum noch Glauben an die Zukunft besaßen, dass sie Krieg und weitere Verarmung fürchteten. Sie schienen alle Illusionen verloren zu haben, hegten nur noch vage Hoffnungen für ihre Kinder und Enkelkinder, gingen doch weiterhin brav jeden Tag zur Arbeit. In ihre Büros, Krankenhäuser, Ministerien und Fabriken mit diesen pontifikalen Porträtgalerien sozialistischer Helden, die ihre sinnlose Produktion wegen fehlender Anordnungen von höherer Stelle, Sabotage oder aus reiner Lahmarschigkeit mehr oder weniger eingestellt hatten, während die Küchen der Betriebskantinen zumindest noch gut waren für eine Schöpfkelle voll Suppe, kalte Erbsen, Püree und irgendwelches undefiniertes Schmorfleisch. Gegen Abend unter dem bis an den bleichen Mond reichenden Sommerhimmel, blassrosa und grün durchädert, ein Pistaziengrün, das man nur in Russland findet und dann auch nur unter dem gusseisern wirkenden Gewölbe des Herbstes, bevölkerten die Leute in dichten Strömen wie Menschendarsteller die Bürgersteige inmitten der irrsinnig hohen Stalin-Zuckerbäckerbauten, der verrosteten Straßenbahnen, der Trolleybusse, sie fuhren auf den Rolltreppen zur Metro in den Bauch der Stadt hinab, wo es immer genauso schön warm ist wie im Bauch eines Menschen. Das wirkliche Leben spielte sich noch immer hauptsächlich zu Hause ab, hinter den Türen der engen Wohnungen, in feuchten Mieträumen, in winzigen Küchen. Eine Welt des ständigen Mangels, der Angst, des Schweigens und der Lügen, auch wenn jetzt in den Sälen, wo die Zusammenkünfte stattfanden, in den Zeitungen und zunehmend auch im Radio und Fernsehen einiges in Bewegung gekommen war. Ein Universum, von dem nur wenige anderswo auf der Welt eine Vorstellung, einen wirklichen Begriff hatten.

Der Entstehungsmythos der Sowjetunion mochte in jenem Jahr täglich weiter besudelt werden, gleichzeitig aber hingen die roten Lappen mit den Parteiparolen unverändert über den Straßen, während der Gegenschlag, die Konterrevolution, ständig drohte. Man fürchtete die Gärung in den Kasernen, die Launen der Generäle, die Schikanen, Verschwörungen und die geheimen Absprachen hinter den Kulissen ebenso wie im Revolutionsjahr 1917. Der Großteil der Beamtenschaft blieb ruhig. Die Apparatschiks beratschlagten sich fieberhaft miteinander, was zu tun sei, welche Befehle ausgeführt werden mussten, an wen man sich heranschleimen musste, wen man besser links liegen ließ. Die Existenz des durch Schlamm watenden Russlands war wieder zu einem Glücksspiel geworden, bei dem der Einsatz manchmal das eigene Leben sein konnte.

»Intersoviet Consultancy …« Foppmans hatte mich in ein Kellercafé am Puschkinplatz mitgenommen, um tschechisches Bier zu trinken. »Das ist wirklich ein prima Name. Hast du gut gemacht! Natürlich möchte ich Baldwin Borger so schnell wie möglich treffen. Wir sind im Geschäft, mein Lieber! Übermorgen werden wir die sibirische Delegation hier empfangen. Unsere russischen Partner. Stell dich auf ein paar harte Tage ein!«

Die Delegation aus Nowosibirsk, bestehend aus den Herren Chinstein und Trofimow, traf allerdings schon am nächsten Tag ein. Foppmans klingelte mich früh um neun panisch aus den Federn. Sie stünden am Flughafen und sollten mit einem Dienstwagen in die Stadt gebracht werden.

Ich fragte ihn, wo wir uns treffen wollten.

»Im Hotel *Akademitscheskaja*.«

»Davon gibt's doch zwei?«

»Stimmt, ich erwarte dich in einer Stunde in der Lobby von *Akademitscheskaja 2*. Sag, du sprichst doch Spanisch, oder? Ach, ich hole dich gleich mit dem Taxi ab.«

In dem Zimmer, das wir uns im Hotel *Intourist* teilten, hatte sich Foppmans schon seit Tagen nicht mehr blicken lassen. Unsere Arbeit im Lohndienst war endgültig vorbei. Bevor wir unser eigenes Unternehmen starten würden, wollte er sich noch eine Woche – wie er es nannte – marinieren. Von Julia ließ ich nichts verlauten; ängstlich wie ich war, dass meine brandneue Romanze mit ihr durch seine ans Groteske grenzende sexuelle Verdorbenheit und sein egoistisches Klatschmaul besudelt werden würde. Frauen und Mädchen waren in Waggonladungen an ihm vorbeigezogen, seine Libido verhielt sich umgekehrt proportional zum Zustand des Landes. Je schlimmer es wurde, desto mehr schmarotzte er sich durch. Zum Glück erfuhr ich nicht einmal die Hälfte. Seine perversen Geständnisse, seine Versuche, mich nicht nur geistig, sondern auch physisch in seine Exzesse in Badehäusern, Rendezvous-Hotels und unterirdischen Casinos einzubeziehen, wo die Namen und Telefonnummern von Frauen mit Filzstift auf Jetons geschrieben wurden, bevor sie für eine Extra-Karte beim Black Jack oder beim *rien ne va plus* des Roulette gesetzt wurden – das Französische, das der verbliebene Adel bis in die Zwanzigerjahre unter Stalin beibehalten hatte, war wieder aufgekommen; manchmal zog ein Mann mit einer Handvoll Jetons los, einer Handvoll verfügbarer Frauen auf Abruf – von alldem hatte ich mich weitgehend ferngehalten. Von Anfang an war meine Haltung zu ihm eine rein geschäftliche. Von einer wirklichen Freundschaft zwischen uns konnte keine Rede sein.

Doch gleichzeitig war seine Gesellschaft unterhaltsam. Er hatte Lebenserfahrung, ein sprachlos machendes Wissen, über das er nach Bedarf verfügen konnte, er war klug und energisch, trotz einem gerüttelt Maß an Trägheit. Ich verstand, warum die Frauen nicht nur auf sein Geld flogen, auf seinen Koffer mit Spiegeln und Perlen aus dem Westen, sondern auch in den Bann seines natürlichen Charmes gerieten, seinen dunkelbraunen Augen und den Fächern an Hautfältchen in den Augenwinkeln erlagen, die den Anschein erweckten, er würde seiner eigenen Existenz stets lachend gegenüberstehen.

Seine Achtzehnjährige, frisch aus dem Gymnasium gepflückt, war verschwunden. Inzwischen hatte er es auf ein Ballett-Talent aus Archangelsk abgesehen, ein russisches Mädchen aus reinem Porzellan, sechzehn Jahre alt, zierlich in allem, mit opalen, fast durchsichtigen Händen – bei denen man zusehen konnte, wie das Blut zirkulierte –, ich hatte nur ein einziges Mal einen Abglanz von ihr erhaschen können, der das Institut wegen ihrer großen Verheißung an die Zukunft ein Zimmer in der Nähe der Patriarchenteiche zugewiesen hatte. Gleich einem türkischen Pascha hatte Foppmans sich eine Höhle für seine Genüsse eingerichtet, um sich dort im Tausch gegen eine gewisse Summe an den körperlichen Attraktionen des Kindes zu laben, wenn es todmüde, aber frisch geduscht von der Akademie zurückkehrte. Russland ist, war und bleibt das Land der Sugardaddys. Die schönste Eigenschaft der weiblichen Wesen, hat Foppmans einmal gesagt, sei die Unsicherheit.

Sobald er nur einen Hauch von Feminismus verspürte, machte er sich dünne.

Chinstein und Trofimow saßen bereits rauchend in der Lobby des Hotels *Akademitscheskaja 2*, als wir eintraten.

Unterwegs im Taxi hatte mir Foppmans in allen Details beschrieben, wie und wo er die beiden Mitglieder der Akademie der Wissenschaften aufgetan hatte. Als er an einem freien Nachmittag in einem Wald außerhalb von Nowosibirsk spazieren gegangen war, kamen sie gerade, Urschreie ausstoßend, aus einem Holzhaus gestürmt, splitterfasernackt rannten sie in den Schnee, gefolgt von zwei ebenfalls splitterfasernackten blonden jungen Frauen, deren Haut in der Banja, aus der sie wie die Männer geflüchtet waren, krebsrot angelaufen war. Keiner der vier hatte Anstoß an der unerwarteten Anwesenheit Foppmans genommen. Im Gegenteil. Mit betontem Übermut ließen sie sich durch den Schnee kullern, erhoben sich mit schallendem Gelächter, nur um einander dann wieder in die kalte Masse zurückzuschubsen, sie schrien ausgelassen mit der Hingabe und der Kraft junger Tiere oder wie es Kinder tun, wenn sie spielen und genau wissen, dass ihre Eltern heimlich ein Auge auf sie haben.

Foppmans wurde von dem Quartett hereingebeten. Da standen Bierflaschen und Wodka neben einem Schälchen gekochter Krebse, noch heiß und tatsächlich in der gleichen Färbung wie die Haut derer, die sie verzehrten. Zuerst wurde eine halbe Zitrone über der Delikatesse ausgedrückt, wobei eine Zitrone im damaligen Sibirien ebenso häufig anzutreffen war wie ein Pastor in Soutane am Nacktbadestrand.

»Warum schauen Sie so komisch? Haben Sie vielleicht geglaubt, dass wir hier keine Zitronen hätten?« Einer der Männer lachte laut. »Haha, wir haben hier alles, alles! Ich kann Ihnen auch französische Trauben besorgen lassen!«

Seine unerwarteten Gastgeber und die jungen Russinnen, inzwischen im Bademantel, begannen am Feuer des offenen Kamins, der in einer Ecke prasselte, zu schlemmen und zu trinken. Die beiden Herren waren Professoren, die Blondinen ihre ehemaligen Studentinnen, jetzt ihre persönlichen Assistentinnen. Foppmans wurde von Anfang an wie ein außerirdisches Wesen behandelt. Noch nie war ein Westler in diesem industriellen sibirischen Kaff gesichtet worden. Die Herren waren verheiratet, die Damen auch. Sie hatten insgesamt vier Kinder. Diese Zusammenkunft hier fand entschieden unter Ausschluss ihres Privatlebens statt. Die Datscha war offiziell Universitätsgelände.

Chinstein, ein begabter junger Student, hatte 1961 als Beobachter am Wasserstoffbombentest auf Nowaja Semlja teilnehmen dürfen. Ein großer wissenschaftlicher Erfolg, bei dem durch Atomkraft die Fenster der Häuser im Umkreis von rund tausend Kilometern gesprungen waren. In den Jahren danach hatte er Sacharow ein paar Mal getroffen, doch für die Art und Weise, wie sich der Nobelpreisträger – am Ende seiner Verbannung – nicht nur als jemand, der seine Entscheidung bereute, sondern sich auch zum fanatischen Kritiker sowjetischer Werte aufwarf, brachte er nur wenig Verständnis auf. Schlimmer noch: Er hielt ihn für einen Verräter. Auch sein Kollege Trofimow, ein Dermatologe, der sich auf Medizintechnik spezialisiert hatte, glaubte, dass sie in der Hauptstadt völlig am Durchdrehen waren. Wenn es so weitergehe, sei die Nation verloren! Sie dagegen waren gesetzestreue Sowjetbürger, Mitglieder der Kommunistischen Partei und darüber hinaus korrespondierende Mitglieder der Akademie der Wissenschaften. Sie gehörten zum absoluten Sowjetadel. Jedem der Männer war von der Regierung ein schönes Landhaus aus Holz zugewiesen worden. Zudem besaß jeder von ihnen ein Appartement in der Stadt, und alle vierzehn Tage flogen sie mit ihren Assistentinnen für ein langes Wochenende – vier Stunden hin, vier Stunden zurück – nach Moskau, wo sie in einem der Hotels der Akademie der Wissenschaften residierten, die in der ganzen UdSSR Sanatorien, Gasthäuser, Datschas und Appartements für ihre Mitglieder unterhielt, wovon sie ungehinderten Gebrauch machen konnten. Die Kerle waren natürlich Sowjetprofiteure, Parasiten des Systems, und diese blonden Miezen nichts weiter als Huren, hatte Foppmans erklärt, als wir uns wie in einem Vorhang aus dicken Schneeflocken der Statue Lenins am Beginn des Lenin-Prospekts näherten. Sie waren Opportunisten, doch irgendwann hatte Foppmans spitzgekriegt, dass es sich bei ihnen um genau die Leute handelte, mit denen wir unser künftiges Business anpacken konnten.

»In Moskau sind sie dabei, politisch alles zu überstürzen«, hatte Chinstein meinem Geschäftspartner irgendwann verraten. »Ich bin Wissenschaftler, und welcher Wissenschaftler will nicht vorankommen? Aber was wir da gerade erleben, ist die reinste Sabotage.«

Obwohl moralisch loyal zu den konservativen roten Herrschern im Kreml, gab es eine Sache, die ihn quälte: dass es für achtbare Sowjetbürger fast immer noch ein Ding der Unmöglichkeit war, ins Ausland zu reisen. Als Jude hätte er vielleicht einen Auswanderungsantrag stellen können – viele waren bereits nach Israel, nach Westeuropa verduftet, das oftmals als Sprungbrett für das eigentliche Ziel, die Vereinigten Staaten, diente. Doch er hatte überhaupt nicht die Absicht, die Sowjetunion zu verlassen. Es war seine Heimat. Ihm ging es gut hier. Außerdem verfügte er über bestimmte Staatsgeheimnisse, was ihm aus formalen Gründen das Reisen ins Ausland unmöglich machte. Dafür aber hatte er inzwischen eine Lösung gefunden: einen neuen Inlandsausweis, in dem als Beruf nicht »Wissenschaftler«, sondern »Schreiner« eingetragen war. So stand es jetzt auch in seinem ausländischen Reisepass, während ihm ein hochrangiger Freund beim Zoll ein Dokument besorgt hatte, das als »Generalschlüssel« galt. Doch damit war erst die Hälfte des Problems gelöst: Die vermaledeiten ausländischen Konsulate machten Sperenzchen bei der Visaerteilung.

»Wir würden gern in Urlaub nach Spanien fahren«, hatte sein akademischer Kollege Trofimow dann erklärt. »Zusammen mit den Mädels hier.«

Das Quartett fing an, laut von den Herrlichkeiten des Mittelmeers zu schwärmen: den Palmen, den kulinarischen Genüssen, von denen sie in westlichen Hochglanzmagazinen gelesen hatten. Dann ließ Foppmans die Bemerkung fallen, dass er einen Freund kennen würde, der fließend Spanisch sprach und gute Kontakte zum Moskauer Konsulat unterhielt; sicher würde der etwas arrangieren können.

Chinstein hatte in seiner Euphorie etwas Unverständliches geäußert.

»Zu Gegenleistungen stets bereit«, hatte Trofimow geäußert. »Als gute Kommunisten zeigen wir uns natürlich gern erkenntlich.«

Foppmans hatte aufs Tapet gebracht, was er sich als Ausgleich für die Vermittlung wünschte: Die Unterstützung der Akademiker bei der Suche nach preiswerten Räumlichkeiten in Moskau für die Einrichtung unseres Büros. Unser Hotelzimmer im *Intourist* mussten wir nämlich bald räumen, und wegen des Zustroms an Touristen waren Räume anderswo kaum noch zu bezahlen.

»Genosse, das lässt sich doch mit einer einzigen Unterschrift regeln«, hatte Chinstein heiter in Aussicht gestellt. »Eine Unterschrift und ein rundes Stempelchen!«

Wir blieben vor dem Hotel stehen. Als ich Foppmans fragte, wen er als Person mit Spanischkenntnissen und guten Kontakten im spanischen Konsulat denn im Auge habe, antwortete er: »Dich natürlich! Mann, glotz mich nicht so blöd an. Mach dir keine Sorgen. Wir kriegen das schon hin. Aber benimm dich jetzt bei den Herren. Das sind unsere Partner ...«

Die beiden Akademiker sahen fast genau so aus, wie ich sie mir nach den Beschreibungen von Foppmans vorgestellt hatte. Beide waren Anfang fünfzig, sie trugen graue Sowjetanzüge, weißrussisches Schuhwerk mit Absätzen und Sohlen aus gepresster Pappe, Hemden in der Farbe altmodischer Strumpfhalter, ein fleischiges Altrosa, wobei die Kragen den mit albinoweißen Stoppeln bewachsenen Adamsapfel (Trofimow) und Nackenhaare wie schwarze Katzenkrallen (Chinstein) freiließen. Mochten sie auch zum Sowjetadel gehören, Rasierklingen wurden mit Gold aufgewogen. Es gab einen feinen Unterschied zwischen denen, die sich voll und ganz in das neue Zeitalter stürzten, und denen, die zurückgeblieben waren. Bei den Männern kam dieser unter anderem dadurch zum Ausdruck, dass sie keine glattrasierten Wangen hatten, bei den Frauen vor allem am Ton ihrer Lippenstifte, bei den Parfums, in Schnitt und Farbe ihrer Kleidung.

Auf Chinsteins gemeißeltem Vogelkopf thronte ein Helm aus blauschwarzem Haar. Die so angedeutete Jungenhaftigkeit wurde durch seine Hornbrille zunichte gemacht, hinter der zwei fiese hinterlistige Augen hin und her huschten. Er hatte Storchenbeine und den birnenförmigen Bauch eines Vielfraßes. Trofimow dagegen war spindeldürr, und seine Gestalt schien noch den Athleten zu beherbergen, der er, wie sich später herausstellte, in seiner Jugend tatsächlich gewesen war. Sobald Foppmans und ich die düstere Hotelhalle betreten hatten, erhoben sich die Herren. Sie schüttelten uns förmlich die Hände, wonach Chinstein – der bei allem die Führung zu haben schien – vorschlug, im Restaurant in der dritten Etage ein frühes Mittagessen einzunehmen, doch wir sollten uns davon nicht allzu viel erwarten.

»Wir hatten Revolution, Bürgerkrieg, den Großen Vaterländischen Krieg, und jetzt wird unser armes Volk wieder von einem Unglück heimgesucht«, sagte der Physiker, an dessen linkem Handgelenk mir jetzt eine glänzende goldene Uhr auffiel. »Wissen Sie, was ich heute Morgen auf der Straße gesehen habe? Eine Brotverteilung. Durch Soldaten an das Volk. Von Lastwagen herunter. Für all diese Engpässe sind diese Neuerer im Kreml verantwortlich. Als Wissenschaftler und Mensch möchte ich natürlich vorwärtskommen. Reformen, in Ordnung. Aber was da jetzt vor sich geht, ist die reinste Sabotage!«

Mit Delikatessen, die im Moment kaum erhältlich waren, außer für ein Heidengeld und nur mit den richtigen Kontakten auf dem schwarzen Markt, hatten die Herren im dritten Stock einen Tisch in einem ansonsten leeren, abgedunkelten Raum unter einer goldgefärbten metallischen Decke herrichten lassen; die übliche Festtafel mit Obstschalen, dunkelgrünen Flaschen sowjetischen Champagners, an deren Hälsen geripptes Silberpapier befestigt war, Wodkaflaschen, georgischem Mineralwasser, das nach Zahnarzt roch und *sakuski* – kalte Hors d'œuvres wie Rindfleisch, Schweinefleischpasteten in Gelee, Fohlenfleischscheiben, hauchdünn geschnittener roter Lachs, Weißfisch, überreichlich mit Mayonnaise gefüllte Eier, Rote-Beete-Würfel mit Silberzwiebeln, Essig und Dill, Weiß- und Schwarzbrot –, was alles umgehend, ehe es Zeit für den Hauptgang war, von zwei Kellnern, die in ihren grünen Dienstjacken herbeigestürzt kamen, dienstbeflissen mit Julienne angereicht wurde, der trotz ihres französischen Namens urrussischen Delikatesse, die aus Huhn- und Pilzragout besteht, heiß aus dem Ofen kommt und mit einer Schicht geschmolzenem Käse und saurer Sahne in Puppenstuben-Henkeltöpfchen mit weißen Pappkränzen an den Griffen serviert wird, damit man sich beim Auslöffeln der sahnigen Gaumenschmeichelei nicht die Finger verbrennt, sowie auch Blinis in Butterfett für den roten und schwarzen Kaviar, wobei letzterer in jenen Jahren noch kiloweise gehandelt wurde, indem er von Hand durch nächtliche Wilderer in wurmstichigen Fischerbooten am Oberlauf der Wolga aus den einfach so mit einem scharfen Messer aufgeschnitten Bäuchen der Störe geschöpft worden war, nachdem man das Blut, das den kostbaren Rogen verunreinigte, so weit als möglich in einem runden Sieb weggespült hatte, dann wurde alles gesalzen und schnell in Dosen eingelegt, um sofort über ein Netz von Schmugglern per Straße, Schiff und durch die Luft seinen kriminellen Weg in die Lounge-Bars von Paris, Mailand und New York einzuschlagen, wobei das Epizentrum der alte Markt von Astrachan war, den korrupte Polizisten mit ihren bigotten knallroten Suffköppen, die an Klatschmohn denken ließen, aufgeteilt hatten, wo auch torpedoförmige, herrlich süße Melonen verkauft wurden und gelegentlich noch ein verlorenes Kamel, das mit seinem dummen Kopf und den schiefen Backen unablässig kauend, stinkend und von großen Fliegen belagert an einem Pfahl zwischen den streunenden Hunden und Katzen und offenen weißen Säcken mit Gewürzen aus Zentralasien herumstand; auch das Staubgold Safran war dort zu finden, funkelnd und blitzend in den Strahlen der Sonne, die durch das Vordach der Marktplane drangen, und daneben lag also der schwarze Kaviar, das essbare schwarze Gold, dessen Konsum in der Spätphase der UdSSR zu einem Höhepunkt gelangte und eine letzte Blüte vor seinem fast vollständigen Niedergang erlebte, es war dionysisch, denn im darauffolgenden Jahrzehnt, als auch im Süden Russlands während der Achterbahnfahrten nach der Auflösung der UdSSR ein *free for all* im Gange war, die Verschmutzung des Wassers apokalyptische Ausmaße angenommen hatte und die letzte staatliche Kontrolle über die Abfischung der Störe und Wilderei unterblieb, erfolgte die Jagd auf die Wunderfische, die mit ihren stumpfen Köpfen Hunderte Millionen Jahre auf der Erde überdauert hatten, nicht mehr nur durch arme Halunken in gammligen Booten, die versuchten, ein bisschen was nebenher zu verdienen, von nun an wurde den letzten Beluga- und anderen Stören buchstäblich der Krieg erklärt, unter anderem von muslimischen Kriegsherren in Dagestan, die, bewacht von Sklaven mit Kalaschnikows, in Marmorpalästen mit goldenen Wasserhähnen hinter hohen Mauern residierten und von ihren Schlafzimmern aus auf das wie Stahlblech wirkende Kaspische Meer blickten, auf dem ihre Privatarmeen mit Schiffen der ehemaligen Sowjetflotte und aus dem Westen importierten Ultra-Schnellbooten, ausgestattet mit modernster, satellitengestützter Aufklärungstechnik, die letzten Störe unter Wasser aufspürten, noch bevor die ihre schwindelerregend großen, alten Laichgründe an der Wolga erreichen konnten, und die Fische an die Oberfläche zerrten, um ihnen die Bäuche mit krummschwertartigen Messern brutal aufzuschlitzen; ein Dschihad gegen die Tiere, wobei die noch nicht reifen Eier mit Suppenlöffeln ausgeschabt und in Plastikschalen geworfen wurden, während man die Fischleichen einfach wieder ins Wasser zurückkippte, wobei sich der weiße Wellenschaum himbeerlimonadenrot verfärbte, und das alles unter dem Jubel der Seevögel: Dinge, die ich selbst schon erlebt hatte oder noch erleben würde und die ich in diesem Ausmaß seinerzeit für ausgeschlossen gehalten hatte, weil ich sie aus tiefstem Herzen verabscheute. Später würde mein Leben wieder eine Richtung einschlagen, die damals höchstens ein Verrückter hätte erahnen können, und was – abschließend – diesen schwarzen Kaviar angeht: Für mich war die Tragödie der Störe, ihr langsames, doch stetiges und unaufhaltsames Verschwinden aus der freien Natur das Symbol des Untergangs von Russland, wobei sich die Frage stellt, was eines Tages das Symbol seiner Wiederauferstehung sein wird, obwohl ich dann wahrscheinlich selbst das betrübliche Schicksal des Störs erlitten haben werde.

»Prosit, meine Herrschaften!« Chinstein brachte einige Toasts in deutscher Sprache aus. *»Prosit! Zum Wohl!«*

Wir tranken; die beiden Mitglieder der Akademie der Wissenschaften, auch Foppmans und ich prosteten uns abwechselnd zu. Schnell kam heraus, dass nicht nur Chinstein, sondern auch sein Kollege Trofimow einige Monate zuvor begonnen hatte, Deutsch zu lernen. Sie bestanden darauf, dass wir mit ihnen so viel wie möglich Deutsch sprachen. Endlich konnten sie einmal üben. Ihr Interesse an der Sprache war rein pragmatischer Natur. Ein Jahr zuvor hatten sie unter Zuhilfenahme der Gesetzgebung, die die neue Ära ihnen bot, das erste halbprivate Tomografie-Institut des Landes gegründet. Dem Tomografen, der auf technisch neuestem Stand zweidimensionale Bilder von dreidimensionalen Objekten – Menschen, Pflanzen, Tieren, aber auch »toten Dingen« wie Mammutresten oder Schokoladenbonbons – zustande brachte, war als Instrument für hauptsächlich medizinische Analysen auch in Sibirien eine blühende Zukunft beschieden. Das Duo hatte bereits ein Gebäude auf dem Campus Akademgorodok bezogen, herrlich gelegen in den Wäldern bei Nowosibirsk, und die beiden hatten auch schon Mitarbeiter aus dem schier unerschöpflichen Reservoir angelockt, das ihnen als Universitätspäpsten gratis zur Verfügung stand. Kurzum, die Infrastruktur für die Firma der Herren Chinstein und Trofimow stand bereits im Winter 1989 fix und fertig, was fehlte, war nur noch eines: ein Tomograf.

Auch auf dem Gebiet der Mikroelektronik und der medizinischen Gerätetechnik war die Sowjetunion fast ein halbes Jahrhundert zurückgeblieben. Und hier lugte der Grund für das plötzliche teutonische Sprachinteresse von Chinstein und Trofimow um die Ecke: Die Bonner Ostpolitik stand seit Jahrzehnten unter dem Einfluss einer Kollektivschuld, einer heimlichen nationalen Buße für die Millionen Toten, die die Nazis in der UdSSR, von Smolensk über die Halbinsel Krim bis nach Baku, zu verantworten hatten. Ein Schicksal, dem nicht nur Juden und slawische Untermenschen wie Russen, Weißrussen und Ukrainer, sondern auch Tataren, Kasachen und Usbeken zum Opfer gefallen waren. Schuldgefühle gegenüber einem ganzen Volk könnten sich Jahrzehnte später als Kapital mit einem schönen Zinssatz entpuppen – so pragmatisch zumindest sah Chinstein die Unterstützung der Bundesrepublik

Deutschland, die in bescheidenem Umfang Hilfsprogramme für die angeschlagene Sowjetunion gestartet hatte, wobei auch Mittel für genau den von ihnen ins Auge gefassten Bereich zur Verfügung gestellt werden sollten. Irgendwo im Land von Goethe, Mercedes-Benz und Hitler lag eine Million D-Mark und wartete nur darauf, in ihr Tomografenprojekt abfließen zu können.

»Stellen Sie sich vor, eine Million Mark!« Chinsteins Zunge bebte, als wäre sein Mund eine Felsspalte, die ein feuerrotes Reptil beherbergte. »Das bedeutet, dass wir in den kommenden Monaten Anträge stellen, Briefe schreiben und möglichst selbst nach Deutschland reisen müssen. Wir brauchen zuverlässige ausländische Partner, die uns dabei unterstützen. Und wir haben sie Gott sei Dank in Ihnen gefunden. *Prosit*!«

Doch zunächst musste etwas bei einer anderen Frage in Gang kommen, am besten gleich noch heute Nachmittag: die Beantragung von Visa für die beiden Gelehrten und ihre Mätressen zu ihrer Vergnügungsreise nach Spanien.

Kein Problem, behauptete Foppmans, während er mit genießerisch zugekniffenen Augen einen Bissen Schweinefleisch nahm, das inzwischen aufgetragen worden war.

Siebentes Kapitel

Der Bitte der beiden sibirischen Akademiker nachzukommen, stellte sich als Kinderspiel heraus. Nach dem üppigen Essen war ich gegen vier Uhr mit dem Taxi, schon ein bisschen angeheitert, zum spanischen Konsulat gefahren, das kurz davor war, zu schließen. Eine blonde Frau Mitte zwanzig öffnete die Mahagoniholztür. Sie war sichtlich angetan, wirkte fast glücklich, jemanden aus dem Westen zu sehen, der ihre Sprache sprach.

»Du hast einen südlichen Akzent«, sagte sie, nachdem sie mich in das schon fast menschenleere Gebäude hatte eintreten lassen. »Wo hast du Spanisch gelernt?«

»Auf Teneriffa«, antwortete ich.

»Was hast du da gemacht?«

»Animateur«, sagte ich.

»Ah, der Poolboy, der sich bei jeder neuen Touristenladung immer das schönste Mädchen angelt und mit ihr ins Bett geht.« Ihre maurischen Augen bekamen einen nahezu irrwitzigen Schimmer. »Du bist also hier, um Visa für russische Freunde zu beantragen? Haben die genug Geld für so eine Reise? Ach, du hast Fotokopien von ihren Papieren. Ich kann nichts versprechen, aber vielleicht kann ich was regeln.«

Sie war Geschichts-Doktorandin und absolvierte gerade ein Praktikum in der Visumsabteilung. Marta aus Madrid. Ihr Großvater hatte während des Spanischen Bürgerkriegs mit den Kommunisten sympathisiert, war in den Dreißigerjahren sogar zweimal in geheimer Militärmission in Moskau gewesen. Als Nebenfach hatte sie Russisch gewählt und sich dann schließlich entschieden, ihre Dissertation über die Spanische Gemeinschaft in Moskau zu verfassen. Die Archivrecherche konnte nur hier vor Ort durchgeführt werden. Die sechsmonatige Tätigkeit im Konsulat bot dafür eine einmalige Gelegenheit.

Am selben Abend noch lud sie mich zu sich nach Hause ein, in eine kleine Wohnung im zwölften Stock einer Betonburg mit sowjetischer Wache und einem weiß-rot karierten Schlagbaum vor der Tür; das Haus war speziell für Diplomaten und andere Ausländer bestimmt. Hinter dem Fenster wurde es ziemlich dunkel durch die eisigen Flocken des Schneesturms, der am Nachmittag eingesetzt hatte. Zwischen den importierten Westmöbeln brannten drei grüne Tropfkerzen. Marta hatte eine Chorizo-Wurst in Scheiben geschnitten und grüne Oliven in eine Schüssel gefüllt, zusammen mit anderen spanischen Köstlichkeiten, die alle vierzehn Tage per Diplomatenpost aus Madrid geliefert wurden. Die erste Flasche Rioja war innerhalb einer halben Stunde erledigt. Sie öffnete eine zweite. Als auch diese leer war, stand sie auf, griff sich mit Tintenfischarmen schwungvoll eine Flasche Whiskey aus dem Bücherregal und füllte damit ihr Weinglas. Sie hatte die Figur einer Diva, mollig, doch in einer Art und Weise, die Männer mögen.

Ich hatte schon verstanden, dass sie in den letzten vier Monaten hier in diesem diplomatischen Gefängnis todunglücklich gewesen war. Es war alles schiefgegangen. Wegen der Flut an Visumsanträgen, wegen der Arbeit, unter der sie fast erstickte, war sie kaum zu ihren Archiv-Recherchen gekommen. Außerdem konnte ihr mittlerweile die Geschichte der Spanischen Gemeinschaft ziemlich gestohlen bleiben. Wissenschaft sei nichts für sie. Sie habe das alles eigentlich nur für ihren Opa getan. Inzwischen hasste sie die Russen, und sie hasste dieses Land. Wenn sie wieder in Spanien wäre, würde sie das Studienfach wechseln, Italienisch, Deutsch und Englisch lernen und dann etwas im Tourismus machen.

Sie hatte einen schweren madrilenischen Akzent. Mit ihren unter Zuhilfenahme von viel Speichel gebildeten Konsonanten blieben ihre rotgewölbten Lippen ständig feucht.

Im Konsulat würden nur alte Knacker arbeiten. Jeder von ihnen hatte etwas mit einer russischen Frau zu laufen – den Mädchen, die stempelten, Berichte tippten, die administrativen Arbeiten erledigten. Huren seien das, allesamt Huren.

»Ja, dreckige *putas*!« Die Spanierin war schwungvoll-schwankend aufgestanden und hatte sich neben mir aufs Sofa niederfallen lassen. Mit einer einzigen fließenden Bewegung legte sie eine Hand auf meinen Schoß und drückte mir gleichzeitig die andere kräftig auf den Mund. »*Callate!* Schweig!«

Behände wurde mein Hosenschlitz aufgeknöpft.

Nach ein paar Besuchen bei Marta hatte es mit den Visa geklappt. Als die beiden sibirischen Akademiker und ihre Liebchen drei Wochen später nach Spanien abreisen konnten, hatte mein neues Leben begonnen. Der anfängliche Plan war, dass ich für ein halbes Jahr in die Niederlande zurückkehren sollte, um das Büro in der Javastraat aufzubauen. Foppmans wollte dasselbe in Moskau tun.

Ein niederländisches Aufenthaltsvisum zu besorgen, würde ein höllisch harter Brocken werden, aber ich hatte schon vorsichtig bei Julia vorgefühlt, ob sie mit mir kommen wollte. Mit der Ernsthaftigkeit, Hingabe und Gründlichkeit einer russischen Intellektuellen hatte sie sich mit einem Lehrbuch aus dem Jahr 1923, das sie irgendwo in einer Bibliothek aufgetrieben hatte, sofort auf die niederländische Sprache gestürzt.

Doch es kam alles ganz anders. Eine Woche vor seiner Abreise hatte sich Foppmans eine Gelbsucht eingefangen. Das Weiß seiner Augen nahm die Farbe schalen Bieres an. Sein ohnehin schon dickliches Gesicht schwemmte ganz und gar auf. Er keuchte und schwitzte, als hätte er ständig den Kater einer schweren Sauferei zu verarbeiten. Für dreihundert Dollar Schmiergeld hatte er in aller Eile einen Bluttest in einer Klinik für Rote-Armee-Generäle durchführen lassen. Der Laden war ein genauso primitives Trauerspiel wie alle anderen Krankenhäuser im Land. Doch es wurde unwiderruflich eine Infektion mit dem Hepatitis-B-Virus festgestellt. Er war wütend. Laut fluchend verdrosch er seine sechzehnjährige Ballerina aus Archangelsk und trank gierige Schlucke aus einer Flasche mit kohlensäurehaltigem kaukasischem Mineralwasser, denn mit dem Alkohol war es vorerst vorbei. Um keinen Preis der Welt würde er sich dem sowjetischen Gesundheitswesen ausliefern. Das war der Grund, warum nicht Foppmans, sondern ich die Moskauer Filiale besetzte. Er wollte in die Niederlande zurückkehren, um unsere einheimische Niederlassung im Gebäude von Baldwin Borger auf der Javastraat einzurichten, während seine Krankheit behandelt wurde.

Mein neues Büro inklusive Wohnung befand sich in einem *chambre en suite* im sechsten Stock des Hotels *Akademitscheskaja 2* mit Blick auf den Oktoberplatz und die mächtige Leninstatue. Obwohl das Land inzwischen in völligem Chaos versunken war, manchmal selbst am Rande der Anarchie balancierte, gab sich die Sowjetbürokratie nach wie vor hartnäckig. Um im Hotel der Akademie der Wissenschaften bleiben zu können, brauchte ich einen offiziellen wissenschaftlichen Titel. Ehe sie das Flugzeug nach Las Palmas bestiegen, hatten unsere beiden sibirischen Partner alles ordentlich arrangiert. Ich besaß ein Identitätsdokument mit Passfoto und Stempel, das in einem ausklappbaren Büchlein mit rotem Lederumschlag steckte, genau wie es die KGB-Agenten hatten – ehe sie jemanden verhafteten, klappten sie es für einen Augenblick auf, nur der Form halber, denn die meisten Verdächtigen würden nie erfahren, wer ihr Verfolger war –, darin stand, dass ich, Doktor P.A.J. Waterdrinker, damit beauftragt wäre, ein Jahr lang auf dem Territorium der UdSSR Untersuchungen für den Betrieb des Tomografen anzustellen. Referenz: Professor Chinstein, Lew Abramowitsch, Universität von Nowosibirsk.

Da ich in dieser Eigenschaft nicht in harter Währung bezahlen musste, sondern in Rubeln, die ich auf dem Schwarzmarkt gewechselt hatte, kostete mich mein Aufenthalt einen Spottpreis, weniger als sechs Gulden pro Tag.

Julia hatte ich genau vor einem halben Jahr zum ersten Mal getroffen. Fest stand, dass ich sie irgendwann aus ihrer Leningrader Höhle befreien würde, aus diesem deprimierenden Viertel auf der Wassiljewski-Insel, das während der Revolution von 1917 eine Brutstätte des Widerstands gewesen war und wo die Leute bis heute in Gesellschaft von Ratten und zwischen verschimmelten Mauern lebten.

»Mein Gott«, hatte sie geseufzt, als wir an einem Februarnachmittag mein Hotel-Doppelzimmer betraten; sie hatte in ihrem ganzen Leben noch nie so viel Platz zur Verfügung gehabt. »Sieh mal, was für schöne Möbel! Und diese Riesenbadewanne!«

Das Niederländische hatte sie sich in erstaunlicher Geschwindigkeit angeeignet. Unsere Konversation setzte sich schon bald aus einer Mischung aus Deutsch, Niederländisch und Russisch zusammen. Zwar hatte sie sich auf einen Aufenthalt in den Niederlanden gefreut, die Abänderung meines ursprünglichen Plans jedoch mit absoluter Selbstverständlichkeit akzeptiert. Sie hatte nicht einmal nach dem Grund gefragt. Obwohl sie eine tiefe Abneigung gegen Moskau hegte, wollte sie mit mir kommen und mir bei der Organisation, den Telefonaten, den Terminen helfen. Kurz vor seiner Abreise hatte sie Foppmans zwischen den Marmorsäulen des Speisesaals im Hotel *Ukraine* einmal getroffen, wo er inmitten einer unüberschaubaren Menge an Mineralwasserflaschen mit einem korpulenten Russen, den ich unbedingt kennenlernen sollte, beim Mittagessen saß. Von der Gelbsucht berichtete ich ihr erst, als Julia bei der Rückfahrt im Taxi meinte, Foppmans Gesicht sehe wie eine alte Zitrone aus. Sie fauchte wie ein junges Kätzchen, schwieg lange Zeit und sagte dann: »Habe ich das richtig mitgekriegt, dass dieser russische Fettsack mit euch Butter handeln will? Warum ausgerechnet Butter?«

Ich erzählte ihr vom Butterberg, von den Lagerhäusern, die überall in Europa von Agrarprodukten derart überquollen, dass man den Landwirten in Europa Subventionen zahlte, damit sie weniger produzierten.

»*Schto?* Was?« Während wir durch die Straßen fuhren, wo die Leute zu jeder Tageszeit vor den fast leeren Geschäften Schlange standen, schaute Julia mich an, als sähe sie Wasser brennen. »Ich habe immer geglaubt, dass ich hier in der Sowjetunion in einem Irrenhaus geboren wäre. Aber den Bauern Geld zahlen, um *weniger* zu produzieren? Sag mir bitte, dass das nicht wahr ist!«

Wie ich schon sagte: Es waren bewegte Zeiten! In den ersten Wochen des Jahres 1990 bombardierte Foppmans mich aus Den Haag mit Faxen, in denen er mit immer neuen Vorschlägen für unser Geschäft aufwartete. Er hatte Eindruck schindendes Briefpapier anfertigen lassen, auf dem in zwei Sprachen – Englisch und Russisch – in serifenlosen Lettern stand:

Intersoviet Consultancy
Beratung für Business & Tourismus

Briefe und andere Dokumente unterschrieb er als *General Director*; für mich hatte er sich den Titel *Senior Advisor* ausgedacht. Mit Baldwin Borger schien er von Anfang an gut klarzukommen. Sie hatten schon für die zweite Märzwoche die erste Branchenreise geplant. Sechs Tage Moskau-Leningrad für dreißig Banker. Nicht drei, sondern gleich vier Mille pro Nase hatten sie auf den Selbstkostenpreis draufgeschlagen. Rund hunderttausend Bruttogewinn. Es sah danach aus, als würde alles genau so laufen, wie Baldwin Borger es mir vorhergesagt hatte.

Durch den ständig wachsenden Zustrom an Reisenden in die Sowjetunion wurde es vor allem in Moskau immer schwieriger, eine ordentliche Hotelunterkunft zu bekommen. Der Fall der Berliner Mauer hatte in Europa eine neue Euphorie entfacht. Fassungslos, mit offenem Mund, hatten Foppmans und ich damals in der Lobby des Hotels *National* gesessen und auf die Fernsehbilder gestarrt, auf denen Ossis jubelnd den Westen überrannten. Mein Partner hatte gestöhnt, dass sich diese Entwicklung schlecht auf unser Geschäft auswirken würde. Wir müssten unser Herrschaftswissen, unsere Exklusivität behalten. Ihm ging das alles viel zu schnell. Doch das Gegenteil war der Fall. Die Erschütterungen im ganzen Ostblock, der innerhalb von ein paar Wochen wie eine Seifenblase geplatzt war, spürte man in Moskau an jeder Straßenecke. Trotz aller Reformen behielten die Kommunistische Partei und der KGB die Zügel fest in den Händen. Die Konterrevolution lag auf der Lauer. Immer häufiger gab es Gerüchte über rachsüchtige Konservative, die Gorbatschow des Verrats beschuldigten, die das Land schnell auseinanderbrechen und in einen bürgerlichen Staat hinübergleiten sahen, weit weg von Lenins Dogmen.

Tagsüber gab es überall Volksaufstände und Unruhen, bei denen Männer und Frauen mit harter Hand angepackt und abgeführt wurden. Ich nahm meine regelmäßigen Besuche bei den politischen Treffen im Dom-Kino wieder auf. Das Gewissen der Nation, Andrej Sacharow, war vor Kurzem gestorben, aber zwischen den Intellektuellen, Künstlern und Vertretern der Bohème tat sich wieder eine sehr selbstsichere Amazone mit kurzem Flachshaarschnitt hervor, die mir da schon öfter aufgefallen war und die auf der Bühne die Fäuste schüttelte und davor warnte, dass der sowjetische Vielvölkerkessel kurz vorm Explodieren sei.

Die Nervosität in der Stadt schien sich immer erst spät in der Nacht zu legen, wenn die Metro nicht mehr verkehrte und sich kein gewöhnlicher Sterblicher auf die Straße wagte, wenn ausländische Autos vor den Nachtclubs zusammenstanden, die noch nicht neonbeleuchtet – das würde erst später kommen –, sondern vielmehr abgedunkelt waren. Auf den plötzlich schneebedeckten Bürgersteigen erklang das Gestöckel von Absätzen, Geschrei, manchmal ein Pistolenschuss in der Ferne.

Morgens halb acht saß ich bereits am Schreibtisch. Als Nachtmensch und Langschläferin lag Julia meist noch im Nebenzimmer und schlief friedlich. Auf dem Weg ins Badezimmer mit der marzipanrosa Badewanne schloss ich die gepolsterte Tür so leise wie möglich. Ich hatte eine Schreibmaschine mit kyrillischen Lettern. Das grüne Licht des Faxgerätes leuchtete Tag und Nacht. Jedem Dokument, das ich fertiggestellt hatte, verpasste ich den runden Stempel unserer neuen Firma.

Um neun – es war noch stockdunkel – erschienen die ersten Schemen auf dem Oktoberplatz beim Lenindenkmal. Innerhalb weniger Minuten hatte sich ein schwelender Volksauflauf gebildet. Im Schein einer einzelnen Laterne sah ich diese Szene jeden Morgen: Auf einem Armeelaster, dessen Plane hinten aufgeklappt wurde, stand eine Frau mittleren Alters mit Pelzmütze und weißem Arztkittel, unter dem sich wieder Pelz wölbte, um Brot auszuteilen, oder besser, es in die Menge der ausgestreckten Arme zu werfen. Wenn ich das Fenster öffnete, hörte ich die hektischen Rufe von Männern und Frauen nach *chljeb*, nach Brot. Es schlug um in Protestgeschrei, sobald die LKW-Ladung alle war, da bei Weitem nicht jeder etwas abbekommen hatte und weiterhin Neuankömmlinge in Scharen herbeiströmten, wobei es gelegentlich zu Schlägereien kam. Man prügelte sich buchstäblich um das Brot. Wenn ich dieses erbarmungswürdige Armenheer sah, musste ich immer wieder an meinen Vater denken, der als Siebzehnjähriger in den Fünfzigerjahren aus reiner Not mit der Niederländischen Handelsmarine auf Fahrt gegangen war und oft in den Häfen von Buenos Aires und Montevideo festgemacht hatte, wo arme junge Kerle am Kai auf Spanisch schrien – *Por favor! Por favor!* –, um als menschliche Lastesel den Schiffsraum entladen zu dürfen.

»Das fand ich immer so schrecklich ...«, hatte er mir oft gesagt. »Diese armen Schlucker, die die Arme hochrissen und um Arbeit bettelten. Und dass man dann als einfacher Kombüsenjunge nichts machen konnte.«

Wieder war im Lande eine Revolution im Gange. Und wie bei jeder noch nicht fertig ausgebrüteten Revolte war der Ausgang völlig ungewiss.

Durch die Hepatitis-B-bedingte Alkoholabstinenz hatte Foppmans die Energie eines Kernreaktors. Eines Morgens war er auf die Idee verfallen, bei Reisen auch mit Sublizenzen zu arbeiten: Andere verkauften die Tour in den Niederlanden, wir lieferten in der UdSSR das fertige Hotel- und Exkursionspaket, alles komplett ohne Intourist. Von nun an würden wir nur noch mit den neuen Kooperativen arbeiten.

Gleich bei der zweiten Reise ging es schief. Ich hatte alles aus der Hand gegeben und es dem Direktor der brandneuen Firma *Wunderreisen* überlassen, die einen ganzen Flügel im Künstlerhotel des russischen Staatszirkus im Zentrum Moskaus nahe des Kusnezki Most bewirtschaftete. Der Direktor des Staatshotels war Teil des Komplotts. Sie teilten sich die Beute und engagierten Studentinnen, um die Touristen durch die Museen, Kirchen und Klöster der Stadt zu führen. Einige Tage vor der geplanten Ankunft der fünfunddreißigköpfigen Gruppe aus Amsterdam in Moskau erfuhr ich, dass der Russe, mit dem ich den Vertrag abgeschlossen hatte, beim Eisfischen in Sibirien mit seinem Auto durch die Eisdecke gebrochen war. Außer ihm waren noch zwei Beifahrerinnen (Frauen aus der Umgebung) gestorben. Der Hoteldirektor ließ mich wissen, dass er sich inzwischen einen anderen Geschäftspartner gesucht habe und dass die Verträge mit dem Verstorbenen null und nichtig seien – »Unterschrift? Wollen Sie vielleicht behaupten, dass die Unterschrift *eines Toten* da bei Ihnen im Westen irgendeinen Wert hat?« –, dass er meine Gruppe nicht unterbringen könne und ich mir irgendetwas anderes einfallen lassen solle.

In aller Eile gelang es mir, die Gruppe am nächsten Tag in einer Kaserne in der Nähe des Sokolnikiparks unterzubringen, deren Soldaten sich zu einer Übung in den Wäldern vor den Toren Moskaus aufhielten. Durch einen alten Kontakt zu einem Oberst, den ich ein Jahr zuvor mutterseelenallein und sturzbetrunken auf einer Bank vorgefunden und mit dem ich dann weitergesoffen hatte. Irgendwann waren wir in seinem schwarzen Dienst-Wolga singend kreuz und quer durch die Stadt gefahren. Er hatte sich in eine sechs Jahre ältere Schauspielerin aus Tomsk verliebt und wollte sich scheiden lassen. Wie er meinte, hätte ich sein Leben gerettet, indem ich seinen Fahrer angewiesen habe, ihn, wenn er schon halb bewusstlos auf der Rückbank liege, nicht zu Hause, sondern im Hotel *Intourist* abzusetzen, wo ich ihn am nächsten Morgen wie ein todkrankes großes Kind mit einer Tasse dünnem Tee und einem unangerührten Teller Rührei vor der Nase im Frühstücksraum wieder traf. Er hatte mir seine Telefonnummer gegeben und mir feierlich versprochen, dass ich immer auf ihn zählen könne, solange nicht irgendwo ein Krieg ausbrechen würde. Er gab mir sein Ehrenwort. Das Ehrenwort eines Russen, der als Offizier das Leben dreier Kameraden in Afghanistan gerettet hatte, wo er zehn Jahre zuvor mit der Roten Armee eingefallen war – ein Teil seiner Legion war von Moslems gefangen genommen und bei lebendigem Leibe gehäutet worden, mehr wollte er darüber lieber nicht sagen. Nun, ein Jahr später, machte ich von seinem Angebot tatsächlich Gebrauch.

Der korpulente Russe, der sich zunächst für gewinnbringende Vermarktung eines Teils des europäischen Butterbergs interessierte, hatte sich nie wieder sehen lassen. So war es oft: Fünf von sechs Kontakten verliefen im Sande, viele von ihnen waren Quatschköpfe, Strandräuber, Schacherer, Betrüger und gaben sich auch oft für jemand ganz anderen aus. Es war die Ära der großen persönlichen Lügen, während das Monopol der staatlichen Lügen durch den ständigen Strom neuer Enthüllungen über die blutige sowjetische Vergangenheit seinem baldigen Ende entgegenging.

Die Arbeit stapelte sich. Bald verbrachten Julia und ich ganze Tage in unserem Hotelbüro damit, zu telefonieren, zu faxen und Briefe und Eingaben auf der 1981 von der Firma Vogelfreude in Minsk produzierten Schreibmaschine zu tippen. Wir hatten bisher drei Reisen auf Kommissionsbasis organisiert, die erste, satte Gewinne versprechende Branchenreise mit den Bankern stand noch bevor, doch laut Foppmans sei dieses Standbein unseres Unternehmens im Wesentlichen ein Nebengeschäft. Das wirklich große Geld ließe sich im Handel verdienen. Export und vor allem Import. Ich solle ihm aus Moskau Vorschläge zu Geschäftsideen und Waren liefern, dann würde er sich an die entsprechenden Leute in Den Haag wenden.

»Kein Rumwurschteln mehr«, hatte er mir eines Nachmittags aus dem Büro in der Javastraat ans Herz gelegt. »Die Zeit des Betrugs mit Armeeuhren, Kaviar und Theaterkarten ist vorbei. Wir werden jetzt etwas Größeres angehen! Ich schicke dir gleich ein Fax mit den Namen und Adressen, die ich von unseren sibirischen Partnern erhalten habe. Sie kommen bald wieder nach Moskau. Empfang sie mit ein bisschen Pomp, es sind unsere Freunde.«

Die Lebensmittelversorgung der Stadt wurde von Tag zu Tag kritischer. Auch die Devisenläden leerten sich. In unserem Doppelzimmer hatten wir eine Maschine zum Zubereiten von Kaffee und Tee, aber wir konnten nicht kochen. Seit dem späten Nachmittag saßen die Akademiker hauptsächlich im Restaurant unseres Hotels und soffen, allein oder mit ihren Gespielinnen. Chinstein und Trofimow waren mit Sicherheit nicht die Einzigen, die ihren privilegierten akademischen Status voll ausnutzten. Auf der Speisekarte stand nur noch ein einziges Gericht: Bœuf Stroganoff. Nachdem sie ein paar Mal von betrunkenen Typen belästigt worden war, ließ sich Julia im Speisesaal nicht mehr blicken. So wurde uns jeden Tag gegen acht Uhr abends das Bœuf Stroganoff auf einem Servierwagen ins Zimmer gebracht. Immer vom gleichen Kellner in weißem Jackett. Ein dünner Mann um die vierzig von spanischer Anmutung, mit eingefallenem Gesicht, ein tragisch wirkender Typ mit großen Augen und blass wie eine Figur aus einem Gemälde von Goya. Nach einiger Zeit erzählte er mir, dass er tatsächlich der Nachkomme eines Spaniers sei, eines zum Kommunismus bekehrten Bauern aus der Umgebung von Segovia, der in den Dreißigerjahren mit seiner Frau und drei halbwüchsigen Söhnen nach Moskau gekommen und dort hängengeblieben war. Dann sagte er verlegen, fast flüsternd: »Mein Großvater, wie fast jeder aus meiner Familie, ist im Gulag umgekommen.« Man musste nur an der Haut eines x-beliebigen Menschen kratzen, und das vergossene Blut der jüngsten Geschichte schoss wie aus der aufgeschnittenen Arterie eines Kalbes hervor. Der Kellner wäre hervorragendes Studienmaterial für Marta gewesen, doch ich schwieg. Julia stand neben mir und hörte dem Mann aufmerksam zu. Es schien mir klüger, sie über die wollüstige Spanierin mit den leicht verrückten Augen im Konsulat in Unkenntnis zu lassen.

Das Bœuf Stroganoff war in schwarzen Rubeln spottbillig, kostete keine dreißig niederländische Cent. Trotz der vornehmen Bezeichnung des Gerichts war das Rindfleisch kaum genießbar. Es schien aus in Streifen geschnittenem Stiefelleder zu bestehen; die beigefarbene Sauce, in der einige in den letzten Zügen liegende Stückchen von roten Zwiebeln und Pilzen schwammen, roch hauptsächlich nach angebranntem Knoblauch mit einem Anflug des Wodkas, der unzweifelhaft zum Ablöschen gedient hatte. Doch blieb uns kaum eine Wahl. Im Aufzug hörte ich, wie ein Professor mit Ziegenbart einem Kollegen in geringschätzigem Ton anvertraute, dass es der Küche des Hotels gelungen sei, einige Kühe, an denen eigentlich neue Medikamente hätten getestet werden sollen, aus einem Stall der Akademie der Wissenschaften außerhalb der Stadt zu beschlagnahmen. Ich bezweifelte, dass das ein Scherz war. In der russischen Schmutzpresse, die sich nach fast siebzig Jahren Abwesenheit mit erstaunlicher Geschmeidigkeit – oft mit antisemitischem, neozaristischem und natürlich halb pornografischem Inhalt – zurückgemeldet hatte, waren immer öfter Horrorgeschichten über Kannibalismus in der Provinz zu lesen, während im Ural unlängst ein Ehepaar verhaftet worden war, das jahrelang Fleisch von getöteten kranken Tieren aus dem Zoo, in dem beide beschäftigt waren, auf dem freien Markt verscherbelt hatte.

So sehr die landesweite Lebensmittelknappheit das Moskauer Diensthotel der Akademie der Wissenschaften auch betreffen mochte, an einem herrschte nie Mangel: Sowjetchampagner. Eine Flasche süßer oder trockener Blubberwein der Marke Sowjetskoje oder Kornet kostete in Gulden umgerechnet weniger als dreißig Cent. Sechs Fünf-Cent-Münzen. Meine spätere Alkoholsucht rührt aus diesen Tagen her. Oh, an wie vielen Abenden haben Julia und ich, wenn draußen die Losung auf der Fassade der Metrostation – DIE PARTEI IST DER VERSTAND, DIE EHRE UND DAS GEWISSEN UNSERER EPOCHE! – von eisigem Wind gebläht wurde, während die Mercedesse der ersten Rubelmillionäre wie Torpedos im Dunkeln vorbeischossen, die Korken gegen die Wände knallen lassen!

Schon bald schworen wir dem Bœuf Stroganoff ab. Wir behalfen uns lieber mit Brot, einem Stück Obst, einigen Konserven und anderen Sachen, die wir in den Geschäften, die voller schlecht riechender Menschen waren, noch fanden. Unser relatives Hungergefühl spülten wir mit Sekt weg. Als mir eines Tages erstklassiger Wildererkaviar angeboten wurde, kaufte ich sieben Kilodosen und stellte sie in den Kühlschrank neben meinem Schreibtisch. Ich selbst war nicht scharf darauf, aber oft hat Julia mittags einen Holzlöffel voll genascht, die Augen halb geschlossen, strahlend vor stillem Glück. Also bin auch ich mitschuldig am Untergang der Belugastöre. Die Vitaminpillen, die meine Mutter mir mitgegeben hatte, waren bald aufgebraucht, weil ich darauf bestand, dass Julia sie ebenfalls nahm.

Immer öfter musste ich zu Terminen und Gesprächen mit potenziellen Partnern, die ich selbst aufgetan oder die Foppmans von Den Haag aus auf eine Idee gebracht hatte. Immer öfter musste ich zudem die Stadt verlassen, zu Julias großem Missvergnügen, die dann unser Büro hütete und die laufenden Geschäfte erledigte. Die Touristengruppen kamen und gingen, inzwischen lief alles mehr oder minder wie geschmiert; ich hatte die gesamte Abwicklung aus der Hand gegeben. Doch nichts war sicher, Verträge waren noch weniger wert als der ständig fallende Rubel, und wenn wieder einmal etwas passierte wie die Geschichte mit diesem Staatszirkushotel, musste man schnell handeln können.

Handys gab es noch nicht, doch auch das gewöhnliche Telefon, die analoge Erreichbarkeit über Kabel, war ein Quell ständigen Ärgers und eine unvorstellbare Zeitverschwendung. Foppmans konnte mich problemlos aus Den Haag anrufen oder mir ein Fax schicken. Wenn ich ihn dagegen dringend für eine Absprache brauchte, musste ich zunächst ein internationales Gespräch anmelden, was in der Regel eine halbe, manchmal eine ganze Stunde Warten bedeutete. Das Gleiche, wenn man ein Fax ins Ausland schicken wollte.

An einem Nachmittag, als die Sonne wie eine riesige Kupferpfanne über der Stadt hing, stand ich vor einem Russen, einem potenziellen Kunden, der an einer Lieferung von sechzig gebrauchten Audis interessiert war. Sein Büro befand sich in einem Gebäude an den Sauberen Teichen. Tropfende Eiszapfen am Fensterrahmen waren die ersten Frühlingsboten.

Der Mann war um die sechzig. Im Jahr zuvor hatte er noch als Direktor in einer Abteilung des Verkehrsministeriums gearbeitet, sein Sohn saß im Vorstand der kommunistischen Jugendorganisation Komsomol, aber in der neuen Ära hatten sie sich nicht mit Windeiern aufgehalten. Sie waren in die Lücke gesprungen, die das weitgehend zusammengebrochene Kommandosystem der sowjetischen Wirtschaft hinterlassen hatte. Wie schlimm die Dinge im Land auch stehen mochten, die Gesellschaft kam nie *ganz* zum Stillstand, wie auch in Kriegszeiten nicht pausenlos gekämpft wurde; das würde ich aber erst Jahre später richtig begreifen, als ich zum ersten Mal einen Krieg erlebte. Das Leben ging einfach weiter. Die staatlichen Geschäfte gähnten vor Leere, doch es hatte sich ein komplettes Untergrundsystem gebildet, oder besser gesagt: ein Parallelsystem, in dem Ziegel produziert und gehandelt wurden, Rohre, Bauholz, Benzin, Konsumgüter wie Kleidung, Schuhe, Spielzeug, Stecker, Pflaster, Fernseher, Kühlschränke, Radios und Lebensmittel, obwohl letztere die Achillesferse des Marktes bildeten und für die meisten Händler unattraktiv waren – aufwendig und leicht verderblich.

Der Sohn dieses alten Apparatschiks, den ich eine Woche vorher zufällig getroffen hatte, war ausgebildeter Zahnarzt, hatte sich aber die Kniffe des Kapitalismus in Rekordzeit angeeignet: mit einem amerikanischen Marketing- und Wirtschaftslehrbuch, dessen russische Übersetzung in allein von Büroklammern und Klebeband zusammengehaltenen verschmierten Fotokopien zirkulierte, die auf allen Märkten verkauft wurden. Er war jetzt auf Dienstreise in Perm, hatte mich aber beschworen, dass mit seinem Vater ebenso gut klarzukommen sei und dass ein Deal sofort eingefädelt werden könne, vorausgesetzt, ich käme mit dem richtigen Angebot. Vater und Sohn besaßen bereits ein halbprivates Logistikunternehmen. Der Transport auf Schienen von Rohstoffen wie Nickel und auch Schrott in die Häfen von Leningrad, Wladiwostok und Murmansk spülte ihnen täglich Millionen Rubel in die Kasse. Sie schwammen buchstäblich im Geld, versuchten, so viel wie möglich in harte Währung umzurubeln, kauften Immobilien und alles, was nicht niet- und nagelfest war, suchten aber auch längerfristig nach anderen Investitionen. Sie wollten deshalb das erste private Taxiunternehmen der Stadt gründen, das Kunden anlocken sollte, die mit Dollars bezahlen konnten, wie auch in den meisten Restaurants nur noch harte Valuta akzeptiert wurde. Der Dollar, die Währung der von vielen im Kreml aufs Tiefste verachteten und auch gehassten Vereinigten Staaten, hatte das Land wie Schimmel überwuchert. Damit sich die Investition innerhalb von sechs Monaten amortisierte – das war die maximale Zeitspanne in der Spätphase der UdSSR, und in den Achterbahnjahren, die dann folgten, betrug sie für die meisten Deals in der Regel nur noch drei Monate – und man keine Abstriche bei Luxus, Komfort und Qualität hinnehmen musste, so das Bestreben des Unternehmens, durften die Audis nicht älter als drei Jahre sein, gleichzeitig jedoch einen bestimmten Anschaffungsbetrag nicht überschreiten; an dessen Höhe erinnere ich mich nicht mehr.

Als ich Foppmans davon in Kenntnis setzte, dass der Sohn einige Tage zuvor wegen der Autos angefragt hatte, kam schon nach einer Stunde ein triumphierender Rückruf. Er habe angefangen herumzufragen, bei einem Händler in Nordbrabant stünden die

Autos bereit, genau sechzig Stück und alle weiß-metallic. Wir würden bei jedem Auto drei Mille Gewinn machen, den Transport über Litauen eingerechnet, den er schon mehr oder weniger angeleiert hatte.

Als ich das Büro verließ und den Flur des Gebäudes entlangging, das früher eine Schule gewesen war und das man nun in einen Bienenstock für allerlei kommerzielle Kleinstunternehmen, -betriebe, -geschäfte umgewidmet hatte, war ich sicher, dass ich es hingekriegt hatte. Der Mann hatte über einen *letter of credit* in Dollars gesprochen, es sollte über eine deutsche Bank abgewickelt werden. Ich saß sozusagen in einem Heer aus Russen, Georgiern, Armeniern und anderen Sowjetbürgern mit schönen Plänen, Zukunftsvisionen und Geschichten. Doch wenn es dann um die Vorauszahlung ging, Butter bei die Fische!, sprangen die meisten schnell wieder ab.

Die Wintersonne schien mit harten Strahlen durch die hohen Fenster auf den glasierten Fliesenboden. Der erste Deal neben unserem Touristenladen war mit ziemlicher Sicherheit rund. Ich wurde Opfer einer geradezu berauschenden Begeisterung. In den Wochen zuvor hatte mich Foppmans manchmal voller Ungeduld gescholten, mich ermahnt, mit anderen Geschäften in die Gänge zu kommen. Jetzt konnte er zufrieden sein. Die ersten Hunderttausend waren im Anmarsch.

Um mich herum klangen Stimmen, Telefongeklingel, Schritte, Gemurmel, nervöse Befehle. Einige der Türen von ehemaligen Klassenzimmern standen offen und gaben den Blick auf Räume frei, die mit Schreibtischen, groß wie Billardtische, vollgestopft waren, an denen Frauen und Männer fieberhaft arbeiteten. In einem einzigen sah Lenin in einer nachdenklichen Pose verschnupft von der Wand auf das neokapitalistische Treiben unter ihm herab. Hätte er aus seinem Holzrahmen springen können, hätte er alle hier als Nutten und Kakerlaken beschimpft und angeordnet, das ganze Gesindel stehenden Fußes standrechtlich zu erschießen.

Aber die meisten Klassenzimmer waren fest verschlossen, als wäre das Geschäft etwas Geheimes, Unerlaubtes und Ungehöriges, eine Aktivität, die lieber kein Tageslicht sehen sollte. Ich ging an den Türen mit den emaillierten Firmenschildern vorbei. Auf einem davon stand: TIEFKÜHL-SCHWEINEFLEISCH, während das daneben vermeldete: BRÜDER IWANOW, HÄNDLER IN BIENENGIFT. Gefolgt von: VIDEORECORDER DIREKT AB WERK, TAIWAN – ROHRE AUS ZWEITER HAND, METALLKONSTRUKTIONEN UND KABELKANÄLE – JURI BEJLIN, MUNITION UND GEWEHRE FÜR DIE JAGD – ACHMEDOW, TSCHETSCHENISCHE ÖLE – BERNSTEIN, RECHTSANWALT – ROMANOW, POLARFUCHS- UND OPOSSUM-PELZE – SIDOROW, SCHNELLE MEDIZINISCHE LABORTESTS – DER REGENBOGEN, SPORTKLEIDUNG UND SCHUHE (ADIDAS) – KOGAN, FILMIMPRESARIO – NATASCHA WOLKOWA, KURZWAREN – DAVID SMIRNOW, MODELLBÜRO – DER CHARME VON ASTRACHAN, ROTER UND SCHWARZER KAVIAR, DELIKATESSEN – BLUE JEANS, POLNISCHE UND AMERIKANISCHE JEANS – SOLDATOW & COHEN, JURISTEN – SACHALIN, TIEFGEKÜHLTER ROTER LACHS – KARPOW & KARPOW, IMPORT-SCHEIBENWISCHER UND AUTOTEILE – SAUER, KOMMUNIKATION – NICKEL, KUPFER-TELEFONDRÄHTE & ALTMETALL – NIKOLAJEW, SIBIRISCHES BIER – DR. L. FEINSTEIN, INTIME MEDIZINISCHE HYGIENE, und so ging es weiter auf dem mindestens neunzig Meter langen klosterartigen Flur. Als ich an OLGA & OLGA, SEXY DAMENUNTERWÄSCHE vorbeikam, flog die Tür auf. Eine Blondine auf Stöckelschuhen klackerte nach draußen und lief mit arrogantem Blick und flatternden künstlichen Wimpern an mir vorbei. Ich wollte mich umdrehen, wurde aber vom Schatten eines Mannes bestürmt, dessen Gesicht ich wegen des blendenden Sonnenlichts nicht erkennen konnte. Er rief: »Nein, wie viele Sommer, wie viele Winter?«, die typische russische Begrüßung, wenn man sich lange nicht mehr gesehen hat, woraufhin ich im gleichen Moment unter einem Lammfell, in dem noch die Eiseskälte der Straße hing, begraben wurde. Erst, nachdem ich mich halb entwunden hatte, erkannte ich das Gesicht von Posorski.

»Lieber Himmel …« Er schob mich von sich weg, sah mich mit einem gleichzeitig ungläubigen und strahlenden Lächeln an. »Was machst du denn hier? Mein alter Bibellieferant! Ich dachte, du hättest das Land für immer verlassen.«

Seit unserer Begegnung vor anderthalb Jahre mit der hysterisch gewordenen Frau Pokrowskaja im Hotel *Europa* hatte ich ihn nicht mehr gesehen. Ohne weiter etwas von mir hören zu lassen, war ich damals von Leningrad nach Holland zurückgekehrt. An unseren Abschied schien er sich nicht zu erinnern.

Ich müsse unbedingt auf ihn warten, fuhr er fröhlich fort. Er habe hier noch ein paar Dinge zu erledigen. Es würde zehn Minuten, höchstens eine Viertelstunde dauern. Er trat bei NICKEL, KUPFER-TELEFONDRÄHTE & ALTMETALL ein, ging fünf Minuten später zu SOLDATOW & COHEN, JURISTEN hinüber, sagte mir, als er wieder im Flur stand, dass er nun wirklich fast fertig sei und verschwand dann für etwa zehn Minuten hinter der Tür von OLGA & OLGA, SEXY DAMENUNTERWÄSCHE, wohin die Blondine mit den hohen Absätzen inzwischen mit einer gläsernen Teekanne zurückgekehrt war, die sie weiß der Teufel woher geholt hatte.

Posorski besaß weiter oben ein eigenes Büro, in einem spinatgrünen Gebäude direkt hinter dem Lubjankaplatz. Es befand sich in einer schräg abfallenden Straße, wo der KGB in den Dreißigerjahren, auf dem Höhepunkt von Verfolgung und Terror, seine Folter- und Hinrichtungsstätten eingerichtet hatte. Die Höhenunterschiede in diesem alten Stadtteil hatten sich als vorteilhaft erwiesen: Das Blut floss mit dem Spritzwasser einfach so in die Gullys der Moskauer Kanalisation, danach wurden die Leichen per LKW zu den Krematorien und den Massengräbern außerhalb der Stadt gekarrt.

»Lieber Gott, was bin ich froh, dich wiederzusehen!« Posorski zog energisch eine Whiskyflasche aus einer Schublade, verschüttete einen Schwapp und schob mir dann ohne zu fragen ein Glas hin. »Prost! Und wie geht es dir?«

Ich nickte fröhlich als Zeichen dafür, dass es mir gut ging. Immer noch spürte ich eine instinktive Abneigung gegen den Mann, erkannte aber auch, dass ich mich ihm in meiner neuen Funktion nicht länger entziehen konnte.

Er war ein potenzieller Partner.

In seinem Büro wimmelte es von attraktiven Frauen. Ab und zu kam eine herein, legte ein Papier vor ihn hin, bat, es zu unterschreiben, und verschwand dann wieder. Wie in dem Gebäude, wo ich Posorski getroffen hatte, war der Puls der neuen Zeit überall zu spüren. Olga & Olga, Sexy Damenunterwäsche war ein Nebengeschäft, das sich eine seiner Mätressen ausgedacht hatte. Es hatte mehr oder weniger als Spaß begonnen, doch das Geschäft gedieh prächtig und warf inzwischen ein Vermögen ab.

Während eines dreimonatigen Aufenthaltes in Budapest hatte Posorski vor anderthalb Jahren Kontakt mit ungarischen Partnern aufgenommen, mit denen er jetzt Videorekorder und andere elektronische Geräte aus Japan importierte. Der sowjetische Markt war unersättlich. Es war ein einträgliches Geschäft, außerdem hatte er seinen ursprünglichen Schrotthandel beibehalten. Mit seinem alten Kumpel Nikolai Borodin, dem Hafendirektor in Leningrad, hatte er nichts mehr zu tun. Oder besser gesagt: der Mann weilte nicht mehr unter den Lebenden. Nach einem Megadeal mit einer Schiffsladung Kupfer und Nickel hatte sich Borodin mit dem Geld aus dem Staub gemacht. Posorski hatte ihn in Murmansk aufgespürt, seinen Anteil am Gewinn doch noch bekommen und seinem Partner alles vergeben, doch eine Woche später geschah etwas Schreckliches. Eines Morgens wurde Borodin kopfüber an einem Ast baumelnd gefunden, bei minus zwanzig Grad. Er war mit einem Seil an seinem linken Knöchel aufgehängt worden. Seine Haut war blau und weiß. Es muss ein langsamer, schrecklicher Tod gewesen sein.

»Ich habe eine ganze Nacht wachgelegen! Aber es sind die Zeiten, mein Lieber ...« Inzwischen trug Posorski eine Brille mit orangefarben getönten Gläsern, die den Blick auf seine Augen verschleierten und einen ungesund wirkenden Abglanz auf seine Wangen warfen. »So, jetzt erzähl mal von dir.«

Schließlich hatte er mich ins *Aragwi* geschleppt, das georgische Restaurant in der Gorkistraße, das einst die Bühne für die Exzesse von Stalins jüngstem Sohn abgegeben hatte. Ohne Empfehlung kam man da nicht hinein, aber Posorski kannte nicht nur den Geschäftsführer, die Kellner und Serviererinnen mit Namen, sondern auch die Mitglieder des Orchesters, die auf einem Balkon spielten. Er begann, über die Genüsse des kaukasischen Landes zu sprechen, über die üppige Schönheit von Tiflis, über die köstlichen Gerichte, die gleich serviert werden würden und schien absolut sicher, dass ich selbst nie in Georgien gewesen war. Wieder sah ich die Bilder der Männer, Frauen, Studenten und Priester vor mir, im April des Vorjahres auf dem Rustaweli-Boulevard, die – wenige Stunden, nachdem ich sie hatte demonstrieren sehen – von der Armee vertrieben, fertiggemacht, totgeschlagen worden waren.

Plötzlich kam Posorski mit dem wehmütigen Tonfall eines alten Mannes, der sich an eine Jugendsünde erinnert, auf unseren Bibelhandel zu sprechen. Sein apfelsinenfarbenes Gesicht leuchtete. Er lachte laut über das warme Käsebrot hinweg, das in der Zwischenzeit gebracht worden war. Damals habe er alle hübsch an der Nase herumgeführt! Kurz nach Eintreffen der ersten Ladung heiliger Schriften aus Rotterdam sei ihm nämlich Folgendes zu Ohren gekommen: dass eine weitere protestantische Gemeinschaft in Dänemark die geistliche Not ihrer Brüder in der UdSSR mit russischen Bibeln lindern wolle. Und deshalb war die zweite Ladung von noch einmal achtzigtausend Bibeln eine Woche später per Schiff nach Dänemark befördert worden. Dort hatte er sie an eine kirchliche Organisation verkauft, worauf die Bibeln auf dem Seeweg erneut die Reise nach Leningrad angetreten hatten, um dort unter den Gläubigen verteilt zu werden.

Posorski hatte für mich ein Schauspiel aufgeführt.

»Was hältst du von dem Krieg in Bergkarabach?«, wechselte er abrupt das Thema. »Unsere armenischen und aserbaidschanischen Freunde trachten einander nach dem Leben! Sozialistische Brüder! Wo soll das alles noch hinführen? Schrecklich, schrecklich ... Aber gleichzeitig erleben wir großartige Zeiten. Weißt du was, Kamerad? Endlich werden wir miteinander Geschäfte machen! Bist du bereit? Ich mache dich reich!«

Achtes Kapitel

Neben unserem Appartement in Petersburg habe ich eine Wohnung in Moskau, die ich halten möchte, solange es noch geht – die Literatur hat sich für mich als schlechtes Geschäft herausgestellt, und der Journalismus ist ein totgerittener Gaul. Dort wohne ich zehn Minuten zu Fuß vom Roten Platz entfernt in der Großen Tatarenstraße. Meine Arbeitshöhle ist so klein, dass ich zum Zeitunglesen das Fenster öffnen muss. Doch auch hier habe ich an einigen Büchern geschrieben!

Heute Morgen hatte ich beschlossen, statt meines täglichen Spaziergangs zum Gorkipark die Straßenbahn zu nehmen, die kurz vor meinem Haus hält. Es lag noch Schnee, wobei der glasige blaue Glanz ein baldiges Tauwetter ankündigte. Auf dem Weg zur Haltestelle hörte ich aufgeregtes Vogelgetschilp in den schwarzen Pappeln. Ich sog den Ammoniakgeruch des nahenden Frühjahrs ein, wie ich im Juli (zum Höhepunkt des Sommers) oft schon den Humus des Herbstes rieche.

Für ein paar Rubel kaufte ich ein Ticket, setzte mich hin – und die Tram fuhr los. Wir donnerten über die Brücke, die die Moskwa überspannt, rechts die »Stalintorte«, in der Paustowski einen Teil seiner Memoiren geschrieben hat, links in der Ferne die Silhouette des Kremls mit dem leuchtenden Kuppelgold, und über allem wölbte sich ein schmiedeeiserner Himmel. Vor mir saß ein Mann mit einer komplett violetten Nase und starrte unter seiner nassen Biberpelzmütze nach draußen. Ich schätzte ihn auf siebzig. Alte Männer sieht man in der Öffentlichkeit in Russland nicht so oft. Viele sterben früh. Diejenigen, die überleben, verstecken sich häufig zwischen den verzogenen Ikonen und dem Kerzenlicht der Kirchen.

War der Alte ein gebürtiger Moskowit? In diesem Fall musste das Schattenspiel, das wahrscheinlich in seinem Kopf stattfand, teilweise mit dem meinem übereinstimmen. Dieses Schattenspiel kommt mit den Jahren: Was man in seiner Umgebung sieht, tritt in ständigen Dialog mit den Bildern aus der Vergangenheit. Ich hatte mein Schicksal mit diesem Land, mit der Literatur, mit meiner russischen Frau verbunden, allerdings war aus unserer Verbindung des Fleisches nichts entstanden, das man die garstige Welt da draußen hätte sehen lassen können.

Beim innersten Boulevardring aus dem späten 18. Jahrhundert angekommen, kroch die alte Straßenbahn knirschend und mit einem hohen metallischen Quietschen bei jeder Biegung an einem Gebäude vorbei, in dem ich als Zwanzigjähriger Frauen dabei zugesehen hatte, wie sie mit nur einem weißen Fellpuschel am Hintern im Flackerlicht einer Bühne tanzten. Jetzt hatte sich das geheime Etablissement in ein luxuriöses Bankgebäude mit gläsernen Türen und Marmoreingang verwandelt. Das Stadtzentrum wirkte an vielen Stellen hypermodern. Nirgendwo sonst fuhren so viele teure Autos herum wie hier. Einige Geschäfte hatten, seitdem ich hier wohnte, viermal den Inhaber und das Angebot gewechselt. Wo einst stinkende Klumpen sowjetischen Rindfleischs verkauft wurden, später importierte Klamotten und dann die ersten Mobiltelefone, saß jetzt die Moskauer Jugend in einem Lounge-Café bei Cappuccino und Latte Macchiato und scrollte auf ihren iPhones und iPads herum. Würde ich ihnen erzählen, dass ich früher, als ich etwa in ihrem Alter gewesen war, in dieser Stadt eine Stunde hatte warten müssen, um irgendwen in Europa an die Strippe zu kriegen, dann würden sie mich vielleicht ungläubig anschauen, wahrscheinlich aber gelangweilt den Kopf von dieser kahlen Geistererscheinung aus prähistorischen Zeiten abwenden. Die Generationen folgen immer schneller aufeinander, wobei die Jüngeren die Älteren verurteilen, ohne zu merken, dass sie damit vorzeitig ihr eigenes Todesurteil fällen.

1929 (im Geburtsjahr meines Vaters) besuchte der umstrittene, weil mit faschistischem Gedankengut kokettierende italienische Autor Curzio Malaparte Moskau und Leningrad. Er sah die letzten menschlichen Trümmer des zwölf Jahre zuvor zusammengebrochenen Zarenreichs, vor allem aber die inzwischen entstandene neue bolschewistische Elite: die oberste Rangstufe des Kommunismus, den habsüchtigen, grausamen, verlotterten Clan des marxistischen

Adels um Stalins Thron, seine Frauen, Töchter, Mätressen, die Profiteure, die Dandys, die Pädophilen, die proletarischen *merveilleuses*, die Schauspielerinnen, die Ballerinas, die – dieser Satz ist ein fast wörtliches Zitat – den Platz der Aristokratie aus dem alten Regime eingenommen hatten und die kurz darauf selbst nach schrecklichen Geheimprozessen im Feuer der Erschießungskommandos im Innenhof der Lubjanka sterben würden.

Die Geschichte wiederholt sich nicht, die Geschichte reimt sich.

Und manchmal ist sie ihr eigenes Spiegelbild.

Malaparte hatte den Aufstieg der Sowjetunion, den ersten Fünfjahresplan erlebt, ich – ungefähr ein halbes Jahrhundert später – den allmählichen, aber beständigen Untergang.

Als mir die niederländische Ausgabe des *Ballo al Kremlino* in die Hände fiel, der viele Jahre später festgehaltene literarische Niederschlag seines Aufenthaltes in Moskau kurz vor dem Beginn des Großen Terrors, brachte mich die Lektüre dieses bemerkenswerten proustischen Romans völlig durcheinander. Durch seine Brille ließ er mich erkennen, was ich später mit eigenen Augen erblicken sollte – am gleichen Ort, doch zu einer anderen Zeit. Er beschreibt ein Moskau, in dem ganze Stadtteile dem Erdboden gleichgemacht wurden, um für Straßen Platz zu schaffen, auf denen Stalin vom Kreml bis zu seiner Datscha im Wald durchbrettern konnte. Nach dem napoleonischen Brand von 1812 hatte man die meisten Holzhäuser, Handelshäuser und Stadtpaläste durch Steingebäude ersetzt. So waren charmante Boulevards nach Pariser Vorbild entstanden; doch die Stadt mit ihren vergoldeten und farbenfroh glänzenden Kirchenkuppeln, Klöstergärten voller Geflügel und Vieh, Mietkutschen und Bauernwagen hatte stets ihren ländlichen, fast arkadischen Charakter behalten, der sich mit der rachsüchtigen Abriss- und der sozialistischen Neubauwut in Beton rasch verflüchtigte. Auch ich habe in dem Vierteljahrhundert, das ich hauptsächlich in Moskau verbrachte, Häuser und Viertel, die mir ans Herz gewachsen waren, durch das Walten gieriger Bürokraten und Lumpen verschwinden sehen.

Eine wahnsinnige Metamorphose. Nicht nur baulich, sondern auch politisch und sozial.

Schon vor dem Zusammenbruch der Sowjetunion erlebte ich die ersten Ansätze massiven Raubs durch eine Clique von zynischen und cleveren Leuten, die bald darauf der Welt als Oligarchen bekannt werden würden. Sie waren Usurpatoren der Öl- und Gasfelder, der Minen, die Gold, Kupfer, Zinn, Aluminium und Rohdiamanten zutage förderten, die Helden sowohl der internationalen als auch der Boulevardpresse mit ihren zusammengerafften märchenhaften Vermögen von Milliarden Dollars, ihren schlossartigen Landhäusern, großkotzigen Motorjachten, Kunstsammlungen, Frauen, Mätressen, Söhnen und Töchtern, die den neuen russischen Adel bilden. Sie leben nicht mehr in Sankt Petersburg, in der kaiserlichen Pracht rund um den Winterpalast der Romanows, auch nicht in speziellen Gebäuden mit eigens bevorrateten Geschäften, Kinos und anderen Einrichtungen, wie sie Stalin in Moskau für seine Mitläufer, Paladine und Henker hatte bauen lassen, die ihm später zum Opfer fallen sollten, wie Malaparte schreibt. Diesmal residieren sie in größenwahnsinnigen, eine halbe Autostunde in den Wäldern vor den Toren Moskaus gelegenen Unterkünften in einem Dunstkreis rund um den neuen Kreml-Zaren. Sie werden von Dienern, Kindermädchen, Köchen, Leibwächtern, Privatchauffeuren, Gärtnern, Yoga- und Sportlehrern gehätschelt, sie sind ebenso auf irdische Genüsse, Prestige und flüchtigen Ruhm aus wie ihre Vorgänger, und ihr Leben ist in dem Moment, in dem ich diese Worte niederschreibe – Geschichte wiederholt sich nicht, sie reimt sich – vielleicht wieder von einer Revolte bedroht.

Der Alte mit der violetten Nase und der Biberpelzmütze war inzwischen ausgestiegen. Während die Straßenbahn bei ihrer Fahrt über den Boulevard in Richtung Saubere Teiche das Tempo anzog, begann draußen ein grieseliger Eisregen. Ich dachte an die wahrscheinlich erfundene, aber hübsche Passage, in der der Kriegsreporter, Diplomat und Schriftsteller Malaparte – in Begleitung des Genies Michail Bulgakow – in der Nähe des Moskauer Arbat den hochbetagten und verarmten Fürsten Lwow auf der Straße trifft, den ersten Premier der Provisorischen Regierung. Auf seinem von einem grauen Backenbart eingefassten Kopf transportiert er einen goldenen Sessel, um ihn auf dem Flohmarkt unter den grünen Bäumen des Smolenski-Boulevards zu Geld zu machen, wo seine aristokratischen Leidensgenossen (wundersamerweise noch am Leben, nicht ermordet oder geflohen) die Überreste ihrer ehemals privilegierten Existenz – Ringe, Ikonen, Porzellan, kostbar eingebundene Bücher, verfärbte Seidenkrawatten, Kosakendolche, sogar ein Mädchen, das seine Unterhosen hochhält, steht da – Diplomaten, Ausländern, Profiteuren des Kommunismus, ihren Frauen, Töchtern und Geliebten zum Kauf anbieten.

In den ersten Tagen der Februarrevolution 1917 fuhr Prinz Lwow in Petrograd täglich mit seinem Dienstwagen durch unsere Tschaikowskistraße und in den Garten, in dem meine Frau und ich vor einigen Monaten unsere Katze heimlich begraben hatten, wenn er ins Chaos des Taurischen Palais gerufen wurde, das plötzlich von Arbeitern, Soldaten und Seeleuten überflutet wurde.

Ich dachte an Julia, fragte mich, wie es ihr in sechshundert Kilometern Entfernung ging, wie es mit den Katzen lief. Gerade als ich sie anrufen wollte, klingelte mein iPhone in der Tasche.

»Hey, wo bist du?«

»In der Straßenbahn«, sagte ich.

»Warum?«

Ich sagte, ich sei auf dem Weg zu einem Politiker, den ich für die Zeitung interviewen müsste; der Termin sei in einer halben Stunde.

»Und sonst?«

»Sauwetter hier ... Und bei dir?«

»Eisregen«, antwortete meine Frau. »Ach, wie ich mich nach dem Frühling sehne! Fahren wir dieses Jahr wirklich in Urlaub? Immer diese Schreiberei! Wann kommen wir endlich einmal zum Leben?«

Sie fragte, wie es um mein Buch stehe. Letzte Woche erst hatte ich ihr gesagt, dass der Text, an dem ich saß, auf eine Art Chronik unseres eigenen russischen Daseins hinauszulaufen drohe.

»Wir sind gerade im Hotel *Akademitscheskaja 2* eingezogen, Winter 1989 ...«

»Ach du liebe Güte ... *Da* bist du erst? Dann hast du ja noch ein Vierteljahrhundert vor dir!«

Ich versprach meiner Frau, dass ich mich beeilen würde. Die Straßenbahn machte eine sanfte Kurve; steif und grummelnd fuhr sie an den Sauberen Teichen vorbei; auf dem Eis unter den weißen Lichtern der Girlanden herrschte geschäftiges Treiben. Auf der anderen Seite befand sich ein Pavillon. Die Gartenwirtschaft stand halb auf Pfählen im Teich und wurde im Sommer von Ausflugsbooten umlagert, jetzt von Schwärmen an Schlittschuhläufern. Drinnen war es voll. Auch ich hatte dort oft gegessen und getrunken, in Gesellschaft russischer Freunde sowie Kollegen der niederländischen Journaille, mit denen ich jetzt keinerlei Kontakt mehr unterhielt. Es gab nur noch sehr wenige Leute, denen ich vertraute. Im Notfall gab es niemanden, an dessen Tür ich hätte klopfen können. Zusammen mit meiner Frau müsste ich es alleine schaffen. Der Gedanke hatte etwas Befreiendes.

»Du klingst traurig«, seufzte Julia.

»Nein, alles in bester Ordnung!«

Das Gespräch, das ich etwas später mit einem Nachkommen eines vorrevolutionären Staatsmannes führte, war an sich schon Stoff für eine Novelle. Ich konnte in der Zeitung nur fünfhundert Worte darüber schreiben. Ich schickte das Interview nach Amsterdam und arbeitete am Nachmittag weiter an meinem Buch. Entgegen meiner Gewohnheit: Eigentlich kann ich nur am frühen Morgen schreiben – Kater oder kein Kater.

Doch ich musste mich beeilen, vorankommen.

Wenn ich jetzt auf meine Jahre als Geschäftsmann im noch immer kommunistischen Moskau zurückblicke, dann steigen hauptsächlich Schuldgefühle in mir auf. Schuldgefühle meiner Frau gegenüber.

Ich war unentwegt unterwegs und ließ Julia in diesem elenden Hotel-Doppelzimmer mit Blick auf den fast täglich vom Winternebel verhangenen Platz mit dem haushohen Lenin zurück, wo sie dem Restaurant mit diesem elenden Bœuf Stroganoff auf der Speisekarte auf Gedeih und Verderb ausgeliefert war, und wo es im Foyer von Betrügern, käuflichen Frauen und zwielichtigen Typen nur so wimmelte. Für Intersoviet Consultancy kümmerte sich

Julia um die eingehenden Faxe, die Telefonate und andere laufende Angelegenheiten. Irgendwann war es so, dass sie Foppmans aus Den Haag öfter an der Strippe hatte als ich, während ich in dem bis in seine Grundfesten erschütterten Sowjetreich herumgurkte und nach möglichen lukrativen Deals Ausschau hielt, die mich noch in die letzten Ecken des Landes brachten.

Durch eine Bekanntschaft aus Moskau wurde ich in Kasan einem Tataren in einem engen schwarz-glänzenden Anzug vorgestellt, der ein lila Käppchen auf der Glatze trug, einen grauen Spitzbart und smaragdgrüne Augen hatte, die Feuer zu sprühen schienen. Er war der Importkönig der tatarischen Hauptstadt und an so ziemlich allem interessiert. Voller Stolz erzählte er, dass die ersten Moscheen allmählich wieder ihrer alten Bestimmung zugeführt würden. Wie auch viele russisch-orthodoxe Kirchen hatten sie siebzig Jahre lang als Lager für Getreide und Traktoren gedient oder einfach nur leer gestanden. Bei jedem Wort klackerten die Perlen seiner Gebetskette. Sobald das Gespräch auf Bargeld kam, öffnete er mit einem stumpfsinnigen Lächeln seinen weichen Mund, zeigte ein völlig verrottetes Gebiss mit einem einzigen goldenen Eckzahn und beschwor das Zauberwort der Zeit: Tausch, sagte er auf Englisch. Bargeld? Er tätigte Geschäfte ausschließlich auf der Grundlage des Tauschhandels. Für zehntausend amerikanische Jeans war er bereit, Tonnen von in der Region gewonnenem Rohöl, Bauholz, Kupfer oder Schrott zu liefern, was auch immer ich begehren mochte. Als er fragte, ob ich jeden Monat einen Container mit französischem Rot- und Weißwein nach Kasan auf den Weg bringen könne, für den er zarte Tatarenschönheiten in unbegrenzter Menge zu liefern versprach, die als Tänzerinnen im Amsterdamer Nachtleben anschaffen könnten, hatte ich nur noch einen Gedanken: mich so schnell wie möglich aus dem Staub zu machen.

Die meisten meiner Bemühungen waren völlig nutzlos. Den Gedanken an die Sinnlosigkeit meiner ermüdenden Anstrengungen, die nur auf eines abzielten, nämlich Geld zu scheffeln, versuchte ich, so weit wie möglich von mir fernzuhalten. Ich las kaum noch ein Buch, hatte keine Zeit, ins Theater zu gehen, und immer öfter und länger musste ich Julia allein lassen. Der Deal mit den Audis hatte hingehauen, obwohl die Anzahl in letzter Minute von sechzig auf vierzig reduziert wurde. Als die Autos auf drei Auflegern mit polnischem Nummernschild an ein Werksgelände außerhalb von Moskau geliefert wurden, hatte mir Foppmans bereits einige Stunden zuvor ein Fax geschickt, dass das Geld über den *letter of credit* auf seinem Bankkonto eingetrudelt war. Wir hatten rund hunderttausend Gewinn gemacht. Um das zu feiern, war er umgehend mit einer der Rezeptionistinnen des Büros auf der Javastraat für drei Tage nach Paris abgedampft.

Die Behandlung seiner Gelbsucht machte Fortschritte.

Lizenzierte Reisen brachten uns mehrere tausend Dollar im Monat, doch richtiges Geld verdienten wir mehr und mehr durch den freien Handel. Ich ließ meine Beziehung zu Posorski wieder aufleben, der mich zweimal pro Woche zum Essen ausführte; unsere künftige Zusammenarbeit nahm immer konkretere Formen an.

Eines Abends rief er bei einem Glas Bier: »Blumen!« Er sagte: »Weißt du, wie versessen russische Frauen auf Blumen sind? Für Blumen, Schokolade und Sex würde man in diesem Land sein letztes Hemd hergeben.«

Wir sollten eine Importmöglichkeit für frische Schnittblumen von den niederländischen Blumenzwiebelfeldern auftun; bereits im nächsten Frühjahr könnten die ersten Tulpen in speziellen Kühlfahrzeugen nach Moskau rollen.

Ich informierte meinen Partner über den Plan. Foppmans war hingerissen.

Unterdessen hielt das unheilvolle Grummeln hinter den Kulissen an. Die unglaubliche Armut und der allgegenwärtige Mangel, der mir in Moskau und auf allen meinen Reisen begegnete, machten mich manchmal buchstäblich krank. Die Anzahl der *bomschi*, der Obdachlosen, der Säufer, der Geisteskranken, der armen Schlucker, die wegen der zusammengebrochenen Bürokratie keinen Ort, keinen Menschen mehr hatten, an den sie sich klammern konnten, wurde von Tag zu Tag größer. Sie wurden von der Miliz wie Tiere gejagt. Nachts verkrochen sie sich auf der Flucht vor der Eiseskälte wie Ungeziefer in der Nähe der Warmwasserleitungen, die vielerorts noch oberirdisch verliefen. Ihr trauriger Anblick war das zeitgenössische Echo auf die *besprisorniki*, die Moskau in den Zwanziger- und Dreißigerjahren gekannt hatte, Rotten an streunenden Kindern, deren Eltern durch den Terror und Stalins Landwirtschaftskollektivierung, versteckt in Eisenbahnwaggons, auf Schiffen oder einfach zu Fuß, in die Hauptstadt vertrieben worden waren, wo sie, in Lumpen gehüllt und vor Dreck starrend, Straßenbanden bildeten, die vom Betteln, Diebstahl, bewaffneten Straßenraub und auch Mord lebten, während sich die Kinder massenhaft prostituierten – es gab richtige Kinderbordelle –, bis sie 1936 plötzlich alle verschwunden waren, nach Aussagen der einen in Heimen, in denen sie besser dran waren, als wenn ihre Eltern am Leben geblieben wären, nach Angaben anderer an Orten, wo sie von Sadisten misshandelt, ausgebeutet und vergewaltigt wurden, oder sogar ermordet, wie es die Fantasie ihren Peinigern gerade eingab.

Die erste Branchenreise Anfang März mit den dreißig Bankern, die Baldwin Borger geliefert hatte, wurde ein beispielloser Erfolg. Obwohl die Sowjetunion noch keine Bankiers im eigentlichen Sinne kannte, hatte ich unter anderem ein Treffen mit hochrangigen Beamten aus einer Reihe von sowjetischen Ministerien organisiert, die längst insgeheim von ihren Büros aus angefangen hatten, Geschäfte auf eigene Rechnung zu machen; das hatte Posorski für mich geregelt. Sie fielen mir aus Dankbarkeit buchstäblich um den Hals, weil ich sie in direkten Kontakt mit Persönlichkeiten aus der Welt brachte, zu der sie selbst eines Tages gehören wollten: der des internationalen Bankenwesens. Des Weiteren gab es auch ein Treffen mit Wirtschafts- und Geschichtsstudenten sowie einen Besuch in einem Badehaus, in dem die Herren sich kollektiv derart betranken, dass sie, als die Parade der halbnackten jungen Frauen losging, einer nach dem anderen in die Knie gingen und sie an ihren zitternden kleinen Fingern in die Nischen hinter den speckigen roten Vorhängen geleitet werden mussten.

Die vier Mille pro Person, die Foppmans und Borger auf die Reisekosten aufgeschlagen hatten, stellten in der Tat keine Hürde dar: Der Betrag eines jeden Teilnehmers konnte vollständig als

Spesen beim Arbeitgeber abgesetzt werden. Die Reise würde also weitestgehend der Fiskus bezahlen. Von den hundertzwanzigtausend Gulden Bruttogewinn ging die Hälfte an Baldwin Borger. Wir begannen das goldene Ei, das er mir seinerzeit versprochen hatte, auszubrüten. Ein paar Tage nach der Reise musste ich mir am Telefon eine Viertelstunde lang Foppmans Rumgemotze über unseren Partner in Den Haag anhören. Seiner Ansicht nach hatte der für seine fünfzig Prozent nichts getan, während wir in der Sowjetunion im Grunde die ganze Arbeit machten.

»Aber im Gegenzug können wir sein Büro immer noch kostenlos nutzen«, antwortete ich. »Außerdem ist es so vereinbart worden.«

»Darum geht es nicht«, fauchte Foppmans mich an. »Wie auch immer, vergiss es, verdammt noch mal. Was verstehst du schon von Geschäften?«

Seit einigen Wochen ging das Geld in Den Haag ein, doch hatte ich davon noch keinen Cent gesehen. Ich lebte von dem, was ich in den anderthalb Jahren zuvor mit meinem Knochenjob als besserer Reiseleiter verdient hatte. Wir brauchten auch nicht viel. Das Hotel der Akademie der Wissenschaften war fast umsonst, in der Stadt gab es sowieso nichts zu kaufen, und außerdem hatten wir gar keine Zeit, Geld auszugeben.

Als Julia Ende April Geburtstag hatte, führte ich sie aus, in die einzige Pizzeria, die es seit Kurzem in der Stadt gab. Ich hatte gerade einen Deal über den Export von russischem Bauholz nach Antwerpen unter Dach und Fach gebracht, der unserem Unternehmen wieder hunderttausend brutto einbringen würde. Neben Berichten von einem drohenden Krieg im Kaukasus und der wachsenden Spaltung der Kommunistischen Partei über den einzuschlagenden Kurs wurde das westliche Phänomen der allerersten Pizzeria in den Zeitungen in aller Ausführlichkeit gewürdigt.

Das Restaurant befand sich am Anfang des Kutusow-Prospekts, nicht weit von der Stadtwohnung des ehemaligen Parteichefs Leonid Breschnew entfernt. Weil nur in Dollar gezahlt werden konnte, war ein Besuch der Pizzeria für fast alle zwölf Millionen Einwohner der Stadt illusorisch, abgesehen von einer hauchdünnen Schicht korrupter Beamter, Schwarzhändler und Mafiosi, die mit ihren immer schwer aufgetakelten Mädchen die Szenerie bestimmten. Ein ganzer Peloton von Security-Leuten stand vor der Tür. Der hyperkapitalistische Laden, in dem Coca-Cola »wie Wasser aus einem Hahn sprudelte« (so hatte es ein bestürzter *Prawda*-Journalist beschrieben), war Tag und Nacht rappelvoll.

In diesem kalten Frühjahr 1990 aß Julia zum ersten Mal in ihrem Leben eine Pizza und trank zum ersten Mal ausländischen Wein. Von zwei Gläsern Pinot Grigio war sie so beschwipst, dass sie irgendwann anfing, ein Slauerhoff-Gedicht auf Niederländisch zu rezitieren, das sie kurz zuvor in einem irgendwo aufgetriebenen Buch gefunden und Wort für Wort auswendig gelernt hatte. Stolz, erfüllt von glühender Liebe, sah ich ihr später dabei zu, wie sie ihr Tiramisu weglöffelte.

Alles war vorläufig. Auch dieses anstrengende, verrückte Leben hier war befristet. Sollte ich es ihr jetzt sagen? Das Geheimnis, das ich mit mir herumtrug, über das ich aber nie mit ihr gesprochen hatte? Nämlich, dass mir diese ganze Geschäftemacherei, dieses Geldscheffeln, völlig egal war? Dass ich dafür auch eigentlich überhaupt kein Talent besaß und mich nur durch Zufall in diese Geschäftswelt verlaufen hatte, und dass mich diese ganze Telefonierererei und Faxerei, diese Reisen und Vertragsverhandlungen ankotzten? Dass bei allem, was ich tat, nur eines meine Gedanken beherrschte: die Literatur, der Drang, etwas zu schaffen. Inzwischen war ich bereits achtundzwanzig Jahre alt und hatte nicht nur noch keinen einzigen Buchstaben veröffentlicht, sondern auch noch nie etwas geschrieben. Ich war entschlossen, meine Tätigkeit für Intersoviet Consultancy vorerst fortzusetzen, bis genug Geld beisammen war, um mit Julia für mindestens ein paar Jahre irgendwo sorglos leben zu können. Still und in aller Ruhe wollte ich meinen ersten Roman angehen, dem ein ganzer Strom an Büchern folgen sollte, nur hatte ich noch keinen blassen Schimmer, worüber ich schreiben sollte.

»Ich will noch ein Glas von diesem köstlichen Wein ...«, sagte Julia mit einem Übermut, den ich noch nie zuvor an ihr bemerkt hatte.

In diesem Moment fiel ein Haufen Proleten ein; die unterste Schublade aus der Gilde der hauptstädtischen Erpresser in grellblauen Trainingsanzügen, die Ausbeulungen von den Schlagringen und Pistolen in der Nähe ihrer Pimmel.

Ich bat schnell um die Rechnung, zahlte, und als wir in einem Wolga, der vor der Tür gewartet hatte, zurück in unsere Hotelbehausung fuhren, lispelte Julia, dass sie gleich unbedingt noch Champagner wolle.

»Welchen?«

»Süßen! Der zu dem Tiramisugeschmack passt, den ich noch auf der Zunge habe.«

»Natürlich Liebling, *dorogaja*, du sollst eine ganze Badewanne voll haben.«

Julia fuhr gleich mit dem Aufzug nach oben. Ich ging zum Restaurantchef und gab meine Bestellung auf: zehn Kisten süßen Kornet. In schwarzen Rubeln kostete das umgerechnet sechsunddreißig alte niederländische Gulden. Um die Dinge zu beschleunigen, steckte ich dem Russen einen Zwanzig-Dollar-Schein zu. Als wäre es das Normalste auf der Welt, lieferten wenig später zwei Männer in Kitteln zehn Kartons mit je zwölf Flaschen Sowjetchampagner aufs Zimmer. Als ich Julia erzählte, was ich vorhatte, war sie mit einem Freudenschrei unter die Dusche gehüpft. Dann putzte sie die Badewanne gründlich mit kochend heißem Wasser und wischte die rosa Emaille mit einem Kissenbezug trocken. Inzwischen hatte ich mit dem Korkenknallen angefangen. Langsam, aber stetig füllte die golden sprudelnde Flüssigkeit die Badewanne. Meine Freundin und ich nahmen zwischenzeitlich ein paar Züge von dem süßen sowjetischen Blubberzeugs, bevor wir uns, Schreie ausstoßend, nacheinander nackt in die Wanne sinken ließen.

Am nächsten Morgen wurde ich gegen zehn von der Rezeptionistin unten in der Lobby aus dem Bett geklingelt, die sagte, dass für mich etwas eingetroffen sei. Es war ein Brief meiner Mutter, er steckte in einem Umschlag, vollgeklebt mit Bildern unserer Königin.

Zandvoort, den 11. März 1990

Lieber Junge!

Hier ist ein Brief von deiner Mutter. Wie geht es, mein Sohn, dort in diesem fernen Russland? Ist es da immer noch so kalt? Ich denke oft an dich, und dann frage ich mich: Warum muss unser Junge ausgerechnet in diesem schmutzigen, fernen Land leben, warum hat er nicht einfach einen ordentlichen Job hier im Büro? Dafür hast du doch immer gelernt, nicht wahr? Ich verstehe das alles nicht.

Deinem Vater geht es mittlerweile wieder gut. Wie ist das möglich? Ich glaube, dass Gott meine Gebete erhört hat, und auch wenn ich nur an Weihnachten in die Kirche gehe, gibt es Unseren Lieben Herrn ja doch, und er will das Beste für die Menschen, auch wenn ich nicht begreife, warum dann noch so viel Schlechtes in der Welt existiert. Aber Papa ist fast wieder ganz der Alte, wer hätte das gedacht? Er muss nur einmal im Monat zur Untersuchung ins Krankenhaus, er fährt dann mit Bus und Bahn, weil das Taxi nicht länger erstattet wird. Ich fahre immer mit, danach nehmen wir unten in der Halle eine Tasse Kaffee mit einem Apfelstrudel oder einem Würstchen in Blätterteig, wir machen also einen Ausflug daraus. Er klagt oft über einen trockenen Mund, dagegen gibt es Zeug aus einer Spritze, und das Schlucken macht ihm noch immer Beschwerden, weil da das eine oder andere rausgeschnitten wurde. Ich schreibe dir eigentlich wegen Folgendem: Du siehst, dass ich hundert Gulden in den Umschlag gelegt habe, und hoffe, dass alles gut bei dir ankommt und nicht irgendwo unterwegs verloren geht oder gestohlen wird.

Warum das Geld? Das hängt so zusammen: Du kennst doch sicher Theo Veen noch? Er war früher, kurz nach dem Krieg, bei uns Knecht. Während des Krieges haben dein Großvater und er zusammen Zeitungen ausgetragen, und als er zwei Jahre nach dieser schrecklichen Zeit immer noch keine Arbeit finden konnte, hat ihn dein Großvater in Dienst genommen. Zuerst im Auktionshaus, später auch im Restaurant, sozusagen als Mädchen für alles. Da warst du noch lange nicht geboren. Ich sehe ihn fast täglich im Dorf auf dem Fahrrad vorbeikommen, doch ich wusste nicht, dass er schon eine Weile mit einer russischen Frau, einer Sima, verheiratet ist. Als ich sie beide diese

Woche traf und ihnen erzählte (die Frau spricht schon sehr ordentlich Niederländisch), dass ich einen Sohn in Russland habe, in Moskau, schaute sie mich mit bleichem Gesicht ganz erschrocken an. Sie gingen gleich weiter. Aber diese Woche rief Theo hier an. Er erzählte, dass seine Frau immer noch Angst hat, dass sie mich natürlich nicht kennt und dass sie über meine Worte erschrocken war. Selbst hier, in diesem kleinen niederländischen Küstendorf, sagte Theo, ist die Sowjetunion also nicht so weit weg! Dann gab er mir die hundert Gulden und bat mich, sie dir per Einschreiben zu schicken, denn Sima scheint noch eine Schwester oder eine Halbschwester in Moskau zu haben – das habe ich nicht ganz verstanden. Ich werde dir ihre Adresse in Moskau gleich unter diesen Brief schreiben. Könntest du ihr das Geld vorbeibringen? Es direkt an sie zu schicken, geht aus irgendeinem Grunde nicht oder ist zu gefährlich für sie. Es scheint so, als ob es diese Schwester sehr schwer hat. Von Zeit zu Zeit sehe ich Bilder aus Russland im Fernsehen, und dann denke ich: Was für eine miese Welt ist das doch, und warum muss mein Sohn ausgerechnet in diesem schmutzigen Land so weit weg sein? Vielleicht möchtest du dieser Frau auch noch etwas zustecken, sagen wir, noch mal hundert Gulden extra, dann kriegst du das Geld später von deinem Vater und deiner Mutter zurück.

Wann rufst du wieder mal an, Junge? Wir freuen uns immer, jedes Mal, wenn du anrufst. Ich weiß, dass es teuer ist, aber es ist so schön. Wir haben jetzt schon fast Mitte März, die Bulldozer am Strand haben ihre Arbeit getan, und die Strandpavillons sind schon wieder auf. Letzten Sonntag war warmes Wetter, da waren die Terrassen voll. Wir gehen auf den Sommer zu, was im Leben immer ein gutes Zeichen ist. Rufst du bald mal an? Ein dicker Kuss für dich von mir und auch von deinem Vater.

Deine Mutter

PS: Ach ja, ich habe auch dieses Bild beigelegt, von Theo und seiner Frau. Gibst du das auch ihrer Schwester in Moskau?

Der Brief war anderthalb Monate unterwegs gewesen. Dass das Geld überhaupt angekommen war, grenzte an ein Wunder: Ausländische Briefe und Pakete wurden zu jener Zeit der zusammengebrochenen bürokratischen Anarchie massenhaft von Postbeamten geöffnet, um zu sehen, was es da zu stehlen gab.

Noch am selben Nachmittag nahmen Julia und ich die Metro zur Station Riga, hinter der die Straße lag, die meine Mutter angegeben hatte. Seit ein paar Tagen hatte sich die Kälte verzogen, die Natur war förmlich explodiert, es herrschte ein herrliches lauwarmes russisches Frühlingswetter.

Die Person, zu der wir mussten, hieß Rena. Meine Mutter hatte keine Telefonnummer aufgeschrieben, doch vielleicht hatte die Frau auch, wie so viele Russen, überhaupt kein Telefon. Der Innenhof mit den drei Chruschtschow-Hochhäusern, wo sie lebte, sah aus, als wäre hier gerade eine schwere Schlacht geschlagen worden. Die Backsteinmauern schimmerten rußschwarz. Die Regenrohre und Dachrinnen hingen verrostet und völlig verdreht in der Gegend herum. Zwei Penner krochen mit ihren Taschen unter den Kastanien lang, die schon weiche grüne Blätter hatten, und suchten nach leeren Flaschen für das Pfandgeld. Unterwegs waren wir an einem staatlichen Fleischerladen mit der üblichen langen Schlange davor vorbeigekommen, in dem laut gebrüllt und geschubst wurde, bis eine Russin mit einer blutbefleckten weißen Bluse nach draußen gestürmt kam und wie ein Hafenarbeiter anfing zu schreien, dass sie sich alle wegscheren sollten, weil der Vorrat an Schweinefleisch alle sei, und dass vielleicht nächsten Dienstag eine Ladung Hackfleisch aus Weißrussland geliefert würde. Doch alle blieben stehen, vielleicht aus fatalistischer Ermüdung oder einfach nur, weil man der Verkäuferin nicht glauben wollte.

Auch den Türcode kannten wir nicht. Ich drückte auf die 4, die im Brief genannte Wohnungsnummer. Durch die Gegensprechanlage erklang eine leise, tiefe Stimme: »*Kto tam?* Wer ist da?«

Wir sagten, wer wir waren.

»Woher weiß ich, dass Sie die Wahrheit sagen?«

Julia übernahm das Gespräch, und wenig später öffnete sich die stählerne Haustür mit einem trockenen Klick des Schlosses. Wir stiegen die Stufen in einem bemerkenswert schönen Treppenhaus hinauf. Überall hing der penetrante Geruch von einem gerade versprühten Schädlingsbekämpfungsmittel – der Frühling war die

Zeit für eine Offensive auf herumkriechende Schädlinge. Im dritten Stock stand eine Frau über sechzig mit einem geröteten Gesicht, kurzen grauen Haaren und freundlichen graublauen Augen in der Türöffnung und wartete auf uns. »Ihr kommt von Sima? Oh, da freue ich mich aber ... Sie hat schon seit einer Ewigkeit nichts mehr von sich hören lassen. Ich habe keine Ahnung, wie es ihr geht ... Kommt rein, kommt rein ... Hier sind die Pantoffeln, ich habe sie in allen Sorten und Größen ... Sima hat Angst, dass sie mir durch Schreiben oder Anrufen Probleme bereitet ... Sie hat, glaube ich, keine Ahnung, wie schnell sich hier alles ändert ... Kommt rein, Kinder ... Lieber Himmel, jetzt habe ich auf einmal die Jugend im Hause ... Julia, hast du gesagt? Und Pieter? Was für schöne Namen, setzt euch, ihr Lieben, ich gehe mal Tee aufsetzen ... Ich habe sogar noch ein bisschen Zucker ... In den Geschäften ist ja nichts mehr zu kriegen, überhaupt nichts, aber Zucker habe ich immer ... Ohne Zucker kann ich nicht mehr leben ...«

Wir zogen unsere Pantoffeln an und traten ein.

»Wie hübsch sie da aussieht ...« Kopfschüttelnd sah sich die Russin ein wenig später das Foto von ihrer Schwester und deren Mann an, das ich ihr gegeben hatte, aufgenommen vor dem hohlen Baum bei Kraantje Lek in Overveen. »In dem Kleid sieht sie wie ein junges Mädchen aus!«

Plötzlich, von einer Sekunde zur nächsten, überkam es sie. Sie wurde weiß wie die Wand, begann zu schwitzen und zu bibbern, murmelte, dass nichts weiter sei, dass das öfter passiere, sie bat uns aber zu gehen, sie müsse sich jetzt sofort hinlegen. Bevor ich wusste, wie mir geschah, standen wir wieder draußen, und ich hatte völlig vergessen, ihr das Geld zu geben. Doch wir hatten ihr unsere Telefonnummer dagelassen.

Zwei Tage später – am 1. Mai – war das Wetter so warm und strahlend, dass man glauben konnte, der Lenin-Prospekt, auf den ich von meinem Schreibtisch in unserem Hotelzimmer hinabschaute, läge nicht im Zentrum von Moskau, sondern irgendwo in Malaga, Jakarta oder Rio de Janeiro. Ich riss die Fenster sperrangelweit auf. Die goldenen Kirchenkuppeln in der Ferne befanden sich in beständigem Konklave mit der goldenen Sonne. Überall in der sanften Brise flatterten hellrote Fahnen. Autos mit Lautsprechern auf dem Dach fuhren vorbei, um den Leuten zum Feiertag Glück zu wünschen. Julia hatte vorgeschlagen, zum Roten Platz zu gehen, um der Parade zuzusehen. Weil ich noch was zu erledigen hatte, blieben wir zu Hause und verfolgten wenig später die Livebilder der Ereignisse in kaum drei Kilometer Entfernung auf unserem Schwarz-Weiß-Fernseher.

Während ich einige Rechnungen und einen Brief an einen Holzhändler in Tomsk schrieb und dann mit meinem wöchentlichen Bericht an Foppmans in Den Haag begann, linste ich auf den Bildschirm nach den Feierlichkeiten, die eine halbe Stunde zuvor begonnen hatten.

Der Tradition gemäß marschierten die Leute mit Spruchbändern an den Machthabern, die auf der Tribüne über Lenins Sarkophag standen, vorüber – Fabrikarbeiter und Gewerkschaftsmitglieder mit Losungen, die in den letzten zwei Jahren immer mehr an ideologischer Schärfe eingebüßt hatten. Verschwunden waren die abschreckenden UNSERE ATOMRAKETEN ERREICHEN JEDES ZIEL IN EUROPA! Oder: LANG LEBE LENINS ERBE! Und: DIE SOWJETMACHT WIRD ÜBERALL SIEGEN! Die Demonstration drohte jetzt eine Zurschaustellung der nationalen Unzufriedenheit zu werden. Die Angst in den Korridoren der Sowjetmacht vor dem Zorn des Plebs, der diesmal den Preis für die Reformen der letzten Jahre zu zahlen hatte, war wahrscheinlich genauso groß wie die der zaristischen Elite kurz vor der Katastrophe von 1917.

Angesichts der angespannten Lage in der Stadt hatten die Behörden in Leningrad aus Furcht vor Ausschreitungen gleich die gesamte Veranstaltung abgesagt. Doch die Hauptstadt Moskau konnte sich so etwas natürlich nicht erlauben. Wie immer stand Gorbatschow inmitten seiner Getreuen und nahm einigermaßen gelangweilt die Parade zu Ehren der Arbeit ab, als wäre das eine tägliche Routine, mit einem Lächeln hob er hin und wieder seine pummlige Hand; die Maisonne spiegelte sich auf seinem kahlen gefleckten Schädel. Zum ersten Mal seit mehr als sieben Jahrzehnten schien der Kreml die Regie nicht mehr fest in der Hand zu halten.

Die Banner mit Texten wie WEG MIT DEM PRIVATEIGENTUM! und KEINE EXPERIMENTE MEHR! und WIR WOLLEN KEINE MARKTÖKONOMIE!, die Stahlarbeiter, Kumpels und andere, denen das Leben in den letzten Jahren regelrecht zur Hölle gemacht geworden war, dem Vater von Perestroika und Glasnost unter die Nase hielten, waren ein direkter Schlag in dessen Gesicht. Aber Gorbatschow blieb gelassen, ruhig und beherrscht wie immer. Auch als eine halbe Stunde später etwas passierte, was niemand für möglich gehalten hätte: Aus Richtung des Alexandergartens und des backsteinroten Historischen Museums kamen Gruppen von Demonstranten in Formation anmarschiert, die nichts mit den früheren kritischen Verehrern der Arbeit zu tun hatten.

Julia sah schweigend von ihrem Sessel aus zu, brummelte ab und an etwas, während ich meine Arbeit inzwischen eingestellt hatte.

Der Rote Platz verwandelte sich jetzt in eine Art Widerstandsnest, das hauptsächlich aus Flaggen bestand, er wurde zum Schauplatz eines Fahnenkrieges, in dem die rot-gelb-grüne litauische Trikolore und die schwarz-blau-weiße Nationalflagge Estlands, gepaart mit Losungen für Freiheit und vollständige Unabhängigkeit von den Apparatschiks, die von ihren roten Sowjetbannern eingerahmt waren, hochgehalten wurden. Die Parade für die Hardliner über Lenins Sarkophag erhielt einen geradezu makabren Charakter, als nicht nur aus den Reihen der Prozession, sondern auch auf den überfüllten Tribünen Schilder mit Texten hochgehalten wurden, die nicht – wie eine halbe Stunde zuvor – zu einem Kurswechsel durch das derzeitige Regime aufriefen, sondern tatsächlich sein revolutionäres Ende forderten, wie KOMMUNISTEN, EURE TAGE SIND GEZÄHLT! Und: WEG MIT DEM POLITBÜRO! sowie DER MARXISMUS-LENINISMUS LIEGT AUF DEM MÜLLHAUFEN DER GESCHICHTE!

»*Bosche moi*, du lieber Gott …« Julia kam halb aus ihrem Sessel hoch, während sie mit entsetztem Blick die bizarren Szenen beobachtete. »Verstehst du, was da gerade passiert?«

Gegen Mittag, wir wollten gerade das Haus verlassen, um zu sehen, ob irgendwo noch etwas los war – vielleicht gab es im Gorkipark Stände mit Essen oder Getränken –, rief Rena uns an. Sie stand in einer öffentlichen Telefonzelle in der Nähe der Riga-Metrostation, entschuldigte sich für ihre Verfassung vor zwei Tagen und bestand darauf, dass wir sie gegen sieben Uhr besuchen kommen.

»Ich verabscheue alles, was kommunistisch ist, aber trotzdem ist heute doch ein Feiertag«, sagte sie.

Auch die zweite Begegnung mit dieser großherzigen Russin in ihrer elenden Fünfunddreißig-Quadratmeter-Wohnung kommt mir vor, als wäre sie gestern gewesen. Der Holztisch in der kleinen Küche war mit allen möglichen Häppchen vollgestellt, die sie sich ganz offensichtlich vom Mund abgespart hatte, es gab auch ein Fläschchen mit gelbem Zeug, selbstgemachten Eierlikör, köstlich süß und mit Wodka gestreckt.

Wieder redete sie wie ein Wasserfall. Ihre Mitteilsamkeit – das würde ich bald verstehen – rührte nicht allein daher, dass sie ein einsames Dasein ohne Mann, Kinder und praktisch ohne Umgang mit der Familie führte, sondern war vor allem ein Ausgleich für ein ganzes Leben in ängstlichem Schweigen. Trotz des Altersunterschiedes von rund dreißig Jahren sprachen Julia und Rena bald miteinander, als wären sie Schwestern. Als Kind war Rena zum letzten Mal zur 1. Mai-Parade gegangen, einen Fernseher besaß sie nicht. Die dramatischen Ereignisse auf dem Roten Platz wenige Stunden zuvor waren an ihr völlig vorbeigegangen. Zudem hatte sie den ganzen Tag Jagd auf ein Stück Rindfleisch gemacht, das sie jetzt leicht angebraten und in kalten Scheiben mit Meerrettich und Dill servierte. Als Rena sogar eingelegte Pfifferlinge mit einem Hauch von Essig und Knoblauch auf unsere Teller legte, begannen die Damen einen Diskurs über die Freuden des Pilzesammelns, während ich mich auf den Flachmann mit armenischem Kognak konzentrierte, den die Gastgeberin extra für mich aus dem Schrank geholt hatte. Im verrußten Innenhof tobten die Vögel wie die Irren in den Kastanien. Nach etwa vier Gläsern machte mich der Schnaps herrlich schlapp, es fehlte nicht viel, und ich wäre eingenickt. Das Leben dieser Russin mit dem etwas geröteten Gesicht, die ihre ein wenig dicklichen, sommersprossigen, weißen Arme in einer weißen Bluse verborgen hielt, drang nur in Bruchstücken in mein Bewusstsein. Ihre Halbschwester Sima, sieben Jahre älter als sie, war vor anderthalb Jahren endgültig in die Niederlande übersiedelt. Ihre Mutter war 1896 in einem ukrainischen Städtchen am Dnjepr geboren worden, sie war die älteste Tochter einer großen und armen jüdischen Familie. Als Arbeiterin in einer Tabakfabrik, wo sie zehn Stunden am Tag Zigaretten drehen musste, hatte sie sich recht bald auf die Seite der Bolschewiki geschlagen. Als nach der Revolution von 1917 der Bürgerkrieg ausgebrochen war, schmuggelte sie eines Tages Lenins Bruder Dmitri Uljanow aus Kiew über die Grenze auf sicheres Territorium. In den Dreißigerjahren lebten Rena, ihre Halbschwester und ihre Mutter einige Zeit in der usbekischen Hauptstadt Taschkent, wo ihr Vater – Simas Stiefvater – eine Stelle als kaufmännischer Leiter im gerade eröffneten großen Kaufhaus angeboten bekam. Trotz der ärmlichen Umstände, unter denen sie dort lebten, hatte sie als Kind den Anblick der Kamele, die gewebten Teppiche, das warme Klima und die frischen Früchte, die im damaligen Moskau nirgendwo zu kriegen waren, genossen. Doch von einem Tag auf den anderen veränderte sich alles. Die Familie musste nach Moskau zurückkehren, wo ihr Vater bald vom KGB verhaftet wurde, im Gefängnis und später in einem Straflager verschwand. Er sollte nie zurückkehren. Während des Krieges waren sie alle von Moskau aus in die Industriestadt Swerdlowsk im Ural aufgebrochen, wo die beiden Schwestern gemeinsam lebensbedrohliche Fußmärsche auf der Suche nach Nahrung unternahmen, während ihre Mutter weiterhin halb illegal in einer Fabrik arbeitete und sich um das Baby kümmerte, das Sima im Alter von neunzehn Jahren von einem Soldaten bekommen hatte, der inzwischen an der Front war.

Julia saß unbeweglich da, lauschte und aß mechanisch und langsam die ganzen Schwarzbrotschnittchen auf. Plötzlich sagte sie auf Niederländisch zu mir, dass sie dringend mal auf die Toilette müsse.

»Hier im Flur rechts«, antwortete Rena fast ohne zu stocken auf Niederländisch, mit einem leichten deutschen Akzent.

Meine Freundin und ich sahen uns erstaunt an.

»Ja, ich kann immer noch ein paar Worte Niederländisch ...«, fuhr Rena mit einem verlegenen Lächeln auf Russisch fort. »Schließlich stammt mein lieber Vater doch aus Amsterdam ...«

Wie vom Donner gerührt war ich aus meinem alkoholischen

Dämmer erwacht. Was war ich doch für ein Idiot! Warum hatte ich das nicht eher begriffen? Über die Existenz dieser Frau, die mir gegenübersaß, hätte ich doch seit Jahren Bescheid wissen müssen! Haarscharf, beinahe wörtlich, stand mir ein Artikel vor Augen, den der Essayist, Kritiker und Übersetzer Karel van het Reve in *Het Parool* einmal über Niederländer geschrieben hatte, die für den russischen Geheimdienst arbeiteten und in dem er sich unter anderem daran erinnerte, wie er eines Tages im Jahr 1936 den Kommunisten Jef Swart mit zwei Mädchen auf der Jozef Israëlskade spielen sah. »Auf der Straße gab Jef«, erzählt van het Reve, »eine Kostprobe von dem, was die Mädchen ›das Ein-Bein-Jojo‹ nannten: Er hielt sie beide kopfüber an einem Bein fest und machte Jojo-Bewegungen. Die Mädchen fanden es herrlich.«

Und jetzt, vierundfünfzig Jahre später, hier in dieser Moskauer Küche, saß eines dieser Mädchen vor mir. Ihre Halbschwester Sima war die Tochter des vielleicht größten Revolutionärs, den die Niederlande je gekannt haben, Henk Sneevliet, 1934 einer der Initiatoren des Jordaanaufstandes, der einzigen Rebellion gegen die Obrigkeit in den Niederlanden, bei der das Proletariat zwei Tage lang auf Barrikaden mit roten Fahnen gegen die Armee kämpfte wie seinerzeit im Zentrum von Petrograd, was zu sieben Toten und zweihundert Verwundeten geführt hatte. Als ich sie fragte, ob sie tatsächlich die Tochter von Jef Swart sei, dem Mann, der vor dem Krieg in der Amsterdamer Warmoesstraat ein mickriges Büroartikelgeschäft zur Tarnung für seine Arbeit als Geheimagent für Russland betrieben hatte, um einige Jahre später fast spurlos in Stalins Fleischwolf zu verschwinden, sah uns Rena erstaunt an. Natürlich, aber das wüssten wir doch, oder etwa nicht? Hatte ihre Schwester in Holland denn niemandem etwas davon erzählt?

Hätte mir in diesem Moment jemand gesagt, dass diese Frau, deren Mutter einst Lenins Bruder über eine gefährliche Grenze geschmuggelt hatte, eines Tages mit Tränen in den Augen an den Särgen meiner Eltern stehen würde, hätte ich sie oder ihn für verrückt erklärt.

Mag das Gesetz des Zufalls auch als durchgehendes Prinzip walten, das Gesetz des Wahnsinns übertrifft alles.

Neuntes Kapitel

Der Sommer des Jahres 1990 gehört zu einem der glücklichsten meines ganzen Lebens. Die meiste Zeit verbrachte ich in und um Moskau, nur manchmal bestieg ich den Nachtzug nach Leningrad – unter anderem, um Julias Eltern kennenzulernen.

Trotz des anhaltenden Niedergangs, der Verarmung und des zunehmenden politischen Chaos im Land bekam ich das mit dem Geschäftemachen immer besser in den Griff. Ein Erfolg jagte den nächsten. Ich war verliebt, mein Vater war fast völlig wiederhergestellt; wenn das alles so weiterging, würde ich bis Jahresende genug Geld verdient haben, um Julia mit nach Europa zu nehmen, wo ich irgendwo in aller Ruhe mein erstes Buch schreiben und in der Zwischenzeit über die Zukunft nachdenken wollte.

Es sollte anders kommen.

Ich hatte sie monatelang nicht gesehen, doch ab Mai hielten sich die beiden Wissenschaftler aus Nowosibirsk wegen ihres Tomografenprojekts fast ständig in Moskau auf. Jeder von ihnen bewohnte in meinem Hotel im obersten Geschoss seine eigene Suite. Die versprochene Million D-Mark aus Deutschland kam jetzt in Reichweite. Alle Formalitäten waren inzwischen erledigt. Der Förderantrag war eingereicht, aufgepeppt mit erfundenen Forschungsberichten, Empfehlungen, Prognosen, einem Papierstapel von mindestens einem halben Meter Höhe voller Unterschriften und Stempel, die die Herren als Gebieter an ihrer Universität eigenhändig ausgefertigt hatten und die ich nun portionsweise in großen braunen Umschlägen zur deutschen Botschaft schleppte, wo ich eine Empfangsbestätigung, auch wieder mit einem Stempel, erhielt.

Weil ich auf ihre Empfehlung quasi für ein Butterbrot in meinem Hotel wohnen durfte, nahmen mich Chinstein und Trofimow unablässig in Beschlag. Eines Morgens – nachdem ein Telegramm aus Berlin eingetroffen war – musste eiligst ein Bericht aus dem Russischen ins Deutsche übersetzt werden, eine vollkommen an den Haaren herbeigezogene Darlegung, in der die Herren erklärten, dass der Tomograf insbesondere in Sibirien unabdingbar sei, um spezielle neurologische und Knochen-Veränderungen zu untersuchen, die aus noch unbekannten Gründen vornehmlich bei Kindern auftraten.

Nachdem Julia das Ding in einer neunstündigen Sitzung übersetzt und Chinstein es ihr ohne ein Wort des Dankes, geschweige denn einer Vergütung, aus den Händen gerissen hatte, erlitt sie zum ersten Mal eine Art Nervenzusammenbruch. Was das denn für zwei Betrüger seien? Warum ich mich mit solchen Typen abgäbe? Wie lange wir denn noch in diesem Hotel voller Säufer und Huren bleiben wollten? Was für ein Leben das eigentlich sei? Sie hatte jahrelang studiert und wollte eigentlich promovieren, doch mittlerweile saß sie nur noch im Büro und musste jetzt obendrein die in holprigem Russisch geschriebenen Spintisierereien dieser Scharlatane übersetzen! So jämmerlich und armselig sie auch in Leningrad gelebt hatte, die Sehnsucht nach ihren Büchern, ihrem Klavier, ihren eigenen Sachen und ihrem Bett wurde immer größer.

»Was hast du eigentlich als nächstes vor? Gestern Nachmittag hat mich dieser Posorski wieder angerufen. Ich wollte es dir eigentlich nicht verraten, doch das kam schon öfter vor. Einmal hat er mich sogar in ein Restaurant eingeladen. Als ich ihm gesagt habe, dass ich dich liebe, hat er geantwortet: ›Aber er muss doch nichts davon erfahren, oder?‹ Gestern wollte er unter allen Umständen mit dir reden, doch als ich ihm gesagt habe, dass du gar nicht in der Stadt bist und es noch immer kein Telefon auf dieser Welt gibt, mit dem man andere Leute ohne Strippe einfach so anrufen kann, ist er mir auch noch dumm gekommen. Er hat mich *suka*, Miststück, genannt. Er klang sehr angespannt ... Komisch, dass er dich heute nicht zurückgerufen hat. Ich traue diesem Posorski mit seinem hübschen Köpfchen für keine fünf Kopeken über den Weg. Woher kennst du den eigentlich? Er ist sicher auch ein alter Kumpel von deinem Foppmans?«

Ich hatte es aus Scham bisher für mich behalten. Erst jetzt beichtete ich ihr, dass Posorski vor anderthalb Jahren der Kontaktmann für meine Schmuggelbibeln in Leningrad gewesen war.

»Schmuggelbibeln?«

Ich erzählte ihr eine Kurzfassung der Geschichte mit Siderius.

»Ach, und was verheimlichst du mir sonst noch so?«

»Eigentlich ...«, wollte ich schnell darüber hinweggehen, »bin ich durch das Wort Gottes hier in der Sowjetunion gelandet. Ohne die Bibeln hätten wir uns nie getroffen. Wir haben über den Glauben zueinander gefunden.«

Julia knurrte etwas, unzufrieden, dass ich ihr keine richtige Antwort gegeben hatte. Dann beichtete ich ihr meine Pläne: dass auch ich das Leben hier allmählich bis obenhin satthätte, dass ich genug Geld gescheffelt hätte, um ein paar Jahre damit auszukommen und irgendwo in aller Ruhe schreiben zu können.

»Schreiben? Bist du denn Schriftsteller?«

Die Antwort darauf wusste ich selbst nicht.

Ab Anfang Juni herrschte eine fast unerträgliche Hitze. Sobald sich die Gelegenheit bot, verließen wir die Stadt mit einer Elektritschka, einem von Hunderten oft noch kohlebefeuerten Bummelzügen, die die Reisenden – auf Holzbänken, dem Komfort vom Beginn des Jahrhunderts – aus dem Betonelend, den Abgasen und dem allgegenwärtigen Mangel in die blühende Natur brachten, die sich mit ihren blauen Bändern, den klaren, plätschernden Bächen, dem in wahre Sonnenlichtfluten getauchten Birkengrün und dem Gesang der Nachtigallen keinen Deut um die menschliche Krise scherte. Die Gärten ließen reichlich Erdbeeren sprießen, die am Wegesrand verkauft wurden. Die russischen Erdbeeren waren klein, dunkelrot, schwarz gesprenkelt und zuckersüß. Wir wuschen sie im Wasser der Bäche ab und verzehrten sie kiloweise, um den langen Winter aus unseren Körpern zu verscheuchen.

Julia bedauerte, dass es keine Möglichkeit gab, in unserem Hotel zu kochen. Jedes Jahr hatte sie Erdbeerkonfitüre eingekocht – der rosafarbene Schaum, der bei der Zubereitung entstand, sei das Beste daran –, danach würde die Konfitüre zur Lagerung eingeweckt.

Manchmal übernachteten wir irgendwo mitten im Lärm der erwachten Wälder, wo Spechte mit ihren Schnäbeln an die Stämme hämmerten, Eulen mit ihren tiefen Stimmen sich als die wahren

Herrscher des Waldes bemerkbar machten und eines Morgens zwei junge Hirsche die Köpfe mit ihren großen Augen neugierig und erstaunt in Hütte steckten, die wir am Vortag verlassen vorgefunden hatten.

Wieder zurück in unserem Hotelzimmer in Moskau hatten die eingegangenen Faxe den Boden in ein Meer aus Papier verwandelt. Als ich einmal drei Tage hintereinander nicht erreichbar war – Julia und ich waren zurück in das Kloster in Susdal gefahren, wo wir uns zum ersten Mal geliebt hatten –, redete sich Foppmans derart in Rage, dass er irgendwann den Hörer vor Wut auf die Gabel knallte. Zehn Minuten später ratterte ein Fax durch, auf dem er in seiner winzigen, scharfen und kaum zu entziffernden Handschrift zum Ausdruck brachte, dass ich nicht in Moskau sei, um Urlaub zu machen, dass es jetzt darauf ankäme, alles in der Hand zu behalten, und dass er neue Initiativen von mir erwarte. Er kündigte auch an, dass er ab dem 1. Oktober wieder in Moskau sein würde. Dann sollten wir Bäumchen-wechsle-dich spielen. Er würde ins Hotel *Akademitscheskaja 2* ziehen, und ich sollte seinen Platz in der Javastraat einnehmen.

Für Anfang August hatten wir eine dritte Branchenreise geplant. Die zweite, Ende Juni, war kommerziell eher ein Rückschlag gewesen – die dreißig von Baldwin Borger zusammengetrommelten Ärzte hatten am Ende begonnen, um den Preis zu feilschen. Dennoch hatten wir um die fünfzigtausend Bruttogewinn gemacht.

Nun aber trafen wir wie beim ersten Mal ins Schwarze: Die dreißig *captains of industry*, vom Seifengiganten bis zum Baggerunternehmer, vom reichen Reeder bis zum vermögenden Hühnerzüchter, hatten ohne Murren die vier Mille bezahlt, die wir dem Selbstkostenpreis draufgeschlagen hatten. Sie bekamen dafür ein Programm, bei dem ich sogar ein Treffen mit einem Berater des kommenden Rebellen Boris Jelzin organisiert bekommen hatte (»Wenn Borja an die Macht kommt, meine Herren, dann werden Sie in diesem Land Milliarden Dollars verdienen! Ich gebe jedem von Ihnen gleich mal meine Visitenkarte!«), und wieder fing Foppmans an, sich darüber aufzuregen, dass die fünfzig Prozent

Provision an Borger für das Aufstellen einer simplen Teilnehmerliste eigentlich viel zu viel seien.

Als ich meinem Partner eine Woche später am Telefon sagte, dass die Ersparnisse, von denen ich bisher gelebt hatte, beinahe erschöpft seien und ich gern einen Vorschuss auf meinen Anteil an unserem gemeinsamen Einkommen hätte, fragte Foppmans, warum ich nicht schon eher danach gefragt hätte. Aber natürlich, er würde das sofort regeln! Gleich am nächsten Morgen stand einer seiner russischen Freunde vor meinem Hotelzimmer, der mir – mit schönen Grüßen von Foppmans – einen Umschlag mit fünftausend Dollar aushändigte. Ich wechselte fünfhundert davon in schwarze Rubel, nahm mir den Rest des Tages frei und überredete Julia, ein paar Genossenschaftsläden, die gerade eröffnet hatten und für harte Währung schöne modische Sachen verkauften, aufzusuchen. Das Kleid und die Pumps, für die sie sich schließlich – nach endlosem Zögern – entschied, hatte sie nach dem Anprobieren gleich anbehalten, die alten Klamotten und Schuhe verschwanden in einer Plastiktüte. An diesem Abend aßen wir wieder in der Pizzeria am Anfang des Kutusow-Prospekts. Die Fenster waren für den fast subtropischen Abend weit aufgerissen worden, und als wir in der klebrigen Schwüle des Taxis nach Hause fuhren, sagte ich Julia, dass ich im Oktober nach Holland zurückkehren würde, dass ich aber noch nicht wüsste, was ich machen sollte – das Büro in Den Haag übernehmen oder tatsächlich mein erstes Buch schreiben –, doch dass wir jetzt schnell ein paar Sachen regeln müssten, von denen natürlich das Visum für sie am wichtigsten war.

»Aber wie soll das denn gehen?« Meine Worte hatten Julia nervös gemacht, sie war so aufgeregt, dass sie anfing zu stottern.

»Warte nur ab, ich mach das schon ...«

Am nächsten Morgen ging ich zum ersten Mal zur niederländischen Botschaft in Moskau, einem alten Stadtpalast in ockergelben Tönen, es war ein Ort, an den ich später noch oft zurückkehren würde, wo ich einige der schönsten Momente meines Lebens erleben sollte, der mir aber in diesem Moment wie eine uneinnehmbare Festung erschien.

Die Wache vor der Tür ließ mich nicht durch. Als ich sagte, was ich wollte, wurde ich angeknurrt, dass ich hier an der falschen Adresse sei, alle Visumsangelegenheiten waren in die Bolschaja Ordinka verlagert worden, ganz auf der anderen Seite des Zentrums, auf der anderen Flussseite.

»Geht es vielleicht um ein Visum für einen Juden?«

»Wieso?«, fragte ich.

»Gehen Sie einfach in die Bolschaja Ordinka«, sagte der Wachmann schnell, und er nannte mir die Hausnummer. »Dann sehen Sie schon selbst.«

Ich nahm ein Taxi, fuhr über die Große Steinerne Brücke, ließ den Kreml links liegen und hielt wenig später vor einem Gebäude mit einer schlaff vor der Fassade herunterhängenden niederländischen Flagge.

Auf der Straße herrschte reges Treiben. Auf improvisierten Gestellen wurden Bücher verkauft wie inzwischen auf vielen Plätzen der Stadt, wo die Kioske neben anrüchigen antisemitischen Zeitungen, Oppositionsblättern, die den derzeitigen Machthabern auf den Zahn fühlten, auch allerhand schnell übersetzten Schund feilboten, softpornografisches Zeug mit Anzeigen, in denen Damen und Mädchen ihre Dienste offerierten, sowie Bücher mit Titeln wie *Millionär in sechs Monaten – Arbeit in den Vereinigten Staaten,* und: *ABC für den Auswanderer nach Europa*. Hier auf diesem Platz gab es Schriften wie *Die Segnungen des Gelobten Landes* und *Einführung in die jüdischen Speisevorschriften* sowie *Mythen und Wahrheiten über den palästinensischen Terror*. Als ich vor anderthalb Jahren in meinem Hotelzimmer in Buchara von den drei usbekischen Polizisten in ihren grünen Leinenuniformen aus dem Bett gezerrt und bis auf den Pimmel ausgezogen worden war, hatte ich geglaubt, dass der Älteste des Truppe nichts als antisemitischen Unsinn von sich gab, als er mir andichten wollte, dass ich ein Spion wäre, weil die Niederländer den Juden bei der Ausreise helfen würden. Aber es stimmte: Israel hatte in Moskau keine eigene Gesandtschaft, und aus irgendeinem Grund hatte das niederländische Konsulat die Behandlung der Ausreiseangelegenheiten von sowjetischen Juden übernommen.

Als ich nach endlosem Warten in der Schlange, wo ich zu meiner Freude ein paar alte Männer mit sehr blassen Gesichtern und rötlichen Bärten einen jiddischen Singsang sprechen hörte, endlich an die Reihe kam, fragte mich eine russischsprachige Angestellte schnippisch, ob ich hier sei, um ein Visum für einen jüdischen Sowjetbürger zu bekommen.

»Nein«, gab ich zur Antwort und wusste noch nicht, dass ich damit zumindest teilweise die Unwahrheit sprach. »Für eine ganz normale Russin.«

Mein Akzent verriet mich.

Die Frau verschwand nach hinten. Wenige Augenblicke später kam ein etwa dreißigjähriger niederländischer Glatzkopf in einem blauen Blazer nach vorn. Er sah mich selbstsicher an, stellte sich vor und begann zu erzählen, dass er in den anderthalb Jahren, die er jetzt hier war, mehrere Männer mit einer Russin gen Westen habe davonziehen sehen, aber dass es in vielen Fällen schiefgegangen sei. Ob ich denn wisse, worauf ich mich nach einer wahrscheinlich fröhlich verlaufenen Reise – der Mann traute sich sogar, mir zuzuzwinkern – da einließe? Viele Russinnen seien einfach nur darauf aus, sich einen Ausländer zu angeln. Wenn sie dann einmal in Europa seien, finge das Elend an. Von seiner unverschämten Rede war ich so schockiert und baff, dass ich gar nicht erst auf seine Worte einging, sondern ganz ruhig meine Frage wiederholte, welche Formalitäten ich zu erledigen hätte, um ein halbjähriges Visum für meine Freundin zu bekommen.

»Gut, dann übergebe ich Sie wieder an meine Assistentin«, sagte der Diplomat deutlich pikiert, während sich seine hochqualifizierten Kiefermuskeln strafften. »Sie bespricht alles Weitere mit Ihnen. Einen schönen Tag noch.«

Die Russin hinter dem Schalter hatte das Missfallen ihres Chefs gleich gespürt. Sie wusste sofort, dass sie freie Hand hatte, es mir so schwer wie möglich zu machen, stellte ihren Tonfall auf giftig und teilte mir mit, dass ich morgen erst einmal mit meiner Partnerin und den benötigten Dokumenten – sie drückte mir eine fotokopierte Liste in die Hand – wiederkommen solle, dann wandte sie sich, als wäre ich plötzlich Luft für sie, an den Nächsten in der

Reihe hinter mir. Als Julia und ich am nächsten Morgen wieder im Konsulat erschienen, ließ sich der Diplomat nicht mehr blicken, und die Assistentin beschied uns nach einem kurzen Blick auf die Papiere, dass sie unmöglich einen Antrag auf ein Visum für das Königreich der Niederlande von einer Dame in Empfang nehmen könne, die noch immer mit einem Russen verheiratet sei.

»Meine Freundin ist Witwe«, sagte ich.

»Hier steht, dass sie verheiratet ist.«

Während Julia mucksmäuschenstill neben mir stand und kaum zu atmen wagte, fast genetisch bestimmte Todesängste ausstand wie bei allem, was mit Behörden zu tun hatte, sagte ich, dass ihr Mann vor drei Jahren bei einer Bergexpedition im Süden der UdSSR verunglückt sei und dass man keines der Opfer jemals gefunden habe.

»Dann brauche ich eine Bescheinigung darüber, dass er für tot erklärt wurde ... Mein Herr ... Kommen Sie wieder, wenn Sie die haben ... Der nächste bitte ...«

Offiziell war Julia in Leningrad gemeldet. Noch am selben Tag nahmen wir den Nachtzug dorthin, wo wir völlig erschöpft ankamen. In ihrer Höhle auf der Wassiljewski-Insel sammelten wir ihre Geburtsurkunde, ihr Arbeitsbuch und andere notwendige Papiere ein, woraufhin etwas geschah, was ich mir unter keinen Umständen erklären kann – ich zähle es zu den Absurditäten des Daseins. Da es wie in allen sowjetischen Städten kein Telefonbuch gab, rief Julia eine Freundin an, um zu fragen, ob sie irgendwo einen guten Notar kenne – und von den Tausenden Notariaten der Stadt standen wir eine halbe Stunde später vor dem Gitter des einzigen in der Tschaikowskistraße, sechzig Meter von dem Haus entfernt, in dem wir fünfzehn Jahre später wohnen würden.

»Eine Erklärung, dass er tot ist?« Der Notar namens Wainstein, ein kleiner Kerl mit einem Adamsapfel, der dicht mit spröden orangefarbenen Härchen bewachsen war, was aussah, als würde seinem Hals eine unbekannte tropische Frucht entsprießen, sah uns von einem Stuhl aus an, der mit abgesessenem grünen Leder gepolstert war. »Gute Frau, Sie wissen doch, dass wir hier sind, um dem Gesetz Genüge zu tun, nicht, um es zu vergewaltigen?«

Als wir die Sachlage erläutert hatten, nickte der Jurist. Er zeigte seine Zähne, setzte behutsam alle seiner zehn opalen Fingerspitzen gegeneinander und nannte seinen Preis. Am selben Tag fuhren wir mit dem Nachtzug zurück nach Moskau, nun im Besitz des notwendigen Dokuments.

Julias erster Mann war jetzt auch auf dem Papier tot. Und sie offiziell Witwe.

Die Million D-Mark für die sibirischen Wissenschaftler kam früher als erwartet. Ende Juli waren Chinstein und Trofimow für sechs Tage nach Bonn, Berlin und die schöne bayerische Hauptstadt München aufgebrochen, wo sie zum ersten Mal in Kontakt mit Weißbier kamen und sich sofort entschieden, für den Rest ihres Lebens nie wieder etwas Anderes trinken zu wollen.

Sie hatten dort auch ein Bankkonto eröffnet. Der Förderbetrag würde nicht als Sachleistung, sondern bargeldlos gewährt. Die deutschen Behörden wollten jeden Anschein einer Bevorzugung der eigenen Wirtschaft vermeiden, sodass die Herren frei entscheiden durften, wo sie den Tomografen erwerben würden. Das könnte in Deutschland sein – die Bundesrepublik hatte einen ausgezeichneten Ruf auf dem Gebiet der Medizintechnik – aber auch in den Vereinigten Staaten, Japan oder jedem beliebigen Land. Die Million D-Mark war ein Geschenk der Bundesregierung an das russische Volk, an das Sowjetland, das derzeit eine so schwierige Periode durchlebte, dabei wurde das Wort *Wiedergutmachung* tunlichst vermieden: Chinstein mit seinen jüdischen Wurzeln wusste, dass seine Wohltäter in seinen Händen zu Bienenwachs wurden. Als er bei der Sitzung mit dem Vergabekomitee in Bonn erfuhr, dass der Fall so gut wie abgeschlossen war, aber erneut einige zusätzliche Unterlagen benötigt wurden, wonach die endgültige Vergabe dann zügig über die Bühne gehen sollte, war der Akademiker ungeduldig geworden und hatte alles auf eine Karte gesetzt. Er hatte angefangen zu schluchzen und sein Gesicht hinter seinen imposanten sibirischen Fingern verborgen. Während Trofimow schweigend zusah, ließ Chinstein über den Dolmetscher verlauten, dass schon sein Urgroßvater – ein Arzt in einem *Schtetl* bei Minsk – vor dem

Ersten Weltkrieg hilflos habe zusehen müssen, wie Kinder unter seinen Händen wie die Fliegen gestorben seien, weil die zaristischen Behörden ihnen den Zugang zu Medikamenten verwehrt hätten. Zwischen den Juden und den übrigen Bewohnern des russischen Reiches habe eine gläserne Wand gestanden. In den Dreißigerjahren, kurz vor dem Ausbruch des neuen Weltenbrandes, sei es nicht besser gewesen. Ob man hier überhaupt eine Vorstellung habe, in welchem Maße das Schicksal von Hunderten Kindern in Sibirien mit mysteriösen Knochenveränderungen und neurologischen Erkrankungen, die eine tomografische Untersuchung erforderten, von ihnen abhinge? Jeden Monat, jede Woche, jeden Tag gebe es einen weiteren solchen Fall. Sein eigener Vater – Gott habe ihn selig – habe bei der Belagerung durch die Nazis von Stalingrad eine Hand verloren, nur dank ...

»Einverstanden!«, hatte der Vorsitzende der Förderkommission ausgerufen. *»Sie bekommen unsere Hilfe sofort!«*

Eine Woche später war das Geld auf ihrem bayerischen Konto.

Während Trofimow mir in allen Einzelheiten enthüllte, wie sein Partner die Deutschen zu fassen gekriegt hatte, musste Chinstein ständig kichern. In seiner Jugend war er ein nicht unbegabter Schauspieler gewesen. Vor seinem Eintritt in die naturwissenschaftliche Fakultät hätte er noch Zweifel gehabt, ob er sich nicht lieber für die Kunst entscheiden sollte, doch Gott sei Dank sei seine Wahl auf die Alma Mater gefallen.

Seit seinem Triumph war das glückliche Duo nicht mehr aus Moskau wegzukriegen. Sie trugen elegante ausländische Anzüge, ihre Kinne waren glatter geschoren denn je. Sie ließen die Mätressen aus Nowosibirsk in ihre Suiten nachkommen. Eines Morgens tauchte vor der Tür unseres Hotels ein schwarzer BMW mit Fahrer auf, in dem das Quartett, das sich in einem permanenten Partyrausch befand, durch die Stadt kutschieren ließ. Den Boliden hatten sie für einen Spottpreis gekauft. Das Familienfoto des ursprünglichen Besitzers, ein pausbäckiger Deutscher, dem man den Wagen gestohlen hatte und der dann über den inzwischen porösen Osten illegal in die UdSSR eingeführt und schließlich auf dem Schwarzmarkt vertickt worden war, zitterte noch immer am Armaturenbrett. Als ich mit den beiden Akademikern wieder einmal in ein Restaurant fahren wollte, riss Trofimows blonde Freundin das Bild ab, öffnete das Fenster und warf es angeekelt hinaus.

An einem Sonntagnachmittag ließ Chinstein Julia eine monströs große Schachtel mit französischer Schokolade liefern. So etwas kostete in Moskau ein Vermögen. Meine Geliebte hätte für Schokolade gemordet, trotzdem hat sie die Pralinen eine nach der anderen in die Kloschüssel plumpsen lassen, dazwischen ein paar Mal mit aller Kraft abgezogen, und gewettert, dass sie mit diesen Betrügern nichts zu schaffen haben wollte. Inzwischen war uns klargeworden, was die beiden Sibirier, die zwischendurch für eine Woche nach Nowosibirsk zurückgekehrt waren, ausgeheckt hatten. Über einen Zwischenhändler hatten sie irgendwo für weniger als hunderttausend einen gebrauchten Tomografen gekauft, das Gerät in ihrem Institut aufgebaut, Fotos von der feierlichen Eröffnung an ihre Fördergeldgeber in Deutschland geschickt und sich den Rest des gestifteten Betrages in die eigenen Taschen gesteckt.

Wieder sollte ich ihnen ein Visum für Spanien besorgen. Sie wollten ab September drei Monate mit ihren Damen auf einer der Kanarischen Inseln verbringen. Und waren die Immobilien da nicht spottbillig? Marta vom spanischen Konsulat war endgültig verschwunden, doch mit dem Visumsantrag verlief alles reibungslos. Der Westen wurde immer entgegenkommender, man erkannte das Potenzial, obwohl die eiskalte Russin im niederländischen Konsulat mir das Leben weiterhin schwer machte. Für die Erteilung von Julias Visum musste ich eine Erklärung aus den Niederlanden vorweisen, dass ich über ein ausreichendes Einkommen verfügte. Als ich das nicht ohne Weiteres auf die Reihe bekam, mussten meine Eltern bürgen, die von dem Kleingeld lebten, das sie in einem Leben voller Plagen und Mühen erworben hatten. Doch der Brief, den sie schließlich schickten, genügte dann endlich, und das Visum konnte ausgestellt werden. Ab Mitte August begann Julia die Tage bis zu unserer Abreise aus Moskau zu zählen. Sie hatte einen Kalender an die Wand gehängt, strich die Tage ab, und bei jedem Strich früh am Morgen fragte sie seufzend, warum die Zeit plötzlich so schrecklich langsam vergehe.

Foppmans bombardierte mich weiterhin mit Faxen, in denen er mich aufforderte, ihm konkrete Vorschläge zu unterbreiten, wie wir im nächsten Jahr den Tulpenhandel anpacken könnten. Ihm ging alles nicht schnell genug. Er wollte auch bei künstlichen Blumen einsteigen: In der Sowjetunion stand nach einem Jahrhundert in Grau alles hoch im Kurs, was bunt aussah.

Ich war regelmäßig im Büro meines alten Bibelschmuggel-Kontaktmanns Posorski hinter der KGB-Zentrale anzutreffen, wo die Belegschaft buchstäblich mit jedem Tag wuchs. Sein Unterwäsche-Standbein war umgezogen und belegte inzwischen einen ganzen Flügel. Eine Probesendung mit französischen Dessous aus Taiwan, einen Posten, den Foppmans bei einem Liquidationsverkauf in Rotterdam für einen Pappenstiel ergattert und zwischen den Möbeln eines Umzugswagens halb illegal nach Moskau verfrachtet hatte, war ein großer Erfolg gewesen. Man wollte mehr davon. Foppmans fing an, nach Taiwan zu faxen, direkt an die Quelle der Luxuslingerie.

Posorski fühlte bei mir vorsichtig vor, ob mein niederländischer Partner, angesichts des speziellen Rufes von Amsterdam, nicht auch in der Lage sei, Spielzeug für Erwachsene für ihn aufzutreiben. Ein Mann in Rostow am Don war kürzlich mit einer Reisetasche voller Dildos verhaftet und wegen Übertretung der sowjetischen Sittengesetze zu drei Jahren Gefängnis verurteilt worden. Die Willkür der Richter im Land war noch immer grenzenlos, während der plötzliche Reichtum der neuen Elite böses Blut unter den sowjetischen Beamten erzeugte, die in der Zwangsjacke der Rubelabwertung steckten und von den Vergnügungen des neuen Zeitalters noch nicht hatten kosten können. So wohlhabend und scheinbar unantastbar man auch war, der Bannstrahl der Eifersucht, der Rache, konnte jeden aus heiterem Himmel treffen. Niemand war davor gefeit. Die Mitglieder des brandneuen Clubs der Rubelmillionäre – eine Gruppe aus hauptsächlich Zwanzig- und Dreißigjährigen, von denen einige wirklich brillant, wenn auch ein bisschen wahnsinnig waren, während andere über Leichen gingen, die meisten von ihnen aber erfolgreich beide Eigenschaften zu kombinieren verstanden – waren sich dessen sehr wohl bewusst. Sie verbargen ihren prosperierenden Lebensstil so gut wie möglich. Dennoch war einer von ihnen einige

Monate zuvor verhaftet worden, nachdem er einen Milizkommandanten öffentlich im Restaurant wie den letzten Dreck behandelt und ihn, sturzbetrunken, als armseliges Sowjetfossil beschimpft hatte. Am nächsten Abend stand ein Gefängnistransporter vor seinem Haus, und er wurde in eine Zelle gebracht, wo ihm ein Fall von »Beischlaf unter Männern« untergeschoben wurde – es gab Fotos, die ihn bei homosexuellen Handlungen zeigten. Die Anklage wurde später auf das Vergehen der Verbreitung von Geschlechtskrankheiten ausgeweitet – die Aussage des Opfers stand schon fertig auf dem Papier – und der Rubelmillionär verschwand für drei Jahre nach Sibirien, wo trotz Perestroika und Glasnost noch immer mehr als eine Million Menschen in den engen, von Tuberkulose und anderen Krankheiten verseuchten Baracken der Straflager krepierten.

»Wir müssen vorsichtig sein in diesem Land, Genosse«, hatte Posorski hinter dem orangefarbenen Glanz seiner Brillengläser fröhlich angemerkt. »Aber wer nichts riskiert, trinkt keinen Schampus«.

Wie verknallt auch immer ich sein mochte, das Leben mit meiner Geliebten in diesen beiden Hotelzimmern wurde mir manchmal zu eng. Ich brauchte hin und wieder meine Ruhe – zum Nachdenken und um richtig zu funktionieren. Oft spazierte ich allein durch die brüllend heiße Stadt, wo Staub wie vulkanischer Sand über den Asphalt tanzte, als wäre ich irgendwo im tiefsten Süden Europas, und gab mich dabei ganz und gar der Kontemplation hin. Ich war mir nicht sicher, was ich mit meinem Dasein anfangen sollte. Obwohl noch keine dreißig, hatte sich das Leben der meisten meiner Freunde in den Niederlanden bereits in eine bestimmte Richtung entwickelt. Unsere Jugend war in erstaunlicher Geschwindigkeit vorübergezogen.

Wenn ich so durch Moskau lief, wurde ich von einer plötzlichen Melancholie erfasst, die mich fast körperlich schmerzte. Ich hatte mich dem Leben in der Sowjetunion ausgeliefert, man könnte beinahe behaupten, dass ich süchtig danach war. Leningrad und Moskau kannte ich inzwischen besser als Amsterdam. Die Vorstellung, dass ich Moskau in ein paar Wochen mit meiner Geliebten verlassen würde, wurde von einer unheilvollen Ahnung begleitet: Möglicherweise würde ich nie wieder in dieses Land zurückkehren. Die tektonischen Verschiebungen in der Geschichte schritten immer weiter fort. Ich war Zeuge davon, und wie in einer Oper lief die Handlung nun auf ihren Schlusspunkt zu. Und genau in diesem Moment sollte ich das alles hinter mir lassen und einer völlig ungewissen Zukunft in den Niederlanden entgegensehen?

Sieben Tage vor unserer Abreise geschah, was meiner schwärmerischen Melancholie für lange Zeit den Garaus machte. Um elf Uhr morgens hatte mich Posorski angerufen und mich gefragt, ob er mich in einer Stunde in der Lobby des Mesch treffen könne.

»Des *Mesch?*«

»Das *Meschdunarodnaja* natürlich!« Posorski redete in einem nervösen, fast gequälten Ton, den ich von ihm nicht kannte.

Ich sagte, ich hätte schon einen Termin im niederländischen Konsulat, um das Visum meiner Freundin abzuholen, das endlich ausgestellt worden war.

»Scher dich zum Teufel mit deinem Visum! In einer Stunde in der Halle des *Mesch* ... Ich bin irgendwo unter der Kuckucksuhr.«

Das Hotel *International*, besser bekannt unter der wörtlichen russischen Übersetzung *Meschdunarodnaja*, war einige Jahre zuvor am Ufer der Moskwa hochgezogen worden, auf der anderen Seite der steinernen Fünfzigerjahre-Tropfkerze, dem Hotel *Ukraine*. Die riesige Halle war wie ein Innenhof geformt, die blitzenden Glasaufzüge fuhren ständig hinauf und hinab wie in einem amerikanischen Film. Nirgendwo war die Zeitreise, die man im Moskau dieses Jahres unternehmen konnte, ausgeprägter als hier. Herren in italienischen Maßanzügen liefen mit Diplomatenköfferchen herum, konferierten, saßen bei einem frühen Lunch in einem der vielen Restaurants oder schlenderten durch die Geschäfte, in denen Sachen verkauft wurden, die anderswo im Land – nicht täglich, sondern stündlich nahmen hier die Mängel zu – wegen ihrer unglaublichen Knappheit in Museen für die sich danach verzehrenden Besucher hätten ausgestellt werden können.

Mit Julia war ich nur einmal hier gewesen. Wir hatten Stiefel gekauft und danach Eisbein mit Sauerkraut in der Bayerischen

Stube im zweiten Stock gegessen. »Sauerkraut«, hatte sie in ihrem fast perfekten Deutsch gesagt, als wäre sie nicht in Leningrad, sondern irgendwo in Hamburg geboren. »Weißt du, dass dies das erste deutsche Wort war, das ich gelernt habe? *Sauerkraut*! Das zweite war *Scheiße*, das dritte *Liebe* ...«

Die Plätze direkt unter der Kuckucksuhr, die eine halbe Wand einnahm und als Aushängeschild des Hotels galt, waren alle leer. Noch keine Minute, nachdem ich Platz genommen hatte, kam ein äußert kultiviert wirkender Herr um die sechzig mit einem grünen Diplomatenkoffer auf mich zu. Sein nussfarbener Schädel war rundum kahl, er hatte einen grauen Spitzbart und dunkle Augen, in denen ein warmer, glänzender Ausdruck lag.

»Herr Posorski?« Ehe ich antworten konnte, hatte er sich auf eine keusche Art und Weise schon neben mich gesetzt. Eine goldene Uhr prunkte an seinem Handgelenk, und er verbreitete einen zitronigen Duft mit einem Anflug von Tabak.

Ich sagte ihm, ich sei nicht Posorski, nur ein Freund von ihm, dass ich aber gerade auf ihn warte.

»Aha, *I understand*«, sagte der Mann auf Englisch mit einem arabischen Akzent. »Wo ist das Zeug?«

»Das Zeug?«

In diesem Moment legte die riesige Kuckucksuhr über unseren Köpfen los. Elf Mal in Folge schallte das mechanische Vogelgeräusch durch die Halle. Einige Leute blieben einen Moment stehen, darunter eine schlanke Frau und ein kleines Mädchen – offensichtlich Auswanderer –, die, ihr Eis schleckend, entzückt zu dem Schauspiel hinaufblickten.

Es war noch nicht vorbei, als über die Sprechanlage – wie auf einem internationalen Flughafen – mein Name ausgerufen wurde.

Telephone for Mister Waterdrinker, please go to the reception.

Ich stand auf, verabschiedete mich mit einem freundlichen Nicken von meinem exotischen Sitznachbarn und ging zum Tresen, wo mir eine junge Frau ungeduldig einen Telefonhörer entgegenstreckte. Am Apparat war Posorski. Er klang immer noch nervös, doch etwas weniger gehetzt als vor einer Stunde. Er fragte, ob ich schon da sei – prima, prima ... – und sagte dann, dass ich an der

Rezeption nach einer gewissen Tanja Pantelejewa fragen sollte. Sie sei eine Freundin von ihm und würde mir einen Schlüssel zu einem Schließfach aushändigen. Diese Schließfächer befänden sich im hinteren Teil der Halle, gleich neben der Garderobe. Ich sollte da einen Koffer herausnehmen, ihn dem Mann übergeben, der sich in der Halle neben mich gesetzt habe, dafür bekäme ich einen anderen Koffer, und das sei es auch schon.

»Warum?«, fragte ich Posorski. »Und mal so nebenbei, woher weißt du, dass da eben ein Mann in der Lobby neben mir gesessen hat? Was bedeutet das alles?«

Im Hörer erklang ein Seufzen. Leider hänge er aus geschäftlichen Gründen in der Gegend von Orjol fest. Er wäre gerne selbst ins Hotel gekommen, aber es sei einfach nicht zu machen gewesen, und sein Kunde würde in ein paar Stunden schon nach Hause fliegen. Der sei in der Zwischenzeit über alles informiert worden. Ein Notfall. Als alter Genosse und Freund könnte ich doch wohl, Teufel auch, einen Koffer für ihn annehmen, oder?

»Heute Abend hole ich ihn ab ... Danke einstweilen, alter Knabe! Demnächst werden wir es uns wieder im *Aragwi* gemütlich machen!«

Wieder in meinem Hotelzimmer packte ich den Koffer unters Bett, setzte Wasser für einen löslichen Kaffee auf und begann, ein neues Angebot für dreißig Volvo-Gelegenheitskäufe aufzusetzen. Anderthalb Stunden später kam Julia mit einem verzückten Lächeln im Gesicht herein. Sie war im Zoo gewesen, wo kürzlich zwei weiße sibirische Tigerbabys zur Welt gekommen waren. An jenem Tag hatte man sie zum ersten Mal der Öffentlichkeit präsentiert. Sie war eine volle Stunde da gewesen, hatte eine ganze Filmrolle verschossen und drängte nun darauf, die Bilder irgendwo entwickeln zu lassen. Als ich ihr von meinem Treffen kurz zuvor im *Meschdunarodnaja* und dem Koffer erzählte, wurde sie blass. Koffer? Was für ein Dummkopf ich denn wäre? Warum ich den angenommen hätte? Vielleicht wäre ja eine Bombe darin.

»Eine Bombe?« Ich lachte. »Warum sollte mir jemand einen Koffer mit einer Bombe unterjubeln? Du hast zu viele Hollywood-Filme gesehen.«

Julia entgegnete ziemlich pikiert, dass sie in ihrem ganzen Leben noch keinen einzigen Hollywoodfilm gesehen habe, aber dass ich anscheinend nicht kapieren würde, was hier im Lande vor sich gehe. Erst vor Kurzem seien ein Mafiaboss und drei seiner Leibwächter im Ural von einer Autobombe in die Luft gejagt worden. Vorher auch in Leningrad und anderen Städten. Sie wisse es, sie habe es immer gespürt: Ich hätte mich nie mit diesem Posorski einlassen dürfen.

»Ach Liebling ...«, sagte ich beschwichtigend. »Ich weiß genau, wer und was Posorski ist, doch er hat mich nie beschissen. Komm, ich nehme mir das Köfferchen mal vor, dann wissen wir, was drin ist ...«

Ich hatte den Satz noch nicht ausgesprochen, als meine Freundin aus dem Zimmer rannte, auf den Flur. Durch die Tür rief sie mir zu, dass ich das selbst am besten wissen müsse, sie jedenfalls habe mich gewarnt.

Während die klamme Hitze des späten Augusttages wie ein feuchtes Tuch im Schlafzimmer hing, ging ich in die Knie, zog den Koffer unter dem Bett hervor und legte ihn auf die Decke. Er sprang mit zwei kurzen Klicks auf. Beim Anblick des Inhalts zog sich ein Grinsen über mein Gesicht, das in einen befreienden Lachanfall mündete. Die von der Vorstellung, dass etwas Explosives in dem Koffer sein könnte, rührende Anspannung hatte sich doch auf mich übertragen. Ich war es gewohnt, mit Bargeld umzugehen, aber die tadellosen Päckchen grüngrauer Dollars, die mich da anlachten, beeindruckten mich schwer.

Vom Flur aus wurde gebrummelt, was es denn so unbändig zu lachen gebe.

Fröhlich rief ich etwas zurück.

Wie ein Kätzchen kam Julia ins Schlafzimmer geschlichen. Sie starrte einen Moment lang auf das Geld und fragte dann, wie viel das wohl sei.

Ich nahm einen Stapel, zog die Banderole ab und zählte schnell die glatten neuen Scheine. Einhundert. Zehntausend Dollar. Es waren hundert Stapel. Eine Million. So also sah eine Million Dollar aus.

Nichts Besonderes.

Trotzdem lag da ein Leben voller Freiheit.

Am Abend des nächsten Tages hatte Posorski immer noch nichts von sich vernehmen lassen. Egal, wie oft ich ihn anrief, er ging einfach nicht ran. Auch am darauffolgenden Tag gab mein russischer Partner kein Lebenszeichen von sich. Nachdem ich zum x-ten Mal in seinem Büro durchgeklingelt hatte, hob endlich eine Sekretärin den Hörer ab. Sie sagte in entschuldigendem Ton, dass das Telefon seit fast zwei Tagen nicht besetzt gewesen sei und dass Herr Posorski sich nicht in der Stadt aufhalte, aber gegen Abend zurückerwartet werde.

Ich hatte den Koffer im Wandschrank zwischen den Klamotten versteckt, aber trotzdem konnten wir nicht aus unserem Zimmer. Wer lässt schon eine Million Dollar Bargeld unbeaufsichtigt? Nachdem wir abends gegen acht wieder einmal Bœuf Stroganoff beim Zimmerservice bestellt hatten und ich den Hörer gerade aufgelegt hatte, klingelte das Bakelittelefon auf meinem Schreibtisch.

Die Rezeption. Unten in der Halle stünde ein Herr Posorski.

»Dürfen wir ihn nach oben schicken?«

»Mit dem größten Vergnügen!«, sagte ich erfreut.

Während ich den Koffer aus dem Schrank holte, murmelte Julia bockig, dass sie im Schlafzimmer bleiben würde. Um keinen Preis wollte sie diesem Mann unter die Augen kommen. Ich war mit dem Koffer noch nicht auf dem Flur, da trat Posorski mit einem alkoholgeschwängerten Grinsen aus dem Aufzug. Er begrüßte mich voller Pathos, wie im Theater, und gab mir zwei heiße Küsse.

»Ich muss mich entschuldigen, lieber Freund! Die Miliz in Orjol hat mich zwei Tage lang festgehalten. Was sagst du dazu? Leute, die diesem Land weiterhelfen, die die Zukunft im Blick haben, werden festgehalten. Während die Sklaven des Staates, diese Erzfaultiere, weiterhin frei herumstreunen. Ach schön, sehr schön …«, fuhr er fort, als ich ihm den Koffer in die Hand gedrückt hatte. »Und, was hältst du davon?«

»Wovon?«, fragte ich, nichts begreifend.

»Erzähl mir nicht, dass du nicht nachgeschaut hast, was da drin ist. Das ist doch ganz normal! Eine Million Dollar. Du bist einer der wenigen Menschen in dieser Stadt, denen ich vertraue. Heute eine Million für mich, morgen oder übermorgen für dich. Wo ist übrigens deine liebe Freundin? Was, in Leningrad? Also sehen wir uns bald im *Aragwi*. Du liebe Güte, dieser Mann hier ist todmüde und wird sich jetzt mal aufs Ohr hauen. Mach's gut!«

Als ich zurückkam, lag Julia der Länge lang auf dem Bett und las. Wieder ein Niederländisch-Lehrbuch, aus dem sie mir diesmal, langsam und präzise, ein Gedicht von Martinus Nijhoff vorlas, dessen Rhythmus sie an das Werk von Joseph Brodski erinnerte.

Um acht Uhr am nächsten Morgen, ich war noch gar nicht richtig angezogen, klingelte das Telefon auf meinem Schreibtisch erneut. Es war wieder die Rezeption. Mit der Frage, ob ich nach unten kommen könnte.

Im Vestibül standen zwei Milizionäre. Sie ließen mich gleich wieder nach oben gehen, um meine Papiere zu holen, wenig später studierten sie ausgiebig meinen Pass und mein Visum, dann zeigten sie mir ein grobkörniges Bild von Posorski und fragten, ob ich ihn kennen würde. Ich sagte, dass ich ihn am Abend zuvor hier im Hotel getroffen hätte.

»Acht Uhr abends?«

Ich nickte und wusste, dass sie die Informationen überprüfen würden, die sie von der Rezeption erhalten hatten, die gesetzlich verpflichtet war, Namen und Passnummer eines jeden Besuchers zu notieren. Ich wurde freundlich gebeten, sie ins Büro zu begleiten. Dort erfuhr ich, dass Posorski am Vorabend, zwanzig Minuten nach acht, kaum eine Viertelstunde, nachdem ich mich von ihm verabschiedet hatte, mit Einschusslöchern an beiden Schläfen am Straßenrand in der Nähe des Gorkiparks aufgefunden worden war.

»Sie machen also tomografische Untersuchungen hier im Land«, fragte einer der Vernehmer, ein bedächtiger Mann in grauer Uniform.

»Unter anderem«, sagte ich.

»Und was wissen Sie von einem Koffer?«

Posorski war der erste Mensch, den ich gekannt hatte, der durch eine Kugel getötet wurde. Wieder nahm ich mir vor, dieses verdammte Land endgültig zu verlassen. Und wusste nicht, dass der Russe, den ich dank meiner Schmuggelbibeln kennengelernt hatte, nur der erste in einer langen Reihe von Menschen in meinem Dunstkreis war, der eines gewaltsamen Todes sterben würde.

Es hatte noch gar nicht richtig begonnen.

Zehntes Kapitel

Für mein Buch über die russische Revolution begab ich mich letzte Woche gegen elf Uhr in die frühere Stadtvilla von Matilda Kschessinskaja, der ehemaligen Geliebten von Zar Nikolaus II. und Primaballerina des kaiserlichen Balletts.

Es war schönes, mildes Petersburger Maiwetter. Die blauen Minarette der nahe gelegenen Moschee aus dem 19. Jahrhundert strahlten majestätisch im Sonnenlicht. Im Park hinter meinem Rücken tummelten sich die Vögel und zwitscherten im zarten Grün. Lange Zeit stand ich vor dem Balkönchen des 1906 im modernen Stil errichteten Hauses, das die berühmte Ballerina (gewarnt, ihr Leben sei in Gefahr) kurz vor der Februarrevolution Hals über Kopf verlassen hatte. Es hatte sie nach Frankreich verschlagen, wo sie 1971, kurz nach ihrem hundertsten Geburtstag, starb. Auch sie, die als Teenager drei Jahre lang mit dem letzten Zaren in dessen Satinlaken gelegen hatte und dann von seiner Familie rundum verhätschelt worden war (nach dem Zaren liebte sie noch zwei Großfürsten aus dem Geschlecht der Romanows), hatte wie der Interimschef der Revolution Alexander Kerenski am Ende ihres Lebens noch die Beatles und die Stones gehört und wahrscheinlich – als vitale alte Frau – die Fernsehbilder des schmutzigen Napalm-Krieges in Vietnam gesehen.

Sofort nach Ankunft des Zuges aus der Schweiz hatte Lenin die luxuriöse Villa bezogen, die kurz zuvor von seinen bolschewistischen Genossen mit roten Fahnen gestürmt und besetzt worden war, dann folgte eine gnadenlose Verwüstung des ganzen Gebäudes. Die antiken Möbel wurden ohne jede Rücksicht aus dem Weg geräumt, die subtropischen Palmen verkümmerten in ihren Töpfen, das legendäre römische Bad der Künstlerin verwandelte sich in einen Abfallhaufen aus Zigarettenkippen, Papier, Lumpen und anderem Müll, das Vestibül in ein Übergangshaus für stinkende, den lieben langen Tag rauchende und Sonnenblumenkerne kauende und die Reste in die Gegend spuckende Soldaten, Opportunisten und anderes Volk, während der weiße Konzertflügel aus Berlin, der das private Tanzstudio schmückte, zerkratzt und mit Tee, Wodka und anderem Schnaps bekleckert wurde; das orientalische Schlafzimmer wurde zum Hauptquartier der *Prawda*, der »Wahrheit« umfunktioniert, einer Zeitung, die in den ersten Tagen ihres Bestehens ebenso wenig die Wahrheit verkündete wie sie es siebzig Jahre später tat, als ich sie während meiner Studentenzeit las, wegen der billigen Druckerschwärze immer mit schwarzen Fingern.

Hier, auf diesem Balkon, hatte der Siegeszug des Bösen begonnen. Von den Kräften der Finsternis und des Todes, als Lenin – die Klänge der *Marseillaise* und der *Internationale* vom Empfang auf dem Finnischen Bahnhof kurz zuvor noch in den Ohren – sich wenig später vom Begrüßungsdinner losgeeist und sich nach draußen begeben hatte, um dort mit seiner schneidenden Stimme zu einer kleinen, erwartungsvollen Menge zu sprechen; dies war der Auftakt zu einer Rede, die er einige Stunden später halten würde, in der er – zum Erstaunen der meisten Anwesenden – jegliche Zusammenarbeit mit der Provisorischen Regierung verwarf, weil sie einem Verrat am Sozialismus gleichkomme, und in jaulendem Ton seine erste Aufforderung zur allgemeinen Zerstörung von sich gab.

In diesem Moment war das Schicksal Russlands und von Millionen Seelen besiegelt. Durch einen einzigen Kerl.

Ich hatte das Gebäude oft besucht. In den in ein Museum verwandelten ehemaligen Wohnräumen der russischen Ballettlegende wurden die Oktoberrevolution und andere politische Umbrüche seither mit Ausstellungsstücken wie Schusswaffen, Propagandaplakaten, Originaldokumenten, Fotos und bewegten Bildern dargestellt. Mit dem Beglaubigungsstempel der aktuellen Herrscher im Kreml natürlich. Virulenter Patriotismus war die neue Ideologie. Die Stummfilmfragmente, die den letzten Zaren als einfachen Kosaken zeigten, den zu einer Menge sprechenden Lenin, aber vor allem die Aufnahmen vom Newski-Prospekt im Februar 1917, auf denen Passanten nervös und in ruckartigen Bewegungen durch den Schnee laufen, konnte ich mir stundenlang ansehen.

Jetzt war ich wieder hier, meines Buches wegen: Non-Fiction, mein neues Fach, erforderte eine ständige Überprüfung der Realität.

Ich wollte soeben das Gebäude betreten, als ein kultivierter Herr um die sechzig, der schon seit einiger Zeit die architektonischen Schnörkel des Hauses mit einer professionell wirkenden Kamera fotografierte, mich auf Englisch mit einem starken französischen Akzent ansprach.

»Mister, dsies is dse famous balcony?«

Neben ihm stand ein Mädchen von etwa sechzehn Jahren. Sie hatte eine pechschwarze Punkfrisur, glamourös gestylt, als käme sie gerade von einem teuren Coiffeur. Unterlippen-Piercing. Ihre widerspenstigen Augen waren von Wimperntusche zu schwarzen Flecken verschmiert, auch der Rest ihrer Kleidung war nachtschwarz, ebenso wie die soldatenstiefelähnlichen Schuhe an ihren Füßen.

»Ma fille!«, sagte der Mann mit Erleichterung in der Stimme, als ich ihm gleich auf Französisch geantwortet hatte, dass dies in der Tat der Balkon sei, von dem aus Lenin nach fast sechzehn Jahren Exil im Frühjahr 1917 erstmals zum Volk gesprochen hatte.

Der Mann stellte sich als pensionierter Fotojournalist vor; ein Jahr war es her, dass er sein Pariser Appartement gegen ein Einfamilienhaus in der Ardèche eingetauscht hatte. Er war schon einundsechzig Jahre alt, kam nur noch selten in die Hauptstadt: Die Jugend sollte jetzt ihre Chance erhalten. Als er das sagte, verdrehte das Mädchen die Mascara-Augen als Zeichen dafür, dass es sich für die Worte des Vaters schämte und sich gleichzeitig zu Tode langweilte. Für einen Franzosen war der Mann ungewöhnlich mitteilsam. Dieses schöne Wetter hier habe er nicht erwartet. Auf dem Flughafen in Paris habe es noch geregnet. Er habe viel in asiatischen, afrikanischen und lateinamerikanischen Ländern gearbeitet. Seltsamerweise sei es nie zu einem Besuch in der ehemaligen Sowjetunion gekommen, obwohl er als Jugendlicher durchaus ein Anhänger der Revolution gewesen sei: Lenin war für ihn lange ein Held gewesen.

»Ich will meine Tochter vor meinen damaligen Fehlern bewahren«, fuhr der Mann fort, während das Mädchen mürrisch aufs iPhone starrte. »Obwohl ich glaube, dass es schon zu spät dafür ist.«

»Wieso?«, fragte ich.

Im selben Moment erwachte das Kind plötzlich zum Leben. In einem Ton, als hätte sie seit dem Frühstück kein Wort mehr an ihren Vater gerichtet, ächzte sie das Wort *putain*, sah mich herausfordernd an, zog ein Stück schwarzen Stoff von ihrem Oberkörper weg und zeigte mir ihr linkes Schlüsselbein und die Schulter, wo Lenins Kopf in blauschwarzen Tönen eintätowiert war.

Seine Tochter, setzte der Mann in verächtlichem Ton fort, habe sich dem Schicksal der Unterdrückten dieser Welt verschrieben. Ihr zehn Jahre älterer Freund sei einer der Anführer einer extrem linken Organisation aus Nantes. Zusammen mit anderen antifaschistischen Vereinigungen hätte er schon Aktionen gegen mehrere Le Pen-Versammlungen gestartet. Er hatte Schaufenster eingeschlagen, aber auch Banken und Anwaltskanzleien aus Protest gegen den Kapitalismus angegriffen.

»*Putain* ...«, kam es wieder aus dem Mund des Mädchens.

Er habe seine Tochter und seinen künftigen Schwiegersohn – sein Ton war voller Ironie – eingeladen, mit nach Russland zu kommen, in jene Stadt, die als Wiege des roten Terrors gelte. Doch der Freund seiner Tochter habe an einem Kulturprogramm keinerlei Interesse gezeigt. Er hätte allein schon bei der Vorstellung, sich die Eremitage anzusehen, gegähnt und sich strikt geweigert, diesen historischen Ort zu besuchen. Bereits den zweiten Tag in Folge säße er irgendwo in einem Keller, um seit dem frühen Morgen mit ein paar russischen Genossen zu saufen, die er im Internet aufgetan hatte und die den gleichen extremistischen Ideen anhingen wie er.

Nachdem der Monolog des Franzosen wieder durch ein verächtliches *putain*, ein Füllwort, das die französische Jugend heutzutage unaufhörlich im Munde führt, unterbrochen wurde, begannen die beiden sich auf so unvermutet aggressiv Art zu streiten, dass der Mann mir schnell zum Abschied zunickte und seine Tochter in einen Park wegschleppte. Im selben Moment klingelte mein Telefon. Es war Julia. Ihr Bruder sei unerwartet zu uns gekommen und wollte schnell eine bestimmte Frage mit mir besprechen.

»Das Haus der Kschessinskaja«, schnaufte meine Frau, als ich ihr sagte, wo ich stand. »Wer interessiert sich denn dafür in Holland? Mach mal hin ... Wir sitzen schon beim Kaffee ... Ich habe Schokoladenkuchen gebacken ...«

Als ich eine Viertelstunde später zu Hause eintraf, saß mein Schwager mit einem braunen Schokoladenmund am runden Tisch, den alten Schnorrer Persik, der um Aufmerksamkeit bettelte, auf dem Schoß.

In der letzten Zeit war ich viel in Moskau gewesen und hatte Alexej länger nicht gesehen. Er wirkte so jung, frisch und optimistisch wie immer. Gerade hatte er mit seiner Schwester vereinbart, am nächsten Tag das Grab ihres Vaters zu besuchen. Er war jetzt schon fast ein Jahr tot, sie wollten einen Zaun um die Grabplatte ziehen.

»Also, kommst du mit?«, fragte mein Schwager.

Ich murmelte abwehrend, dass ich zu viel zu tun hätte: Vor Friedhöfen versuche ich mich so weit wie möglich zu drücken, ich war zu oft dort. Während Julia ein zweites Stück Kuchen auf meinen Teller legte, schwenkte ich schnell auf ein anderes Thema um und merkte an, dass mein Schwager braungebrannt aussehe.

»Das offene Meer«, sagte Alexej. »Nirgendwo wird der Mensch schneller braun als auf dem Wasser. Letzte Woche haben mein Kompagnon und ich die *Nautilus* aus dem Hangar geholt, ein Vollblutpferdchen! Wir haben alles geputzt, abgeseift, die Takelage überprüft ... Weißt du, dass wir für den kommenden Sommer schon vierzig Kursteilnehmer haben? Und dann werden wir mit der Reklame erst richtig anfangen. Die Segelschule wird ein Knaller ... Das ist auch der Grund ...« Rasch warf Alexej seiner Schwester einen Blick zu, nahm einen Schluck Kaffee und fuhr fort: »Das ist auch der Grund, weshalb ich schnell vorbeigekommen bin ... Ich habe den Glyzerinhandel wieder aufgenommen, aber es läuft schlecht, richtig miserabel ... Wegen der Krise sind sie alle mit dem Zahlen sehr zurückhaltend geworden ... Manchmal muss ich zwei oder drei Monate auf mein Geld warten ... Und jetzt ist etwas passiert, eine Kleinigkeit, aber ich muss mit dir darüber reden ... Es geht um die Zukunft meines neuen Geschäfts ...«

Vor drei Tagen hätten mein Schwager und sein Partner eine Probefahrt im Finnischen Meerbusen unternommen. Alles, was an

Bord funkeln konnte, hatte gefunkelt, die Segel hatten sich im Wind gebläht, die Tragflächenboote mit den Touristen auf dem Weg zu den sprühenden Fontänen von Schloss Peterhof, dem russischen Versailles, waren auf den Wellen vorübergeglitten. Mitten auf dem Meer hatten sie die Segel eingeholt, um den Motor zu testen. Der war nicht angesprungen. Zuerst hatten sie vermutet, dass es an einem undichten Benzinschlauch liege. Beim Losfahren hatten beide gemeint, etwas zu riechen. Aber der Schlauch war in Ordnung gewesen und der Tank voll. Was auch immer sie getan hatten – beide waren erfahrene Ingenieure – das Miststück hätte sich nicht gerührt. Sie hatten wieder Segel gesetzt, doch selbst nach dem Festmachen hatten sie den Motor nicht mehr zum Laufen gekriegt.

Ein Spezialist war hinzugezogen worden, der nach einigem Herumdoktern in ernstem Ton verkündet hatte, dass das Kolbensystem defekt sei und dass der Austausch fast so teuer komme wie die Anschaffung eines neuen Motors. Wegen des zusammengebrochenen Rubelkurses war der Import von Ersatzteilen wahnsinnig teuer geworden. »Mein Partner kann noch einmal zweitausend reinstecken«, sagte mein Schwager. »Das hieße aber, dass ich mir von dir noch mal was leihen müsste, so an die dreitausend. Doch angesichts der Anmeldungen und des riesengroßen Interesses denke ich, dass ich dir das und den Rest zum größten Teil im Herbst zurückzahlen kann.«

Auch ohne den bittenden Blick meiner Frau wäre ich in die Knie gegangen. Mein Schwager sprang vor Freude auf. Aber als er mit den Geldscheinen abgezogen war, fühlte ich ein Grummeln im Magen.

»Worüber machst du dir solche Sorgen?«, fragte meine Frau. »Ich gebe so viele Deutschstunden wie möglich. Und du verdienst doch immer noch genug, oder?«

Vorerst konnte ich in der Tat nicht klagen. Doch die Angst vor der Arbeitslosigkeit schwebte wie ein Damoklesschwert über mir.

»Du siehst Gespenster ...« Meine Frau nahm Muscha auf den Schoß und fing an, sie kräftig durchzukraulen. »Wie oft hast du schon dein Leben für diese Zeitung riskiert? Ganz zu schweigen von all den Nächten, die ich hier zu Hause vor Angst kein Auge zugetan habe, wenn du wieder in so einen Scheißkrieg musstest. Und

mir immer gesagt habe: Das sind da doch keine Unmenschen …«
Sie lächelte und fuhr fort: »Aber danke, mein Hase, dass du Aljoscha geholfen hast. Nach Papas Tod hat er es viel schwerer gehabt, als man ihm ansieht … Er ist so tapfer … Ich hoffe, dass jetzt alles gut wird …«

An diesem Nachmittag erhielt ich zwei E-Mails aus den Niederlanden. Die erste freute mich. Die zweite stürzte mich in tiefe Zweifel.

Voller Stolz vermeldete meine Verlegerin, dass sie sich mit dem netten Stellvertreter des Verlegers besprochen hatte, der zwei meiner Bücher in Geiselhaft hielt. Die Rechte an meinem Lenin-Buch seien nicht für zehntausend Euro zu bekommen, auch nicht für die später angebotenen sechstausend, sondern schlicht und ergreifend für die reinen Satzkosten. Über eine Nachauflage des Romans im Herbst, wenn weltweit das Jahrhundertjubiläum der russischen Revolution begangen würde, wolle man jetzt im Verlag beratschlagen. Doch das Wichtigste sei natürlich das neue Werk, das ich unter der Feder habe. Wie weit ich denn damit inzwischen gekommen sei? Und ob es nicht langsam an der Zeit wäre, dass ich ein paar Seiten schickte?

In der Woche zuvor hatte ich einige Fragmente an einen alten Freund gemailt, auf dessen Meinung ich immer viel Wert gelegt hatte und der Bildung und literarisches Gespür mit einem erfolgreichen Dasein in der E-Commerce-Welt verbindet. Damit ist er Millionär geworden. Er hatte die Seiten, die ich ihm geschickt hatte, inzwischen gelesen. Hin und wieder gebe es schöne Passagen, meinte er, aber ich würde eine große Chance verschenken, weil ich die falschen Akzente gesetzt und dafür andere Themen viel zu summarisch abgehandelt hätte. Die Unterschiede zwischen Reich und Arm im Petrograd jener Tage mit den gesegneten Vierteln der Reichen, den neoklassizistischen Stadtpalästen mit Billardzimmern, Ballsälen und Orangerien, wo Ananas fürs Dessert das ganze Jahr über geerntet wurden, den Theatern, Kabarettkneipen und Bordellen auf der einen Seite der Newa, und auf der anderen Seite des Flusses die proletarischen Viertel, die stinkenden Fabriken und Schiffswerften, die Suppenküchen und Bruchbuden, in denen die

Arbeiter gelebt und mit Skorbut, Läusen und Hunger gekämpft hätten, seien sicherlich nicht schlecht herausgearbeitet. Doch er würde mehr erwarten. Er habe nicht gewusst, dass die Ausgebeuteten eines Tages einfach massenhaft das Eis überquert hatten, um bei den Privilegierten ihre Rechte einzufordern. Ob ich denn nicht die Parallelen zur heutigen Zeit sähe? Mit dem neu entstandenen Meridian der Ungerechtigkeit?

Der diesmal nicht ein Fluss, sondern ein Meer war. Das Mittelmeer, über das Legionen armer Teufel nach Italien und Spanien gekommen und von denen Tausende im Meer ertrunken waren. Nun seien es nicht der Adel, die Bourgeoisie und die reichen Händler in Petrograd, gegen die sich die Menschen auflehnten, sondern es sei eine geradezu weltweite Revolte gegen die Fleischtöpfe des hedonistischen Europas im Gange. *Ich habe es dir schon öfter gesagt: Literatur ist heutzutage nichts Erhabenes mehr. Jeder schreibt. Und ohne Engagement wird das nichts. Auch in den Künsten kommt es letztendlich auf die glänzend geleckte Oberfläche an. Aber du brauchst bei deiner Arbeit Anschluss an die aktuellen Ereignisse. Musst in die Talkshows im Fernsehen kommen. Und wenn du dabei gelegentlich Erhabenheit auszustrahlen hast, dann ist es halt so. Sei gegrüßt, Felix.*

Das hatte er auf seiner Dachterrasse in Cap d'Antibes geschrieben, wo er eine Mansardenwohnung unter duftenden, sonnenschirmgroßen Pinien mit Blick auf das azurblaue Meer besitzt, in der er den Großteil seiner Zeit verbringt. Im E-Commerce kann man heute von überall auf der Welt reich werden.

Nach dem ersten Streik in der Putilow-Munitionsfabrik im Februar 1917 legten auch die Arbeiter auf der nördlichen Wyborger und der Petrograder Seite ihre Arbeit nieder, woraufhin die hungrigen Horden, Männer, Frauen und Kinder, angeführt von linken Agitatoren, tatsächlich in Richtung Stadt aufs Eis gegangen waren, nachdem sie von Polizeikordons und Kosaken auf der Brücke aufgehalten worden waren. Der jahrhundertelang heruntergeschluckte Volkszorn und der Hass richteten sich vornehmlich gegen die Vertreter der gefürchteten zaristischen Polizei, die wegen ihrer rasierpinselähnlichen Kopfbedeckung »Pharaos« genannt wurden und die von ihren schwarzen Hengsten herab mit Säbeln gnadenlos auf die rebellische Menge eingedroschen hatten. Auf sie wurden regelrechte Treibjagden organisiert. Man holte sie mit Bajonetten von den überfrorenen Dächern herunter, wo sie sich verschanzt und auf die Demonstranten geschossen hatten. Unter dem Jubel der Menge stürzten sie in den Schnee und starben. Andere wurden wie Ratten in Löchern des Kanaleises ersäuft. Auf Stöcke gespießte Köpfe abgeschlachteter Pharaos wurden unter Triumphgeschrei wie Trophäen auf den Straßen herumgetragen. Die Aufständischen zogen an den Fassaden der eleganten Geschäfte entlang (ON PARLE FRANÇAIS, MAN SPRICHT DEUTSCH, ENGLISH SPOKEN), die jetzt mit Brettern und Schotten verbarrikadiert waren, an jenen beliebten Orten mit luxuriösen Importwaren, wo noch vor ein paar Tagen die Mitglieder der ausländischen Gemeinschaft und des Adels eingekauft hatten, begrüßt von befrackten Türstehern, die dienstbeflissen die Türen aufhielten und die Kundschaft mit einer Verbeugung einluden, über königsblaue Läufer näher zu treten. Im Sturmschritt zog die Menge an den Häusern der wohlhabenden Bürger vorüber, von denen die meisten keine wirkliche Vorstellung vom kollektiven sozialen Zusammenbruch hatten, der ihnen als Vertreter der Bourgeoisie kurz bevorstand. Aus der roten Backsteinfestung des Kresty-Gefängnisses am Newa-Ufer (wenn Sie sich bei mir in der Tschaikowskistraße auf halbem Weg rechts halten, gehen Sie direkt darauf zu) wurden die Häftlinge von den Bolschewiken befreit, und zwar nicht nur die politischen Gefangenen, sondern auch die Kriminellen – Diebe, Vergewaltiger und Mörder. Postwendend begannen sie wieder zu rauben, zu plündern, zu morden und zu vergewaltigen, diesmal mit dem Segen des sozialistischen Aufstands, der im Namen der Humanität ausgerufen worden war, manchmal waren sie auch als Soldaten oder Revolutionäre verkleidet. Auf einen Schlag hatte man sie aus der Gefängnishölle in den Himmel der totalen Anarchie katapultiert, in dem weder die Gesetze der Menschen noch die Gesetze Gottes galten, dafür konnte man sich dem himmlischen Pulsieren des Blutes hingeben, das von Alkohol, Kokain und Hormonen oder allen drei zugleich aufgeputscht wurde. Diejenigen, die zur alten kaiserlichen Garde gehörten, die Kadetten, die sich nach der Einnahme des Winterpalastes durch die Bolschewiki nicht ergeben hatten oder von der durchdrehenden Menschenmenge aufgegriffen worden waren, versuchten sich an ihren Zufluchtsplätzen panisch die zaristischen Epauletten von den Schultern zu reißen. Sie waren bereit, all ihren Besitz im Tausch gegen ein einfaches Wams, die kaputten Schuhe und die zerrissene Arbeitshose eines Arbeiters zu opfern. Doch meist blieb ihr Flehen unerhört, und sie fielen den Roten Garden zum Opfer. Bei dem Blutbad im Hotel *Astoria* hatten die dort stationierten britischen Offiziere Schlimmeres verhüten können, indem sie vor dem Sturm den größten Teil des Vorrats in den berühmten Weinkellern vernichtet und die Fässer mit Kognak und Whisky hatten auslaufen lassen. Doch acht Monate später zeigte sich, dass Hunderte von privaten Weinkellern in der Stadt und die der Romanows im Winterpalast unangetastet geblieben waren. Die Rotgardisten, die ausgeschickt wurden, sie zu vernichten, um zu verhindern, dass sich alles in einen einzigen Augiasstall verwandelte, waren ihrer Aufgabe kaum gewachsen. Viele konnten der Versuchung des Champagners und des Weins, den sie, im Schlamm der Dörfer aufgewachsen, noch nie zuvor getrunken hatten, nicht widerstehen. Mit dem Knallen des ersten Champagnerkorkens begann das große Plündern. Die Katakomben des Winterpalastes wurden zur Kulisse dantesker Szenen, bei denen Männer, bis zu den Knöcheln im Wein stehend, einander beschossen; das Blut der Toten und Verwundeten vermischte sich mit dem Alkohol, während draußen auf den Straßen Matrosen, Soldaten und Passanten stockbesoffen in der Gosse lagen und mit schiefen Köpfen den Wein aufleckten, der aus den durch die Plünderungen abhanden gekommenen und zerbrochenen Flaschen strömte.

Sinaida Hippius, die ihr Tagebuch hundert Meter von meinem Haus in der Tschaikowskistraße entfernt führte und als Chronistin aller menschlichen Niedertracht über ihre eigenen Entbehrungen kaum klagte, sagte am 26. Oktober 1917, einen Tag nach der Übernahme des Winterpalastes durch die Bolschewiken, mit prophetischem Vorgefühl voraus: »Was diese Regierung anrichtet, wird sehen, wer am Leben bleibt. Von den Gebildeten wird, denke ich, kaum jemand übrigbleiben: Die Petersburger sind jetzt in den Händen und unter dem Befehl der 200 000-köpfigen Bande der Garnison, an deren Spitze ein Häufchen von Gaunern steht.«

In den folgenden Monaten wurde ihr Tagebuch zu einem Zeugnis der Verzweiflung, zu einem kohlrabenschwarzen Bericht des Untergangs.

Im Juni 1919, der Bürgerkrieg wütete nun im ganzen Land, alles in der Stadt war verstaatlicht bzw. »bolschewisiert«, die Kaufhäuser, Geschäfte und Fabriken waren enteignet, während sich die Leiber derer, die überlebt hatten, vor Hunger blähten und der Handel der Spekulanten und Diebe florierte, als Heerscharen an Menschen einfach so verhaftet wurden und auch Hippius inzwischen zwei von kommunistischen Denunzianten angestiftete Hausdurchsuchungen hinter sich hatte, schrieb sie: »Wir leben schon so lange im Strome der offiziellen Worte wie: ›erdrücken‹, ›ersticken‹, ›vernichten‹, ›zermalmen‹, ›ausrotten‹, ›im Blut ertränken‹, ›ins Grab bringen‹ usw., daß die alltägliche Wiederholung unflätiger Schimpfworte auf uns keinen Eindruck mehr macht und uns wie altersschwaches Gelalle vorkommt. (...) So was hat es in der Weltgeschichte noch nicht gegeben. Alle Analogien sind nichts. Eine Riesenstadt ist Selbstmörder. Und das vor den Augen Europas, das keinen Finger rührt ...« Dann, hinter dem altmodischen Katheder, ruft sie uns leidenschaftlich zu: »Ich behaupte, daß es all die Dinge, von denen die Bolschewiki Europa erzählen, *nicht* gibt:

Es gibt keine Revolution.

Es gibt keine Diktatur des Proletariats.

Es gibt keinen Sozialismus.

Es gibt auch keine Sowjets. (...)

Der Grund und Boden wie auch die ständige Waffe der bolschewistischen Regierung ist die *Lüge.* (...) Vorbereitung für das Grab: die Tiefe der Kälte; die Tiefe der Finsternis; die Tiefe der Stille ... Irgendwelche Träume ... Von den Bolschewiki ... Daß man sie gestürzt hat ... Wer? Neue, sonderbare Menschen. Wann? Am siebenundvierzigsten Februar ...«

Von der ersten Minute der Tragödie an hatte sie alles miterlebt.

Dieser 47. Februar trat schließlich am 26. Dezember 1991 ein, als Michail Gorbatschow vom Präsidentenamt der Sowjetunion zurücktrat, nachdem zuvor der August-Putsch gegen ihn gescheitert und er von seinem Hausarrest auf der Krim nach Moskau zurückgekehrt war. Damit hörte die UdSSR offiziell auf zu existieren. Zuvor schon hatte der neue russische Präsident Boris Jelzin erklärt, dass das Eigentum der Kommunistischen Partei, einschließlich der Zentrale, der Schulen und Hotels, verstaatlicht werden würde.

Der Kreis hatte sich geschlossen.

Schon seit Wochen wollte ich das Haus der Hippius besuchen, um herauszukriegen, wer jetzt dort wohnte. Doch wie sollte ich hineingelangen? An einem warmen, regnerischen Juninachmittag hatte ich an dem riesigen Gebäude mit den Türmchen auf irgendeine Klingel gedrückt. Eine Wache mit furchteinflößenden kugelförmigen Augenlidern kam sofort nach draußen geschossen, eine Pistole an der Hüfte. Noch ehe ich meine Frage fertig stellen konnte, begann er zu brüllen, dass kein Gipsus oder wer auch immer hier wohnen würde und auch nie gewohnt habe, dass dies ein *privates* Haus sei, dessen Bewohner auf ihre Privatsphäre Wert legten. Er fragte nach meinen Papieren. Als ich mich weigerte, sie zu zeigen, fuhr er mich erneut an. Ich solle, *bljad*, verdammte Scheiße, nicht glauben, dass ich als Ausländer Sonderrechte in Anspruch nehmen könne. Im Gegenteil! Jetzt könne er mich wegen Hooliganismus bei der Polizei anzeigen. Es gebe Videoaufnahmen von meinem Versuch, illegal in dieses Gebäude einzudringen.

Zu Hause setzte ich mich an meinen Schreibtisch und fuhr mit dem Schreiben fort. Zwei Stunden später kam Julia von der Hochschule in der Nähe des Finnischen Bahnhofs nach Hause, wo sie seit einem halben Jahr Deutsch unterrichtete. Hundemüde ließ sie sich in ihren Schalensessel fallen, umschnurrt von unseren beiden verbliebenen Katzen. Wie üblich versenkte sie sich in ihren Stapel französischer Kochzeitschriften. Nach einer Weile sagte sie: »Ich habe heute Nacht herrlich geträumt. Einfach herrlich ...« Obwohl ich natürlich froh war, dass bei uns in der Tschaikowskistraße ein

Jahrhundert nach dem von Hippius beschriebenen Alptraum herrlich geträumt wurde, beschlich mich doch der Verdacht, dass meine Frau sich das alles nur ausgedacht hatte. Sie gab nämlich vor, geträumt zu haben, dass mein Buch über die Revolution ein Erfolg werden würde, dass wir dann genug Geld hätten, um endlich einen ganzen Monat lang in Urlaub zu fahren, wobei sie mich mit Schalk in den Augen ansah, mit einem verschmitzten Lächeln, das schnell erlosch: »Ich habe das Leben hier manchmal so satt. Heute ist bei uns wieder eine rausgeflogen. Weil sie sich gegenüber ihren Studenten kritisch über den Kreml geäußert hat. Ihr Neffe hat vor einigen Monaten an den Demonstrationen in Moskau teilgenommen. Der arme Kerl sitzt immer noch. Fast alle meine Freunde aus meiner alten deutschen Fakultät wollen weg ... Sie haben die Nase voll von Korruption und Beliebigkeit ... Sag, Hase, sollten wir nicht auch einmal ... Hey Persik, du Strolch, was soll das werden?!«

Unser Kater war in die Vorhänge geklettert. Er blieb einen Moment lang demonstrativ im Stoff hängen, vergewisserte sich, dass wir auch wirklich zuschauten. Nachdem er sich dann hatte herunterplumpsen lassen, war er mit einem Satz im Schlafzimmer verschwunden und ließ meine Frau und mich mit Tränen in den Augen zurück.

Natürlich vor Lachen.

Elftes Kapitel

Beim Rasieren heute Morgen dachte ich plötzlich daran, dass man vielleicht nicht über die Aufstände der Vergangenheit schreiben sollte, sondern lieber über die Revolutionen der Gegenwart. Egal wie langweilig, ausgetüftelt und scheinbar ausgewogen – im Dasein eines jeden Menschen gibt es mindestens eine Bruchstelle, die die Richtung seines oder ihres Lebens vollkommen verändert hat. Für mich war das der Herbst 1990, als ich mit Julia das noch immer wie ein Superschnellkochtopf brodelnde und stampfende Moskau gegen das Polderland, in dem ich geboren wurde, eintauschte.

Die Liquidierung von Posorski hatte damit wenig zu tun. Dass ich mich mit Foppmans abwechseln würde, war schon vorher beschlossene Sache gewesen. Aber in diesem Moment war ich geradezu erleichtert, mich aus der Szenerie verabschieden zu können, in der ich mich zwei Jahre lang getummelt hatte. Ich konnte es kaum erwarten, von meinem Partner mein Geld in Empfang zu nehmen. Meinen Berechnungen zufolge waren es knapp zweihunderttausend netto. Genug, um damit ein paar Jahre zurechtzukommen. Ab und zu hatte ich gegenüber Julia mit dem Gedanken gespielt, irgendwo in Amsterdam oder auch in Rom, Barcelona oder Paris ein Appartement zu mieten, hatte auf die völlige Freiheit des Schreibens spekuliert, und später könnten wir vielleicht darüber nachdenken ... Julia hatte mir immer das Wort abgeschnitten, aus Aberglauben und auch, weil sie immer noch nicht fassen konnte, dass ihr für sechs Monate ein Aufenthaltsvisum für die Niederlande erteilt worden war – der Konsul von Bolschaja Ordinka hatte sich im letzten Moment sehr entgegenkommend gezeigt – und dass die hellblauen KLM-Tickets von Scheremetjewo 2 nach Schiphol bereits seit Ende Oktober in der Schublade desselben Schreibtischs parat lagen, an dem wir Anfang des Jahres unsere ersten ungenießbaren Bœuf Stroganoffs verzehrt hatten.

Posorski war mausetot. Vor unserer Abreise musste ich noch dreimal ins Milizbüro zu Verhören, bei denen es bald schon um meine Geschäftsbeziehungen mit dem aus Leningrad stammenden ermordeten Russen ging (die ich nicht leugnen konnte und deshalb auch nicht abstritt), und immer wieder kamen sie auf den Koffer zurück. Ich wüsste von keinem der beiden Koffer: weder von dem, den ich dem arabisch aussehenden Mann gegeben hatte, noch von dem, den ich im Gegenzug von ihm in Empfang genommen hatte, diesem meergrünen Koffer mit der Million Dollar cash. Ich stritt alles glattweg ab, spielte die Unschuld vom Lande, bis der Offizier in seiner hellblauen Uniform, der mir die ganze Zeit auf den Zahn gefühlt hatte, sich mit einem raubtierhaften Grinsen zum x-ten Mal den Wodka des gestrigen Abends aus der Visage wischte und schrie: »In Ordnung, hauen Sie jetzt ab. Die Tatsache, dass unserer Armee Geheimnisse von Betrügern wie Ihnen vorenthalten werden, ist ausschließlich den Idioten zu verdanken, die jetzt im Kreml sitzen. Doch ihre Tage sind gezählt. Es wäre besser, wenn Sie sich nie wieder in diesem Land blicken ließen.«

Und er warf meinen Pass, den er mir zu Beginn jedes Verhörs abnahm, angewidert auf die Schreibtischplatte.

Draußen auf Schiphol rochen wir beide sofort das Meer.

»Mir kommt es vor, als ob der Himmel hier heller wäre«, sagte Julia.

Meine Eltern besaßen kein Auto. Ich hatte sie gebeten, nicht zum Flughafen zu kommen. Wir würden ein Taxi nehmen und eine halbe Stunde später zu Hause sein. Schon Tage zuvor hatte mein Vater bei seinem Stamm-Metzger die besten Beefsteaks bestellt. Als wir eintrafen, saßen meine beiden Brüder bereits fröhlich am Tisch. Es war seltsam, in dieser Nacht neben meiner russischen Geliebten in meinem Jugendzimmer zu liegen, dicht beieinander in meiner alten Koje. Meine Eltern hatten so schnell kein breiteres Bett auftreiben können. Sie wussten auch nicht, was ich weiter vorhatte.

Der nächste Tag wurde der Tag des großen Beschnüffelns. Meine Mutter beschnüffelte Julia, meine Freundin beschnüffelte meine

Mutter und meinen Vater, und auch ich beschnüffelte meine Eltern, die ich so lange nicht gesehen hatte.

»Und, Junge, was hast du jetzt vor?«, bohrte mein Vater, dessen Statur durch all die chirurgischen Eingriffe unheimlich geschrumpft war. Er wusste nichts von meinen Erfolgen. Immer, wenn wir in den letzten Monaten telefoniert hatten und er mich gefragt hatte, wie die Geschäfte liefen, hatte ich eher herumgedruckst. Ich wollte ihn überraschen. Sobald ich meinen Anteil von Foppmans eingestrichen hätte, wollte ich meinen Eltern einen mit Tausendern prall gefüllten Umschlag auf den Tisch legen, damit sie zumindest in den nächsten Jahren ohne Sorgen leben konnten, und ihnen für alles danken, was sie für mich getan hatten.

Gleich nach der Landung auf Schiphol hatte ich Foppmans von einer Telefonzelle aus angerufen. Er wusste, dass ich kam. Ich hatte alle Unterlagen, die Kontakte für die laufenden Geschäfte, die gesamte Korrespondenz in Moskau fein säuberlich geordnet im Hotelzimmer hinterlassen, das er von mir übernehmen würde. Ihn erwartete ein gemachtes Nest, aber ich hatte ihn noch nicht darüber in Kenntnis gesetzt, dass Posorski tot war und er sich nun einen anderen Partner für seinen geplanten Blumenhandel suchen musste. Ich dagegen war entschlossen, mit Intersoviet Consultancy aufzuhören, würde aber natürlich in den ersten Monaten noch das Büro in Den Haag hüten, bei der Suche nach einem Ersatzmann helfen und dann für immer als Partner aussteigen.

»Das ist der Anrufbeantworter von Ragnar Foppmans. Für eilige und dringende Nachrichten sprechen Sie bitte nach dem Piepton.«

Nicht nur am Flughafen Schiphol hatte ich bloß seinen Anrufbeantworter erreicht, auch am Tag danach, jedes Mal, wenn ich versuchte, ihn aus dem Wohnzimmer meiner Eltern anzurufen. Schließlich hatte ich die andere Nummer des Büros in der Javastraat gewählt. Ich bekam eine junge Frau an die Strippe, die sofort auflegte, als sie den Namen Foppmans vernahm. Als ich neu wählte und nach Baldwin Borger fragte, geschah das Gleiche: Die Verbindung wurde im selben Moment unterbrochen. Als ich kurz danach wieder Foppmans Privatnummer wählte und zum x-ten Mal die Aufforderung erhielt, »eilige und dringende Nachrichten« zu hinterlassen, nahm er endlich selbst ab. Mein Partner begrüßte mich sehr herzlich. Er fragte, wie die Reise verlaufen sei, entschuldigte sich für seine Unerreichbarkeit und versicherte, dass wir uns am nächsten Tag gegen vier Uhr auf jeden Fall in seiner neuen Wohnung in Amsterdam treffen würden. Er sei gerade noch in Paris. Sein Privattelefon habe er auf den Apparat in seinem Hotelzimmer umgestellt – das ginge heute alles, die Technik entwickele sich rasend schnell. »Wir haben viel zu besprechen ... Was sagst du – das Borgermännchen? Das ist eine Geschichte für sich ... Erzähle ich dir alles morgen ... Ich werde es jetzt genießen ... Paris im Herbst, es gibt keinen schöneren Ort auf dieser Welt ... Ich versuche, mich körperlich und moralisch aufzuladen, mich erwarten ja wieder Monate des grauen russischen Elends ...« Er nannte die Adresse seiner neuen Behausung in einer Straße nahe der Nederlandsche Bank.

An diesem Morgen waren Julia und ich stundenlang über den Strand und durch die Dünen gestreift. Der nordholländische Himmel war wie eine Kuppel aus strahlendem Blau. Die Oktobersonne brannte sogar noch ein bisschen. Obwohl die Küste hier keine Kiefernwälder hatte, erinnerte sie meine Geliebte an die ehemaligen deutschen Badeorte an der Ostsee. Eines Tages, sagte sie, würde sie mich zu dieser märchenhaften, goldblonden, bernsteingesättigten Küste bringen, an der Thomas Mann einst ein Landhaus hatte bauen lassen.

»Thomas Mann?«, fragte ich überrascht.

Ich erzählte, dass der Schriftsteller am Ende seines Lebens, als er sich in einem Hotel in Noordwijk aufhielt (wenn wir genau an der Küste entlang schauten, konnten wir sogar die Silhouette von Noordwijk sehen), die Nordsee das schönste Meer der Welt genannt hatte. Und dass seine Kinder Klaus und Erika vor dem Krieg oft hier gewesen waren, als noch nicht alles verwüstet war.

»Verwüstet?«

Ich erzählte, wie der Badeort, in dem ich aufgewachsen war, vor dem Krieg ausgesehen hatte. Eine Perle der Belle Époque mit schicken Einkaufspassagen, einem opulenten Kurhaus, einem überdachten Zirkustheater und Restaurants, die selbst die ehemalige österreichische Kaiserin Sisi zweimal besucht hatte. Es existierte ein Foto von Anne Frank am Strand, das einige Jahre vor ihrer Ermordung aufgenommen worden war. Katzenartig blinzelte Julia und spähte ungläubig von der Küste hinauf auf den baumlosen Boulevard, ein übles Sammelsurium an Wohnungen und Billigbauten aus den Fünfzigerjahren. Unbegreiflich, seufzte sie, dass dieselben Deutschen, die einst Leningrad neunhundert Tage belagert hätten, auch hier mit ihrem Abriss für den Bau des Atlantikwalls wie die Vandalen gehaust hätten. Dass ein einziges Volk so etwas konnte!

Früher am Tage hatte ich Julia zu Albert Heijn mitgenommen, um Geschenke einzukaufen. Ich hatte es nicht wirklich mitgekriegt, ich hatte eigentlich auch gar nicht richtig darauf geachtet, doch auf einmal war ihr zwischen den übervollen Regalen schwindlig geworden. Der Schock des plötzlichen Überflusses war allzu groß gewesen. Die Erkenntnis, dass sie all die Jahre nicht nur in einem Universum der großen sowjetischen Lüge gelebt hatte, sondern vor allem in einer Not, einer Not, mit der Millionen und Abermillionen ihrer Landsleute bis auf den heutigen Tag zu kämpfen hatten, während es hier die ganze Zeit mit der größten Selbstverständlichkeit alles in Hülle und Fülle gab, hatte in ihr eine kurze, aber heftige Wut entfacht. Danach war es vorbei.

Nachdem wir Kaffee getrunken hatten, dazu gab es Butterkuchen, den meine Mutter gebacken hatte, fragte ich sie, ob sie mitkommen wolle.

»Wohin?«

»Nach Amsterdam. Ich habe einen Termin mit Foppmans.«

Vom Zug aus sah Julia zum ersten Mal die niederländische Landschaft an sich vorüberziehen. Als wir dann durch Amsterdam liefen, die Grachten entlang, seufzte sie, dass sie das Gefühl hätte, jetzt nach Hause gekommen zu sein. Hunderte Male habe sie in der Eremitage vor den Gemälden der niederländischen Meister gestanden. Die Bilder hatten sich enzyklopädisch in ihrem Kopf festgesetzt.

Halb vier ließ ich sie im Rijksmuseum zurück. Um sechs würde ich sie wieder abholen, dann wollten wir in einem indonesischen Toko-Laden essen gehen, den ich während meiner Studentenzeit hin und wieder aufgesucht hatte.

»Eine Eintrittskarte bitte«, sagte Julia zu der Dame an der Kasse in nahezu akzentfreiem Niederländisch.

Ich spazierte am Kai entlang zu dem Viertel, in dem Foppmans wohnte. An der Ecke der Van Woustraat blieb ich eine Weile stehen und hielt Ausschau nach der Kellerwohnung, in der ich fast drei Jahre lang gelebt hatte. Nie war ich so unglücklich gewesen wie damals. Auch nie einsamer. Ich hatte wenig gelernt, kaum eine Vorlesung besucht, hatte unter der Woche mehrere Jobs, aber bei nichts und niemandem Anschluss gefunden. In den vermüllten Straßen voller Graffiti, in den avantgardistischen Musiktempeln, in der Universität – überall wehte zu dieser Zeit der Wind der Revolte. Keine Wohnungen – dann auch keine Königskrönung! Bereitschaftspolizei. Einige meiner Kommilitonen hatten mit ihren Eltern gebrochen. Diese Drecksäcke mit all ihrer Knete, die es in ihrer Jugend so leicht gehabt hätten! Und sie? Sie studierten jetzt mit dem Ziel der Arbeitslosigkeit, sie hatten, wie es hieß, *no future*.

Freitag um vier hatte ich immer den Zug Richtung Meer genommen, um dort mit meinen Brüdern bis Sonntagabend im Restaurant, Hotel und Festsaal, aufgebaut von meinem Großvater in den Fünfzigern, einer nie endenden Putzarbeit nachzugehen; inzwischen pfiff der Laden auf dem letzten Loch. Zusammen mit meinem Vater stand ich am Herd. Er konnte das Personal nicht länger bezahlen. Wegen all der Probleme hatte er angefangen zu trinken. Viele kleine Bierchen. Seine immer makellose weiße Kochschürze spannte sich über einen schlaffen Bauch, der immer dicker wurde. Eine Mischung aus Güte und naivem Glauben an ihre Mitmenschen hatte meine Familie zugrunde gerichtet. Ein Vierteljahrhundert hatten mein Vater und die drei Brüder meiner Mutter, mit denen er das Geschäft aufgebaut hatte, Herrn van Keulen, dem Buchhalter, vertraut. Mit seinem grauen Vogelkopf, immer im grau gestreiften Anzug mit einer Westentasche, aus der eine goldene Uhrenkette baumelte, kam er zweimal im Jahr zu uns – eine Erscheinung wie aus dem letzten Jahrhundert. Er kam, wenn die Sommersaison noch nicht begonnen hatte – irgendwann im März – und wenn sie Ende September definitiv vorüber war und die Zeit des winterlichen Vereinslebens begann, Feste und Partys, vor allem aber Hochzeiten. Van Keulen parkte seinen großen amerikanischen Schlitten direkt vor der Tür, stieg aus und kam in unser Hotel mit der Attitüde eines Diplomaten, der eine Botschaft betritt. Schon am Tag zuvor waren alle angespannt. Obwohl er für seine Dienste bezahlt wurde, sahen mein Vater und meine Onkels ehrfurchtsvoll zu diesem Rechenmeister auf, der bereits kurz nach dem Krieg meinem Großvater bei der Buchhaltung zur Hand gegangen war, der einmal ein ganzes Jahr in Amerika studiert hatte und fließend Französisch konnte, die Sprache, die er in seiner Jugend in Maastricht mit seiner Familie gesprochen hatte. Oft hatte ich meine Mutter seufzen hören, warum wir alle so hart arbeiteten und doch so wenig herausbekämen. Mein Vater sagte dann etwas von Steuern, Sozialversicherungsbeiträgen, den wahnsinnig hohen Prämien und Krankenkassenbeiträgen, die man als kleiner Selbständiger selbst zu tragen habe. Die paar Mitarbeiter, die wir beschäftigten, seien da wesentlich besser dran. »Ich werde van Keulen mal fragen«, sagte mein Vater, um vor meiner Mutter seine Ruhe zu haben. Auch für ihn mit seinen beiden Hauptschulklassen war Herr van Keulen eine Art Heiliger. Derweil hatte der Buchhalter meine Familie nicht nur jahrelang falsch, aber opulent bezahlt beraten, sondern unseren Betrieb auch immer raffiniert bestohlen. Als er eines Tages um eine einstweilige juristische Vollmacht bat, weil er eine Reihe dringender Angelegenheiten regeln wollte – er hatte uns gesagt, dass er die offene Handelsgesellschaft in eine Gesellschaft mit beschränkter Haftung überführen wolle, was steuerlich und überhaupt viel besser sei –, wagte es niemand, ihm das zu verweigern. Ich war damals dreizehn Jahre alt. Als ich abends im Bett hörte, wie sich mein Vater und meine Mutter unten im Zimmer über die strahlende Zukunft unterhielten, die uns nun bevorstünde, hoffte ich vor allem auf eines: dass wir endlich mal zusammen in den Urlaub fahren würden, am liebsten ins Ausland, wo ich noch nie gewesen war. In der darauffolgenden Woche führte van Keulen eine Reihe von Transaktionen durch, unser Hotel diente dabei als Sicherheit. Das Gleiche tat er mit sieben weiteren Unternehmen, die er in seinem Portfolio hatte. Dann machte er sich aus dem Staub. Der Betrugsfall schaffte es sogar in die Zeitung. Sieben Jahre später kam die Nachricht, dass er aufgespürt worden sei. Die ganze Zeit hatte er mit einer dreißig Jahre jüngeren Frau in Montevideo gelebt, wo er eines Morgens tot aufgefunden worden war.

Eine Geschichte wie im Film. Doch die Katastrophe war perfekt. Meine Familie blieb auf einer Hypothekenschuld sitzen, die fast achtzig Prozent des Wertes der Immobilie ausmachte, sie war in den letzten dreißig Jahren erst zur Hälfte abbezahlt worden. Mit fleißiger Arbeit, oft sechzehn Stunden am Tag. Der Zinssatz lag zu dieser Zeit bei über zehn Prozent. Wie ein bösartiges Geschwür fraßen die Schulden unser Unternehmen langsam von innen auf. Als meine Eltern sechzig Jahre alt waren, wurde alles verkauft, um einen Konkurs abzuwenden. Mein Vater hatte gearbeitet, seit er vierzehn war. Von den vierzigtausend Gulden, die ihm geblieben waren, musste er zusehen, dass er bis zur Rente auskam. Seine Pension hatte Herr van Keulen in Montevideo verjubelt.

Als guter Sohn würde ich das jetzt alles ins Lot bringen.

Foppmans Wohnung befand sich im dritten Stock eines historischen Gebäudes. Ich fand es schade, dass ich Julia im Rijksmuseum gelassen hatte. Zu gerne hätte ich ihr gezeigt, wie schön das Interieur einiger Amsterdamer Häuser war.

»*Bonjour!*« Mit einem elektrischen Summen hatte Foppmans die Tür aufgedrückt. »Sag mal, kannst du gleich die Zeitung mit raufbringen?«

Mit der frischen *NRC* stieg ich langsam die Treppe hinauf.

In den Monaten, in denen ich meinen Partner nicht gesehen hatte, war er schlanker geworden. Sein Körper wirkte beinahe athletisch, obwohl sein Gesicht so rund wie immer war. Das Gelbe hatte sich verflüchtigt, die vorherrschende Farbe war jetzt wieder die von Klatschmohn.

»Die ganze Welt freut sich über den Friedensnobelpreis für Gorbi ...« Foppmans warf einen kritischen Blick auf die Titelseite der Zeitung, die ich ihm in die Hand gedrückt hatte. »Aber ich glaube, es hat noch gar nicht richtig angefangen. In jedem Frieden steckt der Keim für den nächsten Krieg. Das gilt auch für alles, was wir jetzt gerade erleben ...« Mein Partner ließ das Abendblatt auf den Boden fallen, schritt achtlos darüber hinweg und nahm mich dann mit einem Grinsen in die Arme. »Wie geht's, Alter? Ich freue mich unbändig, dich zu sehen. Aber wo ist deine hübsche Freundin? Ich dachte, du würdest sie mitbringen. Was willst du? Bier? Wein, Wodka?«

Als ich das Wohnzimmer betrat, klappte mir vor Erstaunen die Kinnlade herunter. Das Durchgangszimmer, das von Jugendstil-Bleiglasfenstern in den Farbtönen Gelb, Blau und Pelikanrosa erhellt wurde, war mindestens neunzig Quadratmeter groß. Modern und geschmackvoll eingerichtet.

»Und?« In weißen Turnschuhen, deren Sohlen bei jeder Bewegung über das Parkett quietschten, sah er mich fragend an.

»Ein kaltes Bier«, sagte ich und dann drückte ich meine aufrichtige Bewunderung für seine neue Wohnung aus.

Er habe die ganze Etage einfach und billig kaufen können, erklärte Foppmans, als er mit den Getränken aus der Küche kam. Er dirigierte mich auf das schwarze Ledersofa. Selbst ließ er sich in einen weißen Ledersessel sinken. Lachend sah er mich an. Mit seiner feuchten Zunge leckte er an seinem Longdrinkglas wie an einem Eis. Ich sagte ihm, dass ich Julia im Rijksmuseum gelassen hatte, aber natürlich müssten wir uns zu dritt treffen, bevor er nach Moskau aufbräche.

»Was ist mit dem Blumenprojekt?«, begann Foppmans das Geschäftliche. »Ich will in diesem Frühjahr schon mit dem Export loslegen, kriege aber nie ein Feedback von dir …«

Als ich ihm erzählte, dass Posorski vor einer Woche durch eine Kugel liquidiert worden war, ließ er sich keinerlei Überraschung oder Bestürzung anmerken. Er brummte nur etwas, nahm einen Schluck von seinem Cuba libre, ließ seine Zunge einen Moment auf der Innenseite seiner rechten Wange entlanggehen.

»Ein Hund verdient einen Hundetod«, meinte Foppmans dann. »Ich habe es dir nie gesagt, doch ich habe Posorski gekannt, ehe ich dir begegnet bin. Als du mir damals von deinem russischen Kontaktmann für diese Schmuggelbibeln erzählt hast, wusste ich sofort, dass nur er das sein konnte. Ich habe mit ihm auch mal Geschäfte in Leningrad gemacht. Er war zwar ein Schuft, aber ich habe ihn nicht gehasst. Als du mit ihm ankamst, fand ich das prima. Glaubst du wirklich, dass du mir jetzt was Neues erzählt hast? Eine Stunde, nachdem es passiert war, haben mich meine Freunde aus Moskau schon angerufen. Er scheint sich auf irgendeine Geschichte mit nuklearem Material eingelassen zu haben. Dieser habgierige Idiot ...! Aber nun ja, es gibt tausend andere Russen, die mit mir in den Blumenhandel einsteigen wollen. Das wird eine Goldmine! Jedes Schauspiel hat eine Reihe von Akten. Auch für Baldwin Borger ist vor zwei Wochen der letzte Vorhang gefallen. Dass ich ihm die Hälfte der Gewinne von unseren ersten Branchenreisen überwiesen habe, war einfach nur dämlich. Fünfzigtausend für das Aufstellen einer Namensliste, puh! Als ich ihm gesagt habe, dass er diese absurd hohe Provision von nun an in den Wind schreiben könne, wurde er fuchsteufelswild. Er hat gedroht, uns aus dem Haus zu werfen. Eines Nachmittags hab ich meinen Kram gepackt und bin gegangen. Man kann hier auch prima zu Hause arbeiten. Ein Telefon und ein Fax, das ist alles, was man wirklich braucht. Ich werde dir noch eben mein Schlaf- und das Arbeitszimmer zeigen ...«

Mit diesen Worten hatte er mich völlig aus dem Konzept gebracht, ich schwieg. Meinen Entschluss, mich als Partner zurückzuziehen, wagte ich kaum zu vorzubringen. Zögerlich fragte ich, wann ich denn meinen Anteil an dem Geld erwarten könne. In den vergangenen Monaten in Moskau hätte ich von meinen letzten Ersparnissen gelebt. Vorläufig sei ich bei meinen Eltern untergekommen, doch ich wolle so schnell wie möglich mit Julia eine Wohnung mieten.

»Welches Geld?«, fragte Foppmans da.

Wahrscheinlich hatte er mich nicht richtig verstanden. Ich wiederholte meine Frage und fügte hinzu, dass ich ihm die Nummer meines Girokontos bereits übermittelt hätte. Es scheine mir das Beste, wenn es dahin überwiesen würde.

»Welches Geld?!«, wiederholte mein Partner und wurde röter und röter. »Erstens, mein Freund, ist das ganze Geld auf meinem Konto. Das heißt: Was nach dem Kauf dieses Hauses übriggeblieben ist. Zweitens solltest du mir jetzt gut zuhören. Ich biete dir an, für mich zu arbeiten. Du bekommst ein gutes Gehalt, natürlich auch rückwirkend. Wir können notfalls sogar über Boni reden, doch ich möchte, dass du *nie wieder* von diesem Geld sprichst. Wer ist der große Initiator dieses Projekts? Wieso hast du denn mit deiner Freundin die ganze Zeit in Moskau fast gratis im Hotel leben können? Das ist allein meinen sibirischen Kontakten zu verdanken! Ohne mein tägliches Eingreifen wäre überhaupt nichts passiert. Kurz, ich biete dir ein gutes Gehalt, wenn du versprichst, dass du in einem halben Jahr als Senior Consultant in mein Unternehmen nach Moskau zurückgehst ... Ich habe das Geschäft jetzt auf meinen Namen als BV registrieren lassen ... Hey, ja! Da kannst du wütend aufspringen, aber das lässt mich völlig kalt ... Hände weg, Freundchen! Ich war in den letzten Monaten jeden Abend beim Kampfsport ... Sambo, russische Kampfkunst! Du wirst es noch bereuen, wenn du mein Angebot ausschlägst ... Klage? Komm mir nur damit! Du hast keine Beweise; es gibt keine Beweise ... Ich habe unsere gesamte Korrespondenz heute Morgen aus dem Hotelzimmer holen lassen ... Alles liegt jetzt irgendwo sicher in Moskau ... Ich frage dich noch ein letztes Mal: Willst du für mich arbeiten, mein Freund ... Nein? Prima, dann adios! Aber was gedenkst du zu tun? So ganz ohne Geld? Und grüß mir deine Freundin! Mal sehen, wie lange die Liebe anhält, lehr mich die russischen Weiber kennen!«

Eine halbe Stunde später stand ich wieder vor dem Rijksmuseum. Es fing an zu regnen. Ich stellte mich im Backsteintunnel des Museums unter, durch den unausgesetzt Fahrradfahrer rasten. Gegen sechs stand ich am Ausgang. Mit einem seligen Lächeln auf ihrem dunklen Gesicht trat Julia ein wenig später hinaus in den Nieselregen. Sie sagte: »Oh, ich bin so schrecklich glücklich. Natürlich ist die Rembrandt-Sammlung bei uns in der Eremitage viel besser. Um ehrlich zu sein, finde ich die *Nachtwache* ziemlich enttäuschend. Aber ich habe anderthalb Stunden im Raum mit den kleineren niederländischen Meistern verbracht. Und was sie hier an schönen historischen Töpfereien haben! Was stehst du da und guckst so bedröppelt? Also, wo ist dein kleines Restaurant? Ich sterbe vor Hunger! Guck nicht so traurig! Es ist nur ein Schauer ... Ich liebe ja übrigens den Regen... Oh, wie herrlich, schön und nett hier doch alles und jeder ist ...«

Zwölftes Kapitel

Dass das Sich-der-Gruppe-Fügen und das In-ihr-Aufgehen nicht nur Erwachsenen, sondern bereits Kindern eingebrannt ist, und sich in feiger Stille oder beipflichtendem Jubel oder Applaus ausdrückt, wurde mir an einem heißen Augusttag klar, als ich zum ersten Mal das Lyzeum betrat.

Die Sommersaison war noch in vollem Gange. Obwohl meine Mutter es lieber gesehen hätte, wenn ich in den ersten Wochen mit dem Bus gefahren wäre, bestand ich darauf, mein Fahrrad sofort auszuprobieren. Mein Vater war einverstanden. Die Zeit, in der er mich vor Kinderschändern am Strand und in den Dünen warnte, als sich da noch ein florierendes homosexuelles Leben austobte und viele meiner Freunde für ein Transistorradio, ein Eis oder einfach nur für einen flotten Spruch mit einem dreckigen alten Sack im Strandhafer oder hinter den Brombeersträuchern verschwanden, war vorüber.

Alles war neu: das Batavus-Rad, meine nach Sattelleder duftende Schultasche, die Lehrbücher, die eine Tante in glattes, braunes Papier eingeschlagen hatte. Zwölf Jahre lang war ich mit meiner Mutter in einem grauen NZH-Bus nach Haarlem gefahren, in »die Stadt«, um ein Paar neue Schuhe und Kleidung zu kaufen oder zum Besuch beim Augenarzt, der bei mir im Alter von acht Jahren eine schwere Form der Kurzsichtigkeit festgestellt hatte. Doch von nun an würde ich dorthin fahren, um zur Schule zu gehen. Ins Lyzeum. Ich ganz allein.

Die großen Ferien hatten eine Ewigkeit gedauert. Sechs Wochen hatten mein ältester Bruder und ich unseren Eltern so viel wie möglich geholfen. Unser jüngster Bruder, den wir beide wegen seiner roten Haare und seiner pummeligen Knirpsengestalt sehr liebten, war sechs Wochen bei einer strengen Tante in Hoevelaken untergekommen. Meine Mutter hatte während der Sommersaison keine Zeit, sich um ihn kümmern. Im Hof sortierten wir leere

Flaschen in Kisten. Mit Stahlschwämmen schrubbten wir in der Spülküche die Fettpfannen. Es gab noch viele andere Aufgaben wie das Schälen von Hunderten Kilos Kartoffeln, die wir dann in den Frittenschneider taten, wobei mein Bruder und ich abwechselnd den Hebel herunterdrückten und sich die blaue Kunststoffwanne unablässig mit glatten hellen Stäbchen füllte, die mein Vater einen Augenblick später ins kochend heiße Fett warf, um sie vorzubräunen.

Am frühen Morgen halfen wir unserer Mutter beim Sortieren der schmutzigen Bettwäsche in den Zimmern. Manchmal brüllten wir vor Lachen wegen der verdächtigen, fast farblosen Flecken, die wir in den Laken fanden. Wir wussten schon, was dahintersteckte. Manchmal lachte Mama verschmitzt mit uns, sie hatte dann einen verunglückten Ausdruck von Missbilligung im Blick. Meist waren wir gegen elf am Strand, wo wir uns von der Sonne braten ließen und schwimmen gingen. Wir wurden braun wie Toffees. Dann kriegten wir Geld für ein Wassereis, hatten aber immer ein schlechtes Gewissen aufgrund der bitteren Tatsache, dass unsere Eltern die ganze Zeit im Hotel schuften mussten. Manchmal kam Mama nach dem Mittagessen für eine Stunde zu uns an den Strand. Im Schatten des Strandkorbes, den sie gemietet hatte, murmelte sie dann: »Was für eine schöne Meeresbrise, oh Jungs, wie herrlich! Ich muss immer daran denken, wie es war, als ich selbst noch jung war ...« Doch gegen drei, halb vier war sie schon wieder weg. Mein Vater ging nie an den Strand.

Wenn wir gegen sechs wieder ins Hotel kamen, über dem wir in ein paar klitzekleinen Zimmern wohnten, stand mein Vater noch immer unten in der Küche, genau wie in den Stunden zuvor, mitten im Gezisch der riesigen lila-blauen Bratpfannen mit halben Hühnern, dampfenden Töpfen mit Suppe, Gemüse, Saucen und anderen Sachen auf dem drei Meter langen Herd, wo jetzt nicht mehr das Mittag-, sondern das Abendessen vorbereitet wurde. Neben den Hotelgästen kamen dann auch schon die ersten Badegäste mit ihren rot verbrannten Gesichtern. Damals hatte mein Vater noch die Küchenhilfen Kees und Sjoerd, letzterer war wie er selbst in seinen *Wanderjahren* bei der Handelsmarine auf Fahrt gewesen.

Ich saß derweil auf einer Salatkiste in einer Ecke und sah zu. Schon als kleiner Junge war ich bei meinem Vater, wenn er arbeitete. Ich fühlte mich bei ihm sicher und stellte mir vor, dass ich nicht in der Küche eines Hotels an der niederländischen Küste wäre, sondern in der riesigen Kombüse eines Ozeandampfers auf hoher See.

Meine Mutter hatte die blaue Schürze vom Morgen gegen eine weiße Bluse und einen schwarzen Bleistiftrock mit einem weißen Schürzchen darüber getauscht, wie auch meine drei Tanten. Während mein Vater in der Küche Regie führte, war mein einer Onkel Manager, während der andere Gläser spülte, Bier zapfte und weitere Getränke hinter der Bar ausschenkte, und der dritte hatte sich im Laufe der Jahre den Status eines Mädchens für alles erworben. Manchmal musste schnell ein Bierfass aus dem Schuppen geholt werden, manchmal gaben eine Lampe oder ein Kühlschrank den Geist auf, musste ein Kinderbett in einem Zimmer aufgestellt werden, dann wieder brauchten wir, wenn es unerwartet voll wurde, extra Schnitzel, Beefsteaks oder Kabeljau (der Metzger und der Fischhändler hatten dann meist schon geschlossen, aber wir besaßen die Schlüssel zum Kühlhaus: Alles lief auf Vertrauensbasis), während er sich zwischendurch, wenn Gläser, Besteck oder Geschirr knapp wurden, eine knallgrüne, wasserabweisende Schürze umband und in der Spülküche einsprang, wo ein neunzehnjähriger Junge mit Bart (»ein Student«, wurde er respektvoll genannt) an der mächtigen Spülmaschine aus Stahl arbeiten durfte, an der mein Bruder und ich auch oft aushalfen. Unsere Eltern hielten uns noch für zu klein, um sie eigenständig zu bedienen; das würde erst später kommen. Meist lagen mein Bruder und ich abends gegen halb zehn mit rosigen Gesichtern im Bett, Seite an Seite unter einer einzigen Decke, und lauschten den Geräuschen, die von der Straße und von unten heraufdrangen. Schließlich dösten wir weg, und ganz selten wachte ich gegen Mitternacht noch einmal auf, wenn meine Eltern nach oben kamen, kurz das Wasser prasseln ließen und sich sofort schlafen legten, denn um halb sechs mussten sie wieder aus den Federn, um das Frühstück zuzubereiten.

»Mach's gut, Junge, tschüss, mein lieber Junge! Pass unterwegs ja auf!« Mein Vater in einer frischen Kochjacke und meine Mutter in ihrer Arbeitsschürze hatten mir an diesem Morgen gegen halb acht in der schon kräftig scheinenden Augustsonne nachgewinkt. Mein Bruder war einigermaßen schadenfroh im Bett liegengeblieben: Seine Schule hier im Dorf begann erst drei Tage später.

Die Strecke in die Stadt führte teils durch die Dünen, teils über gepflasterte Radwege mit majestätischen Villen auf beiden Seiten, viele mit Reetdächern und Rasenflächen, die so groß wie ein halber Fußballplatz waren, wo Leute unter Sonnenschirmen an Tischen saßen und frühstückten. Ich war schon einmal in dieser Schule gewesen; damals noch mit dem Bus und meiner Mutter; mein Vater hatte für eine Hochzeit kochen müssen und war nicht mitgekommen.

Die Fahrt mit meinem Batavus-Rad kam mir vor wie eine Weltreise.

Als ich vierzig Minuten später an der backsteinbraunen Festung des Lyzeums eintraf, ging es sehr hektisch zu. Schwärme von Radfahrern. Einige Schüler waren schon so alt, dass sowohl die Mädchen als auch die Jungen Stimmen von Erwachsenen hatten. Viele Kinder meines Alters wurden mit dem Auto gebracht, ihre Mütter und Väter begleiteten sie bis zum Tor, hinter dem es zu einem riesigen Schulhof mit Schildern und einer altmodischen Glocke ging, küssten sie und winkten. Die meisten Eltern sahen bemerkenswert jung, braun gebrannt und entspannt aus. Viele liefen einfach in Slippern herum, einige trugen schneeweiße Tenniskleidung. Grüße flogen hin und her. Die Eltern kannten sich. Wegen der Tasche mit den Büchern, die ich mitgeschleppt hatte, ging ich ganz schief; auf dem Weg war sie mir zweimal heruntergefallen. Ich war zu Tode verängstigt; mein Herz klopfte die ganze Zeit bis zum Hals. Einige der Kinder in der Klasse, der ich zugeteilt wurde, kannten sich ebenfalls. Sie nannten einander beim Vornamen. Alle waren sie aus Haarlem oder aus den gesegneten Dörfern nahe der Schule. Für sie war die Brückenklasse einfach die Fortsetzung der sechsten Klasse der Grundschule, die sie, wie ich, gerade beendet hatten. Seit ihrer kirchlich geprägten Kindheit war es ihnen vorbestimmt, schließlich auf diesem schicken christlichen Lyzeum zu landen. Was ich nicht wusste, aber bald schon verstehen würde, war, dass ich eine absolute Ausnahme darstellte mit einem Vater, der die Kirche aus tiefstem Herzen verachtete, und einer still-gläubigen Frau als Mutter, dass ich einer der wenigen war, die »von draußen« kamen. Aus einem Dorf an der Küste. Und nach verfaultem Fisch stank.

Die allererste Stunde hatten wir bei unserem Klassenmentor, dem Geografielehrer, einem kleinen Mann mit sonnengebräuntem, schmalem Gesicht, einer Metallbrille und flauschigem Bart. Er muss um die dreißig gewesen sein, doch er kam mir immer uralt vor. Obwohl es im Klassenzimmer warm war, trug er einen Mantel, der aus allerlei bunten Stickereien bestand. Das sei ein afghanischer Mantel, erklärte er. Im Sommer hatte er mit seiner Freundin in Afghanistan Urlaub gemacht. Wüsste jemand in der Klasse, wo das liege? Afghanistan? Links und rechts gingen Finger hoch. Aus lauter Angst, dass ich gleich jetzt als einer, der nichts draufhat, entlarvt und sofort wieder auf die Realschule zurückgeschickt würde, dass der Direktor meiner Grundschule mit seinem »dringenden Ratschlag« doch noch recht behielte, blieb ich regungslos in meiner Bankreihe ganz hinten hocken, wo ich mich eingenistet hatte.

»In Afrika ...« Ich schaute nach rechts. Das Mädchen, das gesprochen hatte, hatte Sommersprossen, einen Pferdeschwanz und eine Wölbung der Brüste.

»Falsch, Chantal ...« Aber du bist schon in der Nähe ... Wie geht es übrigens deinem Papa?«

»Gut«, kam es lustlos aus ihrem Mund.

»Grüß ihn bitte herzlich von mir«, machte der Lehrer in seinem vertrauten Ton weiter. »Zum Glück läuft die Theatersaison langsam wieder an. Ja, du da, wie heißt du?«

»Theodor«, sagte ein Junge mit einem Igelkopf.

»Weißt du vielleicht, wo Afghanistan liegt?«

»In Asien«, antwortete der Igel in beiläufigem Ton. »Es ist von anderen interessanten Ländern wie Indien und Pakistan umgeben. Ich weiß es, denn mein Opa arbeitet für Philips in Indien. Wir waren schon dreimal zu Besuch da.«

Der Klassenmentor nickte zustimmend und gebrauchte dann ein Wort, das mir völlig neu war: introduzieren. Wir sollten uns *introduzieren*. Der Reihe nach mussten wir dabei unseren Namen nennen, erzählen, was unsere Eltern machten und wo wir in diesem Sommer in Urlaub gewesen waren. Ich starrte auf die Weltkarte aus Leinen mit den braunen Rissen im Lack rechts von mir an der Wand und war froh, dass es mit der ersten Reihe begann, sodass ich Zeit hatte, mir anzuhören, was die anderen Kinder so erzählen würden.

Der erste Schüler hieß Caspar. Sein Vater war Zahnarzt, seine Mutter kümmerte sich um den Haushalt; in diesem Jahr waren sie wieder in Südfrankreich gewesen. Der Vater von Nummer zwei, einem Mädchen namens Nicole, war Krankenhausdirektor, ihre Mutter arbeitete als Dentalhygienikerin – sie waren drei Wochen zum Wandern in der Schweiz gewesen. Und so ging es weiter: Anwälte, Notare, es waren sogar zwei Kinder von Hochschullehrern dabei, ich wusste damals noch nicht einmal, dass das nur ein anderes Wort für Professor war. Die meisten von ihnen hatten ihren Urlaub in Frankreich verbracht, an zweiter Stelle kam Spanien, einige waren in Deutschland gewesen. Sie nannten Berufe und Länder, von denen ich noch nie gehört hatte (der Vater eines Mädchens war »Aktuar«, sie waren in der Nähe von Andorra zelten gewesen), woraufhin mein Nachbar, ein hellblonder Junge mit dem Gesicht eines Kinderfilmstars erzählte, dass er und seine Eltern – beide arbeiteten an der Universität – vier Wochen im Wohnmobil durch die Vereinigten Staaten gereist waren, was unglaublich cool gewesen sei, weil sie sogar Bären in freier Wildbahn gesehen hätten.

»So, und du da, Junge?«

Alle Blicke richteten sich auf mich. Ich begann, die Welt um mich herum mit Verzögerung wahrzunehmen wie einige an Depression leidende Menschen. Ich nannte meinen Namen, sagte zögernd, dass meine Eltern ein Hotel-Café-Restaurant besäßen, aber dass wir nicht ...

»Aha, ein Unternehmer«, unterbrach mich der Lehrer in fröhlichem Ton. »Seht mal, Kinder: Da sitzt der Sohn eines Kapitalisten!«

Ich hatte das Wort Kapitalist noch nie gehört; ich vermute, die meisten meiner neuen Klassenkameraden ebenfalls nicht. Doch als sich das Grinsen unter dem Bart des Mentors in ein falsches Lächeln verwandelte, das in Brüllen überging, begann fast die ganze Klasse wie auf Kommando grausam mit ihm mitzulachen und zu johlen.

»Schaut, Kinder! Endlich haben wir wieder ein Kind eines *Unternehmers* in der Klasse, eines Kapitalisten!«

Ich sah an diesem Morgen meinen Vater vor mir, lächelnd und stolz in seiner Kochjacke auf der Straße. Ich wollte nicht mehr, dass er mich in aller Öffentlichkeit küsste, aber nach dem Kuss meiner Mutter hatte er mich schnell in den Nacken gekniffen, was so viel heißen sollte wie: Mach das Beste daraus, Junge, ich liebe dich.

Dieser Mann mit seinem verbrauchten Körper war also ein Kapitalist. Vermutlich war das etwas ganz Schreckliches.

Erst drei Tage später traute ich mich, Julia Foppmans Betrug zu beichten. Was? Der wollte das ganze Geld allein einsacken? Hatten wir also für nichts und wieder nichts fast ein Dreivierteljahr in diesem Hotelzimmer in Moskau geschuftet? Aber das sei doch unmöglich? Wie ihre jüdische Urgroßmutter, die 1917 als eine der ersten Revolutionäre voller Enthusiasmus beim Abmontieren orthodoxer Kreuze auf den goldenen Kirchenkuppeln dabei gewesen war, hatte sie ihre geballte Faust geschüttelt und ausgerufen: »Wenn dieser Foppmans dir nicht freiwillig deinen Anteil am Geld rausrückt, bringe ich ihn um!«

Sie fragte mich nach seiner Adresse, wollte sich gleich zu ihm auf den Weg machen.

»Lass mal, Liebling«, sagte ich.

»Was heißt hier lass mal?«

»Das hier ist ein Rechtsstaat«, sagte ich dann. »In Russland kannst du das Gesetz vielleicht selbst in die Hand nehmen, aber hier haben wir Richter. Ich habe keine Beweise, alle Papiere sind in Moskau. Würde ich Klage erheben wollen, würde mich der Richter nach fünf Minuten rausschmeißen.«

Meine eiskalte Beherrschung war gespielt. Innerlich war ich ein Vulkan. Nur für meine Geliebte stellte ich mich so gleichgültig. Dass

Foppmans mich der Möglichkeit beraubt hatte, meine seit Jahren darbenden Eltern mit einer großen Geldsumme zu beglücken, deprimierte mich. Mehr als die implodierte Aussicht auf einige Jahre in finanzieller Sicherheit. Von meinem Aufenthalt in Sowjetrussland hatte ich 1 200 US-Dollar übrigbehalten. Schmierige Scheine, die in Moskau von Hand zu Hand gegangen waren, von Huren zu Schwarzmarkthändlern. Sie stanken. Aus dem Papier dampfte der Geruch vom Zerfall der UdSSR. Eines Morgens wechselte ich sie auf der Bank. Als ich mit lauter Hundertern in der Tasche meiner Jacke nach draußen trat, überfiel mich Ratlosigkeit. Höchstens ein paar Monate würde ich auskommen. Aber danach? Mich doch noch als Jurist bei der einen oder anderen Kanzlei bewerben? Am liebsten wäre ich gleich wieder ins Ausland gegangen. Aber inzwischen musste ich für Julia sorgen, die sich nach nur einer Woche mit allem Optimismus der Welt erkundigte, wie es in Amsterdam mit der Möglichkeit, an der Universität zu promovieren, aussehe. Sie träumte von einem Doktortitel.

In den ersten Tagen war jede gemeinsame Mahlzeit mit meinen Eltern ein Festmahl gewesen. Wir fielen einander ständig um den Hals, wir konnten kaum genug von der Gesellschaft des anderen kriegen. Doch bald zeigte das häusliche Leben seine ersten feinen Risse. Weil wir nichts Besseres zu tun hatten, hockten wir einander viel zu sehr auf der Pelle. Dass Julia täglich unter die Dusche ging, konnte meine Mutter noch tolerieren. Aber zweimal am Tag? Morgens und abends? War das nicht ein klein wenig übertrieben? Das Geld wuchs hier nicht auf Bäumen.

Als Julia meiner Mutter einmal anbot, für uns alle zu kochen, lehnte diese brüsk ab. Solche kleinen Irritationen rieben uns auf. Natürlich sollte ein junges verliebtes Paar nicht bei den Eltern wohnen. Ich fieberte danach, mit meinem Buch zu beginnen. Ich kaufte mir ein paar Hefte, setzte mich an die Arbeit, sobald Julia zur Tür hinaus war, brachte aber die nötige Konzentration nicht auf. Die Sorgen um unsere Existenz fraßen mich auf. Manchmal erwachte ich schweißgebadet mitten in der Nacht – das Fleischermesser, das ich Foppmans tief ins Zwerchfell rammen wollte, zog wie ein Nebel aus blauen Flecken an meinem inneren Auge vorüber. Immer öfter nahm ich den Zug nach Amsterdam, in der Hoffnung, alte Freunde in der Kneipe zu treffen. Julia hatte nichts dagegen. Sie ermunterte mich sogar dazu. In der Zwischenzeit lag sie im Bett unter einem Berg von Büchern begraben, die sie auf die Ausweise meiner Eltern aus der Dorfbibliothek entliehen hatte.

Ihr Niederländisch machte irrwitzige Fortschritte.

So, liebe Leser, bin ich beim Journalismus gelandet. Denn es war folgendermaßen: Eines Tages, nachdem ich wieder mal in Amsterdam gewesen war, wo ich in einer Kneipe am Kloveniersburgwal getrunken hatte, bekam ich einen Anruf. Am Apparat war der Freund des Freundes von einem Freund.

»Man hat mir gesagt, dass du viel über Russland weißt«, begann der Freund des Freundes von einem Freund, nachdem er sich vorgestellt hatte.

Ich murmelte, dass ich da schon gewesen sei.

»Ich habe gehört, dass du schreiben willst«, hörte ich vom anderen Ende der Leitung. »Ja, dann habe ich vielleicht was für dich.«

Am nächsten Morgen schon saß ich im Zug nach Amsterdam-Sloterdijk, nach einer durchwachten Nacht voller Zweifel; ich hatte mich wie ein General in seinem Feldbett im Zelt nahe des Schlachtfeldes gefühlt, der wusste, dass ihm bald nur noch die Kapitulation blieb.

Meinen Eltern hatte ich nichts gesagt. Auch hatte ich mich entschieden, Julia gegenüber vorerst den Mund zu halten. Schon immer hatte ich den Journalismus als irgendwie ordinär empfunden.

Der Weg vom Bahnhof an Bürohochhäusern entlang kam mir wie ein unrühmlicher Rückzug aus meinem früheren Leben vor, zudem schlugen mir Wind und kalter Regen ins Gesicht. In der Ferne stiegen Rauchschwaden auf. Der letzte Vorort von Leningrad hätte nicht trauriger sein können. Doch sobald ich mein Ziel erreicht und das Gebäude betreten hatte, spürte ich den Komfort einer guten Zentralheizung wie einen Mantel, der sich um mich legte, und dazu etwas, das sich nur als menschliche Wärme bezeichnen ließ.

»Ach, wie schön, dich so schnell zu sehen ...« Nachdem ich mich an der Rezeption angemeldet hatte, kam ein junger Mann mit einer modischen Brille die Treppe herabgelaufen. Es war der Kunstredakteur, der mich am Tag zuvor angerufen hatte. »Unser Gottvater erwartet dich.«

Wenig später betrat ich die Redaktion, ein Großraumbüro unter einem Polarhimmel aus Neonlicht, in dem sich Männer und Frauen aufhielten, die Kaffee tranken, rauchten, locker miteinander plauderten oder einen der vielen Fernseher, die überall herumstanden, im Auge behielten.

»Das wäre er also ...«, sagte der junge Mann mit der modischen Brille.

Ich war in einen Glaskäfig geführt worden, wo ein gutaussehender Mann um die fünfzig in einem blauen Jackett und mit einem bulldoggenhaften, aber freundlichen Gesicht, still an seinem Schreibtisch saß und in einer Zeitschrift blätterte, deren Cover ein hellblondes Aktmodell zierte.

Es war der Chefredakteur der mit Abstand größten Tageszeitung des Landes.

»*Dobri djen!* Guten Tag!« Der Mann stand auf und begrüßte mich mit ausgestreckter Hand. In seinen Augen lag ein entzündeter Glanz, als hätte er gerade eben die Kneipe oder den Paukboden verlassen. »Keine Sorge! Das ist alles, was ich auf Russisch sagen kann. Mein Bruder hat mal Russisch studiert, deshalb ... Wie war noch mal der Name?«

Nachdem ich mich vorgestellt hatte, bat mich der Zeitungschef Platz zu nehmen und kam gleich zur Sache. Seit zwei Jahren hätten sie einen ausgezeichneten Korrespondenten in Moskau, wirklich einen guten Kerl. Doch trotz des Mauerfalls laufe da alles weiter wie bisher. Er selbst habe davon keinen blassen Schimmer, das gebe er ehrlich zu, doch wie er es einschätze, sei es da in der Sowjetunion noch lange nicht vorbei. Kurz gesagt, er suche jemanden in der Redaktion, der das alles von hier aus ein bisschen im Auge behalten könne. In der Auslandsredaktion sei kürzlich eine Stelle frei geworden.

»Was hast du eigentlich studiert?«, fragte der Chefredakteur.

»Jura«, antwortete ich.

»Schön, ich auch. Ist keinen Pfifferling wert. Für mich war es immer ›intellektuelles Birkenhaarwasser‹. Und was hast du nach dem Studium gemacht?«

»Animateur«, antwortete ich.

»Hilf mir ...« Auf dem einnehmenden Hundegesicht des Zeitungsmannes erschienen Denkfalten. »Animateur, das ist ...?«

Ich erzählte ihm, dass ich damals mit cum laude abgeschlossen, mein Diplom am Athenæum Illustre der Amsterdamer Universität in die Hand gedrückt bekommen und schon zwei Monate später in einem Hawaiiröckchen auf der Bühne eines Hotels auf Teneriffa gestanden hätte. Jeden Abend musste ich mit Orchesterbegleitung einen Saal mit einigen hundert Sonnenhungrigen zum Toben bringen. Quiz, Misswahlen, bunte Abende: so was. Anderthalb Jahre lang hatte ich auf den Kanarischen Inseln und auf dem spanischen Festland gelebt.

»Haha! Köstlich!«, kicherte der Zeitungsmann. »Und dann?«

Dann, fuhr ich fort, sei ich im Auftrag eines Reisebüros in die Sowjetunion gegangen – ich hielt die Aussage eher vage.

»Und jetzt willst du also anfangen zu schreiben?«, sagte er.

Ich nickte so aufrichtig wie möglich.

»Gut, gut ...« Eine vollschlanke Sekretärin betrat den Glasraum. Sie sagte dem Chef, dass sein Auto bereitstünde. »Ich komme sofort, Estelle ... Wo war dieses Mittagessen doch gleich wieder? In Braakhekke, richtig? Zwei Minuten ...« Die Bulldoggenwangen wandten sich mir erneut mit wohlwollender Aufmerksamkeit zu. »Und was hast du im Laufe der Jahre eigentlich geschrieben?«

»Nichts«, antwortete ich.

»Nichts?«

»Richtig.«

»Aber kannst du überhaupt schreiben?«

»Ich glaube schon«, sagte ich dann.

»Angenommen!« Während er etwas auf ein Blatt Papier kritzelte, stand der Chefredakteur schnaufend auf. »Ich muss jetzt los, immer dieses verfluchte Lunchen ... Ach ja, noch was: Wie ist deine politische Orientierung? Was? Sozialdemokrat? Haha, scharf ...

Du machst mir Spaß, Junge, du gefällst mir …« Er gab mir den Zettel. »Ruf mal gleich diese Nummer von einem der Millionen Telefone hier in der Redaktion an. Zuerst die Neun. Dann kriegst du die Dame, die alles mit dir regeln wird. Jaja, ich komme schon, Estelle, ich komme …«

Das Gespenst eines Bürojobs im Lohndienst, dem ich bisher nach dem Abschluss meines Studiums glücklich entkommen war, hatte mich doch noch eingeholt.

Als ich von Amsterdam-Sloterdijk nach Hause zurückgekehrt war und erzählte, dass ich ab nächster Woche einen festen Job als Redakteur mit einem durchaus netten Einstiegsgehalt hätte, strahlten meine Erzeuger vor Stolz.

»Und was genau sollst du da machen?«, fragte meine Mutter.

»Weiß ich selbst noch nicht.«

Drei Wochen später wurde das erste Gehalt auf mein Konto überwiesen. Kurz darauf zogen Julia und ich in ein eher muffiges Zimmer im Zentrum des Dorfes, hatten aber einen eigenen Eingang, Dusche und Kochgelegenheit. Mir wäre Amsterdam als Wohnort lieber gewesen, doch meine Freundin hatte sich inzwischen daran gewöhnt, Strand und Meer in der Nähe zu haben.

An meinem allerersten Arbeitstag wurde mir von einem Büroleiter mitgeteilt, dass nicht ich den Job in der Auslandsredaktion bekommen würde, sondern jemand anderes: Ein junger Mann, der seit sieben Jahren im Inlandsressort tätig gewesen war und sich dort seine Sporen verdient hatte, Sporen, die ich mir – jetzt klang Skepsis durch – erst noch verdienen müsste.

Der Chefredakteur, der mich eingestellt hatte und bei dem ich mich vielleicht hätte beschweren können, weilte für eine Woche in Oman.

So wurde ich Headliner.

Denn neben dem Gegenlesen, Korrigieren und Redigieren von Texten, die von Journalisten aus dem ganzen Land angeliefert wurden, ging es in der damaligen Inlandsredaktion vor allem um eines: sich Überschriften auszudenken, eben jene packenden Schlagzeilen, für die das volkstümliche Tageblatt seit seiner Gründung im

Jahre 1893 berühmt geworden war. In der ersten Woche habe ich überhaupt nichts gebacken bekommen, in der zweiten Woche noch weniger. Während ich den üblichen Demütigungen des Neulings ausgesetzt war und ständig zum Automaten geschickt wurde, um Kaffee und Tee für die Damen und Herren zu holen, grübelte ich darüber nach, wie ich mich hier so schnell wie möglich wieder vom Acker machen könnte. Im Neonlicht, mit einer Tasse Lebensgeister weckendem Kaffee und im Zigarettenqualm der Kollegen brütete ich über einer Schlagzeile für einen Artikel über eine aus einem Kastanienbaum gerettete schwangere Katze, die mir, nachdem ich sie an den Schlussredakteur weitergeleitet hatte, sofort um die Ohren gehauen wurde: »›Schwangere Katze aus Kastanienbaum gerettet‹. Was ist denn das für ein Scheißdreck? Da steht ja schon der ganze Inhalt des Artikels drin. Außerdem, in Blei gesetzt ist das Ding locker drei Buchstaben zu lang! Du musst den Leser mit der Überschrift in die Geschichte ziehen! Wieso hat man dich überhaupt eingestellt?«

Aber nach einem Monat war das alles Geschichte.

Sobald ich den Dreh raushatte, musste ich aufpassen, nicht zu schnell fertig zu sein. Nach ein paar Wortschöpfungen hatte ich mir schnell einen Ruf erworben. Mir war nur eines unbegreiflich: dass ein Mensch sein Geld damit verdienen konnte, dass er sich ein paar Wörter ausdachte, die über einem Artikel standen.

Von der Wohnungsgesellschaft, bei der ich seit meinem achtzehnten Lebensjahr eingeschrieben war, erhielt ich ein halbes Jahr später einen Brief, dass mir auf »meine Nummer« eine Wohnung am Rand der Dünen zugewiesen wurde. Als Julia und ich sie uns ansahen, wollten wir unseren Augen nicht trauen: drei ganze Zimmer für uns allein, Blick auf eine Reitschule, in der die Damen aus dem Dorf mit schwarzen halbierten Kokosnüssen auf dem Kopf in einem Sandkasten artig ihre Runden drehten. Nach dem Umzug begann Julia, sich auf die Aufnahmeprüfung in Niederländisch für die Amsterdamer Universität vorzubereiten. Wir lebten so sparsam wie möglich. Das gesamte Geld, das wir übrigbehielten, floss in die Einrichtung unserer Wohnung. Als ein neues Sofa geliefert wurde, konnten wir es kaum glauben. Wir starrten das Möbelstück eine

Viertelstunde lang ungläubig an, setzten uns probehalber hin und sahen uns die ganze Zeit strahlend an. Und jeden Tag fuhr ich mit dem Zug zur Zeitung, wo sich die Tag-, Abend- und bald Nachtdienste miteinander abwechselten. Ich korrigierte Artikel von Journalisten, erfand Überschriften und war jedes Mal glücklich, wenn ich wieder zu Hause bei meiner Geliebten war.

Die Geschichte mit Foppmans hing mir lange wie ein Kloß im Hals. Doch allmählich legte sich auch das. Sie landete irgendwann in meinem Magen, dann im Darm, und eines Tages schiss ich alles mit Schmackes wieder aus. Ich grübelte nicht länger darüber nach und verschwendete auch keinen Gedanken mehr ans Schreiben, an eine Existenz als Schriftsteller. Wenn Julia und ich manchmal an einem Kinderspielplatz vorüberkamen, schnappte sie sich einfach so einen Knirps und hielt ihn entzückt über ihren Kopf wie später unsere Katzen. Nur einmal gab es dabei Krach mit einer Mutter. Als Julia sich schnell entschuldigte und die Frau an ihrem Akzent hörte, dass sie Ausländerin war, wurde ihr ins Gesicht geschrien, dass sie sich gottverdammt nochmal aus diesem Land verpissen solle. Als ich Julia fragte, welchen schönen Namen sie einem Mädchen geben würde, schnitt sie mir sofort das Wort ab: »Nein, darüber will ich nicht reden. Aberglauben.« Unser Leben war in eine ruhige Balance gekommen. Ich war glücklich. Ich vermute, bin mir aber nicht sicher, dass Menschen, die glücklich sind, überhaupt nicht ans Schreiben denken.

Die holländischen Jahre flogen nur so vorüber. Doch die Sowjetunion, die bald in Russland und vierzehn weitere Länder zerfallen sollte, blieb ein *Leitmotiv* unserer Existenz. Es begann damit, dass sich an einem der ersten kalten Wintertage des neuen Jahres ein tragischer Vorfall ereignete, der mich fast unmittelbar wieder nach Moskau zurückgebracht hätte.

An besagtem Abend hatte ich Spätdienst. Von zehn Uhr abends bis drei Uhr morgens schob ich mit einem Metteur Wache, hatte beim Pressedienst ans Telefon zu gehen, die Agenturen im Auge zu behalten, falls sich nach dem Konfektionieren der Startausgabe eine Katastrophe oder etwas anderes Sensationelles – ein Mord, ein

Großbrand, der Tod einer nationalen oder internationalen Persönlichkeit – ereignen sollte.

Ich hatte dann sofort die Druckerei unten anzurufen, damit die Maschinen unverzüglich angehalten werden konnten, danach musste ich einen Journalisten aus dem Bereitschaftsdienst herbeitelefonieren, und im Falle, dass niemand erreichbar war (was die Regel war), anhand der Agenturberichte in aller Eile selbst etwas zusammenschustern. Das war Arbeit unter Hochdruck. Der Dienst galt als undankbare Aufgabe und wurde gern an die kleineren Lichter unter den Redakteuren abgeschoben. Dass das Schicksal der größten Zeitung des Landes nachts jemandem überlassen blieb, der ein paar Monate zuvor noch nie eine Redaktion von innen gesehen hatte, fand ich ziemlich bizarr. Normalerweise passierte nichts, ich verbummelte meine Zeit mit Kaffeetrinken und einem Schwatz mit dem Metteur oder anderen Leuten, die noch in der Redaktion geblieben waren und von denen manchmal jemand Kroketten holen ging.

An diesem Abend jedoch klingelte gegen elf das Telefon. Ich nahm ab. Die Katastrophe, über die ich informiert wurde, betraf kein Ereignis, das Eingang in die Zeitungsspalten finden musste, sondern eine interne Angelegenheit. Der Korrespondent in Moskau sei, wie mir von einem Niederländer, der sich mir in seiner Panik und Verwirrung nicht weiter vorgestellt hatte, schwer erkrankt. Ihm ging es wirklich dreckig. In Moskau herrschte sibirische Kälte. Der Korrespondent hatte an jenem Abend die Batterie aus seinem Auto ausgebaut, war dann in seine Wohnung hinaufgegangen, und dort war ihm übel geworden. Es war wohl etwas mit dem Herzen. Schnelle Hilfe war erforderlich. Ich notierte die Nummer, legte auf, und für einen Moment war ich Opfer schrecklicher Vorstellungen. Irgendwo in der Stadt, in der ich noch vor ein paar Monaten gelebt hatte, der Stadt, die mir vertrauter war als Amsterdam, schwebte jemand in meinem Alter in Lebensgefahr.

Ich rief den Chefredakteur an.

Kaum eine Viertelstunde später kam er hochroten Kopfes in einem blauen Jackett und einem lose um den Hals geschlungenen Hockeyschal in die Redaktion gestürmt. Gottvater war in Haarlem, wo er mit einigen Freunden in einem Restaurant getafelt hatte, sofort in seinen Dienstwagen mit Fahrer gesprungen. Keine fünf Minuten später hatten sich ein stellvertretender Chefredakteur und zwei Redaktionsleiter um das Telefon des Nachrichtendienstes versammelt, jeder in seinem ganz privaten alkoholischen Dunstkreis. Sobald ich die Herren informiert und ihnen die Kontaktnummer in Moskau gegeben hatte, war ich Luft für sie.

Sie begannen, die Dinge zu regeln, sie telefonierten.

Überall fingen Telefone an zu klingeln.

Schon bald war klar, dass der Korrespondent, der freiberuflich für die Zeitung arbeitete, dringend spezielle Medikamente benötigte, die nirgendwo in Moskau aufzutreiben waren. Die Marke der Medikamente wurde durchgegeben. Kurz darauf kam die Meldung, dass die benötigte Medizin innerhalb einer halben Stunde per Taxi nach Schiphol gebracht werden könnte, der erste Flug aber erst am nächsten Morgen halb elf gehen würde. Ein Privatflieger könnte innerhalb einer Stunde bereitgestellt werden, würde aber vierzigtausend Gulden kosten.

»Und wenn es mich vierzig Millionen kostet!«, donnerte der Chefredakteur, der die gesamte Operation im Stehen leitete. »Der Junge muss gerettet werden ... Und du da, mein Lieber ...«, wandte sich Gottvater sich plötzlich an mich. »Du kennst das Land doch so gut? Du fliegst mit ...«

Doch es war zu spät. Kurz darauf klingelte das Telefon erneut, und aus Moskau kam die Nachricht, dass der Korrespondent in der Zwischenzeit gestorben war. Als sein Leichnam in die Niederlande überführt und eine Woche später in Nordholland bestattet wurde, schneite es wie in einer Verfilmung von *Doktor Schiwago*. Etwa fünf Tage später kam Gottvater in der Redaktion mit leisen Schritten auf mich zu. Er machte mir geheimnisvolle Zeichen, bat mich, in seine Glashütte zu kommen. »Du hast noch keinen Buchstaben für die Zeitung geschrieben. Aber ich habe einen Blick für Menschen, ich habe keinen Zweifel, dass du es kannst ...« – und er fragte mich, ob ich die Nachfolge des Korrespondenten in Moskau, der an einem angeborenen Herzfehler gestorben war, antreten wolle.

Ich blickte auf die Spitzen meiner Schuhe und dachte daran, wie glücklich Julia am Tag zuvor nach Hause gekommen war. Sie würde schon in ein paar Monaten die Niederländisch-Aufnahmeprüfung für die Universität ablegen können. Jemand hatte sie gefragt, ob sie nicht Lust hätte, zwei Tage in der Woche in einem Schuhgeschäft in der Kalverstraat zu arbeiten. Ich dachte an unsere neue Wohnung, ich sah das Zentrum von Moskau mit seinen armseligen Fassaden vor meinem inneren Auge, an denen die armen Seelen, denen es sogar an Essen mangelte, wie Wajangpuppen entlangschlichen, und beschloss, ohne Julia überhaupt zu konsultieren, dankend abzulehnen.

Im Frühjahr des Jahres bestand Julia die Niederländisch-Aufnahmeprüfung für die Universität Amsterdam mit Bravour. Sie wurde vom Dekan der deutschen Fakultät zu einer Audienz gebeten. Der stellte nicht nur das Niveau ihres Germanistik- und Literaturwissenschaftsexamens an der Leningrader Universität in Frage, sondern entpuppte sich auch als Rassist reinsten Wassers. »Was sagen Sie? Sie wollen promovieren? Haha! Liebes Fräulein, ich war oft im Ostblock, und von meinen Besuchen dort weiß ich eines: dass die Menschen da nicht selbständig denken können. Wir in den Niederlanden sind es von Kindesbeinen an gewöhnt, Fragen des Lebens *selbständig* und *kritisch* zu reflektieren. Hier an der Akademie kennen wir keine Angst vor Behörden. Ich denke, dass Sie sich zunächst diese Eigenschaften aneignen sollten, und natürlich unser Curriculum inhaltlich gründlich zur Kenntnis nehmen ...«

Dass Julia bereits eine Reihe von Publikationen über den deutschen Barock in zahlreichen sowjetischen Zeitschriften veröffentlicht hatte, beeindruckte den Akademiker in keinster Weise. Er würde ihr das einführende Studienjahr schenken und bot ihr generös an, gleich mit dem zweiten Studienjahr zu beginnen, wo in den ersten Monaten Goethes *Faust* Akt für Akt gelesen wurde. Julia fühlte sich wie eine Gymnasiastin, die auf eine Schule für Minderbegabte verbannt worden war. Sie gab sich nach zwei Monaten geschlagen und beschloss, in Slawistik zu promovieren, wobei sie sich auf russische Literatur des späten 18. Jahrhunderts spezialisierte. Durch sie kam ich bald mit russischen Emigranten in Amsterdam in Berührung. Eine Welt, die von Wissen und Kultur geprägt war, in die sich Julia stürzte wie ein an einem heißen Sommertag vor Freude in einem Pool mit kaltem Wasser Purzelbäume schlagender Hund. Sie platzte förmlich vor Energie. Neben ihrem Studium hatte sie an zwei Tagen in der Woche bei Manfield in der Kalverstraat einen Job angetreten. In allen möglichen Clubs russischer und patriotischer Intellektueller wurde im Dezember viel und ausgiebig über die Zukunft Russlands diskutiert, nachdem kurz zuvor geschehen war, was niemand je für möglich gehalten hätte: Die Sowjetunion hatte einfach aufgehört zu existieren, sie wurde von den Präsidenten Russlands, Weißrusslands und der Ukraine in einer Luxusjagdhütte nahe der polnischen Grenze liquidiert, wo die Herren zuerst reichlich gesoffen und getafelt hatten – dem Vernehmen nach hatten sie dort ein ganzes Wildschwein vertilgt.

Der gescheiterte Putschversuch vom August 1991 zeitigte schließlich doch ein Ergebnis.

Wie im Jahr zuvor in Moskau hatten Julia und ich am 1. Mai die Fernsehbilder der Parade in unserer kleinen Wohnung am Rande der niederländischen Dünen verfolgt, unsere Herzen klopften, weil Putschisten Gorbatschow auf der Krim in Geiselhaft genommen hatten und versuchten, die Uhr der Geschichte in Moskau zurückzudrehen. Ungeachtet der horrenden Kosten hatte Julia ständig am Telefon gehangen, um mit ihrer Familie in Leningrad zu sprechen. Nachdem Boris Jelzin auf einem Panzer vor dem Weißen Haus in Moskau aufkreuzte und mit hochgereckter Faust vor den Augen der Welt versprach, dass er nicht aufgeben würde, wurde uns klar, dass eine neue Ära heraufdämmerte. Vierundsiebzig Jahre nach Lenins Putsch in Petrograd hatte eine neue russische Revolution gesiegt. Zum ersten Mal seit meiner Rückkehr in die Niederlande quälte mich eine Sehnsucht nach Moskau, der russischen Stadt, in der meine Zeitung inzwischen einen neuen Korrespondenten gefunden hatte – einen übersprudelnden, blutjungen Burschen, dessen ebenso sprudelnde und gediegene Titelgeschichten ich jeweils mit einer Schlagzeile versehen durfte.

Inzwischen war ich wieder ein bisschen in mein altes Dorfleben zurückgekehrt. Die Leute begannen, mich auf der Straße zu grüßen, und ich grüßte zurück. Meine Mutter erinnerte mich oft daran, dass ich bei Sima vorbeigehen müsse, der Russin, deren Halbschwester wir damals in Moskau besucht hatten und die mit Theo Veen, dem ehemaligen Knecht meines Großvaters, verheiratet war. »Knecht« – die Wortwahl meiner Mutter kam mir ziemlich bizarr vor. Ende der Vierzigerjahre hatte mein Großvater den Antiquitätenladen, den er in den ersten Kriegsmonaten hatte schließen müssen, wiedereröffnet. In dem Gebäude, das er schließlich mit Komplettfinanzierung durch die Bank hatte kaufen können, begann er Anfang der Fünfzigerjahre mit dem Aufbau eines Hotel-Café-Restaurants, nachdem mein Vater von seinem Job als Kombüsenjunge bei der Handelsmarine Abschied genommen hatte. Da Theo Veen zu dieser Zeit arbeitslos gewesen war, hatte mein Opa ihn in Dienst gestellt. Während des Krieges hatten sie gemeinsam illegale Zeitungen ausgetragen – mein Großvater *Trouw*, Theo Veen *De Waarheid*. Die meisten hielten ihn immer noch für einen Kommunisten. Aber für einen Knecht?

Gemeinsam hatten sie jahrelang Schränke und Bänke geschleppt und schließlich Teller mit Speisen serviert. Sie hatten sich zusammen abgerackert. Von einem Herr-Knecht-Verhältnis konnte überhaupt keine Rede sein, eher handelte es sich um eine Art Schicksalsgemeinschaft und Freundschaft.

»Welche Sprache? Russisch oder Niederländisch?«, fragte Julia mich, als wir eines Nachmittags endlich zum ersten Mal an der Wohnungstür klingelten, wo Sima und ihr niederländischer Mann lebten.

»Keine Ahnung, wir werden sehen.«

Theo Veen war ein munterer Siebziger. Er hatte etwas Koboldhaftes an sich, war ein Heinzelmännchen mit einer lodernden Flamme weißgrauen Haars auf dem Kopf und einem schwarzen Hornbrillengestell, das fast sein halbes Gesicht bedeckte – *das* Stereotyp eines niederländischen Kommunisten schlechthin. Nachdem er die Tür geöffnet und uns mit einer Charmewelle überschüttet hatte, führte er uns in ein kleines, enges Wohnzimmer, wo zwei gefrorene Koteletts auf der Zentralheizung auftauten; noch in der Plastikverpackung und mit einem gelben Rabattaufkleber. Ich roch den faden Geruch von Schweinefleisch.

Damals in Moskau hatte Rena ein Zipfelchen des Schleiers gelüpft, der ihre komplizierte und tragische Familiengeschichte bedeckte. Sie, die von dem Amsterdamer jüdischen Kommunisten Jef Swart gezeugt worden war, hatte mit ihrer Halbschwester Sima die gleiche Mutter, eben jene ukrainische Jüdin, die einst Lenins Bruder das Leben gerettet hatte, indem sie ihn über die Grenze schmuggelte. Sima war die Tochter Henk Sneevliets aus dritter Ehe, jenes Bolschewisten der ersten Stunde und Revolutionärs. Beide hatten sich 1921 in Moskau kennengelernt und eine Romanze begonnen. Sneevliet war als Vertreter der Indonesischen Kommunistischen Partei, die der in Rotterdam geborene Aktivist und Sohn eines bettelarmen Zigarrenherstellers in den Jahren zuvor in Niederländisch-Ostindien mitbegründet hatte, zum Zweiten Kongress der Kommunistischen Internationale nach Russland gekommen.

»*Priwet, rebjata ... Kak waschi dela?* Hallo Kinder, wie geht es euch?« Sima Sneevliet, eine zartgliedrige Frau mit pfiffigen Augen hinter einer Brille aus dünngeschliffenen Gläsern, streckte lächelnd eine Hand aus, blieb aber in ihrem Stuhl sitzen. »Entschuldigt, Kinder, ich kann nicht aufstehen. Ich habe mir gestern beim Spaziergang am Strand den Knöchel verstaut ...«

»Verstaucht ...«, korrigierte der alte Knecht meines Großvaters sofort. »Nicht verstaut, sondern verstau*ch*t. Verstaut sagen wir, wenn wir ...«

»Ach, du mit deinen Kommentaren immer«, unterbrach ihn die Russin liebevoll blaffend. »Geh mal lieber Tee aufsetzen!«

Schon bei dieser ersten Begegnung begannen die beiden Damen so lebhaft miteinander zu schwätzen, als ob Theo Veen und ich gar nicht mehr existierten. Folgsam und ohne ein Wort dazwischen zu werfen lauschten wir. Während sie zur hausgemachten Pfirsichkonfitüre Tee tranken, besprachen sie vornehmlich praktische Dinge. Wie sie nun, da die UdSSR auseinandergefallen war, aber überall im Land Chaos herrschte, den dort zurückgebliebenen Familienangehörigen, Freunden und Bekannten materiell zur Seite stehen könnten. Sima hatte in Russland zwei Kinder zurückgelassen, eine Tochter und einen Sohn, und auch Enkelkinder.

Oft plagten sie Schuldgefühle wegen ihres luxuriösen Lebens hier in den Niederlanden.

»Du bist noch so jung«, sagte Sima irgendwann zu Julia, »doch du bist alt genug, um zu wissen, was das heißt: im größten Knast der Welt zu leben und davon auszugehen, dass du nie wieder herauskommen wirst.«

Viele weitere Besuche sollten diesem ersten folgen. Nach und nach erfuhr ich immer mehr Details über das Leben dieser inzwischen fast siebzigjährigen Frau, deren Vater im April 1943 in Leusderheide beim Lager Amersfoort mit sechs anderen Genossen von den Deutschen exekutiert worden war. Kurz nach der Revolution von 1917 hatte Henk Sneevliet nicht nur neben Trotzki vor dem Winterpalast in Petrograd zur Menge gesprochen, sondern auch engen Kontakt zu Lenin unterhalten.

Hier, in diesem kleinen Wohnzimmer, fünf Minuten zu Fuß von dem Haus, in dem ich aufgewachsen bin, war ich also nur einen Händedruck von Lenin entfernt, dem Anstifter eines der größten Verbrechen der Geschichte.

Nach ihrer Scheidung von Sneevliet 1929 heiratete Simas Mutter wieder, und zwar den damals noch als Geheimagent für Moskau arbeitenden Jef Swart. 1934 übersiedelten die damals elfjährige Sima, die sieben Jahre jüngere Rena und ihre Mutter per Schiff von den Niederlanden nach Leningrad, es war genauso ein Frachtschiff wie jenes, das ein halbes Jahrhundert später bei meinem Bibelschmuggel zum Einsatz kam. Jef Swart war ihnen bereits vorausgefahren. Nach dem letzten Abschied in Amsterdam sollte Sima ihren Vater nie wiedersehen. Mehr als ein halbes Jahrhundert musste sie ihre Identität ängstlich verbergen. Eine ausländische Herkunft oder auch nur Kontakte ins Ausland blieben dem KGB bis zum Schluss ein Dorn im Auge.

Die beiden Mädchen gingen schließlich vollständig in der sowjetischen Gesellschaft auf. Jef Swart, der in Moskau als Einkäufer einer Spielzeugfabrik gearbeitet hatte, wurde 1938 verhaftet. Nach einem Aufenthalt im Butyrka-Gefängnis wurde er wegen eines angeblichen Verbrechens zu fünf Jahren Zwangsarbeit (»mit dem Recht, Briefe zu schreiben«) verurteilt und landete in einem Straflager. Erst nach dem Zwanzigsten Parteitag 1956, auf dem Nikita Chruschtschow das »Tauwetter« einläutete, erfuhren Sima und Rena, dass er 1942 in einem Lagerlazarett im Ural an einer Lungenentzündung gestorben war – derselbe Jef Swart, der einst durch die Grachten von Amsterdam spaziert war und seine Mädchen in Gegenwart von Karel van het Reve in ein lebendiges Jojo verwandelt hatte.

Sima Sneevliet heiratete zweimal und ließ sich zweimal scheiden, sie sollte für den Rest ihres Lebens als Übersetzerin in Moskau bei der Presseagentur TASS arbeiten und ein Leben wie alle anderen sowjetischen Bürger führen, bis sie sich 1986 berechtigte Hoffnungen machen durfte, eines Tages in die Niederlande zurückkehren zu können, in die Dünen rund um Haarlem, wo sie als Kind mit ihrer Mutter spazieren gegangen war, nach Westerfeld, um das Grab ihres Vaters zu besuchen.

»Kinder, ich habe Suppe gekocht …«, unterbrach Theo Veen des Öfteren die Gespräche. »Eine Tasse guter Suppe kann der Mensch immer vertragen.«

Als ich ihn einmal in der Getränkeabteilung des Supermarkts traf, erzählte mir Theo Veen, dass es ihm nun endlich gelungen sei, auch Rena in die Niederlande zu holen. Genau wie damals bei Sima war es alles andere als einfach gewesen. Sobald man mit ihr in Berührung kam, entpuppte sich die niederländische Bürokratie als echter Horrorfaktor. Um ihre jüdisch-niederländische Abstammung zu verschleiern, hatte ihre Mutter – wozu sie einen sowjetischen Beamten bestechen musste – den beiden Mädchen in den Dreißigerjahren denselben fiktiven Vater untergeschoben: Joseph Moisejewitsch Scholkowski, ein gebürtiger Russe. Am Ende hatte Rena, die ursprünglich Renée hieß, doch nachweisen können, wer sie in Wirklichkeit war. Sie bekam einen niederländischen Pass. Eines Tages übersiedelte diese freundliche Frau, die Julia und mich damals mit hausgemachtem Eierlikör in Moskau empfangen hatte, also tatsächlich ebenfalls in unseren Badeort. Sie war weit über sechzig, sprach fast kein Niederländisch, doch mit ihren hell strahlenden Augen, ihrem offenen Gesicht und dem freundlichen Lächeln eroberte sie schnell die Herzen vieler Dorfbewohner. Um sich etwas dazuzuverdienen, begann sie als Babysitterin zu arbeiten. Nach einem halben Jahr sprach sie gut Niederländisch. Die Sprache, die sie in ihren ersten vier Lebensjahren gesprochen hatte, war auf wundersame Weise zu ihr zurückgekehrt. Während meine Eltern mit Sima wenig Kontakt unterhielten, weil sie etwas versnobt war und, stolz auf ihre Intellektualität, die Nase gern ein bisschen hoch trug, kamen sie mit Renée Swart auf der Straße immer öfter ins Gespräch. Im selben Jahr lernte mein Vater Hafid im Wartezimmer des Krankenhauses in Haarlem kennen, wohin sie beide zur Kontrolle mussten. Der Marokkaner lebte seit zwanzig Jahren in unserem Dorf in Nieuw-Noord. Ihm zahlte die Versicherung noch die Taxitransfers zum Krankenhaus und zurück – also lud er meinen Vater ein, mit ihm zurückzufahren. Zwischen Hafid, der dreißig Jahre lang in einem Schlachthof gearbeitet hatte, und meinem Vater bahnte sich eine Freundschaft an. Irgendwie hatten sie auch viel gemeinsam. Bei schönem Wetter traf man sie oft auf dem Boulevard, wo sie auf einer Bank saßen und aufs Meer blickten. Auch Renée Swart schloss sich ihnen nach einiger Zeit immer häufiger an. Einmal, als ich am Strand frische Luft schnappen wollte und die drei in der Ferne gestikulieren sah, verlangsamte ich meinen Schritt. Da saßen sie: Mein Vater, dem in seiner Jugend von den Moffen auf der Flucht ins Bein geschossen worden und der als Kombüsenjunge bei der Handelsmarine gefahren war, um danach sein ganzes Leben am Herd zuzubringen, bis er fast pleiteging und krank wurde. Hafid, der eines Tages aus seiner Wüste angesegelt kam, seine besten Jahre zwischen Kadavern und Gestank verschwendete, nun ebenfalls an Krebs litt und seine letzten Jahre wegen der Kinder und Enkelkinder hier verbrachte. Und Renée, die als Kind in Amsterdam den Aufstand im Jordaan noch miterlebt, ihren Vater in einem von Stalins Lagern verloren hatte und nun im Alter nach einem kinderlosen Leben an ihren Geburtsort zurückgekehrt war. Diese drei ganz unterschiedlichen Seelen auf einer Bank rührten mich. Manchmal schwiegen sie, jeder für sich vertieft in sein ganz privates Schicksal und seine Gedanken. Und starrten aufs Meer.

Eines Morgens klopfte mir Gottvater in der Redaktion wieder mal auf die Schulter, sah mich schelmisch an und fragte: »Sag mal, bist du eigentlich noch zufrieden mit deiner Überschriftendrechselei? Du bist jetzt fast zwei Jahre hier. Wird es nicht Zeit, dass du mal selbst etwas schreibst?«

»Vielleicht«, sagte ich.

Also, hatte Gottvater dann gesagt, er habe an diesem Morgen einen Brief aus Den Haag erhalten. Demnächst würden die Ehefrauen der Präsidenten von Russland und Weißrussland Amsterdam besuchen. Völlig informell. Sie seien eingeladen, einer Versteigerung von Kinderzeichnungen beizuwohnen, die von Opfern der Reaktorkatastrophe in Tschernobyl angefertigt worden waren. Das Geld sollte für einen guten Zweck gespendet werden. Er hätte gern einen Bericht über diesen Besuch in der Zeitung, aber gleichzeitig hatte ihn ein befreundeter Beamter gefragt, ob er nicht jemanden kennen würde, der die beiden Damen während ihrer Reise begleiten könnte, sozusagen als Journalist getarnt? Jemand, der der russischen Sprache mächtig sei?

»Zeig uns mal, was in dir steckt, Mann!«

Zwei Wochen später fuhr ich in einem Ehrengeleit von Schiphol nach Amsterdam. Trotz der Tatsache, dass es sich um keinen offiziellen Besuch handelte, waren die Limousinen aus der vormaligen UdSSR eingeflogen worden. Die Frau des neuen Herrschers im Kreml, des Riesen, der mit geballter Faust auf einem Panzer Lenins Erbe durch das Klosett der Geschichte gespült hatte, war noch nie im Westen gewesen. Es herrschte strahlendes Wetter. Amsterdam badete in feistem Wohlstand und zeigte sich von seiner schönsten Seite. Am ersten Tag führte ich die Damen über den Albert-Cuyp-Markt, unauffällig gefolgt von drei Leibwächtern. Irgendwann hatte die weißrussische First Lady einen Kohlrabi in der Hand und fragte mich, was das sei. Ich kannte das russische Wort für Kohlrabi nicht, weiß es übrigens noch immer nicht, und redete mich mit dem allgemeinen *kapusta*, Kohl, heraus.

Als wir am zweiten Tag in der Nähe des Munttoren mit den Leibwächtern an Bord eines Rundfahrtbootes zu einer Tour durch die Grachten aufbrachen, gesellte sich eine Dame mittleren Alters zu uns, etwas unförmig, androgyn, mit meerrettichfarbenem, kurz geschnittenem Haar. Mit einer Riesenhandtasche auf dem Schoß ließ sie sich feierlich zwischen den beiden Präsidentengattinnen nieder und übernahm sofort die Führung. Irgendwie kam sie mir bekannt vor. Aber natürlich! Es war die Russin, die ich vor Jahren in Moskau öfter im Dom-Kino gesehen hatte, wo sie in Anwesenheit von Andrej Sacharow und anderen Dissidenten am Katheder Reden geschwungen hatte. Sie hieß Galina Starowoitowa. Inzwischen war sie Boris Jelzins Beraterin in Nationalitätenfragen geworden, eine wichtige Position, denn die ethnischen Konflikte im Kaukasus waren wieder in aller Heftigkeit ausgebrochen.

»Was machen die Frauen da?«, fragte Frau Jelzina mich mit zurückgewandtem Kopf, als wir ins Rotlichtviertel eingebogen waren.

Ich erklärte es ihr.

»Aber es sind so nette Mädchen. Schau, sie winken sogar!«

Anscheinend war im Hurenviertel das Gerücht herumgegangen, dass ein Boot vorbeifahren würde, in dem unter anderem die Frau des russischen Präsidenten säße. Unter den winkenden Mädchen war eine Blondine, die aus ihrem Stundenzimmerchen angelaufen kam und der Präsidentengattin auf Russisch etwas zurief.

Kurz darauf ertönte aus der Handtasche von Frau Starowoitowa ein unterdrücktes Weckerklingeln. Die Russin knipste ihren Taschenverschluss auf und holte ein Telefon hervor, an dem ein Akku in der Größe eines friesischen Honigkuchens hing. Die absurde Größe der Damenhandtasche war jetzt klar: Sie diente nur als Futteral für das drahtlose Telefon. Sie drückte einen Knopf, wandte den Kopf ab, bedeckte dann mit ihrer blassen Hand den Mund und legte los wie ein Wasserfall. Ich verstand keine Silbe.

Als sie den Anruf nach etwa drei Minuten beendet hatte, verpackte sie das Gerät vorsichtig und sagte zur russischen Präsidentengattin: »*Eto byl Borja.*«

Das war Borja.

Während wir in den Grachten von Amsterdam herumgondelten, hatte diese Frau gerade mit dem Mann im Kreml gesprochen! Es war Anfang der Neunzigerjahre. Noch nie zuvor hatte ich ein mobiles Telefon gesehen.

Damals ahnte ich nicht, dass ich die charismatische Russin mit den meerrettichfarbenen Haaren später in meinem Leben noch häufiger treffen würde, bei politischen Versammlungen, Manifestationen und Pressekonferenzen, bis sie an einem schmutzigen Novembertag im Treppenhaus ihres Hauses am Gribojedow-Kanal in der inzwischen wieder in Sankt Petersburg umbenannten alten Zarenstadt im Alter von 52 Jahren niedergeschossen wurde.

Nach der Liquidation von Posorski war sie der zweite Mensch in meinem Leben, der durch Kugeln getötet wurde.

Eine Woche später kam Gottvater gegen acht Uhr abends in seinem studentischen Outfit mit knallrotem Kopf in die Redaktion gestürmt. Sein Heiligenschein aus Alkohol war nichts Besonderes. Nach sieben saß ein Großteil der Redaktion bei Bier, Whisky und anderen Spirituosen – eine Tradition, die, glaube ich, inzwischen abgeschafft oder sogar verboten ist.

Der Chefredakteur trat auf mich zu, sagte meinem Chef, dass ich den Rest des Abends frei hätte, und fünf Minuten später saß ich neben ihm auf dem Rücksitz seines Dienstwagens mit Fahrer, der vor dem Gebäude gewartet hatte. Auf dem Weg nach draußen hatte ich die ganze Zeit die fassungslosen und neidischen Blicke gespürt, mit denen sie mir in der Zeitung nachgestarrt hatten.

»Na, worauf hast du Lust? Was das Essen angeht ...«

Ich wusste nicht wirklich, was ich darauf entgegnen sollte; ich murmelte, dass ich es natürlich ihm überließe, ohne zu wissen, was der Grund für diese plötzliche Einladung war. Wenig später standen wir in einem Meer von Spiegeln und Lampenlicht in der Bar eines Restaurants an einer Gracht, wo wir ein paar kalte Bierchen zischten. Nach einer Weile wurden wir vom Restaurantchef in einen kleinen Saal geführt, der direkt hinter dem geschmackvoll dunkel getäfelten Gebäude lag; Gottvater wurde von den überwiegend weiblichen Mitarbeitern leutselig begrüßt. Er kam offensichtlich öfter hierher. Noch bevor die Suppe serviert war, hatten wir fast eine ganze Flasche Sancerre niedergemacht. Da es dann noch ein weiteres Zwischengericht mit norwegischem Wildlachs gab, bestellte Gottvater eine halbe Flasche Chablis, den sogenannten Zwischenwein. Beim Hauptgericht und dem Käse gingen zwei Flaschen Bordeaux drauf. Als ich schließlich auf die Toilette musste, sah ich, dass das Tannin meine Zunge vollkommen schwarz gefärbt hatte, und ich war froh, dass – ehe der Kaffee kam – ein erfrischender Spumante serviert wurde. Als er gemerkt hatte, dass mich Sport nicht interessierte, lenkte mein Chefredakteur das Gespräch auf den Zustand der Welt. Da gebe es ja nichts, was es nicht gab, und er frage sich manchmal, ob es wahr sei, was so erzählt wurde: dass es in Russland von schönen Frauen nur so wimmele.

»Na? Erzähl mal ... Mir kannst du ruhig alles sagen.«

Zum ersten Mal berichtete ich von meinen Jahren im Ausland, bevor ich zur Zeitung gekommen war. Gottvater hörte amüsiert zu, manchmal grinste er wie ein Schuljunge. Die Rechnung wurde mit einer Kreditkarte und einer roten Note von fünfundzwanzig Gulden extra beglichen. Immer, schärfte er mir ein, müsse man in dieser Welt einen Blick für das dienende Personal haben. Als wir wieder draußen auf der Gracht standen und der Dienstwagen wie auf Befehl langsam angerollt kam, sagte Gottvater, er würde mich zu Hause absetzen. Er wohnte ganz bei mir in der Nähe, in der Villensiedlung am Beginn der Straße durch die Dünen, die direkt zu meiner Wohnung führte. Auf Höhe vom Halfweg murmelte er, dass er noch immer ziemlichen Durst habe. Er lud mich in sein Haus ein, wo er von einer einsamen Katze begrüßt wurde, die er schnell fütterte und väterlich mit einem Strom zärtlicher Worte bedachte. Mit einer frischen Flasche Weißwein betrat er wenig später das Bloemendaal'sche Wohnzimmer. In Russland, sagte er zufrieden, hätte ich zumindest gelernt, ordentlich zu trinken. Nachdem er einen Schluck Wein getrunken hatte, einen so gierigen Schluck, wie ihn ein Verdurstender aus einem Glas Wasser nimmt, schien plötzlich sein inneres Gleichgewicht gestört zu sein.

Er begann mit seiner Ehe, sprach über die komplizierte Beziehung zu seiner Frau, von seinen Kindern – einem Jungen und einem Mädchen, die er von ganzem Herzen liebte. Nachdem ich lange Zeit ruhig auf der Couch gesessen, zugehört und langsam und mechanisch getrunken hatte, fragte ich ihn schließlich, warum er mich an diesem Abend so mir nichts, dir nichts von meinem Redaktionsstuhl gepflückt und mich eingeladen hatte. Ich, der ich als Headliner und auch noch zwanzig Jahre jünger als er auf der untersten Sprosse in der Zeitungshierarchie stünde. Mit seinen wässrigen Augen sah er mich erstaunt an und sagte, plötzlich zu Tode erschöpft: »Aber verstehst du das nicht? Du kennst doch wenigstens das Leben ein bisschen ... Mit dem Alter hat das überhaupt nichts zu schaffen ... Und du bist kein Schleimscheißer ... Die Mehrheit in der Zeitung katzbuckelt und hat *nichts* erlebt! Übrigens, dein Artikel über diesen Besuch der russischen Präsidentenfrau war ausgezeichnet. Also, ich gehe jetzt mal pennen ... Mein Chauffeur steht noch draußen, er soll dich nach Hause bringen ... Sag ihm einfach, dass er morgen den Rest des Tages frei nehmen kann ... Warte, ich mache dir die Tür mal lieber selbst auf, sonst haut die Katze wieder ab ...«

Drei Monate später stieg ich in die Auslandsredaktion auf.

In den ersten beiden Jahren ging unser ganzes Geld für Möbel, die Einrichtung unserer Wohnung, die Studiengebühren und die Bücher für Julias Studium drauf. Sie bestand die Prüfungen wie ein heißes Messer durch Butter gleitet. Da wir immer knapp bei Kasse waren, hatten wir noch nie zusammen Urlaub gemacht.

Für meine Nachtschichten hatte ich mir einen Gebrauchtwagen zugelegt. An einem Oktobertag war es endlich so weit. Wir brachen nach Südfrankreich auf. Nach zwei Tagen Paris steuerte ich unternehmungslustig in Richtung Nohant, wo sich ein alter Wunsch von uns beiden erfüllte: der Besuch im Landhaus von George Sand, jener Schriftstellerin, die so ziemlich alle Größen ihrer Zeit empfangen hatte. Im Speisezimmer stand noch ein ovaler Tisch, der geschmackvoll mit Leinentuch, Porzellan, Silberbesteck und elfenbeinfarbigen Kärtchen eingedeckt war, auf denen die Namen der Gäste wie Flaubert, Turgenjew und Chopin, der in den darüber liegenden Räumen an einem Flügel einige seiner schönsten Werke komponiert hatte, standen. Nach meinem gescheiterten

Unternehmen in der UdSSR waren auch meine literarischen Ambitionen im Rhythmus von Morgen-, Abend- und Nachtdiensten gestorben. Anstelle von Geschichten und Romanen hatte ich nur ein paar Stücke für die Zeitung geschrieben. In den Hügeln von Nizza hatten wir für zehn Tage ein geräumiges Zimmer mit separater Küche gemietet. Unterwegs übernachteten wir in einem Chateau, das einem taubstummen adligen Ehepaar gehörte, es setzte uns die köstlichsten Schweinebäckchen vor. Im nahe gelegenen Menton besuchten wir als erstes den russischen Friedhof und hielten nach einem weißrussischen Verwandten Julias väterlicherseits Ausschau, der dem niederen Landadel angehört und es nach der Revolution geschafft hatte, nach Frankreich zu entkommen, und der dort mit seiner Lebensgefährtin, einem Petersburger Freifräulein, begraben sein sollte. Später, für unsere Kinder, sagte Julia, als sie mich an den von Disteln überwucherten russisch-orthodoxen Kreuzen vorbeizog, sei dieses Wissen von großer Bedeutung. Ein Mensch müsse Wurzeln haben. Ohne Wurzeln sei man in diesem Dasein verloren.

Wir konnten das Grab nicht finden.

Jeden Abend stand meine Geliebte stundenlang in der Küche und kochte, hantierte mit Zutaten, die sie auf dem Markt unter den italienischen Balkonen am Fuße des Berges gekauft hatte, während ich meine erste Flasche Wein leerte und in den Büchern las, die ich stapelweise mitgenommen hatte.

Nach endlosem Suchen fanden wir eines Nachmittags in Grasse die von einem reizenden Garten umgebene Villa Iwan Bunins. In der Ferne weiter unten funkelte das Himmelsblau des Mittelmeers. Der Mann, der als Jugendlicher im alten Moskau Mädchen aufgegabelt hatte, um dann auf unglaubliche Weise über sie zu schreiben, hatte hier, nachdem ihm 1933 der Nobelpreis für Literatur zuerkannt worden war, mit seiner Frau gelebt. Einen größeren Lenin-Hasser als ihn hätte es nicht geben können. Wie Sinaida Hippius hatte auch Bunin die Revolution zunächst begrüßt. Als Nachkomme einer verarmten Adelsfamilie aus Zentralrussland hatte er, vom Hilfsredakteur zum Journalisten aufgerückt, gegen Armut, Ungerechtigkeit und Ausbeutung unter den Romanows geschrieben. Bald wechselte er von der Tagesschreiberei in die Literatur. Nachdem er das erste Blutbad der Bolschewiken unter den Juden von Odessa miterlebt hatte, verlor er seinen Glauben an die natürliche Güte des einfachen Volks. Er war einer der Ersten, der die Habsucht, das Verlangen nach Rache und die Heuchelei der roten Führer beschrieb, die sich den Luxus und den Besitz der »ausrangierten Menschen« aneigneten – die neue Aristokratie, die Malaparte später in seinem Werk auftreten lassen würde. »Matrosen mit gewaltigen Brownings am Gürtel«, charakterisierte Bunin diese Usurpatoren voller Abscheu, »Taschendiebe und Verbrecher, glattrasierte Dandys in Uniformjacken und unzüchtigen Reithosen, in stutzerhaften Stiefeln, unbedingt mit Sporen, alle mit Goldzähnen und großen, dunklen Kokainaugen …« Als Julia und ich in diesem üppig wuchernden Garten standen, zwischen den Feldern, die die Blütenblätter für die nicht weit entfernte Parfümindustrie lieferten, grübelte ich darüber nach, wie der fünfzigjährige Bunin und seine Frau 1920 schließlich an Bord eines Schiffes dem Exil entgegengefahren waren, das bis zu seinem Tod 1953 andauern sollte: »Nie wieder werde ich die russische Küste sehen. Ich brach in Tränen aus.«

An diesem Abend, beim Kochen, begann Julia in der Küche aufgeregt auf mich einzureden. Der Besuch in Bunins Haus hatte großen Eindruck auf sie gemacht. Bald sprach sie nur noch über Russland. Sie hatte ihre Geburtsstadt schon ein paar Jahre nicht mehr gesehen. Sie wusste, dass dort alles schrecklich war. Ihr Bruder und ihre Eltern kamen kaum über die Runden. Ohne das Geld, das wir regelmäßig per Wechsel nach Sankt Petersburg schickten, wären sie nicht zurande gekommen. Korruption und Kriminalität, deren erste Anzeichen wir in Moskau beobachten konnten, hatten die russische Gesellschaft wie eine aggressive Räude angefressen. Die Masse sah machtlos und schweigend dabei zu, wie sich eine neue Dynastie formierte. Julia war das alles bewusst, trotzdem hatte sich Heimweh nach Russland bei ihr eingeschlichen. Sie begann, einiges zu idealisieren. Zum Beispiel einen Ballettabend im Mariinski-Theater. Einen Teller Pelmeni mit etwas Kochwasser, Salz und Sauerrahm in einer Kantine. Einen Schneesturm, während man sicher im Warmen saß. Natürlich verlangte es sie, Frankreich, Italien,

Deutschland und den Rest Europas zu sehen. Aber sie vermisste eben auch Russland. Sollten wir nicht doch noch einmal dorthin gehen?

»Na? Hey, warum sagst du denn nichts? Schläfst du vielleicht schon?«

In einer Anwandlung hatte ich früher am Tag in einem Touristenladen auf dem Boulevard ein paar Hefte und einen Füllfederhalter gekauft. Meine Geliebte kochte, ich trank Wein, ich war in Nizza, doch in Gedanken reiste ich zurück in meine Jugend, in das kleine Hotel an der niederländischen Küste, wo ich die ersten Jahre meines Lebens verbracht hatte. Ich schlief nicht, ich schrieb. In langen Zügen, fieberhaft und hastig.

Nun hatte ich doch mit meinem ersten Roman begonnen.

Dreizehntes Kapitel

Eines Tages im März Ende der Neunzigerjahre klingelte in meiner Moskauer Wohnung mittags das Telefon. Ein Journalist vom *Haarlems Dagblad*, der Zeitung meiner 2.531 Kilometer entfernten Geburtsstadt, bat mich um eine Stellungnahme zu meiner Verurteilung.

»Verurteilung?«

»Sie sind doch …« Mit Nachdruck auf jeder Silbe sprach er meinen Namen aus, worauf ich nicht anders als bestätigend antworten konnte.

»Okay, dann bitte Ihre Stellungnahme …«

Als ich erneut versicherte, keinen Schimmer zu haben, wovon er überhaupt redete, kam mir Folgendes zu Ohren: Einige Stunden zuvor war ich von Richtern in Haarlem in Abwesenheit zu einer Geldstrafe von fünfhundert Gulden oder ein paar Tagen Gefängnis für eine Passage in meinem Debütroman verurteilt worden, in der ich mich als Antisemit reinsten Wassers gezeigt hätte. »Warum sind Sie eigentlich heute nicht vor Gericht erschienen? Angst? Oder war es Scham?«

Ich starrte für einen Moment aus meinem Arbeitszimmer im zwölften Stock unserer Betonburg nach draußen. NOCH EIN JAHR, UND DANN BEGINNT EIN NEUES MILLENNIUM! hatte die Stadtverwaltung aus irgendeinem Grund in Riesenbuchstaben an die Fassade eines Gebäudes gepappt. Dann erklärte ich fröhlich, dass die Vorladung sicher mit der Postkutsche irgendwo auf der Höhe von Minsk steckengeblieben sei, ich jedenfalls hätte nie einen solchen juristischen Schriebs erhalten.

»Hmm … Jaja, das wäre ja … Aber bereuen Sie nichts?«

Am nächsten Tag war der Teufel los.

Mein Telefon stand nicht mehr still.

Julia war gerade in Sankt Petersburg. Ihrer Mutter ging es nicht gut.

Mein Debüt, das nach einem langen Ablagerungsprozess in einer Schreibtischschublade in Amsterdam schließlich doch noch veröffentlicht worden war, entpuppte sich als Auslöser für eine »Affäre«. Ich war gerade im Begriff, nach Sibirien aufzubrechen, entschied mich aber, zu retten, was zu retten war, sobald ich denn erst einmal wüsste, worum es eigentlich ging.

Ich hatte den Roman, den ich seinerzeit in Nizza begonnen hatte, in dem Appartementhaus am Boulevard zu Ende geschrieben, in dem Julia und ich die letzten beiden Jahre gewohnt hatten. Mit dem Buch hatte ich nicht mehr bezwecken wollen, als ein wenig von der Atmosphäre meiner Jugend einzufangen. Die Hauptfigur, ein kleiner Junge, der in einem im Krieg zerstörten Küstendorf aufwächst, lebt mit seinem Vater und Großvater in einem Hotel, in dessen Partyraum eines Tages ein wunderlicher Flame mit seiner Frau und seiner blonden Tochter eine Tanzschule eröffnet. Das schöne alte Postamt hatte das Wüten der Nazis überstanden, doch die Welt musste sich schließlich weiterdrehen. Eines Wintertages beschließen der Beigeordnete, der sich für Abriss und Neubau stark macht, und sein Amtsgenosse, der das Gebäude erhalten will, darüber einen Wettstreit im Schlittschuhlauf auszutragen. Der Gewinner sollte sich dann auch mit seinem Standpunkt durchsetzen. Als der Bürgermeister schließlich mit einer Pistole auf der Eisbahn den Startschuss gibt, nuschelt ein Zuschauer mit einer erloschenen Pfeife zwischen seinen Zähnen: »Sag mal, Kees, du warst doch auf der Höheren Bürgerschule, das hier ist doch gegen das Gesetz, oder? Es wird immer verrückter ... Aber naja, wie soll's auch anders sein, mit so einem Juden an der Spitze?« Jeder, der des Lesens mächtig ist, kann zu keiner anderen Schlussfolgerung kommen, als dass der Autor mit dieser kleinen Szene nichts Anderes bezwecken möchte, als zu zeigen, dass der Antisemitismus so viele Jahre nach dem Krieg noch immer nicht ausgerottet war.

Aus Moskau rief ich den Bürgermeister meiner ehemaligen Heimatstadt an, der die Klage eingereicht hatte, woraufhin die Staatsanwaltschaft die Strafverfolgung aufgenommen hatte. Der Mann, so stellte sich bald heraus, war von der auf Krawall gebürsteten Journaille angespitzt worden und hatte die monierte Passage nicht einmal gelesen, geschweige denn den ganzen Roman.

»Ich werde nicht länger mit Ihnen reden. Wenn Sie gegen das Urteil vorgehen wollen, sehe ich Sie vor Gericht.«

Ich erzählte ihm die besondere Geschichte des Ortes, dessen erster Bürger er jetzt war. In den Dreißigerjahren habe es dort neben vielen jüdischen Bewohnern sehr viele Deutsche gegeben. Darüber hinaus habe das Dorf nach Winterswijk die meisten NSBler im Land beherbergt, woraus ein ultimativer Cocktail des Interbellums entstanden war. Wie kein zweiter sei ich mir der Schrecken des Antisemitismus bewusst. Meine russische Frau habe jüdische Wurzeln. Wenn ich eines Tages Kinder hätte, wären sie vor dem jüdischen Gesetz jüdische Kinder.

»Ich lege jetzt auf. Das passt ja genau in die Kategorie: Ich habe Juden unter meinen besten Freunden. Pfui Teufel, aber was kann man von Ihnen schon erwarten ... Ihr wart schon im Krieg falsch ...«

Zum ersten Mal war das Wort gefallen.

Plötzlich war ich zu *ihr* geworden.

Der Bürgermeister hatte das Gespräch abgebrochen. Ganz auf mich allein gestellt, tigerte ich einige Zeit durch meine Wohnung. In dem Land, in dem ich das Licht der Welt erblickt hatte und wo während des Krieges unter dem stillen Beifall zahlreicher Leute die Juden in Lager deportiert wurden, war der simple Verdacht auf Antisemitismus schon eine Verurteilung.

Mir ging es dreckig.

Der Regen fiel wie Stahldraht vom Himmel.

Nach viereinhalb Jahren waren Julia und ich schließlich wieder nach Moskau zurückgekehrt. Wir hatten uns in einem Vorort weit draußen niedergelassen, wo wir das Haus von dem jungen Korrespondenten und seiner extravaganten Frau übernommen hatten. Er seinerseits hatte dieses Haus von der Witwe des armen Kerls übernommen, der eines Tages einem Infarkt zum Opfer gefallen und dessen Leiche dann in unserem jetzigen Schlafzimmer aufgebahrt worden war. Manchmal wachte ich mitten in der Nacht mit einem beklemmenden Gefühl in meiner Brust auf – ziemlich sicher, dass jetzt mein letztes Stündlein geschlagen hatte. Ich kam mir wie ein Neurotiker vor – bis ich hörte, dass meinem Vorgänger, einem insgesamt ausgeglichenen Menschen, ein paarmal genau das Gleiche zugestoßen war.

In den Jahren, in denen wir in den Niederlanden lebten, hatten wir das Paar öfter in Moskau besucht. Unter ihrer bohèmehaften Allüre verwandelte sich das Haus in eine gastfreundliche Höhle voller Alkohol, Essen und wüster Erotik. Man trat ein und fand sich in einem russischen Roman wieder. Während mein Vorgänger Journalist und Chefredakteur von Format werden sollte, gehört seine noch immer extravagante Frau zu den besten Nachkriegskolumnistinnen unseres Landes. Ihrer beider Blüte begann in Moskau.

Am Tag der Postenübergabe, bei der uns zugleich auch eine Sekretärin, eine Haushälterin, die heimlich für den KGB spitzelte, sowie ein Fahrer mit einem runden Gesicht voller Pusteln unserer Obhut überantwortet wurden, schenkte mir mein Vorgänger das Buch *Mit zwei Töpfen Erdnussbutter nach Moskau* von Karel van het Reve mit der Widmung:

Und fünf Töpfe Geduld
Und zehn Töpfe Humor
Und hundert Töpfe mit Geld
Und nach fünf Jahren wirst du wieder abgeholt und darfst zurück nach Hause. Viel Erfolg! Ph & S

Es sollte alles noch schlimmer kommen.

Ich hatte meiner Frau zwar versprochen, nie wieder darauf zurückzukommen, doch ich war an diesem Tag im März nicht nur völlig ohnmächtig und niedergeschlagen, vor allem kochte ich vor Wut. Ich wünschte meine Heimat zum Teufel. Einen Tag nach dem Telefonat mit dem Bürgermeister wurde ich von einem Herrn von der CIDI-Stiftung, dem Centrum Informatie en Documentatie Israël, angerufen. Wiederum stellte man fest, dass ich Antisemit sei. Warum ich einen solchen Dreck geschrieben hätte? Ich hielt dem Mann die gleiche Rede wie zuvor dem Bürgermeister, versicherte ihm, dass die ganze Geschichte auf einem schrecklichen Missverständnis beruhe und dass mir alles daran gelegen sei, diesen Vorwurf zu entkräften, dass ich vollkommen auf seiner Seite stehe.

Auch dieser wie ein Wachhund auf einen Einbrecher gehetzte Herr legte schnell wieder auf. Sofort setzte ich mich hin und begann, ihm einen langen Brief zu schreiben, in dem ich alles noch einmal ausführlich auseinandersetzte. Leider besitze ich diesen Brief nicht mehr, aber er muss irgendwo in den Archiven dieser nationalen Stiftung liegen, die nicht zu verhindern wusste, dass mein Name bis heute auf einer Liste des *Stephen Roth Institute for the Study of Contemporary Antisemitism and Racism* in Tel Aviv steht.

Doch das war noch längst nicht alles, es ging gerade erst richtig los.

Da ich mich natürlich weigerte, die Geldbuße zu zahlen, und es erst recht nicht einsah, ein paar Tage in einer Zelle zu hocken, nahm ich mir einen Anwalt, um gegen das Urteil Berufung einzulegen. Er bat um einen Vorschuss in einer Höhe, die für ihn völlig selbstverständlich schien. So verlor ich alle meine Ersparnisse auf einen Schlag. Mein Verleger verhielt sich inzwischen mucksmäuschenstill. Sobald sich herausgestellt hatte, dass kein Mensch das Buch mehr kaufen wollte, da um meine Person und mein Werk ein Lüftchen wehte, das nach Unrat roch, reagierte er auf nichts mehr.

Nach einer Reihe von Veröffentlichungen legte sich das ganze Trara schnell wieder.

Vier Wochen später war eines Morgens meine Mutter am Telefon. Normalerweise rief sie wegen der Kosten nie selbst an. Sie klang nervös. Mein Vater stand direkt neben ihr. Hin und wieder hörte ich, wie er ihr etwas zuflüsterte. Natürlich hatten auch sie das eine oder andere in den Zeitungen über die Geschichte aufgeschnappt. Sie könnten das alles nicht verstehen, ich sei doch ihr Sohn? Sie hätten sich immer noch nicht getraut, das Buch zu lesen, weil so seltsame Dinge darüber in Umlauf seien. Im Dorf hätte man sie schon ein paarmal deswegen angehalten. Warum ihr Sohn denn diesen armen Bürgermeister und die Juden so schrecklich in den Dreck gezogen habe? Sie hätten sich für mich rechtfertigen müssen. Von den Bewohnern des Badeorts hatte natürlich kein einziger das Buch selbst gelesen. Leute, mit denen meine Eltern ihr ganzes Leben lang bekannt gewesen waren, mit denen sie sogar die

Grundschule besucht hatten, drehten sich auf der Straße abrupt weg, als wären sie Aussätzige.

»Es ist zu schrecklich, um es überhaupt auszusprechen ... Hier herrscht komplette Hysterie ...« Meine Mutter erzählte mir schluchzend, wie der Bürgermeister am Vortag in der Reformierten Kirche während des Gedenkgottesdienstes für die Opfer des Zweiten Weltkriegs auf die Kanzel gestiegen war, seine jüdische Herkunft noch einmal betont und eine Predigt mit dem Aufruf begonnen hatte, dass wir aufpassen und immer wachsam sein müssten, weil solche kryptofaschistische Typen wie ich noch immer unter uns wären.

»Was jetzt alles über uns gesagt wird, mein Junge ... Wir verstehen es einfach nicht ... Was sagst du, Willem?« Mein Vater nahm meiner Mutter den Hörer aus der Hand, ich hörte ein kurzatmiges Pfeifen, das er nach der Kehloperation nie wieder losgeworden ist. »Sohnemann, wie ist's da?«, begann er munter. »Was deine Mutter gesagt hat, stimmt, aber weißt du was? Die halbe Kirche saß voller NSBler. Ich sehe es noch vor mir, wie sie lachend am Straßenrand gestanden haben, als wir nach Heemstede evakuiert wurden ... Gib dein Bestes, Junge ... Ja, Mutter, ja ... Junge, pass auf dich auf, hier kommt deine Mutter nochmal ...«

In den Monaten vor der Berufungsverhandlung war ich wieder viel unterwegs. Meine neue Heimat war politisch, sozial und wirtschaftlich ein Geysir, eine heiße Quelle, die immer wieder ihren kochenden Dampf hoch in den Himmel spuckte. Als ich in jenem Jahr drei Tage vor Weihnachten an einem grauverhangenen Nachmittag vor dem Gericht an der Prinsengracht in Amsterdam zu erscheinen hatte, sagte mir mein Anwalt, dass ein Berufungsverfahren gegen einen Doppelmörder gerade vertagt worden sei. Man hatte um mehr Zeit für meine Verhandlung ersucht.

Der Prozess hatte mich bereits viel Geld gekostet, doch ich war von meiner Unschuld überzeugt, von vielleicht nur einem Missverständnis seitens der Staatsanwaltschaft, das nun, da sie mein Buch gelesen hätten, bestimmt zurechtgerückt werden würde. Dann, im Gerichtssaal, entpuppte sich diese Hoffnung als zweifelhaft, als ich von einem Flintenweib affektiert und in anklagendem Ton verhört wurde. Dieses Mannweib in Toga, unter der kaum noch ein Schatten von zwei ausgelatschten Turnschuhen, dem seinerzeitigen Kennzeichen von Progressivität, zu erkennen war, legte mit einer kompletten Beweisführung los, bis sie mit dem schwarzen Ärmel ihres Amtskleides eine Wegwerfgeste in meine Richtung machte und mich mit Holocaustleugnern gleichsetzte.

»Der Verdächtige benutzt im vorliegenden Fall die gleichen Techniken wie Holocaustleugner ... Wir sehen seine vollständige Schuld als erwiesen an ...«

Danach orakelte die Hexe von der Staatsanwaltschaft noch mindestens eine Viertelstunde weiter, aber ich kam mir nicht länger wie ein vollständiger Mensch vor. Als es vor meinen Augen finster wurde und die Stimme der Toga langsam verebbte, dachte ich an meinen Aufenthalt in Odessa einige Monate zuvor, als ich in einer Vitrine die Brille von Isaak Babel gesehen hatte, die ihm seine Henker aus dem Gesicht geschlagen hatten, kurz bevor er in Stalins Kellern, kurzsichtig auf dem Boden zappelnd, umgebracht wurde. Auf dem Weg in die schöne Stadt Odessa, das Marseille des zaristischen Russlands, hatte ich Babi Jar besucht, die Schlucht bei Kiew, wo 1941 in zwei Tagen mehr als 33 000 Juden, fast die gesamte Bevölkerung der Stadt, von Soldaten der Einsatzgruppen und der Wehrmacht ermordet worden waren. Ich dachte an die Menschen, die ich im Jahr zuvor in Birobidschan getroffen hatte, dem von Stalin in den Dreißigerjahren für die sowjetischen Juden errichteten sibirischen Palästina, einem von Mücken bevölkerten Sumpfgebiet an der Grenze zu China, zehn Flugstunden von Moskau entfernt, wo ich mit Leuten sprach, die den gleichen Glanz in den Augen und das gleiche offene Gesicht wie Renée Swart hatten, der ich ausgerechnet an dem Tag, als ich mit dem Zug zum Gericht fahren musste, vor dem Bahnhof unter einem schwarz und tintenblau gefärbten Himmel mit brennenden roten Weihnachtssternen und goldener Festbeleuchtung hinter den Fenstern der umliegenden Häuser auf genau jenem windigen Platz in die Arme lief, von dem aus auch in diesem Dorf die Juden von der Küste zu ihrer Vernichtung abtransportiert worden waren. Sie hatte mich umarmt und geküsst und war von selbst auf dieses komische Thema gekommen, über das sie bereits einige Male in der Lokalzeitung etwas gelesen hatte (sie sagte, dass sie jetzt noch besser Holländisch lese, als sie es sprechen könne), dabei schürzten sich ihre Lippen vor Ekel, einen Ausdruck, den ich noch nie zuvor an ihr wahrgenommen hatte, worauf ich albern zu kichern begann und sagte, dass es hier um ein Nichts, ein Bußgeld, ein paar Tage im Gefängnis gehe, nicht um ein Leben im Lager oder den Tod, ich grinste einen Moment schief und setzte hinzu, dass es im Wesentlichen nichts anderes als eine hirnverbrannte Farce sei, die dennoch schon fast ein Jahr andauerte, worauf sie mich noch einmal zur Ermutigung küsste und in ihrer auberginefarbenen Regenjacke, einem Relikt ihres früheren Lebens in der UdSSR, verschwand; ich dachte an all das, was Julia mir, ihren Eltern und dem Rest ihrer Familie erzählt hatte über die moralische Verdorbenheit der Menschen, über Folter, Pogrome, die Feste des Todes, und vor allem dachte ich an all die Schriftsteller, die ich seit meiner Jugend innig geliebt hatte, deren Werk und Leben mich überall hin begleiteten, wohin ich auch gehen mochte, den aufregenden, genialen Joseph Roth, den epischen Grossman, die anpassungsfähigen Singer und Hilsenrath mit ihrem vitalen schwarzen Humor, und plötzlich stellte sich nicht nur mein Blick wieder schrecklich scharf, die ausgelatschten Turnschuhe bewegten sich hysterisch über den Holzfußboden, auch mein Gehör meldete sich zurück, als mir zweimal das Etikett »Holocaustleugner« angeklebt wurde, im Namen der Königin auf der Prinsengracht in Amsterdam an einem bewölkten Tag Ende Dezember 1999, während alle, die in diesem Gerichtssaal saßen, in diesem Gebäude, das später für den Umbau in ein Hotel verscheuert wurde, verdammt genau wussten oder es tief in ihrem Bewusstsein unter Verschluss hielten, dass hier nicht einfach jemand auf der Anklagebank saß, der einen Roman geschrieben hatte, sondern auch und vielleicht hauptsächlich die Zeitung, für die er arbeitete; dass mir hier im Namen der Gerechtigkeit die dubiose Vergangenheit dieser Zeitung im Krieg, mit der ich nichts zu schaffen hatte, wie in früheren Zeiten ein Nachttopf mit warmer Pisse aus dem Schlafzimmerfenster in einen stinkenden Hof über den Kopf geschüttet wurde.

Ich wurde freigesprochen.

Doch ich war noch keine anderthalb Wochen wieder in Moskau, als mein Anwalt mit der Mitteilung an der Strippe hing, dass die Staatsanwaltschaft beim Obersten Gerichtshof das Urteil aufgehoben habe. Ich sei nun verpflichtet, wie es hieß, einen Prozessbevollmächtigten zu stellen. Leider gehe es bei der Verteidigung eines Kassationsfalls um andere Geldbeträge als bisher. Die Kosten könnten möglicherweise die Hunderttausend überschreiten. Ob ich eine Rechtsschutzversicherung hätte? Nein? Und wie es denn grundsätzlich bei mir in finanzieller Hinsicht aussehe? Weil mein Anwalt den Fall interessant fand und einen guten Ausgang erwartete, wollte er meine weitere Verteidigung gern in die Hand nehmen, wenn ich ihm noch einen Vorschuss von zehntausend überweisen würde. Das sei nicht viel: Andere Kanzleien würden sicherlich dreimal mehr fordern.

Die zehn Mille hatte ich trotzdem nicht.

Einen Tag, nachdem ich ihn über alles informiert hatte, rief mein Vater an. Er bot sofort an, mir das Geld zu leihen. Er bezog inzwischen Rente. Er gab mir die Hälfte von den zwanzigtausend Gulden, die er als Notgroschen zurückgelegt hatte. Auch im Revisionsverfahren wurde ich schließlich freigesprochen. Wir bekamen das Geld zurückerstattet, aber ich kann an diese Geschichte nicht anders als von Ekel erfüllt zurückdenken.

Doch kehren wir zurück zur Revolution von 1917.

Lenins Staatsstreich war nur der Auftakt gewesen, ihm folgte ein Bürgerkrieg, ein Kampf um die Herrschaft, der bis in den Oktober 1922 hinein andauerte, es waren fünf lange Jahre der Zerstörung, der Plünderung und des Mordens, die zehn Millionen Tote forderten. Ehemalige Generäle und Offiziere der zaristischen Armee, komplettiert von einem Sammelsurium an Kosaken, Blaublütlern, einfachen Bürgern und Intellektuellen jeglicher politischer Couleur, rissen sich um die Ehre, unter Führung des gnadenlosen Organisators Trotzki in einem Hexenkessel aus Gewalt, Exekutionen, Strafexpeditionen und Grausamkeiten gegen die Rote Armee zu kämpfen, während gepanzerte Züge sich in einem Wirrwarr oft konkurrierender Armeen durch das riesige Land schlängelten wie ein Wanderzirkus, und die Weißen ließen mit Feuereifer noch einmal hunderttausend Juden unter dem feierlichen Klatschen der kurzen Kosakenpeitschen über die Klinge springen, Bolschewiken knüpften Priester an Bäumen auf und trieben ihnen, die aus ihren Bärten heraus nach Gottes Hilfe schrien, Stöcke mit geschärften Spitzen vom Anus direkt durch den Körper bis zur Kehle hinauf, oder banden gefangengenommenen Offizieren und Soldaten der Weißen Armee einen Käfig an den nackten Körper, in dem eine Ratte saß, die sich nach Erhitzung dieses Käfigs durch das lebendige Fleisch des Opfers zu fressen begann; die Adligen in Städten wie Petrograd, Moskau, Kasan und Jekaterinburg, die in den ersten Wochen und Monaten nach dem Umsturz nicht sofort getötet worden oder in die Anonymität abgetaucht waren, ergriffen in Massen die Flucht, zunächst in andere Teile Russlands wie zum Beispiel nach Kislowodsk, dem gesegneten Kurort mit seiner überdachten Galerie, wo man noch immer eisenhaltiges Quellwasser aus selbst mitgebrachten Bechern trank, wohltuende Schlammbäder nahm oder in der aromatischen Luft der Botanischen Gärten dem Spiel klassischer Ensembles lauschte, eine Art Baden-Baden im Kaukasus, das bald aber ebenfalls zu einem unsicheren Aufenthaltsort wurde, nachdem der Widerstand der Weißen Armee in Sibirien und anderswo im Land fast vollständig zum Erliegen gekommen war, woraufhin sich die ehemalige Elite voller Panik auf der Halbinsel Krim zusammenballte, die schnell zu einem geologischen Trichter für diejenigen wurde, die es sich leisten konnten und die mutig und kräftig genug waren, sich dem Zorn der Bolschewiken zu entziehen; die vom Klima und der Landschaft nicht weniger als der Kaukasus gesegnete Krim, wo die alten Griechen einst ihre Amphoren hergestellt hatten und später die Nachkommen der Goldenen Horde mit glasierten Moscheen und bunten Holzpalästen ein islamisches Märchenreich errichteten – dessen schöne Überreste noch heute zu besichtigen sind –, wo ich in der Mitte des zweiten Jahrzehnts dieses schönen neuen Jahrhunderts als Augenzeuge mit Notizbuch und Bleistift von der ersten Stunde an die Annexion durch die grünen Männer miterleben sollte, die gerade vom Mond gefallen zu sein schienen, Soldaten ohne Hoheitsabzeichen, über die Halbinsel ausgeschwärmte und an Kasernen, Flughäfen und wichtigen Straßen strategisch postierte bewaffnete Kerle mit schwarzen und grünen Biwakmützen, bis an die Zähne mit modernsten Waffen ausgerüstet, die sich später dann doch als Soldaten Moskaus entpuppen sollten, es war wie eine geopolitische Rückerstattung für eine weitere Umwälzung in unserer europäischen Gegenwartsgeschichte, nämlich die auf dem Maidan in Kiew, die ich ebenfalls von Beginn an miterlebt hatte mit ihren hastig errichteten Barrikaden aus Schnee und Schrott, dem Ruß der qualmenden Autoreifen, den Kämpfern, die sich mit Messern und Knüppeln gegenseitig nach dem Leben trachteten und sich in Zelten verbargen, vor denen Holzfeuer brannten; es sah wie ein mittelalterliches Armeelager aus, allerdings mit dem surrealistischen Kontrapunkt, dass in den umliegenden Kneipen und Restaurants gesoffen und geflirtet wurde, natürlich auch in den schicken Bordellen, die nicht nur die ganze Zeit über geöffnet blieben, sondern auch ausgezeichnete Geschäfte machten, bis die Kakerlakengewalt der ganz in Schwarz gehüllten Ordnungstruppen mit ihren glänzenden Integralhelmen und Schilden sich als nicht hinreichend erwies und diese Truppen von Heckenschützen abgelöst wurden, die ihre Kugeln aus Gewehren mit Zielfernrohren und Schalldämpfern von den Dächern auf Männer, Frauen und Teenager abfeuerten, die plötzlich lautlos vor den Türen von McDonalds und dem Hotel, in dem ich damals saß, zusammenbrachen, während ich mir drinnen auf die Lippen biss und nicht glauben wollte, was ich da mit ansehen musste, nämlich den Anfang vom Ende für den ukrainischen Präsidenten, der sich schließlich wie ein Dieb in der Nacht verdrückte, woraufhin sein Palast schon am nächsten Tag geöffnet und von der triumphierenden Menge gestürmt wurde wie seinerzeit der Winterpalast in Petrograd 1917, dann folgte ein schmutziger Guerillakampf in der Ostukraine, der von den plötzlich aus allen Ecken dieser Welt hervorkriechenden Experten als »Hybridkrieg« bezeichnet wurde, während ich mit meinem alten, fünfzigjährigen Körper, nicht versichert, weil Freelancer, den niederfallenden Bomben, den Straßensperren und den betrunkenen Verrückten mit Maschinengewehren trotzte und mir permanent Ekel und Angst verbeißen musste und mit einem gemieteten Lada auf dem Archipel zwischen Kleinstädten wie Donezk, Kramatorsk und Slowjansk herumfuhr, dieser in den letzten Zügen liegenden Kulisse, wo all die hybride Gewalt stattfand, über die man in Paris, Amsterdam und Berlin schlaue Kommentare absonderte, während ich in einer dieser Nächte verhaftet, aus dem Bett gezerrt und zu einem klapprigen Krankenautobus unter einem abgedunkelten Laternenpfahl auf der Straße geschleift wurde, wo es nach Formalin, Äther und vergossenem Blut stank; die Schufte ließen den Dieselmotor im Leerlauf jaulen, und ich wusste von diesen Bengeln nicht einmal, ob sie zur ukrainischen Armee oder zu den prorussischen Aufständischen gehörten; es waren Männer und Jungs, deren Väter und Großväter einst vereint hinter sozialistischen roten Bannern hermarschiert waren und die nur durch die fürchterliche Revolution von 1991 plötzlich zu Feinden geworden waren, die mir nun mitteilten, dass sie mir ohne viel Federlesens eine Kugel durch jedes meiner Knie zu jagen gedachten, als wie durch ein Wunder Gottes ein Offizier mit Schnurrbart angelaufen kam, der mich zwar fluchend zur Hölle wünschte, aber allen den Befehl erteilte, ihm zu folgen, weil plötzlich feindliche Artillerie in nächster Nähe zu feuern begonnen hatte, ich konnte entkommen und weiterhin Artikel um Artikel schreiben; das einzige Mal, dass ich Julia in der Tschaikowskistraße an der Strippe hatte, bagatellisierte ich alles – »Gefährlich? Du musst nicht alles glauben, was über einen solchen Krieg in der Zeitung geschrieben wird!« –, und als ich nach Monaten endlich mit heruntergelatschten Stiefeln, Pulverdampf und Angstschweiß in meinen Klamotten wieder nach Hause zurückgekehrt war, hatte ich zum ersten Mal nicht nur eine innere Notwendigkeit verspürt, einen Roman zu schreiben, sondern auch eine zwingende Stimme, die von außen auf mich einredete, gehört; ich hatte wahrhaftig Stimmen vernommen, nachdem nicht nur Tausende Männer, Frauen und Kinder auf dem nackten Boden gestorben waren, deren zerrissene Leichen ich bis heute vor meinem inneren Auge sehe, sondern auch 298 völlig unschuldige Menschen aus der Luft abgeschossen worden waren, darunter 198

Niederländer, die Körper dieser Leute, die in Gedanken schon unter Palmen in der Sonne gelegen hatten, waren wie ein Menschenregen auf die Sonnenblumenfelder und in das gereifte Sommergetreide der Region, wo ich kurz zuvor auf dem Schlachtfeld gestanden hatte, niedergestürzt; woraufhin ich trotz mentaler und physischer Erschöpfung einen Roman schrieb, impulsiv und auf Teufel komm raus entschlossen, eine Art Hommage an die Opfer und die überlebenden Angehörigen dieser Tragödie zu schaffen, ein Buch, das schon bald zum Spiegel unserer Zeit werden sollte, ein Spiegel, in dem einige Menschen ziemlich hässlich aussahen, nicht zuletzt der Autor selbst, und obwohl ich schon lange in der Emigration lebte, hatte ich dennoch versucht, ein Panoramabild des wieder einmal ins Taumeln gekommenen alten Europas zu zeichnen, doch sowohl dic fünfhundert Seiten des Romans als auch meine Person wurden sofort in die Höhlen der todkranken, zwischen Gut und Böse schwankenden allgemeinen Diskussion gezerrt; was ich geschrieben hatte, passte nicht in das herrschende nationale *Narrativ*, und vielleicht verfolgte ich damit auch noch eine heimliche Agenda; und als ich dann zum x-ten Mal begriff, dass sich nichts ändern würde, wurde mein Ekel vor dem Literaturbetrieb so groß, dass ich beschloss, dass es das für mich gewesen sei; am liebsten hätte ich eines Tages sang- und klanglos meinen Geist auf der besetzten Krim ausgehaucht, auf einer von Weinreben beschatteten Terrasse gegenüber des alten Khanpalasts von Bachtschyssaraj, auf diesem mit einer überwältigenden Natur gesegneten Flecken Erde, wo im Herbst 1920 im Namen der Revolution und auf Befehl des Kommandeurs der Roten Armee Michail Frunse fünfzigtausend Menschen an Ort und Stelle aufgehängt oder exekutiert wurden, hauptsächlich Mitglieder der ehemaligen privilegierten Klasse, der Reichen und des Adels, von denen nur die Vorausschauendsten Juwelen und andere wertvolle Besitztümer mitgenommen hatten; die meisten hatten ihren Schmuck, ihre Wertpapiere, ihr Geld und Gold in den Schließfächern von Petrograd und Moskau zurückgelassen, weil sie schlicht und ergreifend nicht glauben wollten, dass die bolschewistische Pest lange anhalten würde, sie waren felsenfest davon überzeugt, dass ihr Vermögen bei den Banken sicher aufbewahrt wäre und in ihrer Abwesenheit vielleicht sogar noch Rendite abwerfen würde, doch die Schließfächer und Geldschränke der Privatbanken und der Staatsbank waren längst geplündert, aufgeschlossen von Beamten und Angestellten, denen fluchende Kämpfer der Revolution die Läufe ihrer Pistolen an die Köpfe gehalten hatten, wobei einer der Räuber eines Tages fünf Millionen Rubel in eine Samttasche gestopft hatte, ins Auto gesprungen war und die Beute wenig später triumphierend auf Lenins Schreibtisch in dessen Zimmer im Smolny-Institut abgestellt hatte, das, nachdem das Taurische Palais und die Villa der Kschessinskaja von seiner Bande ruiniert worden war, zum Hauptquartier des Petrograder Sowjets erkoren wurde – ein bis heute beispiellos elegantes palladianisches Gebäude, umgeben von den fünf Kuppeln eines Klosters, das einst eine Eliteschule für adlige Mädchen beherbergt hatte, die dort unter denselben Kronleuchtern tanzen lernten, die ich an dunklen Petersburger Tagen während meiner oft trübsinnigen Spaziergänge immer noch in der Ferne brennen sehe – in moderatem Tempo sind es bis dahin von der Tschaikowskistraße zehn Minuten zu Fuß; viele der Mädchen, die dort mit der unentbehrlichen *politesse et savoir vivre* auf das Leben in der zaristischen Hauptstadt vorbereitet wurden und die nicht das Glück hatten, auf der Krim in Todesangst abwarten zu können, ob sie mit einem der letzten Fluchtschiffe über das Schwarze Meer der heranrückenden Furie in das sichere Konstantinopel entkommen würden, wo die Minarette der Hagia Sophia und der Blauen Moschee, die im Morgennebel über das Marmarameer leuchteten, plötzlich zu Geschwistern der Freiheitsstatue in New York geworden waren, sie, denen es nicht gelungen war, das hungernde, von Infektionskrankheiten heimgesuchte Petrograd zu verlassen, und die zurückbleiben mussten, wurden die begehrtesten Sexualtrophäen der kommunistischen Mörder in ihren schwarzen Ledermänteln; viele der Mädchen versteckten sich, wurden Prostituierte, verkauften ihre Körper für oft weniger als einen Kanten Schwarzbrot an die Bauern und Proletarier, die nun die Macht hatten, oder an Spießer, die ihrer sexuellen Verzweiflung mit dem Tod auf den Fersen noch einmal Linderung verschaffen wollten; wobei Gonorrhoe, Syphilis und der Same des Hasses in ihre Schöße gepumpt wurden; unter den Flüchtlingen über die Krimroute befand sich auch Vladimir Nabokov mit seiner Familie, jener Schriftsteller, der mich eines Tages zusammen mit Tschechow und Turgenjew zum Slawistischen Seminar in der Amsterdamer Spuistraat getrieben hatte, der spätere amerikanische Zauberkünstler der Literatur, dessen Witwe ich als Student im Grand Palace Hotel in Montreux treffen sollte, an dem zauberhaften See, wo sie noch immer lebte, und deren Sohn Dmitri ich viele Jahre später zufällig begegnete, im Menschengewimmel unter den Stalinkronleuchtern auf dem Leningrader Bahnhof in Moskau, wir beide im Nachtzug auf dem Weg nach Sankt Petersburg unterwegs; der geniale, quecksilbrige Nabokov, dessen intellektuelle Frostigkeit und mangelndes Interesse an sozialen Problemen mir im Laufe der Jahre immer mehr Schwierigkeiten bereiten sollten, wie sehr ich mich damals in seiner meisterhaften Kunstsonne auch gewärmt hatte; mit der gleichen Arroganz, mit der seine Mutter die Diener in ihrem Haus in Petrograd und auf ihrem Landgut außerhalb der Stadt behandelte – sie waren weniger als Luft für sie –, begab sich dieser junge Nabokov, ein schmächtiger Dandy mit einem Spazierstock, unter die Proleten und den Plebs der Revolution; auf dem abenteuerlichen Weg zur Krim hatte er sich mehr oder weniger großartig amüsiert, als ob ihm mit seinen angeborenen Rechten trotz alledem nichts zustoßen könnte, was auch der Fall war; und während Millionen seiner Altersgenossen verreckten, wurde er schon bald Student in Cambridge, dem gesegneten Universum von weißen Flanellhosen, Ruderbooten und englischem Adel; Sinaida Hippius, ihr Mann und zwei weitere schafften es erst ein Jahr später, im Winter 1919, aus Petrograd zu fliehen, unterstützt von einem hohen Beamten aus dem Smolny-Institut, der ihnen ein sicheres Geleit unter dem Vorwand ermöglicht hatte, dass sie angeblich im Land Vorträge für die Rote Armee halten sollten; sie verließen ihr Haus in der Tschaikowskistraße an einem kalten Tag, an dem überall aufgewehte Schneeberge lagen und beißender Nachtfrost herrschte, um nie wieder zurückzukehren; in einem mit Soldaten, Hamsterern und jedem erdenklichen Gesindel zum Bersten gefüllten Waggon schafften sie es, sich in vier Tagen dem Zugriff der Bolschewiken endgültig zu entziehen, sie blieben zuerst in dem weißrussischen Städtchen Schlobin, bis sie als Asylsuchende nach Polen entkamen, ehe sie endgültig in Paris Zuflucht fanden, und worüber sie später schrieb: »Für die Tage in der Wirtschaft des Juden Jankel, der uns Viere für nur einen Tausender in Duma-Rubeln pro Tag sein ›Sälchen‹ abtrat, will ich die Erinnerungen lieber nicht noch einmal aufwärmen. Dauernd mußten wir verhandeln. Einmal mit einem verdächtigen Schmuggler, dann wieder, nachdem der uns betrogen hatte, mit einem anderen. Wir stürzten von einer Verzweiflung in die nächste, um dann wieder zu uns zu kommen …«

Sie waren Menschenhändlern in die Hände gefallen.

Doch anders als die Armen, die nun weltweit ein sicheres Unterkommen suchen, waren es damals die ihres Reichtums Beraubten.

Nach meiner Rückkehr nach Russland im Frühjahr 1996 verschwendete ich kaum noch einen Gedanken an Ragnar Foppmans' Verrat. Ich befand mich auf einer Achterbahnfahrt, war voller Energie, reiste und schrieb für die Zeitung. Es war ein ungemein geschäftiges und hektisches gesellschaftliches Leben, an manchen Tagen sprach ich bis zu fünf verschiedene Sprachen durcheinander. Trotz der Anstrengungen, die dieses Toga-Flintenweib in Amsterdam unternommen hatte, mich zu demütigen, stocherte ich immer wieder ein bisschen in der Literatur herum. Doch die beeindruckendste Geschichte schrieb für mich schon bald das Leben selbst. Oh ja, die Tage waren wie Buchseiten!

Die Tatsache, dass ich damals die Frau des russischen Staatsoberhaupts über den Albert-Cuyp-Markt geführt und ihr das Geschäft mit der käuflichen Liebe hinter neonbeleuchtetem Glas erklärt hatte, hatte mir durchaus nicht zum Nachteil gereicht. Sie hatte mir eine Telefonnummer gegeben, also hatte ich Zugang zum Kreml. Eines Tages steuerte der Präsident aller Russen während einer Versammlung in Sibirien, zu der ich ihm hinterher gereist war, aus der Menge auf mich zu und dankte mir dafür, dass ich seine Frau in Holland begleitet hatte.

Trotz des permanenten Chaos im Land, des Karussells der Geldentwertungen, der zusammenbrechenden Banken, der Liquidierungen in Mafiakreisen, der vorüberziehenden Prozessionen immer wieder neuer Minister und Kabinette, des ständigen Kriegsgetöses im Kaukasus, war die Offenheit in diesen Jahren phänomenal. Plötzlich lief alles im Fernsehen. Es gab kein Tabu, das unerörtert blieb. Sex, Lotto und Wahrsagerei überfluteten das Land. Innerhalb von Sekunden wurden Reputationen und Karrieren aufgebaut und vernichtet. Die Geschäfte und Kioske mauserten sich zu überquellenden Füllhörnern. Der Markt war ein Schwamm, der alles aufsog. Unwillkürlich musste ich manchmal an Posorski denken, der jetzt sicher einer der reichsten Menschen in diesem Land gewesen wäre, hätte man ihn nicht an jenem schmutzigen Herbsttag kurz nach unserem letzten Treffen umgebracht. Wenn man nur ein arrogantes Gesicht aufsetzte oder selbstbewusst einen Bibliotheksausweis in die Höhe hielt, kam man ungehindert an der Sicherheitskontrolle der KGB-Zentrale vorbei. Wer wollte, konnte in den Archiven graben und herumschnüffeln. Noch stärker als je zuvor wurde man als Ausländer von vielen als ein von Gott Gesandter angesehen, mit einem Fingerschnipsen ließ sich alles arrangieren. Dann, am letzten Tag des alten Milleniums, nahm ein zwischen Kakerlaken und Ratten in einer Leningrader Kommunalka aufgewachsener Uralt-Spion und KGBler die Macht des alten kranken Zaren in seine Hände. Ich erfuhr davon, als ich gerade mit meinem Einkaufswagen voller Silvestereinkäufe – Kartoffeln, Dosenerbsen, Gurken, kaltes Rindfleisch und Mayonnaise für den traditionellen russischen Salat Olivier – an der Supermarktkasse stand.

Die Vektoren im Spiel verschoben sich sehr schnell, die Restauration hatte begonnen. Der heimliche Groll über das zusammengebrochene Sowjetreich mit allen dazugehörigen Verschwörungstheorien überflutete die Nation. Fernsehsender, Zeitungen und andere Medien wurden wieder an die Kette gelegt oder ausgeschaltet. Einige Medienvertreter wurden regelrecht gejagt, manche von ihnen flohen aus dem Land. Das Gebäude des KGB wurde wieder zu einer wichtigen Bastion. Innerhalb eines Jahres sah ich, wie sich die Autoflotte der Mitarbeiter veränderte: Man wechselte von Wolgas zu teuren ausländischen Boliden. Die scheinbar unerschöpflichen Geldströme aus Öl und Gas wurden wie unterirdische Goldflüsse umgeleitet. Die Armee rieb sich die Hände und verfluchte diejenigen, die die Heimat in den zurückliegenden Jahren den westlichen Demokratien des Bösen ausgeliefert hatten. Überall sann man auf Rache. Die Atmosphäre der Angst war zurück, es herrschte wieder die *proiswol*, die Willkür aus der Zeit des Zaren Alexander III., der seine Geheimpolizei, die *ochrana*, nicht nur Terroristen, Dissidenten, Politiker, Studenten und Schriftsteller verhaften ließ, sondern jeden, der wegen subversiver Aktivitäten verdächtigt wurde, bis hinauf in die höchsten Kreise der Macht. Unsicherheit und Furcht, besonders unter den Paladinen des neuen Zaren, waren die beste Garantie für die Aufrechterhaltung seiner Herrschaft. Inzwischen war alles möglich geworden. Freunde von mir, die schon immer reich gewesen waren, wurden jetzt unglaublich reich.

Kurz nachdem der neue Satrap seinen Einzug in den Kreml gehalten hatte, wurde die Miete für unsere Wohnung in einem abgelegenen Moskauer Vorort von einem Tag auf den anderen um einen so irrwitzigen Betrag erhöht, dass wir uns genauso gut nach einer neuen Unterkunft im Zentrum umsehen konnten.

Julia hatte angefangen, von einem eigenen Haus in Sankt Petersburg zu träumen, doch für die dreißigtausend Dollar, die wir inzwischen gespart hatten, gab es kaum etwas zu kaufen.

Dafür machten wir eine prächtige Mietwohnung im Zentrum Moskaus ausfindig, sie lag in der Nähe der Sauberen Teiche in einem vor der Revolution erbauten Gebäude mit einem hübschen Eingang und einem sechseckigen Erkerfenster im Wohnzimmer, das eine phänomenale Aussicht wie auf einen Pariser Boulevard bot. Wir empfingen Freunde, Dutzende, Hunderte großartiger Menschen; der Wein strömte bei uns zu Hause wie Quellwasser aus einer biblischen Felsspalte. Die Leute, die uns aus den Niederlanden besuchten, waren alle talentiert, erfolgreich, berühmt oder würden es bald sein. Eines Tages kam Julia mit etwas Wolligem in den Händen nach Hause. Es war Muscha, sechs Wochen alt. Die ersten Tage versteckte sie sich unterm Sofa, das wir noch im Ausverkauf in Haarlem erworben hatten und das jahrelang in unserer Wohnung an der Küste gestanden hatte. Aber bald eroberte sie mit ihrem flauschigen Fell unser neues Zuhause. Unendlich glücklich verfolgten wir ihre Erkundungsgänge wie die ersten Schritte eines Kindes.

Ich ging auf Bärenjagd in den Winterwäldern des Urals, um herauszufinden, welche Faszination Männer mittleren Alters für das Töten hegen mochten. Im Urlaub nahmen Julia und ihr Vater mich zum ersten Mal an die ehemalige ostpreußische Küste mit, zu den duftenden Pinienwäldern mit dem schnell Reißaus nehmenden Wild und den herumstreunenden Elchen, wo sie mir das alte deutsche Haus ihrer Großeltern zeigten, in dem Julia eine Zeitlang aufgewachsen war. Der Apfelbaum im Garten hatte sogar die Bombardierungen der Stadt und den Furor der Richtung Berlin stürmenden Roten Armee überstanden. Er trug köstliche große, rote Äpfel. Mein Schwiegervater nahm mich mit in seine alte Grundschule, wo er mit einem späteren Kosmonauten in einer Klasse gesessen hatte, einer, der durch den Weltraum spaziert war, und dann schenkte er mir etwas, dieser unglaublich gutmütige Mann, der nun auch schon die Würmer der russischen Erde füttert – ein Kleinod, das ich als eines der wertvollsten meines Lebens betrachte: ein anderthalb Fingerhut großes Milchkännchen mit den schwarzen Buchstaben: *Nord-Bahnhof, Königsberg*, in dessen Anblick ich mich endlose Stunden lang verlieren kann. Wer alles mag damals in Hitler-Deutschland dieses Kännchen in der Hand gehabt haben? Abende- und nächtelang trank ich Tee und Wein bei einem Maler, der sein Atelier auf dem Dachboden unserer Wohnkaserne hatte, ein Meer von Raum in einem Holzgebälk, das bei Unwettern gefährlich knarzte, und ebenso ein Meer an Licht, das senkrecht durch eine Milchglasplatte ins Innere fiel. Der Künstler war etwa vierzig Jahre alt; mit seinem zauseligen Bart und seinen graublauen Augen unter den struppigen Wimpern wirkte er wie einer Geschichte Tolstois entsprungen. Er malte ausschließlich religiöse Themen: Mütter mit Kindern, mittelalterliche Kirchen und Klöster mit Zwiebelkuppeln in diversen Variationen. Aber gelegentlich auch eine sahnige Schneelandschaft, durch die ein Pferdeschlitten gleitet, dessen silberner Glockenklang fast hörbar von der Leinwand bimmelt, als Passagierin eine in weiß leuchtenden Pelz gehüllte Schönheit mit roten Lippen und Augen wie grauer Kristall, am Wegesrand schaut ihr ein Ehepaar in Lumpen nach, der Mann hat seine Mütze abgenommen und sie mit der einen Hand in seinen Schoß gedrückt, während er mit den Fingerspitzen der anderen ein Kreuz schlägt.

Die bemerkenswert gründlich verheimlichte Homosexualität dieses Russen war mir von Anfang an nicht entgangen. Manchmal versuchte er, mich über das Leben in Amsterdam auszuhorchen. Ostern schleppte er mich in die Kirche, wo die Gottesdienste in einem Habit aus Brokat, Gesang und Weihrauch die ganze Nacht andauerten, bis die Priester dann verkündeten: »*Christos woskresje*! Jesus ist auferstanden!« Worauf die Gläubigen im Chor riefen: *Woistinu woskresje*! Er ist wahrhaftig auferstanden!« Auch dieser Künstler, der sich in einem ständigen inneren Konflikt mit seinem Naturell befand, liebte die Jagd. Eines Tages stand er mit stolzgeschwellter Brust im Treppenhaus und hielt den Kadaver eines Luchses in die Höhe, den er gerade im Wald bei Archangelsk geschossen hatte. Am selben Tag malte er ihn auf dem Dachboden für ein *natjurmort*, ein Stillleben, das er mir einige Wochen später zeigte.

In seinen Taschen klimperten stets goldene Dukaten, er besaß Rubel und Dollar im Überfluss. Erst später sollte ich erfahren, dass er Hoflieferant des neuen Satrapen geworden war und regelmäßig mit den neuen Machthabern im Kreml verkehrte. Seine tief religiösen, patriotischen und mit genialer Meisterhand ausgeführten Kitschgemälde reisten oft als Staatsgeschenke mit im Gepäck, wenn der Präsident ins Ausland fuhr. Vor nicht allzu langer Zeit erfuhr ich, dass dieser tragische Charakter, dessen Gesangsstimme ich noch deutlich im Ohr habe und der unter anderen Umständen ohne jeden Zweifel ein klassischer Meister geworden wäre, den Weg des selbst gewählten Todes beschritten hat.

Ich habe keine Anzeichen dafür wahrgenommen und möchte auch lieber nicht darüber nachdenken.

In den Jahren zuvor hatten die Ärzte meinem Vater kaum eine Verschnaufpause gegönnt. Nach der Darmoperation und dem Eingriff an der Kehle musste er sich einer doppelten Bypassoperation unterziehen, worauf es kurz danach wieder mit dem Darm losging, und inzwischen brauchte er einen künstlichen Ausgang. Doch er hat sich nie beklagt, nie mit seinem Schicksal gehadert. Das Gleiche gilt für meine Mutter, die eines schönen Sommertages erfuhr, dass sie Brustkrebs hatte. So schnell wie möglich musste eine Brust abgenommen werden. Als ich zwei Wochen später mit ihr im Wohnzimmer saß – ich war aus der Industriestadt Norilsk jenseits des Polarkreises eingeflogen – verfluchte ich mich selbst. Ich kam mir vor wie der schlechteste Sohn der Welt, weil ich nicht zur Stelle war, als sie mich brauchten.

»Aber Junge, wir wissen doch, dass du uns liebst!«

Im Sommer 2001 passierte, worauf niemand mehr zu hoffen gewagt hatte: Meine Eltern, die in einer medizinischen Zwischenkriegszeit lebten, fühlten sich kräftig genug und wollten uns gemeinsam mit meinem ältesten Bruder und meiner Schwägerin in Moskau besuchen kommen. Julia und ich befanden uns im Zenit unseres Lebens. Während ich neben meiner Arbeit für die Zeitung alle zwei Jahre ein Buch veröffentlichte, hatte sie sich mit einem Cateringdienst selbständig gemacht, außerdem schrieb sie hier und da für Kochzeitschriften. Sie leistete viel freiwillige Arbeit, Geldprobleme kannten wir nicht mehr, und mit der Gastfreiheit ging es bei uns unvermindert weiter. In den Sommermonaten mieteten wir mit Freunden eine Datscha siebzig Kilometer außerhalb der Stadt, ein verfallenes Pippi-Langstrumpf-Haus mit nahe gelegenem See und umgeben von hohen Fichten, zwischen die wir Hängematten spannten; wir erschlugen riesige russische Stechmücken mit zusammengerollten Zeitungen und warteten auf die erlösende Stunde, zu der die erste Flasche Weißwein aus dem Bach geholt werden konnte, wo sie zum Kühlen lag. Die Männer fingen an, Holz zu hacken – in Russland gab es noch echte Männerarbeit –, und bald schon zog der Duft von gebratenem Fleisch durchs Gesträuch und die Wälder, während die Mücken in das große orangefarbene Feuer, das wir neben dem Schaschlikgrill ständig mit frisch gehacktem Holz in Gang hielten, ihrem knisternden Tod entgegenflogen. Gegen elf verschwand meist einer aus unserer Runde, um in den staubigen Dörfern der Gegend auf die Suche nach weiteren Getränken zu gehen; bis etwa drei Uhr in der Früh saßen wir ums Feuer, krochen dann in die Schlafsäcke, bis wir von den ersten heißen Sonnenstrahlen geweckt wurden, dann nahmen wir ein erfrischendes Bad im See, und alles begann wieder von vorn.

Als meine Mutter in unserem Wohnzimmer in der Nähe der Sauberen Teiche stand, konnte sie es kaum fassen. Am Morgen noch war sie in ihrem eigenen Bett erwacht, und jetzt befand sie sich mitten in Moskau. Zum zweiten Mal in ihrem Leben war sie geflogen. Als mein Vater sie anlockte, kam Muscha unter dem deutschen Büffet hervorgekrochen, das Julia von ihren Großeltern geerbt hatte, um für den Rest der zwölf Tage kaum noch von seinem Schoß zu weichen.

Der Rote Platz, die breiten Einkaufsstraßen, die Palastgärten um Sankt Petersburg, wohin wir für zwei Tage mit dem Zug gefahren waren, vibrierten in der Julihitze. Mein Vater mit seinem dunklen portugiesischen Kopf, dem es nie heiß genug sein konnte, und der, wäre es nach ihm gegangen, sein Leben irgendwo in Südamerika und nicht hinter einem Herd an der niederländischen Küste verbracht hätte, genoss es in vollen Zügen. Ab und zu griff er nach der blauen Tasche an seiner Hüfte, wo sein Stomabeutel hing, er hatte eine Heidenangst, ihn zu verlieren. Mein Bruder und meine Schwägerin zogen sich lange Nachmittage in die russische Natur zurück und lagen faul unter den Laubkronen der Bäume oder an der plätschernden Uferpromenade und wussten noch nichts von den beiden wunderbaren Söhnen, die sie einmal haben sollten.

Meine Mutter wiederum vertrug die Hitze wegen der Bestrahlungen, die sie hinter sich hatte, nicht sonderlich gut. Sie japste ständig nach Luft, bekam einen knallroten Kopf, seufzte aber immer wieder, wie sehr sie die gemeinsame Reise mit meinem Vater genösse. In ihrer Vorstellung war Russland ein Land gewesen, das auch im Sommer unter Schnee und Eis begraben lag, nun sah sie erstaunt, dass in der Stadt Menschen einfach so herumliefen, Straßenbahnen und Busse fuhren, dass es Geschäfte gab, Supermärkte mit Butter- und Milchpäckchen in den Kühlregalen, wie sie es auch von zu Hause kannte, dass Russland in gewisser Hinsicht ein Land wie jedes andere war. Als ich ihr sagte, dass ich ihr oft genug davon am Telefon erzählt und darüber geschrieben hätte, sagte sie: »Ja, Junge, mag sein ... Aber der Mensch glaubt doch eher dem Fernsehen ...«

Mein Vater fand die Metro am beeindruckendsten; er freute sich wie ein Kind, wenn er sich von den majestätischen Rolltreppen in die Tiefe führen ließ, in den Bauch von Moskau mit seinen unterirdischen Palästen für das Volk, gepflastert mit dem Marmor der Kirchen, Klöster und Kathedralen und auch den Grabsteinen der Reichen, die von Lenins emsigen Arbeitsameisen niedergerissen worden waren. Als ich ihm erzählte, dass an dem Netzwerk der Gänge jemand aus dem Kreis von Henk Sneevliet, also Simas Vater, mitgebaut hatte, zog er erstaunt die Augenbrauen hoch. »Du meinst die Sima von Theo Veen?«

Bei einer der ersten Sitzungen des Kongresses der Volksdeputierten im Kreml, die 1989 live im Fernsehen übertragen wurde, war ein breitschultriger Herr auf Krücken ans Rednerpult getreten. Die Kinnladen von Millionen Zuschauern dürften an diesem Tag wieder einmal vor Erstaunen darüber heruntergeklappt sein, was man in der Sowjetunion plötzlich alles sagen durfte. Dieser Mann hatte Michail Gorbatschow, der als Vorsitzender ein Händchen dafür besaß, nach fünf Minuten gnadenlos allen das Wort abzuschneiden, ersucht, ihn doch bitte ausreden zu lassen. Der letzte kommunistische Zar der Geschichte hatte murrend zugestimmt. Danach hatte sich dieser Sowjetbürger auf Krücken als Sohn von Dirk Schermerhorn vorgestellt, einem Niederländer, der an den Sozialismus geglaubt hatte und wie Henk Sneevliet und Jef Swart in den Dreißigerjahren voller Idealismus in die UdSSR übersiedelt war, dort nicht nur als Chefingenieur der Moskauer Metro gearbeitet, sondern auch Tausende Kilometer Eisenbahnstrecke in Sibirien gebaut hatte, bevor er 1938 als Feind des Volkes exekutiert worden war. Der Mann am Rednerpult war in ein Kinderlager verfrachtet worden, wo ihm ein polnischer Junge das Leben gerettet hatte. Während der Bruder seines Vaters, sein Onkel Jan Schermerhorn, kurz nach dem Krieg Premierminister der Niederlande wurde, hatte er ein erbärmliches Leben unter den Kommunisten geführt, und nun bat er um Aufmerksamkeit für Menschen wie ihn: Versehrte des Stalinterrors.

»Alles ganz schrecklich …« Mein Vater wischte sich mit der Faust übers Auge, hob Muscha, die lang ausgestreckt und behaglich schnurrend neben ihm lag, vorsichtig hoch und fragte lächelnd: »Sag mal, wie alt ist denn diese Dame inzwischen?«

»Anderthalb«, antwortete Julia, die gleich aus der Küche angelaufen kam. Zu Weihnachten wurde Muscha also zwei Jahre alt.

Nachdem ich meine Familie wieder in den Flieger in die Niederlande gesetzt hatte, war ich mir sicher, dass ich meine Eltern nie wieder in Russland sehen würde. Doch es sollte anders kommen – jedenfalls, was meine Mutter anbelangt. Mein Vater starb kurz nach dem Besuch. Meine Mutter ertrug ihre Trauer in aller Stille. Trotz ihrer eigenen Krankheit schien sie voller Tatendrang zu sein, war die Freundlichkeit selbst und hilfsbereit gegenüber jedermann. In diesen Jahren der Spannungen und des in sich hineingefressenen Kummers gab es in Moskau ein Paar, das Julia und mich mehr oder weniger adoptiert hatte – eine so überwältigende und besondere Geschichte, dass ich sie hier in diesem meinem allerletzten Schriebs über Russland nicht ausgespart lassen kann.

Kurz nach der Revolution von 1917 hatten die Niederlande die diplomatischen Beziehungen zum bolschewistischen Regime, der »Bajonettokratie«, wie es der damalige Haager Gesandte in Petrograd, Willem Jacob Oudendijk, nannte, abgebrochen. Erst zwei Jahre nach Beginn des Zweiten Weltkriegs wurden die formalen Beziehungen zur Sowjetunion wieder aufgenommen, zum großen Missmut von Königin Wilhelmina, die sich bis zum letzten Moment quergestellt hatte: Als Enkelin von Anna Paulowna, der Tochter von Zar Paul I., waren bei der Ermordung der Zarenfamilie durch die Bolschewiken im Sommer 1918 in Jekaterinburg auch ihre unmittelbaren Familienangehörigen ums Leben gekommen. Während der gesamten Zwischenkriegszeit war der Handel zwischen den Niederlanden und der Sowjetunion ausschließlich Angelegenheit von Spekulanten und Abenteurern gewesen und beschränkte sich auf Geschäfte wie Holzlieferungen, Schiffsbau und Heringshandel, wobei die aalglatte Royal Dutch Shell stets im Hintergrund auf der Lauer lag, um irgendwann vielleicht doch noch Konzessionen in Sowjetrussland ergattern zu können. Inzwischen versuchten die Niederlande nicht nur aus ethischen Gründen krampfhaft an ihrer Neutralität festzuhalten, sondern auch aus wohlverstandenem Eigeninteresse. Die meist adligen Herren im Außenministerium in Den Haag gerieten allein bei der Vorstellung in Panik, dass die Machthaber in Moskau im Falle einer *De-jure*-Anerkennung des Sowjetregimes sofort das Recht für sich in Anspruch nähmen, nicht nur in der Residenzstadt, sondern auch in Niederländisch-Indien Konsulate zu eröffnen, die potenzielle revolutionäre Brutstätten waren, aus denen die kommunistische Heilslehre über die Kolonien, in denen die Javaner noch immer gequält wurden, hätte verbreitet werden können.

Aber die Politik der Herren in Den Haag erwies sich als weitgehend erfolglos, denn der in Den Bosch in Armut aufgewachsene Henk Sneevliet hatte bereits viel früher mit seiner subversiven Mission auf Java begonnen. Nachdem er 1918 wegen seiner Sympathien für den Marxismus seine Arbeitsstelle bei der Handelsvereinigung in Semarang verloren hatte und für kurze Zeit in unseren ostindischen Kolonien Gerüchte aufkamen, dass auch in den Niederlanden die Revolution ausgebrochen und Wilhelminchen schon zurückgetreten wäre, hatte er als Vertreter der Komintern nicht nur den Grundstein für die Kommunistische Partei in Indonesien gelegt, sondern auch in China, wo er unter dem Decknamen »Maring« operierte, Mao Zedong als Führer nach vorn schob und 1920 auf dem Zweiten Kominternkongress in Moskau als Sekretär eines Sonderausschusses für Asien feierlich neben Lenin saß, bevor er 1933 als Mitglied seiner eigenen Revolutionär-Sozialistischen Partei in die Zweite Kammer der Generalstaaten, also das Unterhaus des niederländischen Parlaments, Einzug hielt, um neun Jahre später als Widerstandskämpfer von den Moffen getötet zu werden.

Meine erste Bekanntschaft mit einem Botschafter in Moskau, einem Baron, der mit seiner fragilen und kerzengeraden aristokratischen Erscheinung und seinem kurzgeschnittenen Bart an einen entfernten Cousin des letzten Zaren erinnerte und über den sich hartnäckig das Gerücht hielt, dass er einst dazu bestimmt gewesen sei, Ehemann unserer Königin zu werden, war flüchtig. Seine ebenso fragile, äußerst aristokratische Frau kam selten nach Moskau. Sie verbrachte ihre Tage lieber mit ihren Pferden auf ihrem Landgut in Overijssel und ließ ihren Mann, dessen Augen den gleichen Glanz versprühten wie die von Prinz Bernhard, in seinem Stadtpalais aus dem 19. Jahrhundert, wo sich die Residenz befand, allein zurück.

Gelegentlich wurden wir zu einem Umtrunk oder Mittagessen gebeten. Als er einmal eine Delegation aus Mitgliedern des Unterhauses in der Residenz empfing, die Moskau besuchten, um herauszufinden, ob die NATO-Osterweiterung wirklich eine gute Idee wäre, nachdem der Warschauer Pakt fünf Jahre zuvor aufgelöst worden war, verabschiedete sich der Gesandte nach langen Diskussionen von den Parlamentariern im Vestibül mit den Worten: »Meine Herren, lassen Sie es sein! Eines Tages werden Sie es bereuen!«; mir klingt dieser Satz noch heute in den Ohren, umso mehr, als ich damals genauso dachte und es übrigens bis heute tue. Die Volksvertreter jedoch pfiffen auf den Rat des Botschafters, Russlands Annexion der Krim und der Krieg in der Ostukraine sind ein verzögertes Echo darauf.

Doch es war nicht das erste Mal, dass das Gebäude mit seinem Ballsaal, den charmanten Speisesälen und den venezianischen Kronleuchtern Schauplatz historischer Entscheidungen war: Es hatte bereits früher die deutsche Gesandtschaft in Moskau beherbergt, und dort wurde der Molotow-Ribbentrop-Pakt bis zum letzten Komma ausgehandelt.

Mit seiner langen, taubengrauen Erscheinung wirkte der neue Botschafter nicht weniger aristokratisch als sein Vorgänger, was auch für seine Frau galt, ein Naturereignis an Schlichtheit und Eleganz. Zuvor hatte er unter anderem die höchsten Positionen im Nahen Osten, in den Vereinigten Staaten und im Ministerium in Den Haag bekleidet. Der Nachfolger des Barons war noch einer jener seltenen, jetzt fast vollständig ausgestorbenen, gastfreundlichen Diplomaten, die es als ihre Pflicht begriffen, das Land, in das sie entsandt wurden, so umfassend wie möglich zu entschlüsseln und sich voll und ganz am gesellschaftlichen Leben in Theatern, Restaurants, an Kongressen und offiziellen Besuchen zu beteiligen. Sein Haus war ein schwirrender Bienenkorb, wo sich Künstler, Intellektuelle, Menschen aus verschiedenen sozialen Organisationen begegneten, auch Politiker, die mit den derzeitigen Machthabern im Kreml über Kreuz lagen oder sie unterstützten, wobei er die Journaille seiner Heimat systematisch einbezog. Er nahm uns mit auf seine Missionen nach Sibirien, in Handelsstädte an der Wolga, sogar in die Wüsten Turkmenistans.

In seiner unaufgeregten Art war er immer präsent, stellte ein spätes Moskauer Pendant zu dem legendären britischen Botschafters George Buchanan dar, der in Petrograd während der Revolutionstage von 1917 als wichtigster Vertreter des diplomatischen Corps galt und in dieser Eigenschaft den Niedergang des Zarenreiches aus nächster Nähe miterlebt hatte, zusammen mit dem amerikanischen Gesandten und Selfmademillionär David Francis und dem ganz auf Genuss geeichten, am liebsten mit Großfürsten in den Salons tratschenden, aber literarisch sehr begabten französischen Botschafter Maurice Paléologue. Sie alle hatten ihren Wohnsitz nur wenige Gehminuten von der Wohnung in der Tschaikowskistraße entfernt, die ich später beziehen würde.

An einem frostigen Januartag im Jahr 1917 war dieses Trio nebst einigen Bekannten beim letzten Neujahrsempfang von Zar Nikolaus II. im Katharinenpalast in Zarskoje Selo gewesen. Während der Erste Weltkrieg weiter tobte und sich überall die Kräfte sammelten, um die Reichen, »Ratten auf zwei Beinen« allesamt, baldmöglichst auszurotten, wurden die Diplomaten – gekleidet in die protokollarisch vorgeschriebenen Kniehosen, mit gefiederten Hüten und Schnallen oder im Frack mit Spitzkragen – im Luxuszug zur Zarenresidenz außerhalb der Stadt befördert, wo sie von einer ganzen Flotte mit Pelz ausgekleideten Schlitten empfangen wurden, die sie unter leisem Glöckchengebimmel durch eine feenhafte abendliche Märchenlandschaft in das von Tausenden Lichtern erleuchtete Palais brachte, wo sie dann durch das Marmorvestibül mit blutroten Draperien an zwei nubischen Schildwachen mit Turban und Hellebarden entlang zum goldenen Empfangsraum geführt wurden, wo sie der Zar in einem einfachen grauen Kosakenmantel begrüßte und begann, über Kühe und Kälber und über das Wetter zu sprechen, als ob es nichts Wichtigeres gäbe, obwohl sich auf den Mienen der Anwesenden die Angst vor dem nahenden Untergang schon abzeichnete, auch auf der von Nikolaus II., dessen blasses, spitzes Gesicht, so Paléologue in seinen Memoiren, seine geheimen Gedanken verriet.

Eines Tages geschah etwas, was ich nie für möglich gehalten hätte: Die russische Übersetzung eines meiner Romane sollte im Scheremetew-Palais in Sankt Petersburg vorgestellt werden, einige Monate nachdem wir unsere Wohnung in dieser Stadt mit Hilfe eines Darlehens von einem niederländischen Freund gekauft hatten.

Als ich meine Mutter und meinen jüngsten Bruder bat, für ein paar Tage auf unsere Kosten nach Moskau zu kommen, wo wir dann den Zug nach Sankt Petersburg nehmen würden, hatte sie nach langem Zögern zugestimmt. Als das dem Botschafterehepaar zu Ohren gekommen war, wurden wir alle vier zum Abendessen in die Residenz gebeten.

Trotz eines ganzen Lebens, das sie mit Bettwäsche waschen, Kunden bedienen und schrubben verbracht hatte, besaß meine Mutter die Distinktion einer Königin. Sie sprach ein erstaunlich elegantes Niederländisch und verfügte über eine angeborene Noblesse, die es ihr gestattete, mühelos in allen Kreisen zu verkehren. Noch immer sehe ich sie vor mir, wie sie, mit meinem schüchternen jüngsten Bruder im Schlepptau den Ballsaal betrat und mit völliger Selbstverständlichkeit ein Glas Orangensaft vom Silbertablett nahm, das ihr von einem der Bediensteten offeriert wurde. Danach betraten wir das Esszimmer, an dessen Wänden sich Werke der Meister des 17. Jahrhunderts reihten. Das Botschafterehepaar hatte den Koch angewiesen, ein niederländisches Essen zuzubereiten. Nicht, weil sie über die heiklen kulinarischen Vorlieben meiner Mutter informiert waren, sondern eher aus Intuition heraus.

Obwohl ich in ihren Augen las, dass ihre Gedanken die ganze Zeit bei ihrem Mann waren, meinem Vater, der vor einem Jahr gestorben war und all das nun nicht mehr miterleben konnte, nahm sie an dem Gespräch lebhaften Anteil, lächelte und nippte an ihrem Weißwein. Inzwischen stiegen die Düfte vom Hutspot, dem traditionellen Eintopfgericht, und von den Gelderländer Rauchwürsten aus dem Staatsservice zum venezianischen Kronleuchter hinauf, unter dem Molotow und Ribbentrop einst ihren Teufelspakt ausgekungelt hatten.

»Keine Scheidungen mehr«, schrieb Zarin Alexandra Fjodorowna, geborene Prinzessin Alix von Hessen-Darmstadt, in das Tagebuch von Zar Nikolaus II., das ihr stets zugänglich war, seitdem sie ihn 1894 geheiratet hatte. »Endlich zusammen, bereit für das Leben. Und wenn dieses Leben vorbei ist, treffen wir uns in der anderen Welt, um für die Ewigkeit vereint zu sein. Ich bin die Deine, die Deine.«

Ihrer Ehe, aus der vier schöne und gesunde Töchter und ein an Hämophilie leidender Sohn hervorgegangen waren, lag eine tiefe und innige Liebe zugrunde, gegenseitige Hingabe und völlige Harmonie; trotz des fatalistischen Fluchs, der von Anfang an über der Herrschaft Nikolaus II. geschwebt hatte – dieser hatte sich bereits am Krönungstag im Mai 1896 abgezeichnet, als sich das Andreaskreuz, eines der höchsten Rangabzeichen des Reiches, von seiner Brust löste und scheppernd zu Boden fiel; ein paar Tage darauf, bei der Verteilung von Freibier, Würstchen und Andenken wie Lebkuchen und Trinkbechern auf einem Feld außerhalb Moskaus ereignete sich dann eine Katastrophe fast biblischen Ausmaßes, bei der Tausende Menschen durch eine nachdrängende Menge von einer halben Million Seelen buchstäblich umgerannt, in Gräben gestürzt und zerquetscht wurden; in wenigen Minuten starben fast eintausendfünfhundert Leute, weitere sechshundert wurden verletzt – der junge Zar erfuhr von dieser Katastrophe erst, als er auf einem Ball des französischen Botschafters, des Marquis von Montebello, eintraf.

Am liebsten verbrachten Nicky, Alix und die Kinder Zeit im ländlich gelegenen Alexanderpalast in Zarskoje Selo miteinander, spazierten im Park, sangen, musizierten, lasen einander aus englischen Romanen vor, klebten Fotos und Briefmarken von ihren Reisen in Alben, weit weg von der Großstadt, die Nikolaus II. immer gehasst hatte, fern aller Intrigen, der banalen Politik, die versuchte, die von Gott verliehene kaiserliche Allmacht mehr und mehr aufzulösen, wobei Alexandra ihrem Mann ständig in den Ohren lag, keinen Fingerbreit zu weichen – dass das Volk wie Ratten im Vorschiff eines sinkenden Dampfers krepierte, ließ sie kalt –, weit weg auch von der russischen Boulevardpresse, die auf dem Höhepunkt von Rasputins Einfluss auf den Hof immer feindseliger wurde, die Zarin als deutsche Spionin brandmarkte, als Mitglied der fünften Kolonne eines Volkes, mit dem das heilige Russland sich seit drei Jahren im Krieg befand, in dem bereits Millionen russischer Männer ihr Leben gelassen hatten.

Nach der Februarrevolution von 1917, der Abdankung Nikolaus II. im März in seinem Eisenbahnwagen bei Pskow und seiner Rückkehr nach Zarskoje Selo verlängerte Alexander Kerenski im August – als der Versuch der Bolschewisten, im Juli die Stadt zu übernehmen, gescheitert und er als Nachfolger von Fürst Lwow als Ministerpräsident an die Macht gekommen war – das Leben der zaristischen Familie vermutlich um ein Jahr, indem er beschloss, sie in die Stadt Tobolsk am Rande des Urals im westlichen Sibirien umzusiedeln. Neben einigen Offizieren durften die Romanows auch eine Reihe ihrer treuen Diener im Zug mitnehmen, wie zum Beispiel den Hauslehrer Pierre Gilliard, den Leibarzt Dr. Botkin, den Englischlehrer Mister Gibbes und die Dienstmagd Anna Demidowa. Mitte August fuhr der Zug unter japanischer Flagge von Petrograd gen Osten. Jedes Mal, wenn er einen Bahnhof passierte, wurden die Vorhänge für einen Moment geschlossen, und jeden Tag hielt er für eine halbe Stunde mitten in der Wildnis, damit Nikolaus seinen gewohnten Spaziergang unternehmen konnte.

Vier Tage nach der Abfahrt in Petrograd ging die Zarenfamilie samt Gefolge in Tjumen, wo die Gleise endeten, an Bord des Flussdampfers Rus, der sie in die Stadt Tobolsk brachte. Auf dem Weg dorthin passierten sie Pokrowskoje, den Geburtsort von Grigori Rasputin; sein prächtiges Haus am Ufer stach in der Nachbarschaft deutlich heraus. Trotz seines promiskuitiven Lebens hatte der sibirische Scharlatan dort noch eine Familie – eine Frau, zwei Töchter und einen geistig behinderten Sohn. Dass sie diesen Ort einmal besuchen würden, hatte der besessene Mönch seinen Wohltätern vorhergesagt, ein paar Jahre bevor er den Kugeln und dem Arsen im Jussupow-Palast erliegen würde. In Tobolsk waren die Romanows im Haus des ehemaligen Gouverneurs untergebracht; sie genossen dort relativ große Freiheit, durften sogar die nahe gelegene Kirche besuchen. In ihren Briefen und Tagebüchern verlieh die Zarin ihrer Hoffnung Ausdruck, dass sie eines Tages doch noch gerettet würden, und träumte sogar davon, dass die Monarchie wiederhergestellt werden könnte. Doch als Lenin zwei Monate später in Petrograd an die Macht kam, trübte sich die Stimmung ins Dunkelschwarze. Der Niedergang ging mit Demütigungen einher. Ab Februar 1918 erhielt jedes Familienmitglied die gleiche Nahrungsration wie ein einfacher Soldat. Als die Familie im Frühjahr nach Jekaterinburg gebracht wurde, hätte das örtliche Arbeiterkomitee ihre ehemaligen Ausbeuter und Unterdrücker am liebsten sofort gelyncht, aus Angst, dass sie doch noch entkommen oder im Chaos des Bürgerkriegs, der rund um die Stadt wütete, befreit werden könnten.

Im Ipatjew-Haus wurden die Romanows direkt dem Kommando des örtlichen Sowjets unterstellt. Der anfänglichen Hoffnung, dass sie mit Hilfe treuer Monarchisten nach England fliehen oder zur Not auf einen friedlichen Lebensabend zwischen den Eukalyptusbäumen in ihrem geliebten Liwadija-Palast auf der Krim zusteuern könnten, wirkte mittlerweile absurd. Sie lebten nun wie Gefangene. Als Wächter schien man den größten menschlichen Abschaum extra für sie ausgesucht zu haben. Wenn die Suppe und andere schlichte Speisen in das von einem hohen Holzzaun umgebene Haus gebracht worden waren, drängte sich ein Revolutionär mit seinen übelriechenden Achselhöhlen mit einem Löffel zwischen Zaren und Zarin und kostete als erster davon, nur um sie seine proletarische Macht und seine Verachtung spüren zu lassen. Ihr letzter Kommandant war der sibirische Jakow Jurowski, über den Nikolaus II. in seinem Tagebuch festhielt: »Dieses Exemplar mögen wir am wenigsten …« und der schließlich die ersten Kugeln auf den Zaren und seinen Sohn abfeuern würde.

Am 14. Juli erhielt ein Priester namens Storoschew die Erlaubnis, einen Gottesdienst in diesem »Haus zur besonderen Verwendung« abzuhalten; er bemerkte, dass im Gegensatz zu früheren Malen ausnahmslos alle jegliche Hoffnung, außer jene auf die Erlösung durch Gottes Gnade, hatten fahren lassen. In seinem Beisein sangen sie geistliche Lieder. Die Romanows führten ihr eigenes Requiem auf und fielen gemeinsam auf die Knie – Nikolaus, Alexandra, ihre Töchter Olga, Tatjana, Maria, Anastasia und ihr einziger Sohn Alexej, die trotz prachtvoller Dekors ein hauptsächlich einfaches Leben geführt, auf harten Feldbetten geschlafen und kalt gebadet hatten und sich von der Boshaftigkeit des Schicksals keine rechte Vorstellung machen konnten.

Als Jurowski am Morgen des 16. Juli 1918 um zusätzliche Mausergewehre und Revolver bat, um die Familie an diesem Abend zu töten, fanden einige Wächter Gefallen an der Vorstellung, die Zarentöchter vorher noch zu vergewaltigen. Eine einmalige Gelegenheit, über die mit roten Köpfen und sabbernden Mäulern gehechelt wurde, die aber aufgrund der Umstände nicht zur Ausführung kam. Am Abend wurde der Familie mitgeteilt, dass sie später an einen anderen Ort verbracht werden sollte. Sie durften sich nicht auskleiden oder schlafen legen. Weit nach Mitternacht wurden sie aufgefordert, in den Keller zu gehen, dessen Tür zur Straßenseite zugesperrt worden war, nur ein kleines verdunkeltes Fenster blickte auf die Gartenseite hinaus. Nikolaus II. trug seinen dreizehnjährigen Sohn auf den Armen, seine Töchter folgten ihm. Da sich alles zu verzögern schien, wurden für den Zarewitsch und seine Eltern Stühle gebracht. Ihre Dienstbotin Anna Demidowa schleppte auch noch weiche Kissen mit. Als Jurowski mit seiner Mordbande von zehn Milizionären dann eingetreten war, verlas er ratternd wie ein Maschinengewehr das durch den Sowjet von Jekaterinburg ausgesprochene Todesurteil. Der überraschte Nikolaus II. hatte noch kaum ein Wort des Protestes äußern können, als Jurowski auch schon seinen Revolver auf ihn und seinen Sohn richtete und das Magazin leerfeuerte, wobei der Zarewitsch einen ungewöhnlichen Überlebenswillen an den Tag legte und erst nach mehreren Kugeln endgültig tot war. Die Zarin, ihre Töchter, aber auch ihr treuer Arzt

Dr. Botkin, Nikolaus' Diener mit Namen Trupp und die bis zuletzt hingebungsvolle Demidowa, die mitgekommen waren, müssen sich in den wenigen Augenblicken, bevor die Reihe auch an sie kam, vor Angst auf den Boden geworfen haben. Die Kugeln, die auf sie abgefeuert wurden, hinterließen Einschusslöcher weit unten in der Kellerwand, wobei viele Kugeln an den Juwelen, die in die Kleidung der Zarentöchter eingenäht waren, abprallten, sodass sie schließlich mit Bajonetten niedergestreckt werden mussten.

Auch der Spaniel der Kinder wurde im Keller in Pulverdampf, Geknall, Geschrei und Blut umgebracht.

Sein Name war Jimmy gewesen.

Achtzig Jahre später, als an einem sonnenüberfluteten Julitag in Sankt Petersburg die sieben Jahre zuvor in einem Waldstück bei Jekaterinburg gefundenen Knochenreste der Zarenfamilie in der Peter-und-Paul-Festung feierlich beigesetzt werden sollten, war die Konfusion um die Romanows noch immer ziemlich groß. Es blieb die Frage, ob die Knochen, die am Nachmittag in der Kathedrale, in der auch Peter der Große begraben liegt, die richtigen waren. Was der Abschluss eines der blutigsten Kapitel der sowjetischen Geschichte hätte sein können, mündete in eine Kontroverse, die die Nation zutiefst spaltete.

Das Schicksal der Zarenfamilie wurde in jenen Tagen in den Zeitungen ausgiebig erörtert, wobei eine Geschichte der anderen widersprach. Die einen behaupteten, dass die Köpfe des Zaren und der Zarin kurz nach ihrer Ermordung auf einem silbernen Tablett in Lenins Kabinett am Smolny-Institut in Petrograd gebracht wurden, wie zuvor die fünf Millionen Rubel in besagter Samttasche – nur eine von vielen herbeifantasierten Geschichten, Mythen, falschen Legenden, die in einer Welt, in der nichts mehr normal ist, immer die Runde machen. In Wahrheit waren die Leichen der Romanows und ihrer Bediensteten nach der Exekution auf Lastwagen geworfen und außerhalb der Stadt in einen Bergwerksschacht entsorgt worden, nachdem man sie entkleidet hatte, um ihre Sachen verbrennen zu können. Weil der Schacht nicht vollständig unter Wasser stand und die nackten toten Körper herausragten, wurde

Jurowski am nächsten Tag von lokalen sowjetischen Führern, die den Vollzug des Verbrechens überprüfen sollten, gerügt. Sie befahlen, die Überreste an einem Ort zu begraben, an dem sie niemals gefunden werden konnten.

In dieser Nacht zerrten Jurowski und seine Handlanger die Leichen wieder aus dem Schacht heraus, versuchten, die von Zar und Zarin zu verbrennen, was ihnen aber nicht gelang, worauf Jurowski schließlich mit dem, was von den Leichen noch übrig war, in einem Lastwagen zu einem anderen nahe gelegenen Bergwerksschacht fahren wollte, jedoch unterwegs im Schlamm der Landstraße steckenblieb. Auf diesem Stück Land, das im Volksmund Schweineweide hieß, verscharrte die Mörderbande (sie wurden später selber alle umgebracht) in aller Eile die Leichen, wo sie blieben, bis ein Geologe und ein Filmemacher 1979 drei durch Schwefelsäure und Kugeln verstümmelte Schädel aus dem Boden holten. Die Männer, deren Expedition eine gründliche Sichtung der Zeugenaussagen in Archiven vorausgegangen war, brachten die Schädel nach Moskau, wo sie einen russisch-orthodoxen Priester baten, ihren Fund feierlich zu begraben, weil sie fest davon überzeugt waren, dass es sich um die Überreste der letzten Romanows handelte. Doch als der Priester in Panik ausbrach, weil er den Zorn von Leonid Breschnew und seiner kommunistischen Junta im Kreml fürchtete, für die die zaristische Vergangenheit noch immer ein Tabu bedeutete, wurden die Schädel wieder zur Schweineweide zurückgebracht, um auf bessere Zeiten zu warten.

Diese brachen im Juli 1991 an, als Boris Jelzin als neu gewählter Präsident Russlands einen Sonderausschuss benannte, um die Echtheit der neun ausgegrabenen Skelette festzustellen.

Jelzin, der jetzt das Banner der kapitalistischen Demokratie schwenkte, versuchte dabei ängstlich, die Tatsache zu verschleiern, dass er als roter Regionalzar des Urals das Ipatjew-Haus 1977 hatte abreißen lassen, um zu verhindern, dass es zu einem Wallfahrtsort für Monarchisten aus dem In- und Ausland wurde.

Doch ein solcher Wallfahrtsort war trotzdem entstanden. Als ich ein Jahr vor der erneuten Bestattung den Tatort in Jekaterinburg besuchte, wimmelte es auf dem schlammigen Feld an jener

Stelle, wo das Haus des Kaufmanns einst gestanden hatte und sich nun eine hölzerne Gebetskapelle in den Himmel reckt, nur so von Männern und Frauen, die Ikonen küssten, sich bekreuzigten, Gebete aufsagten und zwischendurch die Juden verfluchten.

»Warum die Juden?«, fragte ich.

Ob ich denn nicht wüsste, dass der Mord an den Romanows eine jüdische Verschwörung gewesen sei? Ihr Henker Jurowski sei ein Itzig gewesen, genau wie der vollgefressene Kaufmann Ipatjew, und auch acht von den zehn Bolschewiken, die damals hier in der Stadt das Zepter geschwungen hätten, seien Jidden gewesen, ganz zu schweigen von der ganzen Bande in Petrograd, die das Telegramm mit dem Befehl, den Zaren zu töten, geschickt habe. »Und was sehen wir jetzt?« Ein Pope mit einer tabakbraunen Pfeife, der ein Bataillon singender Frauen mit Kopftüchern anführte, schaute mich durchdringend an. »Jetzt ist das Judentum in Moskau schon wieder an der Macht. Guck dir die Minister, die Bankiers, die Oligarchen doch mal an. Juden, Juden und nochmals Juden! Wann werden wir endlich von dieser Plage erlöst?«

Zur Beerdigungszeremonie war ich mit einem Kollegen und guten Freund, einem inzwischen großen Schriftsteller, mit dem ich damals die Pippi-Langstrumpf-Datscha geteilt hatte, von Moskau nach Petersburg gereist. Nebeneinander in Hängematten liegend hatten wir unsere ersten Bücher geschrieben.

Während es auf den Granitkais der Stadt von einer unüberschaubaren Menschenmenge wimmelte und auf dem Flughafen die letzten Regierungschefs, Botschafter, andere Würdenträger und die indirekten Nachfahren der Romanows, die in der Diaspora lebten, eintrafen, standen wir mit einer Gruppe Journalisten innerhalb der Mauern der Peter-und-Paul-Festung, wo die läutenden Glocken, die gehissten Flaggen und die Sonne, die mit der goldenen Turmspitze, unter der neben Peter dem Großen bis auf zwei Ausnahmen auch alle anderen Zaren begraben liegen, Haschen spielte, dem Ganzen keinen düstereren, sondern eher einen festlichen Anstrich gaben.

Die Gebeine des Zarewitsch Alexej und seiner Schwester Maria waren zu diesem Zeitpunkt noch nicht gefunden worden. Umfangreiche DNA-Untersuchungen, in die die Königshäuser in ganz Europa einbezogen worden waren, hatten erbracht, dass die Knochenreste in den Särgen, die von Moskau in die ehemalige Zarenhauptstadt geflogen wurden, zu 99,9 Prozent von den fünf ermordeten Romanows stammten. Aber dieses Ergebnis wurde von der russisch-orthodoxen Kirche zur Freude vieler Gläubiger, die weiterhin daran festhielten, dass es sich hier um einen rituellen Mord von den Juden handelte, offen in Zweifel gezogen; sie taten auf Bannern am Straßenrand kund, dass die Schnüffelnasen im Kreml den Menschen wieder etwas vorlügen würden.

Der Patriarch weigerte sich, zur Zeremonie zu erscheinen, an seiner statt schickte er einen Petersburger Priester, der eine Spaltung unter den Romanow-Nachkommen bezüglich der Erbfolge anheizte. Obwohl die Mehrheit der vierzig Blutsverwandten des letzten Zaren, die in die Stadt gekommen waren, den 77-Jährigen in der Schweiz lebenden Nikolai Romanow als einzigen Thronfolger ansah, hatte die in Paris lebende Großherzogin Leonida Georgiewna die Ansprüche ihres in Madrid lebenden Enkels Georgi aufs Tapet gebracht, eine Forderung, die die Mutterkirche vorsichtig zu stützen schien.

Um zwölf Uhr donnerten Kanonenschüsse in das goldene Glockengeläut hinein. Hunderte Tauben flogen auf. Für die Zeremonie war von den Behörden fast eine Million Dollar bereitgestellt worden, einer der Gründe, warum die Großherzogin der Veranstaltung demonstrativ fernblieb.

Mein Schriftstellerfreund und ein Kollege vom Fernsehen mussten irgendwann dringend aufs Klo. Während sie sich auf die Suche nach einer Toilette begaben, bewachte ich die Kamera auf dem Stativ und die weitere Ausrüstung auf dem sonnenüberfluteten Platz mit dem Katzenkopfpflaster, auf dem einst die grausamsten Hinrichtungen stattgefunden hatten.

Mit einer natürlichen Würde, in einem taillierten grauen Anzug, der seine elegante und adlige Erscheinung subtil betonte, kam Nikolai Romanow plötzlich aus einem neoklassischen Gebäude mit maisgelbem Verputz auf mich zu. Sein markantes Gesicht kannte ich nur aus der Zeitung. Der Thronfolger nickte mir leutselig zu und fragte mich in wieherndem Oxfordenglisch, ob ich vielleicht der Mann vom britischen Fernsehen sei, der ein Interview mit ihm machen wollte.

»Sie meinen die *BBC*?«

»Mein Sekretär sagte mir, dass die Leute hier stünden.«

Ich zuckte mit den Schultern, stellte mich schnell vor und fragte ihn, was er von der Zwietracht halte, die in der Familie über die Nachfolge ausgebrochen sei. Ausgerechnet an diesem historischen Tag hatte sich die Geschichte zu einem handfesten Skandal ausgewachsen und über die ganze Welt verbreitet.

»Zwietracht?« Der Romanow-Nachkömmling sah mich, Fältchen in den Augenwinkeln, amüsiert an. »Wissen Sie was? Großherzogin Leonida Georgiewna steht mit ihrem Anspruch ganz allein da. Wie also kann dann von Zwietracht die Rede sein? Ihr Enkel ist eher ein Hohenzoller als ein Romanow. Dazu kann man den Jungen nur beglückwünschen. Das Geschlecht der Hohenzollern ist noch älter als das der Romanows. Aber ich muss mich entschuldigen, ich muss jetzt leider weiter …«

Als ich kurz darauf meinen zurückgekehrten Freunden erzählte, dass ich gerade den Ersten in der Reihe der Nachfolger des letzten Zaren gesprochen hätte, starrten mich vier Augen voll eifersüchtiger Ungläubigkeit an.

»Wir gehen eben mal pissen, und Waterdrinker quatscht derweil mit dem Romanow«, sagte mein Kunstbruder sarkastisch.

Dennoch begann er sofort, mich auszuhorchen, denn während ich nur siebenhundert Worte Platz bekam, durfte er für seine Zeitung mehr als zweitausend schreiben.

Vierzehntes Kapitel

Der Lärm der Bohrmaschinen und Abbruchhämmer über und unter mir lässt keinen Augenblick nach. Mit unseren drei Katzen, die unter dem Einfluss dieser doppelten akustischen Gewalt nicht zur Ruhe kommen, habe ich es nicht leicht. Zu dritt sind sie in den Wäscheschrank im Schlafzimmer geflüchtet.

Seit Kurzem haben wir wieder ein drittes Kätzchen, oder besser gesagt: einen zweiten Kater, einen Racker, der erst wenige Monate alt ist, ein schier unerschöpfliches Energiebündel mit einem schwarzen Fleck auf seiner weißen Schnute, der Kljaksitsch heißt. Den Namen hat sich Julia ausgedacht, abgeleitet vom russischen Wort für »Tintenfleck«, aber weil ich mir daran die Zunge breche, nenne ich ihn lieber Klakson. Der junge Herr Klakson leistet dem jungen Herrn Persik und der alten Dame Muscha hier in der Tschaikowskistraße Gesellschaft.

Der Kalk, der sich durch die Abrissarbeiten im ganzen Haus ausbreitet, ist fein wie Bäckermehl. Meine Frau und ich haben die ganze Nacht mit Husten wachgelegen, unsere Kehlen sind trocken wie alter Karton. Außerdem ist unser gesamtes Inventar, die Möbel, die Bücher, das Parkett permanent von einer transparenten, dünnen weißen Schicht überzogen. Staubsaugen und feucht wischen bringt gar nichts: Im Handumdrehen ist alles wieder wie vorher. Ich hatte mich die ganze Zeit gefragt, woher das Zeug kommt, bis mein Blick auf die in Parkett und Wände eingelassenen antiken Messing-Luftschlitze fiel. Daraus traten feine Dampfwölkchen, als ob dahinter jemand rauchen würde. Es sind die Lungen dieses Hauses, die den jahrhundertealten Kalk in unsere Wohnung blasen. Ich habe Julia gebeten, auf dem Rückweg von ihrer Abendschule, in der sie Deutsch unterrichtet, im Bastelladen in der Kirotschnajastraße Klebeband zu kaufen, um die Roste abzudichten.

»Was für Klebeband genau?«, schrieb sie zurück.

»Breites«, antwortete ich. »So eins, mit dem sie in Krimis Bösewichtern den Mund zukleben.«

Die Räumung der Kommunalka über und unter uns kam völlig überraschend. Alle Bewohner sind mit unbekanntem Ziel verzogen. Niemand weiß, wohin. Der Hausmeister sagte mir, dass es auch besser sei, nicht weiter danach zu fragen. Der Umzug hatte in den zweieinhalb Tagen stattgefunden, in denen Julia und ich bei Freunden in Pskow gewesen waren. Als wir gestern Abend wieder nach Hause kamen, lagen die abgetretenen Stufen unserer Paradetreppe voller Papier, Holzsplitter und anderem Müll – ein Pantoffel, ein fleischfarbener BH, eine halbe Schranktür, Bücher, Notizhefte, Kleiderbügel, zerrissene Gasrechnungen, eine Flasche Baltika-Bier mit zerbrochenem Hals und eine dunkelgelbe Pfütze, die vor sich hin stank, zusammengedrückte leere Zigarettenschachteln, Nylonstrümpfe, ein Kartenspiel, das sich über die sieben Meter von der Treppe zur Außentür flüchtete – die Spuren einer überhasteten Evakuierung, die heute Nachmittag von einem jungen Mann mit einem teefarbenen Gesicht in Overall beseitigt wurden.

Für diesen Job war er vom Abrissteam freigestellt worden. Jungs und junge Männer aus Tadschikistan, die muslimischen Sklaven in diesem Land, die für ein Kleingeld auch bei mir in Moskau den Hof fegen, im Winter den Schnee räumen, auf Gerüsten herumklettern und oft zu mehreren in einem einzigen schmuddeligen Zimmerchen aufeinander hocken, leben oft weit weg von der Zivilisation an den schimmligen Rändern der Stadt, wo es nur Aussicht auf Hochhäuser, Fabrikschornsteine und Ausfallstraßen gibt, um so viel Geld wie möglich für die Familie in der Heimat zusammenzusparen, die unter dem Joch eines Autokraten stöhnt, der jeden Tag seinen fetten Arsch in eine goldene Badewanne mit goldenen Wasserhähnen hebt. Sie sind Gastarbeiter, Vertreter eines Phänomens, das sich gleich nach der Implosion der UdSSR als eines der ersten in Russland wieder breitmachte, arme Schlucker, die den Schutt ohne Mundschutz abhacken und die Bruchstücke mit bloßen Händen auf den LKW schleppen, der auf dem Bürgersteig vor unserem Haus geparkt ist, und die im Schnitt sehr viel weniger verdienen als Russen.

Der Abrissterror begann heute Morgen Viertel nach acht und ist bis zu diesem Moment in vollem Gange. Es ist Viertel vor neun am Abend. Sich zu beschweren hat keinen Sinn: Die unsichtbare Hand der Macht steckt dahinter. In der Eingangshalle unten hängt ein Wisch mit Stempeln, auf dem mit Schreibmaschine getippt steht, dass die Zustimmung für diese überstürzten Abbrucharbeiten erteilt worden ist. Auch an Samstagen und Sonntagen darf durchgearbeitet werden. Mein Nachbar aus Dagestan gibt keinen Mucks von sich. Die Diva im Obergeschoss ist mit ihrer Familie im Kaukasusurlaub, aber von einem Russen – ich glaube, er arbeitet für den Bauunternehmer –, der heute Nachmittag mit einem Bleistift hinter dem Ohr im Treppenhaus stand, um alles in Augenschein zu nehmen, erfuhr ich, dass die Kommunalkas von einem hohen Tier im Stadtrat aufgekauft wurden. Er macht Immobiliengeschäfte, kauft zu Spottpreisen manchmal einzelne Wohnungen und manchmal sogar ganze Straßen, um Mietwohnungen daraus zu machen.

»Wie lange wird das dauern?«, frage ich den Mann.

»Rechnen Sie mal mit einem Monat Baulärm.«

»Und der Ausbau?«

»Oh, mindestens ein Jahr. Sie werden sich daran gewöhnen müssen. Aber dafür kriegen Sie dann ein schönes Portal. Wir wollen das Treppenhaus renovieren, mit dem Scheiß hier kriegt man keine Mieter mehr.«

Es ist Ende Juni, die Zeit der Weißen Nächte. Noch zwei Monate bleiben mir, um mein Buch über die russische Revolution von 1917 abzuschließen. Aber ich habe in den letzten Wochen kaum etwas geschrieben. Mir stand der Sinn nicht danach. Es war wie eine Sperre, ein Schraubstock. Und jetzt lebe ich in der ständigen Angst, dass dieser Schraubstock angezogen bleibt.

Das Grün in den Parks und der Fliederduft sind überwältigend; der wie ein Silberblatt strahlende Mond hängt den ganzen Tag über am hellblauen Himmel. Würde diese Stadt auf einem anderen Breitengrad liegen, in einer anderen Landschaft mit einem anderen Sonnenstand und ohne die ellenlangen grauen Monate mit Regen,

Nebel und Trostlosigkeit, würde sie nicht auf diesem kargen Sumpfboden stehen, in dessen Untergrund die Knochen der unzähligen armen Teufel ruhen, die ihr Leben auf dieser Baustelle gelassen haben, sondern auf einem Felsen inmitten reizender, sanft ansteigender Hügel mit den schwarzgetönten Silhouetten von Olivenbäumen und Zypressen, würde Sankt Petersburg mit seiner Grande Armée aus mintgrün, zartrosa, waldbeerenrot und gelb getünchten Fassaden Florenz ohne Weiteres die Schau stehlen. Wie dicht besetzt heute alle Terrassen sind – in der Rubinsteinstraße, am Newa-Ufer in der Nähe des Mariinski-Theaters, aber auch in den dunklen Straßen dahinter, wo man an jedem Gebäude eine Gedenktafel für die Opfer des dort stattgefundenen Terrors anbringen könnte, wo sich nun wieder das Leben ausbreitet und sich Kleinunternehmen und Büros aneinanderreihen, Ausstellungsräume und Cafés mit Jugendlichen, die an ihren Cappuccinos nippen und auf ihre Laptops starren. Der Anblick ist einfach wunderbar. Nach sechs Uhr erobern die Soldaten aus der Kaserne hinter unserem Haus alle Bänke im Taurischen Garten, sie kauen Sonnenblumenkerne und spucken maschinengewehrartig die Schalen aus. Einige liegen in ihren Feldanzügen lang ausgestreckt im Gras, die Mützen als Sonnenschutz übers Gesicht gezogen, genau wie es Hippius im heißen Sommer 1918, dem ersten Sommer nach der Revolution, beschrieben hat. Ich habe noch immer nicht herausgefunden, wer jetzt in ihrem ehemaligen Appartement wohnt. Und habe auch keine Lust, ein zweites Mal von einem Wachposten weggescheucht zu werden. Mein Weinhändler aus der Furschtatskaja allerdings sagte mir, dass er mir vielleicht weiterhelfen könne. Er ist ein gutaussehender Mann von etwa fünfzig Jahren, dessen Bewegungen sein Alter verraten, in dessen Jungenshaar und seinem Lächeln aber ein ganzes Universum steckt; früher hat er auf sowjetischen Kreuzfahrtschiffen gearbeitet und nach der fünfzehnhundertsten aufgehört, seine Eroberungen mit Strichlisten zu zählen. Wir halten immer ein Schwätzchen; schon früher hatte ich einmal durchblicken lassen, dass ich für die Arbeit an meinem Buch gern einmal die Wohnung der Hippius besichtigen würde.

Oh, die Petersburger Weißen Nächte! Der Teufel zerrt die ganze Nacht an deinem Bettlaken, und du schläfst nicht ein. Um ein Uhr nachts hängt ein perlmutternes Dämmerlicht über der Stadt, es ist höchstens eine Dreiviertelstunde wirklich dunkel, während die Geräusche des Tages bis in den Morgen weitergehen: Autoverkehr, betrunkenes Gegröle und Musik, wildes Geschrei von Mädchen und Jungen, in der Ferne ein Schiffshorn von der Newa.

»Woran denkst du?«, fragte Julia mich letzte Nacht, auch sie wälzte sich von einer Seite auf die andere und konnte nicht schlafen.

»An nichts«, gähnte ich.

»Vielleicht an diese Bauerei hier?«

Ich knurrte, um den Eindruck zu erwecken, dass ich tatsächlich an den Umbau dachte, an die uns bevorstehenden Monate voller Belästigungen, an die Tatsache, dass unser Haus von nun an nicht mehr dasselbe sein und ich die ehemaligen Bewohner, die ich hier und da in meinem literarischen Werk hatte auftreten lassen, vermutlich niemals wiedersehen würde.

Ich beschützte meine Frau vor der Wahrheit, warf mich die ganze Zeit im Bett herum und grübelte über dieses Buch, über meine verstorbenen Freunde und Familienangehörigen – »Ich komme um in diesen Särgen!«, hatte Flaubert einmal in einem Brief geklagt, da war er nicht viel älter als ich jetzt –, während der Mahlstrom in meinem Kopf nur durch banale Gedanken über die Zukunft unterbrochen wurde. Wie sollte ich meinen Lebensunterhalt verdienen, wenn mich die Zeitung tatsächlich zum Teufel schickte? Mit vegetarischem Fleisch handeln? Doch noch Geschäftsmann werden? Scheißeschipper in einem Affenstall?

Gestern Nachmittag habe ich Julia zum Witebsker Bahnhof gebracht. Sie ist für eine Woche aufs Land gefahren, um in einem Ferienlager für Waisenkinder Freiwilligendienst zu leisten, vor allem aber, um dem Radau in unserem Haus, dem Staub und der Sommerhitze in der Stadt zu entkommen. Als ich unter der eisernen Überdachung inmitten des Trubels von Händlern, Passagieren und einer Gruppe junger Matrosen, die, wie ihren Gesprächen zu entnehmen war, einen Ausflug zum Palast in Pawlowsk unternommen hatten, zum Ausgang zurücklief, klingelte mein Handy. Es war Juri, mein Weinhändler. Er erzählte mir, dass die heutigen Bewohner von Sinaida Hippius' Appartement zu Hause seien. Sie hätten gerade bei ihm im Laden vorbeigeschaut, eine Kiste Wein gekauft, und als er von mir erzählt hätte, angeboten, dass ich doch gleich heute Abend vorbeikommen könne.

»Ich schicke dir gleich Sergejs Nummer. Seine Frau heißt Tanja. Ein Zuckerstückchen, aber du weißt ja: Die Zeiten auf den Kreuzfahrtschiffen sind vorbei.«

Nachdem ich die Nachricht mit der Telefonnummer auf meinem iPhone erhalten hatte, tippte ich mit der Fingerspitze darauf und rief den Mann an.

»*Da* ...«, hörte ich ziemlich müde.

Ich stellte mich vor, sagte, dass ich ...

»Jaja, alles klar, alles klar ... Wir sind heute Morgen aus Nowosibirsk gekommen und wollten uns gerade hinlegen. Juris Freunde sind auch unsere Freunde. Er bestellt für mich immer spezielle Rotweine aus Montalcino. Ich bin verrückt nach Rotweinen aus Montalcino. Was trinken Sie?«

»Alles«, sagte ich.

»Gut, wie wäre es dann gegen acht?«, setzte die Stimme in freundlicherem Ton fort. »Drücken Sie die 13, dann kommt die Wache.«

Es war kurz nach vier Uhr. Am Morgen hatte ich ein paar Artikel an die Zeitung geschickt, etwas Vernünftiges würde ich an diesem Tag sowieso nicht mehr zustande bringen. Außerdem hatte ich überhaupt keine Lust, an diesem Teufelsbuch über die Revolution zu arbeiten, und ich beschloss, die Zeit mit einem Spaziergang totzuschlagen. Mit dem ruhigen Schritt eines Mannes im mittleren Alter ging ich zum Newski-Prospekt, vorbei am ehemaligen Wohnhaus Dostojewskis, an einem Markt bei der Kirche, auf dem alte Frauen mit unzähligen Falten Obst, Gemüse, Speck und Fisch aus Kisten verkauften, als lebten wir noch in den tiefsten Sowjetzeiten.

Mittlerweile strotzte die Stadt nur so vor Wohlstand, den es offiziell zwar nicht gab, der aber dennoch existierte; die Terrassen waren wieder voll. Hübsche junge Frauen in historischen Kostümen verkauften in den Parks Tüten mit gebrannten Mandeln. In den Kanälen knatterten mit Touristen beladene Ausflugsboote auf den Schnellstraßen aus Schaumkronen, wobei die Lautsprecherstimmen der Reiseleiter unter den niedrigen Brücken in einer unverständlichen Kakophonie absoffen. Zugleich hatten Millionen Menschen in den Wohnkästen rund um die Stadt, aber auch hinter den Fassaden im Zentrum, kaum eine Vorstellung, wie sie über die Runden kommen sollten. Wie in Moskau beherrschten Leute mit Geld die Straßen, prozentual waren sie verschwindend gering, absolut gesehen jedoch beängstigend viele. Ihre Smartphones und modischen Klamotten am Leib mochten vielleicht alles sein, was sie besaßen, aber junge Leute bevölkerten die silberfarbenen Rolltreppen der klimatisierten Luxuskaufhäuser und gaben sich den Anschein, als ob alles um sie herum ihnen gehörte oder zumindest eines Tages gehören würde. Ihr selbstverständlicher Hedonismus war die Fortsetzung der materiellen Neigungen ihrer meist im Sowjetmangel aufgewachsenen Eltern und Großeltern. Das Gros scherte sich um Politik ebenso wenig wie ihre Altersgenossen im Westen, solange die Fortsetzung des Hier und Jetzt und ihre Tagträume über zukünftige Genüsse von oben garantiert wurden. Als Vorschuss auf den Reichtum, nach dem sie alle schielten, kauften sie in den Vestibülen der Megakinos, die auch tagsüber krachend voll waren, Megatüten voller Popcorn und große Becher Coca-Cola für sechshundert Rubel das Stück, mehr als zehn Euro, und hockten in Erwartung des ersten Gongs kichernd und auf ihre Displays starrend unter den Lichtpostern von *Fluch der Karibik 5* auf den schicken Stühlen vor den Schaufenstern, mit Blick auf eine Straße, in der sich in den ersten arktischen Tagen der Februarrevolution 1917 und später während der Aushungerungsblockade der Nazis die Leichen gestapelt hatten. Aber kann man diesen Kindern überhaupt etwas übelnehmen? War das Trauern über die Geschichte nicht etwas für die Älteren, die äußerste Hülle des Bataillons, die als erste abgeschält würde?

Da mir plötzlich die Füße wehtaten, ich mich müde und durstig fühlte und zudem von einem unbezwingbaren Heißhunger überfallen wurde, kaufte ich schließlich eine Kinokarte, einen halben Liter Coca-Cola und einen Megabecher warmes, süßes Popcorn, und versank in einem herrlich weichen Sessel mit geschwungenen Armlehnen und federnden Fußstützen, bereit für einen Gleitflug durch die Welt der Illusion. Ich amüsierte mich herrlich über Johnny Depps Abenteuer, nickte trotzdem immer mal ein, und als ich fast zwei Stunden später wieder auf die lebhafte Straße trat, traf mich die helle Abendsonne wie ein Faustschlag. Ich setzte meine Sonnenbrille auf und nahm meinen Streifzug durch die Stadt wieder auf, weg vom Newski und der verschwitzten Menschenmenge durch die weiter oben gelegenen Straßen in meiner Gegend, wo einst die Revolution begonnen hatte, über die gelehrte Werke erschienen waren, die ganze Fabrikhallen füllen, von denen mich aber die Tagebuchaufzeichnungen der tragischen Sinaida Hippius am meisten berührten. Als ich wenig später am Stadtkrankenhaus vorbeikam, einem kasernenartigen Gebäude, das nun fast vollständig in einem Meer aus flaschengrünem Laub versunken war, wo schon zur Zeit der Zaren Menschen gepflegt worden waren und die Ärzte meine Schwiegermutter durch kriminelle Nachlässigkeit ermordet hatten, musste ich aus irgendeinem Grund an eine Passage von Hippius über die ersten Monate nach der Revolution denken. »Wißt ihr, was ›chinesisches Fleisch‹ ist?«, hatte sie notiert. »Die Außerordentliche Kommission gibt bekanntlich die Leichen der Erschossenen den Tieren des Zoologischen Gartens. Bei uns und in Moskau. Die Henker sind Chinesen. Bei uns und in Moskau. Diese Chinesen aber stehlen wie bei den Hinrichtungen so auch beim Transport der Leichen in die Zoologischen Gärten. Sie liefern nicht alle Leichen ab; die jüngeren unterschlagen sie, um sie als Kalbfleisch zu verkaufen. Bei uns und in Moskau.«

Ich ging gemächlichen Schritts, die fantastischen Bilder aus Hollywood verblassten allmählich, die Zeit tropfte langsam wie dicker Honig. Getrieben von einem undefinierbaren Gefühl bog ich links in die Wosstanijastraße ein, die Straße der Revolte, die schließlich auf die Tschaikowskistraße führt, und wenig später machte ich halt vor einem Petersburger Gebäude mit einer dunklen Hofeinfahrt voller Graffiti hinter einem schmiedeeisernen Gitter, die zu einem stinkenden Innenhof führte, auf dem die Mietskaserne stand, in der der heutige Satrap in rechtschaffen ertragener Armut aufgewachsen war. Eines hatte ich mir für mein Schriftstellerleben schon ganz früh vorgenommen: Nie und nimmer würde ich meine Romane mit aktueller Politik besudeln. Aber es war eine Tatsache, so nackt wie historisch belegbar, dass ein Jahrhundert nach der Revolution von 1917 ein Sohn aus dem Schoße des Proletariats gleich einem Sonnenkönig die Macht des letzten Zaren aus dem Hause der Romanows übernommen hatte. Was nach ihm kommen würde, wusste niemand. Es konnte schiefgehen. Es konnte gut gehen. Es konnte auch alles so weitergehen, wie es jetzt war. Zweimal hatte ich diesem Satrapen in seinem Palast die Hand geschüttelt; sie fühlte sich weich an, nicht kräftig, nicht angenehm, aber auch nicht unangenehm. Die meisten meiner russischen Freunde schenkten ihm inzwischen keine große Beachtung mehr. Sein Terror war der eines Spießbürgers, der sich in Macht und Geld und Prestige wälzt, allerdings mit einem Kalkül, das nichts weiter war als Angst vor dem Tode und nicht der Wahn eines geborenen Psychopathen, der auf Zerstörung und Mord aus ist.

Nicht weit von seinem früheren Wohnhaus entfernt, in einem eher schäbigen Kellerraum mit schmierigen Fenstern, die auf den Bürgersteig schauten und im Vorbeigehen einen guten Einblick gewährten, stemmten Jungs in weißen Trikots und blauen Sporthosen Gewichte, schlugen auf Boxsäcke ein oder lagen – es war ein Sich-Winden schweißglänzender Muskelbündel – ineinander verknotet auf einer Judomatte. Eine Kampfsportschule auf unterstem Niveau. Mit armseligen, verrosteten und erkennbar aus anderen Läden ausrangierten Geräten wie in einem New Yorker Armenviertel, Harlem oder der Bronx. Jungs mit urslawischen Gesichtern, aber auch welche von kaukasischer und zentralasiatischer Herkunft, bearbeiteten hier ihre Körper und ihre Zukunft, die auf den ersten Blick nur Jobs als Straßenkämpfer, Türsteher oder Erpresser versprach – doch eben so ein Straßenkämpfer war auch ihr Präsident einst gewesen, hatte es schließlich aber auf die Universität geschafft. Die unglückliche

Herkunft, eine Kindheit geprägt von schlechter Ernährung, ständiger Sorge und der Entschlossenheit, sich nichts bieten lassen, stand den Jungen ins Gesicht geschrieben. Ich blieb einen Moment stehen, um zuzusehen, und empfand Sympathie für diese jungen Kerle, für ihre Jugend, ihre Stärke, ihr Durchsetzungsvermögen. Ich hatte genauso viel Sympathie für sie wie für die Jugendlichen, die ich eine Woche zuvor, Schärpen um ihre Körper, in Kleidern und Jacken, die viel zu weit um die staksigen Arme schlotterten, mit befreienden Jubelschreien über die Straße hatte stürmen sehen – sie hatten die Abschlussprüfungen an dem Gymnasium bestanden auf dem auch Julia gewesen war, und an dem sie damals Deutsch gelernt hatte. Sie bereiteten sich auf herrlich lange Sommerferien vor, denen wunderbar Jahre an einer Hochschule oder Universität inmitten des Reiches des Bösen folgen würden.

Schnell lief ich durch zur Kirotschnaja, an der Hausnummer 12 vorbei, in der Rasputin einst gewohnt hatte. Vor dem Eingang seines Portikus standen zwei hübsche Mädchen. Ihre hellblauen Tattoos erinnerten an Kölner Keramik. Sie umarmten einander, ließen die Zungen kreisen, küssten sich innig.

Zu Hause zog ich eine russische gebundene Ausgabe der Tagebücher von Hippius aus dem Schrank, die ich meinem Gastgeber schenken wollte. Wieder unten auf der lauen Straße war alles in purpurnes, staubiges Licht getaucht. Ein kühlender Windhauch wehte von der Newa herauf. Die Brotfabrik lief im Sommerdienst und verströmte schon jetzt ihren süßen Duft. In der Furschtatskaja, die parallel zur Tschaikowskistraße verläuft und mit ihrer in der Mitte von Linden gesäumten Flanierallee zu den schönsten Straßen der Stadt gehört, setzte ich mich auf eine der hübschen Bänke. Zu meiner Linken hing die amerikanische Flagge fast reglos an der Fassade des Gebäudes herab, das heute das Konsulat beherbergt, in dem sich aber während der Revolution die Botschaft befand. Botschafter David Francis hatte damals seinen treuen Diener und Chauffeur, sprich Butler, Philip Jordan aus den Vereinigten Staaten mitgebracht, einen in Missouri geborenen Afroamerikaner, der in Straßengangs aufgewachsen war und sich als Mitglied der amerikanischen Gesandtschaft, ganz seinem Vorgesetzten und seiner Arbeit ergeben, in Briefen nach Hause als einer der scharfsichtigsten und empathischsten Chronisten der ersten Revolutionstage in Petrograd erweisen sollte. »In Russland beherrschen durchgeschnittene Kehlen und Straßenräuber das Straßenbild«, schrieb er eines Tages nach Hause, keine hundert Meter von dem Platz, wo ich jetzt saß. »Man hört die Maschinengewehre und Kanonen Tag und Nacht brüllen, Tausende von Menschen werden getötet. In einem Haus unweit der Botschaft haben sie ein kleines Mädchen ermordet, es steckten zwölf Bajonette in ihrem Körper. Wir sitzen wie Ratten in der Falle.« Nicht weit von der Botschaft – hat sich dieser Kindermord vielleicht bei uns in der Straße ereignet? Was, verdammt nochmal, weiß ein Mensch eigentlich von der Vergangenheit?

Ich musste noch eine halbe Stunde totschlagen und begann, im Tagebuch zu blättern, las hier und da eine Passage. Wie genau Hippius doch die Welt durchschaut hatte, diese Frau, die in ihrer poetischen religiösen Suche ein fast jungfräuliches Leben führte, obwohl sie, wie gelegentlich behauptet wird, eine nie abgebrochene heimliche Beziehung zur Sekte der Chlysten (Geißler) unterhalten haben soll, der auch Rasputin angehörte und deren Riten von sexuellen Orgien begleitet wurden. Sie hat Heuchelei, Dummheit und Unwissenheit, vor allem die im Westen, gnadenlos aufgedeckt. Auch die *fellow travelers* einer ganzen Generation später, die zu der Zeit, als ich studierte, noch das Loblied auf den kommunistischen Heilsstaat sangen, holte ihr Hohn ein. »Es ist absolute Idiotie Europas, ›Kommissionen‹ und Einzelpersonen zwecks ›Information‹ herzuschicken«, schrieb sie, kurz nachdem Lenin die Macht übernommen hatte. »Man schickt sie doch den Bolschewiki in die Arme. Und diese ›informieren‹ sie. Sie bauen für sie Theaterdekorationen, verpflegen sie im ›Astoria‹, überwachen sie ganz offen bei Tag und Nacht und machen ihnen jeden Kontakt mit der Außenwelt unmöglich … wenn in Europa im 20. Jahrhundert ein Land mit einer so phänomenalen, in der Weltgeschichte noch nicht dagewesenen allgemeinen *Sklaverei* existieren kann und Europa es nicht versteht oder es hinnimmt, muß Europa zugrunde gehen. Und es wird ihm recht geschehen.«

Nach der Flucht aus Petrograd mit ihrem Mann, dem Schriftsteller und Kulturphilosophen Dmitri Mereschkowski, warnte sie von Paris aus die Welt vor den Bolschewiken. Als Hippius 1936 nach all dem in Russland durchlittenen Grauen erkennt, dass sich erneut ein Weltkrieg zusammenbraut, schreibt sie an einen Freund: »Ich denke, daß selbst der Teufel nicht weiß, was in Frankreich passieren wird und wann. Sie müssen wissen, daß wir in England keine Goldvorräte haben. Bunin hat sie und kann überall hin, aber wir können nirgendwo hin. Aus dem einen oder anderen Grund kann ich nicht an einen Krieg glauben, obwohl man von diesem Blödmann von Hitler alles erwarten muß.« Aber drei Jahre später: »Die beiden Teufelsbrüder: Die Bolschewiki, die Ältesten, und die Nazis, die Jüngsten, haben die Welt auf den Kopf gestellt, und wir wundern uns über nichts mehr. Niemand zweifelt daran, dass Hitler, der Besessene, besiegt werden wird; dieser Sieg liegt allzu offen auf der Hand. Aber wenn der bedeutendste Satan, der Bolschewismus, weiterhin ungestört triumphiert, kann Europa dann auf einen stabilen Frieden hoffen?«

Kurz nach der Invasion Polens sah sie die spätere Besetzung Osteuropas und den Kalten Krieg voraus, bis mit dem Fall der Berliner Mauer und dem Zusammenbruch des Sowjetreichs der Frieden kam.

Die Geschichte war nach Ansicht vieler somit vollendet.

Aber die Geschichte wiederholt sich nicht.

Sie reimt sich.

Und nur die Zukunft ist vollendet.

»Zu wem wollen Sie?«, tönte es aus einem Lautsprecher neben der Tür, nachdem ich auf einer Metalltafel die 13 gedrückt hatte.

Ich sagte, warum ich gekommen war. Wenige Augenblicke später wurde die Tür von dem Wachposten mit den ungewöhnlich kugelförmigen Augenlidern geöffnet, der mich vor einigen Wochen verscheucht und mir mit der Polizei gedroht hatte. Anscheinend war er informiert, er verhielt sich unterwürfig; es fehlte nur noch, dass er vor mir Haltung angenommen hätte.

»Passen Sie auf, *Mister*! Die dritte Stufe ist ziemlich rutschig. Normalerweise liegt ein Läufer drüber. Aber der ist seit drei Tagen in der Reinigung!«

Vorbei an dem Verschlag in der Eingangshalle, wo der Wächter seine Zeit absaß, hinter einem Schreibtisch mit einer Batterie an Bildschirmen, die schwarzweiß aus allen Blickrichtungen die Straße und ihre nähere Umgebung zeigten, stieg ich eine beeindruckende Treppe in den zweiten Stock hinauf. Auf dem Treppenabsatz wollte ich noch einmal klingeln, aber eine schön gepolsterte Tür öffnete sich bereits.

»Meine Frau ist noch schnell im Badezimmer, dieser verteufelte Flug von Nowosibirsk hat uns völlig plattgemacht, wir hatten vier Stunden Verspätung!« Der Mann, der vor mir stand, war in meinem Alter und sprach in einem Ton, als ob wir uns seit Jahren kennen würden. Er trug eine moderne Brille und hatte wuscheliges aschfarbenes Haar. »Kommen Sie herein, nein, lassen Sie Ihre Schuhe ruhig an. Wir sind oft genug in Europa gewesen, um zu wissen, was sich gehört!«

Ich betrat eine Wohnung mit bizarren Abmessungen; Flure mit hohen Stuckdecken fächerten sich labyrinthartig nach allen Seiten auf. Das Vestibül hingegen war eher schmal und lief auf eine moderne Küche zu, die mit ihrer bemalten Decke, der Anmutung von griechischen Fresken, einem gemaserten Marmorkamin und antiken Möbeln aus einem anderen Zimmer völlig deplatziert wirkte. Die Fenster blickten zum Teil auf das Eingangstor des Taurischen Gartens. Nachdem ich mich ihm vorgestellt hatte und mein Gastgeber mein Buch ansah, als handle es sich um Mondgestein, das ihm gerade vom Himmel in die Hände gefallen war, brachte er das Gespräch auf unseren gemeinsamen Weinlieferanten in der Furschtatskaja. Er bestand darauf, dass ich ihn Sergej nannte und ihn duzte.

»Wein ist meine Schwäche ... Ja, setzen wir uns einfach hier hin, bis Tatjana da ist ...« Der Russe ließ sich am Küchentisch nieder, gab mir ein Glas Weißwein und schenkte sich selbst gluckernd nach. »Früher habe ich nur Wodka getrunken, was gab es auch sonst in Sibirien? Ende der Achtziger hätte man für eine gute Flasche

Kristal-Wodka einen Mord begangen. Einer meiner Kumpels im Autohandel hat sieben Jahre Lager gekriegt, nachdem er eines Abends seinen alten Saufkumpan aus der Armee mit einem Taschenmesser abgestochen hatte. Sie waren zwar Freunde, aber eben auch rotzbesoffen und hatten angefangen, sich um eine Flasche Kristal zu streiten! Er kriegte sieben Jahre verschärfte Lagerhaft, aber schon nach drei Jahren ist er an einer Blinddarmentzündung krepiert. Es gab da zwar Ärzte in den Baracken, aber genau zu der Zeit waren sie alle auf Jagd in den Wäldern der Umgebung – und selbst sturzbetrunken! Ausländer können sich das nicht vorstellen ...« Er grinste, das Grinsen von jemandem, der schon ein Weilchen damit beschäftigt ist, eine Flasche ganz allein niederzumachen, und sich über einen unverhofften Zuhörer freut. »Wie findest du den? Aus Sizilien, von einer vortrefflichen Traube ... Ich fange immer mit weiß an, dann kommt rot, meist italienisch. Juri kennt meinen Geschmack. Und die Weine aus Montalcino lässt er extra für mich kommen. Wie auch immer, nach dem Wodka kam das Bier. Eine Bierfabrik nach der anderen wurde eröffnet, eine Biermarke nach der anderen kam auf den Markt. Russland war plötzlich ein Bierparadies geworden! In den Neunzigern, meine ich. Vorher gab es nur lauwarme Hühnerpisse, die am Straßenrand direkt aus dem Tankwagen verkauft wurde. Da musstest du noch dein eigenes Marmeladenglas mitbringen – es gab einfach keine richtigen Gläser, es fehlte damals an allem. Kannst du dir das vorstellen? An praktisch allem! Einige ließen sich sogar ein paar Liter in eine Plastiktüte abfüllen. Ach, wie soll man das alles einem Ausländer begreiflich machen? Aber gut, wir waren Patrioten und tranken die Marke *Sibirische Krone! Sibirische Krone!* Ich habe mit Autos gehandelt, habe Autos für einen Preis A gekauft und für einen Preis B verkauft, das Geld strömte nur so, aber insgeheim standen wir alle unter der Fuchtel der *Sibirischen Krone*! Herrlich schäumendes, gutes, kräftiges Bier. In der Banja haben meine Kumpels und ich immer einen ganzen Ozean davon getrunken, mit Leberwurst aus Tomsk und heißen Garnelen dazu. Aber, kannst du dir das vorstellen? Allmählich kriegte ich einen Bauch wie eine Regentonne. Ich hatte schon Kinder, ich war verheiratet. Dann kam die Sushi-Mode. Meine Frau und ich waren schon lange von Nowosibirsk hierher gezogen, und wir beschlossen, gesünder zu leben. Das ist auch dem Einfluss der Jugend zu verdanken: Ich habe eine inzwischen zwanzigjährige Tochter in Moskau, die Yoga macht. Jetzt will sie, dass Tanja und ich zusammen Yoga machen. Für den Geist und die Gesundheit, es soll auch gut für den Sex sein. Wir trinken jetzt fast nur noch Wein. Gelegentlich ein Glas Whiskey als Schlummertrunk! Aber sag mal ... Hippius ... Natürlich wissen wir, wer das war ... Eine Dichterin, eine Schriftstellerin ... Meine Frau und ich sind Kaufleute, Geldmenschen, aber wir sind keine Kulturbanausen. In Paris haben wir sogar einmal ihr Grab besucht. Häuser, in denen Prominente gelebt haben, sind mehr wert. Für den Handel, egal welchen Handel, musst du immer so viel wie möglich wissen! Aber ehrlich gesagt lesen Tanja und ich nicht gerne, wir haben es mehr mit Filmen ... Dieses Leben, immer in Bewegung ... Bücher sind tot ... Warum soll ein Mensch all diese toten Bücher noch lesen?«

Ich trank ruhig meinen Wein und ließ meinen Gastgeber weiter Dampf ablassen, während ich Gelegenheit hatte, mich verstohlen ein wenig umzusehen. Abgesehen von der Küche schien alles noch einigermaßen beim Alten zu sein. Das Interieur einer vornehmen vorrevolutionären Wohnung, wie sie einst von der höheren Petersburger Bourgeoisie bewohnt wurde. Durch die Bäume des Taurischen Gartens, links von dem Platz, wo Julia und ich unsere mittlere Katze Ljolja in einer Winternacht begraben hatten, schimmerte die kupfergrüne Kuppel des gleichnamigen Palais. Als ich das Tor zum Hof draußen passiert hatte, war mir gleich in den Sinn gekommen, wie Sinaida Hippius im Juni 1919, eine ebenso Weiße Nacht wie heute, genau an dieser Stelle von den Bolschewiken als Wache aufgestellt worden war. »Alle Mieter ohne Ausnahme versehen je drei Stunden hintereinander diesen Dienst. Wozu man unbedingt draußen in der öden, immer hellen Straße sitzen muß, weiß niemand. Aber alle sitzen ... Auf der steinernen Stufe sitzt eine Dame in Trauerkleidung. Sie sitzt ganz ohnmächtig, ist gleichsam zusammengesunken. Plötzlich streckt sie stumm, mit qualvoller Gebärde die Hand aus. Sie bittet nicht um Brot – das fällt ihr gar nicht ein! Wer ist jetzt imstande, Brot zu geben? Höchstens Wobla.«

»Man kann über den Kreml sagen, was man will«, fuhr Sergej fort, »aber im Autohandel kann man sich immer noch eine goldene Nase verdienen.« Die Gelegenheitskäufe im gehobeneren Segment finde er hier in der Stadt, manchmal auch direkt hinter der Grenze in Finnland. Das Geschäft wickele er dann auf dem Schienenweg mit seinen Kontaktleuten in Sibirien ab, während seine Frau in Textilien mache, hauptsächlich in Damenunterwäsche, die sie aus China bezog. Mindestens dreimal im Jahr flog sie zwischen Petersburg und Shanghai hin und her. »Aber willst du noch von dem Wein, oder wollen wir langsam zum Roten übergehen?«

»Ich finde den Weißen himmlisch«, sagte ich.

»Das ist eine spezielle sizilianische Traube«, sagte mein Gastgeber, während er sich kurzatmig halb erhob und uns nachschenkte, als wäre es Wasser. »Ein goldener Tipp von Juri ... Verdammt, wie heißt die Traube doch gleich wieder?«

»Catarratto, mein Schnäuzelchen«, ließ sich eine helle Frauenstimme vernehmen, sie gehörte einer Brünetten mit aufgespritzten Lippen um die vierzig. In einem Dunst aus Badezimmerfrische, eingehüllt in einen kanariengelben Kimono, der ihre Rundungen gut zur Geltung brachte, betrat sie die Küche: »Ist noch Wein für mich übrig? Ich muss erst noch richtig wach werden. Ich bin im Bad schon wieder eingenickt. Ah, Sie sind der Herr, der wegen der Hippius gekommen ist? Ich kann Ihnen nur sagen, dass sie ein schrecklicher Mensch gewesen sein muss, ein Biest, hochmütig, elitär, so eine Schlampe, die geglaubt hat, dass sie über alles und jeden erhaben war. Sie war fünfzig Jahre lang mit ihrem Mann verheiratet, aber keine Kinder; da klingeln bei mir schon alle Alarmglocken ... Tanja«, stellte sie sich dann vor und streckte mir eine Hand entgegen, während ihr Mann ein Glas mit grünem Stiel aus einem Schrank nahm und auch ihr einen Weißwein einschenkte. »Ihr Vorname ist ja der Kosename unserer Stadt ... Bleiben Sie lange hier in Sankt Petersburg?«

Als ich ihr sagte, dass ich seit fast einem Vierteljahrhundert in Russland lebte und mit meiner Frau in einer Wohnung ein Stückchen weiter oben in der Tschaikowskistraße wohnte – wir waren fast Nachbarn –, meinte ich, einer peinlichen Verwirrung auf dem hübschen Gesichtchen der Russin gewahr zu werden, worauf ihr Mann mich fragte, was ich denn die ganze Zeit so getrieben hätte.

»Kommunikation«, antwortete ich, wissend, dass das, womit ich meinen Lebensunterhalt verdiente, bei vielen in Russland Argwohn hervorrief.

»Und jetzt schreiben Sie ein Buch über die Hippius«, fragte die Frau meines Gastgebers, als wäre sie plötzlich unbändig daran interessiert.

Ich hielt mich mit der Wahrheit etwas zurück, antwortete, dass ich die vage Absicht hätte, ein Buch über die russische Revolution von 1917 zu schreiben, dass ich zufällig auf die Tagebücher der Hippius gestoßen sei – ich nickte zu der gebundenen Ausgabe hinüber, die ich ihrem Mann als Gastgeschenk mitgebracht hatte und die nun einsam und verlassen neben einem nassen Schwamm auf der Spüle lag – und dass ich ihnen außerordentlich dankbar sei, weil ich es ungeheuer wichtig fände, ihr früheres Haus mit eigenen Augen zu sehen, etwas von der Atmosphäre aufzuschnappen.

»Dann müssen Sie auch schreiben, dass Rasputin oft hier zu Besuch gewesen ist.« Die Brünette kaute ihren Wein wie ein überreifes, saftiges Stück Obst. »Aahhh, er ist wieder köstlich, Sergej. Dieser Juri ist einfach nur ein Goldschatz! Da müssen wir gleich noch ein paar Kisten nehmen …«

Ich lenkte das Gespräch wieder auf Rasputin: »Meinen Sie das ernst?«

»Mein Mann möchte nicht, dass ich davon spreche. Er ist nämlich abergläubisch. Ein Bär von einem Kerl, hat eine Million Autos vertickt und geht jeden Winter auf Wildschweinjagd in den Ural, aber im Dunkeln fürchtet er sich wie ein kleines Kind. Sehen Sie das Kreuz um seinen Hals? Das habe ich ihm vor ein paar Jahren geschenkt. Gesegnet vom Patriarchen. Damit er keine Angst mehr zu haben braucht, wenn ich wegen meiner Unterwäsche in China bin und er alleine zu Hause sitzt. Was ich zumindest hoffe!« Mit Augen wie Sterne sah sie ihren Mann liebevoll herausfordernd an; der leerte sein Glas mit einem einzigen Schluck und spielte die Unschuld vom Lande. Und sie fuhr fort: »Als wir dieses Haus gekauft haben, lebte im Vorderzimmer eine uralte Frau. Sie war weit über neunzig, die Tochter des ehemaligen Hausmeisters. Alle zogen weg, aber sie ist nach 1917 einfach dageblieben. Wir haben ihr fünfzigtausend Dollar hinterhergeschmissen, um sie rauszukriegen. Zwei Neffen erhoben nämlich Anspruch auf das Zimmer und haben sich bis zum Schluss quergestellt. Und die haben das erzählt. Das mit Rasputin, dass er oft hier im Haus war. Aber er muss kein spezieller Besucher von der Hippius gewesen sein, damals lebten viele angesehene Leute in diesem Haus, genau wie ...«

»Also, ich schwenke jetzt auf Rot um ...« Sergej stand auf, zauberte eine Flasche Rotwein mit Schraubverschluss aus dem Kühlschrank und sank auf seinen Stuhl zurück. »Roten trinken wir meist auch gekühlt ... Ist frischer ... Tanja, Schluss jetzt mit diesem Rasputin«, wandte er sich an seine Frau, die sich selbst den Rest Weißwein, der noch in der anderen Flasche war, eingoss. »Sprechen wir lieber über ... Hier im Haus wohnt ein Direktor von Gazprom, ein ehemaliger Weltmeister im Judo, heute Chef der Militärpolizei der Stadt, und dann sind da noch zwei Anwälte, die unseren Staat auf höchster Ebene rechtlich vertreten. Ich nenne keine Namen, aber die 24-Stunden-Bewachung unten in der Halle ist natürlich nicht zum Spaß da ... Wir haben hier einen der schönsten Hauseingänge der Stadt ... Aber nochmal zu Ihrer Revolution ...« Mein Gastgeber nahm seine Brille ab, wischte die Gläser flink mit einer Spitze seines Hemdes sauber, setzte die Brille wieder auf und musterte mich durchdringend, während seine Stimme eine Oktave tiefer sank. »Was für eine Art von Kommunikation machst du genau? Ich mag ja im Autohandel tätig sein, komme aber aus einer Intellektuellenfamilie. Ein Mensch muss keine Bücher lesen, um intellektuell zu sein. Filme ansehen, den Blick durch die Welt schweifen lassen in Kombination mit gesundem Menschenverstand – das reicht! Nimm's mir nicht übel, mein Lieber, aber Tanja und ich kommen oft nach Europa. Wir spielen sogar mit der Idee, ein Haus in Spanien zu kaufen, bei Marbella. Aber jedes Mal, wenn wir in Paris, London oder Berlin sind, müssen wir uns rechtfertigen ... Nehmen wir mal an ...« Er schnupperte an dem Rotwein, den er für mich und sich selbst eingeschenkt hatte, nahm dann, billigend nickend, einen ordentlichen Schluck und sagte: »Nehmen wir mal an, dass ein Mann in einer Familie von lauter Rassisten eine Schwarze heiraten will, ganz aus freien Stücken und der Liebe wegen. Wer könnte etwas dagegen haben? Wenn es um echte Liebe geht? Vieles in diesem Land läuft verkehrt, aber unser Führer hat die Unterstützung der Massen. Wir werden lieber von einem Dieb regiert, der einem Brot gibt, als von einem Dieb, der einen knapp hält. Und er sorgt dafür, dass nicht wieder das Chaos ausbricht. Die Liebe zu unserem Führer mag die eines Weißen mit einer Familie von Rassisten zu einer Schwarzen sein, aber es ist trotzdem echte Liebe! Und Ehen gehen vorüber. Die Liebe kann plötzlich vorbei sein, vergiss das nicht! Sie machen Kommunikation, ich hoffe, Sie sind nicht einer dieser heimlichen Propagandisten mit guten Absichten. Die halbe Welt steht heute wegen der guten Absichten des Westens in Flammen. Es geht nicht um gute Absichten, sondern darum, ob gute Absichten auch gut ausgehen. Ich vertraue dir, *dorogoj*, mein Lieber, aber sag mir: Warum werden wir in diesen europäischen Hauptstädten ständig als Kollaborateure diffamiert? Was schert sich der Westen darum?«

»Mein Schnäuzelchen ...«, fiel ihm seine Frau schmollend ins Wort, sie langweilte sich ganz offensichtlich. »Vielleicht will unser Gast endlich den Rest der Wohnung sehen, deshalb ist er schließlich gekommen?«

Die Brünette schnallte den Gürtel ihres Kimonos fester, zog ihren Mann aus seinem Stuhl hoch, und das Ehepaar ging mir entschlossen voran durchs Haus.

Der Kachelofen aus ockergelb glasierten Kacheln mit moosgrün bemalten Arabesken in der Ecke des Salons war noch original. Wie im Ausstellungsraum eines Möbelhauses im 19. Jahrhundert beherbergte der gigantische Salon zwei blaue, mit Seide bezogene Sofas, eine Chaiselongue mit Tigerstreifen und ein wildes Sammelsurium antiker Beistelltischchen, übersät mit DVD-Hüllen, Zeitschriften, modernem Rauchzubehör, iPads, Kartons mit kleinen weißen Schächtelchen für Damenunterwäsche. Das Esszimmer fiel bescheiden aus, wurde augenscheinlich kaum genutzt, ein sehr teuer aussehender Hometrainer mit einem Display wie bei einem Bürocomputer stand in einer Ecke. Die mit Engelsmotiven bemalte

Stuckdecke und die Täfelung aus karelischem Birkenholz waren unangetastet geblieben, aber an der Wand standen kreideweiße griechische Säulen, die dem ursprünglichen Stil vollkommen zuwiderliefen. Sie sollten dem Ganzen wohl ein noch schickeres Erscheinungsbild verleihen, sahen aber verdächtig nach Gipszeug aus dem Baumarkt aus. Die gleichen Säulen, nur noch größer, waren im Schlafzimmer rund um eine Erhöhung aufgebaut, wo ein Himmelbett aus honiggelbem, glimmendem Holz mit einem roten Vorhang stand, das mühelos einen Babyelefanten hätte beherbergen können.

»Wir sind die einzigen in ganz Russland, die ein solches Bett besitzen«, verriet Tatjana stolz, während sie in ihrem Kimono auf die Erhöhung kletterte und Hüftbewegungen wie auf dem Catwalk andeutete. »Wir haben das Mobiliar aus Italien kommen lassen. Es stammt von einem uralten Schreiner, der auch Palazzos für den Adel in der Gegend von Montalcino einrichtet. Da haben wir auch zum ersten Mal diesen Wein getrunken, stimmt's, Serjoscha?«

Ich schätzte die Gesamtfläche der Wohnung auf etwa dreihundert Quadratmeter. Mein Gastgeber hatte sichtlich genug von der Exkursion durch sein Haus, aber er überredete mich, mit ins Badezimmer zu kommen, dessen farbenfrohe Mosaike, goldene Schnörkel und dunkel gesprenkelter Marmor mir vage bekannt vorkamen. »Kennen Sie das arabische Bad im Jussupow-Palast?«, fragte Sergej, während er mit der Fußspitze irgendetwas Intimes, das da nicht hätte herumliegen sollen, wegstupste. »Es wurde vor ein paar Jahren komplett restauriert. Rasputin ist da ermordet worden. Ich habe die Handwerker aufgetrieben, die das gemacht haben, und sie dieses Badezimmer hier nachbauen lassen. So, das war's.«

Wir kehrten durch die Prunkgemächer, die Hippius und ihr Mann damals nur teilweise bewohnt hatten und die so überbordend voller Bücher gewesen sein müssen, wie diese jetzt mit vollständiger Abwesenheit glänzten, in die Küche zurück, das Herzstück des Hauses, in dem sich die Bewohner am liebsten aufhielten. Mit einem Telefonat orderte die Gastgeberin einige warme Fleischhäppchen aus einem Restaurant weiter oben in der Straße. Als die Bestellung gebracht wurde, waren wir bereits bei der dritten

Flasche. Das Paar trank den Rotwein in einer Geschwindigkeit, als wäre es schlabbriger Weißwein vom Discounter. Als die Gastgeberin mich fragte, wie viele Kinder ich hätte, antwortete ich ohne zu zögern: zwei, um dieses Fass gar nicht erst aufzumachen, worauf wir dann Toasts auf die neue Generation ausbrachten, auf unsere Eltern, auf die Weisheit derer, die die Welt weiter voranbringen würden, und bald auch auf den Satrapen im Kreml, nachdem Sergej das Gespräch erneut auf die Politik gelenkt hatte. Seiner Meinung nach stand die Welt international wieder an einem Wendepunkt. Die Amerikaner hätten sich endlich geoutet, und man müsse sich wirklich einmal ansehen, welcher menschliche Abschaum sich dort verborgen halte! Und gelte das nicht auch für Europa? Er könne sich nur die Hände reiben, wenn er dabei zusehe, wie diese arrogante Brüsseler Moral Tag für Tag unter Beschuss genommen wird wie ein Schwarm Tontauben. Nicht nur die Russen und die Amerikaner, ganz zu schweigen von den Briten, die ganze herrschende Teufelsbande dieser Welt sei völlig hirnverbrannt! Hirnverbrannt und heuchlerisch! Worauf seine Frau das Gespräch auf China lenkte. In der Woche zuvor war sie noch dort gewesen, um die Herbst- und Winterkollektion an Damendessous anzukaufen. Aber das Geschäftemachen mit diesen Schlitzaugen bleibe schwierig – wenn sie einen bescheißen könnten, täten sie es natürlich. Allmählich würden wir von den Chinesen überrannt. Die Flughäfen der Welt seien zu Ameisenhaufen von Chinesen geworden. Und auch hier in der Stadt wimmele es nur so von ihnen. Die Reiseleiter in der Eremitage und anderen Museen würden über ihr ungebührliches Verhalten klagen, sie tatschten alles an, sie spuckten auf den Boden, und bald würde der erste Chinese mit seinem Selfiestick einen Rembrandt oder Renoir durchbohren! Nach der vierten Flasche Rotwein – diesmal ein Brunello wie eine warme Umarmung von der Sonne, der liebevoll mit einem Korkenzieher geöffnet wurde – war die Frau des Hauses plötzlich verschwunden. Sie kam etwas später zurück und lallte, dass sie von uns wissen wolle, was wir von der neuen Lingerie-Kollektion hielten, die sie in Shanghai eingekauft habe. Und sie verschwand wieder. Der schwere Wein hatte mich gepackt. Wie in einem Nebel wurde ich in der Zeit zurückkatapultiert. Ich stand wieder im Büro meines alten Geschäftspartners Posorski hinter der Lubjanka in Moskau, in den Büros von OLGA & OLGA, SEXY DAMENUNTERWÄSCHE, die Foppmans und ich seinerzeit mit drei Lieferungen Dessous aus Taiwan versorgt hatten; wir hatten damit sicher 70 Mille verdient, auch wenn ich von diesem Geld nie einen einzigen Cent gesehen habe.

»Das hier heißt ›Die Schlupfwespe‹ ...« Die Gastgeberin war wieder zum Vorschein gekommen, sie öffnete ihren Kimono und zeigte ihre sonnenbankgebräunte, vollschlanke Figur, gekleidet in einen feuerroten Slip mit schwarzen Rüschen und entsprechendem BH. »Und?«

»Feinste Unterwäsche, Tanja«, rief ihr Mann. »Und ganz frisch!«

Die Show ging weiter, die Modelle waren alle bemerkenswert sittsam; auch in der Welt der Dessous war anscheinend etwas im Gange. Sergej klatschte wie ein Kind in die Hände, nahm gierige Schlucke von seinem rubinroten Wein und sah seine Frau in kindlicher Anbetung und innigst verliebt an. Ich machte mich von ihnen los, verdrückte ich mich auf die Toilette, aber meine Blase war wunderbarerweise leicht und leer, und ich packte die Gelegenheit für einen letzten Rundgang durch die Wohnung beim Schopfe, durch die Prunkräume mit den Schatten der antiken Sofas und Möbel, die im Mondlicht badeten, als stünden sie in den Sälen eines Museums.

Als ich zurück war und vermeldete, dass es schon auf ein Uhr zuginge und ich am nächsten Morgen früh aus den Federn müsste, wurde das mit einem verständnisvollen Brummen aufgenommen, ich spürte einen nassen Kuss an meinem Nacken, ein warmes Pfötchen in meiner Hand, die gepolsterte Tür öffnete sich, und kaum dass ich die Marmortreppe im Portal betreten hatte, kam ein neuer Wachposten auf mich zugeschossen, ein Kerlchen mit Mäusevisage.

»Passen Sie auf die Stufen auf, *gospodin*, sie sind glatt! Unser Läufer ist ein paar Tage in der Reinigung ... Sehr schön so, eine gute Nacht, der Herr!«

Der Mond hing voll und bleich über dem Taurischen Garten. Ich hatte noch keine drei Schritte getan, als ich spürte, wie das

Smartphone in meiner Hosentasche vibrierte. Eine Nachricht von Julia aus dem Waisenkinder-Sommerlager. Sie war für eine Gruppe von Teenagern eingeteilt. Süße Mädchen und Jungen. Sie seien gerade auf Orientierungswanderung im Wald gewesen, hätten den Fisch gegessen, den sie zuvor selbst im Fluss gefangen hatten, und jetzt säßen sie zusammen am Lagerfeuer und sangen. Es war schließlich Samstag, seitens der Leitung durften die Kinder so lange aufbleiben, wie sie wollten. Und wie liefe es bei mir? Ich blieb stehen, um zu antworten, vermeldete, dass alles gut gegangen war, aber dass ich mich mit diesem Scheißbuch festgefahren hätte, dass ich zu dumm sei, ein historisches Werk zu verfassen, dass ich nie und nimmer zum Termin fertig würde, dass ich am liebsten sterben wolle. In diesem Moment öffnete sich zu meiner Rechten die silbrige Tür des Wellness-Salons, in den ich so oft schon irgendwelche Kerle hatte hineingehen sehen. Jetzt kam ein Typ heraus, ein kahler Russe in Begleitung von zwei Mädchen, die seine Enkelinnen hätten sein könnten. Der Mann sah aus wie ich. Von allen Gräueln dieses Lebens ist das schrecklichste die unerwartete Begegnung mit einem Doppelgänger, einer Person, die physisch fast identisch mit einem selbst ist. Man sieht sich, wie einen die anderen sehen. Voller Ekel stand ich wie festgenagelt am Boden. Der Typ, in einem teuren Anzug, glänzendes Gold am Handgelenk und mit einem Bauch, der wie ein halber Mozzarella wackelte, stieg mit den beiden kichernden jungen Frauen die Treppe hinauf. Wie auf Bestellung kam ein Jaguar um die Ecke der Furschtatskaja. Er hielt an, der Kerl und die beiden Prostituierten stiegen ein, und der Wagen verschwand langsam in Richtung des Taurischen Palais, von wo heiseres Hundegebell ertönte.

Als ich wieder zu mir kam, hielt ich das iPhone immer noch in meinen Händen. Ich hatte die Nachricht an meine Frau noch nicht abgeschickt. Mit klopfendem Herzen wischte ich meine alkoholgetränkten Worte weg, der Bildschirm war wieder leer. Dann tippte ich: »Liebe Julia, ich gehe jetzt schlafen. Alles läuft gut. Schlaf schön! Ich liebe dich.«

Und ging schnell nach Hause.

Fünfzehntes Kapitel

Kaum war Julia aus dem Sommercamp zurückgekehrt, brach ich nach Moskau auf; da habe ich die vergangenen drei Wochen an meinem Buch gearbeitet. Ich bin mit meinem Revolutionsprojekt ordentlich vorangekommen. Ein Tag im Leben eines Menschen hat vierundzwanzig Stunden: acht Stunden arbeiten, acht Stunden trinken, acht Stunden schlafen – ein pragmatischer Rhythmus, mit dem ich zehn Bücher geschrieben habe.

In Moskau war ich ziemlich eingespannt für die Zeitung und musste für eine Reihe von Reportagen mit dem Zug zweimal kurz in die Provinz fahren, ich hatte gekocht, mich schlafen gelegt, aber eines Abends hielt ich es nicht länger aus, ich hatte genug von diesem Geschwafel in den Zeitungen und im Fernsehen, von den Pressekonferenzen, und so rief ich meinen friesischen Trinkkumpan Gerbrand an, mit dem ich eine Stunde später wie immer im Café-Bistro *Jean-Jacques* saß.

Die aus den Augenwinkeln in die funkelnden Spiegelwände linsenden Mädchen waren wieder da, oder besser gesagt: Sie waren nie weg gewesen. Gerbrand gab sich energischer denn je. Er leerte mehrere große Flaschen Bier. Die ganze Zeit sah er mich verschmitzt an, während das, was er sagte, doch eher traurig klang. Anderthalb Jahre lang hatte er versucht, mit seinen drei schwarzen Panthern in einem russischen Zirkus unterzukommen, aber es war ihm nicht geglückt. Der Russe, der ihn mit den schönsten Geschichten über eine goldene Zukunft nach Moskau gelockt hatte, hatte ihm für die Organisation des Flugtransportes, die Quarantäne und die Besorgung der notwendigen Zertifikate Zehntausende Euro abgeknöpft. Alle seine Reserven waren inzwischen dahingeschmolzen. Für einen Moment hatte er erwogen, mit seinen Tieren nach Holland zurückzukehren, aber das Raubtierverbot im Zirkus würde bald von Trondheim bis Gibraltar gelten. Als Tierbändiger war er ein Flüchtling aus Europa.

Als ich ihn fragte, was er jetzt vorhabe, leuchteten seine Augen auf wie die Diamanten an den Halsbändern seiner Panther, die er früher immer im Dunkeln in die Manege gelassen hatte. Auf einer Party habe er eine vierzigjährige Blondine kennengelernt, halb russisch, halb usbekisch, ehemalige Balletttänzerin, die sich vor einem Jahr von ihrem Mann, einem steinreichen Russen, hatte scheiden lassen. Mit seinem weißblonden friesischen Haarschopf, Muskeln wie Stahltrossen und den Fotos von seiner Panther-Nummer hatte er sie verführt und noch am selben Abend ins Bett gekriegt. Innerhalb einer Woche war sie ihm völlig hörig geworden. Sie hatte den Yogaraum ihrer Villa im Wald von Barwicha in eine Minimanege mit originellen Attributen umbauen lassen. Dort habe er sie splitternackt mit seiner Peitsche dressieren müssen. »Sie ist vollkommen verrückt ...«

Nach ein paar Bieren waren Gerbrand und ich in eine andere Kneipe in der Nähe des Roten Platzes gegangen, wo wir mit Cocktails und Damen den Abend in die Nacht übergehen ließen. »Sie will mit mir immer auf irgendeiner Party, Vernissage oder Premiere herumprotzen. Es vergeht kaum ein Tag ohne irgendeine Veranstaltung. Das mit dem Zähmen in diesem Yogaraum geht jetzt unter ihren Freundinnen rum wie ein Lauffeuer. Andererseits – sie hat mir eine Kreditkarte ohne Limit in die Hand gedrückt. Ich habe völlig freie Hand! Sie besitzt achtzig Millionen Dollar. Die Gute hat keine Ahnung von Geld. Ich ziehe jeden Tag 5.000 Dollar bei der Bank. Nicht mehr und nicht weniger. Sie merkt es nicht einmal. Wenn ich das ein Jahr lang, am besten zwei, durchhalte, habe ich meine Schäfchen im Trockenen.«

Hier in der Tschaikowskistraße geht das Wummern, Bohren und Hämmern unvermindert weiter. Auch der Staub ist wieder da. Das Bäckermehl scheint nun direkt durch die Decke und über den Boden zu kriechen. Durch seltsame Mutationen wird es auch immer feiner. Julia rennt den ganzen Tag mit einem nassen Tuch durchs Haus, hat Angst um die Katzen. Heute Morgen sah ich sie sogar mit einer Maske, so einem weißen Mundschutz, mit dem die Chinesen ihre Welteroberung begonnen haben, und sie hat versucht,

Muscha ein ähnliches Ding über das Schnäuzchen zu ziehen. Es ist völliger Wahnsinn, aber ich stecke mittendrin. Wie viel kann ein Mensch aushalten?

Das gesamte Dekor über und unter mir in diesem historischen Gebäude ist inzwischen im Eimer. Ein junger Arbeiter, den ich im Treppenhaus traf, erzählte mir, dass die neuen Geräusche bereits von der Renovierung herrühren. Alle Wasserleitungen, Elektro- und andere Kabel müssten erneuert werden, ein Prozess, der allein mindestens elf Wochen dauern dürfte.

Kurz nachdem Julia gegen fünf zur Schule gegangen war, der Abendschule in der Sadowajastraße, wo sie unterrichtet, pro Stunde zwar nicht einmal das Äquivalent eines Cappuccinos auf dem Newski-Prospekt verdient, aber dennoch glücklich ist, weshalb ich sie dazu auch ermuntere, klingelte ihr Bruder.

»Schwagerherz, bist du zu Hause?«, rief er über die Sprechanlage.

»Ja, Schwager, ich bin zu Hause!«, antwortete ich fröhlich in den Telefonhörer, und drückte die Haustür unten auf der Straße auf.

Schnell überprüfte ich, ob im Kühlschrank Bier kalt stand. Julia hatte alles für die Einmachgläser mit den zu Konfitüre verarbeiteten Pflaumen, Heidelbeeren und Erdbeeren für den Winter leergeräumt. Ich legte drei Flaschen Baltika ins Gefrierfach, aber als Alexej wieder in alter Gewohnheit mir gegenüber am Tisch saß, mit hängenden Schultern und stumpfen Augen, sagte er, dass er kein Bier wolle, auch keinen Tee oder Kaffee – nichts.

»Es ist ein Unglück passiert«, brachte er dann vor Aufregung stammelnd heraus. »Ich sage es gleich, eine regelrechte Katastrophe.«

In der Nacht zuvor hatte mein Schwager mit seinem Freund und Partner auf der *Nautilus* getrunken. Das Geschäft lief gut, die Zahl der Kursteilnehmer für die Segelschule wuchs, manchmal vermieteten sie das Schiff inklusive Kapitän (meist er selbst) an Paare, die ein paar Stunden romantisch auf dem Finnischen Meerbusen herumschippern wollten. Mit der Tilgung der Bankschulden und der Außenstände bei mir würden sie im September anfangen. Endlich hatten sie mal einen freien Abend. Eine warme Augustbrise wehte über das Wasser, am Kai des Hafens hörten sie Gesang und Ziehharmonikamusik von einer Gesellschaft, die Fleisch unter freiem Himmel grillte; um ihren bisherigen geschäftlichen Erfolg zu feiern, seien sie wie die Millionäre an Deck ihres eigenen Schiffes gegangen, um einen draufzumachen. Ein Idiot sei er gewesen! Sie hätten nicht einmal viel getrunken, höchstens fünf Gläser Apfellikör, aber mit diesem bisschen Alkohol in ihren Adern seien sie in eine heftige Diskussion über die Zukunft ihres gemeinsamen Unternehmens geraten, und schließlich über Politik, wobei sein Partner meinen Schwager irgendwann als Verräter beschimpft hatte.

Im Gegensatz zu meinem Schwager, der damals als Obst- und Gemüseinspektor die halbe Welt bereist hatte, Englisch sprach und die Weltnachrichten täglich im Internet verfolgte, war sein Partner nur einmal im Ausland gewesen: mit einem Lieferwagen in Helsinki, um eine neue Küche für seine Wohnung zu kaufen, weil da, selbst nach Entrichtung der Einfuhrzölle, alles um die Hälfte billiger war. Aber als Spross eines ehemaligen sowjetischen Militärs war er Patriot. Am liebsten machte er in seinem eigenen Land Urlaub, und er war stolz darauf, dass sein Sohn bald in der Armee dienen würde. Als guter Bürger des Vaterlandes musste man zu Opfern bereit sein; wenn nötig, das eigene Fleisch und Blut. Nachdem die NATO-Truppen, so sein Partner, zunächst die Ukraine aufgehetzt hätten, stünden sie jetzt in den baltischen Ländern direkt an der russischen Grenze. Polen, Amerikaner, sogar Kanadier, angeführt von Berlin!

Meinen Schwager, obwohl Enkel eines Kapitäns der sowjetischen Marine, ekelte das System und das militärische Säbelrasseln Russlands an, und er hatte seinerzeit alle Hebel in Bewegung gesetzt, dass sein Sohn nicht eingezogen wurde. Eines Tages hatte er bei mir angeklopft, weil er ein Vermögen an einen Musterungsdoktor zahlen musste, damit der ein falsches Attest ausstellte; um die Gesundheit und das Leben seines Kindes zu retten, war ihm nichts zu teuer.

»Verräter!«, hatte der Partner meinem Schwager auf dem Boot plötzlich an den Kopf geworfen.

»Was meinst du damit?«

Es folgte ein kurzes Stillschweigen, worauf aus dem Munde des Partners, der nüchtern die Freundlichkeit in Person war, nie Streit suchte und keiner Fliege etwas zuleide tun konnte, wieder das schreckliche Wort kam.

»Jemand, der seinen Sohn von der Armee fernhält, ist ein Verräter!«

Um des lieben Friedens willen hatte mein Schwager Apfellikör nachgeschenkt und dabei versöhnlich gemurmelt, dass sie als Freunde zum Glück unterschiedlicher Meinungen sein könnten, und war in seiner Rede fortgefahren. Das Land sei in die Hände von Leuten gefallen, die das Leben nicht wirklich kannten. Von der Clique in Moskau über die Gouverneure von Kaliningrad bis hin nach Kamtschatka! Ja, die hätten wirklich keinen blassen Schimmer! Das sei vielleicht das größte Verbrechen. Sie lebten in Villen und Palästen, besäßen Privatflugzeuge, schickten ihre Kinder auf Eliteschulen in den Westen, wo sie auch ihre Landhäuser und Milliardenvermögen hätten, befolgten aber gleichzeitig die Anweisungen des Satrapen, nach denen eben dieser Westen verabscheuenswürdig sei und sie da alles schwarzmalen und hassen sollten. Wie lange würde das Land diesen Spagat noch aushalten? Im Kreml besäßen sie alle die modernsten Smartphones, aber die Rundschreiben in ihren Mailboxen klängen alle nach Sowjetunion und Mittelalter! Das Land gehe rückwärts, nicht vorwärts. Und mein Schwager, der in seiner Unnachgiebigkeit nach seinem Vater kam, meinem Schwiegervater, der nach einem Leben voller harter Arbeit und Anstand mit der Rente eines besseren Landstreichers in einer Einzimmerwohnung abgespeist worden war, mein Schwager sagte seinem Partner, dass er ihn bedauere, weil er nie wirklich in Europa gewesen sei, nicht in erster Linie in den Museen, den herrlichen Stadtzentren und an den Küsten mit ihren Dünen und Palmen, sondern eher im Inneren von Ländern wie Belgien, Deutschland, Dänemark und Frankreich mit ihren rundum gut bestellten und gepflügten Äckern, Viehställen, Fabriken und Privatunternehmen, die Dinge produzierten, die überall gefragt waren – andernfalls gehe man nämlich pleite –, und vor allem in den Dörfern, Städten und Gemeinden mit Bäckern, Metzgern, Floristen, Schreinern, Dachdeckern, Malern, Besitzern von Restaurants und Kneipen sowie Kaufleuten, die wie die Bauern nicht nur über spezielles Wissen verfügten, sondern ihre Arbeit auch *liebten*, ganz anders als in Russland, wo fast alle Handwerkskunst von den Kommunisten zerstört und unterdrückt worden sei und sich selbst ein Vierteljahrhundert nach dem Zusammenbruch der UdSSR noch nicht wieder erholt habe. Die Machthaber blickten auf Menschen wie sie, die unternehmungsfreudige untere Mittelschicht, doch nur verächtlich herab. Wie lange hätten sie denn um die Genehmigungen für ihre Segelschule betteln müssen? Wie viel Zeit habe es gekostet, die richtigen Stempel zu ergattern? Wie viel Schmiergeld hätten sie überall bezahlt? Wie um alles in der Welt könne sein Partner Leute lieben, die ihn in seinem ganzen Wesen einfach nur verachteten? Seinerzeit sei der Satrap als Spion im Ausland gewesen, misstrauisch gegenüber jedem, immer auf der Hut. Später als Präsident habe er die meisten Hauptstädte besucht, aber was wisse er über das *wirkliche* Leben da? Ob er jemals auf einer französischen Landstraße umhergefahren sei, wo links und rechts Vieh graste, fruchtbare Felder lagen, nicht in einer Limousine mit Begleitwagen voller Leibwächter, sondern in einem Auto wie jeder freie europäische Bürger? Er habe keine Ahnung davon, was für ein Vergnügen es sei, über einen französischen Markt zu schlendern, wo Bauern aus der Umgebung ihre frischen Produkte verkauften, wo Ärzte und ihre Familien ihre Waren besorgten, Ärzte, die den Menschen vor allem deshalb halfen, weil sie Ärzte waren, nicht wegen der Bestechungsgelder, oder in Städten mit Polizisten und Beamten herumzulaufen, denen man vertrauen könne, wo die Richter wirklich Recht sprächen und keine Befehle von oben ausführten, wo ein Mensch – kurz gesagt – wie ein Mensch leben könne.

»Die russischen Tomaten sind die besten der Welt«, hatte da sein Partner angemerkt, der ihn nicht verstanden hatte oder nicht verstehen wollte. »Und wenn es da so gut läuft, warum ist dann halb Europa in Aufruhr? Und was faselst du über diese Bauern? Unsere Getreideernte bricht alle Rekorde. Wir sind wieder die Kornkammer der Welt!«

Schließlich hatte sich mein Schwager getrollt; erst heute am Morgen war ihm zugetragen worden, was danach passiert war. Sein Partner war auf der *Nautilus* geblieben. Er hatte eine zweite Flasche Apfellikör geöffnet. Nach einer Weile hatten sich zwei Schatten von der Schaschlik brutzelnden und musizierenden Gesellschaft am Kai zu ihm gesellt; zwei junge Frauen. Sie hatten sich an Bord der Jacht geschwungen, auf der ein breitschultriger Mann im Licht einer Sturmlampe einsam herumsaß und becherte. Sie hatten mitgetrunken und ihn recht bald überredet, mit ihnen eine Spritztour aufs Meer zu unternehmen. Was genau passiert war, wusste er noch immer nicht. Sein Partner war auf jeden Fall mit seinem benebelten Kopf losgesegelt, auf wundersame Weise auch mit heiler Haut vom Finnischen Meerbusen zurückgekehrt, aber dabei muss er in seinem alkoholischen Nebel etwas mitgenommen haben: eine Dalbe, eine Boje, vielleicht auch den Kai. Auf jeden Fall war das Polyester des Schiffes auf der Backbordseite so schwer beschädigt, dass es fast gesunken wäre. Die *Nautilus* war komplett im Eimer, sie musste so schnell wie möglich repariert werden, es war ein Schaden von Tausenden und Abertausenden Euro.

»Was bin ich bloß für ein Trottel!« Mein Schwager barg vor Verzweiflung den Kopf in seinen Händen. »Zuerst wegen des Saufens, dann wegen des Streits über diese verteufelte Politik. Normalerweise ist mein Partner ein netter Kerl, ich schwöre es, es ist immer nur dieser verfluchte Suff ... Was soll ich jetzt machen?« Alexej sah mich mit dem traurigen, feuchten Blick eines von seiner Mutter verlassenen Robbenbabys an. »Komm, gib mir doch mal ein Bier ... Wie konnte ich nur so verdammt blöd sein? Ich bin ruiniert, ich weiß nicht, was ich tun soll, ich bin mit den Nerven am Ende ...«

Als ich mit zwei eisbeschlagenen Flaschen Bier aus der Küche zurückkam, nahm mir mein Schwager sofort eine aus der Hand, brummte, dass er kein Glas brauche und trank. Danach meinte er, dass seine Segelschule natürlich unter keinen Umständen unter dem Vorfall leiden dürfe. Er habe sich inzwischen einen Ruf erworben! Außerdem seien seine Kurse bis Ende September ausgebucht. Während die *Nautilus* repariert würde, müsse er ein Schiff mieten, er habe sich schon im Internet umgetan, es gebe Angebote in Hülle und Fülle, und sein Partner habe versprochen, sein Auto zu verkaufen, was die ersten Kosten zu siebzig Prozent decken würde, aber dann blieben immer noch verdammte dreißig Prozent übrig.

»Wie viel?« Ich setzte die kalte Flasche Baltika an meine Lippen; ein stechender Schmerz fuhr durch meine Vorderzähne.

»Für mich wären das drei Mille«, antwortete mein Schwager. »Sag mal, was ist das nur für ein schrecklicher Radau da oben?«

Im Schlafzimmer hatte Julia alle Möbel mit alten Laken abgedeckt; es war der gespenstische Anblick eines Hauses, das die Bewohner schon vor langer Zeit verlassen hatten, so aber konnten wir am Abend wenigstens in ein staubfreies Bett kriechen. Ich zog das Laken von einer Kommode weg, bückte mich, öffnete die Schranktür und nahm eine graumetallene Geldkassette heraus. Sie hatte immer im Büro meines Vaters zwischen Makkaroniverpackungen, Riesendosen mit eingemachten Tomaten, Weinkisten und anderen Vorräten gestanden, wo er die Buchhaltung an einem Tisch machte, der früher mal im Café gestanden hatte; meist steckte er noch in seinen Kochklamotten. Die Kassette war eines der wenigen Dinge, die ich von ihm geerbt hatte. Damals hatte ich alles meinen Brüdern überlassen, ihrer Kinder wegen.

Es lagen noch achttausend darin – hundertsechzig Fünfzig-Euro-Scheine. Den Schlüssel dieses Minisafes hatte ich immer dabei. Julia wusste nichts von dem Geld. Jeder Mann hat seine Geheimnisse. Ich hatte einen Teil meiner Hypothek für die Renovierung damit ablösen wollen, mich aber dann doch entschlossen, es beiseite zu legen für etwas, was die Russen den »schwarzen Tag« nennen. Schnell zählte ich sechzig Fünfziger ab. Ich stellte die Kassette zurück, schloss die Schranktür und ließ das Laken wieder darüberfallen, wobei Klakson mit erhobenem Schwanz ankam, um nach dem Rechten zu sehen, bis von oben das Heulen des Drillbohrers wieder anschwoll und er schnell zurück zu Muscha und Persik in den Wäscheschrank flüchtete. Im Wohnzimmer berechnete mein Schwager etwas mit Bleistift und Papier, die Zungenspitze zwischen den Lippen. Er sah zu mir auf und sagte ruhig: »Wenn es keine weiteren Rückschläge mehr gibt, kann ich nächsten Sommer anfangen, es dir zurückzuzahlen. Keine Angst, Schwagerherz, ich weiß genau, was ich dir schuldig bin. Eines Tages bekommst du alles zurück. Dieses verdammte Land ist letztlich zum Erfolg verurteilt, und wir beide mit ihm!« Sein Kichern ging über in ein lautes Lachen; und obwohl ich nicht wusste, ob er es ernst meinte oder nur Spaß machte, stimmte ich in das Gelächter meines Schwagers ein.

In Moskau, auf dem Weg zu einem Termin für die Zeitung, lief ich am Oktoberplatz vorbei, wo ich lange nicht mehr gewesen war. Der majestätische Lenin auf seiner Säule, auf den Julia und ich im Winter 1990 aus unserem Doppelzimmer geblickt hatten, stand noch immer da. Mit der rechten Hand in der Hosentasche, wehenden Rockschößen und bronzenen Revolutionären zu seinen Füßen am Sockel, schaute Lenin über die ganze Stadt wie ein General, der ein Schlachtfeld betrachtet. In jenen Jahren war dieses Viertel das Epizentrum der gerade entstandenen Marktwirtschaft.

Inzwischen war der Kapitalismus so normal geworden wie ein Big Mac, der Oktoberplatz mit dem Beginn des Lenin-Prospektes aber war noch immer eine der belebtesten Schlagadern der Stadt.

Nachdem sie die Million D-Mark für ihr Tomografieprojekt eingesackt hatten, war ich den beiden sibirischen Wissenschaftlern aus Nowosibirsk nie wieder begegnet, zumindest nicht in persona. Chinstein ist seit Jahren regelmäßig im Fernsehen, als Nuklearexperte und Sprecher einer der Parteien, die der Satrap als Applausmaschine am Leben hält. Er ist älter geworden, aber auf eine Art und Weise, die nicht auf Verfall, sondern auf Konservierung hindeutet. Sein blauschwarzer Haarhelm hat sich weißgrau gefärbt, die Augen in seinem geschliffenen Vogelkopf sind scharf wie immer: der Typ Mann, der steinalt wird. Nachdem das Duo seinerzeit die deutschen Förderer betrogen hatte, war sein Kollege von der Akademie der Wissenschaften, Trofimow, bald gestorben. Bei einem Tauchgang im Iberischen Meer vor Mallorca war er von den Wellen verschlungen worden; seine Leiche ist nie wieder aufgetaucht. Ich hatte es zufällig gehört, als Chinstein ein Interview auf einer Internetseite gab, wobei er ein Loblied auf den Unterricht in der Sowjetunion sang und das traurige Schicksal seines früheren guten Freundes und Wissenschaftskollegen in Akademgorodok memorierte.

Das Hotel der Akademie der Wissenschaften, wo Julia und ich einst in Champagner gebadet hatten, war im Laufe der Jahre zu einer zweifelhaften Bruchbude heruntergekommen. Es gab dort zwielichtige Massagesalons, Menschenhändler bereiteten ihre lebende Handelsware aus dem Osten, die für den Westen bestimmt war, für den Weiterverkauf vor. Im Erdgeschoss hatten sich rund um die Lifts – mit einem von ihnen ist Posorski zu seiner Liquidation gefahren – in der damals ziemlich schicken Lounge basarähnliche Läden niedergelassen.

Das Sowjetgebäude stand mit Tausenden anderen Sowjetgebäuden im Zentrum der Stadt auf der Vorschlagsliste für den Abriss, ebenso die Wohnung, die ich gemietet hatte. Die Kulisse von Moskau, wo ich die besten Jahre meines Lebens verbracht hatte, verflüchtigte sich. Vielleicht war es Zeit, endgültig abzuhauen. Aber wohin?

In meiner Wohnung an der Großen Tatarenstraße schrieb ich den Artikel über die Geschichte, wegen der ich an diesem Tag unterwegs gewesen war, und fand in meinem Posteingang eine Nachricht von meinem Freund Felix vom Cap d'Antibes. Zehn Tage zuvor hatte ich ihm die neueste Version meines Buches über die russische Revolution von 1917 geschickt, das aber noch nicht fertig war. Die Mails meiner Verlegerin aus Amsterdam, in denen sie mich fragte, wo denn mein Manuskript bliebe, klickte ich weg, sie erklärte zwar, dass die Deadline noch nicht abgelaufen sei, sie aber doch allmählich gespannt wäre, was das für ein Roman werden würde. Die Angst, die ewige Angst vor dem Versagen, spielte mir Streiche. Wie froh ich war, dass bald alles vorbei sein würde!

Auch mit ein paar hundert Seiten mehr hatte sich am Urteil meines Freundes wenig geändert. Ich sei ein Armleuchter, weil ich dieses Thema der Newa als Scheidelinie zwischen Reich und Arm, zwischen Mangel und Wohlstand, Ausbeutung und Herrschaft im damaligen Petersburg nicht weiter ausgearbeitet und mit den aktuellen Ereignissen verknüpft hätte. Das Mittelmeer sei die neue Newa. Nicht über das Eis, sondern mit Booten kämen die Ausgestoßenen dieser Erde über die Wogen, um ihr Recht einzufordern. Der Exodus hauptsächlich aus Afrika Richtung Europa ginge immer weiter. Arme Teufel, die von nichts anderem als einer menschlichen Existenz träumten, ersöffen täglich wie Ratten in den kalten Wellen, und rechte Arschlöcher auf der ganzen Welt fanden das anscheinend alles ganz prima, unternahmen nichts oder forderten sogar die Verwandlung Europas in eine Festung, unterstützt von dem Plebs, der jetzt überall aus seinen Löchern gekrochen kam: Der alte Kontinent hatte sich wieder einmal in einen Tiergarten politischer Abenteurer und Agitatoren verwandelt.

Inzwischen ist es hier an der Côte d'Azur glutheiß, Mensch, hatte er seine Mail beschlossen. *Im Hinterland hatten wir schon wieder ein paar heftige Waldbrände. Meistens bleibe ich zu Hause, mit einer Flasche Rosé und meiner Freundin am Rand vom Pool. Mich machen all diese Touristen verrückt, dieses Jahr wimmelt es auf dem Boulevard in Nizza von Chinesen, aber Gott sei Dank gehe ich morgen für eine Woche nach Kanada, um Sommerski zu fahren, danach bin ich für ein paar Tage – zum Entspannen und wegen eines Kongresses über E-Commerce – in New York, und Mitte September komme ich zurück. Die letzten beiden Septemberwochen und der Oktober sind die schönste Zeit des Jahres, wenn sich der Großteil des Pöbels verzogen hat. Wenn du Zeit und Lust hast, mit deiner Frau vorbeizukommen, bist du immer willkommen! Das weißt du ja, oder?*

Grüße, Felix.

O ja, mein Freund im Süden von Frankreich hatte recht: Man musste nur das Wort »GOSSUDAR«, mit dem sich die armen Schlucker im Winter 1905 in ihrer Petition vergeblich an den Zaren gewandt hatten, in »EUROPA« ändern, »PETERSBURG« in »AFRIKA« und »STÄNDE« in »LÄNDER«, und das Gedicht der Geschichte reimte sich wieder einmal.

Europa,

Wir Arbeiter und Bewohner von Afrikas verschiedenen Ländern, unsere Frauen, unsere Kinder und unsere betagten hilflosen Eltern sind zu dir, Europa, gekommen, um Gerechtigkeit und Schutz zu suchen. Wir sind verelendet, wir werden unterdrückt, über unsere Kraft mit Arbeit überlastet, verächtlich behandelt (...) Wir ersticken unter der Despotie und Rechtlosigkeit. Europa, wir haben keine Kraft mehr, und unsere Geduld ist am Ende. Wir sind bei dem furchtbaren Augenblick angelangt, da der Tod willkommener ist als das Andauern der unerträglichen Qual ...

Bei den Anfängen der Revolution von 1917, als in diesen kalten und blutigen Tagen im Februar schnell klar wurde, dass es mit der zaristische Welt definitiv vorbei war, dass man am Beginn von etwas ganz Neuem stand, wobei einige trotzdem unvermindert auf eine Rückkehr zur alten Ordnung hofften, andere sich dagegen auf die totale historische Abrechnung vorbereiteten, gaben einige Mitglieder des hauptstädtischen Adels ihren Kutschern in höchster Eile den Befehl, ihre Privatkarossen und Schlitten mit roten Zügeln zu bespannen.

Die Fassaden ihrer neoklassischen Stadtpaläste wurden von ihren Lakaien mit roten Flaggen und Bannern behängt: gleichfalls als Beweis für ihre ehrlich empfundene Unterstützung der Revolution. Hier wohnte zwar der Adel, aber eben der *gute* Adel, mit dem Herzen am rechten Fleck. Natürlich begrüßten sie den bolschewistischen Umsturz aus tiefster Seele! Hatten sie sich nicht ihr ganzes Leben lang für eine gerechtere Gesellschaft eingesetzt? Für mehr Rechte und Chancen für die Armen? Für eine gerechtere Verteilung der irdischen Vergnügungen und Reichtümer? Hatten sie nicht in ihren jungen Jahren als Mitglieder der privilegierten, intellektuellen, herrschenden Klasse ihren heimlichen Flirt mit den Ideen der Revolution? Hatten sie nicht immer die richtigen Bücher, Zeitungen und Zeitschriften gelesen? Aber nun ja, sie hatten es natürlich geheim halten müssen, ein Mensch ging mit seinen Wohltaten eben nicht hausieren, aber sie hatten die *Narodnaja Wolja*, die Volkswillen-Bewegung, unterstützt, die es auf den Sturz des Zaren abgesehen hatte, und zwar nicht nur moralisch, sondern auch finanziell – leider gab es darüber keine Quittungsbelege. Aber die roten Zügel, mit denen sie ihre Kutschen hatten ausrüsten lassen, die waren der Beweis!

Das Rot sollte jetzt ihr Leben retten.

Der Aufstand von 1905, der ausbrach, nachdem Zar Nikolaus II. die Petition des Volkes negiert und auf seine Untertanen hatte schießen lassen – die Straßen waren plötzlich übersät mit Leichen der Wohlhabenden und der Horizont des Landes glühte orangerot von durch Bauern, die sich an ihren Gutsherren rächten, in Brand gesteckten Landgütern –, hatte der abstrakten Liebe der Privilegierten zu ihren armen Mitmenschen einen Knacks versetzt, ihnen aber zugleich die Augen für die Hässlichkeit des Volkes geöffnet, doch die Gewissensbisse und Schuldgefühle wegen der Ausbeutung der Ausgestoßenen saßen noch immer tief, und sie verhielten sich nach dem Katastrophenjahr 1905 wie Drogenabhängige, die ihren existenziellen Schmerz nur im Rauschzustand überwinden konnten, also feierten sie feste weiter, fraßen die Zinsen aus dem geerbten Familienvermögen auf, indem sie an die Kurorte und die Rivieras reisten und sich abends wie ehedem bedienen ließen und Speisen und Weine von ihrem Personal aus der Küche gebracht bekamen, die sie selbst meist nie betreten hatten.

»Waren wir alle so vollständig gefühllos, so schrecklich abgestumpft, daß wir es gar nicht empfanden, wie das behütete Leben, das wir führten, in sich eine ungeheure Ungerechtigkeit darstellte und darum möglicherweise nicht von Dauer sein konnte?«, fragte sich Nicolas Nabokov, ein Cousin des Schriftstellers, in seinen Memoiren, nachdem auch er aus der Märchenwelt vertrieben worden war.

Nach dem Ausbruch des Furors in Petersburg hätte die von Lenin angeführte Weltrevolution fast ihren Abschluss gefunden. Obwohl Pieter Jelles Troelstra wegen seines stümperhaften Revolutionsversuchs 1918 von den niederländischen Polderbürgern ausgelacht worden war, konnten die Bolschewiken überall in Europa auf anfangs erfolgreiche Außenstellen zählen. Auch im besiegten

Deutschland, in Italien, auf dem Balkan, im zerfallenen Österreichisch-ungarischen Reich zog eine wütende Meute mit roten Bannern und Fahnen, Knüppeln, Totschlägern, Messern und Schusswaffen durch die Straßen, um mit den alten kapitalistischen Regimen ein für allemal abzurechnen. Erst nach dem Zweiten Weltkrieg gelang es Stalin, seine kommunistischen Satellitenstaaten in Osteuropa zu installieren, aber die Jahre 1918 und 1919 hatten dem Abendland die historische Chance eröffnet, wirklich rot zu werden – nicht rot vom Blut, sondern politisch gesehen.

Viele deutsche Soldaten, die aus den Schützengräben zurückkehrten und ihren Heimatboden im völligen Chaos vorfanden, feige zurückgelassen von ihrem in die Niederlande geflüchteten Kaiser Wilhelm II., setzten ihre Hoffnung auf die Spartakisten um Karl Liebknecht und Rosa Luxemburg, die Anführer der deutschen Kommunisten. Das rote Gespenst der Menschenliebe rülpste, stank aus allen seinen Poren und übersäte den ganzen alten Kontinent mit seinen Exkrementen. Ungarn hatte bald seine eigene Sowjetregierung, angeführt vom »Lenin von Budapest« – dem Gentleman-Diktator Béla Kun. Auch in den Karpaten, auf dem Balkan und in der neuen kleinen Republik Österreich rührten sich die Kommunisten, und im nahe gelegenen Bayern füllten sich die Bierwirtschaften mit leidenschaftlich rauchenden und unentwegt tagenden roten Gardisten, Kommunisten, ehemaligen Deserteuren, übergelaufenen Soldaten, Nihilisten, Studenten und Künstlern – die Männer mit langem, die Frauen oft mit kurz geschnittenem Haar –, die die Räterepublik in ihrer ganzen revolutionären Zügellosigkeit mit Sex und Kampfliedern ausriefen, während man in den Hauptquartieren die Finger ständig am Abzug der Maschinengewehre hielt, bereit zur Weltrevolution.

Doch all das mündete nur in ein Niedermetzeln der Kommunisten, dann kam der politische Stacheldraht der Weimarer Republik von 1919, der ersten parlamentarischen Republik in der deutschen Geschichte, wobei ein Ex-Anstreicher und gescheiterter Kunstmaler aus Österreich mit einem schwarzen Zahnbürstenbärtchen dieselben bayerischen Brauhäuser schon bald wieder füllte, sein hypnotisches und dämonisches Rednertalent sorgte für

Zulauf, wobei er oft schlagfertig wie ein geborener Komiker war; man lag im wahrsten Sinne des Wortes schief vor Lachen auf den nassen Holztischen, wenn er wieder einmal mit schnarrender Stimme einen habgierigen Juden nachäffte und oft die gleichen Männer in Ekstase versetzte, die hier vorher desillusioniert und völlig zermürbt zusammengesessen hatten, um den kommunistische Prophezeiungen aus anderen Mündern zu lauschen, und die jetzt wieder hoffnungsvoll auf das Podium starrten, während das Löwenbräu wie flüssiges biblisches Gold aus den Zapfhähnen strömte und in den Maßkrügen aufschäumte.

Schon bald wurde Hitler in »bayerischer Mussolini« umgetauft, das Äquivalent des von den Göttern gesandten Italieners mit den Granitaugen, der Granitfaust und dem Granitkinn, der sich in gleichem Maße auf Massenpsychologie verstand mit seinen kurzen Stößen aus tiefster Kehle: ein wütendes Hundegebell, das Stakkato eines Maschinengewehrs, wie Lenin es vorgemacht hatte. Mit Lenin und keinem anderen als Lenin begann dieses hysterische Belfern, das öffentliche Diffamieren des Gegners als Bluthund und die Propaganda, ein Schauspiel, das seither nie auch nur eine Pause eingelegt hat. Die fragile deutsche Demokratie tat ihr Werk. Hitler wurde zum Reichskanzler ernannt, der Aufstand war also doch noch erfolgreich, obwohl das Ergebnis anders aussah, als viele es sich erhofft und erwartet hatten.

Stand die Welt wieder am Vorabend einer Revolution? War das Umherstreifen von Millionen Heimatlosen und Flüchtlingen durch die ganze Welt, die Arbeitslosigkeit, die nie aufgehört hatte, in Kombination mit der demografischen Lokomotive, die von Afrika in Richtung altes Europa losdonnerte, nicht das Rezept für das Allerschlimmste?

Der Flirt des russischen Adels mit den weniger Glücklichen, den Armen, mit denen, die sie im täglichen Leben herumkommandierten und denen sie befahlen, Brennholz für ihre Kamine herbeizuschleppen, Mäntel abzunehmen, Wärmflaschen ins Bett zu legen, war in den Jahren vor der Revolte von 1917 für viele nur eine Mode gewesen, ein Parfüm, das man auftrug, eine Liebe, die nichts kostete.

Als dann die Zeit der Abrechnung anbrach, nahmen viele von ihnen Zuflucht zu den roten Zügeln. Inzwischen hatte die Menschheit eine neue Lektion gelernt: Die roten Zügel waren massenhaft eingeführt worden, nicht erst, als es schon zu spät war, sondern gleich vorauseilend. Nach den Revolten in den Sechziger- und Siebzigerjahren, als die letzten Bollwerke der patriarchalischen alten Welt gefallen waren, hatte sich die westliche Zivilisation allmählich zu einem Reich der Roten Zügel gewandelt, angeführt von einem allumfassenden Ritterorden, einer Bruderschaft der Roten Zügel, in der sich's gut leben ließ, wo der Optimismus in hoher Blüte stand, wo man endlich mal an sich selbst denken konnte, wo das Wachstum grenzenlos weiterzugehen schien: ein Universum, in dem alles erlaubt war, in dem eine Generation das Wort führte, der noch nie etwas Ernsthaftes zugestoßen war; die Geschichte war abgeschlossen, alles war rein und allein auf eine glänzende Zukunft ausgerichtet, die noch heller strahlte als die Gegenwart; die Menschen, die man traf, gaben sich freundlich und nett, man drückte Arbeitern die Hand, wie man einem Straßenhund entzückt übers Köpfchen streichelte; Neuankömmlinge pries man ob des Farbenreichtums ihrer Kulturen als eine notwendige Bereicherung; das eigene Leben war inzwischen für gewöhnlich so sauber und weiß wie ein frisch gestärktes Laken – zeigte sich ein Fleck auf diesem Tuch, brach sofort Panik aus, denn frisch gestärkte Laken hatten weiß und makellos zu sein –, noch nie zuvor hatten die Freiheit und die Freuden des Lebens so gut gemundet und gerochen, besonders in dem sich fortwährend vergrößernden Archipel der Restaurants: Zwei Schritte nur, und man hatte kulinarisch die ganze Welt auf seinem Teller, allein die Philister kochten noch selbst und aßen zu Hause; die Flugmaschine war das neue Fahrrad, im Reich der Roten Zügel flog man zu seinen Sommerhäusern in Frankreich, Florida und der Toskana wie der kleine Mann über den Schotterweg in seinem Garten zum Schuppen ging; Krieg und Armut waren Phänomene in weiter Ferne, und wenn die Bedrohung durch Krieg und Armut bis an die Grenzen ihrer gesegneten Viertel, manchmal sogar auf beängstigende Weise bis hinein in ihre Straßen und an ihre schönen Häuser kam, dann war ohne ihre Mitwisserschaft etwas gründlich schief gelaufen, wie bei einer hübschen Mama am Strand, die ihr Kind vermisste, schaute man sich einen Moment lang gemeinsam um, und ein Schuldiger war schnell ausgemacht; schon frühzeitig im Kindergarten war ihnen Liebe zu bedrohten Pflanzen, Tieren und fernen Völkern beigebracht worden und man hatte sie Schritt für Schritt auf die allgemeine Menschenliebe vorbereitet, ein herzenswarmes Mitgefühl für die ganze Menschheit, und durch einen wundersamen Mechanismus der Ethik war man selbst immer ohne jede Schuld, die Kritik am eigenen Handeln kam aus den übelriechenden Höhlen der Gemeinheit, des Hasses, der Missgunst, der Eifersucht, aus den Kloaken des Grolls, aus den Sumpfgasen der Regression; selbst machte man wenig oder gar nichts falsch: Ein Mensch, der das Gute für andere Menschen wollte, konnte nie ein schlechter Mensch sein, im Reich der Roten Zügel ging es nicht so sehr um die politische Farbe, die Zügel wurden durch Vertreter aller Überzeugungen und Gesinnungen angezogen, von ganz links bis ganz rechts, wobei der einzige wesentliche Unterschied darin bestand, dass diejenigen, die ein linkes Weltbild vertraten, rechts lebten und diejenigen, die rechts waren, ebenso: In ihrem Handeln gab es kaum Unterschiede, ihr Leben war oft vollkommen identisch, nur ihre Äußerungen klangen verschieden; es war ein phänomenales und schönes Schauspiel von einer bewegenden, manchmal fast ergreifenden Schönheit, die Mitglieder der Bruderschaft der Roten Zügel lenkten gemeinsam mit ihrem roten Zaumzeug eine riesige Luftkutsche, eine fliegende goldene Karosse, einen offenen Landauer mit vorgespannten Luftpferden, deren Hufe in den rosa Wolken trappelten, als ob sie schwämmen, und auf den seidenweichen Federkissen war genug Platz für sie alle – für ihre Familie, ihre Kinder, oft auch für ihre Freunde; einen Kutscher gab es nicht, das waren sie selbst, und die von Luftpferden gezogene goldene Karosse trieb wie ein überirdisches Phänomen im strahlenden Lichterfunkeln über die Länder Europas hinweg, während die Masse mit in den Nacken gelegtem Kopf nach oben blickte, zunächst voller Ehrfurcht und mit offenem Mund, als wäre es eine umgekehrte Sonnenfinsternis, und diejenigen, die zu lange hinaufstarrten, bekamen ein Ziehen im Hals und stechende Kopfschmerzen, einige waren im Laufe der Zeit durch den Anblick leicht geblendet und ihnen tanzten Flecken vor den Augen, keine roten, sondern schwarze und braune; die wichtigste Regel im Königreich der Roten Zügel war diese: Immer, ohne Ausnahme, musste man in Übereinstimmung mit dem Gesetz handeln, in diesen Grenzen war alles erlaubt, selbst die Beschmutzung und das Verachten der eigenen Moral; in der Öffentlichkeit mochte man sich für Vielfalt einsetzen, in Büchern, Broschüren und Zeitungen darüber schreiben, man durfte sogar Parteien anführen, die fast ausschließlich von dieser ethnischen Prophezeiung angetrieben wurden, aber in der Zwischenzeit hatte sie niemand daran gehindert, ihr eigenes Kind auf die allerbeste Schule zu schicken, also immer auf eine weiße; auf den seidenweichen Kissen der Luftkutsche wurden eifrigst Tipps über die Universitäten auf der ganzen Welt ausgetauscht, Institute, die ihrem Kind die besten Chancen eröffnen würden; die jüngsten Sprosse der Bruderschaft waren das Wertvollste, was sie besaßen, die Kontakte, die die Kinder während der Ferien unter der lächelnden Aufsicht ihrer Eltern knüpften, wurden für den Rest des Jahres digital und während kurzer Erholungspausen – eine Woche Skifahren, eine Woche Schnorcheln, ein Städtetrip – fortgesetzt, auch für die Kinder in der goldenen Luftkalesche schien es keine Grenzen zu geben, sie alle schwebten über die Welt wie Adler über frisch gepflügten Äckern, kannten einander, sprachen die gleiche Sprache; im Reich der Roten Zügel ging man im Allgemeinen zur Arbeit wie alle anderen Sterblichen auch, aber am Ende des Monats kamen viele Mitglieder der Bruderschaft mit drei-, vier-, fünf-, manchmal sogar fünfzehn- oder zwanzigmal mehr Gehalt nach Hause als diejenigen, die noch mit schmerzendem Genick nach oben starrten, das war der Markt, das Gesetz von Angebot und Nachfrage, das die großen Unterschiede erklärte, dominierte und rechtfertigte; es war nichts Ungesetzliches dabei, dass der eine einen ganzen Monat lang für das arbeiten musste, was der andere an einem Tag verdiente, in den Vorstandsetagen der multinationalen Konzerne, in denen der Banken und Anwaltskanzleien war das seit Menschengedenken nie anders gewesen, das Phänomen hatte nun einfach nur auch anderswo Schule gemacht, Direktoren von halbstaatlichen Unternehmen, Wohnungsbaugesellschaften, Versorgungseinrichtungen, Krankenhäusern, Pflegeeinrichtungen und sogar Schulen waren zu Kapitalisten geworden mit Boni und Autos mit Chauffeur, aber nicht mit eigenem Kapital, sondern dem der Gemeinschaft; Freunde wurden als Berater für Tagessätze herangezogen, die ein Schlachter von Kühen und Schweinen im Schlachthof nicht einmal in einem ganzen Monat auf seiner Gehaltsabrechnung sah, in der Wohlfahrt der goldenen Luftkutsche sprachen die Newcomer schon bald die gleiche Sprache wie die älteren Passagiere, neben den Schultipps für ihre Nachkommen wurden heimlich Adressen von Bankiers und Buchhaltern ausgetauscht, von unzweifelhaft ehrlichen, zuverlässigen, anständigen Menschen, die ihnen helfen würden, dem Staat so wenig wie möglich von dem ihnen selbstverständlich in voller Höhe zustehenden Einkommen abzugeben, viele Hinweise erstreckten sich meist auf den Kauf von Immobilien im Ausland, da, wo auch ihre fiskalischen Konstrukte angesiedelt waren; es war nichts Illegales daran, man durfte es, aber man scheute sich wie der Teufel das Weihwasser, gegen die wichtigste Regel im Reich der Roten Zügel zu verstoßen, denn alles geschah innerhalb des Gesetzes, in Regionen, die noch höher waren als die, in denen sie selbst durch das Firmament stießen, fanden sie sogar ein Vorbild, und diejenigen, die sich in der niederländischen Ecke der goldenen Luftkutsche niedergelassen hatten, verwiesen auf ihren König, auf ihren Monarchen, den von Gott über sie, die fernen Nachkommen des berühmten Hauses Romanow, gesetzten, von dem sich eines Tages herausgestellt hatte, dass er in dem von ihm regierten Fürstentum überhaupt keine Steuern auf sein Einkommen zahlte, er verwies auf das Gesetz, auf die Demokratie, auf das Parlament, nie auf die Ethik, und die auf ihre Seidenkissen durch die Luft schwebenden Passagiere zogen ihre roten Zügel an, wurden sie doch von königlicher Seite ermuntert, während die inzwischen machtlos und wütend vom Boden in den Himmel starrende Menge als Idiotenhaufen bloßgestellt wurde; bei der supranationalen Behörde, die in den goldenen Türmen von Brüssel residierte, war das alles ebenfalls Jacke wie Hose, wenn der neue europäische Adel mit seinen steuerfreien Gehältern und Aufwandsentschädigungen frische Luft schnappen wollte und in die nahe gelegenen Armenviertel stiefelte, dann unternahm man eine Wanderung durch die Zeiten, so wie man es 1917 vom schicken Newski-Prospekt bis an den Stadtrand der Wassiljewski-Insel getan hatte, wo es schon nach Aufstand roch; der moderne Pauperismus war gemischt, es gab Bodenständiges wie von außen Eingeschlepptes; als ironische und ekelhafte Auswirkung des Handelns der Bruderschaft der Roten Zügel wurden gerade sie, die für einen Job, für etwas Luft oder ein ehrbares Leben kämpften, aufeinander gehetzt, anders als in Petrograd kurz vor der Revolution, wo die Bourgeoisie in Pelz gekleidet umherstolzierte und Vagabunden oft bibbernd und barfuß in Fetzen, war der Unterschied zwischen Reich und Arm auf den Straßen des modernen Europas kaum noch sichtbar, denn Massenproduktion und Mode hatten hier ein segensreiches Werk verrichtet: Zwei Jungen mit denselben Jeans, mit denselben Turnschuhen, die auf dasselbe Smartphone starrten, warteten an einer Haltestelle auf eine Straßenbahn, die Tram kam, sie stiegen ein und stiegen etwas später an verschiedenen Haltestellen aus; der eine Junge kam nach Hause in eine Wohnung, in deren Wohnzimmer eine Samtkordel hing, mit der er auf Abruf nach oben in die Nestwärme der goldenen Luftkutsche gezogen werden konnte, während der andere über einen Berg unbezahlter Rechnungen stolperte und auf die Spitzen seiner viel zu teuren Schuhe starrte; die Armutsklischees von Dickens und Dostojewski hatten sich hinterlistig verwandelt, aber eines war gleich geblieben: Noch immer bekannten sich die Menschen im Reich der Roten Zügel uneingeschränkt zur Liebe, die nichts kostete, ein besseres Schicksal für die anderen wurde befürwortet, sie pfiffen es selbst von den Dächern, und man fing an zu kalkulieren, wie das alles zu bewerkstelligen wäre, ließ die Rechnungen aber doch wieder hauptsächlich von anderen bezahlen, während der eigene Wohlstand jederzeit unangetastet blieb, der Diskurs, den die Bruderschaft der Roten Zügel anstieß, drehte sich um Genderfragen, Kunst, ob man Fleisch essen sollte oder nicht, um Nächstenliebe und die Notwendigkeit der Meditation, um die Aufmerksamkeit vom wirklichen Problem abzulenken: die immer größer werdenden Unterschiede zwischen Arm und Reich; das eigene herrliche Leben im Vergleich zum Scheißleben der anderen; im Reich der Roten Zügel verwies man durchgängig auf die Politik; natürlich hatten sie alle für die richtige Partei gestimmt, eine Partei, die sich für die Schwachen einsetzte, es waren immer die anderen, die den Fortschritt blockierten, doch die Lebenssituation derjenigen, die sie direkt vor der Nase hatten, weil sie ihre Häuser sauber hielten, sie in Restaurants bedienten und ihren Eltern den Hintern abwischten, war ihnen fremder als der Saturn; bei Kritik an ihrem eigenen dekadenten Lebensstil, den absurden Gehältern, Boni und Zulagen, den aus Klüngel bestehenden Netzwerken griff die Bruderschaft der Roten Zügel oft zu einer bizarren Logik, die an den roten Adel unter Stalin gemahnte, der die Zurechtweisungen über ihr Leben in Landhäusern der ehemaligen zaristischen Adligen inklusive der Benutzung von Limousinen und antiken Services, mit dem sie bei Tisch bedient wurden, erbost mit der Begründung abschmetterte, dass diese Luxusgüter ja nicht ihr Eigentum seien, sondern sie diese mit Zustimmung des Staates *nur in Gebrauch* genommen hätten; diese Dialektik war den Mitgliedern der Bruderschaft der Roten Zügel angeboren, aber in den letzten Jahren war etwas schrecklich schief gelaufen, von ihren Seidenkissen hatten die Insassen der goldenen Luftkutsche da unten plötzlich Dinge wahrgenommen, so seltsame und unerwartete Dinge, dass sie alle wie ein einziges Wesen an die Seiten der Kutsche getrieben wurden; die Pferde gerieten dadurch ein Weilchen in Panik und schafften es nur mit knapper Not, den Laden in der Balance zu halten, man krallte sich aneinander fest, sodass niemand hinausstürzen konnte, und beobachtete gemeinsam fassungslos, wie vom Erdboden schwarzer Rauch von Explosionen aufstieg, nicht solcher von Feuerwerkskörpern, sondern von echten Bomben; zunächst war alles noch in weiter Ferne, ein Pandämonium wie in einem Stummfilm, aber bald kamen der Donner, das Knallen und die Pulverdämpfe der Schlachtfelder näher, gleichzeitig entfaltete sich unten ein weiteres Phänomen, von dem man zunächst nicht so genau wusste, worum es sich handelte – ein Zug von Ameisen, Kakerlaken, Lemmingen? –, doch als einer der Passagiere, ein Abgeordneter aus Brüssel, der ein Elfenbeinbinokel zum Vorschein brachte, das er für seine allwöchentlichen Besuche in der Mailänder Scala bei sich trug, und das Kleinod an die Augen gehoben und an seinen Linsen gedreht hatte, auf einmal ausrief: »Menschen! Da unten laufen *Menschen*!«, war in der goldenen Luftkutsche für kurze Zeit eine so heftige Panik mit viel Lärm, Angstgeschrei und Herumtelefoniererei mit den Familien und Kindern ausgebrochen – Ratschläge, wie und wo das eigene Hab und Gut in Sicherheit zu bringen sei, hüpften wie Flöhe im Flohzirkus hin und her –, dass die Pferde, die sie durch das Firmament schwirren ließen, gefährlich zu wiehern und mit ihren edlen Beinen die schwierigsten Piaffen auszuführen begannen, doch es gelang zum zweiten Mal, die Kutsche nicht straucheln zu lassen; der Menschenstrom zog von Süden nach Norden hinauf, lief aber Gott sei Dank an den Wohnvierteln und Häusern der Passagiere in der goldenen Luftkutsche vorüber, es war ein natürlicher Prozess, sie selbst konnten wenig dagegen tun, Wasser strömte nun einmal dem tiefsten Punkt entgegen, kaum hatte man sich von der existenziellen Beklemmung erholt, als das Allerschlimmste geschah; das Binokel wanderte von Hand zu Hand, das Elfenbein wurde matt von den verschwitzten und zittrigen Fingern; inmitten des anhaltenden Stroms der fortstürzenden Menschen, der armen Tröpfe, die nach einer anständigen Existenz suchten, einem Teller mit Essen, Sicherheit, war unter ihnen plötzlich ein schwankendes Meer an geballten Fäusten sichtbar geworden, es war wie Unkraut auf einem Stoppelfeld, und das ekelhafte Schauspiel wurde von heiserem Geschrei begleitet, mit Flüchen, die hinaufschallten zu den Seidenkissen der goldenen Karosse, auf denen sie mit ihren Arschbacken jetzt in kalter Angst hin und her rutschten, und nicht nur Fäuste wurden in die Höhe gereckt, sondern auch Fahnen, während die metallischen Echos von gemeinschaftlich gesungenen Liedern widerhallten; die bayerischen Brauhäuser aus früheren Zeiten waren nicht nur wieder zum Leben erwacht, sondern auch gefüllt mit Anhängern neuer politischer Abenteurer, die sich die Kunst des schwarzen Zahnbürstenschnurrbärtchens abgeschaut hatten, sie schienen sich wie ein aggressives Ekzem unter den trappelnden Hufen der Luftpferde ebenfalls über die Erde zu verbreiten, doch dann – wie in einem Märchen mit einem gutem Ende – trat der Pöbel von einem Tag auf den anderen kürzer; die Offensive, die die Passagiere in der goldenen Luftkutsche mit ihren Smartphones statt mit altmodischen Kanonen gestartet hatten, die Netzwerke, die sie zum Rotieren und Glühen gebracht hatten, die Zeitungen, das Fernsehen und andere Medien, die ihnen zu Hilfe geeilt waren, hatten alles in einen Triumph der Demokratie, der Vernunft, der Kontrolle und vor allem der Hoffnung verwandelt; obwohl anderswo auf der Welt Autokraten und Wahnsinnige an der Macht waren und das Ertrinken in den kalten Fluten Tag für Tag weiterging, während die Bewohner des Reichs der Roten Zügel schon wieder Pläne zu schmieden begannen; sie riefen aus ihren Wohnungen und Sommerhäusern fröhlich und optimistisch bei ihren Sprösslingen an, einige von ihnen studierten im Ausland oder reisten mit dem Rucksack irgendwo in der Weltgeschichte herum, sie konsultierten erneut ihre Steuerberater, wagten es nach langer Zeit, wieder nach ihren Wertpapierportfolios zu schauen, kauften sogar Aktien hinzu, ergingen sich wie immer in kulinarischer Wollust, in köstlichen babylonischen Geschmacksverwirrungen, während es auch wieder Anstürme auf Theater, Schauspielhäuser und Konzertsäle gab; der Genuss, den man der Kunst verdankt, die Trost für das Leiden an dieser Welt spendet, hörte in der Tat nie auf, die Musik von Bach, Mozart, Scarlatti und anderen schaffte es noch immer, ihre zarten Seelen zu rühren und zu verführen, wie auch die Petersburger Aristokratie 1917 atemlos auf dem blauen Plüsch gesessen und im Mariinski-Theater Schaljapins Bass gelauscht hatte – in der Oper *Boris Godunow* –, während in geringer Entfernung der Winterpalast erobert wurde, das Gewürm aus den Gossen gekrochen kam und sich zur letzten Schlacht rüstete; und genau wie damals beim Verlassen der schönen Tempel, als der Rausch der Kunst gegen den Rausch des gewöhnlichen Lebens eingetauscht wurde, schürzte man die Lippen angewidert, wandte die Gesichter ab und fluchte leise murmelnd vor sich hin über den Plebs, der einem auf der Straße entgegenkam, diesmal nicht über das Petersburger Lumpenpack, sondern über diejenigen, die früher mit Abscheu von unten mit Widerwillen, Neid und Hass nach der am himmlischen Gewölbe vorbeiziehenden goldenen

Kutsche gestarrt hatten, bis es ihnen braun und schwarz vor Augen geworden war, sie, die ihre wahre Natur gezeigt hatten, die Schweineschnauzen, die durch das Brüllen von Losungen todkranke Kehlen hatten, woraufhin man den Kragen aufstellte und schnell weiterging, oder eine Hand ausstreckte und im Taxi in der Nacht entschwand.

Eine merkwürdige Angelegenheit, diese menschliche Existenz!

So oder so ist das Leben, so oder so ist es gut.
So wie das Meer ist das Leben, ewige Ebbe und Flut.

Schon ein paar Stunden sitze ich hier an meinem Schreibtisch in der Tschaikowskistraße 40 und trinke Wein. Der Baulärm ist endlich verstummt. Die Katzen hocken alle miteinander im Wäscheschrank im Schlafzimmer. Sie liegen sicher, sie liegen gut. Ich habe die Stimme von Hildegard Knef etwas leiser gedreht. Nicht, dass es sein müsste: meine russischen Nachbarn neben und unter mir sind *ausgesiedelt*, ohne dass ich mich hätte von ihnen verabschieden können, sie sind verschwunden wie ein Dieb in der Nacht.

Viele meiner Altersgenossen haben noch nie etwas von Hildegard Knef gehört. Ein Weltstar, eine Diva – Schriftstellerin, Ehefrau, Mätresse, Mutter, Chanteuse, Mensch. Jedes Wort von ihr, jede Strophe, die sie mit ihrer heiseren, verrauchten Berliner Stimme singt, das Timbre einer älteren Bordellmutter, geht mir unter die Haut.

Heute nur glückliche Stunden,
morgen nur Sorgen und Leid.
Neues bringt jeder Tag, was da auch kommen mag,
halte dich immer bereit.

Julia ist um sechs aus dem Haus gegangen. Da sie bis zehn Uhr in der Abendschule Unterricht gibt, musste ich mir selbst etwas zu essen machen. Als sie das Haus verlassen hatte, bin ich zu Juri in die Furschtatskaja gegangen. Ich habe ihm noch einmal für seine Vermittlung in Sachen Hippius gedankt, er tischte mir wieder Geschichten über seine unterhaltsamen Casanova-Eroberungen von damals auf, und ich kam mit zwei Flaschen Pinot Grigio zurück. Ich trinke langsam, starre auf die Seiten des Manuskripts meines Buches über die russische Revolution von 1917. Zwei Wochen früher als geplant ist es also doch noch fertiggeworden.

Natürlich hat mein Freund dort in Cap d'Antibes, der unter den Sonnenschirmpinien über Azur blickt, Recht. Künstler sind verpflichtet, sich über ihre Zeit zu äußern. Aber was habe ich als Sohn eines Kapitalisten mit den Leuten hienieden zu tun? Die Welt von heute gleicht wirklich mehr der von 1905 als der von 1917. Die gefürchtete Flutwelle der Rache, der Neid des einfachen Volkes, die Kräfte der Dunkelheit, haben sich als kärgliches Rinnsal erwiesen. Die Oberfratzen wurden von der Bühne abgeführt und der Tanz geht weiter – ja, der Tanz geht immer weiter. Vielleicht ist das hier der soundsovielte falsche Reim der Geschichte, und wir stehen am Vorabend einer neuen blutigen Sintflut.

Morgen werde ich mein Manuskript nach Amsterdam schicken. Meine Schuld ist eingelöst, die Zehntausend sind kein Damoklesschwert mehr. Die einzige Sorge, die einzige Liebe, auf die es mir fortan ankommt, ist die zu unseren drei Katzen und meiner Frau, die in diesem Moment Deutsch in einem Klassenzimmer gibt, in dem die Kinder früher neben Arithmetik und Biologie auch im Zusammensetzen und Auseinandernehmen von Kalaschnikows, Revolvern und Handgranaten trainiert wurden, eine Praxis, die lange zurückliegt.

Du musst entscheiden, wie du leben willst,
nur darauf kommt es an,
und musst du leiden, dann beklag dich nicht,
du änderst nichts dran.

Eine wundervolle Sprache, dieses Deutsch! Und was für eine Sängerin!

Meine zweite Flasche Pinot Grigio ist halb leer. Glücklicherweise steht noch ein Restchen Rotwein von gestern zwischen den bronzefarbenen Kerzenleuchtern am Kaminsims. Eben habe ich ein paar Birkenstämme in den Kamin geworfen, dazu ein paar Schnipsel und das starke Papier meiner alten Manuskripte.

Literarisches Feuer!

Es ist Mitte August, aber ich genieße an meinem Schreibtisch den Brandgeruch und die Flammen. Habe ich übrigens schon von unserem Kamin erzählt? Ein Artefakt aus reinem Marmor, mit einem ausgehöhlten Nest, in dem ein Schwalbenpaar seine drei Jungen aus ihren Schnäbeln füttert, das Werk eines unbekannten italienischen Meisters.

Was das Leben uns nicht gibt, das bietet die Kunst!

So oder so ist das Leben. Ich sage:
Heute ist heut?!
Was ich auch je begann, das hab ich gern getan,
ich hab es nie bereut.

Einmal habe ich eine Geschichte über dieses Haus und seine Bewohner geschrieben. Ich sehe sie noch alle vor mir.

Meinen Nachbarn von unten, Gennadi Nikolajewitsch in seinem ewig gestreiften Seemannstrikot, kennen Sie schon, wie er mit einem Beil auf ein antikes Schränkchen aus poliertem Kirschholz eindrischt, während seine Frau mit ihrem versoffenen Clownsgesicht zusieht, ebenso wie der Rest der Bewohner in der Kommunalka, die ich jahrelang auf der Treppe gegrüßt habe. Gute, ehrliche Menschen im Allgemeinen, mit einem Leben, mit einer Geschichte, mit Gefühlen, Wünschen und Erwartungen, ich habe immer gerne ein Schwätzchen mit ihnen gehalten; sie halfen mir, ich half ihnen manchmal – und nun sind sie für immer verschwunden.

Nie wieder werde ich die kultivierte Stimme meines alten Nachbarn Jewgeni hören, ein pensionierter Geschichtslehrer und heimlicher Homosexueller, der mir eines Tages auf dem Diwan in seinem kleinen Zimmer von drei mal vier Metern vom Selbstmord seines Vaters im Jahr 1950 erzählte, der als Soldat mit zwanzig nach Berlin gekommen war, aber, nach dem Krieg nach Moskau zurückgekehrt, auf einmal als Verräter galt, weil er nicht hart genug gekämpft hatte, weil er nicht auf dem Schlachtfeld gefallen, weil er am Leben geblieben war, ein Vergehen, für das er gleich zweimal in ein Straflager geschickt wurde. »Ich stand mit meinem kleinen Bruder daneben. Er hat sich im Badezimmer vor dem Spiegel mit einem Rasiermesser die Kehle durchgeschnitten. Einfach so, in einem einzigen langen Zug. Das Blut spritzte heraus wie aus einem Duschkopf. Mein Bruder und ich rannten vor Angst nach draußen. Wir haben ihn nie wiedergesehen.«

Was für Geschichten, was für ein Elend!

Die wenigen Quadratmeter, die die Kommunalkabewohner eines Tages von der Sowjetregierung zugewiesen bekommen hatten und die nach dem Zusammenbruch der UdSSR privatisiert worden waren, sind jetzt zu einem Spottpreis aufgekauft worden, und alle Mieter sind in irgendeinem Verschlag in irgendeinem Vorort verschwunden.

Die Opernsängerin in ihrem Vierhundert-Quadratmeter-Appartement im Obergeschoss, wo sie mit ihrem Sohn und ihrer Mutter residiert, ist erleichtert über diese Entwicklung. Nur noch ein Weilchen, sagte sie mir diese Woche im Vorbeigehen, und unser Treppenhaus sieht endlich wieder so aus wie im Jahre 1900. Es sei doch eine Unverschämtheit gewesen, dass die Bourgeoisie hier einst vertrieben worden sei und das Volk alles in Besitz genommen habe.

Die dunkelhaarige Sopranistin mit Brüsten, in denen sogar ein Ringkämpfer verschwindet, heißt Galina Gortschakowa. Sie ist bei YouTube zu finden, genauso wie Hildegard Knef. Ich erfinde nichts, warum sollte ich noch irgendetwas erfinden? Ich habe mit der Fiktion abgeschlossen. Ihre Wohnung ist das ehemalige Zuhause von Graf Walentin Pawlowitsch Zubow, einem Intimus der Romanows, der das Haus vor der Revolution als Pied-à-terre eingerichtet hatte, um sich hier mit jungen Frauen zu treffen. Als die Diva an der Scala, an der Metropolitan und im Mariinski Furore gemacht hatte, kaufte sie Ende der Neunzigerjahre den jüdischen Bewohnern, denen das gesamte Obergeschoss gehörte, alles ab – sie sind mit dem Bargeld in der Tasche nach Israel ausgewandert –, dann ließ die Diva alles herausreißen, was an die Sowjetzeit erinnerte und restaurierte ihren Palast. Eines Tages zog sie mich in einer Chanel-Wolke in ihr Musikzimmer, wo die Wände mit hellblauem Satin bezogen sind und Stühle mit in Form von Notenschlüsseln ausgesägten Rückenlehnen stehen, und wies lächelnd auf einen weißen Bechsteinflügel von 1893 in der Mitte des Raumes.

Die Prunksucht früherer Tage war wieder zurück.

In der Zwischenzeit lebten unter ihr jene, die es weniger gut getroffen hatten, in kleinen Zimmern, mit einer Gemeinschaftsküche, in der die kaputten Kacheln von den Wänden fielen, Fluren, in denen es nach dem Essen von sechs Familien, Kakerlakenvernichter, Nikotin und dem ewigen Mief einer Menschenparade stank, der nur eine einzige Toilette zur Verfügung stand, wie in der Kommunalka auf der Wassiljewski-Insel, wo ich 1989 meine ersten Liebesnächte mit meiner jetzigen Frau verbracht hatte.

Man lebt auf dieser Welt und sucht das Glück
und weiß nicht, wo es liegt auf Erden wohl.
Der Eine sieht im Geld sein Ziel und sein Geschick,
der Andere glaubt, dass nur die Liebe lohnt.

Lange war unser Haus eine Zeitmaschine, eine groteske Mischung aus Arm und Reich, in der sich die Geister des Zarentums, des Kommunismus und der neuen Zeit zwischen den Trennwänden bekämpften. All das ist jetzt vorbei, Schuld trägt der eine oder andere Drecksack aus dem Stadtrat.

Aber noch einmal zurück zu unserem Marmorkamin. Er ist von wahrem historischen Format.

Eines Tages hatte ich begonnen, in Büchern und Archiven über unser Haus zu recherchieren, und war dabei auf einen Franzosen, einen gewissen Vicomte Eugène-Melchior de Vogüé, gestoßen. Nach einer diplomatischen Karriere in Konstantinopel, Syrien, Palästina und Ägypten war er 1878 im französischen Konsulat in Sankt Petersburg gelandet. Kurz darauf heiratete er eine russische Schönheit, machte sich auf die Suche nach einer Wohnung, und was glauben Sie wohl, wo dieser Edelmann landete? In der Tschaikowskistraße 40, ausgerechnet hier im dritten Stock, wo ich gestern mein elendiges Buch vollendet habe. Unser Wohnzimmer diente dem Vicomte als Kabinett. Er war schon auf seinen früheren Posten literarisch tätig gewesen. Hier in dieser Wohnung begann er, das damalige Frankreich mit Büchern, Schriften und Artikeln über Russland zu bombardieren. Er machte seine Landsleute mit den Werken Dostojewskis, Tolstois und anderen Klassikern vertraut. Da sich die Welt damals weitestgehend an Frankreich orientierte, ist es nicht vermessen zu sagen, dass der Vormarsch der russischen Literatur in Europa, der später zu den niederländischen Übersetzungen führen würde, die ich als Teenager las, die mich anfixten und mich schließlich nach Russland führten, hier zwischen diesen vier Meter zehn hohen Mauern seinen Ursprung genommen hatte.

Alles in unserem Dasein ist Zufall, vollkommene Willkür.

Der Wein ist alle, auch das allerletzte Pfützchen vom roten. Ich habe ein paar Hände voll Cashewnüsse und eine Tüte Paprikachips gegessen. Mein Magen beginnt zu rebellieren. Verdorbene Mägen wecken verderbte Geister. Eine der wenigen Weisheiten, die mich das Leben gelehrt hat. Das Einzige, was da hilft, ist jetzt was Süßes, keine Naschereien, sondern Süße alkoholischen Ursprungs. Unter der Küchenschublade mit dem Besteck und den achtzig alten Korken finde ich fünf Minifläschchen Bananenlikör. Zwischen hölzernen Fleischspießen und der Aluminiumfolie. Keine Ahnung, wo die herkommen. Von einem Flughafen? Aus einer Minibar? Ich lasse den Inhalt eines Fläschchens glucksend durch meine Kehle rinnen. Ein herrlich warmes und volles Bananenaroma. Gleich noch eins hinterher. Der Zungenschmeichler von Teneriffa, wo ich mal gelebt habe, aber das ist eine andere Geschichte.

Dann bekomme ich eine Nachricht von Julia. Sie hat ungefähr vier Stunden am Stück unterrichtet, fühlt sich nicht so gut und fragt mich, ob ich sie abholen könnte.

Aber jawohl, mein Schatz!

Ich muss jetzt raus.

Die Flammen im Kamin gehen von allein aus.

Es ist wahrscheinlich das Schönste, das Trostreichste der ganzen Schöpfung: dass früher oder später alles von ganz allein aufhört. Nur zur Sicherheit schließe ich die Verbindungstür unserer lieben Katzen wegen. Ich trete hinaus, in den kalten Echoraum des

Treppenabsatzes, aber verdammt ... Was ist jetzt los? Ich habe den Schlüssel im Schloss noch nicht umgedreht, da gehen alle Lichter aus. Das Treppenhaus ist stockdunkel wie eine Kohlegrube. Mit Hilfe des Geländers taste ich mich vorsichtig nach unten, Stufe für Stufe steige ich hinab; meine Finger gleiten über das vorrevolutionäre Holz. Aber auch im Vestibül sehe ich kaum die Hand vor Augen. Ich lasse mich weiter treiben in einem Kokon aus Schweiß, keuchendem Atem, unregelmäßigem Herzschlag. Kommt vom Saufen, kommt alles vom Saufen. Und von der Menschheit. »Das ist in Ordnung, mein Junge«, höre ich meinen Vater in seinem Krankenhausstuhl sagen, als ihn der Krebs an der Kehle gepackt und ich ihm von meinen Plänen in Moskau erzählt hatte. »Aber sei vorsichtig. Die Menschen auf dieser Welt sind Schweinehunde.« Wir leben immer länger. Sicher. Inzwischen sind wir nicht nur von Verrückten und Heuchlern umzingelt, sondern auch von Lügen. Mit dem routinierten Gang eines Blinden steure ich direkt auf die Haustür zu, ein Holzmonster wie ein Fabriktor, ich kämpfe, um sie zu öffnen, aber auch jetzt ... alles finster! Eine blauschwarze Düsternis umhüllt mich aufs Neue, obwohl diese Dunkelheit nicht allumfassend ist ... Die Dunkelheit auf Erden ist selten vollständig. Menschen sind Maulwürfe der Hoffnung und der Verzweiflung. Anscheinend ist der Strom in unserem Stadtteil ausgefallen, vor einem Monat hat es uns schon einmal getroffen. Einige sagen, das komme daher, weil alles renoviert wird, andere, weil wir immer noch das alte Sowjetgelumpe haben. Ich starre an den hohen Häusern hinauf, ich blinzle. Ich empfinde etwas sehr Schönes, es ist von so bewegender Schönheit, dass mir der Mund feucht wird. Meine Tränensäcke platzen wie die Fruchtblase einer schwangeren Frau. Der fallende Meteoritenstaub, der von einem einzigen Punkt am Himmel stammt, zieht lange Bahnen; ein Funkenregen. Der Sternenstaub der Perseiden. Jedes Jahr um diese Zeit im August ist es so weit. Und doch habe ich dieses Naturwunder nur selten wahrgenommen. War geblendet vom Licht auf Erden.

Was höre ich da? Hufgetrappel?

Schatten geparkter Autos umringen mich; teure Autos, zahlreiche Geländewagen. Außerdem scheint der gesamte Verkehr aus der

Tschaikowskistraße vertrieben worden zu sein. Mit einem tiefen Zug atme ich die lauwarme Abendluft ein. Schaukelnd kommt ein bläulicher Lichtschein heran, ein Irrlicht mit anschwellendem Hufschlag. Fürwahr, ein königlicher Klang! Meine Nasenlöcher füllen sich mit Stallgeruch. Noch ehe sich mir die Kutsche mit ihrer Kupferlaterne an einem federnden Stiel genähert hat, flammen überall die Lichter der Stadt auf; die Fenster der Häuser füllen sich mit gelbem Schein.

Der Landauer hält vor mir an. Auf dem Bock sitzt ein Russe mit einem Kugelkopf. Er hat einen riesigen schwarzen Schnauzer, trägt eine kirschrote Operettenjacke mit goldglänzenden Knöpfen und Tressen. Ich habe ihn schon öfter gesehen, diesen Russen von etwa sechzig Jahren, der wie ein entlaufener Statist aus dem kaiserlichen Theater wirkt. Er ist einer dieser Fuhrmänner von Vergnügungskutschen, die Touristen am Palastplatz vor der Eremitage für Ausflüge durch die Stadt aufgabeln.

»Hey, Kutscher«, rufe ich. »Was kostet es in die Sadowaja?«

»Ich fahre jetzt nach Hause.« Der Mann auf dem Kutschbock lässt die Zügel in seinen weiß behandschuhten Händen für einen Moment locker. »Seit heute Morgen kutsche ich Touristen durch die Gegend. Chinesen, die reinste Flut!«

»Es soll eine Überraschung für meine Frau werden …« Fieberhaft taste ich meinen Körper ab, finde in meiner Gesäßtasche einen Fünftausend-Rubel-Schein und halte ihn dieser Operettengestalt hin. »Hier, ist das genug?«

Fünftausend Rubel, achtzig Euro. Der Tod ist auf Raten, das Leben auf Kredit.

»Nur hin, oder auch wieder zurück?«

»Hin und zurück. Ich will meine Frau abholen.«

»Ja dann, Meister, steig mal ein …«

Und wir fahren, wir fahren!

Ich starre auf den breiten Rücken des Kutschers, der gelegentlich seine Peitsche aus dem Halter nimmt und seinen beiden Rössern eins überzieht, ein schrilles Pfeifen presst sich zwischen seinen

Zähnen hervor, und wir gleiten im Trab durch die Tschaikowskistraße zum Taurischen Garten. Am Eckhaus von Sinaida Hippius biegen wir rechts ab, aber in was für einem Tempo! Ehe ich mich's versehe, sind wir schon vorbei. Ich schaue nach hinten; hinter den hohen, langen Fenstern bewegen sich Schatten.

Der irdische Palast stirbt aus und bleibt dennoch bewohnt.

Ich nehme noch einen Zug von der abendlichen Augustluft; ergötze mich an den Aromen, den absterbenden Säften des nahenden Herbstes. Der Himmel ist nun gleichmäßig grau, von unten durch den hellen Schein der Straßenlaternen ausgestrahlt. Der Kometensturm da oben geht zweifellos weiter, aber was der Mensch nicht sieht, das existiert nicht, oder zumindest muss er davon nichts wissen, der Rest ist Philosophie.

Einige Jahre vor seinem Tod hat mir Gottvater in der Villa, aus der sich seine Frau und seine Kinder davongemacht hatten, sein Fernrohr gezeigt. Als Chefredakteur der größten Zeitung des Landes war er immer umgeben von Chaos und Lärm, doch am liebsten hat er allein in die ewige Stille des Universums geschaut.

Nichts und niemand im Leben ist, wie es den Anschein hat. Die Gauner sind immer noch unter uns, die Aufschneider, die Prediger der falschen Liebe, die Handlungsreisenden in Sachen Humanität. Eine Maskerade! Eine Scharade! Wie sagen die Russen doch? Schreib, wie du atmest, und atme, wie du schreibst. Aber das Schreiben in dem Land, aus dem ich komme, ist ein ständiges Ersticken. Während die Welt eine stinkende Blase ist, duftet die Literatur wie eine mit Morgentau bedeckte Rosenknospe. Die meisten von ihnen schreiben mit einem Pfropfen im Arsch, aus Angst zu verraten, dass auch sie einen Arsch haben, aus dem es stinken könnte. Klein, kurz und bündig, und kein Wort zu viel. Was für eine Literatur!

Magensäure brennt mir in der Kehle, während wir im Trab zum Newski-Prospekt fahren, durch Straßen und hässliche Gassen, in denen das Hufgetrappel an den Mauern widerhallt; ich lasse mir die dritte Mini-Flasche Bananenlikör in den Hals rinnen. Wieder die warme, süße Betäubung. Aber dann werde ich von einem inneren Faustschlag getroffen. Es ist, als würde ein schwarzer Vorhang über meine Gehirnpfanne fallen, weil die Schnüre gerissenen sind, und Staub wirbelt auf. Da ist die Hippius als alte Frau, allein in ihrer Wohnung in Paris, nach mehr als zwanzig Jahren Exil. Es ist 1942, die Moffen laufen die Straßen entlang; sie hat mit ihrem Mann über Russland gesprochen, und er hat ihr gesagt, wie sehr er sein Heimatland vermisst, und kurz darauf ist er tot. »Ich war ganz ruhig, ich habe keine Träne vergossen, damals nicht und später auch nicht. Vielleicht ist mein Herz aus Eis und schmilzt nie wieder.«

Auch das ist das Teuflische am Leben, dass Menschen mit einem Herzen sagen, es sei nur aus Eis. Und umgekehrt!

Ich suche die Knef, scrolle auf meinem iPhone herum. Ich stecke die Kopfhörer in meine Ohren, die Bordellstimme setzt genau da ein, wo sie aufgehört hat:

Ein Jeder hat das Recht zum Glücklichsein.
Den Weg musst du dir suchen, kreuz und quer.
Ob's gut geht oder schlecht, das weiß nur Gott allein.
Dir bleibt die Wahl und sei sie noch so schwer

»Kutscher!« Ich ziehe die Stöpsel aus den Ohren und kann das Bild von dieser einsamen Hippius nicht abschütteln. Ich will meine eigene Stimme hören, will sicher sein, dass ich nicht besoffen bin und träume.

Der Mann auf dem Bock dreht sich halb nach mir um.

Ich frage: »Wie lange noch?«

Der Russe wie eine Fanfare: »Zehn Minuten, Väterchen!«, und er gibt seinen Pferden, die vor Schweiß schwarz glänzen, die Peitsche, es sind, wie man sieht, Hengste.

Die Straßen und Gassen liegen hinter uns; als wir auf den Platz des Aufstands fahren, braust auf dem Newski links und rechts von uns der Verkehr. Die Massen, das Lichtergewirr der Geschäfte, die Beleuchtung über der Straße, die Autoscheinwerfer blenden mich, es ist, als ob ich diese Überfülle zum ersten Mal wahrnähme.

Beim Umrunden des Kreisels vor dem Bahnhof, wo die Züge nach Moskau abfahren und wo vor der Revolution die an ihren Füßen aneinander geketteten Verbrecher und politisch Verurteilten zum Transport nach Sibirien zusammengetrieben wurden, zeigt die Uhr zehn vor zehn.

Gut in der Zeit, eine straffe Regie.

Dieser Kerl will seine Frau in einer offenen Kutsche mit zwei schwarzen Hengsten davor abholen! Selten war jemand so schnell und so gut integriert wie sie. Nach einem Jahr las und sprach sie die Sprache fließend. Sie war ein wandelndes Lexikon meines Vaterlandes geworden. Die Geschichte, die Künste, selbst Kleinkünste und Varieté saugte sie auf wie ein Schwamm. Aber weil ihr sowjetischer Hochschulabschluss als minderwertig angesehen und nicht anerkannt wurde – schließlich stammte sie aus einem Land, in dem die Menschen nicht selbständig denken konnten –, verkaufte sie in den ersten Jahren Schuhe auf der Kalverstraat. Sie war eine Vorreiterin, eine Pionierin, eine Quartiermacherin der Unzähligen, die später folgen sollten: die Horden aus dem Ostblock, die als Kellnerinnen, Zimmermädchen, Klempner, Putzkräfte und Babysitter gekommen waren, um die Nöte der westlichen Zivilisation zu lindern, die außer ihrer Arbeitskraft alles zu Hause lassen mussten; viele von ihnen stammten aus ganz anderen Welten und wagten es dann auch noch, Ansprüche zu erheben. Wie kamen sie bloß darauf? Wo blieb denn da die *Dankbarkeit*?

Als ich Julia eines Tages die Anwaltsrechnung für meine Antisemitengeschichte zeigte, ein Betrag, für den sie sicher fünf Jahre hätte arbeiten müssen, brach sie in schallendes Gelächter aus. Aber es war das Lachen von jemandem, dem plötzlich ein Licht aufgegangen ist. Die Rechtsgeschichte hatte uns drei Jahre lang schlaflose Nächte bereitet, nur der Kosten wegen: Moralisch hatten wir das Land schon lange für Bankrott erklärt. Seither küssen wir, immer, wenn wir aus dem traurigen Polderdelta zurückkehren, die von dem Blut von Millionen Menschen getränkte Erde meines neuen Vaterlands, das Reich des Satrapen.

Du musst entscheiden, wie du leben willst,
nur darauf kommt es an,
und musst du leiden, dann beklag dich nicht,
du änderst nichts dran.

Was für ein Verkehr, aufpassen, Leute! Sonst fahrt ihr gleich jetzt hinauf in unser aller liebes Paradies!

Ich erkenne so ziemlich jedes Haus, jeden Laden. Die Bilder von damals und heute schießen wie Webstuhlschiffchen durch mich hindurch. Das Kaleidoskop von einem, der hier vielleicht zu lange gelebt hat, dessen Zeit gekommen ist, der eines Tages möglicherweise aus diesem Land abhauen muss, aber wohin?

Das Delikatessenparadies der Gebrüder Jelisejew! Nirgends gibt es einen schöneren Laden, zumindest nicht in Sankt Petersburg. Für Kuchen, Schokopralinen, feine Fleischwaren, geräucherten Lachs so dünn wie Löschpapier, den allerletzten schwarzen Kaviar und andere Delikatessen ist man dort genau an der richtigen Adresse. Es geht auf zehn zu, aber die blattgoldüberzogenen Kronleuchter im Laden, die alle Revolutionen überlebt haben, brennen noch. Hätte ich ein Kind, mittlerweile eher ein Enkelkind, ich würde mit dem Mädchen oder dem Jungen gelegentlich dort vorbeischauen und die sich bewegenden Märchenfiguren aus bunt angemaltem Holz im Fenster bewundern, ehe wir für einen Lolli, ein Tütchen Toffees oder ein Waffeleis den Laden betreten würden.

Ich genieße den Anblick von allem, was vorbeihuscht. Wir verlangsamen die Fahrt hinter einer Reihe von Autos, und wieder werde ich Opfer einer ziemlichen Verwirrung, nicht aufgrund dessen, was ich jetzt denke, sondern aufgrund dessen, was ich sehe.

Der Alkohol kann es nicht sein; es waren gerade mal zwei Flaschen Weißwein, eine halbe Flasche roter, und die paar Tropfen Bananenlikör für die Süße, Drogen habe ich nicht genommen, aber es ist trotzdem, als würde ich halluzinieren.

Unmöglich!

Rechts von mir, über das breite Trottoir aus Granit, schiebt ein junger Mann mit einer Pelzmütze auf seinem fleischigen roten Kopf eine uralte Frau in einem prähistorisch wirkenden Invalidenwägelchen vor sich her. Der junge Mann bin ich, während die Dame im Rollstuhl, die trotz der Augusthitze von oben bis unten in Pelz gehüllt ist, niemand anderes sein kann als Frau Pokrowskaja.

»Hola, Kutscher!«, rufe ich, noch bevor er mit der Peitsche in der Hand wieder beschleunigen kann. »Halt! Ich muss hier kurz mal raus!«

Die Weißen Nächte sind vorbei, der Teufel zieht nicht länger an den Laken, ich weiß, dass das hier eine Stadt der Phantome ist, aber ich bin *nicht* betrunken, und trotzdem laufe ich da. Meine Version im Alter von siebenundzwanzig Jahren, als ich die hochbetagte Russin aus dem Heim schob, wo ich im Auftrag von Herrn Siderius sinnloserweise Bibeln ausgeteilt hatte. Sie hatte mich angebettelt, sie mit nach draußen zu nehmen, zu einem Ausflug durch die Stadt.

Als ich sie damals wieder bei der Direktorin abgeliefert und gefragt hatte, ob sie nicht etwas für sie tun könnte, vielleicht Kontakt mit der Tochter der armen Frau aufnehmen, war diese in Gelächter ausgebrochen. Dieses Mensch sei doch völlig verrückt! Als sie noch habe laufen können, habe sie auf dem Hof alle herumstreunenden Katzen aus der Nachbarschaft gefüttert, gutes Essen, das für sie selbst bestimmt gewesen sei. Diese Tochter existiere nur in ihrer Einbildung, sei reine Fiktion, nie im Leben habe sie ein Kind gehabt!

Ich steige aus der Kutsche, der Mann auf dem Bock ruft mir nach, dass er hier nicht lange stehen bleiben kann, dass es verboten ist. Aber ich verdonnere ihn dazu, auf mich zu warten, und laufe meinen Phantomerscheinungen hinterher.

Die eilen mit ihrem klapprigen Rollstuhl vor mir her.

Ich bin stocknüchtern. Doch sind meine Waden vom Alkohol schwer wie Blei. Wieder dieses widerliche verschwitzte Japsen, dieser Herzschlag. Ich gleite wie ein Schwimmer durch die Menge, die Fußgänger, die mir im blauen, flüssigen Licht der Laternen entgegenkommen, weichen links und rechts vor mir zur Seite, und obwohl ich ihnen ständig böse hinterherrufe, dass sie stehenbleiben sollen, schert sich meine Version von siebenundzwanzig keinen Deut darum, aber dann sprinte ich kurz los und lege eine Hand auf seine Schulter.

Der Typ mit der Pelzmütze dreht sich zu mir um. Mit einem Mund voller brauner Zahnstümpfe in diesem hässlichen Fleischkopf sieht er mich aggressiv an. Auch die Alte im Rollstuhl dreht sich um und linst wie ein Wiesel zu mir herauf. Sie hat überhaupt keinen Zahn mehr im Mund; ihr Kopf ist eine verschrumpelte blaue Pflaume. Es sind Penner, die davon leben, Touristen anzubetteln, sie sind immun gegen die Welt, sommers wie winters in Pelz gehüllt.

»Was ist?«, blafft der Typ aufgebracht.

Seine Worte sind umhüllt von einem schrecklichen Mundgeruch.

Ich ergehe mich in Entschuldigungen, ein Missverständnis!

Während ich Anstalten mache zu verduften, legt der Kerl seine Klaue auf meine Schulter. Er kommt mir bedrohlich nahe, hält mich jetzt auch mit der anderen Klaue fest und fragt noch einmal, was zum Teufel das alles zu bedeuten habe. Er brüllt wie ein angeschossenes Wildtier. Ich hätte ihn angefasst, jetzt wolle er eine Entschädigung, dreihundert Rubel! Die Frau in ihrem Wagen beginnt zu plärren, als ob sie öffentlich von mir vergewaltigt worden wäre.

Ich greife in meine Gesäßtasche und stecke dem Kerl einen Tausender zu, den er studiert, als sähe er zum ersten Mal einen Geldschein.

Wieder in der Kutsche lässt der Kutscher sofort die Zügel schießen. An seiner Haltung kann ich ablesen, dass ihm das alles gewaltig stinkt, und ich rufe ihm zu, dass ich was obendrauf legen werde. Ich stecke die Ohrstöpsel wieder ein, drücke auf *Play* und schließe meine Augen inmitten der Lichtwellen der Stadt.

Ich schrecke hoch durch das Gehupe, das mitten durch den Gesang der deutschen Diva dringt. Umringt von einer Menge hupender Autos vollführen wir auf der Hälfte des Newski-Prospekts eine kunstvolle Wendung und biegen in die Sadowaja ab, eine vornehme Straße, wo im Februar 1917 die ersten Aufständischen scharenweise im Maschinengewehrfeuer fielen und im Schnee liegengelassen wurden. Was für eine Blamage für die Sinneswahrnehmung! Dass ich mich selbst da auf dem Newski erkannt haben wollte, wie ich einen Rollstuhl schob! Ist es vielleicht der verteufelte Bananenlikör? Was sagen Sie, Kutscher? Ich kann Sie nur sehr, sehr schlecht hören.

»Welche Nummer?«

Aber ich weiß die Nummer nicht, ich weiß nur, wo das Gebäude der Abendschule meiner Frau steht, noch dreißig Meter weiter.

»Hier anhalten, Kutscher, halt!«

Ich steige aus, laufe in die nach Zigarettenrauch stinkende Eingangshalle des Instituts. Eine Schule, wie es sich gehört, mit meergrün gefliesten Wänden. Hier wird noch richtig unterrichtet, nur mit Büchern und mit Auswendiglernen. Eine Gruppe von zwanzigjährigen Burschen stürmt die breite Natursteintreppe hinunter. Sie haben schon Schnurrbärte, einige von ihnen tragen einen Hipsterbart; ihre Stimmen sind die von Erwachsenen, aber das ausgelassene Gejauchze ist das von Kleinkindern. Wenn es wieder Krieg gibt, dann werden sie Soldaten, ansonsten ihre Kinder oder Enkelkinder. Nur Idioten glauben, dass eines Tages das Reimen der Geschichte aufhört und durch Märchenprosa ersetzt wird.

Wie in einem verschwimmenden Nebel kommt Julia die Treppe hinunter. Sie hält ihre Bücher an die Brust gepresst wie eine Studentin in einem amerikanischen Film. Sie spricht mit einer Schülerin, hat mich noch nicht bemerkt. Ich verstecke mich hinter einer Säule, halte Ausschau und fühle mich wieder so nervös wie vor fast dreißig Jahren, als ich zum ersten Mal in der Eingangshalle einer anderen Schule auf sie gewartet habe. Sie ist inzwischen fünfzig Jahre alt, aber ich erkenne in ihrer gegenwärtigen Gestalt noch immer die Frau von damals. Und wenn ich genau hinschaue, entdecke ich sogar das fünfjährige Mädchen auf dem Schwarz-Weiß-Foto auf unserem Schreibtisch, auf dem sie neben ihrer Oma steht, die jedes Mal, wenn Julia aus Leningrad im früheren Ostpreußen angekommen war, freudig ausgerufen hatte: »Und wer ist da? Welcher Schatz will uns da besuchen?«

Dreißig Jahre – alles hat sich verändert und ist doch gleich geblieben. Meine Kehle ist plötzlich staubtrocken. Als die Schülerin weg ist, komme ich aus meiner Deckung hervor wie ein Teufelchen aus der Kiste und stehe vor meiner Frau.

»Was ist denn mit dir los?« Sie zeigt auf mein nasses Gesicht.

»Diese verdammten Kontaktlinsen! Wegen meiner trockenen Augen kommen mir ständig die Tränen. Ich muss mal wieder zum Augenarzt.«

»Wie viel hast du getrunken?«

»Wie immer.«

»Na, wie viel?«

»*So oder so ist das Leben*«, lege ich mit meiner schönen Singstimme laut los. »*Heute nur noch glückliche Stunden …*«

Da fängt meine Frau an zu lachen.

»Knef?«

»Unsere Ewige Hildegard!«

Ich gebe ihr einen schmatzenden Kuss mitten auf den Mund und ziehe Julia mit mir nach draußen, auf die Sadowaja, wo mein Kutscher auf seinem offenen Fahrzeug wie eine schöne zinnoberrot-schwarze Silhouette auf uns wartet.

»Was hat das alles zu bedeuten?«

Der Mann schwingt sich vom Bock, öffnet charmant den Verschlag für uns, wir steigen ein, und im Nu fahren wir weiter.

»Hey, was ist los?« Meine Frau hält ihre Bücher noch immer vor die Brust gedrückt. »Hast du vielleicht im Lotto gewonnen?«

Ich hole die beiden letzten Miniflaschen Bananenlikör aus meiner Tasche, schraube sie auf und gebe eine meiner Frau. Während ich den Inhalt auf einen Schlag, gegen die Trockenheit meiner Kehle, hinunterkippe, nimmt Julia nur ein Schlückchen.

»Süß«, sagt sie. »Köstlich süß! Wo fahren wir hin?«

»Nach Hause …« Nach einem erneuten zirkusartigen Wendemanöver sausen wir wieder über den strudelnden Newski, in die andere Richtung jetzt.

Meine Frau hat aufgehört zu fragen. Ich sehe, wie sie die unerwartete Fahrt durch ihre eigene Stadt genießt, das Hufgetrappel, das Pfeifen des Kutschers, das Keuchen der Hengste, den Fahrtwind.

»Wir sind ziemlich schnell«, ruft sie mit wehenden Haaren.

Ich denke an die fünf Tausender in der Kasse meines Vaters, unten im Kommodenschrank in unserem Schlafzimmer. Der Tod ist auf Raten, das Leben auf Kredit. Wenn wir sterben, bedauern wir zwei Dinge am meisten: dass wir einander nicht genug geliebt haben und dass wir zu wenig zusammen gereist sind. Ich frage meine Frau, wo sie hin möchte.

»Wie meinst du das?«

Ich sage ihr, dass mein Buch endlich fertig ist, dass ich dringend für einige Zeit fort muss, weg von diesen Straßen, diesen ehemaligen Schlachtfeldern.

Sie ist völlig perplex.

Die Welt ist groß, aber Europa ist uns genug.

Ein Karussell an möglichen künftigen Genüssen dreht sich in ihrem Kopf. Sie denkt laut nach. Thüringen, die Lavendelfelder der Provence, die Küsten Bulgariens, Kroatiens oder Rumäniens, die Hügel von Kent, die klare Fernsicht von Toledo, die Toskana. Italien. Wir wollen für einen Monat ein Haus suchen, irgendwo in Ligurien.

»Aber Muscha und die Jungs dürfen doch sicher mitkommen?« Meine Frau sieht mich mit ihren Mandelaugen bittend an.

Früher waren es die Mädels, heute die Jungs.

»Natürlich«, sage ich. »Muscha und die Jungs kommen mit.«

Genau in diesem Moment lassen beide Hengste gleichzeitig im vollen Galopp enorm große, tiefgelbe Pferdeäpfel fallen. Kugelrund, glänzend wie Gold im Abendlicht, purzeln sie auf die Straße. Am Platz des Aufstandes drehen wir eine weitere Runde und biegen schließlich rechts ab in Richtung Tschaikowskistraße.

Nicht nach dem Komponisten benannt, sondern nach einem Revolutionär.

Quellen

Beim Schreiben dieses Romans habe ich in reichem Maße auf die Literatur über das vorrevolutionäre, revolutionäre und postkommunistische Russland zurückgegriffen und ausführlich in meiner eigenen Biografie herumgestochert. Manchmal stimmen die verschiedenen Versionen überein, manchmal nicht.

Mein besonderer Dank gilt, in einigen Fällen leider auch über das Grab hinaus, den Autoren der folgenden Werke, aus denen ich Wörter, Begriffe, Einblicke und manchmal ganze Sätze entlehnt habe, die hier in nichtalphabetischer Reihenfolge präsentiert werden: Orlando Figes, *A People's Tragedy, The Russian Revolution 1891-1924*, Jonathan Cape, London 1996 (deutsche Ausgabe: *Die Tragödie eines Volkes*, Berlin Verlag, Berlin 1998); Edward Radzinsky, *The Rasputin File*, Doubleday, New York 2000; Curzio Malaparte, *Het bal in het Kremlin*, De Arbeiderspers, Amsterdam 2017; Sima Sneevliet, *Mijn jaren in stalinistisch Rusland*, BZZTÔH, Den Haag 1994; Henk van Renssen, *De revolutieverzamelaar*, Uitgeverij Podium, Amsterdam 2006; Ben Knapen, *De lange weg naar Moskou*, Elsevier, Amsterdam 1985; Helen Rappaport, *Midden in de Revolutie*, Uitgeverij Unieboek/Het Spectrum, Houten 2016; Douglas Smith, *Verloren adel*, Uitgeverij Balans, Amsterdam 2016; Iwan Bunin, *Verfluchte Tage. Ein Revolutionstagebuch*, Dörlemann, Zürich 2005; Nicolas Nabokov, *Zwei rechte Schuhe im Gepäck*, dtv, München 1979; Sergej Prokofjev, *Dagboek 1907-1933*. Privé-domein 264, De Arbeiderspers, Amsterdam 2007, und natürlich Sinaida Hippius, *De schittering van woorden*, Privé-domein 94, De Arbeiderspers, Amsterdam 1984 (deutsche Ausgaben: *Petersburger Tagebücher 1914-1919*, Die Andere Bibliothek, Berlin 2014; und *Petersburger Tagebuch*, Aufbau Verlag, Berlin und Weimar 1993).

P. W., Sankt Petersburg, 28. August 2017

Die Übersetzung wurde vom Nederlands Letterenfonds gefördert.

Nederlands
letterenfonds
dutch foundation
for literature

Erste Auflage Berlin 2020

Göhrener Str. 7
10437 Berlin
info@matthes-seitz-berlin.de

Zuerst erschienen bei Nijgh & Van Ditmar,
Amsterdam

Umschlaggestaltung: Dirk Lebahn
Satz: Monika Grucza-Nápoles, Berlin
Druck und Bindung: Pustet, Regensburg
ISBN 978-3-95757-872-3